Anja Lundholm
Halb und halb

SERIE PIPER

Zu diesem Buch

Berlin in den dreißiger Jahren: Hierher ist die Halbjüdin Helga vor ihrem jähzornigen und autoritären Vater geflohen, um Musik zu studieren. Sie wohnt mit Künstlern in einer Wohngemeinschaft, schließt schnell Freundschaften und erobert das aufregende Berliner Nachtleben. Mit ebensolcher Hingabe verfolgt sie ihre Ausbildung zur Pianistin. Die Rassengesetze der Nazis machen es ihr jedoch unmöglich, die Ausbildung an der Musikhochschule abzuschließen. Helga gelingt es, in kleineren Statistenrollen beim Film unterzukommen. Doch dann schließen die Nazis die Grenzen ... Authentisch und mitreißend fängt Anja Lundholm in ihrem autobiographischen Roman die Atmosphäre am Vorabend des Zweiten Weltkriegs ein. »Eine unerhört waghalsige Balance zwischen Inferno und Humor«, schrieb Siegfried Lenz bewundernd.

*Anja Lundholm*, geboren 1918 in Düsseldorf, floh vor den Nazis nach Rom und arbeitete dort im Widerstand. Nach ihrer Verhaftung wurde sie 1943 ins KZ Ravensbrück verschleppt. Nach dem Krieg arbeitete sie als Übersetzerin und Journalistin in Brüssel, später in Stockholm und London. Zahlreiche Preise, darunter der Erich-Maria-Remarque-Friedenspreis 1991, der Hans-Sahl-Preis 1997, die Frankfurter Goethe-Medaille 1998 und zuletzt der Niederrheinische Literaturpreis der Stadt Krefeld 2003. Die Autorin lebt heute in Frankfurt am Main.

Anja Lundholm

# Halb und halb

Roman

Piper München Zürich

Von Anja Lundholm liegen in der Serie Piper vor:
Geordnete Verhältnisse (3531)
Halb und halb (3826)

Ungekürzte Taschenbuchausgabe
Piper Verlag GmbH, München
Februar 2004

Erstausgabe: Albert Langen, Georg Müller Verlag GmbH,
München, Wien 1966
Umschlag / Bildredaktion: Büro Hamburg
Isabel Bünermann, Julia Martinez /
Charlotte Wippermann, Kathrin Hilse
Foto Umschlagvorderseite: akg-images, Berlin
Foto Umschlagrückseite: Rainer M. Hotz
Satz: Uhl + Massopust, Aalen
Druck und Bindung: Clausen & Bosse, Leck
Printed in Germany ISBN 3-492-23826-2

www.piper.de

Vorläufig war ihr noch nicht anzusehen, daß aus ihr später einmal etwas recht Apartes werden würde. So etwas läßt sich bei Sechzehnjährigen nie genau voraussagen, bei denen die Kinderphysiognomie noch durch das neue Gesicht schimmert und es bei aller jungerwachsenen Überlegenheit hilflos erscheinen läßt. Alles ist noch im Werden begriffen.

Und da sie eben erst zu pubertieren begann – reichlich spät, dafür aber um so heftiger –, ging die Mauserung nicht ohne Schwierigkeiten vonstatten. Das heißt, alles an ihr veränderte sich ruckweise, in Schüben. Rundungen bildeten sich plötzlich über Nacht und verursachten ihr Unbehagen. Ihr langaufgeschossener, bisher so schlaksiger Körper benahm sich zu demonstrativ, fand sie. Das war ihr peinlich. Noch empfand sie nicht klar, ob sie überhaupt ein Weib werden wollte. Weiblich – weichlich – eine unbehagliche Wortassoziation. Helga wollte nicht weichlich werden. In stummer Auflehnung bewegte sie Arme und Beine jetzt noch eckiger als zuvor. Zum Teufel mit der unerwünschten Polsterung!

Schon immer hatte sie sich vorgestellt, später einmal eine Dame zu sein, kühl, überlegen, distanziert – wie die schönen Frauen mit den maskenhaften Gesichtern in den Modeheften. Damen sahen jederzeit gepflegt aus, froren nicht, schwitzten nicht, wußten sich überall richtig zu benehmen, das Rechte zu sagen und wurden von Männern respektiert und geachtet.

Letzteres schien Helga besonders wichtig. Den vertraulichen Gesprächen ihrer Klassenkameradinnen über Schwestern und Kusinen hatte sie entnommen, daß es ein Unterschied war, ob man ›be‹- oder ›ge‹achtet wurde. Eben der zwischen Weib und Dame. Unvorstellbar, daß ihre Mutter, für sie der Inbegriff alles dessen, was sie unter einer Dame verstand, auch einst derart gewaltsame körperliche Veränderungen erlitten haben sollte. Das Gefühl der Unzufriedenheit mit sich selbst äußerte sich in einem Gemisch von Selbstbemitleidung, Hoffnungslosigkeit, gekränkter Verwirrung. Solche Emotionen, sagen die Leute, vergiften das Blut. Helgas Gesicht, bisher nur sommersprossenverziert, verschönerte sich nicht gerade durch eine Reihe Hautunebenheiten, welche vor allem um Mund und Kinn zu sprießen begannen. Die Pickel verführten zum Quetschen, was sie keineswegs beseitigte, sondern nur zu stärkerer Vermehrung anregte.

Das Mädchen fühlte sich unverstanden, zurückgesetzt, hilflos. Seine körperliche Verwandlung bewirkte, daß auch die Gedanken sich nun mit dem zu beschäftigen begannen, was sie bisher nur scheu und verlegen gestreift hatten.

Es war ein seltsames Durcheinander von romantischen und sinnlichen Vorstellungen, was da zutage kam. Märchengestalten aus alten Bilderbüchern mischten sich mit liebeshungrigen Griechen; sieben geile Faune umlauerten das schlafende Schneewittchen. Und der kniende Prinz bemühte sich, Aschenputtel unter die Krinoline zu schauen, während er ihr den Schuh anprobierte. – Mit der liebesdurstigen griechischen Mythologie und den Krinolinen hatte Helgas Phantasie im zarten Alter von neun Jahren zum erstenmal Bekanntschaft gemacht. Von der Buntheit der vielen Bücher angezogen, war das kleine Mädchen beim Stöbern im väterlichen Bücherschrank – die Eltern waren zum abendlichen Bridge gegangen – unversehens auf die »Geschichte der erotischen Kunst in Bildern« gestoßen. Erste Reaktion fassungslose Empörung: ›Erwachsene sind schlecht!‹ Nach abgeklungenem Schock die zweite: ›Mal sehen, wie schlecht.‹ Das intensive Betrachten widerwillig fliehender Nymphen, gejagt von gierigen Göttern, balzender Rokokopärchen mit verschobenen Gewändern vor riesigen Betten im Hintergrund verursachte im kindlichen Beschauer ein unverdauliches Gemisch von Herzklopfen, Scham, Neugier und Unbehagen.

Speziell ein Gedanke war beunruhigend. Ob Erwachsene auch heute noch solch unanständige Dinge taten, die besonders auf den letzten Seiten des Buches nichts an Deutlichkeit zu wünschen übrigließen? Beispielsweise der Vater, der doch so oft und streng bei jeder Kleinigkeit mahnte: »Das tut man nicht!« und dabei solche Bilder im Schrank hatte? Aber wenn, mit wem dann? Mit der Mutter bestimmt nicht, sie tat solche Dinge nicht, sie war eine Dame. Natürlich wußte sie nichts von dem Vorhandensein des schrecklichen Buches. Mit Fräulein Maria, dem Kindermädchen? Die bekam immer einen roten Kopf, wenn der Vater mal ins Kinderzimmer kam und lachte dann plötzlich viel und albern, auch wenn gar keine Ursache dazu war. Und daß der Vater sie mochte, das wußte Helga aus einem seiner heftigen Streitgespräche mit der Mutter, die seine Sympathie für das kokette Fräulein Maria keineswegs teilte. Es war dabei um ihre Entlassung gegangen. Aber da hatte der Vater etwas von »selbst fortgehen und nie wiederkommen« gebrüllt. Und so war Fräulein Maria geblieben.

Von nun an strengte das Kind all seine Sinne an, um den Vater zu beobachten und ihn möglicherweise bei einem Blick oder einer Geste zu ertappen, die seinen Verdacht bestärken könnten. Dazu kam die fast allabendliche Anspannung des Lauschens: War das Kinderfräulein zu Bett gegangen? War die Haustür hinter den Eltern zugefallen? Schnell aus dem Bett und auf nackten Sohlen zum Bücherschrank. Denn das Buch übte eine magische Anziehungskraft auf das kleine Mädchen aus. Schon das Gefühl des Verbotenen, des unrechtmäßigen Eindringens in die Welt der Erwachsenen war aufregend. So vieles zu durchblättern, zu betrachten! Was war das? Ein Geräusch – kamen sie schon zurück? In größter Hast schoben die Kinderhände ungeschickt das schwere Buch zum hinteren Regal hinauf – schnell ins Bett – Decke hochziehen – Atem anhalten – schlafend stellen zwecks möglicher Kontrolle. Und danach einschlafen. Leicht gesagt. Kein Schlaf kam, oder wenn doch endlich, dann war er unruhig, und seine Träume verursachten Schrecken und Angstgefühle.

Das Kind wurde fahrig und nervös, war blaß und verlor den Appetit. Längst hatten sich die Gestalten aus dem Buch selbständig gemacht und erzeugten in wildem Treiben immer neue lebhafte Bilder in der kindlichen Phantasie. »Labiles Nervensystem« und »neurovegetative Wachstumsstörungen« nannte es der Hausarzt.

Mit zwölf Jahren, als die Klassenkameradinnen kichernd zu flüstern begannen und erste Beobachtungen austauschten, war für Helga der Zauber der Buchfiguren weitgehend verflogen. Ihre Phantasie fand keinen neuen Anreiz mehr in ihnen. Eigentlich war es doch immer wieder das gleiche, ob nun Griechentogas, galante Mozartfiguren oder enthüllte Empirebusen. Es begann sie zu langweilen. Das alles schien dumm und primitiv. Derartige Beschäftigungen, so schloß sie aus den immer gleichen genüßlichen Physiognomien der Liebenden im Buch, schienen denen vorbehalten zu bleiben, die zu unintelligent waren, ihr Leben mit Besserem auszufüllen. Diese Entdeckung erfüllte sie mit großer Genugtuung. Besseres, das war vor allem fragen, lernen, verstehen.

Sie stürzte sich auf die Werke Platons und identifizierte sich im Verlauf ihrer Studien mehr und mehr mit der Rolle eines wissensdurstigen Lieblingsknaben der griechischen Antike, wobei sie alle ihre Lehrer der Reihe nach anschwärmte. Typisch Weibliches verachtete sie. Ihre Vermutung, daß Frauen erstens denkunfähig, zweitens niveaugefährdend und drittens überflüssig seien, wurde ihr zur Überzeugung. Ausgenommen vielleicht ein paar kluge Hetären. Aber die schienen heutzutage ausgestorben zu sein.

Auch jetzt, mit knapp sechzehn Jahren, waren die platonischen Schriften noch immer ihre Lieblingslektüre. Allerdings waren die alten Griechen große Ästheten gewesen, für die das Ebenmaß eines jungen Körpers eine mindestens ebenso wichtige Rolle gespielt hatte wie Schönheit des Geistes, auf die sie doch so viel Wert legten. Die Meister lehrten ihre Schüler zwar das Denken, doch für ihre Körper hatten die Knaben selbst zu sorgen. Wurden sie beispielsweise zu fett, fielen sie meist in Ungnade und wurden kaltblütig zugunsten eines Schlankeren abserviert. Helga blickte an sich hinunter. Fort waren die jungenhaften Hüften; der Rockgürtel konnte nicht mehr in gewollter Schlampigkeit schief nach unten abrutschen; neue feste Rundungen unterhalb der Taille hielten ihn auf seinem Platz. Gar nicht davon zu reden, was sich von der Gürtellinie nach oben hin zu verändern begann. Ihre bevorzugten offenkragigen Sporthemden verloren ihren forschen Charakter und begannen sich nach außen zu buchten und unter den Armen zu kneifen. Es war abscheulich. Niemals wäre sie in solcher Gestalt bei Platons Gastmahl zugelassen worden, und selbst der tolerante Sokrates hätte sie verachten müssen. Sie fühlte sich betrogen, geächtet. Zu Scham und tiefer Verbitterung gesellten sich Selbstmordgedanken.

Es war um diese Zeit, als auch das äußere Leben Helgas eine Störung erfuhr, die für ihre zukünftige Existenz weittragende Folgen haben sollte. Die Zeit der Abgangszeugnisse nahte, immer von neuem ein großes Ereignis in der westdeutschen Provinzstadt. Ein Jahr zuvor waren die Nationalsozialisten an die Macht gekommen. Der Geschichtslehrer sprach plötzlich wieder voll Stolz von »Deutschland, unserem Vaterlande«, das er sonst nur verlegen zu streifen pflegte, um etwas von »Schande von Versailles« zu murmeln.

Fräulein Roth, die in Deutsch unterrichtete, begann nachzuweisen, welch eine Unzahl von Fremdwörtern sich im Laufe der Zeit in die deutsche Sprache eingeschlichen hätten, die man nun ausmerzen oder verdeutschen müsse. Denn sie ließen sich nicht mit dem neuen deutschen Nationalgefühl vereinen. Und die unsympathische Turnlehrerin mit der kurzen Stirn und den vorspringenden Wadenmuskeln organisierte Riegen und Gruppen, die auf langen Wanderungen durch die neuentdeckten deutschen Lande lauthals neue Marschlieder brüllten. Helga haßte Wandertage. Erstens lag ihrem zur Bequemlichkeit neigenden Naturell die stundenlange körperliche Bewegung nicht, die das Denken behinderte, zweitens widersprach es ihrem ausgeprägten Gefühl für Individualität, Bestandteil einer kommandierten Herde zu sein. In dieser Hinsicht war ihr schon der Turnunterricht ein Greuel, und sie brachte der Turnlehrerin immer neue schriftliche Entschuldigungen ihrer Mutter an. Schrift imitieren fiel ihr nicht schwer. Nach den ersten etwas ungelenken Versuchen brachte sie wahre Meisterwerke der Fälschung zustande. Auf Zeichnen und Musik dagegen freute sie sich immer wieder. Da sie in beiden Fächern überdurchschnittlich begabt war, genoß sie hier Vorzugsstellungen, die sich wohltuend auf die innere Unsicherheit auswirkten und ihr starkes Geltungsbedürfnis befriedigten.

Ostern 1934. Keine Vorwarnung, kein blauer Brief der Schulleitung war zu Hause eingetroffen. Die Mutter hatte zu Ehren des Schulabgangs ihrer Einzigen ein kleines Fest arrangiert; alle, auch das Hauspersonal, waren in Hochstimmung, Helga selbst froh und zuversichtlich. Es konnte ja nichts schiefgehen. Die eventuelle Fünf in Mathematik würde durch vermutliche Einser in Deutsch und Geschichte ausgeglichen werden. Und auch die Nebenfächer hielten sich die Waage, dessen war sie sicher. Im besten Kleid begab sie sich am Morgen des entscheidenden Tages zur Aula des städtischen Lyzeums, in der die alljährliche Abgangsfeierlichkeit zelebriert wurde, und nahm in einer der mittleren Stuhlreihen Platz. Neben ihr saß in verkrampfter Haltung eine der Faulsten der Klasse, deren letztes Vierteljahr mit privaten Nachhilfestunden ausgefüllt gewesen war. Hinter dem Podium, das nacheinander von zwei Lehrern und dem Direktor der Anstalt bestiegen wurde, prangte riesengroß und scharlachleuchtend die nationalsozialistische, nunmehr deutsche Fahne.

Es sah seltsam und etwas unheimlich aus, fand Helga, die roten Köpfe der Redner genau vor der Mitte des schwarzen Hakenkreuzes auf weißem Hintergrund – alles schwarzweißrot –, so als wenn zornige schwarze Blitze aus ihnen zucken würden, die gar nicht zu dem salbungsvollen Ton ihrer Worte paßten. Jedenfalls empfand sie ein ihr selbst unerklärliches Unbehagen und wünschte sehr, der Direktor, der gerade auf die schönen Aufgaben der heranwachsenden deutschen Jugend außerhalb der Schulmauern hinwies, möge sich kürzer fassen.

Endlich – der waagerecht vorgestreckte Arm zur erhobenen Stimme

»In diesem Sinne, meine lieben Kinder – Heil Hitler!«

»Heitler!«

Fünfunddreißig gestreckte Antwortarme.

Es begann die Zeugnisverteilung. Eine Schülerin nach der anderen, nach vorne gerufen, erhielt das wichtige Dokument mit kurzen Begleitermahnungen aus der Hand des Schulleiters. Ein Gesicht nach dem anderen entspannte sich, das Scharren der Füße ließ nach, die Stimmung wurde gelöster.

›Eigentlich hätte ich jetzt schon aufgerufen werden müssen‹, dachte Helga unruhig, ›nun kommen ja schon die Schwächsten dran.‹ – Als auch ihre Nachbarin nach Aufruf strahlend am Podium ihr Zeugnis in Empfang nahm, erfaßte sie eine unbestimmte Angst. Etwas stimmte hier nicht – aber was? Aus ihren Grübeleien riß sie die laute Stimme des Direktors:

»Und als letzte: Monika Trautmann. Treten Sie vor!«

Als letzte? Wieso als letzte? Und wo blieb ihr Zeugnis? Irgend etwas mußten sie ihr doch geben? Meinetwegen ein schlechtes Zeugnis oder schlimmstenfalls eines mit dem Vermerk: Ziel der Klasse nicht erreicht – aber so – einfach nichts – Angst benahm ihr den Atem. Das konnte, das durfte doch nicht – was hatte das zu bedeuten? Panik ergriff sie. Langsam kroch lähmende Kälte in ihr hoch, breitete sich aus, erreichte das Gehirn. Ihr Körper erstarrte. Reglos blieb sie sitzen.

Um sie herum entstand Lärm und Bewegung. Während das Radio zum Abschluß der Feier das Horst-Wessel-Lied dröhnte, drängten sich lachende Mädchen an ihr vorbei zur Tür. Die Lehrer verließen die Aula durch die Seitenausgänge. »Marschier'n im Geist in unsern Reihen mit…«

Wie das dröhnte! Es dröhnte noch, als der Lautsprecher längst schon schwieg. Geist – marschieren – in unseren Reihen – wessen Reihen? Marschieren – Wandertage. Ich bin nicht mitmarschiert, nicht in die Lande, nicht zum Podium –. Die einsame Figur in den leeren Stuhlreihen starrte wie hypnotisiert auf das mächtige schwarze Hakenkreuz da vorne.

Etwas Unheimliches war soeben geschehen. Man hatte sie ausgeschlossen, boykottiert, isoliert. Ein Irrtum? Nein, unmöglich. Lehrer irrten sich doch nicht. Also lag die Schuld bei ihr – ich bin schuldig –, aber was habe ich denn getan? Das sinnlose Suchen nach einer Erklärung verursachte ihr körperliche Übelkeit. Langsam begann sich das schwarze Balkenkreuz zu drehen, begannen die abgeknickten Enden rhythmisch nach unten zu hacken, unaufhaltsam, schneller, immer schneller, unbarmherzig, zermalmendes Mühlrad – »Die Reihen dicht geschlossen ...«

»Sie sind noch hier?«

Es war die junge Englischlehrerin, eine der wenigen sympathischen Mitglieder des Lehrerkollegiums.

»Wo – bitte – wo ist mein Zeugnis?«

Kleines verzagtes Stimmchen im hallenden Saal. Es dauerte ein wenig, bevor hörbar verlegen die Antwort kam:

»Gehen Sie nur nach Haus. Ihr Vater weiß schon Bescheid!«

Das war das endgültige Urteil. Kein Bitten, keine sachlichen Argumente würden hier mehr nützen. »Ihr Vater weiß schon Bescheid.« –

Worüber weiß er Bescheid? Was haben sie ihm gesagt, was man ihr verschweigt? Der Vater! Dieser mächtige, zu Jähzorn neigende Mann, der in solchen Augenblicken nicht zögerte, hart zuzuschlagen! Zur ratlosen Verwirrung gesellte sich nun noch die nackte körperliche Angst vor Züchtigung.

»Ist Ihnen nicht gut?«

Die junge Pädagogin bemühte sich sehr, ihr Unbehagen in der für sie peinlichen Situation zu überspielen: »Warten Sie, ich hole eine Ihrer Klassenkameradinnen, die Sie nach Hause bringt!«

Kurz darauf kehrte sie mit zwei Freundinnen Helgas zurück, die draußen gewartet hatten. Die beiden nahmen das völlig willenlose Mädchen in ihre Mitte und führten sie unter viel verlegenen und im Grunde ratlosen Tröstungen nach Hause, um sich mit auffallender Eile vor der Haustür zu verabschieden und davonzulaufen.

›Es wird schlimm werden‹, dachte Helga in stummer Verzweiflung, denn nichts empfand sie demütigender als unverdiente Züchtigung, bei der sie sich auch noch für den Vater schämen mußte, ›ich habe nichts getan. Andere, die das Zeugnis bekommen haben, waren schlechtere Schülerinnen als ich. Aber wie soll ich das erklären? Er wird es mir nicht glauben, wieder in Wut geraten und mich schlagen.‹ Verzagt drückte sie den Klingelknopf.

Und dann wurde es noch viel schlimmer, als sie es sich vorzustellen gewagt hätte. Der Vater selbst, von der Schulleitung über die Zeugnisverweigerung, allerdings ohne nähere Angabe der Gründe, unterrichtet, riß in rasender Wut die Tür auf. Mit hartem Griff packte er seine Tochter am Genick und schleuderte sie zweimal gegen die Dielenwand. Gleichzeitig verabfolgte er ihr eine Reihe kurzer harter Schläge ins Gesicht, den Handrücken mit dem großen sechskantigen Stein am Ringfinger zum Rückschlag gebrauchend, so daß Auge und Nase zu bluten begannen. Ihr Kopf flog pendelnd hin und her.

Dazwischen drangen zornige Wortfetzen an ihr Ohr – wenn er sehr aufgeregt war, wurde seine Stimme hoch und kreischend: »Unnützes Frauenzimmer – nichts als Flausen im Kopf – austreiben – warte nur – deine Mutter – Schande nicht überleben –!«

Endlich ließ er von ihr ab; seine Wut war verraucht. Schweigend und grimmig betrachtete er sie einen Augenblick lang. Dann griff er nach seinem Hut und verließ das Haus. Helga blieb allein. Zitternd lehnte sie an der Dielenwand, unfähig, einen klaren Gedanken zu fassen. »Die Mutter wird die Schande nicht überleben«, hatte der Vater gebrüllt. Ihre einzige Tochter durchgefallen, kein Zeugnis.

Unehrenhaft entlassen. Alle werden mit Fingern auf sie zeigen, auf die kleine zarte Frau:

»Da geht sie, die Mutter der Durchgefallenen, mit ihren großen Ambitionen für ihre Tochter! Hatte sich immer eingebildet, was Besseres zu sein. Na, nun hat sie die Bescherung!«

Die Frau Felding mit ihrer widerlichen Tochter Annemarie, dem Zieraffen, die Frau Spengler, die schiefschultrige, gehässige Schmitz – wie würden sie jetzt hämisch grinsen und sich freuen, daß ihre Töchter nun mit dem Einjährigen herumliefen, während die Einzige der Fremden – denn so nannte man die kleine Frau ihres südländischen Typs wegen immer noch – sitzengeblieben war! Plötzlich war sie selbst die Mutter, sah sich ahnungslos durch die Stadt gehen, voller Vorfreude auf die Party heute abend, auf der der Schulabgang der Tochter gefeiert werden sollte.

›Ob ich noch ein paar Blumen kaufen soll?‹ wird sie überlegen, und: ›Ich werde Helga meine Perlenkette, die sie so liebt, zum blauen Cocktailkleid schenken. Das wird ihr Freude machen!‹

Hatte sie überhaupt je an etwas anderes denken können als an das, was ihrem Kind Freude bereiten könnte? Und vielleicht wird sie noch ein paar Geschenke für ihre Tochter kaufen. Etwas zum Anziehen oder einen Lippenstift, oder die langgewünschte Duke-Ellington-Platte – alles zur Belohnung für ...

»Nein!« schrie Helga auf und preßte beide Fäuste in die Augen, »nein, nein, nein!«

Halb betäubt von Angst und Schmerz, taumelte sie in die Küche, tastete sich zum Herd und drehte sämtliche Gashähne auf. Tief beugte sie das tränennasse Gesicht über die leise zischende Platte. Ihre Hände verkrampften sich in die Metallseiten der Platte, bis das Bewußtsein schwand ...

Erwachen aus der Unendlichkeit ist eine merkwürdige Sache. Zunächst kommen nur Farben, rote, grüne, blaue, die immer leuchtender werden, bis sie plötzlich in Funken zerstieben. Dann ist da eine gleichmäßige Helle, und in weiter Ferne sagt eine Stimme: »Sie öffnet die Augen!«

Die Helle ist nicht schön. Sie stört. Besser wieder nach innen schauen, wo die Farben sind. Erste Gedankenassoziationen tauchen auf: Rosa – Sonntag; dunkelrot – Montag; spinatgrün – Mittwoch und gelb – Freitag. Jeder Tag ein Wochentag. Heute ist auch ein Wochentag. Ein Tag mit Einteilung. Was für ein Tag ist heute? Und wo bin ich überhaupt? Eine erste Empfindung von Dasein ohne Beziehung zu sich selbst, zu Name, Alter und Geschlecht. Beunruhigendes allmähliches Erwachen, Gefühl von Herausgerissenwerden aus tiefer Geborgenheit. Da ist es wieder, das fahle, gleichmäßige Licht. Eine Fläche – was ist das? Aha, eine Zimmerdecke. Und der rundlich verschwommene Gegenstand daran, das müßte die Deckenlampe sein. Zimmer – Decke – Lampe – scharfer Schmerz, wie ein Blitz als plötzliche Erkenntnis durch den ruhenden Körper fahrend:

›Ich lebe ja – ich bin noch da...‹

Ich, das ist auf einmal wieder ein Begriff, deutlich, vertraut. Ich, Helga Altenberg, sechzehn Jahre alt, Schülerin. Schülerin? Übelkeit krampft den Magen zusammen.

»Bleiben Sie ruhig liegen!« mahnt die Stimme von vorhin, diesmal nah und deutlich. Gleichzeitig ein kleiner Stich in die Armbeuge.

Das tut gut. Alles glättet sich wieder, die schönen Farben kommen zurück, das Zimmer verschwindet, und die neuerliche Entspannung läßt den bösen Traum in Vergessenheit sinken.

Das zweite Erwachen einige Stunden später geht schneller vor sich. Diesmal springt das Bewußtsein übergangslos in die Gegenwart.

›Weshalb lebe ich noch? Ich will nicht mehr!‹

Hoffnungslosigkeit und Enttäuschung würgen im Hals, brennen in den starren weitgeöffneten Augen. In den Ohren summt es wie nahe Telegraphenmaste. Jemand weint. Da, rechts in der Ecke, die Mutter. Sieht ganz klein und hilflos aus. Man muß sie trösten, ihr etwas sagen ...

Sehr langsam wandte Helga den schweren Kopf in ihre Richtung. Noch fiel das Reden schwer, die Worte kamen wie in Watte gewickelt heraus: »Bitte – glaub mir – war keine Absicht, das alles ...«

Das Schluchzen verstummte, aber die Stimme klang gequält: »Natürlich glaub ich dir. Das weiß ich doch. Es ist meine Schuld, später werde ich dir alles erklären, Helgachen, später. Nun sei ganz ruhig und schlaf, damit du bald wieder ganz gesund wirst. Ich bleibe hier bei dir!«

Zu schwach, um über den Sinn der Worte nachzudenken, nahm das müde Hirn nur die letzten Worte auf. Die große Unruhe löste sich. Und während sie die Augen schloß, schlief Helga mit kindlich entspanntem Gesicht und einem Anflug von Lächeln wieder ein.

Es war etwa vierzehn Tage später, als die Mutter ihr eine wichtige Mitteilung machte. Körperlich hatte das Mädchen sich nun wieder erholt, die tiefen Schatten unter den Augen wurden blasser, und der Appetit war zurückgekehrt. Zu Hause ging alles seinen gewohnten Gang, doch vermied man sorgfältig jede Anspielung auf das Geschehen der letzten Wochen. Bis zu dem Tag, an dem der Vater, der sich seither auffallend zurückgehalten und friedlich benommen hatte, bei Tisch erwähnte, daß er heute morgen den Direktor des Lyzeums auf dem Spaziergang getroffen und gesprochen habe. Empörend, die Charakterlosigkeit von Leuten in derart verantwortungsvollen Stellungen. Neugierig blickte Helga vom Teller auf.

»Wieso charakterlos?« wollte sie wissen.

Ihre Eltern wechselten einen schnellen Blick. »Wird Zeit, daß du es ihr endlich sagst!«

»Meinst du wirklich? Könntest nicht du als ihr Vater ...«

»Denke nicht dran. Schließlich betrifft es dich. Dann sieh auch zu, wie du es ihr klarmachst. Oder bin ich vielleicht ...?«

»Richard!«

Es war fast ein Schrei. Die kleine Frau war sehr blaß geworden. Um ihre Mundwinkel zuckte es nervös.

»Na also, dann laß mich in Ruhe damit. Jetzt will ich essen.«

Helga betrachtete neugierig ihre Mutter: »Was meint er? Was sollst du mir sagen?«

»Nachher, Kind. Komm nach dem Essen noch einen Augenblick zu mir ins Wohnzimmer hinauf, dann sprechen wir weiter. Jetzt iß deine Kartoffeln!«

Der Rest der Mahlzeit verlief unter allgemeinem Schweigen. Was wollten sie von ihr? Was hatte man mit ihr vor? Lastend stand die Spannung im Raum. Helga versuchte ihre Unruhe mit Burschikosität zu überspielen, indem sie absichtlich unmanierlich aß, laut schmatzte und schließlich die Bestecke klirrend auf den Teller warf, was ihr einen drohenden Blick des Vaters eintrug. –

Das Wohnzimmer mit seinen bequemen Sitzmöbeln und den dicken Teppichen war ausgesprochen behaglich. Nur gedämpft drang die Mittagssonne durch die schweren Vorhänge. Helga ließ sich sofort lässig in einen der weichen Armsessel fallen und die langen Beine herausfordernd über die Lehne baumeln. Unangenehmen Situationen pflegte sie mit gespielter Gleichgültigkeit zu begegnen. Ein Restbestand auflehnenden Trotzes aus Kindertagen, der sich durch häufige väterliche Ohrfeigen bis auf den heutigen Tag erhalten hatte. Währenddessen machte sich ihre Mutter umständlich an verschiedenen Dingen zu schaffen, legte hier einen Bleistift zurecht, ordnete dort die Mimosen in der blauen Vase und suchte sichtlich ihre Verlegenheit zu bemänteln.

»Zur Sache!« sagte Helga unbarmherzig, »ich denke, du wolltest mir etwas sagen?«

»Ja. Ja, natürlich...«

»Na, dann setz dich hin und tu's.«

Zärtlich amüsiert beobachtete sie die Mutter, die ergeben mit im Schoß verkrampften Händen ihr gegenüber Platz nahm.

›Wie ulkig das wirkt, wenn sie verlegen ist. Und wie jung sie dabei aussieht! Ist ja auch erst fünfunddreißig. Noch kein Alter für eine so hübsche Frau. Dabei hat sie weiß Gott nicht viel von ihrem Leben an der Seite eines Haustyrannen und einer Tochter, die sie nun auch noch enttäuscht.‹ Sie fühlte das Bedürfnis, ihre Mutter zu beschützen.

Die kleine Frau ihr gegenüber nahm einen Anlauf:

»Hör zu, mein Kind. Daß du dein Zeugnis nicht bekommen hast, das war...«

»Peinlich. Weiß ich.«

»...nicht deine Schuld. Ich meine, es lag nicht an deinen Leistungen. Das wissen wir, seitdem dein Vater mit dem Schulleiter gesprochen hat.«

»Willst du damit sagen, es war doch ein Versehen?« Gespannt blickte Helga ihrer Mutter in die Augen.

»Ich wünschte sehr, es wäre eins gewesen.«

»Dann verstehe ich nicht.«

»Es war eine Intrige. Leider. Sie wollten es dir nicht geben!«

»Wer wollte nicht?«

»Deine Mathematiklehrerin.«

»Die Hees? Kapier ich nicht. Schön, ich war nicht gerade ihr Liebling – Mathematik ist nun mal meine schwache

Seite –, aber was sollte sie sonst gegen mich haben? Außerdem war sie allein doch nicht ausschlaggebend?«

»Doch. Das war sie. Sie ist Parteimitglied, soll überzeugte Nationalsozialistin sein...«

»Von mir aus. Aber was hat das mit meinem Zeugnis zu tun?«

Die sanften Rehaugen ihr gegenüber wurden starr, die Knöchel der ineinander verkrampften Finger weiß:

»Mein Gott, Helga, verstehst du nicht? Ich bin Jüdin!«

»Na und?« kam es prompt und ungerührt.

»Kind, denk doch nach. Es ist mir entsetzlich, dir das antun zu müssen. Manchmal wünschte ich, ich wäre nie geboren. Aber Tatsache bleibt, daß du Halbjüdin bist und sie uns in ihrer neuen Gemeinschaft nicht wollen. Verstehst du jetzt?«

»Ach so!«

Plötzlich brach das Mädchen in ein Lachen aus, ein lautes befreites Lachen: »Also deshalb? Mensch, bin ich froh. Dann war es ja gar nicht meine Schuld, daß ich durchgefallen bin. Nur weil die Hees verschroben ist und die anderen mit ihren Hirngespinsten angesteckt hat...«

Das Gefühl der Rehabilitierung vor sich selbst machte sie ausgelassen: »Dann ist ja alles in Ordnung. Ich brauch mich nicht mehr zu schämen, und du brauchst dich meiner auch nicht mehr zu genieren. Ich könnte heulen vor Freude!«

Sie lachte und lachte. Völlig ratlos sah die Mutter dem Heiterkeitsausbruch ihrer Tochter zu. Mechanisch erhob sie sich und ging zum Rauchtisch hinüber. Während sie Helga den Rücken zuwandte, glitt ihr Blick durch das Fenster auf die Häuser der Straße, die alle im festlichen Schmuck der neuen deutschen Fahnen prangten. Denn heute hatte der Führer Geburtstag. Leise sagte sie, und es war Trauer in ihrer weichen Stimme:

»Du bist noch zu sehr Kind, um zu begreifen, was es heißt, anders zu sein als die anderen.«

»Ich will aber anders sein. Ganz anders. Ich bin stolz auf mein Anderssein!«

Es war eine typische Pubertätsreaktion. Um jeden Preis Originalität, darauf kam es an.

»Aber verstehst du nicht, Mutti, ich finde es prima, ein Mischling zu sein. Ich denke gar nicht daran, mich deshalb zu schämen!«

»Jüdin zu sein, ist eine Belastung im Leben, Helga. Immer. Egal, unter welchen Gesichtspunkten.«

»Hast du dich geschämt, als du es erfuhrst? Oder hast du es schon als kleines Kind gewußt?«

Die Mutter zögerte mit der Antwort. Nachdenklich wandte sie sich um, setzte sich mit abwesendem Blick auf die Sofalehne und zündete sich eine Zigarette an: »Gewußt und auch nicht gewußt. Wir waren christlich getauft, meine Schwester Margrit und ich. Unsere Eltern hatten sich von jeher alle nur erdenkliche Mühe gegeben, uns von allem Jüdischen fernzuhalten. Wir wurden in einem vornehmen Lausanner Internat erzogen, lernten Fremdsprachen und gesellschaftliche Umgangsformen. Und wenn wir in den Ferien nach Hause kamen, arrangierten sie für uns Hausbälle, zu denen die Füchse aus deines Großvaters Corpsverbindung geladen waren. Denn dein berühmter Großvater war stolzer auf die Tatsache, als Jude ›alter Herr‹ einer schlagenden Verbindung zu sein als eine Straße, ja ein ganzes Straßenviertel unserer Residenzstadt nach ihm benannt zu sehen.«

Helga hatte die Beine von der Lehne genommen und saß jetzt aufrecht und gespannt da. Das Thema begann sie zu faszinieren.

»Willst du damit sagen, Opa wäre solch ein alberner Snob gewesen, daß ihm seine paar Schmisse auf der Backe wichtiger gewesen seien als die Tradition seiner jüdischen Vorfahren?«

»Dein Großvater, Helga, war ein überzeugter Deutscher,

der sein Vaterland über alles liebte. Er hat innerlich sehr unter seiner Abstammung gelitten. Aber das wußte nur seine engste Umgebung. Allgemein hielt man ihn für einen Nichtjuden.«

»Und meine Großmutter?«

»War eine stille, sehr vornehme Frau, die ihren Gatten bewunderte und verehrte und sich ihm in jeder Weise anpaßte.«

Hitzig warf das Mädchen ein:

»Ja, bis zur Idee der Blutsauffrischung, die dir diesen Berserker von Mann eingetragen hat, nur damit die Germanisierung perfekt wurde!«

Sie begann sich zu ereifern: »Mit anderen Worten: ihr schämtet euch, jüdisch zu sein!«

Die Mutter schwieg, spielte nervös mit dem gläsernen Aschenbecher.

»Und eure Religion? Die eurer Vorväter? Was war damit?«

»Nun ja, deine Großeltern waren jüdischer Religion, gewiß. Aber wohl schon nicht mehr fromm. Dazu hatten sie zu lange unter Christen gelebt. Wir, ihre Kinder, wurden jedenfalls christlich getauft.«

»Ja, und zwar nicht aus Überzeugung, sondern um gesellschaftlicher Vorteile willen. Ich finde das erbärmlich!«

»Nein nein, so darfst du das nicht sehen, Kind. Deine Großeltern waren Deutsche, sie wollten nur sein wie alle anderen, wie die Menschen, unter denen sie lebten.«

»Jämmerlich finde ich das!«

»Was?«

»Um jeden Preis sein zu wollen wie die anderen. Wie die Mehrzahl. Die Masse. Nur ja nicht auffallen. Feige ist das, feige und charakterlos. Hübsch in der Herde bleiben. Die anderen haben ein helleres Fell? Bleichen wir es eben. Klingt unser Mäh womöglich tiefer als das der anderen? Üben, üben. Nur Geduld. Wird schon werden...« Helgas Temperament ging mit ihr durch.

»Jetzt bitte ich mir aber etwas mehr Respekt aus. Wie sprichst du denn von deiner Familie? Dein Großvater ist schließlich für Deutschland im Krieg gefallen!«

»Und die Herde zieht zur Schlachtbank. Immer schön drinbleiben in der Reihe. Dann kann man den Weg nicht verfehlen, nicht wahr? Die so mühsam getarnte ›Andersartigkeit‹, wie du es nennst, könnte einen ja womöglich abseits stellen. Nicht mit den anderen sterben zu dürfen – unerträglicher Gedanke, was? Von der gesamten Hammelherde verachtet zu werden! Undenkbar. Nun, keine Sorge, Opa durfte ja fallen. Für Deutschland. Hurra, Hurra, Hurra!«

»Helga!«

»Eins würde mich noch interessieren. Hat einer von euch auch nur ein Wort Jiddisch verstanden?«

»Natürlich nicht.«

»Natürlich nicht!« Das Mädchen nickte spöttisch, »so, und jetzt will ich dir mal etwas sagen. Ich beginne mich nämlich ebenfalls meiner Abstammung zu schämen. In Zukunft werde auch ich versuchen, sie so weit als möglich zu verbergen.«

»Ich bin froh, daß du das einsiehst.«

»Damit wir uns nicht mißverstehen: ich meine meine ›arische‹ Hälfte. Nach dem, was du mir eben erzählt hast, fühle ich mich nicht als Mischling, sondern als Volljüdin!«

»Mein Gott, Kind, bist du wahnsinnig?«

»Jawohl, ich bin Jüdin. Volljüdin!« Helga war aufgesprungen und fuchtelte erregt mit den Händen durch die Luft: »Im Gegensatz zu euch werde ich für meine Abstammung einstehen, auf sie stolz sein, sie verteidigen!«

»Dazu hast du dir den denkbar ungeeignetsten Moment ausgesucht«, auch die Mutter begann die Beherrschung zu verlieren und hob zornig die Stimme, »ich habe nicht geahnt, daß du so kindisch bist. Wenn du einen Augenblick nachdenken würdest...«

Aber das Mädchen war nicht mehr zu halten: »Nachdenken, überlegen, nichts tun! Ja, das ist eure Politik. Aber nicht die meine, das sag ich euch! Ich will die Rechte der Minderheiten gegen die sture Masse verteidigen, ich will kämpfen, ich will nicht tatenlos zuschauen wie ihr, ich will – ich will ...«

Sie wollte in diesem Moment so viel, daß sie selbst nicht mehr wußte, was eigentlich. Aber ihr empfindsamster Punkt, ihr Gefühl für Recht und Unrecht, war angerührt worden. Und sein eigenes Blut verleugnen, nur um der Mehrheit zu gefallen, das empfand sie als Unrecht, empörendes schändliches Unrecht. –

»Bist du jetzt fertig? Darf ich jetzt auch einmal etwas sagen?« Durch die strenge Stimme klang Ärger. Helga machte ein paar große Schritte quer durch den Raum. Das beruhigte. Sie kehrte zu ihrem Sessel zurück und atmete einmal tief durch:

»Verzeih«, die Heftigkeit des Gefühlsausbruchs hatte sie selbst überrascht. Nun, da er vorüber war, wunderte sie sich, weshalb sie sich eben so sehr erregt hatte. Aber solche Stimmungswechsel waren jetzt keine Seltenheit bei ihr: »Bitte sprich!«

»Bist du wieder vernünftig? Kann man mit dir wieder normal reden? Dann hör mir einmal zu. Du mußt dir darüber klar werden, daß du von jetzt an im beruflichen Fortkommen auf allerlei Schwierigkeiten stoßen wirst, von denen du vorläufig noch nichts ahnst. Die Menschen sind voller Vorurteile, und wenn man sie, wie es heute geschieht, von offizieller Seite darin bestärkt ...«

»Mach dir keine Sorgen, Mutti. Ich werde es schon schaffen, das fühl ich. Nur keine Angst.«

Nun war sie wieder die sorglose Helga mit ihrem eingeborenen Leichtsinn und Optimismus. Was konnte denn schon viel geschehen? Es würde schon alles werden, irgendwie. In die Zukunft denken, lag ihr nicht. Heute war heute, und morgen würde man weitersehen. Schon lachte sie wieder: »Und deshalb hast du dir solche Gedanken gemacht, Mutti? War doch ganz überflüssig!«

Das zweite, noch entscheidendere Gespräch fand wenige Tage später unter den Eheleuten statt, kurz vor dem Zubettgehen. Schon seit Jahren besprach man kaum mehr als das Allernötigste miteinander. Das heißt, auf eine zaghafte Frage ihrerseits erfolgte seine Antwort meist in ein paar knappen lakonischen Sätzen. Keine Widerrede. So bestimmte er, und so hatte es zu sein. Seine Frau hatte sich längst daran gewöhnt, einsam neben ihm dahinzuleben. Erleichterung fand sie nur in einem geheimen Tagebuch, in das sie ihre Verlassenheit eintrug und das sie gut verschlossen in ihrem Kleiderschrank aufbewahrte. Auf den engbeschriebenen Seiten erinnerte sie sich des attraktiv aussehenden jungen Medizinstudenten mit dem charmanten Lächeln und den gewinnenden Manieren, der vor nunmehr siebzehn Jahren so stürmisch bei ihren Eltern um sie geworben hatte, dessen Frau sie mit so viel romantischen Ideen und Erwartungen geworden war. Daß sich Richards Bewerbung um die Hand der älteren Tochter des bekannten Frauenarztes, Geheimrat Professor Dr. Löwenthals, auf sorgfältig eingeholte Erkundigungen über die glänzende Finanzlage seiner Braut stützte, übersah die junge verliebte Elisabeth in kindlichem Vertrauen. Sowohl ihr Vater wie auch ihre einer bekannten adeligen Bankiersfamilie entstammende Mutter waren Millionäre gewesen, daher war ihr Geld kein Begriff. Letztere hatte sich im übrigen keineswegs entzückt über die Verbindung mit dem mittellosen Mediziner gezeigt, sich aber schließlich wie stets ihrem Gatten gefügt, der in Richard die erwünschte Blutsauffrischung begrüßte. Allerdings aus anderen Gründen, als Helga es im Gespräch mit ihrer Mutter sehen wollte. Allzuviele Vetternheiraten im Kreise der mütterlichen Familie seiner Frau beschworen die

Gefahr einer Inzucht mit ihren Degenerationsfolgen herauf. Zu sehr Arzt, um einer solchen Entwicklung ruhigen Gewissens Vorschub zu leisten, befürwortete er daher die Heirat mit dem ›Fremden‹, spendete seiner Ältesten eine fürstliche Mitgift und richtete seinem Schwiegersohn nach der mit großem Prunk gefeierten Hochzeit in Westdeutschland eine feudale Praxis ein. Ein halbes Jahr später war er tot. Ganz knapp vor Kriegsende starb er schwerverwundet in einem von ihm geleiteten Frontlazarett. Da erwartete Elisabeth schon ihr Kind. Aber wie sehr und abrupt hatte sich Richard nach der Hochzeit verändert! Sein verbindlich-liebenswürdiges Wesen war nervöser Gereiztheit gewichen, die Stimme, einst schmeichelnd und sanft, nun ein Stakkato-Kommando. Allerdings nur zu Hause; in seiner Praxis, so erzählten sich die Leute, war er weiterhin der geistreiche Charmeur, der sich insbesondere bei weiblichen Patienten größter Beliebtheit erfreute.

Elisabeth wollte es sich nicht eingestehen, daß sie Angst vor ihm hatte, Angst vor seinen kalten Augen, seiner Herrschsüchtigkeit, seinen Wutausbrüchen. Hätte sie sich seinen Launen zum Trotz wirklich einmal gegen ihn aufzulehnen gewagt, vielleicht wäre dann ihr jüngeres Kind, Helgas Schwester Marion, noch zu retten gewesen. Hätte man die Dreijährige gleich nach den ersten Anzeichen der Diphtherie in die Klinik gebracht – hätte – hätte –! Aber Richard, der sich Söhne wünschte und Töchter als nutzlos empfand, hatte auf Hausbehandlung bestanden. Das genüge. Nun, es hatte nicht genügt, und Marion war qualvoll erstickt. Elisabeth seufzte und nahm sich fest vor, allen Umständen zum Trotz diesmal bezüglich der Zukunft ihrer Tochter eine gründliche Aussprache herbeizuführen.

Sie fing ihn im Wohnzimmer ab, als er gerade als erstes Anzeichen von Müdigkeit seine Abendzeitung zusammenfaltete: »Richard, wir müssen etwas miteinander besprechen!« Keine Antwort.

»Richard – bitte! – hörst du?«

»Was ist?«

»Es ist wegen Helga. Ich habe es ihr gesagt!«

»Was hast du ihr gesagt?«

Er provozierte sie absichtlich. Tapfer fuhr sie fort: »Das – mit ihrer Abstammung!«

»Na und?«

»Sie nimmt es nicht ernst. Hat einfach nur gelacht. Empfand es als Rehabilitierung bezüglich der Zeugnisaffäre und ist nicht zu der Einsicht zu bringen, daß ihre weitere Ausbildung und damit ihre ganze Zukunft gefährdet ist.«

Ihr Mann erhob sich aus seinem Sessel, zuckte gleichgültig die Schultern: »Das Lachen wird ihr schon noch vergehn.«

»Eben das fürchte ich auch. Und deshalb muß ich mit dir sprechen, Richard. Wir müssen für das Kind einen Weg finden.«

»Na, dann finde einen. Deine Sache!« Gelangweiltes Gähnen. »Ich geh jetzt schlafen. Nacht!«

Wohl zum ersten Mal in anderthalb mit Geduld ertragenen Jahrzehnten senkte die kleine Frau nicht in demütiger Resignation den Kopf. Ihr Körper spannte sich, sehr gerade richtete sie sich auf und blickte ihrem mürrischen Gatten fest in das hochmütige Gesicht:

»Nein Richard, so nicht. Du setzt dich jetzt dort hin. Ich möchte mit dir reden. Helga ist schließlich ebenso sehr deine wie meine Tochter!« Ihre Stimme duldete keinen Widerspruch.

Voll Verblüffung über die ihm ungewohnte Tonart starrte ihr Mann sie an, als könne er es nicht fassen, daß ein solches Nichts von Weiblichkeit sich anmaßte, ihm, dem uneingeschränkten Herrn über Haus und Familie, zu befehlen. Das Erstaunen zwang ihn tatsächlich in den Sessel zurück. Das gab Elisabeth neuen Mut. Zum ersten Mal in ihrer Ehe nahm sie ihre Rechte wahr, plädierte unerschrocken für ihr Kind:

»Du weißt so gut wie ich, daß wir hier in einem Kleinstadtmilieu leben, in dem der Klatsch üppig gedeiht. Die Sache mit Helgas Abgangszeugnis hat sich mittlerweile überall herumgesprochen. Es ist auch anzunehmen, daß man bereits über die wahren Hintergründe Bescheid weiß. Das bedeutet praktisch, daß unsere Tochter im gesellschaftlichen Leben der Stadt so gut wie tot ist. Was das gerade für ein junges Mädchen heißt, brauche ich dir nicht zu sagen. Sie ist nicht in die Tanzstunde aufgenommen worden, auf dem Tennisplatz haben die Kinder bestimmter Leute sie provoziert, so daß sie keinen Partner finden konnte, und anderes mehr.

In Zukunft wird man sie überall fühlen lassen, daß sie die Tochter der seinerzeit eingewanderten ›Jüdin‹ ist. Hat man es mir nicht auch all die Jahre mehr oder minder deutlich zu spüren gegeben, daß man mich als die ›Fremde‹ betrachtete, die ›Hier-nicht-Hingehörende‹?«

Höhnischer Einwurf: »Ja, und zwar nicht wegen deiner Abstammung, das kann ich dir versichern, sondern wegen deiner hypereleganten Aufmachung und der Anmalerei. Du hast ja nie begreifen wollen, daß sich bei uns eine anständige Frau, eine Dame der Gesellschaft, nicht die Lippen schminkt.«

Er sagte tatsächlich ›bei uns‹, als wäre er nicht seinerzeit ebenso wie sie als Fremdling, als gebürtiger Oberschlesier, hierhergekommen. Elisabeth, der es um Wichtigeres ging, überhörte seine Taktlosigkeit: »Daher bin ich zu der Auffassung gelangt, daß es das Beste wäre, wir würden Helga von hier fortschicken, irgendwohin, wo niemand etwas von ihr und ihren Familienverhältnissen weiß!«

Man sah es ihr in diesem Augenblick nicht an, wie weh es ihr tat, diesen Vorschlag machen zu müssen, wie schwer es ihr gefallen war, den Entschluß zu fassen, ihre Einzige aus dem Haus zu schicken. Den Entschluß, mit einem Mann allein zurückzubleiben, der sie nie geliebt hatte, der sie quälte, der ihr Gatte nur noch auf dem Papier war. Aber sie war fest entschlossen. Es ging hier nicht um sie, es ging um ihre Tochter.

Erwartungsvoll hielt sie inne, bereitete Ohren und Nerven auf das zu erwartende Protestgebrüll vor. Zu ihrer Überraschung blieb es aus. Einen Augenblick überlegte er, dann bemerkte er friedlich: »Tja, keine schlechte Idee. Hatte selber schon daran gedacht. Hier kann sie ja auf die Dauer wirklich nicht bleiben.«

Was hatte diesen unerwarteten Stimmungsumschwung bewirkt? Begann er einzusehen, daß er seinem Kind unrecht getan hatte, und wollte es nun wiedergutmachen, indem er ihm keine weiteren Steine in den Weg legte? Elisabeth atmete auf. Sie konnte nicht ahnen, daß ihr Gatte sich am Tag nach seinem Gespräch mit dem Schuldirektor auf Anraten desselben als freiwilliges Mitglied in die SS hatte eintragen lassen. Gewisse Hinderlichkeiten familiärer Art bei der Aufnahme in den Verband hatte er mit pathetischen Versicherungen seiner inneren Führertreue auszugleichen gewußt. Er verstand zu überzeugen. Daher erschien ihm jetzt die Entfernung der nichtarischen Tochter aus seinem Haus eine willkommene Idee, ja, die einzige Lösung im Hinblick auf seine neuen Verpflichtungen, die ihn beruflich wie persönlich vor etwaigen Attacken übereifriger Parteigenossen schützen sollten.

Im gleichen Ton fuhr er fort: »Hast du dir schon überlegt, wo wir sie hinschicken könnten?«

»Nach Berlin!« erklärte seine Frau mit Bestimmtheit, »ich will, daß sie nach Berlin geht!«

»Weshalb gerade Berlin?« Schon wurde er wieder mißtrauisch.

»Weil ich möchte, daß sie zu Lydia kommt, die sie bestimmt gern zu sich nehmen wird.«

»Zu dieser überspannten Schachtel, deiner früheren Internatsfreundin?«

Zornig fuhr ihr Kopf herum: »Erstens ist Lydia keineswegs überspannt, sondern meine beste Freundin, auf die ich mich jederzeit verlassen kann. Zweitens ist ihre Tochter Gaby mit Helga im gleichen Alter, und die zwei kennen sich von früher her. Und drittens möchte ich unser Kind nicht mehr in Kleinstadtmilieus wissen, wo es immer wieder Angriffen ausgesetzt sein kann, vielleicht kannst du das verstehen. Je größer die Stadt, desto weniger fällt sie auf...«

»Kommt ganz auf ihr Benehmen an. Wenn sie so weitermacht...« Elisabeth ließ sich nicht aus dem Konzept bringen: »Und deshalb ist Berlin genau das Richtige. Morgen werde ich an Lydia schreiben und sie bitten, Helga für kurze Zeit bei sich aufzunehmen!«

Sein Mißtrauen verstärkte sich: »Kurze Zeit? Und was dann?«

»Auch das habe ich mir schon überlegt«, sie wurde vor Eifer ganz rot, »mein alter Musikpädagoge, Werner von Hagen, wohnt noch in Berlin. Ich entdeckte es durch Zufall vor ein paar Tagen. Da stand sein Name in der BZ im Zusammenhang mit einem Schülerkonzert des Berliner Konservatoriums. Das gab mir die Idee, Helga solle bei ihm Klavierunterricht nehmen. Privatstunden. Schließlich ist sie, was ihr Klavierspiel anbelangt, überdurchschnittlich begabt. Wer weiß, vielleicht könnte einmal eine große Künstlerin aus ihr werden?«

Sie lächelte geistesabwesend.

Da war sie wieder, ihre immer von neuem beschworene Lieblingsvision: die internationalen Konzertsäle, das große Publikum, begeisterter Applaus für die begabte Interpretin, ihre Helga. Die Tochter würde die Erfüllung dessen werden, was die Mutter sich selbst heimlich vor ihrer Hochzeit erträumt hatte: schön, unabhängig, berühmt, bewundert, verehrt, wo immer sie hinkam. Und natürlich kam sie überall hin, in all die vielen Länder, deren bunte Bilder sie in Reiseprospekten und Büchern neidvoll bestaunt hatte. Wie gut hatten es doch die Menschen, die in solchen Paradiesen leben durften! – Über solchen Tagträumen konnte die kleine Frau alle mittlerweile erfahrenen Entzauberungen vergessen.

Verächtliches Schnauben riß sie aus ihren Gedanken: »Eine Klimperliese soll sie werden? Das fehlte gerade noch. Hat schon genug Flausen im Kopf. Und mir dann später auf der Tasche liegen, wie? Erwartest du vielleicht von mir, daß ich deiner ›Künstlerin‹« – er spuckte das Wort wie Gift aus – »in Berlin eine Wohnung einrichte? Sie mit monatlichen Zuschüssen versorge, damit sie dort unter meinem ehrlichen Namen herumschlampt und mein Geld zum Fenster hinauswirft?«

Ein neuer Wutausbruch drohte.

»Du vergißt die besonderen Umstände der Lage, in der sich deine Tochter befindet, lieber Richard. Was für Berufsaussichten bieten sich ihr schon ohne Abitur, ja selbst ohne Einjähriges?«

»Soll sie heiraten.«

»So. Und wie stellst du dir das vor? Das fiele ja wohl unter ›Rassenschande‹. Abgesehen davon, daß sie zum Heiraten sowieso noch zu jung ist!«

»Ach. Aber nicht zum Allein-in-der-Welt-Herumvagabundieren, was?«

»Doch. Dazu natürlich auch. Und deshalb soll sie ihre künstlerische Ausbildung in Berlin bekommen und danach Deutschland verlassen. Sie spricht ein gutes Französisch. Auch ihr Englisch ist durchaus passabel. Draußen wird sie sich dann künstlerisch schon durchsetzen können, da bin ich ohne Sorge!«

»Künstlerisch! Diese dumme Gans mit ihrem eingebildeten Getue und den miserablen Schulleistungen eine Künstlerin!« – Er äffte sie geziert nach: »Große Künstlerin werden! Bring ihr lieber erst mal ordentliche Manieren bei!«

Ohne sich beirren zu lassen, fuhr sie fort, während sich ihre Augen leicht verengten: »Künstlerische Berufe sind international. Und für Helga ist es entscheidend, daß ihr später das Ausland offensteht!«

Die Zornwelle, die ihrem Gatten schon auf der Stirn geschrieben stand, verebbte lautlos. Er hatte Ausland verstanden. Ausland war gut. Möglichst weit weg, das entsprach genau seinen Intentionen.

Bald würde hier niemand mehr wissen, was mit der nichtarischen Tochter geschehen war. ›Keine Ahnung‹, würde man sagen, ›irgendwo im Ausland verschollen.‹ So gut wie nichtexistent. Aber wenn ihr Name nun doch vom Ausland her bekannt werden sollte? Das würde dann das Augenmerk der Volksgenossen unliebsam … Ach Unsinn, das Frauenzimmer war ja viel zu faul und leichtsinnig, um es überhaupt je zu etwas zu bringen. Hatte ja keine Ahnung von Geld. Keinen Arbeitseifer, keine Pflichtauffassung. Eben doch typisch – na ja. Würde vermutlich bald versacken. Aber war das vielleicht seine Schuld? Schließlich war es seine Frau, die die Tochter unbedingt fortschicken, seine vernünftigen Einwände nicht anerkennen wollte. Dann sollte sie es auch zahlen! – »Und darf ich fragen, wie du dir die finanzielle Seite gedacht hast? Was glaubst du wohl, was so eine Klimperausbildung kostet? Mach dir nur keine falschen Hoffnungen: Ich habe dazu kein Geld!«

Auf dieses Argument war seine Frau vorbereitet: »Helgas Aufenthalt in Berlin sowie ihre Ausbildungskosten übernehme ich!« erklärte sie mit abschließender Bestimmtheit und erhob sich, »morgen werde ich ein Aktienpaket verkaufen und ihr dann den Erlös später durch monatliche Banküberweisungen zukommen lassen!«

So bahnte sich die erste entscheidende Veränderung in Helgas Leben an.

Über den Entschluß ihrer Eltern informiert, zeigte sie sich keineswegs besonders überrascht. Nicht, daß sie auf Derartiges vorbereitet gewesen wäre, aber an der Gestaltung ihres äußeren Lebens nahm sie verhältnismäßig wenig Anteil. Außerdem konnte sie sich unter Berlin nichts vorstellen. Aber wenn ihre Mutter es für gut und richtig hielt, sie dorthin zu schicken, dann würde es eben gut und richtig sein, daran zweifelte sie nicht. Diese gleichmütige Sorglosigkeit allem Kommenden gegenüber hatte ihr eine weise Kinderfrau beigebracht. Damals war sie sieben Jahre und ein nervöses furchtsames Kind gewesen, das abends seine Brote nicht essen wollte. Da hatte die Kinderfrau sie eines Abends vor dem Zubettgehen beiseite genommen und gefragt: »Weshalb magst du nicht essen, Helga?«

»Kann nicht. Mein Magen ist zu.«

»Wenn dein Magen zu ist, dann bedrückt dich etwas. Stimmt's?«

Schweigen.

»Was ist mit dir los? Hast du Angst?« Heftiges Nicken.

»Nun komm, erzähl mal. Leg den Ball weg. Vor was hast du Angst?«

»Vor – vor der Schule morgen ...«

Die weise Kinderfrau hatte ein ganz erstauntes Gesicht gemacht: »Vor morgen? Ja, sag mal, was ist denn das: morgen?«

Vorgeschobene Unterlippe, ratloses Achselzucken: »Na eben – morgen!«

Da hatte die Kinderfrau gelacht, Helga zu sich auf den Schoß gezogen und gesagt: »Also, nun paß einmal schön auf. Jetzt gehst du doch gleich in dein Bettchen, nicht wahr? Und dann schläfst du ein ...«

»Erst mußt du mir vorlesen!«

»Erst lese ich dir vor. Aber dann schläfst du ein.«

Zufriedenes Kopfnicken: »Dann schlafe ich ein!«

»Ja, nun sag mir mal: Wie machst du denn das, das Einschlafen?«

»Mach die Augen fest zu!«

»Ja sieh mal, du machst die Augen zu, aber dich selbst einschlafen machen, das kannst du nicht. Das macht der liebe Gott. Und dann ist alles ausgelöscht, und du brauchst vor nichts mehr Angst zu haben!«

»Aber wenn ich dann wieder aufwache?«

»Bist du denn ganz sicher, daß du wieder aufwachst? Weißt du das jetzt schon ganz bestimmt?«

Überlegendes Zögern: »Aber wenn ich dann wieder aufwache ...«

»Was ist dann?«

»Dann ist doch morgen!«

»Dummchen«, hatte die Kinderfrau gelacht und ihr einen Kuß auf die Stirn gegeben, »dann ist heute!« –

Von nun an hatte sich das Kind jeden Abend vor dem Zubettgehen vorgesagt: Morgen gibt's nicht; morgen gibt's nicht!, so lange, bis es ihm in Fleisch und Blut übergegangen war. Damit verschwanden viele Ängste, und das Abendessen schmeckte wieder.

Vielleicht würde es doch ganz reizvoll werden, die strengbürgerliche Atmosphäre zu Hause mit einer neuen Welt zu vertauschen, durch Straßen zu gehen, ohne immer wieder den gleichen dummen Gesichtern begegnen zu müssen; in fremden Betten schlafen, einmal all den gutgemeinten Verhaltungsmaßregeln zu entrinnen: ›Halt dich gerade, du gehst schon wieder ganz krumm!‹ – ›Mach nicht so große Schritte, du bist kein Matrose!‹ – ›Nimm die Hände aus den Taschen!‹ – ›Sieh die Leute an, wenn sie mit dir reden!‹ –

Reizvoll auch, einmal nicht mehr das viertelstündig sich wiederholende Gekreisch der alten Straßenbahn hören zu müssen, die ausgerechnet vor dem Haus wackelig um die

Ecke bog. Oder den alten kläffenden Köter von nebenan, der sich nicht mehr beruhigen wollte, wenn er von fern einen anderen Hund oder eine Kinderstimme hörte. Nun, man würde sehen. –

Im August war es soweit. Der Abschied von zu Hause fiel ihr weniger schwer, als sie selbst es vermutet hätte. Den ewig mürrischen Vater mit seinen Jähzornanfällen eine Zeitlang nicht mehr erleben zu müssen, war ein erfreulicher Gedanke. Und mit der kleinen Mutter, die mit weinenden Augen lachte, während sie am Bahnsteig konfus in ihrer Handtasche kramte, würde sie ja in regelmäßiger brieflicher Verbindung bleiben. Wozu also Tränen?

In jugendlicher Sorglosigkeit ließ Helga mit ihrem Elternhaus ihre Kindheit hinter sich zurück.

Lydia Schröder-Eichingen in Berlin gehörte zu der Art von weiblichen Wesen, die mit zunehmenden Jahren immer zeitloser wirken. Niemand hätte ihren Geburtstag schätzen können. Sie selbst pflegte von sich zu sagen, wenn man ihr Komplimente über ihr jugendliches Aussehen machte:

»Ich vermeide unangenehme Gedanken, weil sie häßlich machen, wie andere Frauen Sahnetorte, die sie dick macht. Das ist mein Geheimnis.«

Der Name Schröder war der eines Artillerieleutnants gewesen, Lydias erster Liebe, den sie mit achtzehn Jahren geheiratet hatte, nur um ihn wenige Monate darauf im Krieg zu verlieren. Als einziges Vermächtnis, zusammen mit einem gelblichen letzten Foto, das ihn ziemlich unsinnig lächelnd im Feld vor einem Unterstand zeigte, hatte er ihr die Tochter Gabriele, genannt Gaby, hinterlassen, die nun mit mürrischem Gesicht den Kaffeetisch deckte. ›Ob sie auch so verdruckst geblieben wäre, wenn ich Eichingen nicht geheiratet hätte?‹ fragte sich Lydia wieder einmal.

Major Eichingen, ein militärischer Vorgesetzter ihres ersten Mannes, hatte ihr damals persönlich die traurige Nachricht von seinem Tod überbracht und dabei an der schönen Witwe Feuer gefangen. Bisher hatte es nicht zu seinen Gepflogenheiten gehört, Frauen zu hofieren. Seine ganze Liebe galt dem Militär. Offizier durch und durch, hatte er mit seiner linkisch-hölzernen Werbung zunächst nur komisch auf Lydia gewirkt, die dem vierschrötigen, soviel älteren Mann kaum Sympathie entgegenbrachte. Aber er hatte sich nicht abweisen lassen. Hindernisse waren dazu da, genommen zu werden. Hartnäckig blieb er ihr auf den Fersen, erschien erst zwei-, dann dreimal wöchentlich in ihrer bescheidenen Wohnung zum Tee, saß steif und mit rotem Kopf – sein hoher Blutdruck machte ihm schon seit Jahren zu schaffen – neben ihr auf dem Sofa und blieb fest entschlossen, seinem einsamen Junggesellenleben ein Ende zu bereiten.

Mehr aus Gutmütigkeit als aus anderen Gründen hatte sie schließlich nachgegeben. Es konnte ja nichts schaden, wenn Gaby wieder einen Vater bekam, noch dazu einen recht gut situierten. Aber es war doch falsch gewesen. Sie waren in die jetzige große Wohnung in Charlottenburg übersiedelt, und dann waren Mutter und Tochter wieder allein. Denn der Major entdeckte bald, daß es wesentlich einfacher und erfreulicher war, mit einem ›schönen Frauenzimmer‹ in geziemenden Abständen Tee zu trinken und ihm dabei seine Verehrung zu Füßen zu legen, als neben ihm in ständiger Hautnähe zu leben, morgens vor ihm zu gurgeln und ihm die schmutzige Wäsche zwecks Säuberung übergeben zu müssen. So was schadet dem Nimbus, und darin war er empfindlich. Er wollte in Uniform bewundert, aber nicht in hilflos fettbäuchiger Männlichkeit auf borstig dünnen Beinchen gesehen werden. Das brachte ihn zu einem Entschluß. In dem beruhigenden Bewußtsein, daß Lydia ihm ja nun gehörte und er sich daher nicht mehr weiter um sie zu bemühen brauche, zog er in ein Hotel, wo er all seinen ihm mit den Jahren so lieb gewordenen Junggesellenangewohnheiten nach Herzenslust frönen konnte, und überwies jeden Letzten des Monats mit größter Pünktlichkeit einen generösen Scheck an seine Familie. Damit hatte er seine Pflicht getan, fand er. Pflichttun war natürlich unerläßlich für einen Offizier, beruflich sowohl wie privat. Ehrensache.

An Weihnachtsabenden pflegte er kurz vor dem Anzünden der Kerzen in der Wohnung aufzutauchen und mit einem verlegen hingeknurrten »Fröhliche Weihnachten« je zwanzig Mark für Frau und Tochter unter die Servietten auf den festlich gedeckten Tisch zu schieben. Darauf zog er sich eiligst wieder zurück. Sentimentalitäten waren ihm widerlich. –

Lydia verfolgte ungeduldig das schläfrige Tun ihrer Tochter: »Könntest du dich nicht ein wenig mehr beeilen? Helga wird gleich hier sein. Und stell die Tassen dahin, wo sie hingehören.«

»Bin ja schon fertig!«

Gaby Schröder-Eichingen schob die Untersätze an die Teller heran und knallte ärgerlich die Tassen darauf. Ihr etwas spitzes, kleines Gesicht wurde noch mürrischer. Nicht, daß sie etwas gegen ihrer Kindergespielin Besuch einzuwenden gehabt hätte. Aber ihr angeborenes Phlegma haßte jede Eile. Die dünnen geraden Bleistiftstriche, die die natürlichen Augenbrauen ersetzten, zogen sich über der kurzen Nase gekränkt zusammen. Sie war klein für ihr Alter, und der zarte herzförmige Gesichtsschnitt stand in seltsamem Gegensatz zu ihren molligen Körperformen.

»Babyspeck«, nannte es Rolf, ihr Freund. Rolf war ein ›toller Mann‹ von nicht ganz achtzehn Jahren und wurde vor der Mutter streng geheimgehalten. Gemeinsame abendliche Kinobesuche wurden als Spätunterricht getarnt. Denn Gaby ging seit einigen Monaten auf die Handelsschule, um eines Tages Sekretärin zu werden und nicht mehr auf die lieblosen monatlichen Zuwendungen ihres Stiefvaters angewiesen zu sein.

»Mußt du dich eigentlich immer so anmalen?«

»Ja!«

»Aber es sieht nicht schön aus. Du hast eine so hübsche frische Haut.«

»Ach, hör schon auf damit, das ist doch lächerlich. Wir leben heute im zwanzigsten, nicht im neunzehnten Jahrhundert. Und du bist hoffnungslos altmodisch!«

›Ich habe sie zu sehr verwöhnt‹, dachte Lydia und strich sich eine rote Haarsträhne aus der Stirn, ›immer habe ich ihr ihren Willen gelassen. Das war vermutlich falsch. Aber ich hatte doch nur sie. Jeden Wunsch habe ich ihr von den Augen abgelesen, ihr jede Bitte erfüllt. Und dafür behandelt sie mich jetzt, als sei ich einfach nicht ernst zu nehmen. Sie fängt schon an, mir über den Kopf zu wachsen.‹

Als es schellte, ging sie selbst hinaus, um Helga die Tür zu öffnen. Wenige Minuten später, nach Austausch der üblichen Begrüßungskomplimente, saßen sie sich am Tisch gegenüber und redeten nun alle auf einmal. Selbst Gaby schien aus ihrer Dösigkeit erwacht.

»Ja, aber nun sag mal…« »Erzähl!« – »Soll euch grüßen!« –»Aber doll verändert –« »Magst du?« »Danke, ja.« – Freude – Koffer – Appetit –

»Langsam, langsam. Einer nach dem anderen!« Lydia lachte und sah unter der Mähne ihres dichten rotblonden Haares sehr jung aus, während sie ihnen den Kaffee einschenkte. »Lassen wir Helga erst einmal zu Besinnung kommen. Es ist deine erste größere Reise, nicht wahr?«

»Ja, Tante Lydia. Zumindest die erste ohne die Eltern!«

»Ohne die Eltern!« höhnte Gaby kuchenkauend. »Ich bin schon zweimal ganz allein gereist. Du bist eben eine Provinzlerin!«

Lydia blickte verärgert auf: »Du gibst schon wieder an. In

den großen Ferien, wenn du zur Erntehilfe fuhrst, warst du doch nicht allein. Es waren doch noch andere Mädchen mit dabei.«

»Aber du nicht. Das meinte ich.«

Nachdenklich betrachtete Helga das Tischtuch: »Macht das eigentlich Spaß? Ich war noch nie bei der Erntehilfe.«

»Hätten sie dich auch gar nicht zugelassen!« Es kam prompt, wie aus der Pistole geschossen.

Beinahe hätte sie gefragt: ›Wieso nicht?‹, aber es fiel ihr noch rechtzeitig ein. Also wußte Gaby schon Bescheid. Nun, sollte sie.

Lydia war die Richtung, die das Gespräch nahm, sichtlich peinlich. Sie versuchte, ihrer Tochter unter dem Tisch einen Tritt zu versetzen, um sie zum Schweigen zu bringen, erwischte aber nur das Tischbein. Gaby hatte wohlweislich ihre stämmigen Beine unter dem Stuhl eingezogen.

Eine winzige Gesprächspause trat ein, in der sich alle intensiv mit dem Kuchen auf ihren Tellern beschäftigten.

Energisch lenkte Lydia die Unterhaltung in andere Bahnen: »Ich war ja schon so lange nicht mehr bei euch zu Hause, Helga. Sicher hat sich dort manches verändert in den letzten Jahren?«

»Da hat sich gar nichts verändert. Wird's auch in Zukunft nicht. Vielleicht hier und da mal ein neues Haus oder eine Renovierung. Aber die Leute, die bleiben sich dort gleich, stur, eingebildet, engstirnig!«

»Ja ja, ich weiß, deine Mutter schrieb mir...«

Diesmal rettete Gaby die Lage vor neuer Peinlichkeit. Mit sahneverzierten Mundecken beugte sie sich vertraulich nach vorn: »Mensch, da wirst du hier aber Augen machen. Das ist 'ne Weltstadt, sag ich dir. Sieht 'n bißchen anders aus als dein olles Kaff zu Hause. Freu mich schon auf dein dusseliges Gesicht, wenn ich dir erst mal die Schönheiten des Berliner Nachtlebens zeigen werde. Da wirste kieken!«

Sie kam sich sehr wichtig vor.

»Gaby, hör auf mit dem dummen Gerede. Erstens habe ich dir schon hundertmal gesagt, du sollst nicht so berlinern, und zweitens: was weißt du schon vom Berliner Nachtleben?«

Als Antwort grinste Gaby herausfordernd und zwinkerte Helga mit einem schwarz bemalten Auge zu, was soviel heißen sollte wie ›Warte nur, bis wir allein sind, dann werd ich dir schon was erzählen‹. Ihre Mutter bemerkte es und verglich im stillen die beiden so verschiedenen Mädchen miteinander, wobei ihre Tochter nicht eben gut wegkam.

Helga fühlte sich unsicher und verlegen. Schon früher hatte sie Gaby nicht besonders gemocht. Meistens langweilig und an den meisten Spielen uninteressiert, konnte sie plötzlich über Kleinigkeiten in heftigen Zorn geraten. Sie erinnerte sich an eine flache Sandschaufel, die ihr die fünfjährige Gaby mit Wucht wieder und wieder über den Kopf geschlagen hatte, und an den luftundurchlässigen Sandeimer, den sie ihr anschließend als Krönung der Tat schwungvoll über den Kopf gestülpt hatte. Und das alles nur, weil sie sich aus Versehen auf einen ihrer frischgebackenen Sandkuchen gesetzt hatte. Damals hatte Helga ihre Mutter gebeten, Gaby nicht mehr mit einzuladen, wenn Lydia sie anläßlich eines kurzen Aufenthaltes im Rheinland besuchen kam. Und so hatten sie sich allmählich aus den Augen verloren.

Nachdenklich betrachtete sie die schwere Anrichte, eines von Lydias Erbstücken, ein protziges Ding aus der Jahrhundertwende, das ein bunter Asternstrauß in schlichter Vase vergeblich aufzuhellen versuchte. Also das war nun Berlin. Berlin – sie hatte es sich anders vorgestellt, ohne sagen zu können, wie. Fremder vielleicht. Neuartiger. Anders riechend, anders sich anfühlend, die Luft, die Dinge. Dieser hübsch gedeckte Kaffeetisch hier könnte ebensogut im Eßzimmer zu Hause stehen. Die braunhölzerne Standuhr in der Ecke, ebenfalls aus der Hinterlassenschaft von Lydias Vater, einem steinalt gewordenen egozentrischen Regierungsrat, hatte denselben feindlichen Metallton mit dem langschwingenden unharmonischen Echo wie die im Flur daheim. Der gleiche undefinierbare Geruch hing im Raum, eine ihr sowohl von der eigenen Häuslichkeit als von Besuchen bei älteren Verwandten vertraute Mischung von Staub, altem Holz, gestärkter Wäsche und Eau de Cologne. Typischer Alte-Häuser-Mief. Auch hier – wie in allen Bauten der Kaiserzeit – waren die Fenster zu hoch und schmal, die Klappen und Riegel zu kompliziert, um wirklich durchlüften zu können. Sie hörte Lydia sagen, die die leergegessenen Teller aufeinanderzustellen begann: »Also, Helga, ich hoffe, daß du dich recht wohl bei uns fühlen wirst. Ich habe dir in Gabys Zimmer die Couch zum Schlafen hergerichtet. Bißchen alt, aber dafür sehr bequem. Ihr zwei werdet euch sicher eine ganze Menge zu erzählen haben. Ja, und ehe ich es vergesse: Für übermorgen vormittag habe ich dich bei Professor von Hagen zum Vorspielen angemeldet. Deine Mutter schrieb mir, daß sie dich bei ihm private Klavierstunden nehmen lassen möchte. Und ich solle streng darauf achten, daß du, vorausgesetzt, er nimmt dich an, sie auch pünktlich einhältst und fleißig übst. Kannst ja gleich mal unseren Flügel im Wohnzimmer nebenan ausprobieren. Gaby wird dir nachher die übrige Wohnung zeigen. Alles klar, ihr beiden? Schön denn. Abendessen ist um sieben!«

Die Mädchen erhoben sich. Helga blieb zögernd stehen: »Tante Lydia, hättest du etwas dagegen, wenn ich jetzt noch einen kleinen Spaziergang machte? Nicht weit, nur mal so ’n bißchen ums Haus herum. Ich brauch etwas frische Luft!«

Sie wollte allein sein. Lydia meinte es gut mit ihr, das wußte sie, aber sie fühlte sich vergewaltigt, fremdem Willen ebenso unterworfen wie zu Hause dem elterlichen. Ein Gegenstand, der den Besitzer wechselt. Etwas in ihr begann sich dagegen aufzulehnen. »Ich komm mit!« verkündete Gaby und wollte ihre Jacke holen. »Nein!« sagte Helga schroff und fügte sanfter hinzu: »Verzeiht, aber ich will wirklich nur frische Luft. Die lange Fahrt...«

»Natürlich, Kind. Geh nur. Aber bleib nicht länger als eine halbe Stunde. Und verlauf dich nicht. Gaby wird mir in der Zwischenzeit helfen, deine Koffer auszupacken!«

Gott sei Dank allein! Tief durchatmend stand Helga vor dem Haus und fühlte sich bereit, Berlin in sich aufzunehmen. Wenn sie eben noch das ›frische Luft schnappen‹ als Vorwand gebraucht hatte, um loszukommen, so setzte sie es nun begeistert in die Tat um. Die glasklare Herbstluft ohne atembeschwerende Zusätze von Industriestaub und Rußniederschlägen aus dem benachbarten Ruhrgebiet daheim war eine Kostbarkeit. Sie ließ sich richtig trinken, einschlürfen, machte frisch und unternehmungslustig, verlieh dem Mädchen neue Augen, mit denen es seine Umgebung interessiert zu mustern begann, während es die lange dunkle Straße hinunterschlenderte. Es fiel ihm auf, daß die Häuser hier viel höher und einheitlicher gebaut waren als zu Hause. Alle hatten sie stuckverzierte altersgraue Fassaden und engbrüstige Fenster mit Häkelgardinen dahinter. Charlottenburg galt als vornehmes Wohnviertel, und die steinernen Muskelmänner, die mit vorspringendem Bizeps schnörkelige Steinbalkons auf ihren massigen Schultern trugen, hatten eher hochmütige als angestrengte Gesichter. Während die gelblichen Kastanienbäume am Straßenrand ihrem Naturgesetz zufolge dem Winter entgegenwelkten, blühten die Jugendstilrosetten der Mauerverzierungen grau und starr durch alle Jahreszeiten. Manch ein Treppenhaus war mit bunten Glasfenstern verziert, auf denen man Jungfrauen mit Knotenfrisuren, Schwäne oder Putten in keuscher Unterleibsbedeckung erkennen konnte. Dazwischen auch einmal eine stolze Justitia, mit Waage, erhobenem Schwert und grellweiß verbundenen Augen. Vermutlich das Haus eines Anwalts. Helga lächelte. Auf was für Einfälle die Menschen kamen, um ihren Mitmenschen zu imponieren!

Aus der Ferne klang Donner, der schnell näher kam. Ein Gewitter im Herbst? Nein, nur eine S-Bahn, die über die Unterführung am Ende der Straße brauste. Ungewohnte, erschreckende Geräusche, aber interessant. Sie überquerte einen großen Platz mit Bänken. Alte Leute, in dicke Mäntel gehüllt, saßen auf ihnen und unterhielten sich unter lebhaften Gesten und Kopfnicken. Auch das war neu. Zu Hause saßen keine Menschen auf den Straßen, und fremde Menschen sprachen nicht miteinander. Helga fielen die Hunde auf, viele fette, räudige, hochbeinige oder auf Stummeln kriechende, kläffende oder winselnde Köter unbestimmter Rasse, die von Herrchen oder Frauchen zärtlich ›Lumpi‹, ›Schätzchen‹ oder ›Fifilein‹ gerufen wurden, sich aber von den lockenden Stimmen keineswegs vom Beineschwingen oder eifrigen Bäumeschnuppern abbringen ließen.

Hinter dem Platz gab es weitere Straßen, die abbogen, um wieder ineinander zu münden. Um sich nicht zu verlaufen, wählte Helga die nächstliegende und befand sich plötzlich unvorbereitet auf einer breiten Verkehrsstraße. Hier war alles laut, die hastenden Menschen, die vielen Autos, die Farben der Auslagen in den Geschäften. Bevor sie wußte, wie ihr geschah, hatte die Menge sie mit sich gerissen. Es war Feierabendstunde, und die Leute drängten nach Hause und zu letzten Einkäufen vor Ladenschluß. Wortfetzen erreichten ihr Ohr: »Sag ick zu ihr, weeste …« »Für nur eene Mark fuffzig, Schlager der Säsong …« »Nich in die Tüte, mit mir nich …« »Duftes Lokal …« –

»Immer sachte, Frollein!« sagte der Arbeiter, auf den sie geprallt war, gutmütig und schob seine Mütze zurecht. Schon wurde sie weitergerissen. Da, wo der Menschenstrom sich kurz teilte, sah sie Auslagen sekundenlang bunt aufleuchten: Herrenausstattung, Sportartikel, Weingroßhandlung, Delikatessen –. Angestrengt versuchte sie alles auf einmal zu sehen. Es war ein Gefühl wie in einem Karussell. Nun gings nach unten, Treppen hinunter, immer in der Menge. Plötzlich wurde es dunkel. Weiter vorne beschien trübes elektrisches Licht unterirdische Bahnsteige.

»Wo woll'n Se denn hin, Frollein?«

Ein Schalter, ein gemütlicher Beamter. Was sagte man?

»Ich – ich weiß nicht…«

»Na, denn jehn Se man uff die andre Seite wieder ruff und ieberlejen Se sich's. Wenn Se's wissen, denn komm'n Se mir wieda besuchen!«

Die ungeduldige Menge hinter ihr drängte weiter. Beschämt ging sie zur Ausgangstreppe und stieg wieder ans Tageslicht. ›Ich benehme mich wirklich wie die Unschuld vom Lande!‹ dachte sie mit rotem Kopf, ›so was darf mir nicht noch einmal passieren!‹ – Das also war eine Untergrundstation gewesen. Vor ihrer Reise hatte sie sich sorgfältig anhand verschiedener Bücher über Berlin orientiert. Aber die Wirklichkeit sah dann eben doch ganz anders aus. –

›Wie komme ich von hier nun wieder zurück?‹ Sie rettete sich in eine kleine Nebenstraße, um zunächst einmal zu überlegen. Wie war sie hergekommen? Vom Platz aus in die kurze Baumallee, dann – die erste Querstraße, das war die große Geschäftsstraße gewesen, und an der Ecke, wo sie in sie eingebogen war – richtig, ein Blumengeschäft. Das würde sie bestimmt wiedererkennen. Aber erstmal dorthin gelangen! Man müßte auf der Gegenseite hinuntergehen, da war der Verkehr nicht so wild. Sie setzte sich wieder in Bewegung.

Auch die ruhigere Gegenseite hatte verlockende Auslagen. Immer wieder blieb sie stehen, um hier kostbare Abendkleider, dort nie gesehene Luxusunterwäsche zu bestaunen. Nicht, daß sie die Sachen hätte besitzen mögen. Es war einfach Neugier. War man schon mal auf dem Mars gelandet, mußte man auch das Leben der Marsmenschen studieren. Alles war so herrlich fremd und aufregend. Schon rasselten Rolläden herunter, wurden Ladentüren abgeschlossen. Das erinnerte sie daran, daß es reichlich spät, fast Zeit zum Abendessen war.

›Hoffentlich macht Tante Lydia nicht gleich eine Szene!‹ dachte sie mit Unbehagen und beschleunigte die Schritte. Die Straße schien kein Ende nehmen zu wollen. Womöglich war sie schon zu weit gegangen? Unsicher blieb sie stehen und sah sich suchend um. Kein Blumenladen weit und breit. Dabei fiel ihr ein, daß auch da möglicherweise Rolläden – sie sollte einen Passanten nach dem Weg fragen. Da – die Dame – aber die sah so hochmütig aus, lieber nicht. Jetzt – der Mann! Sie machte einen zögernden Schritt auf ihn zu, aber als sie seine erwartungsvolle Miene sah, verließ sie der Mut. Der könnte es falsch auffassen. Das fehlte noch. Schnell ging sie weiter. Die übrigen sahen alle so aus, als könnten sie ihr keine Auskunft geben. Doch da drüben, weiter vorne, war das nicht ein Blumengeschäft an einer Ecke? Tatsächlich, da war es, wo sie einbiegen mußte. Beinahe wäre sie überfahren worden, als sie eilig die Fahrbahn überqueren wollte, ohne nach rechts und links zu sehen. Da war ja auch wieder der Platz, aber die Bänke waren nun leer, die Hunde fort, und nur ein alter Mann spießte schlurfend mit einem spitzen Stock Papierfetzen und Herbstblätter auf und streifte sie in einen Korb. Es war empfindlich kalt geworden, und die scharfe Abendkühle biß ihr in die Nase. Das letzte Stück rannte sie, stieß die Haustür auf und sprang mit einem Satz in den vergoldeten klapprigen Käfiglift, der sie rattelnd und ruckweise nach oben brachte. Gaby öffnete ihr die Tür: »Mensch, dachte schon, du kommst gar nicht mehr!«

»Und deine Mutter?«

»Hat nichts gemerkt. Die telefoniert schon seit ’ner halben Stunde. Schwein gehabt. Los, komm schnell rein!«

Das Abendessen verlief friedlich. Lydia schien durch das eben geführte Telefongespräch etwas zerstreut. Was hatte ihre Freundin Lore gemeint, als sie diese verschwommenen Andeutungen über mögliche Unannehmlichkeiten bei längerem Aufenthalt ihres jungen Logierbesuchs machte? ›Nein, nein, natürlich meine sie nicht das Mädchen selbst. Nach allem, was Lydia ihr erzählt habe, schiene Helga ja ein nettes wohlerzogenes Mädchen zu sein, und ihre Mutter –‹ hier hatte so etwas wie Eifersucht in Lores heuchlerisch sanfter Stimme geklungen – ›war gewiß trotz ihrer Abstammung Lydia eine aufrichtige Freundin gewesen. Wie? Natürlich, war es noch. Gewiß. Sie, Lore, war da völlig vorurteilslos. Das weißt du doch, mein Schatz. Nur – man könne ja heutzutage gar nicht vorsichtig genug sein nach allem, was man so hörte – die Zeiten hätten sich geändert – Lydia müsse ja auch an ihr eigenes Kind denken. Aber nein, geschehen würde natürlich nichts, was sollte schon geschehen? Nur – nun, sie wollte nichts gesagt haben. Hör nicht auf mich, Liebling, du weißt, ich bin eine alte Unke!‹ Womit sie endgültig erreichte, was zu erreichen sie sich vorgenommen hatte: ihre Freundin zu beunruhigen.

Leonore Gartner gehörte zu jenen Frauen, die ihren Lebensinhalt darin sehen, in ihrem Freundeskreis Unruhe zu stiften. Als junges Mädchen war sie sehr schön gewesen, ein kühler nordischer Typ, blond bis in die Fingerspitzen. Selbst aus glänzenden Verhältnissen, hatte sie eine ebenso ausgezeichnete Partie gemacht und den um viele Jahre älteren Großindustriellen Friedrich Gartner geheiratet. Über all den neuen gesellschaftlichen Verpflichtungen, Cocktailparties, Südamerikareisen, der Villa in Biarritz und dem Traumhaus, das ihr Mann ihr als Hochzeitsgeschenk im Tessin hatte bauen lassen, hatte sie bald ganz vergessen, daß eine Ehe noch aus anderem besteht als aus Repräsentation. Und als sie es schließlich merkte, war es bereits zu spät gewesen. Ihr Mann hatte sich in ein junges Mädchen verliebt – »ein Nichts, meine Liebe, ein absolutes Nichts! Keinerlei Hintergrund, kein Niveau, keinen Pfennig Geld, ich bitte Sie! Spekulantin natürlich, was sonst?« – und verlangte die Scheidung zwecks Bindung an »das Resultat seiner Torschlußpanik«, wie Lore es giftig nannte.

Schließlich hatte sie nachgegeben. Sie nannte es seufzend: sich damit abfinden. Zwar spielte die Abfindung bei ihrem Entschluß die Hauptrolle, doch nicht die ihre, sondern die seine. Monatelang hatte sie mittels eines gerissenen Anwalts mit Zähnen und Krallen um eine Summe gekämpft, die sich unter anständigen Leuten nur flüsternd nennen ließ. Dabei war es ihr nicht einmal um den Geldwert gegangen. Sie wollte ihn nur erniedrigt, gedemütigt sehen. Jede Mark mehr ein weiteres Eingeständnis seiner Schuld ihr gegenüber. Nun, sie hatte alles erreicht. Es hatte einen Gesellschaftsskandal gegeben, die Presse hatte ihn gierig aufgegriffen, und Lore stand als das bedauernswerte Opfer eines alternden Mannes da, der in der kurzen Aufwallung eines zweiten Frühlings bedenkenlos die verständnisvolle treue Ehekameradin verließ, um sich einem Flittchen zuzuwenden. Die Flüsterabfindung war perfekt geworden, und schon wenige Monate nach ihrer Scheidung konnte Lore noch einen Triumph auskosten. Das Flittchen hatte es sich in letzter Minute anders überlegt und war mit einem zwar mittellosen, doch männlich starken Jüngling durchgebrannt. Anscheinend doch ein recht vernünftiges Ding – wie man sich in Menschen irren kann –.

Nur mit Geld zu leben, macht auf die Dauer nicht glücklich, und die beruhigten Nerven lechzten nach neuem Kitzel. Da das eigene Leben so ganz und gar keine Aufregungen bot, begann Lore sich im Leben ihrer Freunde als ›gute

Beraterin‹ häuslich einzurichten und Verwirrung zu stiften, wo immer sie es vermochte. Kunstvoll selbstgeknüpfte Knoten dann wieder zu entwirren helfen, wurde ihre Lieblingsbeschäftigung.

›Unsinn!‹ verwarf Lydia ärgerlich die Bedenken, während sie Helga die liebevoll dekorierte kalte Platte reichte, ›Lore sieht wieder einmal zu schwarz. Helga ist ein Mädchen wie alle anderen, dazu noch blauäugig und absolut arisch im Typ. Dieser ganze Rassenklimbim ist ja albern. Hier in Berlin kümmert sich doch niemand darum!‹

Und voll mütterlicher Wärme lächelte sie Helga zu: »Iß nur ordentlich, Kind, du könntest ruhig noch ein paar Pfund zunehmen!«

Nach dem Abendessen saßen sie alle drei noch ein wenig im altmodischen, aber behaglichen Wohnzimmer zusammen. Während Lydia sich eine Zigarette anzündete, betrachtete Helga sorgfältig die bunte Decke mit den langen Seidenfransen über dem Steinwayflügel in der Ecke. Sie schien in tiefes Nachdenken versunken. Dabei dachte sie an gar nichts, sie war nur einfach müde. Die angespannte Erwartung im Zug, während sie sich Berlin näherte, war gedankenleerer Erschöpfung gewichen. Und die ungewohnte frische Luft hatte das ihrige dazu beigetragen.

»Du«, sagte Gaby und bohrte mit der Absatzkante ihres Schuhs kleine Halbmondlöcher in den weichen Teppich, »deinen Koffer haben wir schon ausgepackt. Du hast aber 'ne Menge Kleider! Einige davon ganz brauchbar für hier. Das rosa beispielsweise mit der schwarzen Schärpe, das ist Klasse. Wenn du dich dazu dann noch 'n bißchen aufpolierst, Gesicht, Frisur, Nägel und so ...«

»Darin ähnelst du deiner Mutter. Ich kann mich noch gut erinnern, wieviel Freude sie an hübschen Kleidern hatte. Immer, wenn wir uns auf unseren heimlichen kleinen Ausflügen mal für jemanden schön machen wollten, fragten wir deine Mutter um Rat.«

Helga schüttelte unwillig den Kopf: »Irrtum, Tante Lydia. Ich mach mir gar nichts aus den albernen Fetzen. Die hab ich mir nicht selber ausgesucht. Mutti hätte gern einen Modeaffen aus mir gemacht. Aber dazu eigne ich mich nicht. Ob du's glaubst oder nicht: Am liebsten sind mir Jungshemden mit Krawatten und gerade Sporträcke.«

»Und all die schönen Sachen aus deinem Koffer?«

»Finde ich einfach zu affig für mich!«

Gaby starrte sie verblüfft an: »Mensch, du hast wohl 'nen Knall?«

»Mir scheint, die Zeit der Jungshemden ist jetzt für dich vorbei«, lächelte Lydia mit einem Blick auf den sich rundenden Brustansatz des Mädchens, »bestimmt stehen dir die Sachen, die Elsbeth mit ihrem sicheren Geschmack für dich ausgesucht hat, großartig!«

Helga errötete verärgert vor dem indiskreten Blick, der so schnell entdeckt hatte, was sie zu verbergen suchte. Resigniert zuckte sie die Achseln: »Vielleicht.«

»Möchtest du denn nicht gerne erwachsen werden?«

»Erwachsen schon ...«

»Aber?«

»Aber – nicht so. Ich meine, nicht so betont.«

»Betont was?«

»Erotisch!« sagte Gaby, die heimlich Pitigrilli las, »Gott, bist du doof. Wird Zeit, daß dich jemand aufklärt!«

»Du zum Beispiel?«

»Ich zum Beispiel. Genau. Du wirst mir noch dankbar sein.«

»Nun ist aber Schluß mit dem dummen Gerede!« Ärgerlich drückte Lydia so heftig ihre Zigarette auf dem zarten Schälchen aus, daß ein häßlicher brauner Fleck sich durch die Glasur einbrannte, »ich glaube, Helga ist müde von der langen

Reise und möchte sicher gern schlafen gehen. Und für dich ist es auch Zeit, Gaby. Du mußt morgen früh in die Schule!«

Sie wandte sich an Helga, die sich mit ihr erhoben hatte: »Gaby besucht nämlich seit kurzem die Handelsschule, weißt du!«

»So? Aha.«

Unter Handelsschule konnte sie sich nichts Rechtes vorstellen. Handel, das war ein Wort, das seit dem Vorjahr immer öfter im deutschen Sprachgebrauch auftauchte, und zwar im Zusammenhang mit Juden. Handel, das hieß Geschäftemachen. Mit den Händen reden. Prozente aushandeln. Wucherzinsen. So wenigstens hatte sie es im letzten Schuljahr gelernt. Treiben, Handel treiben, Zinsen eintreiben. Davon lebten die Juden in Europa, hatte der Geschichtslehrer behauptet. Und Handel treiben sei kein ehrenhafter Beruf und eines Deutschen unwürdig. Wie aber erklärte es sich dann, daß es dafür deutsche Schulen gab, in die arische deutsche Mädchen gingen, um handeln zu lernen? Da schien was nicht zu stimmen. Entweder der Geschichtslehrer hatte sich geirrt oder – Helga gähnte.

»Komm, ich zeig dir unser Zimmer!«

Gaby packte sie bei der Hand und zog sie die Treppe hinauf. Sie war mit Recht stolz auf ihr Privatreich. Bei der Gestaltung ihres Zimmers hatte Lydia ihr freie Hand gelassen. Daher fehlten hier die alten Möbel bis auf eine von der Mutter übernommene Couch, die aber geschickt mit einem modernen Überwurf und ein paar bunten Kissen getarnt war. Darunter hatte Lydia schon Helgas Bett für die Nacht vorbereitet. Alles übrige war neu und mit Geschmack zusammengestellt.

»Schick hast du's hier!«

Gaby knipste die rotdrapierte Nachttischlampe an: »Schau mal, eigenes Radio mit angeschlossenem Plattenspieler. Wie findste das? Prima, nicht?«

Sie drehte an einem Knopf. Während sie sich ungeniert auszuziehen begann, untermalte leise Tanzmusik jede ihrer trägen Bewegungen. Stumm hockte Helga auf dem Rand ihrer Couch und sah ihr zu. Eine seltsame Unruhe hatte sie erfaßt. Gabys nackter praller Körper, den diese im rötlichen Lampenschein eitel vor dem Spiegel hin und her drehte, verwirrte sie.

»Was ist mit dir? Worauf wartest du noch? Los, zieh dich aus!«

»Bin ja schon dabei!«

Sie machte sich an ihren Schuhen zu schaffen.

»Sag mal – bist du wirklich noch so unschuldig, oder tust du nur so?«

»Wie meinst du das?«

Gaby saß vor dem Toilettentisch, ließ den inzwischen übergeworfenen Morgenrock wieder von den Schultern gleiten und besprühte ihre vollen Brüste und Arme ausgiebig mit Tabu, ihrem Lieblingsparfum. Neugierig beobachtete sie dabei durch den Spiegel jede Reaktion ihrer Jugendgespielin. Schließlich stellte sie fest, indem sie sich ihr Nachthemd überzog: »Ich glaube, du bist's wirklich.

Dir kleben noch die Eierschalen am Popo. So rückständig wie du kann man nur sein, wenn man aus der Provinz kommt. Hast du noch nie 'nen Jungen geküßt?«

Helga kramte verlegen nach ihrem Pyjama: »Wozu sollte ich?«

»Na, wozu solltest du schon? Mensch, du kannst doch nicht ewig im Sandkasten rumkriechen und ›jawohl Mama!‹ sagen!«

Sandkasten war kein gut gewähltes Wort, wenn es auch ihre letzte gemeinsame Erinnerung war. Helga zog es vor, darauf nicht zu antworten, und machte sich auf den Weg ins Badezimmer.

Später, als sie beide unter ihren Decken lagen und das Licht ausgeschaltet war, fragte sie in das Dunkel hinein: »Sag mal, Gaby, was meintest du eigentlich vorhin mit unschuldig?«

Kleine Pause.

»Deine Beziehung zu Männern zum Beispiel.«

»Drück dich gefälligst genauer aus!«

»Na ja. Habt ihr zu Hause denn keine Jungs, mit denen ihr ausgeht? Ins Kino und so?«

»Doch. Manche Mädchen schon ...«

»Und was ist mit dir?«

»Och, ich mach mir nichts draus.«

»Das nehm ich dir nicht ab!«

»Also schön. Ich kenne keine!«

»Versteh ich nicht. Und die von der Tanzstunde?«

»Ich bin nicht in der Tanzstunde ...« sagte Helga leise.

»Nee? Ach so ja. Und in deinem Tennisclub? Gibt's da keine flotten Knilche?«

»Möglich. Weiß ich nicht.«

»Na hör mal, das mußt du doch wissen?«

»Jungs interessieren mich nicht.«

»Das kannste deiner Großmutter erzählen. Muß ja 'ne jämmerliche Bande sein in euerm Kaff da unten!«

Gaby wurde plötzlich wieder munter: »Du, stell dir vor, bei uns in der neuen Klasse haben zwei Mädchen schon richtige Verhältnisse mit allem Drum und Dran, Schlafengehen und so ...«

Plötzlich fühlte Helga die alte Panikstimmung wieder, die sie schon als Kind beim Betrachten der verbotenen Bilder gekannt und die sie längst überwunden geglaubt hatte. Zugleich angezogen und abgestoßen, hätte sie sich am liebsten die Ohren zugehalten und wartete doch begierig auf jedes weitere Wort. Auch sie war jetzt hellwach: »Und du? Bist du auch schon mal mit einem schlafen gegangen?«

»Nee. Nicht ganz. Nur beinahe. Die Unschuld hebe ich

mir noch 'n bißchen auf, verstehste ...« flüsterte Gaby vertraulich, »ist ja nur 'n Trick!«

Sie kam sich sehr gewitzt und überlegen vor. »Versteh ich nicht. Was meinst du mit Trick?«

Ihr Atem ging schneller und die Innenflächen ihrer Hände wurden feucht.

»Na ja. Man braucht's ja nicht so weit kommen zu lassen.«

»Wie weit?«

»O Gott, sei doch nicht so doof!«

»Wie weit? Nun sag schon!«

»Also schön!« Seufzend setzte sich Gaby im Bett auf und umschlang ihre Knie, »hör mal zu. Wenn dich so 'n Junge in den Arm nimmt, dann küßt er dich doch, nicht wahr? Und dann küßt du ihn wieder, wenn er dein Typ ist. Klar, nicht? Und dann gibt's 'ne Knutscherei. Und wenn dein Partner was vom Küssen versteht, dann wird's 'ne große Knutscherei. Das merkste daran, daß dir dabei ganz blümerant wird. So mit Sternchen vor den Augen und weichen Knien, verstehste? Und dabei beginnt er dann mit den Pfoten um dich rum zu rutschen, so vom Hals abwärts ...«

»Du meinst ...« Helga spürte ihr Herz hart gegen die Rippen hämmern, »in den Busen?«

»Na ja, und dann macht er sich dran, deine übrige Anatomie zu entdecken, und dabei wird er aufgeregt und kriegt ganz zittrige Hände. Und wenn dann der Moment kommt, wo er dir die Pfote aufs Knie legt und sie langsam unter deinen Rock zu schieben beginnt, dann ...«

»Dann?« echote Helga mit trockenem Mund.

»Mußte bremsen!« erklärte Gaby gemütsruhig, »das darf er nicht. Sonst verlierste deine Unschuld. Und die muß man als anständiges Mädchen möglichst lang behalten –. So machen's die meisten von uns!« ergänzte sie zufrieden und streckte sich wieder aus, »so, nun weißt' es. Und nun schlaf!«

Leichter gesagt als getan. So müde Helga war, sie fand

keine Ruhe. Eine Zeitlang warf sie sich von einer Seite auf die andere, dann gab sie jeden Schlafversuch auf. Eine Frage, eine wichtige, quälte sie noch: »Schläfst du schon?«

»Nee. Was ist?«

»Ich möchte wissen, wie's dann weitergeht!«

»Womit weitergeht?«

»Ich meine, wenn man nicht bremst?«

»Dann kriegste 'n Kind!«

»Aha.« Helga war enttäuscht. Da, wo sie nicht mehr weiter wußte, wo die Bilder geschwiegen hatten, da schien auch Gaby mit ihrer Weisheit am Ende zu sein. Konnte man denn nur von Berührung Kinder kriegen? Wie ging das Weitere vor sich? Oder wußte Gaby doch mehr?

»Hast du denn schon öfter – geknutscht?«

»Klar. Hab doch 'nen festen Freund!«

»Mensch, wirklich?«

»Und ob. Rolf ist dufte, sag ich dir. Schon ein richtiger Mann!« Kindlicher Stolz lag in ihrer Stimme, als brüste sie sich mit einem Geburtstagsgeschenk, »aber halt ja die Klappe, damit meine Mutter nichts erfährt. Die ist auf alle Männer sauer, weil sie den ollen miesen Knacker geheiratet hat statt 'nem jüngeren, der ihr was hätte bieten können!«

»So darfst du aber von deinem Vater nicht sprechen.«

»Stiefvater, mein Provinzengelchen. Wenn ich von ihm spreche, sag ich immer nur ›der Stief‹.«

»Und dein Freund?«

»Stell ich dir demnächst mal vor. Da wirste Augen machen!«

Gaby gähnte anhaltend: »So, nun schlaf aber endlich. Ist ja schon bald Morgen. Nacht!«

»Gute Nacht.«

Mit schwerem Kopf und unruhigen Gedanken schlummerte Helga ein.

Zwei Tage später, an einem sonnig kühlen Vormittag, fand sie sich mit ihrer Notenmappe bei Professor von Hagen ein. Der alte Herr erwartete sie schon und kam ihr mit ausgestreckter Hand entgegen: »Sie sind also die Tochter von Fräulein Löwenthal – ich meine, so war ihr Name, als sie noch meine Schülerin war. Und jetzt hat sie schon eine so große Tochter – wie alt sind Sie, mein Kind?«

»Sechzehn, Herr Professor.«

»Die Zeit vergeht...« Er führte sie in sein Arbeitszimmer. Helga sah nur den schwarzglänzenden Konzertflügel, der fast den ganzen Raum einnahm, und war plötzlich eingeschüchtert. Der Professor, so hatte man ihr gesagt, spielte eine bedeutende Rolle in der Musikwelt Berlins. Während sie ihre Noten mit unsicheren Händen auszupacken begann, betrachtete sie ihn von der Seite. Er war klein, fast zierlich von Gestalt mit einem markant langen, von weißem Haarkranz umrahmten Schädel, schmaler Nase mit verengten Nasenlöchern, durch die er heftig schnaufte, wenn er beim Spielen in Begeisterung geriet, und lebhaften Augen. Trotz seiner vorgeschrittenen Jahre – er mußte um die Sechzig sein – wirkte alles an ihm jung und lebendig. Fast wie ein junger Schauspieler, der einen älteren Herrn zu spielen und sich dementsprechend zu maskieren hat. Nur die Hände waren alt, sehr alt. Helga folgte ihnen fasziniert, während sie den Flügel aufklappten. Es waren Hände wie aus dem anatomischen Lehrbuch im Zeichenunterricht, beweglich in jedem Knöchelchen, ohne Fleisch, jeder Finger von selbständiger Unabhängigkeit von der Funktion der übrigen Hand. Die pergamentdünne gelbliche Haut, straff über die sich unter ihr deutlich abzeichnenden Muskeln und Sehnen gespannt, hatte viele gelblichbraune Flecken, vergrößerte Sommersprossen, die sich bis unter die gepflegten Manschetten fortsetzten. Sie dachte daran, daß es mit solchen Händen nicht schwer sei, ein ausgezeichneter Pianist zu werden, und blickte bekümmert auf ihre im Verhältnis zu ihrer Körpergröße etwas zu kurz geratenen Kinderpfoten.

»Nun, was wollen Sie mir vorspielen? Ein bis zwei kleine Stücke werden genügen!«

»Ich dachte an …«

Jetzt hätte sie ›Grieg‹ sagen müssen. Aber ein plötzlicher Trotz erfaßte sie, und sie sagte statt dessen laut und entschieden: »Die Gondellieder von Mendelssohn!«

Die Gondellieder liebte sie besonders. Sie konnte sie auswendig. Scharf sah sie dem Professor ins Gesicht. Doch der ließ keinerlei Reaktion erkennen. Unverbindlich nickte er: »Schön, dann fangen Sie mal an!« Und ließ sich still in einem Sessel in der Ecke nieder.

Schon nach den ersten Anschlägen war sie fort, weit fort, irgendwo, wo es keine unerklärlichen Dinge gab, die sie ängstigten, keine aufgehetzten Menschen, die ihresgleichen mit sinnlosem Haß verfolgten, keine Unruhe – nur Stille, Friede, Sicherheit. Sie wußte nicht, daß sie lächelte, während sie spielte. Erst als sie zum Ende kam, erwachte sie jäh aus ihrer Träumerei.

›Ich habe ja gar nicht auf die Technik geachtet‹, dachte sie erschrocken, ›Pedal, Crescendos, linke Hand …‹ Unsicher blickte sie in die Ecke. Der Professor entkreuzte gemächlich seine Arme, erhob sich und nickte ihr zu: »Sie sind noch begabter als Ihre schon sehr musikalische Mutter, Fräulein Altenberg. Es läßt sich was aus Ihnen machen, vorausgesetzt, daß Sie wirklich den Willen zur Arbeit haben. Im Technischen hapert es noch ganz schön, da müssen wir von Grund auf neu anfangen. Musik, mein Kind, ist nicht nur romantische Gefühlsschwärmerei, sondern ein Handwerk, das man erlernen muß. Und zwar kein leichtes!«

»Wollen Sie damit sagen, Herr Professor, daß Sie mich als Ihre Schülerin annehmen?«

»Das will ich damit sagen. Zweimal wöchentlich Klavier,

einmal Theorielehre, die gerade für Sie unerläßlich ist. Waren Sie gut in Mathematik in der Schule?«

»In allen anderen Fächern besser...«

»Dann werden Sie hart arbeiten müssen. Das Zeug haben Sie dazu. Wenn Sie sich wirklich auf die Hinterbeine setzen, denke ich, daß ich Sie zu Ostern nächsten Jahres zur Aufnahmeprüfung an die staatliche Musikhochschule anmelden kann!«

Die staatlich akademische Hochschule für Musik in Berlin, das höchste Ziel aller Musikstudenten, das Mekka der musikalischen Elite Jungdeutschlands?

»Nein!« schüttelte Helga traurig den Kopf, »unmöglich!«

»Das glaube ich nicht. Ich halte das gar nicht für so ausgeschlossen. Sie sind begabter, als Sie vermuten!«

»Nicht deshalb. Aber – Sie wissen doch...«

»Sprechen Sie sich aus. Was meinen Sie?«

»Meine Mutter – ich – also ich meine, wegen nichtarisch...«

Sie hätte sich selber ohrfeigen können. ›Fange ich etwa auch schon an, mich meiner Abstammung zu schämen? Weshalb sage ich nicht einfach: als Halbjüdin, oder, um es präziser auszudrücken, als Mischling ersten Grades nimmt man mich an keiner staatlichen Schule auf?‹

Der Professor klappte so heftig den runden Tastendeckel zu, daß der scharfe Knall die empfindsamen Saiten des Instruments noch eine Weile nachschwingen ließ.

»Für Politik interessiere ich mich nicht. Ich bin Musiker. Begabter Nachwuchs wird immer und überall gebraucht. An jeder Schule, in jedem Land. Ob Sie talentiert genug sind, wird sich herausstellen. – Nun zum Stundenplan. Ich schlage vor: Montag und Freitag nachmittags von vier bis fünf praktischen Unterricht, Mittwoch um die gleiche Zeit Theorielehre. Paßt es Ihnen?«

»Jawohl, Herr Professor.«

»Gut. Dann erwarte ich Sie am kommenden Montag nachmittag um vier Uhr. Aber seien Sie bitte pünktlich, meine Zeit ist genau eingeteilt. Und bringen Sie bitte ein Notenheft mit. Alles andere habe ich hier. Auf Wiedersehen, mein Kind!«

Ehe sie sich gefaßt hatte, stand sie wieder auf der Straße. –

Am Nachmittag hatte sie sich mit Gaby zu einem Stadtbummel im Westend verabredet. Sie trafen sich um drei Uhr unter der großen Uhr am Bahnhof Zoo.

»Habt ihr denn jetzt schon Schluß?«

»Keine Spur. Erst um sechs. Aber ich hab ihnen erzählt, ich müsse dringend zum Zahnarzt!«

»Und wenn sie dich auf der Straße sehen?«

»Dann komm ich eben gerade davon. Außerdem: wer soll mich denn schon sehen? Die sitzen doch jetzt alle brav beim Maschinendiktat.« Zufrieden hakte sie Helga unter: »Es lebe die Freiheit! Wie ging's denn mit deinem Musikus? Hat er dich angenommen?«

»Hat er. Und für begabt hält er mich auch.«

»Na, dann ist ja alles bestens. Wie oft mußte hin?«

»Dreimal die Woche eine Stunde. Aber wahrscheinlich zwischendurch viel üben. Du – Ideen hatte der! Zur staatlichen Hochschule will er mich vorbereiten!«

»Und warum nicht? Dann wirste 'ne Berühmtheit, und ich kann mit dir bei meinen Freunden angeben: ›Die? Die kannt' ich schon, wie sie noch auf allen vieren rumkroch!‹ Ist doch prima!«

»Ach Unsinn. Die nehmen mich doch nicht auf in die Staatliche, das weißt du doch!«

Gaby schüttelte unwillig den Kopf: »Mensch, du mit deinen Komplexen! Du lernst wohl nur, um Ghettokonzerte zu geben? Pech gehabt, mein Schatz, Ghettos gibt's keine mehr!«

»Ich glaube, im Ausland schon. In Polen und Rußland.«

»Na, denn mal nix wie hin. Worauf wartest du noch? Mensch, komm zu dir. Du bist in Deutschland, und keiner wird dir hier was tun, wenn du dich benimmst wie wir alle. Nun hör schon endlich auf damit und sieh dir lieber Berlin an!«

Sie waren jetzt auf der Joachimsthaler, kurz bevor sie in den Kurfürstendamm mündet. Helga, deren Fähigkeit, Unangenehmes im Moment zugunsten neuer Eindrücke abzuschalten, sie vor Grübeleien weitgehend schützte, sah sich interessiert um. Das Tempo des Verkehrs, das ganze Bild begeisterte sie. Die vielen bunten Autos, deren Chrom beim Vorübergleiten in der Sonne aufblitzte, das Getriebe an den Straßenkreuzungen, der Großstadtlärm – es war überwältigend. Da, die elegante Blondine mit dem kessen Hütchen! Der Versuch, sie mit den Augen zu verfolgen, mißlang. Schon war sie wieder untergetaucht. Die dichte Menge schob sich in Richtung der Hauptverkehrsstraßen, scheinbar ohne Ziel und Eile. Es waren die nachmittäglichen Kaffeetrinker, Hausfrauen, Freiberufliche, Bummelanten. Dazwischen Kinder mit Kaufhaus-Luftballons, frisierte Hunde an kurzen Leinen, Blumenfrauen mit Körben, Zeitungsverkäufer. –

»Scheene Astern, der Strauß nur fuffzig Pfennje!« – »Mord in der S-Bahn noch ungeklärt.« – »Das ist die Liebe der Matrosen...« jubelten die Comedian Harmonists aus dem Lautsprecher eines Radiogeschäfts.

»Schau mal, Gaby, da drüben, der Buchladen.«

»Warte, hier kannste nicht rüber. Wir gehn erst mal 'n Stück Tauentzien, da kannste dir alles in Ruhe besehen!«

Sie waren an der Kranzler-Ecke angelangt. Vor ihnen lag das obere Stück Kurfürstendamm mit der Gedächtniskirche, diesem türmchenreichen Monument aus der Zeit Kaiser Wilhelms. Bizarr geformt, schnitt es vieleckig dem Kudamm die

Spitze ab, stoppte ihn gerade da, wo er sich am lebhaftesten zu entfalten schien. Die ›Szegediner‹-Esser auf der Terrasse des Weisz-Czàrda konnten im Sommer ins Innere des Bauwerks schauen, und das Kinopublikum im Capitol erschrak bei spannenden Szenen vor den dumpfen Glockenschlägen der allzu nahen Kirche. Das romanische Café, Treffpunkt von Berlins geistiger Elite, das auf dem Kurfürstendamm keinen Platz mehr gefunden hatte, breitete seine gutbesuchte Terrasse im Rücken der Türme aus.

»Mensch – ist ja ein doller Apparat! Funktioniert der denn noch, oder ist er bloß noch Attrappe?«

»Denkste. Fast jeden Sonntag gibt's da drin noch 'ne Trauung, und Gottesdienste halten sie auch noch!«

»Und was für tolle Kinos ihr habt!«

Gebannt starrte Helga auf den überlebensgroßen Kopf der schön gedauerwellten Harvey, die mit dunkelrotem Spitzmündchen und seelenvollem Blick den ebenso sorgfältig frisierten Mittelscheitel eines verklärt lächelnden Fritsch an sich drückte. Liebesfilme waren natürlich Quatsch, aber die Aufmachung war Klasse. –

»Nun komm schon weiter!«

Die Tauentzienstraße zwischen Gedächtniskirche und Wittenbergplatz ließ sich kaum als Fortsetzung des Kurfürstendamms bezeichnen, obwohl sie in gleicher Richtung weiterlief. Erstens fehlten ihr die hohen Bäume, die jenseits des Turmbaus den Damm zur Allee machten. Zweitens hatte sie entschieden kommerzielleren Charakter als der fröhliche Kudamm mit seinen Unterhaltungsstätten und internationalen Restaurants. Hier gab es nur Geschäfte, vor allem Konfektion. Gaby schleppte ihren Gast durch sämtliche Stockwerke des Ka-De-We. Ein so großes Kaufhaus hatte Helga noch nicht gesehen und kam sich immer provinzlerischer vor. Anschließend gingen sie die gegenüberliegende Seite wieder hinunter, überquerten den Platz um die Gedächtniskirche und bummelten, Schaufenster betrachtend, den Kurfürstendamm entlang, bis sie zur Ecke Fasanenstraße gelangten.

»Hier ganz in der Nähe ist die staatliche Musikhochschule!« sagte Gaby.

»Komm, gehn wir dran vorbei. Ich will sie mir mal anschauen!«

Sie bogen in die Fasanenstraße in Richtung Hardenbergstraße ein. »Du, was ist denn das für ein merkwürdiges Gebäude?«

Helga deutete auf einen massiven Rundbau aus schwerem Stein. Im gleichen Augenblick sah sie es, das klumpig aufgemalte ›Jud verrecke!‹. Die noch feuchte schwarze Farbe war ausgelaufen und bildete zwei schwarze Tränen unter dem J und dem ck.

»Synagoge!« sagte Gaby gleichgültig, »da hat noch viel mehr draufgestanden, aber das meiste haben sie schon wieder abgewischt!«

»Also auch in Berlin!«

»Ach wo. Nur ganz am Anfang, wie sie an die Macht gekommen sind, da haben sie allerhand Zirkus gemacht mit Hetzkampagnen und Propaganda und so. Und nicht nur gegen Juden. Bei den Büchern, die sie öffentlich verbrannt haben, weil sie nicht deutsch genug waren, waren viele nichtjüdische Autoren dabei!«

»Öffentlich verbrannt? Davon weiß ich nichts. Wann war denn das?«

»Mai vorigen Jahres. Aber seither sind sie schon viel zahmer geworden. Das war nur so 'ne Art Anfangseifer.«

»Meinst du wirklich?«

»Na klar. Das kauft denen hier doch sowieso keiner ab, daß ›die Juden an allem schuld‹ sind. Dazu ist der Berliner zu helle!«

»Hoffentlich hast du recht!« Es war ihr plötzlich beklommen zumute. –

Unterdessen waren sie an der Hochschule für Musik angekommen, einem strengen modernen Bau mit hellen Mauern und vielen Fenstern.

»Hübsch«, sagte Helga, »wär schon toll, hier studieren zu dürfen. Professor von Hagen meinte, begabten Nachwuchs könnten sie immer brauchen.«

»Wenn du dich ordentlich auf die Hinterbeine setzt, wirst du's schon schaffen!« Gaby war zuversichtlich, »sieht dir doch keiner an, daß du die falsche Art von Mutter hast.«

Gleichzeitig biß sie sich erschrocken auf die Lippen. Helga war zornrot geworden.

»Ich verbiete dir, so von meiner Mutter zu reden!« rief sie heftig und begann, große Schritte zu machen. »Vielleicht habe ich die falsche Art von Heimat oder die falsche Art von Freunden – aber das eine merk dir: Ich habe die beste Mutter der Welt! Und wer meine Mutter beleidigt, der kriegt's mit mir zu tun! Der kann was erleben, der...«

»Ja, ja, beruhige dich doch«, Gaby versuchte vergeblich, Schritt zu halten und jagte keuchend hinter dem aufgebrachten Mädchen her, »so hab ich's doch nicht gemeint. Mensch Helga, so hör doch! Laß uns 'nen Kaffee trinken gehn, das beruhigt!«

»Ich will nach Hause!«

Immer noch erregt riß Helga die Tür eines wartenden Taxis auf und nannte dem Fahrer die Adresse. Schweratmend kletterte Gaby hinter ihr her und ließ sich, nun ihrerseits gekränkt, in die Polster fallen.

Meine liebe Helga,
wie froh bin ich, Dich in der Reichshauptstadt zu wissen, unter guten Leuten, in einer für Dich ganz neuen Umgebung. Ich stelle mir vor, wie Du, ein wenig verwirrt von all den fremden Eindrücken, durch die Straßen gehst und die vielen schönen Auslagen bestaunst. Laß mich daran teilha-

ben, schreib mir bald ausführlich über Deine ersten Eindrücke, damit ich sie mit Dir erleben kann. Ich will nicht egoistisch sein, sonst müßte ich sagen, wie sehr Du mir fehlst, Du und unsere gemütlichen Abende zu Hause, unsere vielen Vertrautheiten und Gemeinsamkeiten. Aber dann sag ich mir: Helga ist jetzt gut aufgehoben, sie ist Gott sei Dank aus der Engherzigkeit des hiesigen Milieus heraus. Und dann werde ich wieder fröhlich und freue mich mit Dir.

Viel Neues gibt es nicht zu berichten. Kannst Du Dich noch an das Ehepaar Wolters erinnern, das uns früher ab und zu mal besuchen kam? Nun, Dein Vater hat sich in letzter Zeit ziemlich eng mit ihnen befreundet und lädt sie oft abends zu uns ein. Sehr vermögende Leute, aber kinderlos. Er, Karl, ist ja ganz nett und ein gutmütiger Mensch, dem sein Bierchen am Abend wichtiger ist als die großen Geschehnisse draußen. Aber mit Klara Wolters komme ich nicht zurecht. Natürlich bin ich ihr gegenüber Deinem Vater zuliebe so höflich und nett wie möglich, aber wenn sie mich dann mit ihren eiskalten fadblauen Wasseraugen mit den winzigen Stechpupillen ansieht, dann bleibt mir manchmal das Wort im Halse stecken. Und dazu die näselnde, leicht schrille Stimme, die blonde Dauerwelle, die scharfe Nase, das zurückfliehende Kinn – Dir darf ich's ja sagen: sie ist mir durch und durch unsympathisch. Doch Dein Vater scheint große Stücke auf die ›Frau Regierungsbaurat‹, wie er so gern betont, zu halten, und da passe ich mich eben an und bin nett zu ihr. Dabei ist auch sie keineswegs unfreundlich zu mir und gibt sich offensichtlich Mühe, gemeinsame Gesprächsthemen zu finden. Trotzdem spüre ich hinter ihren liebenswürdigen Worten das Mißtrauen, die Mißbilligung. Als ich vorgestern abend Deinem Vater gegenüber bemerkte, die Klara habe ein Profil wie der ›Alte Fritz‹, geriet er außer sich vor Zorn. Ausgerechnet ich hätte es nötig, die Nasen anderer zu kritisieren! Ich solle ihm dankbar sein, daß er mir noch solch ›anständigen Verkehr‹ ermögliche – was immer er damit meinte –, und nicht vergessen, daß unsere übrigen Bekannten seit dem Nürnberger Parteitag mit ihren Besuchen bei uns immer zurückhaltender geworden seien.

Nun ja, er hat natürlich recht, und ich gebe mir wirklich alle Mühe, es ihm leichter zu machen und ihn nicht mit unbedachten Äußerungen zu erzürnen. Er hat es ja jetzt auch schwer, der Arme, und es ist mir ein schrecklicher Gedanke, die Ursache all der kleinen Sticheleien und Gehässigkeiten zu sein, die er erfahren muß.

Tante Gritta schrieb mir aus Darmstadt, ich solle sie doch wieder einmal besuchen kommen und mich bei ihr richtig ausruhen. Du weißt ja, wie sehr sie an mir als ihrer einzigen Schwester hängt, wenn sie auch mir gegenüber aus ihrer Abneigung gegen Deinen Vater nie einen Hehl gemacht hat. Am liebsten packte ich meine Koffer und führe sofort zu ihr. Aber vor Frühling nächsten Jahres ist nicht daran zu denken. Unser derzeitiges Personal kann ich nicht einmal für einen Tag sich selbst überlassen, und Du weißt ja, wie Vater sich aufregt, wenn die Suppe nicht pünktlich auf dem Tisch steht. Hoffentlich klappt es nächstes Jahr! Jedes Mal, wenn ich zu Hause bei Tante Gritta bin, fühle ich mich so wohl. Irgendwie kann man bei ihr all das Häßliche und Bedrückende vergessen, wir sprechen über unsere Jugend, die für uns beide voll schöner gemeinsamer Erinnerungen ist, und natürlich immer wieder über Dich. An Dir hängt sie ja sehr. Dabei hat sie es doch weiß Gott auch nicht leicht, so ganz allein und schutzlos als Jüdin zwischen all den begeisterten Nazis. Doch sie war schon als kleines Mädchen immer viel mutiger als ich, Du kennst sie ja, sie nimmt alles mit Humor und einem Schuß Fatalismus, geht ihren Studien nach und gibt weiterhin schwachen Schülern Nachhilfeunterricht in Mathematik und Physik. Es ist rührend, mit welcher Anhänglichkeit ihre vielen Freunde in Darmstadt von ›ihrem Fräulein Doktor‹ sprechen, trotz der Abstammung, es verblüfft mich immer wieder. Ich habe sie schon oft gewarnt: ›Sei vorsichtiger, du weißt, Hitler mag uns nicht!‹ Worauf sie mir dann unbekümmert antwortet: ›Wär' auch der erste Mann, der mich möchte. Das stört mich nicht.‹ In der Hinsicht ist mit ihr nicht zu reden. Vielleicht liegt es auch daran, daß sie keine Familie hat. Dann läßt sich vermutlich doch manches leichter ertragen. –

Übrigens gab es vorgestern am Vormittag einen häßlichen Vorfall in unserer Stadt. Jemand hatte während der Nacht beim Konfektionshaus Dannenbaum in der Hochstraße ein Auslagefenster eingeschlagen und auf die Scheibe des zweiten einen großen Wisch geklebt: ›Deutsche – kauft nicht bei Juden!‹ Es hatten sich eine ganze Menge Leute davor angesammelt, als der alte Hönges hinzugekommen war – Du kennst ihn, der Drogist aus der Steinstraße –, und sich einen Weg zum Eingang gebahnt hatte, um sich ein Paar Socken zu kaufen. Da war plötzlich ein Haufen SA-Männer aufgetaucht, und es hat eine wüste Schlägerei gegeben. Der arme Hönges und zwei seiner Bekannten, die ihm zu Hilfe kommen wollten, sind schlimm zugerichtet worden. Der alte Mann liegt mit einer schweren Wirbelverletzung im Krankenhaus, und man weiß noch nicht, ob er durchkommen wird. –

Nun zu etwas anderem. Bitte, Kind, fang jetzt, wo ich mich nicht so um Deine Sachen kümmern kann, nicht an zu verschlampen.

Nimm eine Schere, trenn vorsichtig die weißen Kragen von dem karierten und dem hellgrünen Wollkleid ab, bevor sie zu grau werden, pack sie mit all Deiner schmutzigen Wäsche in den kleinen braunen Koffer und schicke ihn mir her, damit wir sie hier waschen können. In wenigen Tagen hast Du sie zurück, Du brauchst nur das Adressenschildchen im Kofferdeckel umwenden.

Nun muß ich für heute schließen. Bleib mir gesund, schreib ausführlich, schick den Koffer, grüß Lydia und Gaby herzlich von mir, mach mir keinen Kummer und sei herzlichst umarmt von

Deiner Mutti

P. S. Vater läßt auch schön grüßen.

Überraschend schnell hatte sie sich in Berlin eingelebt. Schon nach wenigen Wochen hatte für sie die Stadt ihre Fremdheit verloren, die Straßenbilder wurden vertraut, die zuerst so ungewohnten Geräusche selbstverständlich. Auch in ihrem Äußeren begann sie, Zugeständnisse an den anspruchsvolleren Rahmen zu machen. Die frische Luft hatte ihrer Haut Besserung gebracht, und Gaby hatte sie gelehrt, wie man sich mittels kleiner Tricks hübscher machen konnte. Nur zögernd und verlegen hatte sie ihren ersten Lippenstift erstanden, dafür aber auch gleich den knalligsten. Mit passendem Nagellack dazu. Ihr kurzes ins Rötliche spielende Haar kämmte sie wellig zurück und frisierte sich ein paar herausfordernde Fransen in die Stirn.

»Schick, Mensch!« sagte Gaby bewundernd, der es sogar gelungen war, ihr allmählich Geschmack an weiblicherer Kleidung beizubringen. Allerdings hatte Helga die stumme Mißbilligung Professor von Hagens, der seine vorwurfsvollen Augen nicht von ihrem tomatenroten Mund und den schwarzverklebten Tuschwimpern lösen wollte, einiges Unbehagen verursacht. Zur darauffolgenden Stunde war sie wieder blaß und sommersprossig erschienen. Der Professor hatte es mit solcher Genugtuung zur Kenntnis genommen, daß er diesmal sogar großzügig übersah, wie wenig sie geübt hatte. Im allgemeinen schien er mit ihren Fortschritten zufrieden. Sie begriff schnell und verstand es, sich den größeren Anforderungen, die das Studium an sie stellte, anzupassen. Die ›musikalische Gefühlsschwelgerei‹ hatte ihr der

Professor mit trockenen musiktheoretischen Erläuterungen schon in den ersten Stunden abgewöhnt und lehrte sie stattdessen, ihre Intelligenz im Spiel zu gebrauchen.

Im Hause Schröder-Eichingen ging alles seinen gewohnten Gang. Die Mädchen erschienen pünktlich zum Mittagessen, das Lydia schon bereitstehen hatte, und aßen mit Appetit. Nach Tisch gab es zwei Stunden Mittagsruhe, die strikt eingehalten wurden, in denen Lydia sich etwas hinlegte und Helga las oder Briefe schrieb, während Gaby zurück in die Schule ging. Ebenso pünktlich wurde um sieben Uhr zu Abend gegessen. Danach war es den dreien zur Gewohnheit geworden, sich für noch etwa ein bis zwei Stunden im Wohnzimmer plaudernd zusammenzusetzen. Dabei lag zwischen ihnen eine subtile Spannung, die selbst die konversationsgewandte Lydia nicht ganz zu überbrücken vermochte. Gaby und Helga hatten seit dem heftigen Straßengespräch, das so abrupt mit der Taxiheimfahrt geendet hatte, ihre frühere Unbefangenheit noch nicht zurückgewonnen. Erstere empfand die ganze Sache als ›aufgebauscht‹ und ›albernes Getue‹, während Helga immer noch den scharfen Schmerz spürte, den ihr Gabys unbesonnener Satz in bezug auf die Mutter verursacht hatte.

›Bin ich schon überverletzlich in diesem Punkt?‹ fragte sie sich ehrlich und schimpfte sich innerlich einen nachtragenden Idioten. Aber der Stachel blieb. Für den Brief der Mutter und alle weitere Korrespondenz mit ihr hatte sie sich eine abschließbare Lederkassette gekauft, deren Schlüssel sie an einem Kettchen um den Hals trug. Niemand außer ihr durfte die Briefe sehen. Sie waren Heiligtum.

Lydia ihrerseits war über etwas anderes beunruhigt, auch wenn sie es sich nicht eingestehen wollte. Neuerliche Anrufe ihrer Freundin Lore Gartner hatten weitere Andeutungen enthalten, kleine wohlgezielte Stiche auf Elisabeths Tochter und der unbedachten Großzügigkeit Lydias in dieser Hinsicht. Diese hatte zwar versucht, wegzuhören, aber einige Worte waren doch im Ohr hängengeblieben und klangen dort ausgesprochen unschön, Worte wie: ›Judenfreunde‹ – ›vorsichtiger sein‹ – ›unerwünscht‹ – und ›Redereien‹. War man denn deshalb schon ein Judenfreund, nur weil man seiner einst besten Freundin einen Gefallen tat und sich ihrer – ja schließlich auch zur Hälfte arischen – Tochter annahm? Gewiß, der Führer hatte es deutlich genug betont, daß er sowohl Juden wie ›Judenabstämmlinge‹ als unerwünscht betrachte, und Goebbels hatte erst vor kurzem in schreiendem Rheinisch gegen die ›Judenknechte‹ in Deutschland protestiert, die, obgleich arischen Blutes, sich nicht entblödeten, denen zur Seite zu stehen, die das Vaterland ausgesaugt, mit Wucherzinsen an den Rand des Ruins getrieben und überhaupt alles Elend einschließlich der Schmach von Versailles verursacht hätten. Aber so was konnte man doch nicht ernst nehmen. Es wurde heutzutage ja alles gleich so übertrieben. Gewiß, wenn die Leute erst einmal heraushätten, daß es sich bei ihrem Logierbesuch – Lydia schämte sich, das Wort im Zusammenhang mit Elisabeth auch nur zu denken – um etwas Besonderes handelte, dann könnte es Gerede geben. Die Frau Erich im Haus zum Beispiel, die alte Schachtel, die steckte doch zu gerne ihre Nase in anderer Leute Angelegenheit. Und der alte Mencke, Portier, Installateur und Schreiner alles in einem, der lief neuerdings mit dem Parteiabzeichen herum. Wenn der – ach Unsinn, das waren ja Hirngespinste. Wo sollte denn auch Helga sonst hin? Lydia wünschte, Lore möge sie mit ihrer Anruferei vorläufig verschonen. ›Natürlich hatte sie es wieder einmal nur gut gemeint; natürlich wollte sie die Freundin nicht beunruhigen; natürlich sah sie vermutlich wie immer zu schwarz, nur –‹

Mehr als die ganze ihm vorausgegangene Suada beunruhigte Lydia eben dieses Wörtchen ›nur‹, ließ sie nachts unruhig schlafen und tagsüber manchmal geistesabwesend erscheinen. Und so kam es, daß der Ton der harmlosen Abendunterhaltungen, die sich meist auf kleine Tageserlebnisse bezogen, etwas gekünstelt klang. Und es konnte geschehen, daß plötzliche Verlegenheitspausen eintraten, die jeder auf seine Weise zu überbrücken suchte, um die Spannung zu mindern, die in solchen Augenblicken fühlbar zwischen ihnen stand. –

Es war Anfang November, an einem Sonnabend, als Gaby Helga den Vorschlag machte, mit ihr am Nachmittag zum Tanztee auf den Eden-Dachgarten zu gehen: »Du, da machste dich mal richtig schnieke, so mit Kasackkleid und Schleierturban und all dem Brimborium, und ich zieh das neue Rote an, und dann gehn wir ganz groß zum Five-o-clock ins Edenhotel!«

»Quatsch!«

»Wieso Quatsch?«

»Schleierturban jetzt im November!«

»Dann nimm den schwarzen Bibi mit Rand!«

»Außerdem kann ich nicht tanzen!«

»Kein Problem. Laß dir von deinem Partner einfach die Füße zurückschieben, wohin er sie haben will. Und wenn er nach rückwärts geht, dann läufste ihm nach, keine Kunst.«

»Mensch, ich blamier mich tödlich!«

»Einmal mußte doch anfangen. Eben weil du keine Tanzstunde gehabt hast. Sonst ist es plötzlich zu spät, und ehe du dich's versiehst, biste 'ne alte Jungfer von fünfundzwanzig und kannst nicht mal tanzen!«

Ein zwingendes Argument.

»Na ja – wenn du meinst? Musikalisch bin ich ja.«

»Apropos Musik: Du, da spielt jetzt ein neues Orchester – Klasse, sag ich dir! War schon zweimal mit Rolf oben. Einfach 'ne Wucht. Das reißt dich mit!«

Helgas Neugier siegte. Sorgfältig bemalt, zog sie im ›guten Grünen‹ mit frechem schwarzen Hütchen an der

Seite der wesentlich selbstbewußteren Gaby zu ihrem ersten Tanztee in das mondäne Eden auf der Budapester Straße schräg gegenüber dem Eingang zum Zoo. ›Ich muß mehr Sicherheit kriegen!‹ dachte sie verärgert bei sich, als sie über dicke Teppiche quer durch die Empfangshalle zum Lift gingen, ›warum starren mir die Männer alle auf die Beine? Ob ich Laufmaschen habe? Schon wieder? Oder vielleicht schaut mein Unterrock hervor? Ich hätte doch die Träger kürzen sollen.‹ – ›Dachgarten‹ stand groß auf dem obersten Knopf des Liftes, der sie hinaufbeförderte.

Oben war es hell, luftig und geräumig. Tageslicht fiel durch die großen Scheiben der Fenster, die eine Glasfront zur Straße hinaus bildeten. Der langgestreckte Raum, den die Tanzfläche in zwei gleiche Hälften teilte, erinnerte an das Innere eines modernen Luxusdampfers. Stimmengewirr schlug ihnen entgegen. Fast alle Tische waren schon besetzt, obgleich es noch früh am Nachmittag war. Das Orchester stimmte die Instrumente, ab und zu trompetete ein Elefant vom nahen Zoo herüber, und Helga hatte das bestimmte Gefühl, schiefgetretene Absätze zu haben, mit denen sie unmöglich auch nur einen Schritt nach vorwärts tun konnte.

»Komm, wir gehn wieder!« flüsterte sie Gaby zu, »hier gibt's ja doch keinen Platz!«

»Das wär doch gelacht!«

Gaby hob sich auf die Zehenspitzen und reckte den kurzen Hals nach allen Seiten: »Da, ich seh was! Los, komm!«

Resolut steuerte sie ein Tischchen an der linken Wandseite an, den Glasfenstern gegenüber. Helga folgte ihr gesenkten Blickes und wagte nicht, nach rechts und links zu schauen. Zufrieden setzte sich Gaby mit dem Gesicht zur Tanzfläche: »Na bitte – prima. Was gibt's denn? Nur Gedecke? Willste lieber Kaffee, Tee oder Schokolade? Den Kuchen kannste dir selbst aussuchen. Mensch, ganz schön teuer!«

»Hab's nicht anders erwartet.«

Gaby schaute von der aufgeklappten Karte hoch mit einem Ausdruck, den Helga an ihr kannte. Er sollte treuherziges Bitten ausdrücken, wurde aber doch immer nur eine Saccharingrimasse, hinter der sie nur mühsam ihr Drängen verbarg. Wahrscheinlich brauchte sie wieder mal Geld. Da kam es auch schon: »Du – Helga –, weißt du, wie ich die ersten Male hier war, da habe ich nicht so auf die Preise geachtet, weil doch Rolf für mich bezahlt hat. Und nun ...«

»Schon gut. Ich übernehm die Rechnung.«

Wann war Gaby mal nicht in Geldverlegenheiten?

Diese strahlte: »Danke. Kriegst es auch bestimmt bald wieder!«

Helga warf ihr einen ironischen Blick zu. Gaby sah in ihr das ideale Objekt für ihre Anpumpungsversuche. Ihr monatlicher Scheck von zu Hause war großzügig, und seine Empfängerin war es auch. Das Geld, das sie Gaby lieh, setzte sie von Anfang an auf die Verlustliste, um sich unnötigen Ärger und Auseinandersetzungen zu ersparen. Und da sie nicht mahnte, ›vergaß‹ Gaby prompt die Rückzahlung.

Noch immer hielt Helga den Blick auf das Tischtuch gesenkt, zu scheu, sich umzuschauen. Obgleich sie niemanden sah, fühlte sie sich von allen Seiten beobachtet. Sie spürte die unbarmherzigen kritischen Blicke sich wie Egel an ihr Gesicht, die nackten Arme, die Beine heften. Als zöge man ihr die Kleider vom Leib. Während sie noch überlegte, ob sie nicht einfach weggehen und Gaby mit einem Geldschein ihrem Schicksal überlassen sollte, setzte die Musik ein. Bewegung entstand um ihren Tisch herum; alles erhob sich, forderte auf, ging zur Tanzfläche. Vom Zoo her überbrüllte ein gereizter Löwe für einen Augenblick die leichten Klänge des Foxtrotts.

Aus den Augenwinkeln sah sie ein graues Stück Flanell auf ihren Tisch zukommen, größer werden, lebendiger, sich verbeugend, und dann war Gaby weg. Das erleichterte. Endlich wagte sie den Kopf zu heben. Was für ein sinnloses Gedränge – das sollte Tanzen sein? Sah eher wie ein Massen-Tête-à-tête aus. ›Ah, daher kam wohl der Ausdruck Tête-à-tête – Kopf an Kopf! Und Bein an Bein‹, dachte sie grimmig; die Tanzerei schien nur ein Vorwand zu sein, um möglichst hautnahe Tuchfühlung zu suchen. Schade um die flotte Musik! Puritanisch streng und verächtlich musterte sie die Tänzer. Da war ja auch Gaby wieder, klebte hingegeben an der Brust des Flanelljünglings mit dem ungesund bleichen Gesicht, hielt die Augen halb geschlossen und die Lippen genießerisch leicht geöffnet. Wie ein fetter Karpfen in dreckigem Teichwasser, dachte Helga verärgert. Als Dame mußte man doch wenigstens Haltung bewahren. Sie ahnte nicht, wie preußisch sie dachte. Dabei war dies kein Erbteil des Vaters, der ja aus Oberschlesien stammte, sondern – ein Paradox – ausgerechnet vom jüdischen Großvater übernommen, ebenso wie die blauen Augen. Der deutsche Geist der Kaiserepoche, in ihrer mütterlichen Familie verehrt und gepflegt, wirkte noch in der Enkelin nach.

Plötzlich hatte sie das starke Gefühl, beobachtet zu werden. Unsicher drehte sie den Kopf nach rechts und traf auf den Blick eines Mannes, der pfeiferauchend an einem Tischchen im Hintergrund saß und sie anscheinend schon längere Zeit hindurch amüsiert beobachtet hatte. Das Blut schoß ihr in den Kopf: ›Was glotzt der mich so an? Macht sich wohl lustig über mich?‹

Heftig griff sie nach der Gedeckkarte und warf dabei ihre Kaffeetasse um. Braune Brühe ergoß sich über das Tischtuch und begann, auf ihr Grünes zu tropfen. Auch das noch! Als Gaby schwitzend und atemlos an den Tisch zurückkehrte, fand sie Helga den Tränen nahe. Sie mißdeutete die Situation: »Mensch, mach dir nichts draus. Das erste Mal bleibt man oft sitzen, da sondieren die Knilche erst mal das Feld. Deswegen brauchste nicht gleich den Kaffee wegschütten. Herr Ober!«

hielt sie den vorbeigleitenden Kellner an der Jacke fest, »noch einmal Kaffee und 'n neues Tischtuch bitte!«

»Und heißes Wasser!« murmelte Helga, tief über ihren Rock gebeugt, an dem sie mit der Serviette herumrieb. Jetzt würde sich der Snob auf der anderen Seite aber über die dumme Gans freuen, die sich in einem vornehmen Lokal so täppisch benahm! Mit finster zusammengezogenen Brauen blickte sie vorsichtig in seine Richtung hinüber, während der Ober in vorwurfsvollem Schweigen das nasse Tischtuch abzog und durch ein frisches ersetzte. Aber der Mann drüben hatte sich taktvoll abgewandt und betrachtete konzentriert seine Pfeife.

»Bild für die Götter, nasses Kleid mit Bulldoggengesicht unter Samthütchen!«

Gaby kicherte schadenfroh.

»Laß mich in Ruhe!«

»Buuh. Wenn du ein Gesicht wie 'n gereizter Stier machst, wirste auch weiterhin sitzenbleiben!«

»Hoffentlich! Ehe ich mich mit so einem lackierten Affen da rumdrücke ...«

»Nu werd man bloß nicht neidisch, Goldkind!«

Genüßlich kaute sie Bienenstich und spülte ihn mit großen Schlucken Schokolade hinunter. Helga war aufs äußerste erbost. Während sie noch in atemlosem Zorn nach einer passenden Erwiderung suchte, setzte die Musik wieder ein, diesmal mit etwas Zärtlich-Langsamem. Der graue Flanell holte Gaby zum zweiten Mal. Helga fühlte mehr als sie sah, daß sich auch der Mann drüben erhoben hatte und auf ihren Tisch zukam. Sie spürte, wie sie rot wurde. Er wird doch nicht –? Da stand er schon neben ihr. Noch ehe er etwas sagen konnte, war sie heftig aufgesprungen und starrte ihm kampflustig ins Gesicht.

»Gestatten Sie?«

»Nein!« sagte Helga und setzte sich wieder.

Verblüfft betrachtete er sie einen Augenblick. Dann lachte er laut auf.

›Verdammt sympathisch, das Lachen‹, dachte sie widerwillig und schämte sich. Sie machte heute aber auch alles verkehrt.

»Möchten Sie nicht tanzen?«

Neue Welle Rouge: »Nein – doch – ich kann nicht tanzen…« Es kam kläglich.

In gespielter Vertraulichkeit beugte er sich aus seiner beträchtlichen Höhe zu ihr hinab: »Wenn Sie es nicht weitersagen – ich nämlich auch nicht.«

Damit zog er sie einfach an der Hand hoch und zur Tanzfläche hin. Gegen ihren Willen mußte sie lachen, während sie sich in das Gewühl mischten. Er war viel größer als sie, sehr schlank, mit hoher Stirn über klugen Augen. Sie schätzte ihn auf Ende Zwanzig.

»Was machen Sie auf Tanztees?«

»Und Sie?«

»Studien.«

»Das habe ich auch gemacht.«

»Ich weiß. Ich habe Sie beobachtet. Das Resultat Ihrer Studien stand Ihnen auf dem Gesicht geschrieben. Es stimmte übrigens mit dem meinen weitgehend überein!«

»Warum fragen Sie mich dann, was ich hier mache?«

»Weil Sie hier nicht hingehören!«

Zornig blickte sie zu ihm auf: »Das mit dem Kaffee, das war ein Unfall. Kann schließlich jedem mal passieren!« Also hatte er es doch gesehen.

»Weiß zwar nicht, wovon Sie reden, aber der Zorn steht Ihnen reizend. Habe ich vorhin schon festgestellt. Was ich eben meinte, war, daß ich Sie nicht zu der Kategorie von Mädchen zähle, die in solchen Veranstaltungen die beste Chance sehen, sich einen reichen Freund zu angeln. Und das finde ich nett!«

Eingebildet war dieser Mensch!

»Und weshalb finden Sie das nett?«

Er führte sie federleicht. Sie spürte seine Berührung kaum und paßte ihre Schritte automatisch den seinen an. Die Mischung von Tabakduft und englischem Rasierwasser, die dem Stoff seines Anzugs entströmte, kitzelte angenehm ihre Nase. So nah war sie noch nie einem Mann gewesen. Sie wiederholte ihre Frage: »Warum finden Sie das nett, daß ich nicht so bin wie solche Mädchen?«

»Ach, lassen wir das. Erzählen Sie mir, was Sie hier in Berlin machen!«

Er fragte sie aus, ohne daß sie es wie ein Verhör empfand. Sie spürte sein aufrichtiges Interesse.

»Ich studiere Musik!«

»Nein!« Vor Überraschung verhielt er den Schritt, so daß sie stolperte. »Was und bei wem?«

»Klavier bei Professor von Hagen.«

»Beim guten alten Hagen. Die Welt ist klein.«

»Versteh ich nicht.«

»Mein Name ist Weinberger. Sagt Ihnen das irgend etwas?«

»Natürlich. Der Dirigent, wer kennt ihn nicht? Aber was haben Sie mit ihm zu tun?«

»Mein Vater!«

Diesmal war sie es, die stehenblieb. Sie spürte weder die wohlgezielten Tritte gegen ihr Schienbein noch die Rippenstöße der Tanzpaare, die gegen sie prallten. »Sie sein Sohn? Mensch, ich werd verrückt! Wissen Sie, daß ich zu Hause alle seine Schallplatten habe? Eine ganze Sammlung. Meine Mutter schwärmt nämlich auch so für ihn. Er ist doch Leiter der Philharmonie, nicht wahr?«

»War es. Bis vor kurzem. Wenn Sie weiter Verkehrshindernis spielen wollen, werden wir hier nicht mehr lebend herunterkommen. Wie wär's mit ein paar Schritten zur Abwechslung?«

Helga schrak zusammen, und sie begannen wieder zu tanzen.

»Na toll, Mensch, geht ja schon prima!« schrie die sich stur um ihre eigene Achse drehende Gaby ihr ins Ohr. Ihr Tänzer schien über wenig Phantasie zu verfügen. Helga ignorierte sie: »Wo ist er jetzt, Ihr Vater? Wann wird er hier ein Konzert geben? Da möchte ich unbedingt hin!«

»Ich fürchte, nicht so bald. Er ist in Amerika.«

»In – Amerika?« verständnislos dehnte sie die Silben. Was tat er denn so lange drüben, wenn er in Deutschland so gesucht war?

Der junge Weinberger führte sie eine Weile schweigend, dann sagte er ruhig: »Mein Vater ist Jude. Wußten Sie das nicht?«

Auf ein verlegenes ›oh, das tut mir leid‹ oder ›das sah man ihm aber gar nicht an‹ war er gefaßt. Derartiges hörte er fast täglich, seitdem sein Vater emigriert war. Aber Helgas Reaktion verblüffte ihn. Strahlend blickte sie zu ihm auf: »Wirklich? Wie schön!«

»Sie übertreiben!« Sie überhörte den Spott in seiner Stimme.

»Und Ihre Mutter? Ist sie arisch?«

»Ich fürchte. Können Sie mir noch einmal verzeihen?«

Endlich merkte sie, daß er ihr Verhalten zumindest als taktlos empfinden mußte. Sie war ihm eine Erklärung schuldig: »Es ist nämlich nur, weil bei mir – ich meine, weil ich auch – nur da ist es umgekehrt, mein Vater ist arisch und meine Mutter...«

Daß es noch andere Menschen wie sie gab, machte sie glücklich. Besonders wenn sie so sympathisch waren wie dieser Mann hier mit dem berühmten Vater. Das stellte sie beide auf die gleiche Stufe, gab ihnen gleiche Sprache, gleiche Möglich- und Unmöglichkeiten. Sie empfand plötzlich so etwas wie aufkeimende Geschwisterliebe zum großen Bruder. All ihre Eckigkeit und künstliche Reserve schmolz. Vertrauensvoll lehnte sie sich in seinen Arm zurück und lächelte zu ihm auf.

Gespannt hatte er das Wechselspiel ihrer Miene verfolgt. Unter der von der Wärme aufgelösten Schicht von Schminke wirkte ihr Gesicht jetzt kindlich und entspannt. Es ging eine starke Anziehungskraft von ihr aus, der er sich weder entziehen konnte noch wollte. Leise sagte er: »Es scheint, wir haben eine Menge Gemeinsamkeiten. Fühlte es schon, als ich Sie so verloren und erschrocken am Eingang stehen sah. Geben Sie mir den nächsten Tanz?«

Sie tanzten den nächsten und auch alle nachfolgenden miteinander.

»Sagen Sie mir Ihren Vornamen!«

»Helga. Und Ihrer?«

»Klaus. Darf ich Helga sagen?«

»Natürlich – Klaus.«

Er lachte fröhlich und hielt sie etwas fester: »Wollen wir gute Freunde werden, Helga, kleines Rassenschwesterlein?«

Als Antwort nickte sie nur lächelnd.

Nach dem letzten Tanz brachte er sie nach Hause. Gaby war mit ihrem hartnäckigen Verehrer schon vorher verschwunden. Als sie aus der Hotelhalle traten, regnete es. Nicht gerade stark, es ließ bereits nach, aber es reichte noch, um naß zu werden. Weich zischend glitten die Autos über die spiegelnde Fahrbahn, die Scheiben voll glitzernder Tropfen, die die Schläge der Scheibenwischer vergeblich wegzufegen suchten. Die Luft roch feucht und vorwinterlich. Helga fröstelte in ihrer eleganten Verpackung.

»Warten Sie, ich hol' ein Taxi!«

Mit langen Schritten überquerte er die Straße. Kurz darauf kam er mit einem vorgefahren und hielt ihr die Wagentür auf. Der Anlauf, den sie nahm, um mit einem großen Satz ins Innere zu springen, war zu kurz bemessen und sie landete mit einem Fuß in einer großen Pflasterpfütze, bespritzte sich über und über mit dem dreckigen Wasser. Innerlich fürchterlich fluchend, ließ sie sich äußerlich nichts anmerken. Er sollte sehen, daß er es mit einer Dame zu tun hatte. Würdevoll und naß ließ sie sich neben ihm nieder.

»Ich hätte einen Vorschlag, Helga. Wie wär's, wenn wir heute nach dem Abendessen ins Kino gingen? Während Sie essen, besorge ich die Karten.«

»Wäre prima. Ich weiß aber nicht, ob ich heute abend noch loskommen kann. Tante Lydia ist da manchmal komisch.«

»Versuchen Sie es. Bitte. Ich hole Sie um halb neun ab. Die letzte Vorstellung beginnt um viertel vor. Abgemacht?«

Schon allein die Aussicht, dem gezwungenen Gerede nach Tisch entrinnen zu können, war verlockend. Mit einem Freund ins Kino! Nun hatte sie also auch einen Freund, und zwar nicht einen Knaben wie Gabys Rolf, sondern einen richtigen Mann. Klaus war schon neunundzwanzig, hatte er ihr erzählt und hinzugefügt, er könne fast ihr Vater sein mit dreizehn Jahren Altersunterschied. Im Gegensatz zu ihm fand sie den Altersunterschied sehr beruhigend. Jungens wußten oft nicht mit Mädchen umzugehen, benahmen sich flegelhaft oder sonstwie daneben, was noch unangenehmer war. Aber ein älterer Herr von Ende Zwanzig, der wußte natürlich, wie man Frauen behandelte. Der hatte Lebenserfahrung, was immer sie sich darunter vorstellte. Ungefähr, daß die Älteren im Laufe ihres Umgangs mit Frauen herausgefunden hätten, daß man mit weiblichen Wesen schonend umzugehen hat, auf ihre Launen Rücksicht nehmen muß und sie nicht überfallen kann wie wilde Tiere das Lamm. Mit einem Wort: Rücksichtnahme. Ihr gesunder Egoismus setzte als selbstverständlich voraus, daß alle anderen Mädchen und Frauen ebenso behandelt sein wollten wie sie selbst.

»Also schön. Abgemacht. Halb neun. Wiedersehen!«

Schnell sprang sie aus dem Wagen in die Haustür, ungeduldig, Gaby Bericht zu erstatten. Aber Gaby war nicht da, und Lydia empfing sie in schlechter Laune: »Wo steckt ihr denn? Ich hatte euch ausdrücklich gebeten, pünktlich zu sein. Aber nein, die Damen gehen ihre eigenen Wege. Da kann man euch bitten und bitten – aber ihr hört ja nicht auf mich. Für euch bin ich nur eine billige und bequeme Wirtin, nichts weiter. Und daß ich mich hier sorge, das ist euch ja einerlei, nicht wahr?«

Wenn ihre Stimme diesen weinerlichen Unterton bekam, war es besser, den Mund zu halten. Helga schwieg.

»Und wo ist Gaby?«

»Weiß nicht.«

»Ihr seid doch zusammen weggegangen?«

»Sie hatte noch was zu erledigen. Wird bestimmt gleich hier sein. Übrigens«, packte sie den Stier bei den Hörnern, »ich muß heute abend noch mal weg!«

Lydia fuhr herum: »Das kommt gar nicht in Frage! Nach dem Abendessen bleibt ihr hier! Vielleicht zieht ihr gleich ganz aus, ihr beide? Ihr seid noch viel zu jung, um euch abends herumzutreiben!«

»Tante Lydia, reg dich doch nicht gleich auf! Ich will doch nur zur Vorlesung über Kammermusik im Konservatorium. Gaby bleibt ja dafür bei dir!«

Gut, daß ihr das eingefallen war. Gestern hatte ihr Professor von Hagen eine Karte zu dem Vortrag angeboten, aber sie hatte höflich bedauernd abgelehnt. Kammermusik interessierte sie nicht.

Draußen auf dem Flur drehte sich ein Schlüssel, Gaby kam nach Hause.

»Nun ja, von einem Vortrag will ich dich nicht abhalten. Aber bitte komm dann gleich anschließend heim. Du bist schließlich erst sechzehn!«

»Versteht sich!«

»Mensch, da biste ja schon! Ich wollte dir noch Bescheid sagen, aber...« platzte Gaby ins Zimmer. Helga machte ihr heftige Zeichen zu schweigen und bedauerte überlaut, welch ein Pech sie doch habe, ausgerechnet bei solch einem Wetter noch zu einer Vorlesung zu müssen. Sofort stimmte Gaby mit ein. ›Viel zu auffällig‹, dachte Helga erbost, ›die dumme Gans muß auch immer gleich so übertreiben!‹ – Man setzte sich zu Tisch. Lydia reichte mit leidendem Gesicht Brot und Aufschnitt herum, während Helga in wachsender Nervosität das dicke Mädchen davon abzubringen versuchte, impertinent vor sich hin zu grinsen und ihr verständnisvoll zuzuzwinkern. Schließlich verlor sie die Geduld: »Hör endlich auf, dreckig zu lachen!« zischte sie Gaby an.

Lydia wurde aufmerksam: »Da stimmt doch was nicht? Was habt ihr für Geheimnisse?«

Worauf Gaby laut losprustete und sich verschluckte. Jetzt war schon alles gleich: »Ich werde nachher abgeholt, Tante Lydia.«

»Ich denke, du gehst zu der Vorlesung?«

»Tu ich auch. Herr Weinberger holt mich ab dazu. Von ihm hab ich die Karte.«

»Wer ist denn dieser Herr Weinberger?«

Der Name erweckte in Lydia keine musikalischen Vorstellungen, eher eine kleine Verlegenheit. Weinberger, das klang so – so artfremd. Das Wort hatte sie von Lore.

»Na ja, der Sohn von dem Dirigenten, du weißt doch...«

»Mensch, ich werd verrückt!« Gaby hörte auf zu grinsen und saß mit offenem Mund da.

»Aha. Ja«, sagte Lydia ungewiß, »der Weinberger. Woher kennst du ihn denn?«

Helga warf einen drohenden Blick in Gabys Richtung und log: »Von den Klavierstunden her. Er ist mit Professor von Hagen befreundet!«

»Na schön. Aber bitte komm nicht so spät, Kind!« Lydia stellte die leeren Teller aufeinander, »und sei bitte leise, wenn du über den Flur gehst. Ich habe heute den ganzen Tag Migräne gehabt!« –

Pünktlich um halb neun stand Klaus Weinberger im hellen Trenchcoat vor der Tür. Helga hatte sich schnell noch umgezogen und trug jetzt ein warmes braunes Herbstkostüm mit Pelzbesatz, dazu die passende Kappe. Viel jugendlicher und reizvoller sah sie so aus, fand er und hakte sie fröhlich unter. Es hatte zu regnen aufgehört, aber die Luft war feuchtkalt, und es wehte ein rauher Wind.

»Ich habe Karten besorgt zu ›Eine Frau, die weiß, was sie will‹ mit der Dagover. Im Capitol am Kudamm. Soll sehr amüsant sein. Ist es Ihnen recht?«

»O ja. Prima!«

»Vielleicht könnten wir dann anschließend noch ein Glas Wein trinken gehen?«

»Warum nicht?« erklärte sie großspurig.

Den einzigen Wein, den sie bis heute gekostet hatte, hatte sie gar nicht gemocht. Das war auf ihrer Konfirmation vor zwei Jahren gewesen, und das eine Glas von dem sauren Zeug hatte ihren Kopf total verwirrt. Aber komme, was da wolle – sie hatte bedingungsloses Vertrauen in ihren neuen Freund und war von vornherein mit allem einverstanden, was er ihr vorschlagen würde. Ein Taxi brachte sie zum Kurfürstendamm. Vor dem hellerleuchteten Filmpalast warteten eine Menge Leute. An der Kasse standen sie Schlange. Helga spürte Aufregung; dies war ihr erster großer Kinoabend. Alles schien ihr ungeheuer groß, weit, überdimensional. Sie mußte an ihr heimatliches Provinzkino denken. Dort schlurfte die alte Kettler, wenn sie den Raum voll genug fand, zum Lichtschalter und knipste mit lautem Knacks das Licht aus. Dann begab sie sich in ihre Ecke und schlief prompt ein, anstatt auf die Scheinwerfer zu achten, was auch zu ihren Obliegenheiten gehörte. Deshalb passierte es immer wieder, daß das Bild dunkler und dunkler wurde und das jugendliche Publikum der Nachmittagsvorführungen nur noch ahnte, was sich da im Dreivierteldunkel vor ihm abspielte. Auf jeden Fall aber war es etwas Jugendfreies, das die kindliche Phantasie mit solch zusätzlichen Verhüllungen nicht weiter gefährdete. Und immer wieder diese Shirley-Temple-Filme! Sie waren ja sehr rührend, aber Helga wollte endlich einmal einen richtigen Film für Erwachsene sehen. Gott sei Dank, hier in Berlin fragte sie keiner nach dem Alter; die Kassiererinnen kannten sie nicht und schickten sie nicht mit Aufträgen für Rheuma- oder Hustenrezepte zu ihrem Vater nach Hause. Andächtig ließ sie sich auf dem Klappsessel aus rotem Plüsch nieder und begann die Bonbons, die ihr Klaus am Eingang gekauft hatte, knisternd auszupellen. Dann wurde es dunkel, und die Vorstellung begann.

Schon während des Vorprogramms machte sie die beunruhigende Entdeckung, daß es ein Unterschied war, ob man neben einer Freundin oder einem Mann im Dunkeln saß. Ein völlig neues Gefühl von Spannung, etwas Knisterndem, gleichzeitig Anziehendem und Abstoßendem, sehr naher Gefahr – aber welcher? Es gelang ihr bei aller Anstrengung nicht, sich auf das Leinwandgeschehen zu konzentrieren. Die Raumtemperatur intensivierte den nachbarlichen Tabak-Lavendel-Duft, und ihr Arm, versehentlich den seinen streifend, spürte in allen Nerven die Wärme unter dem rauhen Stoff. ›Was ist mit mir?‹ Gespannt wartete sie darauf, wann ihre Arme sich das nächste Mal berühren würden. Jetzt. Ob das Zufall war, oder? Sie hatte sich nicht bewegt.

Aber dann kam der Hauptfilm, und die spannende Handlung ließ sie alles andere vergessen. Mehr noch als der charmante Held der Geschichte, den Adolf Wohlbrück überzeugend verkörperte, gefiel ihr ein weiterer Protagonist mit wunderschönen gütigen Augen in einem schmunzelnden Clownsgesicht.

»Mein Typ!« flüsterte sie wichtig ihrem Nachbarn zu.

»Ja, Werner Finck – nehm Sie mal mit zu ihm – großartiger Satiriker, einer der...«

»Schscht!« machte es böse von allen Seiten.

Gehorsam schwiegen sie und rührten sich nicht mehr bis zum Ende der Vorstellung. –

»Ganz prima!« erklärte sie begeistert, während sie sich erhoben, »das ist doch ganz was anderes als der Käse, den sie uns in unserem Kino daheim vorsetzen. So – so lebenswahr!«

Klaus grinste und nahm ihren Arm: »Gehen wir noch was trinken? Nur ein paar Schritte von hier sind die Mampestuben!«

Sie nickte und folgte ihm in das kleine Lokal durch die behaglichen niedrigen Räume zu einem runden Tischchen in einer Nische. Auf jedem Tisch brannte eine Kerze. »Sehr stimmungsvoll«, fand sie. Die Zugluft der sich ständig bewegenden Klapptüre hinter dem Eintrittsvorhang machte sie flackern; das Kinopublikum der umliegenden Filmtheater begann hereinzuströmen. Bald war das Lokal brechend voll und erfüllt mit Zigarettenqualm und angeregter Unterhaltung: ›Na, wenn ich dem seine Frau gewesen wär'‹ – ›Paulchen Kemp war doch geliebt als Charleys Tante!‹ – ›Also, Lilo, wenn du mich fragst, ich fand die Szene anstößig, die, wo der Fröhlich mit der Tschechowa...‹ – ›Da kommen ja Försters! Kinder, wo kommt ihr denn her? Los, Mutter, rück mal 'n bißchen. Ist schon noch Platz!‹ – Klaus hatte den Wein bestellt, während Helga ihre Jacke mit einiger Anstrengung über ein Knäuel von Herrenmänteln an einem Garderobehaken befestigt hatte.

»Mögen Sie Mosel?«

»Klar. Meine Lieblingsmarke!« erklärte sie, ganz Dame von Welt.

Seine Mundwinkel zuckten: »Meine auch. Wollen Sie vielleicht noch eine Kleinigkeit essen?«

»Nach dem Haufen Bonbons? Nein, vielen Dank, unmöglich.«

Aufmerksam verfolgte sie die Bewegungen des Obers, der, nachdem er ihrem Tischherrn das Flaschenetikett zur Kenntnisnahme gezeigt hatte, ihm nun einen Schluck zum Abschmecken eingoß. Klaus schien zufrieden, er nickte zustimmend, und der Ober füllte beiden die Gläser.

»Prost, Kleines!«

»Ich bin nicht klein und auch kein Kind mehr!«

»Pardon. Also – prost, Helga! Auf gute Freundschaft!«

So war's richtig. »Prost, Klaus!«

Das Zeug schmeckte zwar säuerlich nach all dem vorausgegangenen Süßen, aber nicht ganz so unerfreulich wie der Konfirmationswein seinerzeit. Vor allem wärmte es. Sie trank in vorsichtigen Zügen. Man konnte sich an den Geschmack gewöhnen. Eine Zeitlang hing jeder seinen eigenen Gedanken nach. Helga unterbrach als erste das Schweigen: »Klaus, was ich Sie fragen wollte: was machen Sie eigentlich beruflich?«

»Assessor, Jurist. Nebenher komponiere ich.«

»Oh, das ist interessant. Macht Ihnen Ihr Beruf Spaß?«

Nachdenklich drehte er das Glas in seinen Händen: »Ich hatte ihn mir anders vorgestellt!«

»Weshalb anders?«

»Weil Ärzte und Anwälte gleich hinter den ›undeutschen‹ Literaten auf der Abschußliste stehen. Das heißt, wenn sie Juden sind.« »Aber Sie sind doch nur halb?«

»Mein Name nicht. Und das macht es sehr schwer.«

Helga dachte nach. Da war es wieder, das ungeklärte Problem. »Aber was will man denn von Ärzten und Anwälten?«

»Sie gehören zur geistigen Repräsentanz Deutschlands!«

»Aber Ärzte gefährden doch nicht den deutschen Geist?«

»Nein, aber den deutschen Körper!«

Sie lachten beide.

»Prost, Kleines!«

Sie widersprach ihm nicht, als sie ihm ihr Glas entgegenhob. Zärtlich wie ein großer Bruder beobachtete er sie, wie sie mit raschen winzigen Schlückchen trank, und fragte sich heute schon zum sechsten Mal, wieso er, ein Mann um die Dreißig mit einer schönen verwöhnten Freundin in Dahlem, dazu kam, sich mit einer Sechzehnjährigen so intensiv zu befassen. Aber diese Sechzehnjährige war nicht wie andere Sechzehnjährige, das spürte er. Ihre Geradlinigkeit, ihre Naivität bei all ihrer Klugheit faszinierten ihn. –

Helga stellte ihr Glas auf den Tisch zurück, fuhr sich schnell und unladylike mit dem Handrücken über den Mund: »Und die Anwälte?«

»Welche Anwälte?« Es klang geistesabwesend.

»Warum mag man die nicht? Was gefährden denn die?«

»Ach so. Ja, die gefährden die neuen deutschen Gesetze, respektive die neuen deutschen Gesetze gefährden sie. Wie man's nimmt. Recht ist, was dem Volke dient. Wir hatten es anders gelernt. Aber zur Umschulung sind wir rassisch ungeeignet, wir Mischlinge.«

»Sie sprechen, als hätten Sie hier keine Zukunft mehr?«

»Sieht fast so aus!«

Er trank jetzt schnell, in großen Zügen, goß sich nach.

»Und was soll werden?« bohrte sie hartnäckig. Eine unbestimmte Empfindung sagte ihr, daß es hier nicht nur um ihn ging. Er zuckte die Schultern: »Zwei Möglichkeiten!«

»Welche?«

»Bleiben oder emigrieren!«

»Bleiben natürlich!«

»So natürlich ist das nicht, Kleines. Mein Vater bereitet drüben in Amerika nur den Boden vor, um anschließend Frau und Sohn hinüberholen zu können.«

»Sie wollen fort?« Die Enttäuschung traf sie wie ein plötzlicher Schlag, »aber warum denn? Man wird uns doch hier nichts tun, nur weil wir einen jüdischen Elternteil haben? Zugegeben, sie machen es uns nicht leicht, aber durchsetzen kann man sich immer, wenn man nur will. Ich bin überzeugt, daß sich die blöde Judenhetzerei bald legen wird. Die meisten Leute sind dagegen!«

Der Wein hatte sie lebhaft gemacht, ihre Augen glänzten erregt im geröteten Gesicht: »Wir sind doch Deutsche, Klaus, wir gehören doch hierher!«

»Ziehen Sie nicht die Stirn in Falten. Das macht Sie alt!«

»Weichen Sie nicht aus!«

»Ihr jugendlicher Optimismus in Ehren. Ich wünschte, ich könnte ihn teilen!«

Sie wurde zornig: »Sie wünschten, Sie könnten! Was wünschen Sie denn, daß Sie könnten?« schrie sie aufgebracht, so daß sich ein Mann am Nebentisch nach ihnen umdrehte, »einfach alles hinschmeißen, nicht wahr? Davonlaufen. Sich schämen –« sie senkte die Stimme – »jüdischer Abstammung zu sein, nur weil es ein paar Obernazis so wollen, das finden Sie wohl richtig? Und Sie könnten so einfach, ohne Bedauern das Land verlassen, in dem Sie geboren, aufgewachsen sind?«

Langsam wurde sie ruhig und auf einmal unendlich traurig. »Glauben Sie, daß ich es könnte?«

Sein Gesicht hatte alle Fröhlichkeit verloren, sah plötzlich leer, wie ausgebrannt aus. Die Backenknochen unter den hellen Augen traten hart hervor.

Sie sah ihn an.

»Nein«, sagte sie leise, »ich glaub es nicht. Verzeih!«

In die starre Maske kehrte das Leben zurück. Die Züge entspannten sich, er lächelte weich: »Jetzt hast du eben ›du‹ gesagt. Wollen wir es dabei belassen?«

Erschrocken senkte sie den Kopf, nickte nur schwach. Wie hatte ihr das nur passieren können? Hoffentlich hielt er sie jetzt nicht für aufdringlich. Damen mußten männlichen Wesen gegenüber Zurückhaltung üben, hatte ihr schon die französische Gouvernante beigebracht, die selbst noch aus dem vorigen Jahrhundert gestammt hatte. Sie hatte wieder einmal das Gefühl, sich gründlich danebenbenommen zu haben. Erst das Schreien, dann auch noch Duzen – daß sie ihr Temperament doch nie zügeln lernte! Die Verlegenheitswelle machte ihren Kopf sehr heiß.

»Dann wollen wir Brüderschaft trinken!«

Er füllte ihr Glas nach: »Prost – du!«

Immer noch rot, tat sie ihm Bescheid.

»Schade, daß ich dir hier im Lokal keinen Kuß geben kann«, die Röte nahm wieder zu, »ich werde also mit deiner Hand vorliebnehmen müssen!«

Sanft ergriff er ihre Rechte, betrachtete sie einen Augenblick lang mit einer Mischung aus Rührung und Belustigung und führte sie an seine Lippen. Das verursachte ihr ein seltsames Schwebegefühl, als fiele sie aus großer Höhe auf Watte. Hastig zog sie die Hand zurück: »Ich muß jetzt gehen – Tante Lydia wird warten.«

»Tante Lydia wird sich an deine Abwesenheit nach dem Abendessen gewöhnen müssen«, meinte er, während er den Ober rief, »ich habe nämlich viel mit dir vor. Warst du überhaupt schon mal in der Oper Unter den Linden? In der Philharmonie? Nein? Dann wird es Zeit, daß ich dich in unser Kulturleben einweihe!«

Sie nickte nur, während er ihr in die Jacke half. Auf einmal war sie sehr müde. Vor der Haustür küßte er ihr noch einmal die Hand – ›Hand küßt man doch nur verheirateten Frauen?‹ dachte sie schläfrig – und verabredete sich mit ihr für den übernächsten Abend zum neuen Programm der Scala.

Lydia hörte sie nicht, als sie über den Flur in ihr Zimmer huschte und sich im Dunkeln entkleidete, um Gaby nicht zu wecken.

Es war eine neue Welt, die er ihr erschloß, die Welt der großen Konzerte, der Theaterpremieren, der Kabaretts, Varietés. Zusammen besuchten sie die Vorstellungen des großen Opernhauses mit seinem verstaubten gold-roten Prunk, Furtwängler-Konzerte, all die kleinen geschulten Bühnen, an denen Berlin so reich ist, den Wintergarten und das Kabarett der Komiker. Dort sah sie auch Werner Finck wieder, für den sie von da an schwärmte. Es gab also noch Menschen, die nicht einfach ›Heil‹ mitbrüllten aus keinem anderen Grunde als dem, daß sie deutsche Arier waren, die ihre Individualität bewahrten und verteidigten. Und das, anstatt mit wütendem Protestgeschrei, mit unterspieltem Charme und treffsicherem Witz. Der zutraulich-scheue Kabarettist mit den ernsten Augen im Schmunzelgesicht wurde ihr Idol. Bald schon war sie theatersüchtig geworden. Oper, Schauspiel, leichte Muse – egal, nur Bühne mußte es sein. Nacheinander identifizierte sie sich mit allen Künstlerinnen und träumte davon, eines Tages auch da oben zu stehen, beleuchtet und bewundert, ohne das dumme Klavier vor dem Bauch. Das ›Problem‹ schob sie in ihren Vorstellungen zur Seite, es hatte dort keinen Platz.

Klaus beobachtete zunächst mit Freude, schließlich mit geheimer Sorge, wie sehr seine junge Freundin von einer Welt fasziniert wurde, zu der sie nie würde gehören dürfen, einer Welt, der schon die Organisation einer Reichskulturkammer zugrunde lag, in der das ›reine Blut‹ des Künstlers das Talent entschied. – Die Wochenendnachmittage verbrachten sie in Anbetracht der winterlichen Kälte in eleganten Cafés und Hotelhallen bei leichter Musik wie dem Orchester Bernhard Ette, dem man den undeutschen Accent aigu weggenommen hatte – ›den Strich jestrichen‹, wie die Berliner sagten –, oder dem Ungarn Barnabas von Geczy mit seiner Geige im Esplanade, die trotz Balkan gar nicht schluchzte, sondern eine neue Art federleichter Unterhaltungsmusik hintupfte, in der Pusztalieder und Tangos ihre klebrige Süße einbüßten und zu beschwingten Liedchen wurden. Klaus war verliebt; er merkte nicht, welcher Gefahr er ihre junge Freundschaft aussetzte; daß er seine Freundin dorthin lenkte, wo er sie, falls er nicht sehr wachsam bliebe, bald verlieren würde. Sechzehnjährige sind leicht beeindruckbar und neigen dazu, ihre momentane Begeisterung für das Neue überzubewerten. Helga, von Natur aus etwas bequem, glaubte zwischen weichen Hotelsesseln, Caféhausstühlen und Theaterfauteuils ihre Welt gefunden zu haben. Wozu an Arbeiten, an Studieren, wozu überhaupt an ein Morgen denken? Der kleine Snob, der in ihr steckte, wuchs und gedieh prächtig. Sie begann, Freude an exzentrischer Aufmachung zu finden, chinesischen Seidenkleidern mit gesticktem Stehkragen und Schlitz, dunkelrot übermalten Lippen und grünen Augenlidern, sie fing an, Zigaretten zu rauchen und süße Liköre zu trinken, vorzugsweise Anisette von der Brizard. Dazu paßte das schwüle französische Parfum, das sie sich von ihrem Monatsgeld erstanden hatte. Nur unwillig setzte sie sich ans Klavier, um ernsthaft zu üben. Statt dessen begann sie, Tanzmusik zu hämmern. Das machte viel mehr Spaß und war ›schick‹. Gleichzeitig versuchte sie sich in der Komposition eines Foxtrottliedchens – ›Text und Musik von mir‹ –, in dem sie sich bei einem Debüt auf einer Kabarettbühne sah und das sie ›Lampenfieber‹ betitelte.

Ihrem Professor entging die Verwandlung nicht, obgleich sie zu den Stunden nach wie vor im dezenten Wollkleid und mit so gut wie keinem Make-up erschien. Aber ihr blasses Gesicht war unausgeruht, und ihr Spiel klang mechanisch und flach.

»Was ist mit Ihnen los?« fragte er sie eines Nachmittags geradeheraus, als sie wieder einmal besonders zerstreut schien, »Sie haben technisch gute Fortschritte gemacht. Wir sind weitergekommen. Aber Ihr Vortrag gefällt mir nicht.

Früher war er schwülstig, sentimental, jetzt ist er oberflächlich und ohne Inhalt. Daher erübrigt sich ja wohl die Frage, ob Sie verliebt sind. Woran liegt es also?«

»Ich weiß nicht. Ich gebe mir alle Mühe.«

»Nicht genug, mein Kind, nicht genug. Ihre Begabung macht es Ihnen zu leicht. Sie müssen mehr und vor allem gründlicher an sich arbeiten. Enttäuschen Sie Ihre Mutter nicht, die so viel Hoffnung in Sie setzt!«

Das Argument wirkte. Die Mutter, von der sie jetzt schon eine kleine Sammlung Briefe in der Kassette aufbewahrte, hatte sie nicht nach Berlin geschickt, damit sie sich hier dem süßen Nichtstun ergab. Sie rief sich selbst zur Ordnung, nahm sich zusammen und wurde wieder fleißiger, allerdings, ohne dabei auf die abendlichen Theaterbesuche und anschließenden Bummel zu verzichten. Klaus hatte ihr versprochen, sie nach ihrem siebzehnten Geburtstag auch in eine Bar mitzunehmen. Jetzt könne er es noch nicht verantworten, hatte er zu ihrer Enttäuschung gemeint. In manchen Dingen, fand sie, war er geradezu spießig.

Als Klaus sie eines Abends nach dem Theater – die Körner war hinreißend gewesen – gerade an die Haustür gebracht hatte, fing es an zu regnen. Mit einem großen Satz retteten sie sich lachend in den muffig riechenden Hausflur, um eine neue Verabredung zu besprechen. Dabei ging das automatische Flurlicht aus. Ihre Unterhaltung geriet ins Stocken. In der Verlegenheitspause, die eintrat, spürte sie seine Arme, die sie sanft an sich zogen. Plötzlich hämmerte ihr Herz wie verrückt, ihr Körper hatte einen Eigenwillen, gehorchte ihr nicht mehr und drängte zum Partner, während sich in ihrem Kopf alle puritanischen Vorfahren auf einmal erhoben und Protest schrien. Da waren auch schon seine Lippen auf ihrem Mund, Wärme hüllte sie ein, die Ahnen versanken und das In-Watte-Fallen-Gefühl kehrte zurück, nur intensiver. Sie wurde selbst zu Watte, die Arme, der Rumpf, die Beine, immer leichter, immer weicher. Über ihrem Gesicht flüsterte Klaus schweratmend in die Dunkelheit: »Helga – Kleines – ich…«

»Sprich jetzt nicht!« murmelte sie in plötzlich erwachter Weiblichkeit und suchte seinen Mund, »komm, küß mich!« Die Unterbrechung störte sie. Es wurde ein sehr langer Kuß. Sie fühlte mit Behagen, wie die gewichtslose Weichheit sich in ihr bis zu den Knien hinunter ausbreitete, langsam öffneten sich ihre Lippen unter dem Druck der seinen. Da stieß er sie plötzlich zurück, stammelte atemlos: »Nein nein, das ist alles ganz falsch. Das hatte ich nicht gewollt – verzeih!«

Sie schwieg.

»Kleines, bitte verzeih mir. Der Wein vorhin…«

Helga war wütend. Er hatte das Wattegefühl brutal zerrissen und die puritanischen Ahnen neu auferstehen lassen. Wie hatte sie sich so gehenlassen können? Was würde er jetzt von ihr denken? Die Scham verstärkte noch ihren Zorn. Zu allem Überfluß ging nun auch das Flurlicht wieder an, eine alte Frau schlurfte an ihnen vorbei zur Haustür – »'n Abend!« – und schloß geräuschvoll ab, bevor sie sich zurückzog. Helga empfand die Peinlichkeit der Situation wie einen heftigen Schlag. Sie haßte Klaus, sie haßte das Haus, sie haßte sich selber: »Geh jetzt. Geh!«

»Nicht so – bitte! Sehe ich dich morgen?«

»Warum nicht?«

»Selber Ort, gleiche Zeit?«

»Warum fragst du?«

»Du bist mir nicht böse, Kleines?«

»Weshalb sollte ich?«

Er ging ihr mit dem Gerede auf die Nerven. Sie wollte jetzt allein sein, dem eben Erlebten nachspüren. »Nacht, Klaus!« Damit schob sie ihn sanft hinaus. – Oben im Bett – Gaby schlief fest – lag sie noch lange wach und horchte in sich hinein. Das also war nun ihr erster Kuß gewesen! In der Phantasie – sie hatte in letzter Zeit oft daran gedacht – hatte das ganz anders ausgesehen, mehr, als mache man damit nur dem anderen eine Freude. Ohne Leben und ohne Wärme. Merkwürdig, beim Küssen hatte sie gar nicht an Klaus gedacht, obgleich doch er es war, der sie in den Armen hielt. An was aber dann?

Über der vergeblichen Anstrengung, das Rätsel zu lösen, schlief sie ein.

Meine liebe Helga,
weshalb schickst Du denn nicht endlich Deine Wäsche? Ich habe Dich jetzt schon mindestens viermal darum gebeten. Sei nicht so schlampig, Kind, es ist doch kein Kunststück, das kleine Etikett im Deckel umzudrehen. Und falls Du wirklich keine Zeit finden solltest, kann Lydia vielleicht den Koffer für Dich an der Post aufgeben, wenn Du sie schön bittest? Aber bitte bringe ihn endlich auf den Weg, er muß ja schon übervoll sein.

Von hier ist nicht viel zu berichten, außer daß Aenne gekündigt hat. Angeblich, weil sie sich wegen ihres kranken Beins in ärztliche Behandlung begeben muß. Aber ich hatte dabei ein ungutes Gefühl; sie konnte mir nicht in die Augen sehen. Schade, sie war eine gute Köchin, und es ist heutzutage nicht leicht, eine neue zu finden. Nun, wir haben ja noch Maria, und wenn sie auch nur Stubenmädchen ist, geht sie mir doch recht gut zur Hand, ist willig und gescheit. Wenn ich daran denke, wie sehr sich doch alles geändert hat! Früher bedeutete Hausmädchen oder Köchin in unseren Familien noch eine Lebensstellung! Kannst Du Dich noch an die gute Babette erinnern im Haus von Tante Gritta? Sie war schon bei uns, als Deine Großmutter geboren wurde. Die Gute, sie muß jetzt an die achtzig sein, hat sich von unserer ihr ausgesetzten Altersrente und der Legatssumme aus den

Testamenten Deiner Großeltern ein Häuschen gekauft und kommt noch regelmäßig Deine Tante – ihre ›Kleine‹ – besuchen, an der sie mit mütterlicher Liebe hängt –. Ja, die Zeiten haben sich radikal geändert.

Deinem Vater geht es gesundheitlich ganz ausgezeichnet, seitdem er sich dem Golfspiel zugewandt hat und fast jeden Nachmittag draußen auf dem Platz verbringt. Die Bewegung in der frischen Luft tut ihm gut, und ich freue mich für ihn, daß er durch den Sport für ihn wichtige neue Gesellschaftskontakte findet, die ihn nicht mehr so isolieren. Natürlich bin ich jetzt noch mehr allein, aber ich habe ja mein Radio mit den vielen schönen Konzerten. Neuerdings höre ich mir auch die Nachrichten in französischer Sprache von Radio Paris, Beromünster und Radio Luxemburg an. Ich finde sie recht beunruhigend. Seit der Ermordung Dollfuß' durch österreichische Faschisten interessiert sich das Ausland sehr für die deutsche Innenpolitik, für alles, was mit dem Anwachsen des Faschismus zusammenhängt, berichtet ausführlich über den Boykott des geistigen Lebens bei uns und warnt davor, die ›Sturmanzeichen‹ leicht zu nehmen. Als wenn wir das täten – aber die Nachrichten sind ja in erster Linie für die eigenen Hörer bestimmt –. Nun aber Schluß mit den schwarzen Gedanken.

Wir freuen uns schon sehr auf Deinen Besuch zu Weihnachten. Wie lange kannst Du bleiben? Wirklich nur eine Woche? Nun, auf jeden Fall wirst Du Dich hier einmal ein paar Tage gründlich ausruhen. Wenn Du wüßtest, wie gespannt ich auf Deine Berichte und Schilderungen von Berlin bin! Übrigens sah ich kürzlich im Seidenhaus Schröders auf der Rheinstraße einen sehr hübschen Stoff für einen Rock für Dich, ein warmes Hellbraun mit engen weißen Streifen. Wenn er Dir gefällt, könnte ihn Dir Fräulein Stebner schnell nähen. Ich glaube, sie könnte es in einer Woche schaffen, sie ist ja eine gute Schneiderin. Allerdings kommen die Weihnachtsfeiertage dazwischen –. Aber vor Mitte Januar wirst Du ihn bestimmt in Berlin haben.

Manchmal denke ich mit Sorge: Ißt Du auch genug? Du kannst ruhig noch ein paar Pfunde zunehmen. Versuch doch auch bitte, Salat zu essen. Ich weiß, Du magst ihn nicht. Aber Salat ist so gesund!

Nun muß ich für heute schließen. Meine Augen tun mir in letzter Zeit so weh. Wahrscheinlich nichts Besonderes, nur Müdigkeit von den vielen schlaflosen Nächten. Es gelingt mir einfach nicht, nachts das Denken abzuschalten –

Für Dich alles Liebe, herzlichst
Deine Mutti

Seit jenem Abend im Hausflur verdoppelte Klaus seine Bemühungen um Helga, vernachlässigte schändlich seine ihn aufrichtig liebende Freundin, der die Ursache seiner plötzlichen Zurückhaltung bereits über liebe Freunde zugetragen worden war, und stellte sich ganz auf die möglichen und unmöglichen Wünsche seiner jungen Begleiterin ein. Er hatte das quälende Empfinden, etwas wiedergutmachen zu müssen, und verstand nicht, daß nicht das Vertrauen in ihn, sondern das in sich selbst in ihr erschüttert worden war. Er blieb für sie auch weiterhin der gute Kamerad, der abendliche Begleiter, der Freund, dem man seine kleinen Sorgen und Nöte anvertrauen konnte – die kleinen, wohlgemerkt. Außerdem tat er ihr leid. Sie sah, wie er litt, wenn sie ab und zu ihre schlechte Laune an ihm ausließ, wie wörtlich er all ihre spontanen, oft unüberlegten Aussprüche nahm. Als sie ihm eines Tages ohne jeden Hintergedanken vorschlug, ihre gemeinsamen Wochenendnachmittage in seine Wohnung auf der Bleibtreustraße zu verlegen, erschrak er. Wenn das nun Tante Lydia erführe?

»Na und? Was ist denn dabei? Ob wir uns jetzt auf der Straße treffen oder bei dir.« Schweigend stimmte er zu.

Die geräumige Atelierwohnung, die er mit seiner Mutter teilte, war gemütlich. Sie fühlte sich sofort wohl zwischen den schlichten geschmackvollen Möbeln unter schrägem Glasdach. Überall gab es Fotos und Porträts seines Vaters, dirigierend, mit Freunden auf einer Terrasse, daheim mit Familie, noch ahnungslos in die vornazistische Kamera lächelnd –. Es gefiel ihr, wenn Klaus sich an den Bechstein setzte und ihr eigene Kompositionen vorspielte, während sie ihr Lieblingskonfekt, glasierte Mandeln, lutschte und bei Fortissimos krachend zerbiß. Die Musik war nicht schlecht, schien ihr aber etwas konfus. Hindemith stieß mit Wagner zusammen, und beide vergewaltigten sie Beethoven, der sich ab und zu schüchtern zu melden versuchte. Wenn es dann langsam dämmrig wurde und sich die von der Straße heraufdringenden Verkehrsgeräusche intensivierten, setzte er sich zu ihr auf das Sofa und dann küßten sie sich, sanft, lange und sehr ›anständig‹. Er ließ es sich nicht anmerken, welche Mühe ihn die Zurückhaltung kostete. Aber seine Ideen waren noch altmodisch. Ein junges Mädchen von sechzehn Jahren sollte überhaupt nicht in der Wohnung eines jungen Mannes sitzen und sich von ihm ungeniert küssen lassen! Daß er selbst der Mann war, milderte sein strenges Urteil nicht. Helga ihrerseits empfand schon bald den Austausch von Zärtlichkeiten nur noch als Gewohnheit, als Bestätigung, daß sie kein kleines Kind mehr war. Der erste erregende Taumel war verflogen, das Schwebegefühl fort. Eigentlich ziemlich langweilig, die ganze Knutscherei. Außerdem bekam sie manchmal keine Luft mehr, und dann wurde es lästig. Gehörte aber nun wohl mal mit dazu, zum ›großen Leben‹, das Küssen. Und es schmeichelte ihrer Eitelkeit, einen um soviel älteren Mann in sich verliebt zu sehen. Manchmal wünschte sie sich sehr, seine Gefühle erwidern zu können. Es mußte ein sehr schöner Zustand sein nach dem, was man ihr davon bisher erzählt hatte. Aber seine erzieherische Art ihr gegenüber, das starke Verantwortungsgefühl, seine fast schulmeisterliche Pedanterie in manchen Dingen kamen ihrer verschwommenen Sehnsucht nach Romantik nicht entgegen.

Ihre Unterhaltung drehte sich meist um Filme und Theaterstücke, die sie zusammen gesehen hatten. Und immer wieder kamen sie dabei wie unter einem Zwang auf ihr ›Problem‹ zu sprechen. Es war, was sie am meisten verband. »Ich bin ganz deiner Meinung, die ›englische Heirat‹ war wirklich der reizendste Film seit Jahren. Die Hildebrand – die göttliche Adele – aber vor allem Renate Müller. Einen Charme hat das Mädchen!«

»Arme Renate! Ich finde es abscheulich, wie schwer man es ihr macht, nur weil sie einen jüdischen Freund hat! Aber den Adolf Wohlbrück, den lassen sie weiter Hauptrollen spielen.«

»Wohlbrück ist wie wir. Halb!«

»Ach so. Dagegen haben sie also nichts. Beruhigend. Du, Klaus, wer bestimmt eigentlich die Gesetze bei Künstlern?«

»Ja, warte mal, wie ist das? Also da gibt es seit Februar eine Filmprüfstelle, die offiziell einem Reichsfilmdramaturgen untersteht, der die Blutproben nimmt und seinerseits inoffiziell vom Propagandaministerium …«

»Mensch, das ist mir zu kompliziert. Und beim Theater? Ist es da genauso?«

»Selbstverständlich. Mach dir keine Hoffnungen, Kleines, mit einer Schauspielkarriere wird es nichts! Die Gesetze zum Schutz der deutschen Kunst vor semitischen Einflüssen werden zunehmend strenger!«

»Aber wenn es doch noch Mischlinge in Hauptrollen gibt?«

»Noch – wie du sehr richtig bemerkst. Wer weiß, für wie lange.«

»Ach Klaus, ich glaube, du übertreibst. Erinnerst du dich

noch an die großartige Aufführung vorige Woche im Staatstheater beim Gründgens? Da waren mehrere jüdische Schauspieler dabei, nichtarische Namen, nichtarische Gesichter.«

»Das ist eine Ausnahme!«

»Wieso ist ausgerechnet das deutsche Staatstheater eine Ausnahme?«

»Erstens hat Göring gesagt: ›Wer Jude ist, bestimme ich‹ ...«

»Hat er bestimmt?«

»Er hat.«

»Und zweitens?«

»Zweitens ist es überall bekannt, daß sich Gründgens, als er Anfang Februar die Intendanz übernahm, von Göring die Erlaubnis auserbeten hat, Künstler zu engagieren, die nach den Rassegesetzen nicht mehr spielen dürften.«

»Phantastisch, der Mut! Nun sag nur, er hat sie bekommen?«

»Das hat er. Auf einen so großen Künstler wie Gründgens können auch die Nazis nicht verzichten.«

»Wie herrlich, daß es solche Menschen gibt!« – Auf Helgas Favoritenliste standen jetzt Werner Finck und Gustaf Gründgens einträchtig nebeneinander: »Das beweist doch wieder einmal, wie recht ich habe mit meinem ›jugendlichen Optimismus‹, wie du es nennst. Das Gesetz besteht, aber überall gibt es Lücken. Mischlinge spielen in unzähligen deutschen Filmen die Hauptrollen und sind auch im Jahre des Heils 1934 erklärte Publikumslieblinge; das Ensemble des deutschen ›Staats-Musen-Tempels‹, wie ihr euer Staatstheater nennt, ist ebenfalls nur halb arisch – mit anderen Worten: Ein wirkliches Talent setzt sich immer durch, auch heute noch, andersrassig oder nicht!« Sie triumphierte.

»Du übersiehst die negativen Seiten. Eben sagtest du selbst: ›arme Renate Müller‹ –«

»Na ja. Weil ihr Freund für die Bonzen nur eine negative

Bedeutung hat, deshalb muß er weg. Aber wäre sie selbst nichtarisch, würde man sie bestimmt weiterspielen lassen und ihr keine Steine in den Weg legen!«

»Worauf willst du eigentlich hinaus, Kleines? Du wirst doch Pianistin, und zwar im Ausland, nicht wahr, so will es doch deine Mutter? Finde ich sehr vernünftig von ihr. Auch mein Vater wird dir mit seinen Beziehungen in der großen Musikwelt helfen, wenn es soweit ist. Was also machst du dir Gedanken über die Chancen der Schauspieler in Deutschland?«

Helga zuckte nur die Achseln und schwieg. Ihre innersten Gedanken und Sehnsüchte wollte sie auch ihrem besten Freund nicht anvertrauen. Er würde sie doch nicht verstehen. In diesem Punkt waren sie voneinander verschieden. Sie fühlte durch und durch deutsch. Dazugehörig. Wenn hier jemand nicht dazugehörte, so waren es die Nazis. Und die wollte sie mit bekämpfen, vertreiben helfen, damit unschuldige Menschen, gute Deutsche, nicht mehr unnötig gequält wurden und der ganze Unsinn mit Rasse und Abstammungsnachweisen aufhörte. Klaus dachte zu international. Aber sonst war er ein lieber Kerl.

Weihnachten 1934.

Am Nachmittag des dreiundzwanzigsten Dezember traf sie zu Hause ein. Da stand das Elternhaus, aber es sah plötzlich kleiner aus, enger, provinzieller. Und da war die kleine Mutter mit feuchten Augen und vor Aufregung zitternder Stimme, die sie ins Wohnzimmer zog und viel zuviel auf einmal sagen wollte.

»Unfaßbar – neue Köchin – noch gewachsen!« sprudelte sie atemlos hervor, was heißen sollte: »Unfaßbar, daß du wieder hier bist – neue Köchin haben wir auch schon – du bist noch gewachsen!«

In ihrer Verwirrung lief sie mit kleinen Schritten von einer Ecke in die andere.

»Komm, Mutti«, lachte Helga in neu erwachender Zärtlichkeit, »setz dich doch endlich hin!«

Als sie sich dann gegenübersaßen, betrachteten sie sich erschrocken. ›Wie verhärmt sie aussieht‹, dachte das Mädchen, ›die tiefen Ringe unter den schönen Augen, der gequälte Zug um den Mund – alles ganz neu. Oder sollte mir das vorher nicht aufgefallen sein?‹

›Mein Gott, wie sieht sie denn aus?‹ dachte die Mutter, ›das ist ja schrecklich. Bunt wie ein Papagei. Bemalt wie eine – eine – na eben so eine. Diese rotverschmierten Lippen, die umrandeten Augen mit den Fliegenbeinen, die Rougekleckse auf den Backen – wie ein Clown!‹

Der besorgte und der erschrockene Blick trafen sich.

»Stört dich mein Make-up?«

»Ehrlich gesagt, du siehst scheußlich aus. Weshalb verunstaltest du dich so? Gegen ein dezentes Nachhelfen habe ich gar nichts, das kann hübscher machen. Aber du siehst aus, als kämst du – verzeih – aus einem Puff!«

Das Aussprechen des skandalösen Wortes ließ sie über und über rot werden.

»In Berlin laufen sie alle so herum!« verteidigte sich Helga.

»Möglich, Kind. Wir sind aber nicht in Berlin, und so kannst du hier wirklich nicht auf der Straße herumlaufen. Ein Glück, daß dein Vater auf dem Golfplatz ist und dich nicht so gesehen hat. Komm, sei lieb, wasch dir erst das Gesicht ab. Und dann erzähle, ja?«

Man konnte ihr nicht böse sein, wenn ihre sanften Rehaugen bettelten. Gehorsam, wenn auch widerwillig, begab sich ihre Tochter ins Badezimmer. Wenige Minuten später saßen sie im Wohnzimmer. Elisabeth hockte sich erwartungsvoll wie ein Kind mit angezogenen Beinen auf die Couch, während Helga aus dem Armsessel ihr gegenüber berichtete. Es wurde ein sehr ausführlicher Bericht, und er schloß Klaus mit ein. Vor ihrer Mutter hatte sie keine Geheimnisse. Die kleine Frau lauschte in atemloser Spannung, versuchte mitzusehen, mitzuerleben. Sie war glücklich, ihre Gedanken bekamen neuen Stoff, mit dem sie sich würden beschäftigen können, wenn Helga wieder fort war. – Es war längst dunkel geworden, als der alte Gong zum Abendessen rief.

Im Eßzimmer fand sie den Vater vor, schlank und hochaufgerichtet wie immer, das früh schneeweiße Haar – Erbteil seines Vaters – über dem jugendlich frischen Gesicht straff zurückgebürstet. Ein stattlicher Mann in den besten Jahren. »Na, wieder zurück?« fragte er nicht sehr einfallsreich und nickte ihr gönnerhaft zu.

»Was macht das Studium?«

Helga nahm ein Stück Käse, denn das fettglänzende zittrige Eisbein, Lieblingsessen des Vaters, war ihr widerlich, und berichtete noch einmal. Diesmal in Neufassung für den Vater mit Betonung auf ›arbeiten‹ und unter Weglassung aller privateren Details. Er schien zufrieden, nickte ein paarmal mit fettglänzenden Lippen und blieb ansonsten schweigsam wie üblich. Nach dem Abendessen entschuldigte sie sich ziemlich bald und zog sich auf ihr Zimmer zurück. Seltsam, die kurze Abwesenheit von zu Hause hatte ihren Blick verändert. Gewohnheit macht blind. Jetzt sah sie auf einmal die Dinge, das Haus, die Eltern, die Möbel, wie in ein Bild zusammengedrängt, ein Bild mit verschnörkeltem, staubigem Rahmen unter etwas trübem Glas, ein Bild, das die Vergangenheit festhielt, sie aber nicht mehr lebendig machte. Viereinhalb Monate hatten einen ersten Abstand geschaffen. Seufzend schloß sie die Augen und hörte nicht mehr, wie ihre Mutter gewohnheitsmäßig auf leisen Sohlen nachschauen kam, ob sie auch schlief und richtig zugedeckt war.

Der Weihnachtsabend verlief zu Helgas großer Erleichterung ohne unnötige Sentimentalitäten. Zwar bestand der Vater auf Einhaltung des üblichen Zeremoniells, das aber eher komisch als feierlich wirkte und bei seiner Tochter von jeher schwer zu unterdrückende Heiterkeit verursacht hatte. Die Mutter mußte sich an das mehr denn je verstimmte Klavier setzen und ›O du fröhliche‹ spielen, während Vater, Tochter und Personal vor dem brennenden Weihnachtsbaum standen – ›ich bitte mir Haltung aus!‹ – und höchst unmelodisch mitsangen, brummten und kreischten. Drei volle Strophen; unter dem tat er's nicht. Dann wurde zur allgemeinen Erleichterung das Licht angemacht, und die Geschenkeverteilung begann. Sie hatte ihrer Mutter einen großen Flakon ihres Lieblingsparfums ›Joy‹ von Patou gekauft, außerdem eine schwarze weichlederne Handtasche ›Berliner Chic‹. Ihr Vater bekam ein Buch: ›Der Erste Weltkrieg und seine Folgen‹. Dafür revanchierte er sich mit einem umfangreichen Wälzer: ›Geschichte der Musik vom 15. Jahrhundert bis zur Gegenwart‹. Während Köchin und Zimmermädchen zufrieden mit den obligaten Seidenstrümpfen auf Pralinenschachteln und ihrem Gratifikationsumschlag abzogen, freute sich Helga über einen Berg Geschenke von der Mutter, eine Armbanduhr, Handschuhe, zwei Pullover, Bücher, Schallplatten.

»Mensch, toll! Fats-Waller-Platte! Daß es die noch gibt?«

Waller war Neger und machte ausschließlich ›rassefremde‹ Musik. »Gefällt sie dir?«

»Und wie!«

Der neuen Köchin, einer Kusine des Zimmermädchens Maria, war die Weihnachtsgans gut gelungen. Braun und knusprig glänzend, mit Äpfeln und Kastanien zum Bersten gefüllt, dampfte sie auf der goldgerandeten Schüssel. Zur Feier des Abends wurde eine Flasche Beaujolais entkorkt. Jovial stieß der Hausherr mit den beiden Frauen an. Wenn er sich ordentlich vollgegessen hatte, wurde er umgänglicher. Die Unterhaltung blieb unverfänglich.

Um elf Uhr endete der Heilige Abend unter allgemeiner satter Zufriedenheit.

Von nun an verflogen die Tage schnell. Wenn sie es sich auch nicht eingestehen wollte, so war sie doch froh darüber. Nach der monatelangen großzügigen Weite Berlins empfand sie das engherzige Kleinstadtmilieu doppelt bedrückend. Die rauchschwere, nach Eisen schmeckende Luft, die finsteren Mienen der Passanten, die Unfreundlichkeit der Verkäufer in den Läden, ihr Mangel an Humor und Gemüt schienen ihr plötzlich unerträglich. Hatte sie hier wirklich bis vor kurzem gelebt, unter diesen bäuerlichen Sturköpfen? Auch die Geschäfte schienen geschrumpft, lächerlich in ihrer Wichtigtuerei um die paar armseligen Waren. Wenn sie jetzt mit ihrer Mutter durch die Stadt ging, gab sie an wie eine echte Berlinerin: »Mensch, da mußte mal bei uns sehen –!«

Es war an einem solchen Stadtbummel-Vormittag, als Helga am Straßenrand, kurz vor dem Bahnhofsplatz, etwas Rotes leuchten sah. Elisabeth versuchte sie fortzuziehen: »Komm, das ist nichts, bleib nicht stehen!«

Womit sie natürlich das Gegenteil erreichte. Sie standen vor einem feuerrot gestrichenen Holzkasten mit einer Glasvitrine auf dickem roten Holzbein. Dahinter klebte ein Zeitungsblatt, ›Der Stürmer‹ überschrieben. Während ihre Mutter verlegen einige Schritte zur Seite machte, schaute sich das Mädchen die Karikaturen von ein paar ausgesprochen galizischen Judentypen an, die gerade von blonden hohnlachenden Kindern über die Straße gejagt wurden. Zeichnungen von primitiver Scheußlichkeit. Darunter stand in fetter Schrift:

Noch andre Streiche hat der Jud vollführt mit seinem
Teufelsblut.

Dabei hat er aus Niedertracht die Deutschen allesamt
verlacht. Doch dieses sollt' ihm bald vergehn! Ein
Kämpfer durfte uns erstehn
Im deutschen Gau der Franken. Ihm müssen wir es
danken,
Daß kerngesund bleibt unser Land und frei von
jüdischem Bestand!
Er hat die Juden all gelehrt, was ein gesundes Volk ist
wert,
Und ließ sie spüren deutschen Geist, was Jude und was
Deutscher heißt! –

Verständnislos forschte sie im Gesicht der Mutter: »Was ist denn das?«

»Komm, wir trinken eine Bouillon im Café Ellerts, ich erklär's dir. Das ist nichts Neues!«

Verblüfft folgte Helga ihrer Mutter in die erste Etage. Sie setzten sich an einen Fenstertisch mit Blick auf die Straße.

»Das war ein Stürmerkasten, den gibt es jetzt überall in Deutschland. Die Zeitung existiert schon lange, ich glaube schon seit 1923. Gegründet hat sie seinerzeit Hitlers alter Kämpfer-Kumpan, der Julius Streicher. Der mit dem Stiernacken, der wie ein Metzger aussieht. Die Zeitung ist ein wüstes Schmierblatt, nur Hetzpropaganda gegen Juden, billigster Art...«

»Aber ich bitte dich, solch einen Blödsinn nimmt doch kein vernünftiger Mensch ernst: ›Teufelsblut‹ und ›Niedertracht‹!«

»Das, was du eben gelesen hast, das war ein Auszug aus einem Kinder-Lesebuch der unteren Klassen. Millionen von Kindern lernen es auswendig. Und glauben es natürlich!«

»Mensch, das ist ja...« verstört rührte Helga in ihrer Tasse und fand keine Worte.

»Gefährlich, ja. Denn es wirkt. Das Gift wirkt. Bei Großen wie bei Kleinen.«

»Die Großen schauen sich solchen Mist doch bestimmt nicht an?«

»Mit Begeisterung. Für die ist der Stürmerkasten ›Für Erwachsene‹ an der Breitestraße. Da sind die Zeichnungen noch viel gemeiner. Nackte blonde Mädchen und dicklippige Judenscheusale, die mit ihnen – die sie – also, die sich sehr unanständig benehmen.«

Helga beschloß, unbedingt vor ihrer Abreise dort vorbeizugehen und einen Blick hineinzuwerfen.

Schweigend schauten sie aus dem Fenster. Da war gegenüber die Wageneinfahrt des Stadttheaters neben dem Haupteingang. Schönemann, der Heldentenor, lehnte mit übergeschlagenen Beinen und kragenlanger fettig-schwarzer Mähne unter breitrandigem Künstlerhut an der Mauer und schaute den Beinen der Frauen nach.

»Schwärmst du immer noch für ihn, Mutti?«

»Wie kommst du denn darauf?« Die bräunliche Haut wurde orangefarben.

Ihre Tochter lachte: »Würde auch wirklich nicht zu dir passen. Ich wünschte, du würdest mich mal in Berlin besuchen kommen. Da würde ich dir eine richtige Oper zeigen!«

»Mit meinem Aussehen? Um Gottes willen, nein, Kind. Ich würde dich kompromittieren!«

»Quatsch. Du bist wunderschön, und kein Mensch würde auf die Idee kommen …«

»Daß ich Jüdin bin? Jeder!«

»Glaub mir, du nimmst den ganzen Rassekram zu wichtig, zu persönlich. In Berlin ist das alles ganz anders, da spricht kein Mensch davon. Außerdem siehst du nicht wie eine Jüdin, sondern wie eine Französin aus. Deine Nase ist ganz fein und gerade, und du bist weder fett noch watschelst du auf Plattfüßen und ›redst mit die Händ‹! Na ja, so stellen die sich hier doch die Juden vor!«

»Nein nein, ich kann dich nicht besuchen kommen, Kind,

den Gedanken mußt du dir aus dem Kopf schlagen!« Ihre Hand zitterte leicht, während sie die Tasse zum Mund führte, »außerhalb unserer Stadt darf dich niemand je mit mir zusammen sehen. Hörst du, Helga, niemals!«

Schweigend tranken sie ihre Bouillon aus. Brühe hieß das neuerdings, Hühner- oder Fleischbrühe. ›Wenn ich nicht bald von hier wegkomme, ersticke ich‹, dachte Helga, ›die sind ja hier schon alle hysterisch!‹

»Was sagen denn Tante Ida und Onkel Gus zu dem allen? Sie sind doch auch Juden?« wollte sie wissen.

»Die sind vor zwei Monaten nach Paris emigriert. Wußtest du das nicht? Auch Gruners sind fort. Nach Kanada zu ihrem Sohn.«

Hart setzte Helga die Tasse auf: »Sag mal, Mutti, und warum emigrierst du nicht? Wenn du glaubst, hier auf die Dauer nicht mehr sicher zu sein?«

»Emigrieren? Ich? Ach Kind, wo sollte ich denn hin? Ich bin doch Deutsche. Und was sollte dann aus deinem armen Vater werden? Ich kann ihn doch nicht ganz allein lassen – er ist so unselbständig.«

»Der wäre nur froh, wenn er uns endgültig los wäre!« sagte sie absichtlich roh, »sieh es doch endlich ein! Laß dich von diesem Menschen scheiden und fahr zu Onkel Fritz nach Amerika!«

»Helga, ich dulde nicht, daß du so von deinem Vater sprichst. Das verstehst du nicht, bist noch zu jung, das zu begreifen. Es ist trotz allem doch eine glückliche Ehe!«

Trotz allem! Es war hoffnungslos. Nie würde sie ihn lebend verlassen, sie war ihm hörig. Weder ihn noch ihr Deutschland, mit dem ihre Tradition zutiefst verwurzelt war. Sie verstand ihre Mutter, aber sie konnte ihr nicht helfen. Niemand konnte ihr helfen. Auf dem Weg nach Hause schwieg sie bedrückt.

Ihr letzter Abend daheim, gleichzeitig der letzte des Jahres 1934, wurde ausgesprochen ungemütlich. Richard hatte die Wolters zur Silvesterfeier gebeten, und sie waren schon um acht gekommen, sie, aufgeputzt wie für einen Staatsempfang, in glänzender Atlasseide mit langen Perlohrringen, er im Smoking, wie immer mit Zigarre. Ziemlich trübselig saß man in verkrampftem Gespräch, verstohlen gähnend, bis Mitternacht um die übersüßte Pfirsichbowle.

›Widerlich kalte Augen hat das Weib‹, dachte Helga grimmig, ›ob Blausäure wirklich blau ist? Dann hat sie Zyankaliaugen. Schwimmendes Zyankali. Und nach innen gebogene Zähne wie ein Haifisch. Und diese Stimme! All dieses von falscher Freundlichkeit triefende Süßholzraspeln hat einen hysterischen Unterton, als könne sie jeden Augenblick in Geschrei ausbrechen: Heil, mein Führer! – Ich kann sie nicht ausstehen!‹

Als die Kirchturmuhren anfingen, zwölf zu schlagen, erhoben sich alle vom Tisch und ergriffen ihr Glas: »Prost Neujahr! Auf ein gutes neues Jahr!«

»Auf ein gutes neues Jahr!« sagte auch Helga mit Betonung und blickte ihrer Mutter in die Augen.

»Ich wünschte, ich könnte daran glauben.«

»Aber liebe Frau Altenberg! Jetzt, wo es überall wieder aufwärts geht?«

Es war die schrille Stimme der Wolters.

»Für viele ja. Für einzelne nicht!« sagte die kleine Frau ruhig und ergeben, »für diese einzelnen kann es noch schlimm werden.«

»Dann muß man sich eben wehren!« schrie Helga heftig – die Bowle stieg ihr zu Kopf –, »wir werden uns wehren! Ihr könnt nicht einfach mit uns machen, was ihr wollt, ihr ...«

Im gleichen Augenblick flog ihr Kopf zur Seite. Die mächtige Pranke ihres Vaters hatte ausgeholt und ihr coram publico eine schallende Ohrfeige versetzt. »Hört nicht auf das blöde Frauenzimmer!« sagte er daraufhin liebenswürdig lächelnd zu seinen Gästen, »der Alkohol scheint ihr in den Kopf gestiegen zu sein!« – Danach wollte keine richtige Stimmung mehr aufkommen. Helga biß sich auf die Lippen und sprach kein Wort mehr, ihre Mutter saß verängstigt in sich zusammengekrochen an ihrer Seite, und die gezwungen munteren Gespräche der drei übrigen konnten die Peinlichkeit der Situation nicht überbrücken. Um halb eins verabschiedete man sich allerseits erleichtert, und Helga verschwand in ihr Zimmer. Gott sei Dank, das war überstanden! Morgen früh schon würde sie im Zug nach Berlin sitzen und die vergiftete Atmosphäre hinter sich lassen. Bloß weg hier, nach Hause! – Ja, nach Hause! Berlin war ihr in den wenigen Monaten schon mehr zur Heimat geworden als die Geburtsstadt in all den Jahren. Man konnte auch innerhalb der deutschen Grenzen emigrieren.

Gegen sechzehn Uhr fuhr der Zug in Berlin-Charlottenburg ein. Während der Gepäckträger ihren übervollen Koffer zum Taxi brachte, gab sie ihre Fahrkarte an der Sperre ab und folgte ihm dann durch die Halle. Dabei fiel ihr Blick auf einen Aushängekasten mit Anzeigen, teils getippt, teils handgeschrieben. »Zimmer zu vermieten«, stand da. Sie blieb stehen.

»Möbliertes Einzelzimmer auf Fluretage in mod. Junggesellenhaus, Küche-Bad-Benutzg., Telefon, in bester Lage Nähe Kaiserdamm. Mietpreis Heizg. inbegriffen. Ab sofort.«

›Frei sein‹, dachte sie, ›ganz frei! Frei von jeder Bevormundung. Frei auch von Tante Lydia und ihrer Hausordnung, ihrem vorwurfsvollen Jammerton. Selbständig. Unabhängig. Ich bin schließlich kein Kind mehr!‹ – Noch hatte sie die beschämende Ohrfeige von gestern abend nicht überwunden. Sie notierte sich die Adresse.

»Zuerst zur Fredericiastraße!« sagte sie dem Chauffeur.

Das Mietshaus gefiel ihr auf den ersten Blick. Sauber, modern, jung. Es lag parallel zum Kaiserdamm, nur wenige Schritte von ihm entfernt, in Richtung Funkturm.

»Guten Tag. Ich komme wegen des Zimmers!«

Der alte Mann in der Pförtnerloge griff zum Haustelefon: »Augenblick. Ich sag Herrn Wencke Bescheid!«

Herr Wencke, untersetzt, wohlwollend neureich, kam herbei und geleitete sie im Lift bis in den obersten Stock unter ein Glasdach. Hier war alles hell und luftig. Geräuschvoll schloß er eine Tür am Ende des Korridors auf. Dahinter war ein weiteres Stückchen lichten Korridors, in den mehrere Türen mündeten.

»Also, Frollein, mich sehn Se hier sonst nich außer am Ersten. Dann komm ich die Mieten kassiern. Ich bin nämlich der Hausverwalter. Hier sind Se Ihr eijner Herr!«

In das Zimmer verliebte sich Helga sofort. Es war geräumig, hatte freundliche moderne Möbel und durch die breiten niedrigen Mansardenfenster, die an eine Schiffskajüte erinnerten, einen wunderbaren Blick weit über die Dächer von Berlin bis an die Seen hinunter.

»Telefon steht auf 'm Flur. Und hier jejenüber«, er führte sie zu einer kleineren Tür, »die Jemeinschaftsküche und das Bad!«

›Toll‹, dachte Helga begeistert, ›kleine Küche mit Herd und Eisschrank und dahinter Bad mit Kachelwanne –‹ »Hübsch!« sagte sie lässig.

»Die janze Pracht teilen Se mit Ihre drei Flurjenossen. Alles Künstler. Sind Sie auch Künstlerin?«

»Ja«, sagte sie, »Pianistin!«

»Hab ich mir doch jleich jedacht. Sie, für zwölf Reichsmärker mehr kann ich Ihnen noch so 'n modernes Kleinklavier reinstellen lassen. Steht bei mir doch nur rum. Is aber Klasse. Echt Nußbaum. Wie neu!«

»Prima!« sagte sie und rechnete. Mietpreis plus Klavier würden sie fast ihr gesamtes Monatsgeld kosten. Na schön, und wenn schon – Hauptsache, frei sein! »Hier, Herr Wencke!« Sie zog ein Bündel Scheine aus ihrer Handtasche und zählte sie ab, »Januarmiete plus Klavier. Morgen werde ich einziehen!«

Nun hatte sie es plötzlich eilig. Hastig ergriff sie die Quittung für das Geld und sprang in den Lift. Herr Wencke, nicht so elastisch, schnaufte hinterher: »Ihre Schlüssel, Frollein – wie war doch der Name – richtig, Altenberch. Der Jroße is für die Haustür unten, der mit 'm Zinken für die Flurtür und der flache für Ihr Privatreich. Det hat ein Sicherheitsschloß!«

»Schönen Dank, Herr Wencke, alles klar. Bis morgen!«

Es war ihr ein wenig schwindelig vor ihrer eigenen Courage. Nun zu Lydia, die vermutlich schon warten und ihr vorrechnen würde, wann der Zug eingetroffen sei und wieviel Zeit sie sich genommen habe auf dem Weg zu ihr. Sollte sie. Ab morgen würde sie frei sein. Zum ersten Male frei!

An der Ecke vor dem Haus ließ sie das Taxi anhalten und stieg aus, um von der Telefonzelle aus Klaus anzurufen. Er war gleich am Apparat. Er freue sich ja so, daß sie wieder zurück sei. Habe sie richtig vermißt – nein, keine Phrase – sie kenne ihn doch. Sähe man sich noch heute abend? Fein. Um halb neun im Roxy am Kudamm. Er sei pünktlich und freue sich so – na ja, das habe er ja schon mal gesagt. Bis später. »Wiedersehen, Kleines!«

›Kleines!‹ dachte sie verächtlich und schloß Lydias Wohnungstür auf. Sofort schlug ihr wieder der vertraute süßliche Staubgeruch entgegen. Gleichzeitig gab die alte Standuhr fünf laut vibrierende Metalltöne von sich. Lydia stürzte ihr entgegen: »Kind, wo hast du nur so lange gesteckt? Ich habe mir ja schon solche Sorgen gemacht! Bei der Bahnhofsauskunft sagten sie, dein Zug sei pünktlich um drei Uhr siebenundvierzig eingetroffen. Das macht für deinen Weg hierher...«

»Eine Stunde und dreizehn Minuten. Weiß ich«, sie hatte keine Lust zu langatmigen Erklärungen, »nun bin ich ja da. Wann kommt Gaby?«

»Wann soll sie kommen? Wie immer. Gegen halb sieben!« Der vorwurfsvolle Ton war nicht zu überhören.

»Gut, Tante Lydia. Ich muß dir nämlich etwas sagen.«

»Ja?«

»Erstens soll ich dich von Mutti herzlich grüßen, und zweitens ist sie der Meinung, es sei auf die Dauer nicht gut für euch, wenn ich bei euch wohnen bliebe. Wegen Rasse und so. Und deshalb werde ich umziehen.«

»Du willst ausziehen? Uns verlassen?«

Lydia schwankte zwischen Verblüffung und Erleichterung. Das kam so plötzlich, sie war darauf nicht vorbereitet. Aber besser war es ja wohl, für alle Teile. Elisabeth war schon immer sehr taktvoll gewesen, anders als zum Beispiel... Lores diverse Sticheleien fielen ihr wieder ein. Dazu würde sie bald keinen Grund mehr haben. Eigentlich eine ausgezeichnete Lösung.

»Aber wohin willst du denn, Kind?«

»Zu Bekannten von Professor von Hagen«, log Helga gleichmütig, »älteres Ehepaar, solider Haushalt!« ›Mutti muß ich schonend die Wahrheit beibringen!‹ dachte sie.

»Aha. Und wann willst du umziehen?«

»Morgen. Es ist schon alles abgemacht.«

»Morgen schon? Ja, wenn du meinst – aber du weißt ja«, beeilte sie sich hinzuzufügen, »daß du uns auch weiterhin jederzeit herzlich willkommen bist und daß du gerne bei uns hättest wohnen bleiben können. Nicht wahr, das weißt du doch? Aber wenn deine Mutter es so wünscht...«

Gaby bedauerte ehrlich den Verlust der Zimmergenossin: »Mensch, schade. Hatte mich direkt an dich gewöhnt!«

Beim Abendessen – ›meinem letzten in diesem Hause‹, dachte Helga erleichtert – gab sich Lydia offensichtlich Mühe, besonders herzlich zu sein. Sie konnte es sich selbst nicht erklären, weshalb sie dem Mädchen gegenüber auf einmal eine Art Schuldgefühl empfand. Elisabeths Vorschlag war doch sehr vernünftig, und sie hatte sich nichts vorzuwerfen. Außerdem enthob es sie der unangenehmen Aufgabe, eines Tages möglicherweise eine Situation zu provozieren, die zu gleichem Resultat führte …

»Nach Tisch mußt du mir noch eine ganze Menge von zu Hause berichten, ja?«

»Um halb neun bin ich mit Herrn Weinberger verabredet!« sagte Helga schroff, der durchaus nicht entgangen war, wie willkommen Lydia ihr Wohnungswechsel war, »wir wollen uns am Kudamm treffen!«

»So? Na schön. Aber komm nicht zu spät. Und sei leise, wenn du über den Flur gehst. Die Dielen knarren so.«

»Ich weiß. Natürlich, ich werde leise sein. Wie immer!«

Mit spöttischem Lächeln half sie den Tisch abräumen, bevor sie nach oben eilte, um ihr Make-up zu erneuern und einen der neuen Weihnachtspullis überzuziehen. Was wohl Klaus zu ihrer plötzlichen ›Freiheit‹ sagen würde? –

Klaus sagte eine ganze Menge dazu, aber nicht das, was sie zu hören hoffte. »Du bist wohl nicht gescheit? In eine eigene Wohnung, in deinem Alter, ganz ohne Aufsicht!«

»Aufsicht – wenn ich das schon höre! Bin ich vielleicht ein Verbrecher?«

»Du bist erst sechzehn. Viel zu jung, um dich in einer Weltstadt wie Berlin selbständig zu etablieren!«

»Deine Meinung!«

»Und wenn Tante Lydia nun erführe, daß du gar nicht bei Freunden deines Professors wohnst, sondern in einer eigenen Junggesellenwohnung?«

»Hach, du bist eifersüchtig!«

»Blödsinn. Angenommen, sie erführe es?«

»Kann sie gar nicht. Meine Post lasse ich mir durch Gaby nachschicken. Und die hält dicht!«

»Sie könnte es trotzdem eines Tages erfahren.«

»Ach nee – willst du vielleicht petzen?«

Sie sprachen jetzt ärgerlich, schnell, erregt wie zwei Feinde.

»Red nicht daher wie eine alberne kleine Gans.«

»Aber weder albern noch klein genug zum Abknutschen und vermutlich zu noch mehr, wenn sie dich ließe, wie?« höhnte sie.

Seine langen Finger ballten sich zur Faust, bis die Knöchel weiß unter der Haut hervortraten: »Wenn du jetzt nicht still bist, bekommst du eine gelangt.«

Das brachte sie fast zur Raserei. Heftig stieß sie ihr Likörglas zur Seite: »Ja? Na bitte, dann tu's doch – worauf wartest du noch?« schrie sie außer sich, »ich bin's ja gewöhnt. Schwache Frauen und Kinder, die sich nicht wehren können, schlagen, darin seid ihr Männer groß! O ich hasse Männer!«

Ihr Gesicht glühte, sie spürte die Tränen in die Augen steigen vor ohnmächtigem Zorn. Plötzlich war Klaus eiskalt. Seine Augen blickten wie erloschen durch sie hindurch. »So?« fragte er leise, rief den Ober und zahlte. Dann wandte er sich ihr zu: »Bitte mach hier keine Szene vor den Leuten!« sagte eine fremde unpersönliche Stimme aus seinem Mund. Er erhob sich und nahm ihren Mantel vom Haken: »Ich werde dich jetzt nach Hause bringen!«

Sein verändertes Wesen machte ihr Angst, aber sie gab sich Mühe, es sich nicht anmerken zu lassen.

»Spiel bloß nicht den Überlegenen. Damit imponierst du mir gar nicht!«

Er schwieg. Krampfhaft überlegte sie, wie sie ihn treffen, verwunden könne. In Zukunft würde ihr niemand mehr weh tun dürfen, ohne daß sie sich zur Wehr setzen würde! Schluß mit den Schlägen, die man in stummer Demut ertragen mußte, nur weil man jung und schwach war: »Außerdem bist du sowieso viel zu alt für mich!«

Das hatte getroffen. Sie sah es an der zunehmenden Versteinerung und Blässe seines Gesichts. Wenn sie zu jung war – gut, dann war er eben zu alt! Jetzt merkte er wohl, wie unfair es war, Lebensjahre als Argument zu benutzen. Aber, seltsam, der Triumph freute sie nicht. Die ganze Sache war unbehaglich und tat weh. Auf einmal waren sie zwei Fremde, die sich nichts zu sagen hatten. Freunde gewinnen, das schien leicht und natürlich; Freunde verlieren, das spürte sie zum ersten Mal, war wie eine schmerzende Operation.

Stumm trotteten sie nebeneinander her, spürten nicht den feinen Schnee, der ihnen ins Gesicht sprühte, die Kälte, die durch die Sohlen der Schuhe drang. ›Daß er aber auch gleich so beleidigt sein muß!‹ dachte sie, ›ich werde einlenken müssen. Aber nicht als erste, das nicht. Wenn er jetzt gleich irgend etwas sagt, dann …‹ Doch Klaus sagte nichts. ›Ich hätte es wissen müssen‹, dachte er unterdessen, ›sie ist noch ein Baby. Ein trotziges launisches Baby. Das kommt davon, Klaus, wenn man sich mit halben Kindern einläßt. Du Esel! Wie hatte sie gesagt? Viel zu alt für sie? Recht hatte sie. Arme Margot in Dahlem! Er würde sich in Zukunft mehr um sie kümmern müssen. Dennoch – im Grunde alberne Situation. Wenn sie ihn jetzt um Verzeihung bäte? Er würde nicht nein sagen. Wenn sie überhaupt etwas sagen würde …‹

In tiefem Schweigen waren sie vor ihrer Haustür angelangt. Sie sahen sich nicht an. Flüchtig reichte er ihr die Hand: »Leb wohl.«

Damit wandte er sich brüsk um und ging mit großen Schritten in entgegengesetzter Richtung davon. Helga blickte ihm nach und rührte sich nicht. Dabei wäre sie ihm am liebsten nachgelaufen. Das war doch alles ganz dumm und unnötig. Wenn er ihr nur etwas mehr Freiheit ließe und sie nicht ewig wie ein Schulkind behandelte, dann wäre ja alles gut! Wenn er verstehen wollte, daß sie kein zu behütendes Baby mehr war! Merkwürdigerweise fühlte sie sich gerade jetzt wie ein ganz kleines trostbedürftiges Mädchen, dem der große Bruder fortgelaufen war.

Sollte er doch gehn! ›Geh nur, es gibt noch andere!‹ dachte sie zornig und ohne Überzeugung, während die Tränen über das Rouge rollten und der Mund sich zittrig verzog, ›was glaubt er denn, was ich bin? Ein Galeerensträfling? Und überhaupt – ab morgen lasse ich mir von niemandem mehr etwas sagen. Von jetzt an bestimme ich selbst über mein Leben!‹

Auch das war kein Trost. Der Schmerz blieb, saß wie ein Kloß im Hals, biß in die Nase, brannte in den Augen. Leise schlich sie auf ihr Zimmer, legte sich angezogen aufs Bett.

»Schnüffel nicht!« sagte Gabys Stimme durch das Dunkel, »mir tut's auch verdammt leid, daß du fortgehst. Aber ich komm dich ja besuchen. Schlaf jetzt. Gute Nacht!«

Als sie ihre Sachen in der neuen Behausung auszupacken begann, dachte sie: ›Mein eigenes Reich! In diesen vier Wänden bin ich von nun an, vorausgesetzt, ich zahle pünktlich meine Miete, mein eigener Herr. Niemand darf mir hier befehlen. Hinter jedem unerwünschten Gast kann ich die Tür zuknallen – meine Tür!‹ Sie fühlte die Erleichterung wie einen kleinen Schwips.

Glücklich sah sie sich im Raum um. Auf den großen rechteckigen Stahltisch vor der Eckcouch würde sie eine hübsche Decke legen. Dann sähe er nicht mehr so streng aus. Und um das Waschbecken mit Glasplatte und Schminkspiegel müßte ein Vorhang. Apropos Vorhang – wie sah es denn damit an den Fenstern aus?

Sie zog an einer weißen Schnur in der linken Ecke. Zu ihrem Entzücken entfaltete sich eine durchgehende Kretongardine über die ganze Breite der Fenster bis zum Klappsekretär auf der anderen Seite; braunrot mit weißen Hirschen darauf. ›Urgemütlich‹, fand sie und ließ das Tageslicht wieder herein. Kleiderschrank und Wäschekommode, in der Farbe der hellen Tapete getrichen, waren geräumig, die breite Schlafcouch mit dem Kasten für das Bettzeug überraschend bequem.

Am schönsten aber war das Kleinpiano. Es sah aus wie ein Harmonium, ohne Obergestell, und war ein ausgesprochenes Jazzklavier. Irgendein Tanzmusiker schien es Herrn Wencke an Stelle geschuldeter Miete vermacht zu haben. Gut im Ton, glatt im Anschlag, aber widerwillig gegen klassische Musik und alles, was mit ernster Muse zusammenhing, die es ertrug wie ein Esel die Peitsche. Bei Tanzrhythmen hingegen spielte es fast von selbst, lief seinem Herrn unter den Fingern davon. Fröhlich probierte sie gerade ›Georgia‹ auf ihm, als es klopfte.

Ein hübsches dunkelhaariges Mädchen mit grauen Augen im flächigen Gesicht schaute neugierig um die Ecke: »Hallo?«

»Hallo!« sagte Helga und wandte den Kopf, »kommen Sie rein!«

Ein zierliches Figürchen folgte dem Gesicht nach: »Ich bin Moni Keller vom Nebenzimmer« – das Figürchen setzte sich an den Tisch und kreuzte die Beine mit den für seine Proportionen etwas zu dicken Waden – »wer bist du denn? Du mußt nämlich wissen«, zog sie an der halb aufgerauchten Zigarette, »wir sagen hier alle ›du‹ zueinander. Bist doch auch aus der Branche, oder?«

»Ich will Pianistin werden. Das heißt, ich soll ...« Verlegen nannte Helga ihren Namen.

»Du solltest wirklich. Klang fein. Mir gefiel's gut.«

»Und was sind Sie – ich meine – was tust du?«

»Schauspielerin. Am Schillertheater. Und nebenher ein

bißchen Filmstatisterie draußen in Babelsberg, um ein paar zusätzliche Brötchen zu verdienen.«

»Theater und Film – Mensch, ist ja toll. Wie ich dich beneide!«

Monika lächelte überlegen: »Talent muß man haben. Hast du ja übrigens auch, soweit ich das beurteilen kann. Aus dir kann mal 'ne erstklassige Jazzpianistin werden. Wie alt bist du jetzt?«

»Sechzehn«, flüsterte Helga beschämt, »aber in drei Monaten werde ich siebzehn!«

»Da bist du ja noch ein richtiges Küken! Na, wir werden dich hier schon ein bißchen unter die Fittiche nehmen. Ich schlage vor, wir machen uns jetzt erst mal einen ordentlichen Kaffee. Was hältst du davon?«

Sie gingen in die gemütliche kleine Küche hinüber. Moni, Zigarette im Mundwinkel, holte aus ihrer Ecke eine alte Keksdose, in der sie den Kaffee aufbewahrte, und setzte Wasser auf.

»Hier drüben in dem Schrank, das ist deine Ecke!« erklärte sie. »Tassen und Teller müssen immer gleich aufgeräumt und weggestellt werden. Und wenn du was in den Kühlschrank tun willst, schreib deinen Namen drauf. Sonst ist es fort. Hier schieben wir alle abwechselnd Kohldampf. Bringt der Beruf so mit sich. Ein paar Tage dicke Brieftasche, und der Rest des Monats – na ja.«

Sie trugen den Kaffee in das Zimmer zurück und hockten sich bequem mit angezogenen Beinen auf das Ecksofa unters Fenster. Vom ersten Augenblick an verstanden sie sich großartig.

»Du Moni, wer wohnt denn sonst noch hier?«

»Lauter Verrückte. Aber liebe Verrückte.«

»Zum Beispiel?«

»Im Zimmer dir gegenüber Tico Ranck und Helmut Wagener. Tico ist Ansager beim Deutschlandsender und Helmut Regieassistent bei der Ufa. Beide Knaben Mitte Zwanzig und von chronischer Geldknappheit. Aber lieb. Daneben wohnt unsere Haustragödin Kyra Teschnikow, die Teschnikowa. Nein, nicht Mimin. Schriftstellerin. Sie schreibt und schreibt. Es will nur niemand drucken. Weißrussin, völlig durchgedreht. Raucht mindestens fünfzig Glimmstengel pro Tag und macht von Zeit zu Zeit wohldosierte Selbstmordversuche, damit sie die Wirkung ihres schicksalsschweren Entschlusses auf die ahnungslosen Mitmenschen auch genießen kann. Total plemplem.«

»Jetzt hast du schon vier aufgezählt. Wencke sprach aber nur von drei?«

Monika lachte anzüglich: »Die zwei Knaben zählen als eins. Von denen hast du für deine Tugend nichts zu befürchten. Dann eher noch von Oskar!«

»Wer ist denn Oskar?«

»Unser Komponist im vierten Stock. Wiener Charme mit Berliner Pech. Hat schon lange nichts mehr verkauft. Im Hause Fredericiastraße berühmt geworden durch die rettende und geniale Erfindung von Raffinade!«

»Ist das was zum Trinken?«

»Zum Essen. Eine Mischung aus Weißkäse, Milch, Zitronensaft und Rosinen. Billig und sehr nahrhaft. Den größten Teil des Jahres lebt unser Haus von Raffinade. Oskars Wohnung ist sozusagen Gemeinschaftskantine. Für zwanzig Pfennig pro Mahlzeit bist du mit dabei. Als Dank für sein Sozialgefühl hören wir uns dabei seine neuesten Schöpfungen an. Es ist das mindeste, was wir für ihn tun können. Ilse meint übrigens, es gäbe Schlimmeres.«

»Wer ist Ilse?«

»Ilse Steppat, jung, außergewöhnlich begabt. Auch Schauspielerin, und zwar am Oldenburger Stadttheater. Hat ihre Wohnung im dritten Stock und kommt jede freie Minute nach Berlin rüber. Gerade ist sie wieder da, du wirst sie noch kennenlernen.«

»Weißt du, ich komme mir zwischen euch irgendwie ganz fehl am Platz vor. Ihr seid alle schon mittendrin im Beruf, während ich gerade erst mit dem Studium begonnen habe.«

»Du paßt!« erklärte Moni bestimmt und drückte die fünfte Zigarette im flachen Aschenbecher aus, »und wenn ich sage, du paßt, dann paßt du. Verlaß dich drauf!«

»Danke!« sagte Helga errötend und fühlte sich, als habe sie soeben eine hohe Auszeichnung erhalten.

Auf dem Flur entstand Stimmengewirr: »Jeder kann sich schließlich mal versprechen...«

»Dem würde ich an deiner Stelle aber mal...«

»Worauf du dich verlassen kannst. Da sagt der doch zu mir...«

»Tico! Helmut!« rief Moni durch die Tür, »kommt doch mal her und gebt Pfötchen. Wir haben eine Neue!«

Der Lärm verstummte; gehorsam kamen beide herein, gaben Helga die Hand und stellten sich vor. Mit ihren langen dunklen Haaren und der napoleonischen Locke über der Stirn hätte man sie auf den ersten Blick für Brüder halten können. Doch Tico war kleiner als Helmut, seine Bewegungen schneller, graziler, während sich sein Freund lässig elegant gab und die Worte zerdehnte, als ekele ihn das überflüssige Gerede an. Kurz, aber eingehend musterte er Helga.

»Reizend!« sagte er daraufhin und überraschte sie mit einem ganz natürlichen, jungenhaften Lächeln, »die Kleine gefällt mir. Was meinst du, Tico?«

»Ganz deiner Meinung. Habt ihr noch Kaffee übrig?«

»Nicht viel. Geht und holt eure Tassen!«

Tico verschwand und kam mit zwei vergoldeten chinesischen Mokkatassen zurück.

»Na, bei den Miniaturtäßchen reicht's noch für euch beide!« lachte Moni und goß ein.

»Mehr ist schädlich fürs Herz!« erklärte Tico ernsthaft,

»er hat vorgestern die ganze Nacht Herzschmerzen gehabt. Nicht wahr, Helmut?«

»Ja, es war furchtbar. Ich habe entsetzlich gelitten. Ah, der Kaffee tut gut. Kinder, wir wollen euch nicht weiter aufhalten. Schönen Dank, ihr Lieben, für die Bewirtung, wir werden uns bei nächster Gelegenheit revanchieren. Wenn dir irgend etwas fehlt, Helgamädchen, wende dich nur vertrauensvoll an uns.«

»Wir werden's vermutlich auch nicht haben«, ergänzte Tico – die leeren Porzellantäßchen klapperten in seinen Händen –, »aber fragen kostet ja nichts. Stets zu Diensten!« Mit tiefer Verneigung zogen sie ab.

Helga war begeistert. Was waren das alles für interessante Menschen, so frei, lustig, ungezwungen, und alle mit dem Hauch der geheimnisvollen Welt des Theaters, die sie so faszinierte. Die Natürlichkeit, mit der man sie behandelte, gab ihr das Gefühl der Zugehörigkeit. Sie war restlos glücklich.

»Ach Moni, ich finde euch alle großartig. Weißt du, mir kommt es vor, als hätte ich bis heute noch gar nicht gelebt. Verstehst du das? Ich bin ja so froh, daß ich das Zimmer bei euch gefunden habe!«

»Hat es dir denn Mario nicht überlassen, als er auszog?«

»Welcher Mario?«

»Ja, wie bist du denn hierhergekommen?«

»Durch eine Anzeige im Bahnhofskasten!«

»Ich werd verrückt. Hat der Wencke, das Schwein, tatsächlich annonciert? Da haben wir aber Glück gehabt, daß du es so schnell gesehen und gleich zugegriffen hast!« Helga freute sich über das Kompliment, ohne recht zu begreifen.

»Im allgemeinen gehen die Wohnungen hier von Hand zu Hand«, erklärte Moni, »dabei wehren wir uns gegen jeden Außenseiter, der nicht zu uns paßt. Verstehst du?«

»Eine Art Geheimklub also?«

»So könnte man's nennen. Sag mal, was denkst du denn

so über das neue deutsche Reich und unseren Führer und die Aufführungsverbote von Brecht und Wedekind?«

»Scheiße!« sagte Helga mutig und unfein.

»Dann biste bei uns richtig, Herzchen!« lachte Moni, »hier sind wir alle uneingeschränkt deiner Meinung. Allerdings …« Sie zögerte.

»Was allerdings?«

»… sitzt irgendwo der Feind in unseren eigenen Reihen. Wir wissen bloß nicht, wo. Ein Spitzel. Vor vier Monaten wurde Tico verhaftet, und man hätte ihn um ein Haar ins KZ Oranienburg geschickt. Nur weil er Hitler als krankhaften Hysteriker bezeichnet hatte. Hier, ganz unter uns, wohlgemerkt.«

»Vielleicht kann ich's rauskriegen …«

»Wir wären dir zu ewigem Dank verpflichtet. Hat da nicht das Telefon geläutet?«

Drei Türen öffneten sich gleichzeitig: »Wer geht dran!« – Schließlich nahm Moni ab: »Gut, ja. In zehn Minuten. Moment mal …« sie hielt die Hand über die Sprechmuschel: »Oskar. Will wissen, wieviel Personen. Tico? Helmut? Kyra? Nein, du nicht? Also gut, vier, Oskar. Saludos.«

»Das war der Komponist, von dem ich dir schon erzählt habe«, erklärte sie Helga, »in zehn Minuten gehen wir zu ihm runter zur Raffinade. Du kommst doch mit?«

»Ehrensache!« sagte Helga wichtig.

Von der Teschnikowa hatte sie eben nur wenig sehen können. Für einen kurzen Augenblick war ihr langes blasses Gesicht mit den schweren Augenlidern unter der für eine Frau ungewöhnlich hohen Stirn im Türrahmen erschienen.

›Wie eine Vision‹, dachte Helga unbehaglich bei dem Gedanken an die merkwürdig verhangenen Augen, ›eine Vision von blondem Kopf auf dünnem schwarzen Körper.‹ Die Teschnikowa bevorzugte schwarze Kleidung. Sie mußte an Maupassant denken, an geisterhaft winkende geheimnisvolle

Frauengestalten hinter Gardinen. – Als sie auf den Flur hinaustraten, um, begleitet von Tico und Helmut, in den Lift zu steigen, war die Russin schon in ihr Zimmer zurückgekehrt.

Rauch und buntes Stimmengewirr schlugen Helga entgegen, als ihnen jemand die Tür zur Komponistenbehausung öffnete. Oskar verfügte über eine abgeschlossene Wohnung mit Bad und Kochnische, in der er momentan, halb verdeckt von einem rauchgeschwärzten Vorhang, eifrig zwischen Töpfen und Schüsseln hantierte. Der quadratische Raum war voll junger Menschen, die wild durcheinander sprachen und lachten. »He Oskar – vier weitere – die Büchse!«

Oskar, hoch aufgeschossen und mager, schälte sich aus seiner Ecke, stolperte über die Beine einiger am Boden hockender Gäste, die ihn am Bändel seiner karierten Küchenschürze aufzuhalten versuchten, und kam ihnen mit selbstgebastelter Sammelbüchse entgegen: »Macht acht Groschen, bitt schön – ja, wen hammer denn da?«

Neugierig musterten lachende Augen mit blonden Wimpern über enger Nase den Zuwachs. Die vier entrichteten ihren Obolus: »Heute eingezogen zu uns ins Dachgeschoß. Was für dich, Oskar. Musikerin!«

»Ja, da schau her. Küß die Hand! Das freut mich aber!« Eine harte Hand preßte die ihre, daß es weh tat. »Da, hockts euch hin. Raffi ist gleich fertig!«

Raffi war die gebräuchliche Abkürzung von Raffinade. Oskar verschwand wieder hinter seinen Vorhang.

»Neu?« fragte eine vollbusige Blondine mit singend hoher Stimme und zog Helga am Arm neben sich auf das durchgesessene Sofa, »ist ja niedlich, die Kleine. Wie heißte denn?« In plumper Vertraulichkeit legte sie ihr die Hand aufs Knie. Ehe Helga antworten konnte, fuhr sie fort: »Ich bin Barbara. Aber meine Freunde nennen mich Babs. Du darfst auch Babs zu mir sagen!«

Sie hatte abgetragene Schuhe mit flachen Absätzen und eine aufgeplatzte Naht an der schlampig sitzenden Bluse. ›Aber ein sympathisches Gesicht‹, fand Helga und mochte sie gleich gern. Es ging so etwas Mütterliches von ihr aus. Moni, die gerade vorbeikam, schien allerdings anderer Meinung zu sein: »Paß auf, Küken«, lachte sie, »Babs hat eine Schwäche für kleine Mädchen!«

»Ich auch!« sagte ein hübscher Junge mit sehr weißen Zähnen zu ihren Füßen, »wie heißt du sonst noch, Küken?«

»Helga.«

»Tag, Helga. Ich bin Dieter Hagen vom zweiten Stock links gleich neben dem Lift. Bist du auch Schauspielerin, Helga?«

»Nein, leider nicht«, sagte sie mit ehrlichem Bedauern, »sind Sie denn – ich meine – bist du?«

Dieter nickte: »Die meisten hier sind vom Theater.«

»Außer mir.«

»Nun, was nicht ist, kann ja noch werden!«

Seine gedankenlos hingeworfenen Worte verursachten ihr Herzklopfen. Vielleicht gäbe es wirklich eine Möglichkeit?

»Recht hat er!« Babs fuhr ihr liebevoll durch das Haar, von unten nach oben, »der Typ dafür biste. Mal sehn, vielleicht kann ich was tun. Hab da gute Beziehungen, weißt du?«

»Bist du denn auch vom Theater?«

»Theater und Film. Freiberuflich. Modezeichnerin. Für dich möchte ich mal ein Kostüm entwerfen, lang und hochgeschlossen bis zum Hals, ganz aus Samt. Nur die Arme frei. Grün, moosgrün. Magst du grün?«

»Raffi ist fertig, bittschön!«

Oskar verteilte zitronenduftenden weißen Quarkbrei in angeschlagenen Suppentellern an seine Gäste. Jeder erhielt dazu einen großen Blechlöffel.

»Wer nachhaben will, melde sich. Es ist genug da!« verkündete er.

Helga probierte vorsichtig. Es schmeckte köstlich. Ohne

Hemmung fiel sie darüber her, hatte innerhalb weniger Minuten alles verschlungen und ließ sich nachgeben. Die übrigen Hausbewohner sahen es mit Befriedigung. Die Neue war in Ordnung. – Etwas abseits saß ein auffallend schönes Mädchen ziemlich steif auf einem Holzstuhl und stocherte unlustig in seinem Teller herum. Heinemann, der dicke, immer fröhliche Kameramann der Ufa – Parterre, dritte Tür rechts –, neckte sie: »Na, Elseken, schon wieda keen Kaviar drin? Also dat se dir das antun müssen! Da kann einem ja der Appetit verjehn, wa?«

»Else Petzold, unser Mannequin vom fünften!« erklärte Dieter, der Helgas Blick gefolgt war, »ziemlich anspruchsvolle Dame. Wundert mich, daß sie überhaupt hierherkommt. Zieht in letzter Zeit mit diversen reichen Knülchen durch die Gegend, davon nicht alle ganz astrein!« Die Eifersucht sprach aus ihm.

»Was meinst du damit? Verbrecher?«

»Bonzen!« Zornig senkte Dieter das Gesicht über seinen Teller.

Ihr fiel Monis Bemerkung von vorhin ein. Vielleicht war der Feind da zu suchen? Schön, sehr schön war das Mädchen, aber unsympathisch affektiert. Ihre Gedanken unterbrach eine faszinierend tiefe klangvolle Frauenstimme: »Tut gut, mal wieder bei euch zu sein. Wenn ich hier bin, fühle ich mich wie auf einer Insel. Ihr ahnt gar nicht, wie sehr sich außerhalb Berlins alles zu verändern beginnt – die Menschen, ihre Gedanken ...«

Die Stimme gehörte zu einem jungen Mädchen von eigenartigem Reiz. Es war nicht eigentlich schön, aber es ging ein Strahlen von ihm aus, dem man sich nicht entziehen konnte. Über dem slawischen Gesicht mit den hohen Backenknochen und den fast mongolisch schrägen Augen lag eine Intensität, als wolle es das Leben in sich hineinschlürfen, sich keinen Tropfen entgehen lassen.

Helga war von ihm derart beeindruckt, daß sie ihren Platz verließ und hinüberging, um sich neben das Mädchen zu setzen. Dabei ließ sie es keinen Augenblick aus den Augen.

»Hallo!« sagte die rauhe tiefe Stimme freundlich, »wir kennen uns noch nicht, nicht wahr? Ich heiße Ilse Steppat. Schade, daß ich so wenig bei euch sein kann. Aber es ist ein ziemliches Stückchen Weg von Oldenburg bis Berlin.«

Das also war die junge Schauspielerin aus Oldenburg, von der ihr Moni schon erzählt hatte. Helga war fasziniert. Ilse war kaum älter als sie und doch schon solch eine Persönlichkeit! Von dem Augenblick an wußte sie, daß sie Freundinnen werden würden.

Plötzlich stand Oskar neben dem Klavier: »Bitte um Ruhe! Liebe Freunde, da ist mir heut nacht plötzlich was Großartiges eingefallen. Könnte vielleicht eine Sonate werden, ich weiß es selbst noch nicht. Hört's euch an, ich werd's euch jetzt vorspiel'n!«

Er wußte genau, wann der Moment gekommen war, in dem er seine Gäste ungestraft musikalisch vergewaltigen konnte. Wenn sie satt waren, wurden sie faul, und es fiel ihnen schwer, blitzschnell die Tür zu erreichen, bevor Oskar in die Tasten schlug. War er aber erst einmal so weit, blieben sie wie gelähmt sitzen und ergaben sich aus reiner Rücksichtnahme in ihr Geschick. So auch jetzt. Oskar mißhandelte das altersschwache Klavier nach Strich und Faden, streichelte abwechselnd seine gelblichen Tastenzähne oder schlug heftig auf sie los, hämmerte, trillerte und nahm dabei den Fuß nicht vom Pedal. Helga, der die Ohren weh zu tun begannen, starrte verständnislos.

»Atonal!« brummte Ilse neben ihr und fügte leise hinzu: »Ich versteh's auch nicht!« Worauf sie beide lachen mußten und vor unterdrücktem Gekicher ganz rot wurden. Die anderen sahen es und wurden angesteckt. Bald hatte die ganze Gesellschaft stille Heiterkeit ergriffen.

Mit einem mißtönenden Akkord brach Oskar beleidigt ab. Sein Gesicht glänzte schweißnaß: »Also bittschön, wenn ihr es lustig findet – ich find's net!«

»Aber Oskar«, redeten sie von allen Seiten auf ihn ein, »wir finden es großartig, wirklich! Sei doch nicht beleidigt! Komm, spiel weiter!«

Nur mit Mühe gelang es, den aufgeregten Künstler zu beruhigen. Während die anderen ein weiteres Werk des Meisters über sich ergehen lassen mußten, schlichen sich Ilse und Helga heimlich davon, um es sich in Helgas Zimmer bei mehr Kaffee, den Moni ihr großzügigerweise überlassen hatte, gemütlich zu machen und den Nachmittag in angeregtem Gespräch zu verplaudern. Als die beiden Jüngsten der Hausgemeinschaft entdeckten sie viel Ähnlichkeit miteinander und wurden nicht müde, ihre bisherigen Lebenserfahrungen auszutauschen.

»Mensch, ist das ein Jammer, daß ich morgen nach Oldenburg zurückmuß! Aber in ein bis zwei Jahren ziehe ich ganz hierher, das hab ich mir fest vorgenommen, und dann haben wir mehr Zeit. Zwischendurch komme ich immer wieder mal zu euch.«

Abends wechselten sie in Ilses Wohnung hinunter, der man anmerkte, daß sie nur selten benutzt wurde. Aus einem leicht vergammelten Paket im Küchenschrank kochten sie sich Nudeln, die ihnen großartig schmeckten.

»An der Ecke bei Reinhardts kannst du anschreiben lassen. Da holt das ganze Haus seine Lebensmittel und zahlt monatlich!« Helga nahm sich vor, sich dort gleich morgen ordentlich einzudecken. Gegen Mitternacht trennten sie sich.

›Ich bin direkt im Himmel gelandet!‹ dachte sie glücklich, bevor sie einschlief.

Eine Woche war vergangen. An dem Tag, an dem die Zeitungsträger durch die Straßen schrien: »Die Saar heim ins Reich! Volksabstimmung ergibt eindeutiges Resultat: Die Saar fühlt deutsch!« traf sie Babs, als sie gerade in den Lift wollte.

»Sag mal, Liebling, ist es immer noch dein Traum, zur Schauspielerei zu gehen?«

»Nun ja – gewiß. Weshalb fragst du?«

»Weil ich morgen abend auf eine Party der RKK muß – zu deutsch Reichskulturkammer –, in ihren Künstlerklub. Piekfeine Gesellschaft und lauter wichtige Leute. Hast du Lust mitzukommen?«

»Mensch, Babs – Frage! Aber – nee du, es geht leider nicht!«

»Dann leg deine Verabredung auf 'nen anderen Tag!«

»Nicht deswegen. Nur – weißt du – ich bin Mischling!«

»Bist du? Wie sympathisch. Also mach dir deswegen keine Sorgen. Ich ruf heute abend mal den Schwerdtbeck an, das ist der Klubpräsident und der ausschlaggebende Mann in der Branche, was kleine Handikaps betrifft. Intimer Freund von Hans Hinkel, Goebbels' Sonderbeauftragtem in diesen Dingen. Laß mich nur machen!« –

Am gleichen Abend rief sie Helga an: »Alles bestens, Liebling. Mach dich hübsch für morgen, geh zum Friseur. Ich hole dich morgen abend um viertel vor acht oben ab. Einverstanden?«

Sie war sehr aufgeregt, als sie, sorgfältig zurechtgemacht, im extravaganten schwarzseidenen Chinesenkimono an Babs Seite durch das Portal der großen Dahlem-Villa schritt, in der der Klub tagte. Sah ja hier wie im Kino aus – das grelle Licht der riesigen Kristallüster über den Köpfen einer elegant herumstehenden Edelkomparserie in Smoking, Uniform und Cocktaildress. Man flüsterte, man lachte diskret und balancierte Sektkelche in beringten Händen. Gleich würde ein

Mann mit einer großen Tute erscheinen und in die Gepflegtheit hineinbrüllen: »Halt! – Das Ganze noch einmal. Mehr Bewegung bitte!«

So hatte sie es in den Filmmagazinen gelesen. Dann würden die Gesichter vor ihr schlagartig natürlich werden, die lila Dame da vorn würde sich den nackten Rücken kratzen und der Offizier, oder was das da war, sich verstohlen in der Nase bohren oder laut gähnen, bevor er wieder in seine lässige Pose zurückfiel. Aber kein Mann mit Tute erschien, und alle spielten ihre Rollen weiter und glaubten an sie. Helga fühlte ein kleines Unbehagen in der Magengegend. Sie nahm sich ein Glas Sekt vom ihr gereichten Tablett und leerte es in einem Zuge.

»Gefällt es dir hier, Liebes?« fragte Babs stolz und nickte nach rechts und links.

»Ich weiß nicht.«

In diesem Augenblick kam ein mittelgroßer, sehr gepflegter Herr mit schütterem grauweißen Haar auf sie zu. Er mochte um die fünfzig sein, trug ein Einglas im Auge und das Parteiabzeichen auffällig im Knopfloch: »Liebste Barbara, wie reizend, Sie wieder einmal zu sehen!«

Er beugte sich über ihre Hand, eine Wolke Atkinson-Lavendels verströmend. ›Viel zuviel!‹ dachte Helga und kämpfte mit dem Niesen.

»Und das hier ist also Ihre kleine Freundin?« In unverschämter Aufdringlichkeit musterte er Helga, erst von oben nach unten, dann wieder von unten nach oben.

›Wie 'ne Giraffe im Zoo!‹ dachte sie wütend und errötete heftig.

»Aber sie ist ja ganz reizend!« verkündete er das Resultat seiner ausgiebigen Musterung und schob ihr den Zeigefinger unters Kinn, »wie heißt denn die Süße?«

»Helga Altenberg«, beeilte sich Babs vorzustellen, »Helga – das ist Präsident Schwerdtbeck!«

»Tag!« sagte sie kurz und zornig. So ein widerlicher Fatzke!

Schwerdtbeck lachte amüsiert. – ›Goldzahn hatte er auch noch.‹ – »Eine kleine Wildkatze. Entzückend. Kommen Sie, mein Kind, ich möchte Sie mit meinen Freunden bekannt machen!«

In der Folge hörte sie unzählige Namen, spürte unzählige Augenpaare sie neugierig mustern, sah unzählige Münder sich zu höflichen Grimassen verziehen und begann, sich ausgesprochen schlecht zu fühlen. Und immer die gleichen Fragen, dieselben anzüglichen Redereien: »Angehende Schauspielerin? Bezaubernd. Wenn Sie mal Hilfe brauchen – ich habe da so allerhand Beziehungen, Sie verstehen ...«

»Laß uns gehen, Babs«, flüsterte sie Barbara zu, die sich allem Anschein nach vortrefflich unterhielt, »ich will hier weg.«

Babs nahm sie zur Seite: »Also nun hör mal zu, Kleine, mach jetzt keine Geschichten. Schwerdtbeck interessiert sich für dich, und das kann dein Glück sein. Sei kein Kind, nimm dich zusammen und sei nett zu ihm. Er kann dir Rollen beim Theater und Film verschaffen, und zwar ohne Ariernachweis, verstehst du? Ist dir klar, was das für deine Zukunft bedeuten kann? Außerdem – was kann dir denn passieren? Ich bin ja in der Nähe und paß schon auf, daß dir nichts geschieht. So, und nun sei ein braves Mädchen und unterhalte dich in zivilem Ton mit ihm. Mach ihm ein paar Komplimente, die hört er gern aus dem Mund junger Mädchen. Welcher Mann übrigens nicht?« –

Schweren Herzens angelte sich Helga ein weiteres Glas Sekt vom Büfett im Hintergrund und trank es abermals in ein paar großen Zügen aus. ›Weshalb kriege ich keinen Schwips?‹ wunderte sie sich, während sie das leere Glas absetzte, ›gerade jetzt könnte ich ihn so gut gebrauchen!‹

»Und wie amüsiert sich die Süße?«

Da war er auch schon wieder, der Alte. Eingedenk der Warnungen von Freundin Babs lächelte sie verkrampft und sagte höflich: »Danke, Herr Präsident. Es ist sehr hübsch hier!«

In seine trüben Augen trat ein lüsterner Glanz. Er nahm das Einglas ab, was wohl intimer wirken sollte, und flüsterte ihr vertraulich ins Ohr: »Ich wüßte noch hübschere Plätze!«

Sie ging nicht darauf ein. Wie stellte sich Babs das eigentlich vor, so einem alten Widerling auch noch Komplimente zu machen? Aber – lächeln, Helga, lächeln – er war wichtig!

»Berlin ist überhaupt sehr schön«, wich sie seiner Anspielung aus.

»Woher sind wir denn?« Sein rechter Mundwinkel unter dem Einglas bog sich geziert nach oben; der andere blieb starr. Der Mund lächelte, aber die Augen, kalte genußmüde Pupillen im verlebten Gesicht, sprachen eine andere Sprache.

›Was heißt hier wir?‹

»Ich bin vom Niederrhein ...«

»Sieh da, eine kleine Rheinländerin. Ein schönes Kind vom Rhein! Darauf müssen wir anstoßen«, er ergriff zwei frischgefüllte Sektgläser und drückte ihr eins in die Hand, »Rhein und Wein, das gehört doch zusammen, Rhein und Wein und ...« ›Schwein!‹ ergänzte sie innerlich und schüttelte sich, ›wenn er nicht gleich mit diesen gräßlichen Plattheiten aufhört, schütte ich ihm den Sekt mitten in sein zudringliches Gesicht!‹

»Kommen Sie, mein Kind, setzen wir uns doch. Erzählen Sie mir von sich. Sie wollen Schauspielerin werden?«

Helga folgte ihm zu einer Sitzecke mit breiten Ledersesseln und stellte ihr Glas auf den niedrigen Tisch zwischen ihnen.

»Ich würde schon gerne – momentan studiere ich Musik, Klavier, wissen Sie. Aber das Theater reizt mich sehr. Alle meine Freunde sind beim Theater oder beim Film!«

»Alle Ihre Freunde? So so, sieh mal an – das kleine Mädchen hat schon Bühnenfreunde!« Er betonte das Wort, als sei es etwas sehr Frivoles.

Sie wurde verwirrt: »Ja, wir wohnen zusammen!« machte sie es noch schlimmer.

»Und weshalb gehen Sie nicht auf eine Schauspielschule? Die staatliche zum Beispiel?« Mit zwei spitzen Fingern klemmte er das Einglas fester ins Auge, beugte sich in plumper Vertraulichkeit vor: »Kein Geld, wie?«

»O doch!« beeilte sich Helga zu versichern, »das ist es nicht. Nur …«

Wie gebannt starrte sie auf den Hakenkreuzknopf an seinem Rockaufschlag.

»Was hat denn die Süße für Sorgen? Mir kann sie es unbesorgt anvertrauen. Ich sag's niemandem weiter.«

Sie zögerte. ›Schäme ich mich etwa schon wieder?‹ Stolz richtete sie sich im Sessel auf und meldete laut wie ein Soldat seinem Vorgesetzten: »Herr Präsident, ich bin Halbjüdin!«

So, jetzt war es heraus, klar und deutlich. Das tat gut. Schwerdtbeck, der es natürlich längst wußte, verzog amüsiert den Mundwinkel: »So so. Und dabei so blaue Augen und ein so niedliches Stubsnäschen! Ja, mein Kind, was machen wir denn da?«

Ratlos starrte sie ihn an. ›Komplimente machen‹, schoß ihr durch den Kopf: »Herr Präsident, Sie sind doch ein solch bedeutender Mann und so – charmant –, ich meine, eine so – liebenswürdige –Persönlichkeit …«

Das war zu dick. Ganz bestimmt, viel zu dick aufgetragen. Er mußte die Absicht erkennen. Sie wurde über und über rot. Zu ihrer großen Überraschung lächelte er erfreut und sagte: »Es freut mich, daß Sie mich anziehend finden, mein Kind. Ich will mir nicht schmeicheln, aber ich glaube, daß ich ein sogenannter Frauentyp bin. Meinen Sie nicht auch?«

»Gewiß, Herr Präsident!« beeilte sie sich zu sagen und dachte fassungslos: ›Das darf doch nicht wahr sein.‹

Selbstzufrieden fuhr er fort: »Man hält mich allgemein für jünger – Mitte Vierzig –!«

Erst vor wenigen Tagen hatte sie in einem ›undeutschen‹ Buch, das Moni ihr geliehen hatte und das von einem nichtarischen Schriftsteller stammte, über das Kapitel ›Komplimente von Frau zu Mann‹ gelesen: – »Immer drei Grade gröber verfahren, als man es gerade noch für möglich hält. Er merkt es sowieso nicht –.« Sie hatte es für übertrieben gehalten. Der Autor war ein Zyniker gewesen. Wie recht er hatte, merkte sie jetzt. Kühn sagte sie: »Ich hätte Sie für ungefähr vierzig gehalten – Sie sehen erstaunlich jung aus!« Was tut man nicht alles für eine Karriere? Und, nicht zu fassen, er fraß es. Tatsächlich, er fraß es: »Bin auch noch ausgezeichnet in Form, mein Häschen, fühle mich wie dreißig. Viel mit jungen Menschen zusammensein, das erhält jung und elastisch!«

Womit er natürlich die weibliche Jugend meinte.

»Und könnten Sie mir eventuell – ich meine, kennen Sie den Leiter der Schauspielschule persönlich?«

»Aber, meine Süße, natürlich. Außerdem ist das gar nicht nötig. Vielleicht kann ich Ihnen auch ohne Unterricht eine hübsche kleine Rolle verschaffen. Wollen mal sehen«, mit schlaffer Hand strich er sich über den Scheitel, »werde morgen früh mit Staatskommissar Hinkel telefonieren. Rufen Sie mich gegen elf Uhr mal an. Oder – besser – kommen Sie vorbei. Hier, ich schreibe Ihnen die Adresse auf. Kurfürstendamm. Dritter Stock. Sagen wir um halb elf. Abgemacht?«

»Ja schön. Danke vielmals, Herr Präsident!« Sie war wieder ganz gehorsames kleines Mädchen.

Schwerdtbeck erhob sich, verabschiedete sich mit deplaciertem Handkuß und wandte sich einer Gruppe von Gästen zu, die schon auf ihn gewartet zu haben schien und ihn nun mit lautem Hallo begrüßte. Wenige Minuten später kam Babs vorbei und fand Helga noch immer in ihrem Ledersessel, verloren ins Nichts starrend.

»Nun, Liebling, was ist? Hat er dir versprochen zu helfen?«

Sie ließ sich auf der Lehne nieder und schlang mütterlich den Arm um die Schulter der jungen Freundin.

»Ja, das hat er.«

»Das klingt so zögernd. Ist etwas nicht in Ordnung?«

»Ich mag ihn nicht«, sagte Helga langsam, »ich mag ihn nicht!«

Und plötzlich, in heftigem Ausbruch: »O Babs, er ist mir widerlich. Ich habe ein Gefühl, als müsse ich mich übergeben. Dabei hat er mir nichts getan, im Gegenteil, morgen vormittag soll ich zu ihm in die Wohnung kommen. Dann will er mir mitteilen, was der Mann vom Propagandaministerium gesagt hat, den er vorher anrufen will. Bitte komm mit, ja? Ich mag nicht allein hingehen!«

Babs strich ihr die wirre Locke aus der Stirn, die sich vor Erregung aus der sorgfältig gekämmten Frisur gelöst hatte: »Unsinn, Liebling. Am hellichten Tag, vormittags um halb elf – das ist doch ganz unverfänglich. Hätte er irgend etwas anderes mit dir vor, würde er dich abends eingeladen haben. Ich kenne doch den Casanova.«

»Aber ich mag nicht!« insistierte Helga leise.

»Versteh ich, Herzchen. Also schön, zu deiner Beruhigung: ab elf Uhr warte ich im Kranzler auf dich. Das kannst du ihm ja sagen. Denk an die Möglichkeiten, die du durch ihn haben kannst!«

»Daran denke ich ja ununterbrochen! Babs, laß uns gehen. Ich bin wirklich müde. Wahrscheinlich habe ich zuviel Sekt getrunken.« Sie bahnten sich einen Weg durch die Menge, wichen allen Versuchen, sie aufzuhalten, aus: »Warum wollt ihr denn schon gehen? Kommen Sie, trinken wir doch noch!«

Tief sog Helga die trockenkalte Nachtluft in ihre Lungen. In ihrem Kopf begann sich alles zu drehen, Babs mußte sie stützen. Erst durch den Anprall der frischen Luft begann der Alkohol seine Wirkung zu tun. Schwankend gingen sie zur nahen S-Bahn-Station hinüber.

»Sag mal, Babs, gefällt dir diese – diese Talmiatmosphäre?« wollte Helga von ihr wissen. Sie war stehengeblieben und schaute ihr aufmerksam ins Gesicht.

»Wieso Talmi? Das ist eine feine Gesellschaft.«

Spöttisches Lachen: »Recht hast du. Aber du betonst falsch. Eine ›feine‹ Gesellschaft ist das!«

»Liebling, ich fürchte, du bist betrunken. Was hast du denn? Sie waren doch alle sehr nett zu dir?«

Helga wurde tieftraurig: »Nett. Sehr nett. Das ist es ja gerade. Zu nett.«

Der Zug fuhr ein. Müde ließ sie sich auf die Sitzbank fallen, wedelte ratlos mit der Hand durch die Luft: »Nein, Babs, du verstehst nicht. Du verstehst mich nicht, und ich versteh mich selbst auch nicht. Es ist alles maßlos traurig!« Noch bevor sie ihre Wohnung erreicht hatten, waren ihr die Augen zugefallen. –

Der nächste Morgen war sonnig und kalt. Auf dem Kudamm blitzten die Chromverschläge an den überdachten Caféterrassen; den Rand des Bürgersteigs säumten kleine tauglitzernde Mauern aus dem zusammengekehrten Schnee des Vortages. Die morgendlichen Passanten hatten rote Nasen, winterklare Augen und bliesen weiße Dampfwolken in die eiskalte Luft.

Das Haus war nicht schwer zu finden. Es lag im oberen Abschnitt der Straße und war einer der stuckverzierten Altbauten, dessen graustaubig herrschaftliches Innere nicht zu dem Lokal mit Barbetrieb passen wollte, das in bunter Fröhlichkeit seine Parterrefassade zierte. Auch hier der rattelnde

Käfiglift, ein kompliziertes Gittergebilde von beängstigender Altersschwäche.

Dritter Stock. ›Schwerdtbeck‹ stand in schwarzen Lettern auf breitem Messingschild. Helga holte noch einmal tief Luft und drückte die Klingel, die einen unangenehm schrillen Laut von sich gab.

Weiche Schritte näherten sich schlurfend der Tür, und dann stand er vor ihr im dunkelblau seidenen Morgenrock. Die frische Wolke Atkinson-Parfum, in die er sich zu ihrer Begrüßung gehüllt hatte, erschlug sie fast: »Ja, da ist sie ja, unsere Kleine!«

Sein rosarasiertes Gesicht verzog sich zuckrig süß, die rechte Augenbraue schoß hoch, um das Einglas festzuhalten: »Kommen Sie herein, mein Kind!«

Er führte sie in einen Raum mit hoher Zimmerdecke und Stuckgirlanden, altmodischen Fensterriegeln in Paragraphenform und Messingbeschlägen über dem nachträglich eingebauten Heizkörper. Fenster, Türen, Tische, Stühle, alles war hell lackiert. Es roch nach Kaffee.

»Ich frühstücke gerade«, er deutete auf den gedeckten Tisch vor einem Sofa mit lila Fransenkissen, »wollen Sie mir Gesellschaft leisten? Geben Sie mir Ihr Mäntelchen, liebes Kind – so – und das entzückende Hütchen. Hier ist es warm. Und setzen Sie sich. Haben Sie schon gefrühstückt? Nein? Dann greifen Sie zu. Brot, Schinken, oder ein Ei? Genieren Sie sich nicht, meine Süße!«

Das ließ sie sich nicht zweimal sagen. Seitdem sie in der Fredericiastraße wohnte und ihre Barschaft mehr oder weniger in der Miete aufging, sparte sie wie die übrigen Hausbewohner an Essen, wo sie konnte.

Wohlwollend sah er zu, wie es ihr schmeckte. Warum sagte er nichts?

»Verzeihen Sie«, fragte sie undeutlich mit vollem Mund und sah ihn erwartungsvoll an, »haben Sie schon telefoniert?

Ich meine«, sie schluckte den großen Bissen hinunter, »mit dem Mann von der Kultur?«

»Sie meinen, mit Kultursenator Hinkel? Ich konnte ihn noch nicht erreichen. Aber machen Sie sich darüber keine Gedanken, mein Kind. Das geht schon in Ordnung.«

»Glauben Sie?« In ihrer Stimme schwang Enttäuschung.

»Wie eifrig sie ist, die Kleine!«

Er versuchte, ihre Hand zu tätscheln. Eilig zog sie sie zurück. Sein Lächeln, das nur vom Kinn bis zur Oberlippe ging und die Augen nicht erreichte, gefiel ihr nicht. Verlegen konzentrierte sie sich auf das Frühstück.

Währenddessen begann er Konversation zu machen, sprach über Berlin, seine künstlerische Entwicklung, die neue Zeit und ihre Möglichkeiten. Wenn er wollte, konnte er ein unterhaltender Gesprächspartner sein. Und jetzt wollte er. Das Provinzmädchen sollte beeindruckt werden. Dumm war sie nicht, die Kleine. Wohl auch nicht so naiv, wie sie sich gab. Schwerdtbeck glaubte nicht an die Naivität junger Mädchen, die zum Theater wollten. War alles nur geschickte Mache von den kleinen Biestern, um ihr Ziel zu erreichen. Taten unschuldig und lockten gleichzeitig, brachten das Blut in Wallung und drohten im letzten Moment mit dem Staatsanwalt. Das war ihm schon einmal bei einer äußerst reizvollen, nichtsdestoweniger raffinierten sehr jungen Dame passiert, und er hatte den Schock, den ihre Erpressung ihm verursacht hatte, noch nicht vergessen.

»Nehmen Sie Honig, meine Kleine!«

»Danke nein. Jetzt kann ich nicht mehr!«

Sie lehnte sich im Stuhl zurück.

»Kommen Sie«, er klopfte mit der flachen Hand neben sich auf das Sofa, »setzen Sie sich hierher, da sitzen Sie bequemer!«

Widerwillig gehorchte sie der Aufforderung und setzte sich neben ihn.

»Erzählen Sie mir doch ein wenig von sich!« sagte er und legte ihr eine rötliche Hand aufs Knie. Sie schluckte krampfhaft und dachte: ›Beherrschen – durchhalten – wichtig für die Zukunft –‹, während sie von zu Hause zu berichten begann.

»Also der Herr Papa ist Arzt?«

Die Hand rutschte höher. Es war sehr unbehaglich.

»Ja. Mein Großvater, der Vater meiner Mutter übrigens auch. Das heißt, er war es. Er ist tot. Er war nämlich – meine Mutter war –« verwirrt brach sie ab.

»Aha. Interessant.«

Die Hand hatte sich unter den Rocksaum geschoben, kroch langsam und zielsicher weiter aufwärts. Es machte ihr Angst. Was wollte er von ihr? Weshalb sah er sie unter halbgeschlossenen Lidern so seltsam an? Seine gespreizten Finger begannen sich tastend um ihren Oberschenkel zu spannen, setzten ihre Wanderung nach oben fort. Sie spürte seine andere Hand, die sich um ihre Schulter legte und sie an seinen schweratmenden Körper zu ziehen versuchte.

»Nicht!« schrie sie wild und zornig und sprang auf, »ich will jetzt gehen!«

Er rührte sich nicht, stand nicht auf, protestierte auch nicht. Ganz ruhig blieb er sitzen und beobachtete sie unter schweren Augenlidern. Einen Augenblick lang wartete sie, aber es geschah gar nichts. ›Na gut, soll er sitzen bleiben!‹ Sie wandte sich zur Tür. Sie war zu. Verschlossen. Kein Schlüssel steckte im Schloß. Mehr verblüfft als erschrocken stellte sie fest: »Die Tür ist zu!«

»Ja.«

»Ich meine, verschlossen!«

»Ja.«

»Aber ich muß gehen.«

»Ja.«

Immer das gleiche monotone Ja. War er verrückt? Was

sollte das? Ein letzter Versuch: »Barbara wartet unten auf mich, im Kranzler.« – »Mhm.«

Mein Gott, der Alte war irre! Was tat man in solcher Situation? Nervös trat sie ans Fenster, blickte hinunter auf den regen Verkehr des Kudamms. Das war ja Wahnsinn! Draußen auf der Straße gingen die Menschen vorbei, an der Ecke wartete Babs, und sie stand hier, nur durch eine Häuserwand von ihnen getrennt und konnte nicht heraus!

»Nervös, ja? Setz dich doch!« Es kam leise, lauernd. War das noch die gleiche Plauderstimme von eben? Sie witterte die Gefahr, die unaufhaltsam auf sie zukroch, ihre Unruhe steigerte sich. Wenn vielleicht – ach Unsinn, falls ihr der Alte zu nahe kommen würde, schlüge sie ihn einfach nieder. Notwehr. Das war erlaubt. So stark wie er war sie schon lange –. Aber er tat ja gar nichts, saß nur da und beobachtete sie. Nervös spielten ihre Finger mit einem Zigarettenpaket, das vor ihr auf dem Tisch lag. Nanu, wo war denn das plötzlich hergekommen? Sie hätte schwören mögen, daß es vor wenigen Minuten noch nicht dort gelegen hatte. Sie schälte sich eine Zigarette aus der Verpackung – ›seltsam langes Format!‹ – und steckte sie sich in den Mund. Lässig hielt er ihr das Feuerzeug hin. In letzter Zeit hatte sie schon ein paarmal geraucht. Weniger weil es ihr schmeckte als weil es schick war. Hastig sog sie den Rauch ein.

Sie hatte noch keine vier Züge getan, als es in ihren Ohren zu rauschen begann. Du lieber Gott, was war das? Es wurde ihr ganz merkwürdig zumute, alles schien auf einmal so fern. Seltsam, sie fühlte sich plötzlich benommen, weich in den Knien und schläfrig. Tastend fuhr ihre Hand über das helle Holz des Schreibtisches hinter sich, um Halt zu finden, ihr Kopf bewegte sich hin und her in dem vergeblichen Bemühen, das Netz abzuschütteln, das sich um die Sinne zu schlingen begann. Und dann geschah alles Weitere wie in einem furchtbaren Traum.

Plötzlich stand Schwerdtbeck, den sie nur undeutlich erkennen konnte, vor ihr auf und schlug den Morgenrock zurück. Darunter war er nackt. Sie fühlte mehr als sie sah, wie er nach ihr griff, sie auf das Sofa hinunterzog. Sie wehrte sich nicht. ›Warum wehre ich mich nicht?‹ dachte sie stumpf, aber ihre Arme und Beine gehorchten ihr nicht mehr. Sie spürte die harte Sofafederung unter sich, Arme, die sie wie Krakenfänge umschlangen, vielfingrige Hände, die überall gleichzeitig nach ihr griffen, fühlte ihre Kleidung abgestreift, heißen heftigen Atem auf ihrem Gesicht und dann plötzlich einen scharfen stechenden Schmerz, der ihr bis ins Hirn drang. Ihr ganzer Körper bäumte sich auf, und dann verlor sie das Bewußtsein. –

Als sie wieder zu sich kam, sagte ein Taxichauffeur: »Sie sind da, Frollein – bezahlt is schon!«

Benommen taumelte sie aus dem Wagen, schleppte sich mit Mühe zum Lift und in ihr Zimmer. Dort tastete sie sich wie blind zu ihrer Schlafcouch und brach auf ihr zusammen. Der Kopf schmerzte zum Zerplatzen, und es war ihr speiübel. Leise wimmerte sie vor sich hin, unfähig, sich zu bewegen. So fand sie Barbara, die vergeblich zwei Stunden lang im Kranzler auf sie gewartet hatte: »Um Gottes willen, Liebling, was ist? So sprich doch?«

Aber sie blieb stumm, starrte nur mit weitaufgerissenen blicklosen Augen zur Decke.

»Helga – komm zu dir! Was ist geschehen?«

Nichts. Keine Reaktion.

Ratlos hockte sich Babs neben sie auf den Rand der Couch: »Sag doch, wo tut's denn weh? Soll ich einen Arzt holen?«

Ganz leise verneinende Kopfbewegung.

Babs erhob sich und holte die zusammengefaltete Wolldecke von der Eckcouch: »Dann mußt du dich wenigstens gut zudecken!«

Erst jetzt bemerkte sie den unordentlichen Zustand der Kleidung. Es sah aus, als habe jemand Fremdes sie angezogen, ohne Rücksicht auf Verschlüsse und ordentlichen Sitz. Sie erschrak. Dann sah sie den verkrusteten Blutstreifen oberhalb des Knies und begriff alles. Wie gelähmt blickte sie auf das halb bewußtlose Mädchen hinunter: »Dieses Schwein!« murmelte sie erschüttert, »dieses gottverdammte Schwein! Am hellichten Tag – anzeigen werde ich ihn.«

Die Tränen liefen ihr über das unordentlich gepuderte Gesicht, während sie hilflos den starren Arm der Freundin streichelte und immer wiederholte: »O dieses verfluchte dreckige Schwein!«

Im Haus hatte es sich bald herumgesprochen, was vorgefallen war. Alle waren voller Mitgefühl für das verstörte Mädchen und empört über das skrupellose Vorgehen seines Vergewaltigers. Babs hörte nicht auf, sich die bittersten Vorwürfe zu machen. Schließlich war sie es gewesen, die Helga mit Schwerdtbeck zusammengeführt hatte. Kurz entschlossen fuhr sie zu ihm und stellte ihn zur Rede. Er gab sich arroganter denn je: »Aber Barbara, meine Liebe, welch ein Geschrei um dieses kleine Judenmädchen – was ist ihr denn schon passiert?«

»Das fragen Sie noch?«

»Du lieber Gott – wird ihr in Zukunft vermutlich noch öfter passieren. Wenn man Karriere machen will, kann man es sich nicht leisten, zimperlich zu sein.«

Barbara geriet außer sich: »Schwerdtbeck, Sie sind ein Schwein! Das Mädchen war sauber und unberührt, bevor es mit Ihnen zusammenkam.«

»Ach nee«, höhnte er und klemmte die Scheibe fester ins Auge, »Ihr sauberes Judenmädchen hat sich wohl beschmutzt, weil es mit einem deutschen Arier geschlafen hat? Liebe Freundin, verkehren Sie die Dinge nicht etwas? Ich an

Ihrer Stelle würde doch ein wenig vorsichtiger sein. Sie vergessen, wer ich bin!«

»Bestimmt nicht. Im übrigen ist Helga Altenberg nicht Jüdin, sondern deutscher Mischling!«

»Selbstverständlich!« Er ließ den oberen Goldzahn leuchten, »ich betreibe doch keine Rassenschande, meine Liebe. Oder haben Sie möglicherweise die Absicht, mir das zu unterstellen? Dann darf ich Sie darauf aufmerksam machen, daß Halbjudenmädchen zwar nicht zur Heirat, zum –« er gebrauchte ein gemeines Wort – »aber durchaus zugelassen sind!«

Plötzlich verlor er die Geduld, sein Gesicht wurde hart, sein Ton offene Drohung: »Im übrigen würde ich Ihrem Schützling dringend anraten, den Mund zu halten! Ich hätte ihrer Rasse mehr Verstand zugetraut. Sonst kann sie sich ihre kulturellen Ambitionen an den Hut stecken und in Dachau darüber nachdenken, welchen Respekt sie mir schuldig ist, verstanden!«

Wütend wandte er sich um, ging zum Fenster und begann, sein Monokel mit dem Taschentuch zu bearbeiten: »Immer nur Ärger hat man mit diesen Nichtariern. Das wird auch noch anders werden müssen. Und jetzt entschuldigen Sie mich bitte«, er klemmte das Glas mit herabgezogenem Mundwinkel hochmütig ins Auge zurück, »ich habe Wichtigeres zu tun!« – Damit war der Fall für ihn abgetan. Erledigt.

Bedrückt begab sich Babs nach Hause zurück und erstattete ausführlich Bericht.

»Den Hals müßte man so einem umdrehen!«

»Mit der Fliegenklappe erschlagen!«

»Kann man denn da wirklich gar nichts tun?«

»Was willst du tun? Hingehen und ihm eine reinhauen? Nein, mein Lieber, jetzt sind die Bonzen dran. Such dir 'ne geeignetere Zeit für dein Begräbnis aus.«

Helmut Wagener sah sich nachdenklich im Kreise um:

»Gewalt ist immer etwas Widerliches«, sagte er in seinem lässig-arroganten Tonfall, »aber wenn es so weitergeht, dann…«

»Was dann?« Alle blickten ihn gespannt an.

»Dann müßte man wohl einmal ernsthaft erwägen, dagegen etwas zu unternehmen.«

»Wer ist ›man‹?«

»Die, die das Denken noch nicht eingestellt haben. Die Nicht-Masse. Die Individualisten. Wir alle!«

Sie schwiegen.

»Auf jeden Fall«, sagte überraschend Else Petzold in die Stille hinein und spreizte die frischlackierten Fingernägel, »müssen wir jetzt alle besonders nett zu ihr sein!«

»Versteht sich!«

»Und ja nicht davon reden«, sagte Moni, »vielleicht vergißt sie's dann bald.«

»Na, ich weiß nicht«, nachdenklich blies Else auf ihre Nägel, damit sie schneller trocknen sollten, »so was vergißt man nicht so leicht. Gerade das erste Mal. 'nen Schock hat sie weg!«

»Jedenfalls werden wir tun, als wüßten wir von nichts! Einverstanden? Oskar, Tico, Helmut, ihr andern?«

Die Runde nickte eifrig Zustimmung.

»Danke!« sagte Babs leise und schlug die Augen nieder.

Die nächsten Wochen vergingen für Helga wie im Halbtraum. Sie aß und trank wie immer, unterhielt sich mit den Freunden, ging zur Klavierstunde, pflegte ihr Äußeres – aber ihr Wesen hatte eine Veränderung erfahren. Sie lachte kaum noch. Die Bewegungen waren zögernder, verhaltener geworden, die Sprache knapper, lakonischer. Manchmal verlor sie mitten im Gespräch den Faden, starrte geistesabwesend mit leeren Augen vor sich hin und fuhr nervös zusammen, wenn man sie ansprach.

Neuerdings hatte sie es sich zur Gewohnheit gemacht, in der frischen Morgenluft herumzustreifen. Die unverbrauchte Kühle tat ihrem Kopf gut, der seit jener Zigarette zu krampfartiger Zusammenziehung der Blutgefäße neigte, Schmerzen, die sporadisch mit Heftigkeit auftraten und ihr Schwindelgefühl und Brechreiz verursachten. Bei einem ihrer Spaziergänge hatte sie einmal eine Bank in der Nähe des Funkturms, des ›langen Lulatsch‹, entdeckt. Die Bank stand unter anderen Bänken auf einem kleinen abgezirkelten Platz mit ein paar reifglitzernden Bäumen und Sträuchern und einem Sandspielplatz unter verharschtem Schnee. Es war schön, dort zu sitzen in der Einsamkeit, in die scharfe Helle zu blinzeln, an nichts zu denken und die erste Wärme der vormärzlichen Sonnenstrahlen durch den Mantelstoff auf der Haut zu spüren. Die Bank wurde ihr morgendlicher Lieblingsaufenthalt. Jeden Vormittag, an dem es nicht regnete, verbrachte sie von nun an auf ihr und kehrte erst zur Mittagszeit ins Haus zurück.

Zur gleichen Zeit begann sie sich ernsthaft mit ihrem Studium zu befassen. Die Musik wurde ihr zur Notwendigkeit; die trockene Sprache der Theorielehre mit ihrer pedantischen Gesetzesordnung und ihren mathematischen Regeln gab ihr Ausgleich zum inneren Chaos und damit neuen Halt.

Professor von Hagen war sehr zufrieden mit ihr: »Liebes Kind, Sie fangen an, Fortschritte zu machen. Offen gestanden, mir waren in letzter Zeit schon gewisse Bedenken gekommen. Ich hatte den Eindruck, als hätten Sie keine rechte Freude am Studium, als wären Ihre Gedanken ganz woanders. Um so froher bin ich, daß ich mich anscheinend getäuscht habe. Machen Sie so weiter. Dann werde ich Sie zur Osterprüfung auf der Staatlichen anmelden!«

Sie nickte und arbeitete mit konzentrierter Verbissenheit. Stundenlang quälte sie ihr Jazzklavier mit den ewig gleichen Fingerpassagen, zwang ihm in immer neuer Wiederholung unzusammenhängende Takte auf, so lange, bis sie einwandfrei saßen. Zufrieden spürte sie, wie ihr die anfänglich so schwierige Technik geläufig wurde, wie sie vorwärtskam. Sie wollte, sie würde es schaffen! –

Mitte März, an einem regnerischen Nachmittag, rief sie aus einem plötzlichen Einfall heraus Klaus an. Seine Mutter, die sie nie persönlich kennengelernt hatte, erinnerte sich gleich bei Nennung ihres Namens: »Fräulein Altenberg? Ja, ich weiß. Mein Sohn hat mir viel Hübsches von Ihnen erzählt!«

Ob sie das ironisch meinte? Ihre innere Unsicherheit hatte derart zugenommen, daß sie allen gleich das Schlimmste zutraute.

»Ist Klaus da?«

Einen Augenblick später war er am Apparat: »Ja, Kleines, das ist aber nett, daß du endlich wieder von dir hören läßt!« Seiner Stimme war die Erregung anzumerken, in die ihn ihr überraschender Anruf versetzte: »Und was tust du? Wo bist du? Ist dir klar, daß du mir keine Adresse hinterlassen hast, keine Telefonnummer, unter der ich dich hätte erreichen können?«

»Wie geht es dir, Klaus?«

»So-so, la-la. Ich werde vermutlich demnächst eingezogen werden.«

»Eingezogen? Als Soldat? Soll das ein Witz sein?«

»Leider nein. Heute morgen haben sie im Radio das neue Gesetz zur Wiedereinführung der allgemeinen Wehrpflicht bekanntgegeben. Hast du's nicht gehört? Steht doch auch groß in allen Zeitungen. Deutschland will wieder marschieren!«

»Und du mit?«

»Will nicht. Muß.«

»Vielleicht wirst du Feldwebel? Feldwebel Weinberger.

Zu komisch. Herzliches Beileid! Was ich dich fragen wollte: Hast du Lust, mich mal zu besuchen? Ich wohne sehr gemütlich, und ein Klavier hab ich auch.«

»Natürlich möchte ich dich sehen. Gib mir die Adresse!«

Während er notierte, fragte er: »Und wann paßt es dir?«

»In den nächsten Tagen nicht. Da hab ich zuviel zu arbeiten. Hagen will mich wirklich an die staatliche Hochschule schleusen. Aber wie wär's mit heute in acht Tagen? Donnerstag, den einundzwanzigsten? Nachmittags gegen vier?«

»Ich hätte dich gern schon früher gesehen, Kleines. Nichts zu machen?«

»Unmöglich. Nächsten Donnerstag?«

»Schön. Ich freu mich. Du dich auch ein bißchen?«

»Mhm. Bis dann – Tschüß, Klaus. Mach's gut!«

Es wurde ein harmonisches Wiedersehen. Die kleine Auseinandersetzung von damals hatten sie längst vergessen, verstanden sich so gut wie eh und je.

»Wirklich hübsch hast du's hier!« Bewundernd wickelte er die rosa Treibhausnelken aus der Seidenpapierhülle, »richtiges kleines Eigenheim. Und ganz du. Wie fühlst du dich nun in deiner neuen Selbständigkeit? Erzähle!«

»Erst kommst du dran!« Sie schenkte den Kaffee ein.

»Von mir kann ich dir nicht viel Neues berichten, außer daß ich nun doch nicht zu den Soldaten muß. Aber das weißt du vermutlich schon.«

»Nee. Wieso nicht?«

»Hast du denn die BZ heute morgen nicht gelesen? Die Schlagzeile gleich auf der ersten Seite?«

»Keine Zeit zum Zeitunglesen. Was stand da?«

»Da stand, daß Plattfüße zum Marschieren ungeeignet sind. Kriegen den neuen deutschen Takt nicht raus. Also eine taktische Erwägung, ha ha...«

»Hör auf zu kalauern. Heißt das, daß Juden nicht zum Militär dürfen?«

»Du hast es erraten.«

»Und Mischlinge? Die ersten und die zweiten Grades?«

»Arische Abstammung bis zu den Urgroßeltern Voraussetzung für den Heeresdienst – so will es, laut BZ von heute morgen, das deutsche Volksbewußtsein!«

Er grinste: »Gesegnet sei die Mischpoche meines Herrn Papa!«

Übermütig stopfte er sich Rosinenkuchen in den Mund.

Helga starrte nachdenklich auf ein Stückchen Nachmittagssonne über dem Kuchenteller: »Ich weiß nicht …« sagte sie langsam.

»Was weißt du nicht?«

»Die Sache mit dem Militär. Nimm mal an, es käme eines Tages zum Krieg.«

»Warum sollte es?«

»Aber angenommen, es käme dazu«, insistierte sie, immer mit geistesabwesendem Blick, »und alle Männer bis auf Juden und Mischlinge würden eingezogen und an die Front geschickt. Die Frauen würden sie dann vermutlich auch irgendwo in Staatswichtiges einsetzen. Meinst du, die würden uns in so einem Fall gemütlich weiter in der Heimat herumlaufen lassen? Ausgerechnet uns? Was würde also in solch einem Fall mit uns geschehen?«

»Nanu, Kleines, was sind das für Überlegungen? Weshalb denkst du jetzt schon an solch vage Möglichkeit wie Krieg?«

»Man muß doch auch daran denken. Weshalb führen die denn die allgemeine Wehrpflicht plötzlich wieder ein? Wozu ist Militär gut, wenn nicht zum Kriegführen?«

»Nun, zur Verteidigung der Heimat, beispielsweise!«

»Das ist dasselbe. Ist doch egal, aus welchem Grund es losgeht. Fest steht nur, daß sie keine Halbarier dabeihaben wollen. Sie sortieren uns aus. Was werden sie also mit uns machen? Uns zuschauen lassen, wie sich die anderen ihre reinarischen Köpfe abhauen lassen für Volk und Vaterland?«

»Was du dir für Gedanken machst, Kleines, wie kommst du nur darauf?«

»Weiß nicht. Kann's dir nicht erklären. Aber ich hab so ein Gefühl, die sind zu allem fähig. Klaus, die da oben, glaub mir, die sind skrupellos!«

Sie hatte den Satz mit großer Heftigkeit hervorgestoßen.

»Aber Helga, ich kenn dich ja gar nicht wieder! Du bist plötzlich so anders geworden! Sonst warst doch du es immer, die mir Schwarzmalerei vorwarf, und nun …« Er betrachtete sie mit neuer Aufmerksamkeit: »Dein Gesicht ist schmal geworden«, fiel ihm auf, »du hast dich verändert, aber ich könnte nicht sagen, wie. Ernster vielleicht, besonders um die Augen herum. Nachdenklicher. Wissender. Wo bleibt dein jugendlicher Optimismus?«

Sie zwang sich, die Augen vom Sonnenfleck auf der Tischdecke zu lösen. Langsam kehrte das Leben in sie zurück. Etwas blaß lächelte sie: »Der kommt schon wieder. Die Schufterei, weißt du. Ich hab's mir nun mal in den Kopf gesetzt, an die Hochschule zu kommen, und möchte es auch schaffen!«

»Wußte gar nicht, daß du so ehrgeizig sein kannst. Hut ab. Was sagt denn deine Mutter dazu?«

»Ich hab ihr noch nichts davon geschrieben. Sie darf es erst erfahren, wenn alles geklappt hat. Kann ja auch passieren, daß ich mit Pauken und Trompeten durchfalle. Die Enttäuschung möchte ich ihr ersparen.«

Klaus nickte, es erschien ihm einleuchtend. Nachdenklich fragte er in seine Tasse hinein: »Du bist also nach wie vor fest entschlossen, weiter in Deutschland zu bleiben, dir hier möglicherweise – trotz deiner Bedenken – eine Karriere zu erzwingen?«

»Jetzt gerade!«

»Wie meinst du das?«

Sie schwieg, fragte statt dessen: »Und du, Klaus? Du wirst also deinem Vater demnächst nach Amerika folgen?«

»Das ist noch gar nicht raus.«

»Nanu? Ich denke, das ist alles schon geplant und mehr oder weniger entschieden?«

Er lehnte sich in die Kissen zurück, streckte die langen Beine unter dem Tisch aus und begann, umständlich seine Pfeife zu entzünden. Nachdem er endlich das Streichholz ausgewedelt hatte, sagte er: »Papas Briefe sind nicht allzu ermutigend. Er schreibt, daß er sich doch alles wesentlich leichter vorgestellt habe. Gewiß, seine alten Freunde sind da und helfen ihm, sich einzuleben …«

»Sein Name ist doch überall ein Begriff?«

»Schon. Aber drüben nicht so wie hier. Dort ist eben alles viel größer, weitläufiger. Allein in New York sitzen Hunderte deutscher Künstler mit großen Namen, die seit dem Vorjahr emigriert sind und sich nun eine neue Existenz aufzubauen versuchen. Für die Amerikaner bedeutet der Name allein nicht viel. Dazu kommt, daß das Kulturleben drüben nicht wie bei uns an erster Stelle steht.«

»Läßt man ihn denn nicht dirigieren?«

»Doch, schon. Er leitet jetzt das Orchester der New Yorker Musikvereinigung.«

»Na also. Klingt nicht schlecht. Was ist das für ein Orchester?«

»Ein deutsches. Das ist es ja: Emigranten arbeiten mit Emigranten für Emigranten. Die einzige Möglichkeit. In das eigentliche Amerika hineinzukommen, schreibt Papa, scheint fast ausgeschlossen zu sein.«

»Aber er wohnt doch in New York?«

»Eben. In New York. Und da wird er auch nicht herauskommen. Das ist wie eine Insel auf dem großen Kontinent.«

»Wieso? Versteh ich nicht. New York ist doch die Hauptstadt Amerikas?«

»New York ist kosmopolitisch. Das Unamerikanischste an den gesamten USA. Und das Leben dort, schreibt er, ist hart und schnell und gleichgültig gegen den Menschen. Den Platz, den man sich heute erobert hat, kann man morgen schon wieder verlieren, ohne Rücksicht auf Alter und Erfahrung.«

»Das wär nichts für mich!«

»Ich fürchte, für Papa ist es auf die Dauer auch nichts. Seine letzten Briefe klingen gar nicht wie er selbst. So müde und enttäuscht.«

»Heimweh?«

Klaus betrachtete seine Pfeife. Leise sagte er: »Es ist eine verfluchte Hörigkeit, von etwas nicht lassen zu können, das dich gar nicht haben will. Weiter an ihm hängen. Es nur verlassen, um es aus der Ferne um so mehr anzubeten. Unentwegt Vergleiche ziehen zuungunsten des Neuen. Und schließlich an der Sehnsucht nach ihm kläglich zugrunde gehen.«

Helga erhob sich, um das Geschirr in die Küche zu tragen: »Was wirst du also tun?«

»Weiß nicht«, murmelte er ratlos, »mit ihm leben kann ich nicht und ohne es noch weniger ...«

In der Küche traf sie auf Tico, der aus Brotresten Bouletten knetete. Sie sehnte sich nach fröhlicherer Atmosphäre, unbeschwerteren Gesprächen: »Kommt doch rein, Helmut und du. Ich hab netten Besuch! Und wenn Moni da ist, bringt sie mit!«

Moni war da. Alle drei begrüßten Klaus herzlich wie einen der ihren, hockten sich im Kreis, und bald stieg die Stimmung an.

»Helmut, sei lieb und hol das Koffergrammophon!«

Helmut erhob sich gehorsam und schleppte den schweren Kasten samt einer Auswahl aus der umfangreichen Plattensammlung der beiden Freunde herbei. Moni rief unterdessen Babs an, die mit Else Petzold und einer Flasche Mampe ›Halb & Halb‹ erschien: »Stammt nicht von mir. Aus der Petzoldschen Hausbar!«

Else galt als der alkoholische Versorger des Hauses. Wer immer gerade Bedarf an Spirituosen anläßlich eines unerwarteten Besuches hatte, telefonierte mit ›Elseken‹. Minuten später, falls sie es nicht selbst tat, brachte dann einer ihrer ›Knülche‹ das Gewünschte an.

Jubelnd wurde der Mampe begrüßt und gleich auf die von überall zusammengetragenen Gläser verteilt. Nach etwa einer halben Stunde kam auch Oskar herauf, dem Babs einen Zettel an der Tür hinterlassen hatte. Moni, die ihm einschenken wollte, stellte die Flasche über seinem Glas auf den Kopf: »Tropfen auf den heißen Stein. Kinder, wir brauchen Nachschub!«

»Aber mehr als eine Flasche. Und so viel hab ich auch nicht unten!« meinte Else.

»Komm, komm, du hast! Sei lieb, Elseken, und rück raus!«

Unauffällig zog Klaus einen Geldschein aus der Brieftasche, den er Helga reichte, die ihn erfreut an Else weitergab: »Wir woll'n ja nichts geschenkt. Kaufen wollen wir!«

»Ja, wenn das so ist – warum sagste das nicht gleich?«

Das Mannequin verschwand und erschien bald darauf mit zwei großen Flaschen Sekt.

»Schampus! Ist ja toll!« jubelte die Runde und ließ die Pfropfen knallen.

»Prost allerseits!«

Die Stimmung wurde immer übermütiger und ausgelassener. Sie schrien und lachten alle durcheinander, unterbrachen sich gegenseitig im Eifer des Gesprächs und merkten nicht, daß die Tür aufgegangen war. Im Rahmen stand, unbeweglich, schwarz und leidend, die Teschnikowa. Erst der Luftzug vom Flur her ließ die Runde aufschauen. Sie verstummten alle gleichzeitig, wie auf Kommando. ›Wie in einem Schauerdrama!‹ dachte Helga und betrachtete fasziniert die überlange silberne Zigarettenspitze zwischen den blassen Fingern der Russin.

»Ich chabe Kopfschmärzen!« verkündete die kehlige Stimme in die plötzlich eingetretene Stille, »nähmt Rücksicht!«

Als erster faßte sich Helmut. Er kannte die Teschnikowa, ließ sich von ihr nicht verblüffen: »Komm rein, Kyra, mein Engel, sei kein Spielverderber!«

Langsam wanderte ihr verhangener Blick über die kleine Gesellschaft, blieb an den Sektflaschen hängen.

»Gleich!«

Stumm machte die schwarze Gestalt kehrt, kam bald darauf mit einer seltsam geformten Flasche zurück: »Sliwowitz!« verkündete sie und setzte sich ohne weitere Umstände zwischen die anderen, »ich kann laucs Gesöff nicht leiden!«

Moni holte aus ihrem Zimmer einen Satz Schnapsgläser: »Gib mir mal was davon, Kyra, möchte das Zeug auch probieren!«

»Mir auch!«

»Mir auch!«

Sie tranken alle wild durcheinander, ohne daran zu denken, etwas dazu zu essen, Likör, Sekt und Pflaumenschnaps. Es dauerte nicht lange, und sie waren blau. Klaus und Oskar führten lange erbitterte Debatten über die Bedeutung des Atonalen in der Entwicklung moderner Musik. Da sie sich nicht einigen konnten und es ihnen unter ständiger Einwirkung von Sliwowitz mit Sekt immer schwerer fiel, sich einer dem anderen verständlich zu machen, schleppten sie sich ans

Klavier und schlugen dort abwechselnd mächtig in die Tasten. Die beiden Freunde Tico und Helmut lehnten an der Wand, lächelten sich durch ihre Gläser hindurch weinselig zu und versuchten, sich gegenseitig zu stützen, während Else über einen saftigen Witz von Babs vor Lachen kreischte. Moni brüllte Helga ins Ohr, daß das Leben lebenswert sei. Nur die Teschnikowa saß mit angewinkelten, dunkel bestrumpften Beinen in der Couchecke und trank das vierte Wasserglas voll Sliwowitz, ohne eine Miene zu verziehen. »Wie Buster Keaton!« schrie Else und prustete los. Auch Helga lachte. Die allgemeine Ausgelassenheit steckte sie an. Sie fühlte sich zum ersten Mal seit Wochen wieder richtig wohl.

»Jetzt siehst du wieder aus wie früher!« stellte Klaus fest, der Arm in Arm mit Oskar angeschaukelt kam. Oskar schüttelte mißbilligend den schmalen Kopf: »A schöne Frau«, lehrhaft erhob er den Zeigefinger, »schaut immer aus wie früher, merk dir das, Kamerad. Niemals darfst ihr sagen – hörst du, niemals –, daß sie nimmer ausschaut wie früher.«

»Bin ich schön, Klaus?«

Er grinste boshaft: »Jetzt bist du noch ein Mops. Aber du wirst mal!«

»Frechheit! Möpse sind fett. Ich bin gar nicht fett!«

»Weil du niemanden hast, der dich mästet. Es gibt auch dünne Möpse.«

Es entspann sich eine heiße Debatte über das Thema: Sind Möpse von Natur aus fett? Dazwischen legte Tico Jazzplatten auf, lauter ›entartete Kunst‹ aus Amerika. Als kein Tropfen mehr aus den Flaschen kam, war es halb zwei Uhr morgens geworden. Die Teschnikowa verabschiedete sich als erste: »Ich geh jätzt schlafen!« Mit lässiger Eleganz und unbewegtem Gesicht erhob sie sich, ging bis zur Mitte des Zimmers, ließ sich dort zu aller Erstaunen auf alle viere nieder und kroch mit ernster Miene auf die Tür zu. Dort angekommen, richtete sie sich wieder auf, sagte verächtlich: »Gutte Nacht!« und verschwand. Nacheinander zogen sich auch die anderen wieder auf ihre Zimmer zurück. Zum Schluß brachte Helga Klaus an die Haustür: »Tschüß, Klaus. Komm gut heim!«

»Kleines – es war zauberhaft…« Er wollte sie umarmen, aber sie machte sich unwillig los: »Komm, laß den Unsinn. Ich bin sehr müde.«

»Wann sehen wir uns wieder?« Ihre abweisende Haltung hatte ihn ernüchtert.

»Sobald ich Zeit habe, melde ich mich, Klaus. Bestimmt. Nun gute Nacht!«

Alles Private war ihr jetzt gleichgültig. Erst mußte sie die Prüfung hinter sich haben, dann würde man weiter sehen. Während sie in ihr Zimmer zurückkehrte, das aussah, als habe eine Elefantenherde darin gehaust, dachte sie: ›So blau wie die anderen werde ich nicht. Woran das nur liegt? Aber trotzdem war's prima!‹

Zu faul, ihr Bett aufzuschlagen, schlief sie zwischen den zerwühlten Kissen der Couch ein. –

Die Prüfung war auf zehn Uhr angesetzt. Um sieben Uhr war sie bereits wach, lief unruhig und planlos von einer Ecke zur anderen, setzte sich wieder hin, bewegte die Finger, memorierte Passagen und Akkorde und sprach mit sich selber: ›Aufpassen bei Bach. Denk an die linke Hand beim zweiten Einsatz der Toccata. Gleichmäßig, nicht springen!‹ Hagen hatte gut reden. Er hatte ja auch fast doppelt so große Hände wie sie. Mit ihren Kinderpfoten erwischte der Daumen die Oktave nur unter Anwendung eines unauffälligen Hupfers. ›Nicht springen –!‹ Leise, um die anderen nicht zu wecken, schlich sie in die Küche und machte sich einen starken Kaffee. Das tat gut. Er vertrieb die Müdigkeit aus ihren Augen, belebte das Blut. Der Chopin würde keine Schwierigkeiten machen, der saß und war sowieso ein Effektstück, bei dem man gelegentliche Schnitzer mit dem Pedal ertränken konnte. Aber der kühle pedantische Bach ließ nicht die kleinste Pfuscherei zu. Sie würden unbarmherzig genau sein, hatte ihr Hagen gesagt und hinzugefügt, daß meistens nur ein kleiner Teil der Bewerber die Prüfung bestünde. ›Noch eine Tasse Kaffee! Vielleicht half ein Bad – nicht zu kalt, nicht zu warm? Und irgendwas in den Magen.‹ Aber der war wie zugeriegelt, verweigerte hartnäckig jede feste Nahrung. ›Was zieh ich an? Etwas Bescheidenes, Unauffälliges, damit sie nicht gleich denken, ich wolle mich in Positur setzen. Das Graue mit den grünen Aufschlägen. Ist zwar nicht mehr ganz sauber an den Manschetten, fällt aber nicht weiter auf, man kann sie noch etwas nach innen einschlagen. Wenig Make-up. Was heißt wenig? Gar keines. Oder? Sind lauter Männer, die vom Prüfungsgremium. Wollen vielleicht auch nicht immer nur Käseblässe. Halt, wie ist das?: Eine deutsche Frau raucht nicht, säuft nicht, schminkt sich nicht! Gut, daß ihr das noch eingefallen war! Darauf kam's ja in erster Linie an: deutsch wirken. Züchtig, bleich und aufrecht. Die Hände sprechen lassen, nur die Hände.‹ – Zitternd vor Nervosität packte sie die Notenblätter in die Mappe. Sie spielte zwar auswendig, doch es war Vorschrift, die Hefte mitzubringen.

Im Innern der staatlich akademischen Hochschule für Musik hockten verschüchterte Menschenkinder auf provisorisch aufgestellter Holzbank vor einer Tür und blickten starr vor sich hin. Helga zählte. Zehn, mit ihr elf, falls keine weiteren dazukommen sollten. Sie setzte sich auf die Ecke der Bank neben einen pickeligen jungen Mann, der tonlos auf seinen Knien Klavier spielte. Sah aus, als habe er Nervenzucken. Alles schwieg und wartete. Fragend blickte sie ihren Nachbarn an.

»Ist schon einer drin!« flüsterte der, ohne sein Geisterspiel zu unterbrechen. Sie warteten. Die atemlose Stille zehrte an den Nerven. Aus der Doppeltür drang kein Laut. Eine Viertelstunde verging. Zwanzig Minuten. Ab und zu hallten ferne Schritte durch den hochmütigen Marmor der Flure, kamen näher, verebbten wieder. Fünfundzwanzig Minuten. – Fast unmerklich war der Kandidat aus der ominösen Tür getreten. Still und bleich, die Notenmappe fest an sich gepreßt, ging er ohne Gruß von dannen. Elf Augenpaare begleiteten ihn. ›Durchgefallen!‹ dachten elf Hirne. Aus dem Zimmer folgte ein kleiner grauhaariger Mann mit Brille, musterte die Reihe vor ihm streng und ohne Lächeln, zielte mit spitzem Zeigefinger wie mit einem Dolch auf die Brust einer Blondgezopften und sagte: »Sie!«

Sein Opfer folgte ihm gesenkten Blickes. Die Tür schloß sich lautlos. Wieder Stille. Warten. Zehn Nervensysteme waren aufs äußerste gespannt. Helgas Armbanduhr tickte überlaut. Zwanzig Minuten. Nichts. ›Lange halt ich das nicht mehr aus‹, dachte sie, ›dann schrei ich oder werf die Mappe in die Gegend, nur damit irgendwas geschieht!‹ Ihre Hände waren feuchtkalt. Dreißig Minuten. Etwas bewegte sich: das Zopfmädchen schlich gesenkten Hauptes an ihnen vorüber. ›Durchgefallen!‹ registrierten zehn Gehirne automatisch zum zweiten Mal. Der Zeigefingermann suchte sich ein weiteres Opfer. »Sie!« stach er eine Dickbusige aus.

Die Dickbusige sprang auf, warf ihre Noten zur Erde, sammelte sie ungeschickt wieder auf und verschwand. Der Anprall der Hefte auf den Marmorboden hallte noch einen Augenblick nach, dann erstarrte alles wieder in Lautlosigkeit. Die Armbanduhr tickte wie ein Metronom. Irgendwo knurrte ein Magen.

Als man sie hereinholte, war sie mit ihren Nerven am Ende. Der kalte Schweiß stand ihr auf der Stirn. Blind folgte sie dem kleinen Mann zu etwas glänzend Schwarzem, das wohl ein Flügel sein mußte. Hier ging's nicht weiter. Sie öffnete die Augen und blickte verwirrt um sich. Zu ihrem Entsetzen befand sie sich auf einer Bühne in einem richtigen Konzertsaal. Das Podium, der riesige Flügel, sie selbst waren angeleuchtet, während der Zuschauerraum im Dunkeln lag. Das machte ihn unheimlich und bedrohlich. Sie spürte Publikum in den Reihen, konnte aber nichts erkennen.

Wie ein riesiges schwarzes Loch dehnte sich das feindliche Dunkel vor ihr, bereit, sie zu verschlingen. Jetzt sprach es, mit ferner dünner Stimme: »Was wollen Sie uns spielen?« – ›-ielen!‹ warfen die leeren Balkonreihen zurück.

»Polonaise in A-Dur von Chopin. Und Toccata und Fuge von Bach.«

Hatte sie das eben gesagt? Hatte sie sich überhaupt bewegt? Wieso saß sie auf einmal vor den Tasten? Polonaise von Chopin. Also los, Polonaise! Aber wie fing die an? Wie ging sie weiter? Wie hörte sie auf? – Sie hatte alles vergessen, kein Ton fiel ihr ein. Sie würde nicht spielen können, nicht Chopin, nicht Bach, nicht Hänschen-klein. Sie konnte überhaupt nicht spielen – das war alles Wahnsinn, ein scheußlicher Traum –! In ihren Ohren sauste es. ›Weg von hier, bloß weg!‹ dachte sie in Panik und merkte nicht, daß ihre Hände längst selbständig in die Tasten griffen, wie sie es in monatelangem geduldigen Training gelernt hatten, akkurat, geläufig, sicher. ›Wo kommt der Chopin her? – Großer Gott, das bin ja ich!‹ – Sie riß all ihre Energie zusammen, begann, sich zu konzentrieren. Das Rauschen im Ohr ließ nach, langsam stellte sich der unterbrochene Kontakt zwischen Kopf und Fingern wieder her. Nun war sie wieder sie selbst, wurde sich ihres Spiels bewußt. Unter ihren kraftvollen Anschlägen vibrierte das schwarze Holz des Flügels. Temperamentvoll beendete sie das effektvolle Stück. Von den Wänden echote der Schlußakkord.

Stille. Absolute Stille. Keinerlei Reaktion. Lediglich ein kurzes Räuspern, das ihr die Anwesenheit von Zuhörern verriet. Eben noch wie im Rausch, war sie jetzt schlagartig ernüchtert. Was hatte das zu bedeuten? Warum sagten sie nichts? Es hatte ihnen also nicht gefallen. ›Abgestunken‹, nannte man das in der Theatersprache. Die Unsicherheit, die immer in ihr wach war, überfiel sie wieder mit großer Heftigkeit. ›Aufstehen – weggehen!‹ dachte sie verzweifelt. Die stumme Mißbilligung des dunklen Saales schien ihr unerträglich. Warum sagten sie nicht wenigstens irgend etwas?

»Bach, Toccata und Fuge in d-Moll«, erklärte sie dem stillen Raum mit einer Stimme, die nicht ihr gehörte. Ihre rechte Hand begann mit dem Thema, die linke griff es auf, arpeggierte den Baß über dem gehaltenen tiefen d des Pedals. Wie ein Gewittersturm entfaltete sich das Tongeflecht der Bachschen Musik, ein Gewitter über einem kühlen gotischen Dom. Mit äußerster Konzentration wachte sie über die Genauigkeit ihres Spiels. Aber was war das? Sie hatte das a statt des g erwischt. Entsetzlich. Natürlich hatten die da unten es gemerkt. Die lauerten ja nur auf Fehler. Vor Schreck griff sie wieder daneben. Zusammennehmen, um Himmels willen zusammennehmen, nicht an die dort unten denken! – Als sie geendet hatte, zitterten ihre Hände so, daß sie den Tastendeckel streiften, der mit derart lautem Knall zuflog, daß sie entsetzt aufsprang.

»Danke«, sagte eine ferne unpersönliche Stimme aus der Tiefe des Saales.

Sie nickte vage in irgendeine Richtung. Ein Schatten in der vorderen Reihe bewegte sich, trat näher an die Rampe: »Fräulein Altenberg«, fragte er, »was wissen Sie über den Tonaufbau der Fuge?«

Mit schüchterner Stimme teilte sie ihm mit, was sie darüber wußte. »Lauter!« rief jemand aus dem Dunkel.

Der Schatten blieb ohne Reaktion auf ihre Antwort, nickte weder bestätigend, noch verneinte er durch Kopfschütteln. Statt dessen stellte er ihr noch sieben weitere musiktechnische Fragen, von denen sie zwei nicht wußte und bei einer anderen unsicher war.

»Danke«, rief schließlich wieder die unpersönliche Stimme aus dem Hintergrund, »das ist alles. Bitte morgen um zehn mit den übrigen wieder herkommen. Der Nächste bitte!«

›Zur Urteilsverkündung!‹ dachte sie völlig aufgelöst, fand die Ausgangstür und ging nun ihrerseits gesenkten Kopfes an den restlichen Prüflingen vorbei, ›sie haben mir deutlich zu verstehen gegeben, daß sie nicht zufrieden waren. Aber war es wirklich nur mein Spiel? Gewiß, im Anfang war ich konfus, und bei Bach habe ich mich zweimal verhauen. Dennoch...‹ Natürlich wußten sie von ihrer Abstammung. Ihre Annahme an die Staatliche setzte voraus, daß sie besser war als die anderen, ein Talent, auf das Deutschland nicht verzichten wollte. Und das war sie fraglos nicht gewesen, es hätte ihr auch nicht der allerkleinste Fehler unterlaufen dürfen. Sie war sehr deprimiert, als sie sich nach einem halben Tag voll selbstquälerischer Gedanken schlafen legte.

Am nächsten Morgen hockten die Prüflinge wieder auf der Bank im Marmorflur. Zwölf zukünftige Pianisten warteten auf ihr Urteil, nervös, hilflos, schweigend.

Um zehn Uhr dreißig erschien der Zeigefingermann mit einer Liste: »Fünf von Ihnen haben bestanden!« verkündete er, »bitte gehen Sie jetzt in der Reihenfolge, wie ich Sie aufrufen werde, hinein!«

Helga war unter den letzten. Neun gingen vor ihr hinein, neun kamen wieder heraus. Vier Strahlende, drei Bedrückte, zwei Weinende. Dann war die Reihe an ihr. Sie stand vor dem Tisch des Gremiums, ließ sich kritisch und lange mustern.

Von rechts kam ein Herr mit weißem Haar auf sie zu: »Gratuliere, Fräulein Altenberg«, sagte er freundlich und reichte ihr mit festem Druck die Hand, »Sie haben die Prüfung bestanden!«

Da weinte sie auch.

Mein liebes Helgachen,
ich kann es einfach nicht glauben – Du an der Staatlichen Berliner Hochschule! Wie hast Du das nur geschafft? Und das, ohne mir ein Wort davon zu sagen! Ich sollte Dir eigentlich böse sein. Wir hatten doch sonst nie Geheimnisse voreinander! Als heute morgen Dein Brief kam, da habe ich vor Freude geweint. Ich wußte ja, daß Professor von Hagen mit Deinen Fortschritten zufrieden war – er schrieb es mir erst kürzlich –, aber daß ich eine so hochbegabte Tochter habe, das hätte ich nicht zu hoffen gewagt. Und darum will ich auch ein Auge zudrücken wegen des Wohnungswechsels und des Schwindels, den Du Lydia vorgemacht hast. Im Grunde genommen ist es vielleicht auch nur gut, sie diesbezüglich zu entlasten, wenn ich es auch recht beunruhigend finde, Dich in Deinem Alter schon so selbständig zu wissen. Deine neuen Freunde, die Du mir so nett und plastisch beschreibst, sind sicher prächtige Kameraden für Dich, aber wer hält denn jetzt Dein Zimmer und Deine Sachen in Ordnung? Du schreibst, ihr hättet eine gemeinsame Putzfrau, aber sie kann sich ja sicher schon aus Zeitgründen nicht so um jeden einzelnen von euch kümmern? Auf jeden Fall hast Du mir mit Deinem fleißigen Studium bei Professor von Hagen eine große Freude gemacht, und dafür bekommst Du natürlich auch eine Belohnung. Ich schlage vor, Du gibst mir die Adresse Deines Hauswirts an, und ich überweise Deine Monatsmieten von hier aus direkt an ihn. Den üblichen Scheck erhältst Du weiter. Vater darf ich davon natürlich nichts sagen, Du kennst ja seine Ansichten über ›Geld hinauswerfen‹. Tu mir also den Gefallen und geh nicht zu leichtsinnig mit Deinem Geld um. Kauf Dir vor allem genug zu

essen, Du brauchst Kraft zum Studium, das bestimmt hohe Anforderungen an Dich stellen wird. Versprichst Du mir das?

Was macht denn Dein Freund Klaus? Nach Deinen Schilderungen gefiel er mir gut, schien ein seriöser junger Mann mit vernünftigen Ansichten zu sein. Von nun an wirst Du ja gewiß eine ganze Reihe neuer Freunde bekommen – ich warte schon mit Spannung auf Deine nächsten Briefe! Schreib mir vor allem über die Hochschule, die mich brennend interessiert. Ihr habt da ein paar ganz berühmte Interpreten als Lehrer. Soviel ich weiß, Professor Strub vom Strub-Quartett, den Violinisten Georg Kulenkampff, Paul Hindemith und andere. Wie herrlich für Dich, all diese Berühmtheiten aus der Nähe sehen und vielleicht sprechen zu können!

Schade, daß wir uns über Ostern nicht sehen werden, aber wie Du weißt, fahre ich zu Tante Gritta nach Darmstadt wie jedes Jahr um diese Zeit. Ein Ostern ohne Tante Gritta kann ich mir einfach nicht vorstellen. Bis jetzt haben wir es noch immer zusammen verlebt. Ich bin ja so neugierig, was sie zu Deinem Hochschulstudium sagen wird! Ich höre sie förmlich, wie sie mit ihrer tiefen Stimme in ihrem Darmstädter Tonfall sagt: »Siehste, Elsbettche, ich hab's dir ja immer gesagt, der ganze Juddekram beruhigt sich wieder. Wenn sie jetzt schon unser Helgache an die Staatshochschule aufnehme, dann brauchste dir keine grauen Haare wachsen lasse!«

Vielleicht stimmt es ja auch wirklich und die Verhältnisse bessern sich. Hier haben die Übergriffe fast ganz aufgehört, und auch das Radio hetzt nicht mehr so. Tante Gritta wird stolz auf Dich sein! Sicher wird sie Dir noch extra schreiben und Dir noch etwas im Umschlag beilegen, wie ich sie kenne. Die gute Seele, ich möchte ihr ja zu gerne beibringen, sich ein wenig weiblicher zurechtzumachen, sich die schweren Augenbrauen zu zupfen oder mal einen Lippenstift zu benutzen. Aber sie lacht mich immer nur aus, Du kennst sie ja diesbezüglich. Dann antwortet sie mir höchstens: »Ei Elsbettche, für wen soll ich mich denn schön mache? Für meine Bube in der Mathematikstund?« Sie ist eben kein bißchen eitel und außerdem ein Dickschädel wie Du.

Deinem Vater geht es recht gut. Vorige Woche hat er einen Golfpreis gemacht. Er ist sehr stolz auf ihn, aber ich weiß nicht, wohin mit dem Silberpokal. Überall steht er mir herum und muß dauernd geputzt werden, sonst läuft er an. Die Praxis floriert erfreulicherweise mehr denn je. Die Abende verbringt er jetzt meistens im städtischen Verein unter den anderen Akademikern der Stadt und kommt erst gegen Mitternacht heim. So kann ich ungestört Radio hören. Gestern gab es eine wundervolle Übertragung des Rosenkavaliers unter Leitung seines Komponisten mit Lotte Lehmann als Marschallin. Ich wünschte, Du hättest mithören können, es war herrlich! Übrigens hat sich eine neue Bridgegemeinschaft zusammengefunden, bestehend aus Frau Weißweiler, der Mutter von Doris aus Deiner Schulklasse, Frau Marks und Frau Reichenberger. Sie baten mich, ihr ›vierter Mann‹ zu sein. Natürlich habe ich mit Freuden zugesagt. Du weißt ja, wie gerne ich Bridge spiele, und da wir alle vier Nichtarierinnen sind, verbindet uns auch sonst viel Gemeinsames. – Liebes Helgachen, schreib bald, bleib mir gesund und sei herzlichst

umarmt von Deiner glücklichen Mutti

Das erste Hochschuljahr verging wie im Fluge. Sie kam gar nicht dazu, die einzelnen Tage auszuleben. Zuviel Neues stürzte auf sie ein.

Da war zunächst die Hochschule selbst mit ihrem neuartigen Unterricht, den großen Professoren, den Kommilitonen. Wenn sie morgens die breite Marmortreppe zum zweiten Stock emporstieg, vorbei am Schwarzen Brett mit den

Anschlägen, und einem der Gesangsschüler begegnete, der sie mit schmetternden Operntakten: ›Seid gegrüßet, schönes Fräulein, wohin eilet Ihr?‹ begrüßte, dann konnte sie nicht mehr verstehen, wie sie es fünfzehn Jahre lang in einer spießigen Provinzstadt hatte aushalten können.

›Hier ist meine Welt, hier gehör ich hin!‹ dachte sie, ›Klaus wird das nie begreifen!‹ –

Nein, Klaus begriff es nicht. Er verstand nicht, weshalb sie etwas mit Gewalt erzwingen wollte, was man ihr nicht mehr freiwillig zugestand. Sie fühlte in seiner Gegenwart den stummen Vorwurf, sie wußte, daß er ihre Haltung als unwürdig und demütigend empfand. Aber Klaus war zum Teil im Ausland aufgewachsen und erzogen worden. Sie dagegen war nie über die Grenzen hinausgekommen und sah begreiflicherweise die ganze Welt mit deutschen Augen. Das war der Unterschied, der sie trennte und immer mehr trennen würde.

Der Klavierunterricht durch Professor Wolff war für sie interessant durch die moderne Art seiner Lehrmethode. Hagen war noch Vertreter der alten Schule gewesen, in dessen Gegenwart sie hauptsächlich chromatische Tonleitern und Geläufigkeitsübungen praktizieren mußte. Professor Wolff hingegen ließ sich lieber ganze Kompositionen vorspielen, ohne zu unterbrechen, und kritisierte erst nach dem Schlußakkord. Seit 1933 lag der Akzent auf dem Dramatischen. Viel Beethoven, Schumann, Brahms und Wagner, der vor allem in den Opernklassen gepflegt wurde.

Die Opernschüler waren überhaupt eine verrückte Bande. Sie sprachen nicht miteinander, sie sangen sich an. Jedes Wort wurde zur Arie; die steinernen Wände des Hauses hallten wider von melodramatischen Aufschreien: ›Ach, was seh ich?‹ oder: ›Gott, wie wird mir?‹ je nach Stimmlage des Künstlers in Tenor, Sopran oder Baß. Sie hatte sich erst daran gewöhnen müssen, daß es sich hierbei um ganz normale Begrüßungen und nicht um die Auffindung einer Leiche handelte.

Professor Wolff, selbst ein bekannter Pianist, war zu sehr Künstler, um es mit den technischen Einzelheiten im Unterricht allzu genau zu nehmen. Dafür war ihr Theorielehrer Höpfner, sonst ein freundlicher, gutmütiger Mann ohne Phantasie, in dieser Hinsicht um so strenger. Schnell hatte er ihren Mangel an mathematischer Konzentration herausgefunden und paukte mir ihr ohne Erbarmen. Doch das Resultat war entmutigend: Je eifriger er sie in die trockene Materie einzuführen versuchte, desto weniger begriff sie, obwohl sie sich wirklich Mühe gab. Da war ihr sogar die Musikgeschichte bei Professor Wegener lieber. Die war wenigstens lebendig. Merkwürdig eigentlich, daß alle große Musik, die jemals geschrieben wurde, nur und ausschließlich von Deutschen stammte. Nun ja, da waren außerdem noch ein paar Nichtarier wie Mendelssohn, Gustav Mahler oder Offenbach. Die hatten geschickt kopiert. So geschickt, daß es fast original zu sein schien. Aber auch nur fast. Juden, so meinte Professor Wegener, seien unschöpferisch und ernährten sich gern von fremdem Geistesgut. – Abgesehen von den Italienern schien kein einziger Ausländer auch nur ein Jota zur Musik der Jahrhunderte beigetragen zu haben. Der Professor vertrat die Ansicht seiner Regierung, das läge an der rassischen Überlegenheit der nordischen Völker, insbesondere der Germanen. Man brauche dabei nur an die gewaltigen mythologischen Schöpfungen eines Richard Wagner zu denken. – Helga betrachtete das Profil des kleinen Sachsenkomponisten auf einem Farbbild im Klassenzimmer und konnte beim besten Willen nichts Urgermanisches an ihm entdecken.

Professor Wegener hatte im Hause einen Gegenspieler, der sich bei einem gewissen Schülerkreis größter Beliebtheit erfreute: Dr. Schottländer. Seine Vorlesungen, die nie auf dem Schwarzen Brett angekündigt waren, über deren Zeitpunkte nur die Eingeweihten Bescheid wußten, fanden hinter einer Ledertür im Erdgeschoß statt. Jeder, der von ihnen erfuhr, konnte an ihnen teilnehmen. Aber die meisten blieben ihnen fern. Dr. Schottländers Anhänger hingegen gingen für ihren hochintelligenten, unförmig dicken Lehrer – er litt an einer Drüsenstörung – durchs Feuer. Der Doktor, der sich nur mühsam und schweratmend fortbewegen konnte, lehrte das Fach: Unterhaltungs- und Filmmusik. Unter Hinweis darauf, daß Juden auf diesem Gebiet weitaus talentierter seien als die ihnen heute nacheifernden Arier, bewies er seine in politischen Kreisen unpopuläre Auffassung durch Vorführung älterer Musikfilme zwischen den zwanziger und den dreißiger Jahren. Woher er die Streifen bekam, wußte niemand. Es war so manch ›Entarteter‹ darunter. Später wurden die Filme, die Dr. Schottländer seinen begeisterten Hörern vorführte, immer weniger deutsch, immer ausländischer und tendenziöser bis zu solch verbotenen Streifen wie Charlie Chaplins »Diktator«, einer offenen Parodie auf Hitler, oder dem »Roten Löwen«. Mit Musik hatten sie längst nichts mehr zu tun, dafür um so mehr mit Auflehnung und Protest. Der Kreis um den Doktor blieb konstant. Andersgesinnte Studenten, die um die Filmvorführungen wußten, gingen nicht zu ihnen, schwiegen aber dazu, ebenso wie die Professoren. Sie fühlten sich als Künstler, nicht als Politiker. In der staatlich akademischen Hochschule für Musik in Berlin herrschte trotz mancher notwendigen Zugeständnisse an die allgemeine Richtung ein freiheitlicher Geist.

Helga, die von dem Mut des dicken Doktors begeistert war, und ein schlaksiger junger Mann, fast noch ein Knabe, der Tanzmusikgeiger werden wollte und Helmut Zacharias hieß, wurden Schottländers Lieblinge. Sie ließen keine seiner Vorlesungen aus und bewiesen ihm durch ihr reges Interesse, wie sehr sie mit seinen Gedanken konform gingen. Zusammen erschienen sie zu den Vorträgen, zusammen geleiteten sie ihren Lehrer zu seinem kleinen Wagen, um sich, während der Doktor schnaufend einstieg, an die Gegenseite zu hängen, damit das Vehikel nicht umkippte.

»Du, Helmut, woher er wohl das Filmmaterial hat?«

»Auf jeden Fall von hoher Stelle. Da kommt so schnell kein Sterblicher ran.«

»Propagandaministerium?«

»Die einzige Möglichkeit. Der Schrumpfgermane soll sich für solche Streifen besonders interessieren.« Schrumpfgermane war der Berliner Volksausdruck für Reichspropagandaminister Goebbels.

»Das würde doch bedeuten, daß der irgendwo an hoher Stelle, vielleicht sogar neben sich, einen Gegner sitzen hat, der das Material, das von der Zensur gesperrte, insgeheim weiterreicht? Mensch, tolle Idee!«

»Klar. Aber wie kommt unser Doktor zu solchen Beziehungen?«

Sie bekamen es nicht heraus und machten sich auch weiter keine Gedanken mehr darüber. Die Hauptsache, er brachte immer neue interessante Überraschungen mit.

Im Verlauf der ersten Semester entwickelte Helga einen Arbeitseifer, der sie selbst überraschte. Sie ließ keine Vorlesung aus, ging zu jeder Sonderveranstaltung, jedem noch so langweiligen Schülerkonzert und übte täglich eisern zwei Stunden zu Hause. Sie wollte weiterkommen, ihnen beweisen, daß sie zu ihnen gehörte, und damit sich selbst beweisen – ja, was eigentlich? Daß die ganze Aufregung um die Juden nur halb so wild sei, daß das meiste davon Gerede sei, daß Deutsche nicht gegen Deutsche auftreten konnten. War sie erst einmal davon überzeugt, würde sie auch allmählich ihre Mutter von ihren Ängsten befreien können. –

Nebenher begann sie, mit dem Geld, das ihr nun reichlich

zur Verfügung stand, ihre Bude zu verschönern. Der Stahltisch hatte eine Decke aus terrakottafarbenem Grobleinen bekommen, das in Material und Farbe mit dem Vorhang übereinstimmte. Ein Bücherregal mit vier Fächern am Fuß der Couch teilte die Schlaf- von der Waschecke ab, um die sie eine dunkelblaue Gardine gespannt hatte. Neue Sofakissen, eine Negerpuppe mit goldglänzenden Gardinenringen in den Ohren, zwei Stoffkater und eine Tischlampe – roter Schirm auf Chiantiflasche – vervollständigten die Einrichtung. Außerdem hatte sie einen nur leicht angekratzten Radioapparat preisgünstig erstanden und das dadurch gesparte Geld für ein Koffergrammophon verwendet. Auf seinen Besitz war sie sehr stolz und erlaubte niemandem außer sich selbst, den kostbaren Apparat zu bedienen. Ihre Plattensammlung wuchs schnell an. Im bunten Gemisch lagen da zwischen den großen Klavierkonzerten Jack Hilton, die Lecuona Cuban Boys, Louis Armstrong, Nat Gonella und Peter Kreuder.

Gerade hatte sie damit begonnen, ihre Bücher umzusortieren, als die Tür aufflog: »Mensch, Helga, Goldstück!« sagte eine tiefe Stimme, »ist ja 'ne Wucht, was du aus deiner Bude gemacht hast!«

»Ich werd verrückt – Ilse, wo kommst du denn her?«

»Aus Oldenburg, woher sonst? Drei Tage Sonderurlaub wegen kranker Großmutter. Mich zog's mal wieder zu euch Gangstern. Was gibt's Neues? Setz dich und berichte!«

Damit hockte sie sich auf die Couch, streifte die Schuhe ab und griff nach der Zigarette, ohne die sie nicht lange sein konnte. Helga warf die Bücher hin, holte den Aschenbecher für Ilse – sie selbst rührte keine Zigarette mehr an – und machte es sich neben der Freundin gemütlich. Sie begann, von allem zu erzählen, was sie in letzter Zeit erlebt hatte, angefangen mit der Aufnahmeprüfung an die Hochschule bis zu den heimlichen Tanzmusikkonzerten, die sie und Helmut

Zacharias mit einigen Orchesterschülern in unterrichtsfreien Zimmern veranstalteten. Ilse horchte auf: »Du, leere Zimmer mit Klavier? Gibt's da auch welche mit zweien?«

»Klar. Mehrere.«

»Du, da gehn wir morgen nach den Vorlesungen mal hin, ja? Und dann hauen wir auf zwei Klavieren mal richtig in die Tasten!«

»Kannste denn spielen? Das wußte ich ja noch gar nicht.«

»Du weißt vieles nicht. Und ob ich kann! Komm leider nur so selten dazu.«

»Wird gemacht. Und jetzt erzähl mal vom Theater!«

Sie hatten sich so viel zu berichten, daß sie gar nicht merkten, wie die Zeit verging. Helga vergaß sogar das Üben und ließ einige Vorlesungen aus. Am nächsten Nachmittag suchten sie sich im weniger benutzten dritten Stock der Hochschule ein Zimmer mit zwei Klavieren. Zu Helgas Überraschung und Freude spielte die junge Schauspielerin ganz ausgezeichnet, besaß einen sicheren Anschlag und starkes musikalisches Einfühlungsvermögen.

»Gershwin!« schlug sie vor, »kannste die Rhapsodie in blue?«

Helga konnte. Die beiden begannen, sich musikalisch auszutoben. Gut, daß die Zimmerwände schalldicht gepolstert waren. Der Pedell in seiner Loge am Eingang, künstlerisch unbelastet und daher linientreu, hätte sich vermutlich gewundert, was für undeutsche Klänge da durch den staatlichen Marmor drangen.

Erst gegen acht Uhr abends, als im Vestibül bereits die ersten Gäste zum Liederabend im kleinen Saal eintrafen, hörten sie glücklich und erschöpft auf.

»Mensch, Helga – das war 'ne Wucht! Ein Glück, daß sich so 'n Klavier nicht wehren kann, was?«

»Doll. Morgen Fortsetzung?«

»Da fragste noch? Versteht sich!«

Drei Tage später mußte Ilse Steppat ins Engagement zurück. Drei schöne Tage lang hatte ihr Besuch jede Stunde ausgefüllt. Nun wollte Helga sich von nichts mehr ablenken lassen und konzentrierte sich von neuem ganz auf die Arbeit. Abends saß sie dann meistens noch mit den Hausgenossen zusammen, die entweder zu ihr kamen oder sie zu sich einluden und ihr von Theater und Film berichteten, was sie nach wie vor brennend interessierte.

Es war im Spätsommer des Jahres '35 – an Ortseingängen, an Geschäften und Restaurants erschienen zum ersten Mal die später obligaten Schilder: »Juden unerwünscht« –, als Tico und sein Freund ihr vorschlugen, die Büffelei einmal sein zu lassen und statt dessen mit ihnen an den Wannsee zur Villa ihres Freundes Axel von Dettler hinauszufahren.

»Und wenn du wirklich mal eine Vorlesung ausläßt – was spielt das schon für eine Rolle? Du mußt nicht übertreiben.«

»Es wird dir bestimmt Spaß machen. Bei Axel sind immer interessante Leute. Und das Wetter ist viel zu schön, um in der Bude zu hocken!«

Sie sah aus dem Fenster in den wolkenlos strahlenden Himmel, überlegte.

»Na gut«, sagte sie zögernd, »ich komm mit. Aber nur das eine Mal. Mehr kann ich mir nicht leisten!«

Um drei Uhr fuhren sie mit der S-Bahn zur Dettlerschen Villa am kleinen Wannsee. Die harzige Kiefernluft mit der leichten Brise vom nahen See her tat ihren Großstadtlungen gut.

›Das ist ja herrlich hier!‹ dachte sie verwundert, ›weshalb bin ich nicht schon längst einmal herausgefahren?‹

Zwischen den langen braungelben Stämmen mit den hohen Wipfeln verbargen sich die Wannseevillen, ehemalige Sommerresidenzen einer reicheren Epoche, heute Wohnsitz alter Familien, die sich hierher zurückgezogen hatten, um dem braunen Wirbel soweit als möglich zu entgehen.

Die Dettlersche Villa lag wunderschön auf einer kiefernreichen Anhöhe und war ein Muster an Scheußlichkeit. Verschnörkelter Jugendstil mit einer Menge hölzerner Türmchen, Säulen und Verschalungen, von denen rissig die ausgebleichte Farbe blätterte. Zur Zeit seiner Errichtung hatte so was ein ›Sommer-Châtelet‹ geheißen und als vornehmer Besitz gegolten. – Im dunklen Flur, dessen buntes Glasfenster das Sonnenlicht nur verfärbt durchließ, roch es intensiv nach Katzen. Und da waren sie auch schon; schnurrend und miauend kamen sie aus allen Richtungen anmarschiert, um die Gäste in Augenschein zu nehmen, graue, silberne, beige Plustertiere, dick behaart bis hinunter zu den Krallen, Angorakatzen. Helga, sehr tierlieb, bückte sich und nahm eines der Fellbüschel hoch, das schnurrte, als habe es einen eingebauten Motor, und genießerisch die Augen schloß, während sie es an der Stelle kraulte, wo sie den Brustansatz vermutete.

»Kommen Sie herein!« sagte eine Frauenstimme aus dem Dunkel. Es war die Hausherrin, Frau von Dettler.

Eine Tür öffnete sich, und die drei standen in einem weiten hellen Raum, dem sich eine hölzerne Veranda anschloß. Neun junge Leute zwischen Mitte und Ende Zwanzig saßen in einer Gruppe um einen niedrigen Tisch mit halbvollen Gläsern. Ein Mann und ein Mädchen erhoben sich gleichzeitig, um die Neuankömmlinge zu begrüßen. Sie sahen einander sehr ähnlich.

»Axel und Anneliese von Dettler!« erklärte Helmut durch die Zähne, »Geschwister.«

»Wie reizend, daß ihr vorbeikommt!« Der Gastgeber reichte ihnen mit affektierter Lässigkeit die Hand.

›Der zerdehnt die Silben ja noch mehr als Helmut!‹ dachte Helga, die Axels flüchtigen Handkuß kaum gespürt hatte, ›attraktiver Junge mit seinem hellen Haarschopf, den sentimentalen Augen, dem weichen zynischen Mund. Wenn er sich nur nicht so blasiert gäbe …‹

»Willkommen bei uns!« schüttelte ihr sein weibliches Ebenbild kräftig die Hand, »nett, daß Tico und Helmut Sie mitgeschleppt haben. Machen Sie sich's bequem.«

»Hier ist noch Platz!« klopfte ein baumlanger Mensch mit kantigem Gesicht neben sich aufs Sofa.

Helga ging um den Tisch und setzte sich zu ihm. Sofort legte er ihr den Arm um die Schulter. Sie erfuhr, daß er Wolfgang Resch hieße, einen Bruder namens Kurt habe –: »Der da drüben mit der Halbglatze neben der Helmers, der verrückten Edelkommunistin. Sie hat eine stille Liebe für ihn, aber er merkt es nicht. Der denkt auch noch neben der Garbo an nichts anderes als seine Frau.« Und Schifferklavier spiele er auch. Nein, nicht beruflich, nur so zum Spaß: »Nicht wahr, Ira, nur zum Spaß?«

»Aber wunderbar. Und singen tut er dazu auch. Nachher mußt du wieder spielen!« sagte das mit Ira angeredete rundliche Mädchen mit den schiefen Katzenaugen im breiten Gesicht. Wolfgang nickte phlegmatisch.

»Wissen Sie, daß die Lubewitsch eine wirkliche Russenprinzessin ist?« erklärte Helgas Nachbar zur Linken, ein blondblasser Jüngling mit traurigen Kinderaugen und einem Mund, der eine gewisse Überempfindlichkeit verriet und aussah, als würde er sich gleich zum Weinen verziehen, »ihr Papa, der Prinz, hat einen bekannten Modesalon auf dem Kudamm. Darf ich Ihnen was zu trinken holen?«

»Das Bürschchen ist Achim von Ahlers. Ausgerechnet Gerichtsassessor. Soll aber 'n tüchtiger Jurist sein!« Der Riese, dessen Arm immer schwerer auf ihrer Schulter wog, grinste: »Flirten Sie nicht mit ihm. Er kann's nämlich noch nicht, das Flirten. Nimmt's noch ernst wie'n Anfänger. Bist ja auch einer, was, Achim?«

Von Ahlers kam mit einem Glas Sherry zurück, drückte es Helga in die Hand: »Was bin ich, Wolf?«

»Ein Anfänger biste, was Frauen betrifft. Aber bleib nur so, Junge, laß dich nicht verwirren. Mir gefällste so!«

»Mir gefällt er auch!«

Axel kam vorbei und streifte den verlegenen Achim mit einem vielsagenden Blick. Seine unauffällig leise Stimme paßte genau zu seinen Bewegungen.

›Er hat etwas von seinen Katzen an sich‹, dachte Helga, ›sie gelten als schöne Tiere, aber man weiß nicht, woran man mit ihnen ist.‹

Es war ihr seltsam zumute zwischen all den fremden Menschen, die so anders waren als das junge Künstlervolk, in dessen Milieu sie sich bewegte. Um sich Mut zu machen, kippte sie ihren Sherry in einem Zug hinunter.

»Hallo, junge Dame, Sie gehn aber ran. Noch einen?«

Lächelnd nickte sie.

Es war ein sehr schlanker sportlicher Mann mit schmalem blonden Schädel und langem Kinn, der ihr Glas ergriffen hatte, um es nachzufüllen.

»Ralph Koch-Kauffeldt!« erklärte ihr Nachbar, »Mutter Engländerin. Vater auch kein Nazi.«

»Hat er einen Beruf?«

Koch-Kauffeldt hörte ihre Frage: »Natürlich. Party-Aufheiterer«, er grinste breit.

›Wie der Engländer im Bilderbuch‹, mußte sie denken.

»Du Helga, Ralph fährt einen tollen Wagen. Echten MG!« warf Tico ein, nicht ohne Neid.

»Weshalb müssen Sie Parties aufheitern? Gehen Sie denn nur auf langweilige?«

»Dem sei Gott vor. Ich gehe auf jede Party. Ohne mich kann sie gar nicht anfangen. Wenn dann die andern schon langsam müde werden, so gegen Mitternacht, dann komm ich in Fahrt: Koch-Kauffeldt, die Stimmungskanone!«

»Dann wirst du gräßlich, Ralph. Unerträglich mit deinem betrunkenen Geschrei!« sagte die Helmers mit über der Nase zusammengezogenen dichten Brauen.

»Seit wann bist du allergisch gegen mich, Liebling? Sonst bist du doch ...«

»... mit dir zufrieden, meinst du? Stimmt. Im Bett taugst du was!«

»He«, sagte Wolfgang, der Riese, und schlug nach einer Fliege auf seinem Knie, »so genau wollten wir's gar nicht wissen.«

»Natürlich nicht. Typisch Mann. Wir Frauen wollen es genau wissen. Paßt euch daran etwas nicht?«

»Warum so streitsüchtig?« Er schien schon einen kleinen Zungenschlag zu haben, »woher willst du wissen, ob wir's nicht genau so genau – klingt lustig, nicht wahr? – also genau so genau wissen wollen?«

Helga schaute zwischen den Sprechern wie bei einem Tennismatch hin und her und verstand nicht recht, worum es ging. Sie fühlte sich von ihren zwei Sherrys bereits recht animiert und lehnte sich bequem an Wolfgangs Schulter.

»Schluß mit der Philosophiererei, hier kommen Kaffee und Kuchen!«

Mutter und Tochter von Dettler trugen mit Hilfe von Irmela von Wernigerode, der schüchternen, immer hilfsbereiten Freundin Annelieses, große Kuchenplatten herein, dazu einen dampfenden Kaffeetopf mit Bergen von Tassen.

Der Kaffee auf den Sherry tat gut. Helga trank und langte eifrig in die Kuchenschüssel. Auf Essen im allgemeinen legte sie keinen besonderen Wert, aber bei Süßigkeiten, vor allem bei Kuchen, wurde sie geradezu gefräßig. Sie konnte Berge von dem Zeug vertilgen und nahm trotzdem – zum stillen Neid ihrer Freundinnen – kein Gramm zu.

Wenn man so konzentriert ißt, kann man nicht gleichzeitig reden. Helga kaute und versuchte, den anderen zuzuhören. Sie war bester Laune, auch wenn sie manches hörte, was sie nicht verstand. Da war von Haupt- und Nebenverhältnissen die Rede, von notwendigen Zugeständnissen zwecks finanzieller Erleichterungen, von Perversion und Zuhälterei. Was war ›andersrum‹? Was ein Fetisch? Ersteres hatte sie schon mal irgendwo gehört. Hatte Moni nicht mal so was Ähnliches über Babs gesagt? Aber was hatte sie damit gemeint? Fragend sah sie zu Tico hinüber, aber der wich ihrem Blick aus. So viel neue Worte, die in der Hochschule nicht auftauchten…

»Dir schmeckt's, was, Mädchen?« Der Riese klopfte ihr die Schulter.

Sie nickte mit vollem Mund und beobachtete Axel von Dettler, der sich trotz seines intelligenten Gesichts ausgesprochen albern benahm, den übersättigten jungen Lebemann spielte, mit müden Gesten und blasierter Miene auf alle Fragen reagierte und dazwischen blöde mit den Mädchen schäkerte.

›Muß er sich denn so geckenhaft aufführen?‹ dachte sie zornig und wunderte sich gleich darauf, weshalb sie das so aufregte. Was ging sie denn das Benehmen dieses Affen an? Als sie wieder zu ihm hinüberschaute, traf sie auf seinen Blick. Die Albernheit war aus ihm verschwunden. Ernst, fast schwermütig sah er sie an. Im nächsten Moment war er wieder ein Geck, schlimmer als zuvor: »Wie kann man Kaffee zum Kuchen trinken?« spöttelte er, »hier, nehmen Sie das, mein Kind, das paßt besser!«

Er stellte ein Glas mit milchig-trüber Flüssigkeit vor sie hin und wandte sich wieder den anderen zu. Vorsichtig, während niemand auf sie achtete, probierte sie. Schmeckte gar nicht schlecht. Wie Odol. Sie hatte noch nie Pernod getrunken. Mutig nahm sie ein paar größere Schlucke. Direkt erfrischend. Auch die übrige Gesellschaft war mit dem Kaffee fertig und ließ verschiedene Flaschen rundgehen.

»Macht Musik – los, legt Platten auf! Macht Platz zum Tanzen!« Jemand hantierte am Grammophon. Der ›Continental‹ erklang. Alles erhob sich. »Wollen Sie tanzen?« fragte der Riese faul, ohne sich zu rühren.

»Nein!« sagte sie und fügte ernsthaft hinzu: »Es wackelt ja sowieso alles!«

Er lachte und beugte sich vor: »Können Sie keinen Pernod vertragen?«

»Pernod? Heißt das so? 'türlich vertrage ich. Das reinste M-Mundwasser!«

»Mädchen, du bist ja blau!«

Sie war gekränkt: »Erstens mußt du Sie zu mir sagen, und zweitens bin ich grün!«

Grün paßte besser. Alle Gesichter und das ganze Zimmer hatten einen grünen Schimmer. Und das Odol im Glas auch. Trübe, aber grün. Sie fühlte sich wundervoll, federleicht und glücklich. ›Grün ist die Wiese, die Wiese ist grün, aber rot sind die Köpfe, eh sie verglühn.‹ Oder so ähnlich. Das Blut pulsierte angeregt durch ihren Körper. Woran lag ihr Kopf? An einer Männerbrust. Das ging natürlich nicht.

»Verzeihung!« sagte sie höflich und rückte ein Stückchen ab. »Oh, bitte sehr!«

Wolfgang, der Hüne, löste seinen Arm von ihrer Schulter und grinste amüsiert. Hinter ihnen übten sie den neuen Tanz aus Cuba, die Rumba. Axel holte zwei kleine Kokosnüsse auf Stäben, die ihm ein Freund von einer Südamerikareise mitgebracht hatte, und schüttelte sie im Takt der Musik. In ihrem hohlen Inneren schienen Steinchen zu sein. Sie rasselten aufregend. Helga wurde es sehr heiß.

›Ein Glück, daß sich niemand um mich kümmert‹, dachte sie verschwommen, ›ich glaube, ich könnte jetzt die unmöglichsten Dinge tun.‹

Der Rumba folgte ein zärtlicher Tango. Das Geschwätz und Gelächter in ihrem Rücken verebbte. Schwerfällig wandte sie den Kopf, um die Ursache der plötzlichen Stille zu ergründen.

Die Tanzenden hatten ihre Fröhlichkeit verloren. Eng umschlungen, mit ernsten Gesichtern und halbgeschlossenen Augen, bewegten sie sich Wange an Wange traumverloren durch den Raum. Es kam ihr unanständig vor, ihnen zuzuschauen, aber sie konnte den Blick nicht lösen. Eine unbestimmte Unruhe hatte sie ergriffen. Während sie ihr Glas leerte, sah sie sich zwischen ihnen, in ihrer Mitte, in den Armen eines Mannes – aber wer war der Mann? Sie konnte seine Züge nicht erkennen. War auch gar nicht wichtig. Er führte sie sicher, und sie fühlte sich geborgen. Und dann war da eine große Wärme, die sie beide einhüllte, die …

Die Musik brach ab. Gleichzeitig öffnete sich die Tür, um einen verspäteten Gast einzulassen. Mit ihm schlüpfte eine der Katzen ins Zimmer.

»Nikita, nett, daß du noch rüberkommst!«

Nachdem Nikita alle der Reihe nach begrüßt hatte, wandte er sich Helga zu. Er war ein gepflegter junger Mann mit tadellosen Manieren, der mit seiner Mutter in einer der Nachbarvillen wohnte und Chemie studierte. Ein kleiner Schuß Degeneration verlieh ihm zusätzlichen Charme.

»Gestatten Sie? Trubetzkoi!« stellte er sich ihr korrekt vor. Sie nickte trübselig: »Dacht' ich's mir doch.«

»Wie bitte?« Der Russe schaute verblüfft.

»Noch 'n Name, den ich nicht kenne. Lauter fremde Namen. Lauter fremde Menschen – es ist maßlos traurig!« Ihre fröhliche Stimmung war in Melancholie umgeschlagen. Das heulende Elend hatte sie erfaßt. Sie kam sich sehr allein und verlassen vor. »Klingt wie Katzenjammer!« meinte Nikita mitfühlend.

»Katzenjammer?« Sie beugte sich zu dem silbernen Wollknäuel hinunter, das herangeschlichen war, und hob es zu sich auf den Schoß:

»Komm, mein Dickes. Wir lassen uns nicht beleidigen. Jammerst du etwa? Dabei bist du viel zu warm angezogen für diese Jahreszeit. Willst du 'n bißchen grüne Milch? Ein paar Tropfen sind noch drin!«

Das Pelztier wollte nicht. Dafür begann es, ihr freundschaftlich mit kratziger Zunge die Hand zu lecken. Wolfgang neben ihr schien eingeschlafen zu sein.

»Pernod ist 'n gutes Getränk«, erklärte sie Nikita, »kannte es noch nicht!«

»Dann sollten Sie aber vorsichtig sein und lieber damit aufhören. Es geht in den Kopf!«

Das fehlte ihr gerade noch, fremde Bevormundung in ihrem Weltschmerz.

»Bringen Sie mir noch 'n Glas!« befahl sie streng.

Er zögerte einen Augenblick, über sein sanftes Gesicht glitt ein Schatten. Dann gehorchte er. Sofort nahm sie wieder einen großen Schluck. Verdammt, das Zeug tat gut, auch wenn es die Traurigkeit vertiefte.

In der Ecke ihr gegenüber wand sich die mollige Ira lachend in den langen Armen Ralphs, der ihr in die Bluse zu greifen versuchte, und der Gerichtsassessor hockte zu Füßen Annelieses und bedeckte ihre Hände mit ungeschickten feurigen Küssen. Axel hatte seinen Arm um die Helmers gelegt, die anscheinend auch ein paar Gläser zuviel gekippt hatte und sich wie ein sinnlicher Puma an ihren Partner schmiegte.

Helga wußte zwar nicht genau, wie Pumas aussahen, aber so was stellte sie sich darunter vor. Das Wort mit der verächtlichen ersten Silbe paßte.

Die zwei Unzertrennlichen hatten sich unter einer gelblichen Stechpalme im Hintergrund des Raumes niedergelassen. Tico schien Helmut etwas Komisches zu erzählen; die zwei tuschelten und kicherten wie die Backfische. –

Was tat sie überhaupt noch hier? Sie fühlte sich überflüssig. Mühsam erhob sie sich und ging, ihren Angorafreund fest unter dem Arm, auf die Verandatür zu. Etwas Luft konnte nichts schaden. –

Draußen fing es schon an abzukühlen. Wie gut das tat, die abendliche Sommerluft, die Natur, die Stille! Keine lärmenden selbstsicheren Menschen, die sie ungewollt beunruhigten. Nur Bäume und Himmel. Sie fühlte, wie ihr Kopf sich klärte, wie sie Stück um Stück ihr gestörtes Gleichgewicht wiedergewann. ›Zum ersten Mal hatte ich wirklich einen sitzen‹, stellte sie verblüfft fest. Die schnelle Abkühlung intensivierte den Harzgeruch der leise schaukelnden Äste. Sie atmete ein paarmal tief durch; die Angora unter dem Arm nieste.

»So allein?« Sie erkannte Axel von Dettlers Stimme, wandte sich nicht um. »Hier draußen ist es ruhig und friedlich!« sagte sie.

»Haben Sie keine Sehnsucht nach dem Leben?«

»Ist das da drin Leben?«

»Gehört mit dazu. Alles gehört mit dazu. Auch das Häßliche, das Abwegige, das Gemeine. Man verschließt sich vor ihm, wenn man nur das Angenehme sehen will.«

Die Stimme in ihrem Rücken klang ernst, mit einem Unterton von Trauer. Keine Spur mehr von künstlicher Tonart, von Pose.

»Ich möchte aber, daß mein Leben schön verläuft!«

»Und was verstehen Sie unter ›schön‹, Sie komisches Kaninchen?«

»Nun, eben schön. Glücklich und anständig!«

Leises Lachen hinter ihrer Schulter: »Das brave Bürgerstöchterlein. Dies tut man, und das tut man nicht. Erotik beispielsweise tut man nicht. Und Sinnlichkeit ist unanständig, nicht wahr?« Sie spürte ihn jetzt ganz nah. Bei seinen Worten war sie glühend rot geworden. ›Nanu‹, dachte sie erschrocken, ›ich fang ja schon wieder an, in Watte zu fallen wie seinerzeit mit Klaus im Hausflur?‹ Mit Mühe zwang sie ihre Stimme zur Ruhe: »Ich bin keineswegs spießig, wenn Sie das meinen!«

»Nein, das meine ich nicht. Aber die gute Kinderstube klebt noch an Ihnen wie die Eierschalen am Küken. Streifen Sie sie ab, befreien Sie sich endgültig von ihnen.«

Was wollte er damit sagen? Sie war erregt und verwirrt: »Und wie soll ich das Ihrer Meinung nach machen, das – Abstreifen?«

»Kommen Sie öfter zu uns heraus.« Heftig schüttelte sie den Kopf.

Wieder das leise Lachen: »Was ist, Kaninchen? Angst?«

»Keine Spur. Wovor denn?«

Sie spürte ihr Herz im Hals klopfen. Die Katze rutschte ihr aus dem Arm und sprang mit einem weichen Satz zur Erde.

»Wovor soll ich Angst haben?« insistierte sie.

»Zuerst«, sagte die Stimme sehr leise, »hat man immer Angst, aber dann ist es doch schön – sehr schön sogar.«

Sie schloß die Augen und kämpfte gegen ein momentanes Schwindelgefühl: »Ich weiß wirklich nicht, wovon Sie sprechen!« sagte sie hochmütig und wandte sich um, um ihm dabei ins Gesicht zu sehen. Aber der Platz hinter ihr war leer.

Nach dem Abendimbiß – Frau von Dettler hatte Berge von belegten Broten gemacht – gingen sie alle hinunter in den Garten hinter der Villa. Wolfgang, Nikita und Ralph schleppten Holz herbei und schichteten es zu einem Haufen. Anneliese holte das Grammophon, Wolfgang sein Schifferklavier, Irmela die Getränke, und dann wurde das Holz angezündet. Im Kreis hockten sie sich um das Feuer. Während die hochstiebenden Flammen die Gesellschaft in rötliches Licht tauchten, begann Wolfgang zu singen. Hauptsächlich Seemannslieder, mit Texten von Ringelnatz und Klabund.

»Entartete Kunst«, sagte Ralph.

»Entartete Gunst!« konterte Kurt.

Helga hörte fasziniert zu. Wolfgang, der Riese, trug mit großem Feingefühl vor. ›Weshalb geht er nicht zur Bühne?‹ wunderte sie sich, ›wär doch ein großartiger Kabarettist?‹

Doch Wolfgang mochte offensichtlich nicht. Er liebte es, ungebunden zu sein, frei von Verpflichtungen und Vorschriften in den Tag hinein zu leben. Und diese Art der Existenz paßte zu ihm, als habe man sie eigens für ihn erfunden.

Jetzt verstummte er, stellte das Instrument neben sich und nahm einen großen Schluck aus der herumgereichten Flasche. Helga saß etwas abseits von den übrigen, gerade so, daß es nicht auffiel. Nah am Feuer war es ihr zu heiß. Noch immer fühlte sie sich pernoderhitzt. Axel hatte sich zwischen die Unzertrennlichen gehockt und hielt ihnen, nach seinen weitausladenden Gesten zu urteilen, einen längeren Vortrag, dem beide andächtig lauschten. Ira und Nikita sprachen russisch, die Helmers lag mit verschwiemelten Augen in den Armen ihres Ex-Freundes Ralph, die anderen schwiegen und starrten in die Flammen. Das trockene Holz knackte und knisterte, Funken stoben ab und zu hervor und verglühten, ehe sie die Umsitzenden erreichten.

»Macht Musik! Legt 'ne Platte auf!« lallte Thea Helmers, »seid nicht so 'ne lahme Bande!«

Jemand kroch zum Apparat. Sophie Tuckers aufreizend vibrierende Stimme ertönte: ›Some of these days you'll make me cry, honey ...‹

In der Nachtluft fand der Ton kein Echo; es klang wie erstickt. Niemand sprach mehr; alle hörten gebannt zu. Nachdenklich kaute die sanfte Irmela an einem Grashalm und blickte zu von Ahlers hinüber.

Nach der Tucker kam Duke Ellington. Helga hatte noch nie von ihm gehört. Als das einsame Tenorsaxophon den melancholischen Blues durch die inzwischen eingebrochene Dunkelheit sang, da war die Stimmung von vorhin wieder da, das Geheimnisvolle, Erregende. Und dazu diese große Traurigkeit. Das Leben schien verlockend und sinnlos zugleich. Sie schloß die Augen und wagte kaum zu atmen.

»Mood indigo«, sagte jemand und wendete die Platte.

Die Rückseite, ›Solitude‹, vertiefte noch den Eindruck der Verlorenheit. Schwimmen im Meer unter nächtlichem Himmel – sich treiben lassen – weit hinein in die Unendlichkeit – sie träumte mit offenen Augen.

Ein schriller Mißklang riß sie in die Gegenwart zurück: »Nun is aber genug mit dem Gejammer!« Die Helmers war aufgesprungen und schüttelte ihre dunkle Mähne, die sich aus der Spange gelöst hatte, »legt endlich mal was Schmissiges auf! Ich will tanzen, tanzen will ich, versteht ihr?« An den Gesichtern der anderen erkannte Helga, daß sie genauso erschrocken waren wie sie selbst. Die ›Edelkommunistin‹, wie man sie ihrer Karl-Marx-Verehrung wegen nannte, taumelte unsicher zum Grammophon, hockte sich nieder, wühlte zwischen den Platten und legte schließlich triumphierend eine auf.

»Csárdás!« verkündete sie laut und begann mit den ausladenden Hüften zu wackeln.

»Gott der Gerechte!« sagte Wolfgang, »auch das noch!«

Die getragenen Anfangstakte gingen in schnelleren Rhythmus über. Thea Helmers knöpfte sich die Bluse auf und warf sie schwungvoll Ralph zu, der sie geschickt mit breitem Grinsen auffing. Er war solche Auftritte von ihr gewöhnt. Der Bluse folgte alsbald der Unterrock. Das rotgelbe Feuerlicht beleuchtete einen vollen Busen, der im Takt der Tanzschritte auf und ab wippte.

Alle Unterhaltung war verstummt, alle Blicke auf die Helmers gerichtet, die an ihrem Rockverschluß zu nesteln begann. ›Sie wird doch nicht?‹ dachte Helga entsetzt, ›mein Gott, ist die verrückt? Wie fürchterlich peinlich!‹

Sie fühlte, wie sich ihr der Magen zusammenkrampfte, so

sehr schämte sie sich für die Frau, die jetzt keine Hemmungen mehr kannte. Mit ein paar sicheren Griffen hatte sie sich die restliche Kleidung abgestreift und jagte jubelnd, nackt und stampfend unter ungarischen Klängen joi-mamanschreiend ums Feuer. Der schöngebaute Körper mit den festen Formen glühte abwechselnd im Rot der Flammen, leuchtete in plötzlichen Bewegungen feuernah gelb und konturenscharf auf, um sich gleich darauf im Dunkel des Hintergrundes zu verlieren. Das Spiel wiederholte sich, immer schneller, wilder, bacchantischer. Der Schein der Flammen spiegelte die Erregung auf den Gesichtern der Zuschauer.

Auch Helga war aufs höchste erregt. Nacktheit, die sich ohne Scheu zur Schau stellte – das überschritt all ihre bisherigen Vorstellungen. Eine Wahnsinnige? Oder nur eine, die sich von ihrer Stimmung hinreißen ließ, sie austobte? Das Mädchen da, verkörperte es nicht auch einen Teil ihrer eigenen zwiespältigen Empfindungen, die sie schon seit heute nachmittag beherrschten? Die ließ sich eben gehen, das war der Unterschied. Toll eigentlich. Es müßte schön sein, sich richtig gehenlassen zu können –. Natürlich nicht so. Aber ein einziges Mal alle Hemmungen über Bord werfen! Krachend Gläser zerschlagen, schreien, brüllen, toben –. Alle ihre Sinne waren in Aufruhr, während ihre Augen in verschämter Faszination den immer nackter wirkenden Formen der Helmers folgten, die sich schließlich schweratmend in ekstatischen Zuckungen wand. – Mit einem Aufschrei brach die Musik ab. Am Boden lag, was eben noch ein atemberaubendes Schauspiel gewesen war, als zusammengesunkenes Häuflein zitternden Fleisches, das Ralph neben sich zog und mit seinem Jackett bedeckte.

Helga fühlte die Ernüchterung wie einen heftigen Schlag. Das Denken kehrte zurück. Natürlich war das widerlich, diese Demonstration vor allen Leuten! Wie konnte man sich nur so gehenlassen, ohne alles Schamgefühl? Peinlich, entsetzlich peinlich! Verlegen blickte sie zu den anderen hinüber.

Die saßen auch noch ganz befangen da. Nur Axel zwischen Tico und Helmut redete. Die drei unterhielten sich schon wieder, als sei nichts gewesen. Sie machten den Eindruck, als habe sie der Vorfall nicht sonderlich berührt. Seltsam. Axel traute sie die Abgebrühtheit zwar zu, doch Helmut und vor allem der kleine empfindsame Tico? Plötzlich wollte sie nach Hause. Weg von hier. Sie hatte genug.

»Helmut! Tico!« rief sie hinüber, »wird es nicht bald Zeit für uns? Ich muß morgen früh in die Schule!«

Der immer höfliche Helmut schaute auf seine Armbanduhr: »Tatsächlich, schon halb zwölf. Dann müssen wir uns beeilen, wenn wir noch die letzte Bahn erwischen wollen!«

»Schade!« sagte Axel gedehnt und sah Helga an, »aber macht euch unauffällig davon, damit ihr mir nicht die anderen vertreibt. Und kommt bald wieder!« Das war wieder auf sie gemünzt.

Die drei nickten – formelle Verabschiedungen waren in diesem Kreis nicht üblich – und zogen sich so diskret wie möglich ins Haus zurück, wo sie von Frau von Dettler zur Tür geleitet wurden. Auf dem Weg zur S-Bahn fragte Helmut, der einen animierten Eindruck machte: »Nun, Helga, wie hat's dir gefallen? Sind doch nette Leute, die Dettlers, findest du nicht?«

Helga zögerte: »Ja schon. Seltsame.«

»Wie meinst du das?«

»Weiß nicht. ›Nett‹ paßt nicht ganz auf sie. Sie sind so – so anders. Aber sie gefallen mir sehr!« fügte sie schnell hinzu.

Helmut lachte erleichtert: »Das freut mich.«

»Mich auch!« sagte Tico fröhlich, »du mußt von jetzt an öfter mit uns hinauskommen. Sie mochten dich alle gern!«

»Ja, wirklich«, stimmte sein Freund zu, »besonders Axel war sehr angetan von dir.«

Zu Hause in ihrem Zimmer dachte Helga, während sie ihr Nachthemd überzog: ›Ich darf nicht mehr hin. Ich möchte, aber ich darf nicht, sonst kann ich nicht mehr arbeiten. Und dann ist alles umsonst. Aber es war ganz toll!‹ Mit einem wohligen Seufzer streckte sie sich unter der Decke und knipste das Licht aus.

In der Folgezeit konzentrierte sie sich mehr denn je auf ihre Arbeit. Die Lehrer waren zufrieden mit ihr bis auf Dr. Höpfner, der Theorielehrer, der fand, es fehle ihr der ›konstruktive Sinn‹. Da er aber wußte, daß ihr alles, was mit mathematischen Überlegungen zu tun hatte, besonders schwer fiel, übte er lächelnd Nachsicht. Im allgemeinen machte sie gute Fortschritte und war bei ihren Mitschülern beliebt. –

Weshalb sie überhaupt mitgegangen war, konnte sie später selbst nicht verstehen. Vielleicht einfach aus Neugier. Oder vielleicht war es Eva Sommerfelds unbefangene Art, mit der sie eines Tages sagte: »Du, Helga, ich hab zwei Karten für den Sportpalast morgen abend. Großkundgebung. Knorke Sache, seit Wochen total ausverkauft. Hans kann nicht mitkommen. Kommst du?«

Eva war Celloschülerin aus der Orchesterklasse im vierten Semester, Berlinerin, für das neue Deutschland vorläufig begeistert und in bezug auf Helgas Abstammung völlig ahnungslos. Die beiden hatten öfter zusammen musiziert und sich dabei gut verstanden.

»Und wer spricht?«

Sie war nicht sonderlich interessiert. Politische Redner schimpften meist herum, ereiferten sich und steckten mit ihrem dummen Gebrüll die Zuhörer an, die in solchen Fällen gedankenlos Heil und Beifall schrien.

»Der Frankenführer. Gauleiter PG Streicher!«

Streicher? War das nicht der mit der Stürmerzeitung? Vor

ihren Augen tauchte ein roter Holzkasten mit Karikaturen und Versen auf und eine verlegene Mutter, die sagte: »Es gibt auch Kästen ›nur für Erwachsene‹.«

Die Neugier siegte.

An einem heißen Abend Mitte August begleitete sie die frohgestimmte Eva zum Sportpalast. Was sie hier sah, verblüffte sie. Eine unübersehbare Menge, völlig aus den Fugen geraten, drängte zum großen Tor, rief, schrie durcheinander: »Wat heest hier ausvakooft? Wir wollen unsern Gauleiter sehn!«

»Wär ja noch schöner, det Volk auszusperrn. Wir sind das deutsche Volk, wir wollen rin!«

»Jawoll ja! Macht Platz!«

»Seit Tagen ausverkauft, sagen die da vorne!«

»Schwindel!«

»Schiebung! Schiebung!«

Die aufgebrachte Masse drohte die Barrikaden zu sprengen.

Ein Lautsprecher über dem Eingang brüllte heiser: »Ruhe bitte! Wir bitten um Ruhe, Volksgenossen! Die Karten zur Großkundgebung sind seit Wochen restlos ausverkauft!«

Ein Pandämonium brach aus: »Schweinerei – Bestechung!«

»Judenfreunde!«

»Volksverräter!«

Krächzend verschaffte sich der Lautsprecher wieder Gehör: »Versuchen Sie es bei den Tennishallen. Dorthin wird die große Rede des Gauleiters übertragen!«

Zögern, Unsicherheit. Im großen Strudel der Köpfe ein kleiner Sog. Aus ihm begann es nach rückwärts zu fließen. Der Fluß schwoll zum Strom an; die Menge marschierte zu den Tennishallen, Berlins zweitgrößtem Hallenbau. Dort würde sie dann feststellen müssen, daß auch hier die Karten zur Radioübertragung der Rede seit Tagen schon ausverkauft waren. Fünftausend Menschen saßen dichtgedrängt und warteten gespannt auf die Stimme des PG Streicher.

Halb zerquetscht gelangten die beiden Mädchen schließlich mit ihren kostbaren Eintrittskarten ins Innere des riesigen Sportpalastes. Hitze und Stimmengewirr schlug ihnen entgegen. Es roch nach abgestandenem Bier und schlechten Zigarren. Von mächtigen Kristallüstern und zahlreichen Metallampen angestrahlt, unabsehbare Menschenfelder, Menge, säuberlich ausgerichtet. Es war die gleiche Menge von draußen, nur ordentlich in Reihen eingeordnet und durch Sitzplätze gezähmt.

›Wie durch den Wolf gedreht‹, fiel Helga auf, ›gleichmäßig gehackt aus rohem Fleisch, Blut, Knorpel, Sehnen. Mett.‹

Durch den langen Mittelgang fanden sie zu ihren Plätzen. Sie blickte sich um. Wohin sie sah – Menschen, Menschen, Menschen. Beide Ränge quollen über, die Logen unter den steinernen Bögen platzten fast auseinander; auf den seitlichen Treppen standen sie Kopf an Kopf. Aber das war es nicht, was ihren Blick hielt. Unterhalb des ersten Ranges, zwischen zwei schreiend roten Hakenkreuzfahnen, strahlte in gleißendem Scheinwerferlicht ein riesiges Transparent: »Frauen und Mädchen, die Juden sind Euer Verderben!«

Auf der Brüstung des zweiten Ranges, unmittelbar darüber, ein etwas kleineres: »Die Juden sind unser Unglück!«

In diesem Augenblick setzte schmetternd aus überlauten Radios der Badenweiler Marsch ein. Zum erstenmal verspürte Helga Angst. Die Angst sprang sie an wie ein Tier aus dem Hinterhalt, krallte sich in ihren Magen, an ihre Kehle. Bisher hatte sie das alles nicht für so wichtig gehalten, für etwas, was einige fanatische Politiker zwar propagierten, was aber vom Volk nicht ernst genommen wurde. Doch die Masse hier, in deren Mitte sie hilflos eingekeilt war, die trennte nichts von den Aufschriften dort hinten. Die dachte genau so, wie es da geschrieben stand. Alle. Einheitlich. Das waren überhaupt keine sechzehntausend einzelne, das war nur einer, ein böser, gehässiger, primitiv-gefährlicher. Ein Feind. Ihr Feind.

Und da war er auch schon. Unter jubelndem Heil-Gebrüll bestieg er breitbeinig die Rednertribüne: stiernackig, selbstbewußt, winziger Bärtchenfleck wie eine schlechtgeputzte Nase im groben Gesicht. Kleine böse Augen. Blecherne Stimme ohne Modulation.

Sie war sehr blaß geworden. Wie gelähmt starrte sie auf den Mann, der Julius Streicher hieß und sich vorgenommen hatte, die Juden zu bekämpfen.

»Ist dir nicht gut?« flüsterte Eva mit einem besorgten Blick auf ihre Nachbarin.

»Geht schon. Die Hitze hier ...«

Plötzlich verstand sie, was ihre Mutter meinte, wenn sie von unmittelbarer Gefahr sprach. Sie spürte die völlige Übereinstimmung von Redner und Hörern. Er war die Masse; die Masse war er. Nicht der kleinste Funke eines selbständigen Gedankens trennte sie. Der Hypnotiseur und seine freiwilligen Opfer. Sie zwang sich, für ein paar Minuten zuzuhören. Von dem Erzfeind war da die Rede, von ›sich wehren müssen‹, von ›durch rasseschänderische Ehe verseuchtem Blut‹: »Wen geht es etwas an, wenn wir in unserem Haus eine Reinigung vornehmen? Man soll sich nicht darum kümmern, wenn wir in Deutschland Rasseschänder durch die Straßen führen und damit abschreckend wirken wollen ... Die Judenfrage ist nicht schon, wie manche annehmen, mit der nationalsozialistischen Machtübernahme gelöst. Die schwerste Arbeit beginnt vielmehr erst jetzt!«

»Heil!« brüllte der vieltausendköpfige Moloch donnernd.

»Heil!« schrie auch Eva mit fast hysterischer Begeisterung. –

Wie sie es überstanden hatte, wußte sie selbst nicht. Erst

als sie auf der Straße standen und die warme Sommerluft den Bier- und Schweißgeruch aus ihrer Nase zu vertreiben begann, kam sie wieder zu sich.

»Mensch, war das nicht phantastisch?« schwärmte Eva, »du, paß mal auf, der gibt den Juden jetzt Zunder. Darauf freß ich 'n Besen!«

»Möchtest du das denn? Ich meine, daß er den Juden Zunder gibt?«

»Na klar doch. Mensch, die nutzen unser Volk doch bloß aus. Und schlafen mit unseren Frauen, weil die blond und schön sind. Kiek dir die fiesen Typen doch nur an mit ihren dreckigen Visagen, den krummen Nasen, dem süßlichen Getue! Die sollen nur ja ihre Pfoten von uns Frauen lassen, sonst werden wir denen mal zeigen, was Deutschsein heißt!«

Die Saat begann schon aufzugehen. Eva war ein nettes durchschnittliches Mädchen, durchschnittlich intelligent, durchschnittlich begabt. Musikalisch. Tierliebend. –

An dem Abend fand Helga keinen Schlaf. Mit in die Hand gestütztem Kopf saß sie regungslos an ihrem Tisch, versuchte sich über das Erlebte klarzuwerden. Aber das waren doch alles Berliner gewesen? Nein, keine Berliner. Deutsche. Das Wort, für sie bisher der Inbegriff von Anstand, Kultur und Tradition, bekam eine neue Bedeutung, eine bedrohliche. Es war ihr Feind geworden, wandte sich gegen sie und einen Teil ihrer Familie, schloß sie aus. Von heute an würde sie sich nicht mehr als Deutsche fühlen können. Sie versuchte sich selbst zu beruhigen: ›Hetze, nichts als infame Hetze. Willkür. Es gibt keine Gesetze. Und solange es keine Gesetze gibt, können sie nicht viel tun außer Schilder anbringen oder mal einen Juden verprügeln. Das wird nachlassen. Immer der gleiche Text stumpft auf die Dauer den größten Fanatiker ab‹ – aber: »Die schwerste Arbeit beginnt erst!« hatte Streicher ihnen zugerufen. Und was von notwendiger Organisierung gesagt. Was hatte er damit gemeint? –

Die Antwort kam schneller, als sie ahnen konnte. Am 15. September 1935, genau vier Wochen später, beschloß der Reichstag auf einer Sondersitzung anläßlich des Nürnberger Parteitages der NSDAP die Sanktionierung aller bisherigen und zukünftigen antisemitischen Aktionen. Der Judenboykott wurde gesetzlich. Als erstes erschienen das »Reichsbürgergesetz« und das »Gesetz zum Schutze des deutschen Blutes und der deutschen Ehre«.

»Staatsbürger ist«, las Helga in der Sonderausgabe des »Völkischen Beobachters«, »wer dem Schutzverband des Deutschen Reiches angehört und ihm dafür besonders verpflichtet ist.«

›Staatsbürger bin ich also noch. Dafür aber besonders verpflichtet. Wem? Dem Schutzverband. Was ist das? Schutzstaffel kenn ich, nennt sich kurz SS. Ob die damit zu tun hat?‹

Weiter: »Reichsbürger ist nur der Staatsangehörige deutschen oder artverwandten Blutes –« ›Aha, bin ich nicht. Falsche Blutgruppe‹ –, »der durch sein Verhalten beweist, daß er gewillt und geeignet ist, in Treue dem deutschen Volk und Reich zu dienen!« ›Sieh da, auch die Arier müssen scheinbar erst 'ne Eignungsprüfung ablegen, bevor sie sich Deutsche nennen dürfen. Für was halten die da oben sich eigentlich? Es ist sagenhaft. Ist das alles? Nein, hier geht's weiter. Gesetz zum Schutz der Deutschen und so weiter.‹

Sie las und erschrak: »1. Eheschließungen zwischen Juden und Staatsangehörigen deutschen oder artverwandten Blutes sind verboten, auch wenn sie zur Umgehung dieses Gesetzes im Ausland geschlossen sind.

2. Außerehelicher Verkehr zwischen Juden und Staatsangehörigen deutschen oder artverwandten Blutes ist verboten. Zuwiderhandlungen werden mit Zuchthaus bestraft.

Ergänzungsvorschriften und Ausführungsbestimmungen folgen. Gezeichnet der Reichsinnenminister.« –

Aber das hieß ja, daß die Ehe ihrer Eltern keine Gültigkeit mehr besaß? Hier stand zwar nichts über die vor dem Gesetzerlaß geschlossenen Ehen, aus dem Text ging jedoch deutlich hervor, daß sie solche Gemeinschaften in Zukunft nicht mehr tolerieren würden. Und das bedeutete, daß ihre Mutter, wollte sie nicht ganz schutzlos bleiben, ins Ausland emigrieren müsse, und zwar je schneller, desto besser. Arme Mutti, wie würde sie sich jetzt aufregen! Hätte sie sich doch nur schon früher scheiden lassen!

Und wie stand es nun mit ihr selber? War sie auch in Gefahr? Die Gesetze anerkannten nur deutsches oder artverwandtes Blut – war halbarisch vielleicht das, was sie unter ›artverwandt‹ verstanden? Dann war sie ja auch Reichsbürgerin, vorausgesetzt, sie war gewillt und – wichtiger noch – geeignet, Hitler, Himmler und Streicher in Treue zu dienen. In diesem Fall dürfte sie sich nie mit einem Juden befreunden. Das wäre Rassenschande. Welche Rasse dabei geschändet wurde, blieb unklar. Auf jeden Fall stand Zuchthaus darauf. Und was waren Freundschaften unter Mischlingen? Durften da nur die Hälften miteinander, und welche? Gegen ihren Willen mußte sie bei dieser Vorstellung lachen. Gleich darauf wurde sie wieder ernst. Es erschien ihr alles sehr verwirrend. Vor allem aber machte sie sich Sorgen um ihre Mutter.

In all die Konfusion hinein klingelte das Telefon: »Hallo, hier Klaus.«

»O Klaus!« Sie hätte weinen mögen vor Erleichterung.

»Was ist, Kleines? Was nicht in Ordnung?«

»Ja. Nein. Hast du die heutigen Zeitungen gelesen?«

Seine Stimme wurde ernst: »Ich weiß schon, Kleines. Deshalb rufe ich dich an. Wir wollen in Ruhe darüber sprechen. Gehen wir heute abend zusammen essen? Mach dich schön, zieh dir was Hübsches an, ich hol dich um halb acht ab, ja?«

»O ja. Ich freu mich. Danke Klaus!«

»Für was denn?«

»Daß du mich gleich angerufen hast.«

»Das hättest du dir denken können.«

»Klaus – sind wir artverwandt?«

»Sehr. Ich habe immer gefunden, daß wir sehr viel Gemeinsames ...«

»Nein. Das meine ich nicht. Artverwandt mit den – den Deutschen?«

Er lachte leise: »Mit den jetzigen? Nur sehr bedingt.«

»Bitte, Klaus, sei doch ernst. In der Zeitung steht ...«

»Ach, du meinst nach dem neuen Gesetz? Ja, das sind wir wohl. Armes Kleines, ganz durcheinander. Nun beruhige dich mal, wir werden schon für alles einen Ausweg finden. Ißt du gerne chinesisch?«

»Keine Ahnung. Hab's noch nie probiert.«

»Gut. Dann wirst du es heute abend tun. Wird dir bestimmt gefallen. Bis später!«

»Tschüß, Klaus!«

Auf einmal schien er ihr der liebste beste Mann auf der Welt. Sie war ganz erfüllt von Zärtlichkeit zu ihm, vergaß völlig, wie oft er sie mit seinen gutgemeinten Bevormundungen gelangweilt, mit seinen kleinlichen Pedanterien geärgert hatte. Ob sie es noch schaffte, zum Friseur zu gehen, gleich nach der Nachmittagsvorlesung? Und was sollte sie anziehen? Das chinesische Kimonokleid? Unmöglich. Die echten Chinesen im Lokal könnten denken, sie wolle sie imitieren. Würde denen bestimmt ebenso lächerlich vorkommen wie ihr ein Chinese im Tirolerhut. Das Rote mit dem kühnen Ausschnitt? War ja ein bißchen gewagt. Stand ihr aber so gut. Kein Hut. Würde nur die frische Frisur zerdrücken. Und über das Kleid den hellen Mantel mit den Lederknöpfen. Aber würde die beige Handtasche zum Mantel passen? Die schwarze konnte sie ja nicht nehmen, die war zu hart. Kleidersorgen drängten die Politik in den Hintergrund.

Klaus war pünktlich. Sofort sah er das Cocktailglas auf dem Bücherregal: »Hallo, was geht hier vor? Hast du etwa schon was getrunken?«

»Nur einen ganz kleinen Schluck. Der Sherry stammt von der Petzold, die kriegt ihn billiger.«

Sie kam ihm entgegen, lächelte sanft zu ihm auf: »Trink auch einen Schluck, bevor wir gehen, ja?«

Seine Augen hingen an ihrem Gesicht: »Sollte es dir eigentlich nicht sagen. Macht dich nur eitel. Aber du siehst reizend aus, Kleines.«

Leicht strich er mit dem Handrücken über ihre Wange. Im allgemeinen pflegte sie darauf mit verärgertem Protest zu reagieren: »Nicht, bitte – mein Make-up!«

Nichts dergleichen geschah. Sie lächelte weiter und reichte ihm ein Glas, das er in wenigen Zügen austrank, ohne sie aus den Augen zu lassen. Er spürte, daß ihre Freude, ihn zu sehen, echt war, daß sie ihn brauchte.

›Wie elegant er aussieht‹, dachte sie, ›Smoking steht ihm glänzend. Ist überhaupt 'n gutaussehender Mann. Wieso hab ich das nicht schon früher bemerkt?‹

Der Sherry auf nüchternen Magen animierte.

»Nun komm, Kleines, trödel nicht, sonst kommen wir zu spät zum Essen!«

Da war er wieder, der Pedant. ›Trödel nicht – tu dies nicht, tu das nicht –‹ schade.

Er half ihr in den Mantel, rief ein Taxi an: »Hast du Hunger?«

»Und ob. Hab nur Raffi gegessen, sonst noch nichts!«

Leicht, spielerisch zog er sie an sich, hob ihr Gesicht zu sich auf, gab ihr einen flüchtigen Kuß auf die Mitte der Stirn: »Um das Make-up nicht durcheinanderzubringen!« sagte er, »gehen wir?«

Unter einem chinesischen Restaurant hatte sie sich aus unerfindlichem Grund immer einen großen kahlen Raum ohne Möbel vorgestellt, in dem man zwischen gelben Wänden auf gelber Erde hockte und, von gelben Menschen bedient, mit hölzernen Stricknadeln Berge von gelbem Reis aß. Als sie das kleine Chinalokal in der Meineckestraße betraten, stieß sie vor Überraschung einen kleinen Schrei aus: »Klaus, das ist ja bezaubernd!«

Im warmen Halbdunkel des Raums erkannte sie schimmernde Seidentapeten, zarte Landschaftsmalereien auf Bast, rötliche Lampions als Tischbeleuchtung, einen weichen hellen Teppich mit Drachenmuster. Es roch aufregend fremd, würzig. Der kleine Chinese, der ihnen lächelnd die Mäntel abnahm, zeigte ihnen den Weg zum sorglich vorbestellten Tisch.

»Du, hier sitzt man ja gar nicht auf der Erde?«

»Das verwechselst du mit einem japanischen Teehaus.«

Amüsiert betrachtete er ihre freudig überraschte Miene, reichte ihr die Menükarte, die sich senkrecht auseinanderfalten ließ.

»Und das alles kann man essen? Ich dachte, Chinesen äßen nur Reis?«

»Da dachtest du falsch. Du bist hier ja nicht unter Kulis!«

Eine Hand hoch über dem Kopf, die andere in Brusthöhe, las er die Speisekarte.

Helga lachte: »Jetzt siehst du aus wie Mittelalter!«

»Wenn du anzüglich wirst, bekommst du nichts zu essen.« Sein Kopf erschien um die Ecke der Karte.

»Mein' ich doch nicht. Wollte sagen, wie die im Mittelalter auf den Marktplätzen, wenn sie ein Urteil oder sonst was verkündeten. Du, such mir was Gutes raus, ja? Mir knurrt der Magen!«

Klaus winkte den permanent lächelnden Ober herbei, bestellte zweimal Frühlingsrolle, anschließend Ente mit Bambus und gehackten Mandeln. Dazu Saki.

»Was ist Saki? Hat das was mit Nagasaki zu tun?«

»Nicht das geringste. Du hast einen Japankomplex.«

»Was ist es also?«

»Reiswein, junge Dame. Trink ihn nur vorsichtig, er geht zu Kopf!«

»Das ist fein. Alles, was zu Kopf steigt, ist fein. Heute besonders.« Da war es wieder, ihr Thema, ihr ›Problem‹.

»Nein, nicht jetzt. Noch nicht!« sagte er schnell. »Nachher, nach dem Essen. Wir haben Zeit.«

Schweigend widmeten sie sich im rötlichen Schein des Tischlampions den fremden Gerichten, tranken Saki aus zierlichen weißblauen Schälchen. Sie wäre gar nicht fähig gewesen, auch nur ein Wort zu sagen. Die unbekannten Speisen aus dem fernen Osten nahmen ihre ganze Aufmerksamkeit gefangen. Andächtig betrachtete sie ein glitschig glänzendes Stück Morchel, bevor sie es in den Mund steckte.

»Schmeckt es dir, Kleines?«

Mußte sie darauf antworten? Er sah es doch. Sie schluckte: »Frage!« Sie hob jüdisch die Schultern und hätte am liebsten dazu die Hände ausgespreizt. Solchen Delikatessen mußte man sich ungestört widmen, ihre Fremdartigkeit in sich aufnehmen, sie genießen.

›Komisch‹, fiel ihr dabei ein, ›auch darin kann mich Klaus nicht verstehen. Bestimmt wird es ihm ausgezeichnet schmecken, aber genießen – genießen wird er nicht. Kann er nicht. Es paßt einfach nicht zu ihm. Klingt fast unanständig, auf ihn angewandt.‹

Während sie das Sakischälchen an ihre Lippen hob, beobachtete sie ihn von der Seite. Sie hatte ihn wirklich sehr gern, er war ihr vertraut in allen seinen Bewegungen. Aber irgend etwas fehlte. Was war es nur?

›Ich bin nicht verliebt in ihn – ja, das ist es. Ich liebe ihn wie einen großen Bruder. Meinen Lieblingsbruder. Aber ich bin nicht verliebt.‹

Der Saki war merkwürdig, schmeckte herb und fade und glühte geheimnisvoll im Innern. Er regte nicht an wie Aperitifs, beschwipste nicht wie Sekt, machte überhaupt nicht lustig. Ganz langsam und hinterlistig schlich er sich ins Blut, machte es träge, verursachte ein angenehmes warmes Schwebegefühl, behaglich und ein klein wenig aufregend. – Mit seltsamem halben Lächeln betrachtete sie seinen Mund, fixierte ihren Blick auf seine Unterlippe. Sein Gesicht, eben noch frei und entspannt, veränderte sich. Mit leicht verengten Augen hielt er ihrem Blick stand. Rührte sich nicht.

Plötzlich lachte sie auf: »Wie ein hypnotisiertes Kaninchen siehst du jetzt aus – zu komisch!«

Er biß sich auf die Lippen, senkte den Kopf auf den Teller. Sie merkte es nicht: »Du, Klaus, ich finde es herrlich hier! Laß uns hierbleiben – heute, morgen, die ganze Woche – immer. Ja? Wir werden morgens, mittags, abends Mandelenten essen und Haufen von Bambus, bis er uns zu den Ohren herauskommt, und uns mit Saki waschen. Und dazwischen schlafen wir auf dem Teppich, du auf dem Randmuster und ich auf dem blauen Ringeldrachen in der Mitte...«

»Ich fürchte, du fängst selbst an, ein blauer Ringeldrache zu werden.«

»Drache ist unfair. Und außerdem männlich.«

»Du kriegst keinen Saki mehr. Du hast jetzt genug getrunken, Kleines!«

Er versuchte, ihre Hand zu greifen. Unwillig entzog sie sie ihm. Mußte er sie immer ernüchtern, gerade wenn sie ein bißchen in Fahrt kam? Diese gräßliche Bevormundung! Sie übersah den zärtlich besorgten Blick, mit dem er seine Worte begleitete.

»Richtig, ja. Wir wollten ja die neuesten Ereignisse besprechen!« sagte sie in kaltem Zorn und richtete sich auf.

»Meinst du nicht, daß das wichtig ist – für uns beide?« fragte er ruhig.

»Doch. Natürlich. Deshalb sind wir ja hergekommen.«

»Nicht nur deshalb…«

»Nein, nicht nur. Aber hauptsächlich.«

»Sei jetzt vernünftig, Helga. Heute morgen schienst du ganz verstört. Es betrifft ja auch unsere Eltern, vor allem die deinen.«

Sie nahm sich zusammen, überwand ihre kindische Bockigkeit. Kläglich fragte sie: »Meinst du, daß sie sich scheiden lassen werden?«

»Vermutlich wird ihnen nichts anderes übrigbleiben. Die drängen auf Gewaltlösungen. Meine Mutter wird wahrscheinlich schon bald meinem Vater nach Amerika folgen, und deine täte besser daran, auch ihre Koffer zu packen!«

»Aber in dem Gesetz steht nichts von den früher geschlossenen Ehen. Nur von den zukünftigen.«

»Warten wir erst mal die Ausführungsbestimmungen ab. Ich bin sicher, daß die nichts auslassen werden. Vermutlich werden sie den älteren Mischehen ein Scheidungsultimatum stellen.«

»Du meinst, sie werden sie zur Scheidung zwingen?«

»Ich nehme stark an, daß so was geplant ist. Wissen werden wir es erst nach Erscheinen der Ergänzungsvorschriften!«

»Die ganze Rassenangelegenheit wird immer komplizierter. Bist du aus dem Text schlau geworden? Wenn du meinst, daß wir unter ›artverwandtes Blut‹ fallen, dann sind wir also auch Reichsbürger wie die anderen? Die Arier?«

»Mit einer Ausnahme. Wir dürfen nicht mit Ariern – du verstehst schon. Das wäre Rassenschande.«

»Dürfen wir denn mit Juden?«

»Da wir Reichsbürger sind, nein. Dann trieben wir Rassenschande!«

»Also gehn wir ins Kloster. Nee, geht auch nicht. Die nehmen nur Ganzchristen auf. Dürfen wir denn wenigstens miteinander? Ich meine, Mischlinge unter sich?«

»Miteinander dürfen wir!« Er grinste breit. »Es hilft dir nichts, Kleines, sie zwingen dich in meine Arme!«

Sie lachte: »Das könnte dir so passen. Nur weil das Gesetz es befiehlt! Es soll irgendwo außer Untermenschen auch noch Ausländer geben.«

»Mit denen du ebenfalls nicht auf deutschem Boden ... Da käme dann noch Spionageverdacht hinzu, man würde mit guten Gründen deinen Willen und deine Eignung, Führer und Vaterland treu zu dienen, anzweifeln und dir die Reichsbürgerschaft entziehen!«

»Na, und wenn? Was dann?«

»Dann würde man dich zu den Volljuden rechnen, und du wärst vogelfrei wie sie.«

Nachdenklich kratzte Helga mit der Gabel Gitter auf das Tischtuch: »Komisch, dabei klingt das Wort ›vogelfrei‹ so schön.«

»In Juristenkreisen macht seit heute morgen ein hartnäckiges Gerücht die Runde.«

Sie hob den Kopf: »Was für ein Gerücht?«

»Berufliche Handikaps für uns in den Ausführungsbestimmungen. Einschränkungen nicht nur für Juden, sondern auch für Mischlinge ersten und zweiten Grades.« Er vermied ihre Augen.

»Nein, Klaus – das darf doch nicht wahr sein! Sag, daß es nur ein Gerücht ist, daß sie uns das nicht antun werden, bitte!«

»Ich wünschte, ich könnte ...«

»Dann weißt du also schon Näheres?«

»Bitte, Kleines, wein jetzt nicht. Noch ist nicht alles entschieden. Du wirst weiterstudieren können.«

»Aber?«

»Aber vielleicht – bitte reg dich nicht auf – ohne Schlußexamen!«

Sie starrte ihn fassungslos an: »Mit anderen Worten:

meine Studiengelder geruhen sie weiter entgegenzunehmen, aber meinen Studienabschluß werden sie nicht genehmigen? Das ist doch – das kann doch nicht sein! Ohne Abschlußprüfung kann ich doch nirgendwo unterkommen?« Sie begriff noch nicht, daß das ja gerade die Absicht der Gesetzgeber war.

Klaus legte seine Hand beruhigend auf die ihre: »Im Ausland kannst du die Prüfung jederzeit nachholen, mach dir da keine unnützen Gedanken.«

»Ausland – Ausland!« schrie sie wild, »du immer mit deinem Ausland! Ich bin hier geboren, meine Eltern sind hier geboren – ich will nicht raus! Hier ist mein Zuhause, ich geh hier nicht weg, ich will nicht ins Ausland!«

Wie ein störrisches kleines Kind trommelte sie mit den Fäusten auf den Tisch. Klaus kannte sie schon gut genug, um zu wissen, wie er sie zur Räson bringen konnte: »Helga«, sagte er streng, »bitte nimm dich zusammen. Stell dir vor, deine Mutter würde sich so benehmen. Für sie ist das Problem jetzt viel größer!« Sie wurde ruhig, schämte sich ein bißchen.

»Benehmen würde sie sich nicht so«, murmelte sie, »aber denken. Denken würde sie wie ich!«

»Für sie ist es wirklich schwer, denk daran. Während es für dich doch verschiedene Möglichkeiten gibt.«

»Welche zum Beispiel?«

»Sondergenehmigungen zum Beispiel. Die gibt es immer wieder, besonders in Künstlerkreisen. Wenn dir wirklich soviel daran gelegen ist, trotz allem hierzubleiben.«

»Vielleicht ist mir gar nicht mehr soviel daran gelegen. Vielleicht hast du recht. Im Ausland gibt es auch Konzerte und Theater und all das. Und man könnte ja wieder zurückkommen, wenn die mit ihrem Rassekomplex gestürzt sind und alles hier wieder normal ist, nicht wahr?«

In seinen Augen leuchtete Freude auf: »So gefällst du mir

schon viel besser, Kleines. Jetzt wirst du vernünftig. Es ist doch sinnlos, allein gegen den Strom anschwimmen zu wollen. Und ich habe da auch schon eine ganz bestimmte Vorstellung«, sein Gesicht wurde knabenhaft verlegen, »wie es für dich weitergehen könnte. Helga, ich...«

»Laß, Klaus«, wehrte sie müde ab, »sprechen wir nicht mehr über das Thema. Wenigstens heute nicht mehr. Es ist so schrecklich unerfreulich, und ich möchte gerne noch etwas von dem Abend haben. Ein bißchen lachen, fröhlich sein, mich amüsieren.«

Schnell paßte er sich ihrer neuen Stimmung an: »Wollen wir noch in eine Bar gehen? Wir waren noch nie zusammen in einer Bar. Bisher warst du noch zu jung. Aber nun, mit fast achtzehn...«

»O fein, Klaus! Ich war überhaupt noch nie in einer Bar. Wohin gehen wir?«

»Ich würde sagen, zur ›Insel‹, das ist nicht weit. Wir könnten zu Fuß gehen, falls dich der Saki nicht zu müde gemacht hat?«

»Aber nein, im Gegenteil! Prima Idee, kleiner nächtlicher Kudamm-Bummel – du bist ein Engel, Klaus!«

Sie verließen das Lokal und bogen aus der Meineckestraße in den strahlenden Kurfürstendamm ein. Helga blieb überwältigt stehen. Eine Leuchtreklame versuchte die andere zu überbieten, machte die Sterne am Nachthimmel unsichtbar. Weiße Lichtgirlanden aus Buchstaben umflossen in gleichmäßigem Ablauf die Dachkante eines Eckhauses, überstrahlten den ganzen Häuserblock. Aus den Konturen eines aufleuchtenden Sektglases perlten weiße und rote Lichtfunken nach allen Seiten, erloschen mitsamt Kelch, wiederholten ihr Farbspiel in rhythmischen Abständen. Eine überdimensionale Katze aus Licht mit herausgestreckter Zunge wurde abwechselnd gelb, rot, blau und grün. Überall Leuchtschriften, Anpreisungen, Namen: Capitol – Zigeunerkeller – Café

Wien – Kempinski – Gloria-Palast – Kranzler … Darunter die gleißende Lichterfassade der Cafés, Bars, Weinstuben, eine an der anderen, roter Plüsch der Jahrhundertwende neben behäbiger Bürgerlichkeit, moderne Sachlichkeit neben Pusztakitsch, ein Durcheinander von Farben, Formen, Epochen. Viele Generationen, aber nur ein Berlin.

Silhouettenheere schoben sich vor dem strahlenden Lichtergrund durcheinander; die Luft vibrierte von den spezifischen Geräuschen des Kudamms, einem konstanten Lautgemisch aus internationalem Stimmgewirr, Autogehupe und Musikfetzen aus den Lokalen. Eine Geräuschkulisse, die die Stammgäste des Hotels am Zoo oder des Roxy, wenn sie nach Berlin kamen, nicht mehr missen wollten. – Gelblich matt schien am oberen Ende der Straße die Gedächtniskirche durch die herbstlichen Bäume. Sie erhielt ihr nächtliches Licht hauptsächlich von den grellen Scheinwerfern des nahen Ufa-Palastes am Zoo und begnügte sich mit diesem matten Abglanz. Ein Gebäude wie sie legte es nicht darauf an, mit Vergnügungspalästen zu konkurrieren. Jeder kannte sie, sie durfte es sich leisten, nachts zu schlafen.

Helga hatte sich bei Klaus eingehängt. Eng aneinandergepreßt schlängelten sie sich durch die vergnügungssüchtige Menge. Mit glücklichem Kindergesicht sah sie sich um, ließ keine Tür, kein Fenster aus. So viel Licht, Fröhlichkeit, Musik – es schien ihr paradiesisch. Einen schöneren Platz als den nächtlichen Kurfürstendamm konnte es doch auf der Welt nicht geben! Sie schaute und schaute und war wie berauscht.

Ab und zu blieb sie vor einem einladenden Plakat, einer Tür stehen: »Will nicht rein – nur mal gucken!«

Klaus hielt zärtlich und beschützend ihren Arm an sich gedrückt und dachte: ›Manchmal ist sie doch noch ein richtiges Kind trotz all ihres erwachsenen, selbständigen Gehabes. Ein armes liebes verlorenes Kind, das nicht zugeben will, wie einsam ihm zumute ist – ich werde sentimental –, ausgerechnet ich! Mittelalter vermutlich, Anfang der Senilität!‹ Helga gegenüber fühlte er sich immer ein bißchen wie ein alter Herr. –

Sie umgingen die Gedächtniskirche und kamen auf die ebenfalls hell erleuchtete, aber wesentlich ruhigere Tauentzien. Jetzt gab es für Helga kein Halten mehr. Klaus wurde unter Begeisterungsschreien von einem Mode-Schaufenster zum anderen gezerrt: »Sieh mal, das Gelbe da mit den Rüschen – süüüß! Und – o da – der graue Mantel mit der engen Taille und den Taschen – ist der nicht todschick? – Und ach, schau mal da – der wonnige Hut!«

Energisch zog er sie am Arm auf die Straße zurück: »Wollen wir nun noch zur ›Insel‹ oder nicht? Dann komm jetzt!«

Gehorsam trottete sie an seiner Seite weiter, nicht ohne heimlich nach rechts zu den Auslagen hinüberzuschielen. Fünf Minuten später waren sie am Ziel. –

Heiße rauchige Luft schlug ihnen beim Öffnen der Tür entgegen. Tanzmusik, Narzissenparfum. Im dämmrigen Barraum schien alles ineinander verschlungen, die Sitzenden, die Tanzenden. Sie setzten sich neben ein in tiefe Umarmung versunkenes Paar an einen der kleinen Tische den Wänden entlang. Klaus bestellte Sekt. Voll Entzücken betrachtete sie die dämmrigen Lampen rund um den Raum, getrocknete, aufgeblasene Fische mit Glühbirnen im gedörrten Bauch, und die unzähligen Starfotos, mit denen die Wände bedeckt waren. Sogar die rauchige Decke war mit ihnen beklebt. Die kleine Kapelle, bestehend aus Piano, Schifferklavier und Baß, schien etwas müde, dehnte die Takte. Oder war das Absicht? – Der Sekt kam, Klaus schenkte ein: »Prost, Kleines, auf eine glücklichere Zukunft!«

Es klang bedeutungsvoll.

»Das walte Gott – prost, Klaus!«

»Wollen wir tanzen?«

Sie mischten sich unter die Tänzer, die einen schläfrigen Eindruck machten und sich kaum bewegten. Wieder spürte sie den vertrauten Tabak-Lavendel-Geruch und war restlos glücklich. Lichter – sanfte Musik – Sekt – Nachtbar – das erschien ihr das große Leben, ein bißchen sündig und sehr mondän. Sie schloß die Augen und schmiegte ihre Wange an sein Gesicht: »Bist du auch so glücklich?«

»Wenn du es bist? Dann bin ich's auch.«

Weshalb so feierlich? Ein einfaches weichgeflüstertes ›Ja‹ wäre ihr lieber gewesen. Oder irgend etwas in seiner Haltung, das ihr seine Bewunderung verriet, zeigte, daß sie ihm begehrenswert erschien. Aber trotz ihres offensichtlichen Schwipses, ja vielleicht gerade deshalb, blieb er die Korrektheit in Person. Als er sie an den Tisch zurückführte, waren die beiden Tischnachbarn verschwunden. Dafür erschien eine Blumenfrau mit einem Korb voller Rosen.

Klaus griff hinein und nahm ein paar dunkelrote heraus, ordnete sie in die Vase, die der Ober herbeibrachte.

»O Klaus, wie lieb von dir! So kenn ich dich gar nicht, du wirst ja direkt romantisch?«

»Helga!« sagte er und nahm ihre Hand in die seine, »ich muß dir etwas sagen. Bitte mach es mir nicht zu schwer.«

»Dann sag's schon.«

»Wir sprachen vorhin über die Möglichkeiten und Unmöglichkeiten deines weiteren Aufenthaltes in Deutschland.«

»O nein, doch nicht jetzt! Bitte, zerstör nicht die Stimmung!«

»Ich werd mich kurz fassen: Helga, möchtest du mich heiraten?«

»Heiraten?« Vor Überraschung blieb ihr der Mund offen stehen. »Wie kommst du denn darauf?«

»Ist das so abwegig? Wir gehören doch zueinander, du und ich. Du kannst hier nicht bleiben. Wir werden zusammen nach Amerika gehen und uns drüben etwas aufbauen. Später können wir ja dann wieder hierher zurück, wenn du so sehr an diesem Land hängst...«

Er sprach noch weiter, schilderte die Möglichkeiten und Annehmlichkeiten eines gemeinsamen Lebens in Übersee. Aber sie hörte nicht mehr hin. Das also war ein Heiratsantrag! So klang das! Sie hatte sich das ganz anders vorgestellt. Irgendwie mit Kniefall, Hand auf dem Herzen und bebenden Lippen, die Worte herausstießen wie ›ich liebe dich – habe dich immer geliebt, nur dich allein – kann nicht einen Tag mehr ohne dich leben –‹. Jedenfalls sprach der Held ihrer Mädchenträume von Liebe und nicht von unerwünschter Rasse. Klaus schien zu glauben, daß er mit den Rosen seinen Beitrag zur Romantik der Situation geleistet habe. Ganz nebenher wollte sie auch gar nicht heiraten. Sie fing ja gerade erst an, sich von Zwang und Bevormundung zu befreien. Ehe, das war für sie die unglückselige Gemeinschaft ihrer Eltern, ein herrschsüchtiger egoistischer Ehemann, eine verängstigte gequälte Frau, unfreier als der letzte Sklave – nein, sie würde nie heiraten, nie! Gewiß, Klaus hatte wenig Ähnlichkeit mit dem Alten zu Hause. Noch nicht. Aber vielleicht würde er in der Ehe ebenso tyrannisch werden, wer konnte das vorher wissen? Und dann war sie gebunden und dazu verurteilt, seine Launen Tag für Tag zu ertragen – ein schrecklicher Gedanke! Es gab nur einen wirklichen Sinn für sie in diesem Leben: sich freizumachen, freizukämpfen, Herr der eigenen Entschlüsse, des eigenen Willens zu sein. Aber wie konnte man das Klaus begreiflich machen? Er meinte es ja gut; man durfte ihn auf keinen Fall verletzen. Sie bemerkte, daß er sie erwartungsvoll anschaute.

»Klaus«, begann sie zaghaft, »es ist sehr lieb von dir, daß du mich heiraten willst. Aber – bitte versteh das – ich fühle mich einfach noch zu jung zur Ehe. Ich meine, so eine Ehe ist doch eine ernste Aufgabe...«

»Du redest drum herum. Klar heraus mit der Sprache: Du willst also nicht?«

»Das habe ich nicht gesagt ...«

»Aber gemeint?«

»Ich wollte dir nur erklären, wie ich ... warum ich ...«

»Helga, bitte hör auf, mich zu quälen! Ich frage dich noch einmal: Willst du meine Frau werden? Ja oder nein? Verschon mich mit langatmigen Erklärungen.«

Es war der Ton, den sie am wenigsten vertragen konnte. Ungeschickt von ihm. Langsam hob sie den Kopf, sah ihm fest in die Augen: »Nein!« sagte sie. Nichts weiter. Er wollte ja keine ›langatmigen Erklärungen‹, wie er es nannte. Bitte sehr.

Das Nein stand wie ein gezielter Pfeil einen Augenblick zwischen ihnen in der Luft, bevor es sich in seiner Endgültigkeit in das Bewußtsein seines Opfers bohrte. Plötzlich sah Klaus verfallen aus; aller Elan, den er den ganzen Abend lang zur Schau getragen hatte, schien aus ihm gewichen. Die Augen starr auf ein Leberfleckchen ihres sommersprossigen Arms geheftet, fragte er müde:

»Und warum nicht?«

»Du wolltest doch keinen Kommentar.«

»Ja. Das stimmt. Verzeih.« Er schwieg.

Das Schweigen lastete. Die von der Hitze sich öffnenden Rosen vor ihrer Nase dufteten betäubend süß. Die Musik stöhnte einen Tango. Überall Pärchen, Geschäker, Flirt, Verliebtheit. Alles Menschen, die sich einig waren, für diese Nacht, für Monate, fürs ganze Leben –. Und hier saßen sie beide, zwei Einzelwesen, getrennt nur durch ein winziges alltägliches Wort, das sie aus Freunden in Fremde verwandelt hatte. Er tat ihr leid, wie er so verstört vor ihr saß. »Klaus, mein Glas ist leer, ich hab noch Durst. Schenkst du mir nochmal ein?« Sie hatte keinen Durst. Es waren Worte um der Worte willen. Um das peinliche Schweigen zu brechen. Der Sekt schmeckte fade. Er sagte noch immer nichts. Ihr Mitgefühl verging, sie wurde wieder trotzig. Wenn er nicht reden wollte, sollte er's bleiben lassen. Was hatte sie denn schon getan? Er hatte die Antwort ja so haben wollen. Sie geradezu provoziert. Hatte er sich vielleicht eingebildet, sie zu einer Ehe mit ihm zwingen zu können? Böse sah sie zu, wie Klaus den Ober heranwinkte und zahlte. Er wollte also gehen, ohne Rücksicht darauf, daß sie vielleicht noch bleiben wollte. Den Abend endgültig zerstören. Typisch er. Alles mußte nach seinem Kopf gehen. Sie war ja nur Nebensache, nur eine schwache, hilflose Frau, die seine Launen zu ertragen hatte – Selbstmitleid übermannte sie; aufsteigende Tränen ließen Klaus, die Rosen und die Fischlampen miteinander verschwimmen.

»Gehen wir?«

Mit gesenktem Kopf und vorgeschobener Unterlippe, ihre Blumen fest in der Faust, folgte sie ihm zur Garderobe und auf die frühmorgendliche Straße hinaus. Die Häuser schliefen. Ihre Schritte klapperten laut über das einsame Pflaster. Ein Wagen mit dem karierten Querstreifen, das ihn als Taxi kennzeichnete, hielt neben ihnen. Sie stiegen schweigend ein. Er stieg auch nicht aus, als sie vor ihrer Tür angekommen waren.

»Leb wohl!« sagte er nur kurz und hieß den Chauffeur weiterfahren, wandte sich nicht mehr um.

Liebes Helgachen,

wie lieb von Dir, mich anzurufen! Und gerade habe ich auch Deinen langen Brief erhalten. Es hat mir ja so leid getan, daß ich nicht zum Telefon kommen konnte – wie gerne hätte ich nach all den Monaten wieder Deine Stimme gehört! Nein, nein, es ist wirklich nichts Ernstes, diese dummen kleinen Nervenlähmungen kommen höchstwahrscheinlich von einer alten Verklemmung der Wirbelsäule, die ich mir als Kind bei einem Sturz von der Treppe zuzog. Sie sind nur insofern lästig, als mir das Schreiben schwerfällt und die Augen schnell ermüden. Bitte, Kind, mach Dir keine unnötigen Sorgen. Die Nerven sind in unserer Familie ein altes Erbübel, wie Du weißt. Nur Tante Gritta scheint davon unbelastet geblieben zu sein.

Siehst Du, Helga, alles, was nun geschieht, kommt mir nicht überraschend. Ich war seit langem darauf vorbereitet, nicht zuletzt durch die ausländischen Radiokommentare zur Deutschlandpolitik. Daher nehme ich es ruhig. Nur Tante Gritta macht mir ernste Sorgen. Ich kann ihr einfach nicht begreiflich machen, daß sie besser zu Tante Nellie nach England gehen sollte. Sie ist doch ganz allein und schutzlos, und unsere Kusine hat in London ein großes Haus, würde sie auch mit Freuden bei sich aufnehmen. Aber der Starrkopf denkt immer noch, es könne ihr nichts geschehen, sie sei viel zu unwichtig, als daß die Nazis sich um sie kümmern würden. Außerdem habe Tante Nellie Katzen, und sie, Gritta, möge nun mal keine Katzen. Was soll man da machen?

Was mich anbelangt, so werde ich abwarten müssen, wie sich Dein Vater entscheiden wird. Du hast ja gelesen, daß in bezug auf die früher geschlossenen Mischehen die Scheidung vom jüdischen Partner zwar gewünscht wird, aber nicht obligatorisch ist. Zur Erleichterung der Trennung wird uns gestattet, unser Geld mit ins Ausland zu nehmen. Aber wovon sollte Dein armer Vater dann sein Golfspiel bezahlen und seine vielen Freunde standesgemäß bewirten können? Von seiner Praxis allein kann er nicht leben, das hat er mir erst kürzlich wieder ausführlich auseinandergesetzt. Die vielen Steuern und sonstigen Abgaben, die er zu leisten hat, nehmen ihm einen großen Teil seines Verdienstes, wie es scheint – ich versteh ja davon nichts. Klara Wolters rät mir zwar schon seit Monaten zur Scheidung – aber ich kann Deinen Vater doch finanziell nicht im Stich lassen, denn im unbekannten Ausland würde ich ja jeden Pfennig brauchen! Du siehst also, es ist keine Entscheidung, die man von heute auf morgen treffen kann, und nur Dein Vater kann sie fällen, er ist der Arier.

Bitte, Kind, mach Dir über all das nicht zu viele Gedanken; Du mußt jetzt nur an Dein Studium denken. Die neuen Gesetze betreffen Dich nur indirekt, und ich bin überzeugt, daß Du Dich mit Deinem Talent, Deinem arischen Aussehen und nicht zuletzt Deinem Dickschädel durchsetzen wirst. Dann war mein Leben nicht umsonst. Hoffentlich darf ich das noch miterleben.

Bei Tante Gritta in Darmstadt war es erholsam wie immer. Nachdem ihr Hauswirt das Schild mit ›Juden unerwünscht‹ draußen angebracht hatte, packte sie ihre Sachen und zog in eine reizende kleine Eineinhalb-Zimmer-Wohnung am Olbrichweg oben beim Hochzeitsturm. Die neue Behausung ist viel gemütlicher als die alte, und ihre neuen Hauswirte sind ein liebes altes Ehepaar weißrussischer Herkunft. Sie kommen ab und zu zum Tee zu ihr hinauf. So, Helga, jetzt muß ich schließen – das Schreiben dieser Epistel habe ich auf drei Tage verteilen müssen, da meine Augen immer noch schwach sind. Schreib bald, berichte mir ausführlich über Dein Studium, Dich selbst und alles, was es in der Reichshauptstadt Neues gibt. Vater läßt Dich grüßen.

Für heute alles Liebe von Deiner
Mutti

Sie würde also nicht emigrieren, weder heute noch morgen. Helga las es deutlich zwischen den Zeilen. Geduldig wie ein opferbereites Lamm würde sie abwarten, was ihr Mann weiter mit ihr zu tun gedächte. Fatalistisch, gleichgültig gegen ihr eigenes Schicksal. Wie konnte man einem Mann so hörig sein? So abhängig werden vom Willen eines anderen? Es war ihr unbegreiflich.

In der Fredericiastraße herrschte Aufregung: Oskar, Komponist und Kantinenwirt, war nach Wien zurückgefahren. Einfach so. Über Nacht. Sang- und klanglos, ohne sich von jemandem zu verabschieden. Seine Raffi-Gäste hatten eines Mittags seine Tür verrammelt gefunden. In der Ecke klebte ein Zettel: »Bin zurück nach Wien. Geht zu Aschinger, eßt Gratisbrötchen. Servus, Oskar.«

Das darf doch nicht wahr sein!«

»Versteh's gar nicht. Gestern war er noch ganz normal!«

»Vielleicht war er Nichtarier?«

»Ausgeschlossen. Der hatte einfach die Nase voll von hier!«

»Na hör mal. Schließlich waren wir alle sehr nett zu ihm.«

»Nicht unsretwegen. Die Richtung paßte ihm nicht. War immer schon ein bißchen rot angehaucht gewesen, unser Oskar!«

»Kunststück. Bei seiner chronischen Totalpleite!«

»Und was machen wir jetzt, Kinder?«

»Na, was schon – auf zu Aschinger!«

»Mir kannste mit die Semmeln jagen. Haste schon mal eenen mit 'm Semmelbauch jesehn? Wie Leiche am Ausjehtag.«

»Kann denn keiner Raffi machen? Du, Dieter?«

»Nicht für so viele. Ich hab zu lernen!«

»Ich auch!«

»Ich auch!«

So löste sich der fröhliche Mittagstisch auf. Die mit der chronischen Pleite gingen zu Aschinger, die übrigen je nach finanziellem Status in Kneipen und Restaurants. Helga hatte das der Hochschule nahe gelegene Kempinski entdeckt. Sie konnte es sich leisten. Allerdings reichte es nur zum ragoutgefüllten Pfannkuchen mit Apfelkompott. Denn fast ihr gesamtes Monatsgeld steckte in ihrer reichhaltigen, immer exzentrischer werdenden Garderobe, ihren kosmetischen

Utensilien, ihrer Bücher- und Schallplattensammlung. Aber lieber etwas ganz unten auf der Kempinskischen Speisekarte als Tournedos mit Spargeln und Pommes frites im Bierlokal! Ihre Vorliebe für luxuriöse Umgebung ließ sie die Atmosphäre genießen: den vornehmen Speiseraum des großen Hotels mit seiner Stille, in dem nur die Teller im Hintergrund klapperten, den dicken Teppich, über den Kellner lautlos heranglitten, die gepflegten Gedecke mit den spitzen Serviettentüten, den raumfüllenden Duft nach bratenden Gewürzen und Reise-Eau-de-Colognes.

Sie kam sich sehr elegant vor, wenn sie ihren weißen Tütenaufbau entfaltete und ihn flach über ihren Schoß breitete. Mit hochmütigem Gesicht machte sie beim immer gleichen Ober ihre immer gleiche Bestellung, die er sich mit immer gleicher Höflichkeit anhörte. Geduldig, in lässiger Haltung, ganz Dame aus gutem Hause, wartete sie die obligaten zwanzig Minuten, um sich dann, kaum war er da, gierig auf ihren Pfannkuchen zu stürzen und ihn in wenigen Minuten hinunterzuschlingen, wobei sie ihre vornehme Haltung aufgab, nur um anschließend, mit noch fettglänzendem Mund, wieder ganz Dame zu sein und sich als solche von den umsitzenden Hotelgästen bewundern zu lassen. Ihre Gefräßigkeit war beängstigend. Aber sie blieb dennoch gertenschlank.

Nach jeder dieser Mahlzeiten folgte dann die gleiche Qual: ein Ober kam leise klappernd mit einem Kuchenwägelchen die Tischreihen entlanggefahren. Diese Auswahl! Mohrenköpfe, schokoladeglänzend, Sahnerollen, Windbeutel, aus denen die frische Sahne quoll, Bienenstich, goldgelbe Honigkruste auf Vanillecreme – aber es ging nicht, sie waren einfach zu teuer. In wölfischer Lüsternheit schielte sie nach den Kuchen, verfolgte sie mit den Augen, litt, wenn sie an ihr vorbeirollten. Die Biester kosteten fast so viel wie der ganze Eierkuchen. Nichts zu machen; es reichte gerade noch zu einer Tasse Kaffee. – Noch einen tiefen Atemzug Luxus –

dann zurück zur Hochschule. So standhaft sie sonst war, für Verlockungen lukullischer Art, insbesondere Süßigkeiten, war sie anfällig. –

Als sie eines Nachmittags gegen vier Uhr die Hochschule verließ, um nach Hause zu gehen, sah sie einen fremden älteren Mann vor dem Portal, der sie förmlich mit Blicken verschlang und sich aufmachte, ihr zu folgen. Sie hörte seine Schritte in gleichmäßigem Abstand hinter sich, die ganze Bismarckstraße entlang bis zum Kaiserdamm. Ab und zu vergewisserte sie sich durch einen raschen Blick in ein spiegelndes Schaufenster, ob er noch da war. Er war's. Das Spiel machte ihr Spaß, war aufregend. Sie spürte seinen Blick noch im Rücken, als sie ihre Wohnungstür aufdrückte.

Am nächsten Nachmittag war er wieder da, und das Spiel begann von neuem. Hartnäckig fand er sich von nun an Tag für Tag vor der Hochschule ein, empfing sie mit glutvollen Blicken und trabte den ganzen Weg hinter ihr her, ohne sie anzusprechen. Anscheinend traute er sich nicht. Das, fand Helga, machte die Sache noch interessanter. Er sah gar nicht schlecht aus, wenn man davon absehen wollte, daß er mindestens vierzig sein mußte. Dunkle Augen, schon etwas dünnes, glatt zurückgestrichenes Haar, mittelgroß. Herr aus besseren Kreisen. Sie begann, sich auf den Heimweg zu freuen. Auf die Spannung: Ist er wieder da? Wird er heute … Einfachheitshalber hatte sie ihn den ›Knilch‹ getauft. Der Knilch war zuverlässig, er ließ keinen Tag aus.

Dann schellte eines frühen Morgens die Haustür. Tico, in einen weißen Bademantel gehüllt, machte auf, streckte ihr mit nasser Hand ein Paket entgegen: »Für dich!«

Es war eine Orchidee im Cellophankasten. Ohne Karte. Verblüfft betrachtete sie das Ding. Was sollte sie mit dem Gemüse? Ihr Sinn für die Schönheit kostbarer Gewächse war noch unterentwickelt. Sie stellte die Orchidee – ›nicht mal riechen tut sie‹ – aus Mangel an Passenderem in ein leeres

Marmeladenglas und vergaß sie. Treulich gefolgt vom Knilch, kehrte sie abends heim, wo sie von Tico dahingehend unterrichtet wurde, daß Orchideen im Verhältnis zu anderen Blumen sündhaft teuer seien. Am nächsten Morgen kam das zweite Exemplar und landete beim ersten im Marmeladenglas. Als ihr der dritte lila Morgengruß überbracht wurde, hatte sie eine Idee: Frau Jenschke, die das Mädchen ›mit den varickten Kledagen‹ gern mochte – sie hatte den Blumenladen an der Ecke –, wäre vielleicht ein Abnehmer. Frau Jenschke hörte sich die Bitte an, nickte gutmütig und zahlte pro Stück 2,50 RM, im ›Jlaskartong‹ sogar 3 RM. Bald trieb Helga einen schwunghaften Handel mit Orchideen. Bis zu dem Tag, an dem der Knilch sie plötzlich ansprach: »Gnädiges Fräulein«, sagte er und lächelte saccharinsüß, »ich bewundere Sie nun schon so lange. Haben Sie meine kleinen Grüße bekommen? Wissen Sie eigentlich, daß Sie ein bezauberndes Geschöpf sind, wie geschaffen, uns Männern die Köpfe zu verdrehen?«

»Aha«, sagte sie ratlos. Aus der Nähe gesehen war er ein blöder Fatzke mit verlebtem Gesicht. »Gestatten, daß ich mich vorstelle: Dr. Pfeiffer. Arzt. Sagen Sie, gnädiges Fräulein, könnten wir uns nicht einmal in Ruhe gemütlich unterhalten? Ich wohne ganz in der Nähe der Hochschule!« Er nannte die Adresse. »Sie würden mich zum glücklichsten Manne machen, wenn Sie – vielleicht morgen nachmittag? – zu einem Täßchen Tee ...«

»Nein!« sagte sie streng.

»Nein?«

»Nicht Tee. – Kaffee und Kuchen!«

Einen Augenblick lang starrte er sie verblüfft an, als könne er seinen Ohren nicht trauen. Dann lachte er befreit auf: »Aber gewiß. Ganz, wie Sie wünschen!«

Der Kuchen lockte. Alle Vorsicht war vergessen: »Haben Sie was zum Schreiben da?«

Ernsthaft diktierte sie: »Vier Mohrenköpfe mit Krem – zwei Sahnerollen – zwei Mokka-Eclairs und mindestens vier Schweizerschnitten mit Kirschen. Haben Sie's? Wann soll ich kommen?«

Der Knilch sah zu doof aus, um gefährlich werden zu können. Man würde ihn zwingen, die Tür offen zu lassen.

»Würde Ihnen vier Uhr zusagen? Ja? Schön, gnädiges Fräulein, ich erwarte Sie!«

Pünktlich um vier Uhr läutete sie anderntags an seiner Tür, Mappe fest unter dem Arm. Unter vielen Komplimenten geleitete er sie in ein sparsam eingerichtetes Zimmer, einen quadratisch nüchternen Raum mit ein paar verstreuten Sitzgelegenheiten, einem Radioschrank, irgendwelchen Apparaturen in einer Ecke. Aber Helga sah nur den Kaffeetisch vor der Eckbank neben dem Eingang. Der Knilch hatte nichts vergessen; es war alles da. Ohne Umschweife ließ sie sich auf der Bank nieder, zog die Mappe links neben sich. Der Doktor setzte sich ihr zur Seite und machte liebenswürdig Konversation, während er den Kaffee einschenkte. Sie nickte, langte nach dem ersten Mohrenkopf und biß herzhaft hinein. Fast noch warm! Genießerisch schloß sie die Augen und ließ ihn reden, hörte gar nicht hin, sagte nur ab und zu »Aha!«, um nicht zu unhöflich zu erscheinen.

Beim Mokka-Eclair legte er den Arm um ihre Schulter. Das war lästig. Mit einer unwilligen Bewegung schüttelte sie ihn ab. Als sie von neuem nach dem Kuchen greifen wollte, war der Arm wieder da. Was sollte das? Sie war nicht zum Schäkern hergekommen. Ärgerlich riß sie die Schulter nach vorn: »Lassen Sie doch den Unsinn!«

Da geschah etwas Seltsames. Der Doktor sprang so heftig auf, daß die Tassen klirrten und schrie mit merkwürdig hoher Stimme, sie zweifle wohl an seiner Männlichkeit, wie? Fast gleichzeitig ging das Licht aus. Verblüfft saß Helga mit vollem Mund im Dunkeln. Dann fing es an zu surren, und vor ihren Augen leuchtete die weiße Fläche einer Leinwand auf. Sie blieb nicht lange weiß. Auf ihr begann ein Film abzulaufen, ein ›Lustspiel‹ im wahrsten Sinne des Wortes. Überschrift: »Mein Liebesleben«. Ein nackter Mann ohne Kopf spielte die Hauptrolle.

»Das bin ich!« kam des Doktors Stimme stolz aus der rechten Ecke. Dort stand er vor einer Filmkamera und kurbelte eifrig, sein Elaborat dabei nicht aus den Augen lassend. Auch alle seine Mitgespielinnen waren kleiderlos bis auf die Strümpfe. Der Doktor legte – wie alle Hauptdarsteller – Wert auf Großaufnahmen von sich selbst. Es waren viele dabei, doch fehlte auf allen seine obere Hälfte. Einen Augenblick lang saß sie erstarrt, wie betäubt: ›Um Gottes willen, was war denn das? Solch einen Mangel an Schamgefühl konnte es doch gar nicht geben?‹ Dann fing sie sich langsam wieder. Der Anprall mit dem unverhüllten Sex der Leinwandbilder war zu plötzlich, zu überraschend erfolgt, als daß er die beabsichtigte Wirkung hätte erzielen können. Nach dem ersten Schock kam Widerwillen, danach kalte Verachtung. Aber was tat man in so einer Situation? Da durchzuckte sie eine Idee. Vorsichtig zupfte sie ein paar Papierservietten aus dem Halter und begann, während sich nackte Leinwandmädchen mit dem nackten Torso vergnügten, der der Doktor sein sollte, Stück um Stück des Gebäcks einzuwickeln und es unauffällig in die Mappe zu versenken. ›So, die Mohrenköpfe waren darin. Nun die Sahnerolle – Achtung, er guckt! –‹ Sofort schaute sie geradeaus und nickte gehorsam Beifall zu dem widerlichen Getue dieser ihr wildfremden Menschen. ›Armselige Primitivlinge!‹ dachte sie verächtlich und packte die Windbeutel ein. ›So – fertig!‹

Als sie den Riemen der Mappe zuschnallen wollte, begann seitlich die Sahne herauszuquellen. Schnell fing sie sie auf und leckte sich die Finger ab. Ganz sacht schob sie die Tasche stückchenweise zur halboffenen Tür hin. Dazu hatte sie den Doktor, eingedenk ihrer schlechten Erfahrungen, mit Hinweis auf ihr großes Frischluftbedürfnis veranlaßt. Der Mann sah es nicht. Seine Großaufnahmen wurden jetzt noch größer, wurden Immensaufnahmen. Hatte bisher nur der Oberkörper gefehlt, so fehlten jetzt auch die Beine. Nichts wie raus hier! Ein gezielter Schubs – so, die Mappe war schon draußen. Da sah er wieder zu ihr hin. Schnell warf sie sich nach rückwärts, sagte laut: »Interessant!« und war im nächsten Augenblick verschwunden, kaum, daß er wieder geradeaus geblickt hatte. Wie gehetzt rannte sie mit ihrer Beute durch die Straßen, fuhr mit der U-Bahn bis Kaiserdamm und kam erschöpft auf der Fredericia an.

»Moni«, bat sie ihre Zimmernachbarin, »ruf morgen für mich in der Hochschule an und entschuldige mich für ein paar Tage, ja? Laß dir was einfallen. Irgendeine Krankheit. Du kriegst auch 'ne schöne Schweizer Schnitte!«

Acht volle Tage getraute sie sich nicht, das Haus zu verlassen, aus Angst, der Knilch könne auf sie warten und sie zornig zur Rede stellen – wegen Kuchendiebstahls. Aber Knilch und Orchideen kamen nicht wieder. –

Wie jedes Jahr hatte sie auch diesmal Weihnachten und Silvester 1935–1936 zu Hause verbracht, und wie immer war es auch diesmal unerfreulich verlaufen. Sie war erschrocken, als sie ihre Mutter gesehen hatte. Wie konnte sich ein Mensch in einer so kurzen Zeit so radikal verändern? Aus der schönen lebhaften Frau mit den sanften Augen war ein verkrampftes Etwas geworden, das sich nur langsam fortbewegte, während Augenlider und Mundwinkel immerfort nervös flatterten. Die Augen standen riesig, stumpf und leer im früh gealterten Gesicht. Das schöne blauschwarze Haar aufgehellt zu mattem Grau, die warme Stimme, einst voll verhaltenen Lachens, müde und schleppend, als sei jedes Wort ein überflüssiges Gewicht – Helga brachte es kaum fertig, sie anzusehen, so sehr erschütterte sie der Anblick. Der Vater hingegen war voller Elan. ›Rüstig‹ nannte man das wohl. – Über die politische und familiäre Lage wurde nicht gesprochen. Soviel aber bekam sie doch heraus: Der Vater würde sich nicht scheiden lassen. Das erstaunte sie. Sollte sie ihn doch unterschätzt haben? Er hielt also zu seiner jüdischen Frau und nahm damit alle Unannehmlichkeiten freiwillig auf sich, die ihm dieser Entschluß bringen würde? Wie alle sauber denkenden Mitbürger der Stadt respektierte und billigte sie seine Entscheidung, konnte sich dabei aber eines unbehaglichen Gefühls nicht erwehren. Irgend etwas stimmte an der Sache nicht.

Aber was? Gegen sie blieb er höflich-kühl, doch sie hörte förmlich sein Aufatmen, als sie sich verabschiedete, um nach Berlin zurückzufahren. Was stimmte hier nicht? Sie versuchte, nicht mehr an zu Hause zu denken. –

In der Malakademie herrschte ein Riesentrubel. Alles wirbelte durcheinander, kichernde Masken stießen sie an, bliesen ihr mit Kindertröten ins Ohr, bewarfen sie mit bunten Luftschlangen. Der warme Sekt in ihrem Glas schaukelte und schwappte. Drei Orchester in drei nebeneinanderliegenden Räumen spielten gleichzeitig drei verschiedene Rhythmen in höchster Lautstärke. Luftballons zerplatzten knallend in der heißen Luft der überfüllten Säle.

Mühsam bahnte sie sich einen Weg zur Treppe, kletterte über schäkernde Pärchen in Phantasiekostümen, fand eine freie Stufenecke, ließ sich aufatmend nieder. Erschöpft lehnte sie den Kopf an das Geländer. Es war ihr erster Faschingsball, noch dazu nicht irgendeiner: Die Karnevalsfeste der Kollegen von der Malakademie waren fast ebenso berühmt wie die Berliner Reimannbälle.

Über dem Gewoge blitzte es ein paarmal schwach: Irgendein Berufsfotograf machte Bilder für die Presse. Von den wirklich künstlerischen einfallsreichen Kulissen der Malschüler war vor Gedränge kaum etwas zu sehen. Ölfarbe, abgestandene Alkoholien, zerlaufene Schminke und Kostümschweiß bildeten zusammen mit dichten Rauchschwaden eine Dunstwolke, die alles einhüllte.

Sie war froh, daß sie Babs Rat gefolgt war und auf ein Kostüm verzichtet hatte. Nur ihre Beine steckten bis zu den Knien in roten Lederstiefeln, eine halbe Nummer zu groß. Von der Teschnikowa entliehen, die sie hatte wegwerfen wollen. Ihre übrige Aufmachung war schlicht bis auf das zigeunerbraune Make-up: schwarzer Rock, weiße ärmellose Bluse, breiter Lackgürtel. Dicke Kette aus bunten Holzkugeln, goldene Armspange und Ohrringe.

Melancholisch starrte sie durch das Gittergeländer auf das Gewühl hinunter und entdeckte wieder einmal, daß Trubel sie melancholisch machte. Allein für sich oder im Kreis weniger guter Freunde kannte sie diese Stimmung nicht. Aber sobald sie unter vielen Menschen war, mit denen sie keinen unmittelbaren Kontakt hatte, fühlte sie sich einsam, wurde schweigsam und traurig. Unwillig riß sie das papierne Luftschlangengewirr auseinander, das sich in ihrem Haar verfangen hatte und ihr in die Augen hing.

»So allein?«

Ein dicklicher Maler in verschwitztem Hemd mit rotem Halstuch, Schinkensemmel in der einen und ein frischgefülltes Glas Sekt in der andern Hand, setzte sich neben sie. Helga kannte ihn; es war der Russe Sascha Kropotkin, ein hochtalentierter junger Künstler mit allen Aussichten, es weit zu bringen. Die Sache hatte nur einen Haken: Sascha war von einem sagenhaften Fatalismus. Es war ihm völlig gleich, was die Zukunft bringen würde, auch in bezug auf ihn selbst. Wirklich schade, er hatte die brillantesten Einfälle, die kühnsten Pläne und Gedanken, aber er führte sie nie aus. Er wollte es auch gar nicht. Ihm genügte die Idee. Sollten die anderen sich damit abmühen, sie in die Tat umzusetzen.

»Hallo Sascha. Nett, dich zu sehen!«

Intelligente Augen im gutmütigen Slawengesicht musterten sie aufmerksam: »Helga voll Trübsinn. Komm, iß was, das hilft gegen Weltschmerz, da, beiß rein«, er hielt ihr die Schinkensemmel hin, »danach kannst du weiterschmerzen.«

»Sascha, weshalb macht Fröhlichkeit traurig?« fragte sie kauend.

Er grinste: »Das ist nur das Anfangsstadium. Mich macht Traurigkeit fröhlich. Auf Beerdigungen muß ich prinzipiell lachen. Das ist gefährlicher als umgekehrt. Magst du was trinken?«

»Nee, danke. Hab schon 'ne Unmenge Sekt intus. Hilft aber gar nichts. Alles ist so – so...«

»Sinnlos, trostlos, leer – das wolltest du doch sagen? Ich weiß, ich weiß. Schöne Stimmung, sehr schöne Stimmung. Halt sie fest, genieße sie bis in die Urtiefen deines Seins. Soll ich dir zur Hilfe noch etwas Trauriges erzählen? Also da geht ein Mann...«

Sie mußte lachen: »Jetzt hast du mich schon rausgerissen.«

»Innere Tränen versiegen? Dann laßt uns fröhlich sein. Komm in meine Arme, Geliebte!« Er versuchte sie an sich zu ziehen.

Sie stieß ihn weg: »Mal langsam! Das ist doch nicht fröhlich.«

»Der Anfang immer. Hast du so schlechte Erfahrungen gemacht? Du Arme. Ich werde dir ein Geheimnis verraten, aber sag's nicht weiter: Sie ist überhaupt nicht.«

»Was ist nicht?«

»Die Liebe. Weder fröhlich noch traurig noch sonst was. Sie ist nur eine Sehnsucht, ein Zustand, der uns ab und zu überfällt wie ein Schnupfen oder ein Schluckauf.«

»Du meinst, Liebe gibt es gar nicht?«

»In unserer Phantasie gibt es sie. Vielfarbig, unbeschränkt in ihren Möglichkeiten, verlockend und abscheulich, sündig, heilig, gemein, Mutter und Hure, abwechselnd und alles in einem, alles und nichts.«

»Und in Wirklichkeit?«

Sascha schnaufte verächtlich: »Wirklichkeit! Willst du die Wirklichkeit? Hör zu. In unser beider Vorstellung ist jetzt das gleiche Bild: Da sitzt ein junger hochbegabter Maler voller Liebesbedürfnis neben einem sehr attraktiven Musikmädchen. Ganz nah. Sie, ein wenig sektschwer, lehnt sich leicht gegen ihn. Nun, wie geht's weiter? Hübsch auf jeden Fall, nicht wahr? Aber deine Wirklichkeit? Sein Hemd klebt ihm schweißnaß am Körper, sein Atem riecht nach abgestandenem Sekt. Wenn er die Schinkensemmel fortlegt und nach ihr greift, hinterläßt er auf ihrer Bluse dicke Fettflecke. Unterdessen verschmiert ihr das von der Hitze zerlaufende Make-up das Gesicht, so daß sie nach dem ersten Kuß aussehen wie zwei Clowns.«

»Hör auf, du Scheusal! Außerdem übertreibst du!«

Sascha lachte vergnügt: »Vielleicht habe ich übertrieben. Wollen wir ausprobieren, ob ich übertrieben habe?«

Damit packte er sie um die Taille, bog ihren Kopf zurück und küßte sie lange und heftig. Das war gar nicht unangenehm. Trauer und Selbstmitleid lösten sich auf in wohlige Wärme. Für ein paar schöne Augenblicke ließ sie sich treiben.

Als sie endlich voneinander ließen, um Atem zu schöpfen, betrachtete er aufmerksam ihr Gesicht: »Ich hatte übertrieben. Farbloser, aber nicht verschmiert.«

»Du hattest nicht übertrieben«, konterte sie schadenfroh, »meine Farbe ist jetzt bei dir!«

»Also doch«, schmunzelnd wischte er sich mit dem Taschentuch über den Mund, »sagte ich's nicht: alle Wirklichkeit zerstört. Illusionen und Make-up. Was für einen teuflischen Lippenstift benutzt du eigentlich?«

»Garantiert haftbar. Wenn nicht bei mir, dann jetzt bei dir. Gute Marke. Hält, was sie verspricht!« –

Am Fuß der Treppe entstand Bewegung. Durch die Menge bahnte sich der kleine Jochen, seines Zeichens Bühnenbildner, keuchend einen Weg zu Helga. Atemlos kam er bei ihr an: »Mensch, da bist du ja endlich! Such dich schon wie 'ne Stecknadel, komm schnell mit, drüben drehen sie einen Film vom Ball unter dem Motto: ›Fehlfarben‹. Sie suchen noch ein hübsches Mädchen für eine Szene mit mir«, der Kleine warf sich in die Brust, »ich bin nämlich ganz groß mit dabei. Du wolltest doch immer so gern mal filmen, nicht?«

Das ließ sie sich nicht zweimal sagen. An der Hand des Kleinen boxte sie sich durch das animierte Gedränge, vorbei an den weißen Flurschränken, auf denen die kühnsten der Pärchen das trieben, was sonst nur in der Abgeschiedenheit der Schlafzimmer zu geschehen pflegt, bis zu einer abgeriegelten Seitentür. Jochen klopfte viermal kurz an. Sie öffnete sich. Im gleißenden Scheinwerferlicht erkannte sie vor einem Hintergrund aus Werbeplakaten und Pappmachépalmen ein paar weißgedeckte Tischchen mit je zwei Stühlen. Zwischen den grellen Lampen bewegten sich schattige Gestalten, verlegten Kabel, richteten Scheinwerfer, riefen sich kurze Befehle zu.

»Jochen, mein Kleener, da biste ja wieder. Komm, wir drehn deinen Kram zuerst. Ist das das Mädchen? Gut. Jrade richtich. Setzt euch da drüben an den Tisch!«

Der ihnen diese und alle folgenden Anweisungen erteilte, war ein magerer Mann mit Lichtschirm über der Hornbrille: »Also paßt auf. Du, Mädchen, sitzt hier janz allein mit traurijen Jesicht. Dein Jeliebter hat dich verlassen, knutscht mit 'ner andern duften Kleenen in irjend 'ner Ecke, verstehste?

Nu kommt Jochen dazu. Ooch verlassen von seine Tusnelda. Is ja keen Draufjängertyp, nich? Der setzt sich nu mit ran an deinen Tisch. Det paßt dir nich. Du nimmst det Tischschild ›Reserviert‹ und drehst es ihm vor die Nase. Mit 'm entsprechenden Blick hinterher, so janz auf jekränkte Leberwurscht, richtich jiftich. Und das Weitere ist janz einfach: Nu müßt ihr euch ankieken, immer nur ankieken. Sie sauer, er sauer. Dann schon 'ne Stufe weicher, denn janz jeschmolzen – alle Widerstände dahin und so – klar? Zum Schluß dreht Jochen det ›Reserviert‹ mit 'n Jesicht zur Wand – den Otto da auf'm Tisch, nich dich selbst, Doofkopp – und denn nimmst du se bei die Hände – jroßes Einverständnis – Happy-End – Abblenden, Ende. Alles kapiert? Noch Fragen? Na, denn kann's losjehn!«

Helga spürte die Aufregung im Hals flattern. Jochens mädchenhaft hübsches Gesicht strahlte. Er war schon seit Monaten heimlich in Helga verliebt.

»Probieren jibt's nich, wir machen jleich los. Also jebt euer Bestes, Kinder, Zelluloid is teuer. Achtung Aufnahme – los!«

Eine Klappe durchhackte die Stille. Helga versuchte, während Kameras leise surrten, so gekränkt wie möglich auszusehen. Warum fielen ihr ausgerechnet jetzt alle guten Witze ein, die sie sonst nie zusammenbekam? An was Kränkendes denken, schnell! Was hatte sich Klaus eigentlich dabei gedacht, sie so einfach sitzenzulassen nach ihrem letzten Abend? Gemein war das, egoistisch und gemein. Sie würde sich rächen. Mit irgendeinem andern. Und wenn es so 'n Floh wie Jochen war. Was grinste der denn so anzüglich? Ach richtig, er mußte ja. Das Schild! Sie drehte das ›Reserviert‹ zu ihm hin. Wie war das?: ›Erst kühl – der strenge Blick gelang vorzüglich – dann leicht interessiert – war schon schwerer bei so einem Knirps von Partner – nun animiert! Mensch, Jochen, grins' nicht so ängstlich, ich komm mir ja vor wie

Potiphars Weib – direkt aufdringlich – na also, endlich – jetzt zueinander neigen, zärtlich in die Augen schauen – also so würd ich mich nie benehmen, ist ja geradezu peinlich – jetzt Schild zur Wand und – na, was ist denn mit dem blöden Regisseur? Warum blendet er nicht ab? Näher können wir uns schon nicht mehr kommen – meine Mundecken tun weh – say cheese – ob ich auch so schiele wie er?‹

»Schluß. Danke. Habt ihr prima jemacht, Kinder. An euch sind zwei Schauspieler verlornjejangen. Übermorjen fuffzehn Uhr im kleinen Saal der Akademie, da könnt ihr euch bewundern. So, zur nächsten Szene, dalli dalli!«

Sie waren entlassen. Der kleine Jochen wurde von einer beschwipsten Haremsdame entführt. Erst jetzt fühlte Helga so richtig die Aufregung der vergangenen Minuten. Sie hatte gefilmt, würde sich übermorgen in einer richtigen Rolle auf der Leinwand sehen können! Das Gefühl war herrlich, sie wollte es noch auskosten. Mechanisch ging sie zur Garderobe, nahm ihren Mantel, verließ das Fest, das noch schwungvoll im Gange war. Zu Hause dachte sie glücklich, während sie sich abschminkte: »Was wird das Haus dazu sagen? Jetzt gehöre ich noch mehr mit dazu!«

Die nachmittägliche Filmvorführung war gut besucht. Auch von der Musikhochschule waren Studenten herübergekommen, um sich den Streifen anzusehen. Als sich Helga in der Tischszene wiedererkannte, wäre sie vor Scham am liebsten unter den Sitz gekrochen. Das sollte sie sein? Das da, die gräßliche zudringliche Ziege mit dem vorgestreckten Hals und dem blöden Grinsen? Kein Wunder, daß der kleine Jochen so verängstigt wirkte! Nie wieder würde sie sich blicken lassen können unter den Kollegen. Wie entsetzlich peinlich! Ein paar Tränen zogen ihre Bahn über die schamroten Wangen. Leise schlich sie hinaus und ging so lange rund um den Steinplatz spazieren, bis sie sich einigermaßen beruhigt hatte.

Merkwürdigerweise schien ihr Filmdebüt auf andere ganz entgegengesetzt gewirkt zu haben. Von allen Seiten kamen sie zu ihr, beglückwünschten sie: »Mensch, Helga – großartig warst du – Klasse!«

»Der Clou des ganzen Streifens!«

»Mädchen, warum gehste nicht zum Film? Du bist doch 'n ausgesprochenes Fotogenie!«

»Einfach toll, so was von aufregend!«

Überdeutliche Angebote der älteren Semester machten ihr klar, daß ihre fotografische Ausstrahlung das war, was man mit ›sinnlichem Fluidum‹ bezeichnete. Sie verstand es zwar nicht, aber es beruhigte. Man fand sie wenigstens nicht so widerlich wie sie sich selbst. Schließlich sagte sie sich sogar, nachdem die tagelangen Ovationen verklungen waren: ›Wer weiß – vielleicht habe ich wirklich Schauspieltalent?‹ –

Über die Ostertage kam Ilse wieder aus Oldenburg herüber. Jubelnde Begrüßung. Helga brannte natürlich darauf, ihr von ihrer ›Filmrolle‹ zu berichten. Wie immer hockten sie gemütlich mit angezogenen Beinen auf der mittlerweise von Helgas unruhigem Schlaf quietschenden Couch. Ilse pustete Zigarettenrauch aus Mund und Nase und meinte mit ihrer tiefen Stimme: »Na prima. Klar kannste mimen. Du solltest endlich umsatteln. In der Musik ist doch nichts drin!«

»Ich weiß nicht …«

»Herzchen, nach den Nürnberger Bestimmungen ist es mit dem Schlußexamen Essig. Traurig, aber wahr.«

»Bei Theater und Film ist es aber doch genauso?«

»Beim Film nicht. Da brauchste kein Examen. Wenn du Glück hast, rutschst du einfach irgendwo mit rein. Laß dich von Moni beraten, die kennt sich aus und hat die nötigen Beziehungen!«

Es klopfte; Helmut streckte den Kopf zur Tür herein:

»Gleich, punkt dreizehn Uhr, großes Fredericianertreffen bei Aschinger. Dieter will uns was sagen.«

»Weshalb gerade bei Aschinger?«

»Weil er dabei essen will. Außerdem haben wir da unsern Mittags-Stammtisch. Erscheinen für alle Aufrechtgesinnten obligatorisch. Bis dann!«

Er verschwand, um seine Botschaft im dritten Stock loszuwerden. Die Freundinnen sahen sich an und lachten.

»Noch 'ne Zigarettenlänge, und dann auf zu Aschinger!« brummte Ilse. –

Das beliebte Lokal war gerammelt voll. Die Aschinger Gratisbrötchen bedeuteten für manchen Studenten mit leeren Taschen Rettung vor langsamem Verhungern oder, schlimmer noch, vor Bödenscheuern und Teppichklopfen bei Frau Piefke.

Durch tiefhängende Rauchschwaden erkannten sie am runden Tisch im Hintergrund die Hausgenossen. Die Begrüßung ging im allgemeinen Lärm der Umgebung unter. Sie waren vollzählig versammelt: Moni, Tico mit feuerroter Krawatte und Helmut; Babs, die schon etwas getrunken zu haben schien; Horst Heinemann, der dicke Filmfotograf vom Parterre und Dieter Hagen, der den Vorsitz führte, in Begleitung seiner neuen Freundin Ilka, einer jungen Chansonette aus München.

»Nun sind wir ja alle zusammen!« schaute er sich in der Runde um, »ich bitte um Ruhe! Zunächst: heute seid ihr meine Gäste...« Allgemeines ›Oh‹ und ›Ah‹.

»Aussprechen lassen. Zum Stammgericht. Buletten mit Bratkartoffeln. Hat einer was gegen Buletten? Er erhebe den Finger!«

Keine Hand rührte sich.

»Gut. – Neunmal Buletten!« bestellte er beim Kellner, der so lässig vorbeistreifte, als wäre er selber Gast, »wer will Bier? – Und vier Mollen!«

»Steinhäger, doppelten!« rief Babs hinterher.

Helga vermißte eine in der Runde: »Wo ist denn Else Petzold?«

Babs lachte zornig: »Die feine Dame wird sich doch in 'ner Studentenkaschemme nicht die Schuhe schmutzig machen.«

»Deshalb hab ich euch hergebeten!« sagte Dieter.

»Wegen Elseken?«

»Hat sich was mit ›Elseken‹. Sie ist diejenige welche.«

»Du meinst doch nicht etwa?«

»Genau das. Sie war es, die seinerzeit Tico bei ihrem Bonzen denunziert hat. Trägt ihren lieben braunen Freunden alles treulich zu, was wir unter uns besprechen.«

»Unmöglich!«

»Mensch, sag bloß.«

»Bist du ganz sicher?«

Dieter blieb sehr ruhig: »Leider ja. Irrtum ausgeschlossen. Wollte mir vorgestern was zu trinken ausleihen von ihr. Kam an die Tür, hörte Stimmen, blieb einen Augenblick stehen, bevor ich eintrat. Die Petzold erstattete Bericht über uns, als würde sie dafür bezahlt!«

»Vielleicht wird sie?«

»Was kann sie denn schon sagen?«

»Na, ich danke. Nächstes Treffen in Dachau. Hast du nicht vor ihr laut und deutlich betont, alle Bonzen gehörten an ihre eigenen Hakenkreuze genagelt?«

»Na ja – ach was, ist mir scheißegal. Du hast dafür behauptet, unser geliebter Führer sei eine billige Nachahmung Chaplins ohne Humor.«

»Und Babs hat ›hoffentlich!‹ geschrien, als bei der letzten Führerrede Hitler wieder mal brüllte: ›Die Juden sind unser Unglück!‹ Auch in Gegenwart der Petzold –.«

»Schöne Schweinerei. Was ist da zu machen?«

»Ich würde vorschlagen«, sagte Moni, »wir lassen uns ihr

gegenüber nichts anmerken und machen auf bekehrt. Versteht ihr? Begeisterte Zustimmung, wenn die Rede auf Führer und Vaterland kommt.«

»Das merkt sie doch sofort. So blöd ist die auch nicht.«

»Na, wenn schon. Damit kann sie uns nichts anhaben. Mit dem Gegenteil schon.«

Dieter nickte: »Moni hat recht. Und nun eßt eure Buletten, ehe sie kalt werden!«

»Mensch«, sagte Heinemann und stocherte gedankenvoll in seinen Bratkartoffeln rum, »mir is schwummrig zumute. Erst vorige Woche, wie wir bei der Petzold waren, hab ich's Maul aufjerissen und jesagt, die neue Remilitarisierung vons Rheinland sei janz fauler Zauber. Det röche schon wieder nach Vaterlandsverteidijung mit anschließendem Heldentod. Meenste, daß die nun …«

»Quatsch mit Soße. Wenn wir alle zusammenhalten, kann die uns gar nichts!«

»Dein Wort in Jehovas Jehörjang. In Dachau soll'n se nich mal Heizung haben!« –

Babs soff wie ein Loch, einen Doppelten nach dem andern. Ihr Gesicht sah müde, verbraucht aus. Unter ihren teilnahmslosen Augen begannen sich häßliche Tränensäcke zu bilden. Der breite Mund, schlaff über unregelmäßigen Zähnen, ließ die Winkel kraftlos herabhängen, was ihm etwas Verächtliches gab.

Während Ilse den ängstlichen Heinemann mit tiefer Stimme zu trösten versuchte, wandte sich Helga Moni zu, die die ganze Aufregung ziemlich unbeteiligt ließ: »Du Moni, ich hab nachgedacht. Ich glaube, Ilse hat recht, das ganze Musikstudium führt im Grunde zu nichts.«

»Na du, ich weiß nicht. Gelernt ist gelernt. Die Prüfung kannst du letzten Endes auch draußen machen!«

»Weiß ich. Wenn ich aber nun mal nicht raus will?«

»Was willste denn? Hier wird's nicht leichter für dich.«

»Ich will jetzt schon was tun, so wie ihr alle. Das will ich. Moni, kannst du mich nicht mal mit nach Babelsberg rausnehmen? Du kennst doch all die Heinis!«

»Kennen tu ich sie schon. Aber davon allein haste noch nichts.«

»Du könntest mich vorstellen.«

»Und dabei irgendwie erwähnen müssen, daß du nicht ganz arisch bist? Reichskulturkammer und der Kram, du verstehst schon.«

»Na, und wenn schon. Was wäre dann?«

»Dann würden sie entzückte Gesichter machen, dir was von ›außerordentlich fotogen‹ vorfaseln und mit dir schlafen gehen wollen. Das wäre die Rolle, die sie dir ohne Schwierigkeiten zugestehen würden!«

Helga erschrak. Verdrängte Bilder tauchten auf: ein lüsterner Alter im geöffneten Schlafrock, gierig zupackende Hände – auch er hatte ihr eine Filmrolle versprochen –. Kleinlaut bat sie: »Aber wenn mal irgendeine kleine Komparsenrolle frei ist, dann nimmst du mich doch mit raus, ja?«

»Werd ich tun, Helga, das versprech ich dir. Laß jetzt nur noch mal erst ein paar Monate vorbeigehen. Nicht gleich nach den neuen Rassegesetzen, die bisher nur Verwirrung gestiftet haben. Die sind jetzt gewieft. In 'nem halben Jahr hat sich das alles wieder beruhigt und dann geht's leichter, glaub mir!«

»Danke, Moni. Ich weiß, ich kann mich auf dich verlassen. Wart ich eben noch ein bißchen!«

Um fünfzehn Uhr trennte sich die Runde. Lustlos schlenderte Helga zur Nachmittagsvorlesung: ›Große Komponisten im Spiegel der Zeit‹.

Es war schon so weit gekommen, daß sie die Briefe von zu Hause nur mit Unbehagen öffnete. Die hilflose Lage ihrer Mutter wie die ihrer Angehörigen verursachte ihr ein schlechtes Gewissen. Dabei war die kleine Frau so tapfer. Sie jammerte nicht, sie klagte nicht, nahm nach wie vor regen Anteil an allen kleinen Freuden und Leiden ihrer Tochter im fernen Berlin.

Die Nachricht im heutigen Brief hatte Helga besonders tief getroffen: ihre Tante Julia, Studienrätin, älteste von drei Schwestern, deren mittlere, die schöne Anna, sich erst vor einem Jahr vergiftet hatte – später würde die jüngste, Sophie, elend an geistiger Verwirrung zugrunde gehen –, hatte sich in Darmstadt erhängt. Helga schauderte. Sie sah sich wieder als kleines Mädchen in Seidenkleid und drückenden Lackschuhen an der Hand der schönen jungen Mutter zum Haus der Tanten auf der Kastanienallee pilgern. Da war es schon – grau, alt, sehr vornehm. Innen roch es nach süßem Staub. Die drei Schwestern, Julia, Anna und Sophie, Kusinen ihrer Mutter, lebten zusammen. Keine war verheiratet. Anna machte Übersetzungen in verschiedenen Sprachen. Sophie war eine begabte Pianistin, die das Kind Helga die Anfänge des Klavierspiels gelehrt hatte. Sie war die fröhlichste der drei. – Helga konnte sie vor sich sehen: alle drei schlank, hochgewachsen, mit aufregend rauchigen Stimmen und mandelförmigen großen dunklen Augen im blassen, edelgeschnittenen Gesicht, als seien sie alten spanischen Gemälden entstiegen. Fehlte nur die Halskrause. Die Schwestern waren ein fester Bestandteil ihrer Jugend und gehörten zu ihren liebsten Erinnerungen.

Und nun: Anna vergiftet – Julia erhängt – unfaßbar. – Krampfhaft versuchte sie, das furchtbare Bild von Julias baumelnder Leiche zu verdrängen, das sich ihr vor Augen schob. Der gebrochene Blick schien sie anzuklagen: ›Und du willst unter unseren Mördern bleiben? Fühlst dich wohl unter ihnen?‹ Stumm hockte sie am Tisch, starrte blicklos auf den Brief in ihrer Hand.

»Aber was kann ich denn tun?« brüllte sie plötzlich laut, packte den Brieföffner und feuerte ihn gegen die Wand, während ihr die Tränen über das Gesicht strömten: »Verflucht, was kann denn ich dafür? Ihr seid ja selber dageblieben!«

Von nun an begann sie zu bummeln. Immer öfter versäumte sie Vorlesungen, blieb sie der Hochschule fern. Dafür entwickelte sie eine geradezu hektische Vergnügungssucht. Mit ihren vielen Freunden und deren Bekannten zog sie von einem Lokal zum anderen, verbrachte die kühlen Nachmittage bei Tanztees und Modenschauen in den großen Hotels, die Abende, immer in Gesellschaft, teils auf Parties, teils auf ausgedehnten Bummelzügen durch das nächtliche Berlin. Wobei man dann gegen Morgen bestimmt in einer der beiden ›Hühnerbrühen‹-Bars landete, entweder in der Uhu-Bar, in der ein junger Wiener namens Peter Igelhoff selbstverfaßte Schlagerliedchen mit großem Charme am Klavier vortrug, oder in der Jockey-Kellerbar, in der sich alles wiedertraf, was sich am Abend zuvor getrennt hatte.

Ihre Unruhe trieb sie dazu, die Gesellschaft unbeschwerter Menschen zu suchen, teilzuhaben an ihrer Fröhlichkeit, ihrer Sorglosigkeit in bezug auf das politische Geschehen um sie herum. Die anderen merkten nicht, wie oberflächlich ihre gute Laune im Grunde war. So gesellig sie sich gab, so einsam blieb sie im Innern. Mit den Frauen verstand sie sich im allgemeinen recht gut, doch Einzelfreundschaften mit Männern vermied sie. Je mehr man sie umwarb, begehrte, desto zurückhaltender wurde sie. Manch ein gutaussehender Mann aus ihrem Gefolge wunderte sich, weshalb das übermütige temperamentvolle Mädchen mit dem verlockend sinnlichen Mund, kam man ihm nahe, plötzlich zu einem Eisblock gefror, der jede weitere Annäherung unmöglich machte.

Unterdessen hatte sie auch den Anschluß an die Wannsee-Clique wiedergefunden. Als die Tage wärmer zu werden begannen, fuhr sie immer häufiger hinaus an die Seen zur Dettlerschen Villa oder neuerdings auch zum ›Takelschiff‹ am Ufer, einem Restaurant, an Bord dessen man sich traf, um fröhliche Feste zu feiern. Es war schön, wenn es dann Abend wurde, der Nachthimmel sich mit unzähligen glitzernden Sternchen über dem leise gluckernden Wasser wölbte, während man in Gruppen an der Reling hockte und Wolfgangs Schifferklavier zuhörte. Traurige Seemannslieder mit Texten von Fort-Müssen und Nie-mehr-Zurückkehren. Der Nachtwind trug sie weit über den See hinaus. Schöner noch war es, tagsüber auf Axels oder Nikitas Segelboot auf den großen Wannsee hinauszugleiten, der lustige kleine Wellen schlug und weit schien wie der Ozean. Helga genoß das Gefühl, flach auf dem Rücken mit unter dem Kopf verschränkten Armen auf Deck zu liegen, sich vom Wasser tragen zu lassen, Sonne und Wind abwechselnd heiß und kühl auf Gesicht und Körper zu spüren, während der Bootseigner, umgeben von den Freunden, geschickt sein Boot manipulierte. Draußen, in der Mitte des Sees, begegneten sie dann anderen Seglern oder Motorbooten, deren Besitzer sich untereinander kannten und laute Begrüßungen austauschten. Tief atmete sie mit fest geschlossenen Augen die klare Sonnenluft, drehte nur ab und zu faul den Kopf oder rollte sich auf den Bauch, um die Haut möglichst gleichmäßig zu bräunen.

»Na, Helgaken, du läßt dir schweben, wa?« Ralph konnte herrlich berlinern. Überhaupt gab es so gut wie nichts, was er nicht täuschend echt imitieren konnte. Er war ein phonetisches Genie.

»Mhm«, brummte sie faul.

»Komm, Mädchen, setz dich ein bißchen zu uns; sei nicht so gesellschaftsfeindlich. Du hast genug gepennt!«

Seufzend setzte sie sich auf und dehnte die Arme: »Aber nur, weil ich schon genug Sonne getankt hab. Sonst kriegten mich keine zehn Pferde hier weg!«

Vor ihren Augen tanzten weiße und orangene Lichtkreise.

Sie blinzelte und konnte nichts erkennen. Heiß glühten Arme und Oberschenkel bis hinauf zum Saum der Leinenshorts. Der Wind zerrte an den kurzen Haaren.

»Uii!« riefen die anderen, als sie sich zu ihnen setzte, »du hast aber Farbe bekommen!«

»O Gott, wie gräßlich, sie ist braun geworden!« rief Axel mit gekünsteltem Entsetzen, »was machen wir mit den Braunen? Wir schmeißen sie ins Wasser! Wollen wir, Kinder?.«

Axel war albern wie immer. Gott sei Dank, die Kinder wollten nicht.

›Blöder Fatzke!‹ dachte sie wütend. Dabei sah er so gut aus in seinem weißen Leinenanzug mit dem sonnengebleichten Schopf über der hohen gebräunten Stirn. Wenn er nur nicht diesen süffisanten Lebemannausdruck hätte! Es schien ihm geradezu Spaß zu machen, den Halbidioten zu spielen. Sie beobachtete grimmig, wie er sich sorgfältig Arme und Hände mit Nivea einrieb: »Man kann gar nicht vorsichtig genug sein – ich hab ja so eine empfindliche Haut!«

Wolfgang, der Riese, lachte: »Und ich hab 'ne Elefantenhaut. Die wird jrau anstatt braun.«

»Versuch's mal mit Waschen!« schrie Ira übermütig, die weit über dem Bordrand hing und ihre Hand im Wasser nachzog.

»Kinder, hört mal zu. Kennt ihr den schon? Was ist der Unterschied zwischen Rußland und der Leipziger Textilmesse?«

»Keine Ahnung.«

»In Rußland herrscht der Bolschewismus, auf der Leipziger Textilmesse der Wollbeschißmus. Gut, was?«

»Aua!«

»Ich weiß noch 'nen schönen. Kennt ihr den?«

Nun ging das Witzeerzählen los. Jedem fiel ein noch besserer ein. Ihr Lachen schallte über den See bis an die Ufer. –

Sie waren wunderschön, diese unbeschwerten Wochen in

Berlins ›Mutta Jrün‹. Hier konnte man alles vergessen, was von außen her drohte. Man war jung, es war Sommer, die Sonne schien, und Helga kostete jeden Augenblick des sorglosen Daseins voll aus. Aber die Politik war näher, als sie ahnte.

Es war an einem warmen Juniabend auf dem ›Takelschiff‹, wie sie ihr Lokal nannten. Hinter den Uferbäumen strahlte der Himmel weißlich; Lichterabglanz der nahen Großstadt. Helga saß mit Wolfgang, seinem Bruder Ernst, der Helmers, Nikita und Ira, Ralph, Achim und Anneliese auf sommerlichen Klappstühlen um den gläserschweren Tisch, als ihr etwas auffiel, was ihr eigentlich schon früher hätte auffallen müssen, denn es geschah nicht zum ersten Mal. Axel, der im Hintergrund mit Flaschen hantierte, machte dem jungen Achim ein heimliches Zeichen, worauf sich dieser unauffällig erhob und Axel in die Kajüte folgte, die sie bei ihren wöchentlichen Treffen mitgemietet hatten. Bald war auch Ernst verschwunden, danach Nikita. Schließlich auch Ralph. Zurück blieben als männliche Tischpartner lediglich Wolfgang, der lautstark Anekdoten erzählte, sowie zwei mitgebrachte Gäste, Freunde der Helmers. Keinem der Mädchen fiel das Verschwinden der übrigen auf. Nur Anneliese fragte: »Wo ist denn Achim?«

»Wo wird er sein? Mal pinkeln gegangen. Kommt schon wieder!« sagte Wolfgang schnell. Niemand achtete weiter auf die Anzahl der Anwesenden. Sie waren es gewohnt, sich untereinander zwanglos zu bewegen. Wer Lust hatte, aufzustehen, der stand eben auf, und wer Lust hatte, wegzugehen, na, der ging eben. Helga aber war neugierig geworden. Sie erhob sich, schlenderte wie absichtslos zur Tür der Kajüte, sah sich vorsichtig um. Niemand beobachtete sie. Sie probierte die Tür – verschlossen. Nanu? Was ging da vor? Nun wollte sie es genau wissen.

Auf Zehenspitzen schlich sie rings um die Kajüte herum,

bis sie zu einem Lukenfenster auf der Rückseite gelangte, anscheinend einem Lüftungsfensterchen der Küche. Sehen konnte sie so gut wie nichts, der Ausschnitt war zu klein. Doch von innen her klangen Stimmen. Sie erkannte Axels Tonfall, wenn sie auch nicht alles verstehen konnte. Aber war das noch seine Stimme? Sie war ja ganz verändert – und doch war sie es, unverkennbar in ihrer leichten Arroganz. Alles Gekünstelte, Affektierte war aus ihr gewichen. Sie klang zwar weich, aber sehr bestimmt: »... müssen wir eben riskieren!«

»Wenn du meinst?«

»Falls aber die Zugänge...«

»Halte ich für ausgeschlossen.«

»Aber wenn – wo soll ich dann damit hin?« Das war Achims helle Stimme.

Nun wieder Axel: »Sieh, daß du es so schnell wie möglich los wirst... auf der Verteilerstelle? Lächerlich. Das wäre nicht das erste Mal...«

Was ging da drin vor?

Sie hörte, wie der Schlüssel vorsichtig von innen gedreht wurde, wie die Kabinentür sich öffnete und wieder schloß. Anscheinend begab sich der eine oder andere schon zum Tisch zurück, um Auffallen zu vermeiden. Alle Sinne aufs äußerste gespannt, lauschte sie.

Die Stimmen waren leiser geworden, klangen entfernter. Sie vernahm nur Bruchstücke: »... geschnappt worden...«

»... einfach fallenlassen.«

»... nur das übliche...«

Und noch einmal Axel, sehr bestimmt: »Ihr wißt, was ihr zu tun habt!«

Im gleichen Augenblick legte sich eine mächtige Pranke auf Helgas Schulter: »Komm weg hier, Mädchen«, sagte der Riese nicht unfreundlich, »das ist nichts für dich!«

Er zog sie mit sich in Richtung zu den anderen. Auf halbem Weg blieb sie stehen: »Du irrst, Wolfgang, es ist etwas für mich!« rief sie heftig und log: »Ich habe alles gehört! Bitte erklär mir mehr, bitte, Wolfgang!«

Er spürte das Drängen in ihrer Stimme, zögerte. Wieviel mochte sie gehört haben? Mit gefalteten Händen lehnte er sich, das Gesicht zum See, auf die Reling. Sie stellte sich neben ihn, machte es ihm nach. Schweigend starrten sie auf das dunkle Wasser, aus dem ab und zu ein Fisch leise plätschernd zur Oberfläche tauchte. Mißtönend quakten die Frösche im nahen Schilf.

»Noch nie was von Widerstandsorganisation gehört?« fragte er endlich.

»Also das ist es?«

Schweigen.

»Und Axel?«

»Ist der Chef.«

»Der ganzen Organisation?«

»Du bist wohl bekloppt. Von der Wannseegruppe natürlich. Und von ein paar Leuten aus der Stadt.«

»Und ich hatte ihn für einen albernen Fatzke, einen Feigling gehalten.«

»Axel ist kein Feigling!« Wolfgang sagte es so ruhig, daß sie das unausgesprochene Gegenteil leicht heraushören konnte.

Sie dachte nach: »Ist die Organisation groß?« Pause.

Schließlich: »Mhm. Kann man sagen.«

»Und wer gehört zu ihr?«

»Alle, die noch Zivilcourage haben. Vom roten Arbeiter bis zum preußischen Adel. Kommunisten, Vaterlandstreue, frühere Offiziere, Theologen – alle Andersdenkenden, die bereit sind, gegen Diktatur und Gewaltherrschaft für ihre Meinung einzustehen. Gibt mehr davon, als du glaubst, Mädchen.«

»Gehörst du auch mit zu ihnen?«

»Mhm.«

»Und was tut ihr, um euch zu wehren?«

»Das gleiche wie der Schrumpfgermane, nur mit umgekehrten Vorzeichen. Propaganda ›gegen‹ statt ›für‹.«

»Ich möchte gern mitmachen, Wolfgang, bitte nehmt mich mit dazu. Du kennst doch meine Abstammung. Meinst du, sie würden mich nehmen?«

Der Riese lachte: »Und ob die dich nehmen würden! Da wartet schon mancher drauf. Aber anders, als du es meinst. Nicht politisch. Mädchen wie du haben da nichts zu suchen, denk nicht mehr dran. So, und nun vergiß schleunigst, was du soeben gehört hast, und halt in deinem eigensten Interesse den Mund. Es war nicht für deine Ohren bestimmt!«

»Muß ich dir noch sagen, daß du dich auf mich verlassen kannst?« Sein Mißtrauen war noch wach: »Du hast nichts, gar nichts gehört, verstanden?«

»Wovon sprichst du? Was soll ich gehört haben? Daß Axel in der Kajüte versucht, die Knaben zu verführen? Mensch, das sind doch olle Kamellen.«

Arm in Arm kehrten sie zum Tisch zurück. –

Berlin rüstete sich zur Olympiade. Wie ein Fieber packte es die Reichshauptstadt. Die Telefondrähte der Ministerien surrten, Befehle schwirrten hin und her, Reisebüros und Fremdenverkehrszentralen arbeiteten auf Hochtouren. Der Bär, das Wahrzeichen Berlins, mußte vorübergehend fünf ineinandergreifenden Ringen weichen, die auf allen möglichen und unmöglichen Gegenständen erschienen: Teller und Tassen waren mit ihnen geschmückt, in jede Lederbörse waren sie eingepreßt, sie dienten als Druckmuster für Blusenstoffe und Frottiertücher, ja selbst das Klopapier einer besonders geschäftstüchtigen Firma war Blatt für Blatt ringeverziert. Alles wetteiferte miteinander; Häuserfassaden bekamen endlich neuen Anstrich, Brückengeländer wurden auf Hochglanz poliert, die Parkbänke frisch lackiert. Das größte

Sportfest der Welt, diesmal in Deutschland, sollte gleichzeitig eine eindrucksvolle Demonstration brauner Macht vor internationalem Publikum werden. Die Welt sollte staunen, welch kraftvolles, wohlorganisiertes Deutschland sich hier aus der Asche des verlorenen Weltkriegs erhob – sie sollte zittern vor dem Willen eines ganzen Volkes, seine Rechte, oder das, was Hitler darunter verstand, mit Zähnen und Krallen zu verteidigen. Nicht nur, wenn nötig, sondern in jedem Falle.

Helgas Theorielehrer Höpfner komponierte eine eindrucksvolle Olympiafanfare. Rings um das riesige neuerbaute Olympiastadion hatte man Absperrseile gespannt, um die schaulustige Menge zurückzuhalten. Dort war man dabei, die Pflöcke in die Erde zu rammen, die später die bunten Fahnen aller am Olympiafest beteiligten Länder tragen würden. Das Verwunderlichste bei den Vorbereitungen zum Empfang der Welt aber war, daß eine Reihe Schilder ausgewechselt wurden, an die sich das Auge bereits gewöhnt hatte. Ganz still, quasi über Nacht, waren sämtliche ›Juden unerwünscht‹-Plakate verschwunden. Statt dessen las man nun: »English spoken – on parle français – si parla italiano –«

Was geschah da? Schon begann man zu munkeln, der ganze Judenboykott sei von höchster Stelle aufgehoben worden. Die Annullierung der Nürnberger Gesetze stehe unmittelbar bevor. Nur ein paar ganz Vorsichtige gaben zu bedenken, daß es sich um eine vorübergehende Maßnahme während der Anwesenheit von Ausländern in Deutschland handeln könne, die zu widerrufen den Machthabern jederzeit freistünde. Sie wurden ausgelacht, nicht zuletzt von den Juden selber, deren auswegloser Pessimismus der letzten Jahre nun in einen ebenso haltlosen Optimismus umschlug. –

Am achtzehnten Juli – zwei Tage zuvor war in Spanien der Bürgerkrieg ausgebrochen – klingelte das Flurtelefon auf der

Fredericiastraße. Helga nahm ab. Es war Klaus. Verwundert stellte sie bei sich fest, daß sie ihn völlig vergessen hatte. Ihre Eigenschaft, Unerfreuliches aus ihrem Gedächtnis fallen zu lassen, hatte ihn aus der Erinnerung gelöscht wie alles, was sie beschweren könnte.

Klaus sprach hastig, als sei er in großer Eile: »Helga? Ruf dich schnell mal an – zufällig noch zwei Karten zur Eröffnung der Olympiade am ersten August – hättest du Lust?«

»Ja, danke. Sehr gerne!« sagte sie ruhig. Karten zu diesem Tag gehörten zu den großen Kostbarkeiten.

»Es sind Dauerkarten – für alle Wettkämpfe, falls du – na ja, das können wir ja dann später entscheiden. Wie geht es dir sonst? Das freut mich. Bis Sonnabend, den ersten, abgemacht? Wiedersehn!«

Wenigstens hatte er diesmal nicht ›Kleines‹ gesagt. Fraglos war sein Anruf keine spontane Handlung gewesen, dazu kannte sie ihn zu gut. Bei ihm mußte immer alles erst gut überlegt, durchdacht, geplant sein. Sie war ein wenig traurig. Dort, wo sie für ihn eine warme, fast geschwisterliche Zärtlichkeit empfunden hatte, war alles leer, tot. Er hatte mit dem Zurückkommen zu lange gewartet, fast ein Jahr. Wenn man achtzehn ist, dreht sich die Welt noch langsam, ist jeder Tag, jede Stunde erfüllt von neuen Eindrücken, von kleinen und großen Ereignissen, die alle gleichermaßen bedeutungsvoll erscheinen. Klaus war schon Vergangenheit. Aber auf die Olympiade freute sie sich.

Der erste Eindruck des inneren Stadions war überwältigend. Sie hatten ausgezeichnete Plätze auf halber Höhe des Terrassenbaus, ganz in der Nähe der Ehrentribüne, auf der hohe Funktionäre noch durcheinanderliefen und letzte Anweisungen erteilten. Ein paar Reihen darunter hatte Leni Riefenstahl mit ihrem Filmstab riesige Apparate und Scheinwerfer aufgebaut, um ja keine Bewegung im Antlitz des

Führers zu verpassen. Weitere Kameras standen schußbereit am Fuße des nach klassischem Muster gebauten Amphitheaters, das sich wie eine ovale Riesenschüssel dem wolkenlosen Himmel öffnete. Die Wände glitzerten von Tausenden akkurat aufgereihten Perlchen. Grauen, schwarzen, weißen. Jedes Perlentröpfchen ein Menschenkopf. Die dazugehörigen Körper verdeckt von der nachfolgenden Perlchenreihe, was dem Ganzen etwas Starres, Unbewegliches verlieh. Tausende mustergültig ausgerichteter Köpfe ohne Körper – geschickt geplant. Im Dritten Reich herrschte Ordnung. Arme sollten nur in gestrecktem Gruß zu sehen sein. Die Sonne teilte das weite Rund in Licht- und Schattenfelder.

»Mein Gott«, sagte sie und mußte vor Erregung schlukken, »das ist ja – grandios.« Klaus neben ihr, in hellem Sommeranzug und Sandalen, blieb unbeeindruckt: »Sie wissen zu organisieren, Eindruck zu schinden. Alles ins Gigantische zu übertreiben. Recht wirkungsvoll, das muß der Neid ihnen lassen.«

»Ich finde es großartig, einmalig.«

»Potemkinsche Dörfer. Nichts als verlogene Fassade.«

In diesem Augenblick haßte sie ihn. Wie konnte er, ein Deutscher wie sie, angesichts eines solch erhebenden Anblicks von verlogen sprechen? Sie fühlte sich eins mit der Menge, stolz auf das repräsentative Gesicht ihres Vaterlandes; sie fühlte sich als Gastgeberin, stolz auf die so prächtig gelungenen Vorbereitungen zu ihrem Fest. Der Judenhaß war seit vier Wochen abgeschafft; sie und Klaus gehörten wieder voll mit dazu. Sie teilte den Optimismus der auf eine bessere Zukunft Hoffenden, weil sie ihn teilen wollte.

Aus den rund um das Stadion verteilten Großlautsprechern dröhnte jetzt das Horst-Wessel-Lied. Alle erhoben sich von den Plätzen: Der Führer, Mütze so tief in der Stirn, daß ihr Schirm fast den Schnurrbart berührte, war soeben eingetroffen. Einen Augenblick stand er, für beide gut sichtbar, mit angewinkeltem Arm an der Brüstung der Ehrentribüne. Auch im Stehen hatten die Köpfe im riesigen Rund keine Körper; sie blieben vom Wald aufgereckter Arme verdeckt.

»Heil!« donnerte vieltausendfacher Ruf gen Himmel, »Heil!«

Die Frau neben Helga weinte vor Erschütterung.

Der Führer setzte sich. Mit ihm seine Eskorte. Die Höpfnersche Olympia-Fanfare ertönte. Aller Augen hingen am Eingangstor, durch das nun der Fackelträger mit dem heiligen Feuer aus Athen einlief, einmal rund um das Stadion, dann die große Treppe hinauf zur Steinlampe, um in ihr eine Flamme zu entzünden, die von nun an vierzehn Tage lang über den Spielen leuchten würde. Als nach ein paar schwärzlichen Rauchwolken das Feuer sichtbar wurde, jubelte die Menge.

Anschließend Begrüßungsansprachen, die Eröffnungsrede und schließlich der feierliche Einmarsch der Ländermannschaften ins Stadion. Tadellos ausgerichtet, folgten sie ihrem Fahnenträger rund um die Bahn und nahmen in der Mitte des weiten Platzes Aufstellung. Jede Mannschaft wurde mit Beifallsschreien begrüßt, mal stärker, mal schwächer, je nach rassischer Beschaffenheit. Als jedoch zum Schluß des Aufmarsches die ganz in Weiß gekleidete, in mustergültiger Ordnung angetretene deutsche Mannschaft einmarschierte, gab es unter den Zuschauern kein Halten mehr. Frenetischer Jubel brach los, man sprang von den Sitzen. Aus dem wirren Geschrei kristallisierte sich das »Heil!«. Einmal – zweimal – dreimal, in immer schnellerer Folge, immer stärker, immer rhythmischer – Massenhysterie ergriff das Theater. Auch Helga war aufgesprungen. Sie rief zwar nicht »Heil«, das brachte sie nun doch nicht fertig, strahlte aber derart verklärt, daß Klaus sie befremdet von der Seite betrachtete.

»Setz dich schon!« sagte er peinlich berührt und zog sie an der Hand auf den Sitz hinunter.

Nach der Feier brachte er sie gleich nach Hause. Auf dem Heimweg sprachen sie kaum miteinander; jeder war mit seinen eigenen Gedanken beschäftigt. –

In den darauffolgenden vierzehn Tagen sahen sie sich gemeinsam eine Reihe von Wettkämpfen an. Es war immer das gleiche: Helga benahm sich genau wie die große Masse. Kämpfe zwischen Ausländern wurden mit distanziertem Interesse verfolgt. Ging es jedoch um Deutsche, so kannte die Aufregung keine Grenzen. Sport wurde zur Politik; der faire Gegner zum Feind, den es mit allen Mitteln zu besiegen galt. Als beim großen Staffellauf der Frauen, nach beachtlichem deutschen Vorsprung, die vorletzte deutsche Läuferin danebengriff und den Stab fallen ließ, bekam der Führer fast einen Tobsuchtsanfall, und Helga hätte vor Enttäuschung beinahe losgeheult. Außerdem irritierte sie die gleichmütige Haltung ihres Begleiters.

»Wer sollte denn deiner Meinung nach gewinnen, wenn nicht wir?« wollte sie wissen.

»Wir?« Er machte eine wegwerfende Geste, »wirklich Helga, ich hätte dir mehr Selbstbewußtsein zugetraut!«

Klaus verstand nicht, daß ihre Jugend sich für irgend etwas begeistern mußte, und wenn es auch das Falsche war. Ihm fehlte, im Gegensatz zu ihr, jede Fähigkeit zu spontanen Gefühlsregungen. »Wer sollte also siegen, wenn es nach dir ginge?«

»Der bessere Sportler!« erwiderte er ruhig.

Sie schwieg. Die Deutschen waren die besseren Sportler, fand sie, unbekümmert generalisierend. Doch wozu streiten?

Als sie nach dem dramatischen Schlußakt der Olympiade – die Deutschen hatten tatsächlich den größten Teil der

Gold- und Silbermedaillen gewonnen und damit ›gesiegt‹ – zur Fredericiastraße zurückgingen, sagte sie unvermittelt: »Klaus, es hat keinen Sinn mehr. Siehst du nun ein, weshalb ich dir schon seinerzeit sagte, wir paßten nicht zueinander?«

Schweigend nickte er.

»Ich glaube«, fuhr sie fort, »es liegt gar nicht so sehr an unseren oft auseinandergehenden Meinungen. Mehr an unseren verschiedenen Temperamenten. Oder vielleicht auch am Altersunterschied. Ich weiß nicht. Oder auch an allem zusammen.«

»In dem einen Jahr, in dem wir uns nicht gesehen haben, ist die Kluft zwischen uns tiefer geworden«, sagte er langsam, »das ist ein schlechtes Zeichen.«

Sie standen vor ihrem Haus.

»Wir können uns ab und zu treffen, auch mal wieder zusammen ausgehen!« schlug sie vor, um dem Gespräch die Endgültigkeit zu nehmen, »nur darfst du nicht von mir erwarten, daß ich wie du bin – ich bin eben ich –, ich meine, du mußt mich so nehmen, wie ich bin, und mich deshalb nicht kritisieren. Dann wird es vielleicht gehen.«

»Wir werden uns immer streiten, fürchte ich.«

Sie wurde ungeduldig: »Vielleicht. Tschüß Klaus, Dank für alles, und laß gelegentlich von dir hören!«

Schnell verschwand sie im Haus. Abschiedsszenen waren ihr gräßlich.

Ihre Deutschlandbegeisterung war ein Strohfeuer gewesen. Sie klang mit der gleichen Schnelligkeit ab, mit der nach Beendigung der Olympischen Spiele die Judenverfolgung wieder aufgenommen wurde. No english spoken – on ne parlait plus français – non si parlava italiano – aber Juden waren unerwünschter denn je. Helga setzte ihr Bummelleben fort und vergaß ihre politischen Sorgen bei leiser Musik in Nachtbars und unter der warmen Augustsonne am Wannsee.

Als sie eines Nachts gegen halb zwölf Ira, die rundliche Russenprinzessin, zu ihrem Haus mit dem exklusiven Modesalon am oberen Kudamm geleitete, sagte diese: »Komm noch einen Sprung mit rauf, Helga. Muß dir noch meinen süßen Pekinesen zeigen!«

Schon auf der Treppe zum ersten Stock scholl ihnen unbeschreiblicher Lärm entgegen.

»Oh, Papa hat Gäste!« fiel Ira ein, »nun, macht nichts. Die sind doch meistens stockbetrunken. Komm nur mit rauf!«

Sie öffnete die große Flügeltür zu den Salons. Ein seltsames Bild bot sich ihrer Freundin: zwischen grazilen Louis-quinze-Möbeln und hohen goldgerahmten Spiegeln bewegte sich eine bunte Gesellschaft, die Helga an ein Panoptikum aus vergangenen Zeiten erinnerte. Mit einem Blick stellte sie fest, daß es sich ausschließlich um ›alte‹ Leute handelte. ›Alt‹ war für sie dreißig und drüber. Unter den männlichen Anwesenden war, soweit sie das feststellen konnte, kein ›Mann‹; es waren alles Herren, gepflegte, diskret parfümierte elegante Herren mit feingliedrigen Händen, zynischen Augen und ererbt arrogantem Gehabe. Unter den weiblichen Gästen dagegen gab es drei voneinander verschiedene Kategorien. Wenigstens, was das Äußere anbelangte: Damen mit hochmütigen Gesichtern, blasser Haut und tiefdekolletierten Kleidern, mit sehr wenig, aber echtem Schmuck; einige nicht einzustufende Einzelwesen mit Bohemefrisuren – und last not least drei oder vier laszive schwarzbestrumpfte Gestalten mit dick übermalten Lippen und schläfrigem Blick. Eine war gerade damit beschäftigt, in einer Ecke Handstand zu machen und dabei ihr Sektglas auf diese ziemlich unbequeme Art zu leeren. Drei der Herren standen sichtlich amüsiert dabei und spornten sie mit Zurufen zu größerer sportlicher Leistung an.

»Unsere Mannequins!« erklärte Ira.

Ihr Papa, der Fürst, drohte ihnen unter dem Gewicht einer der hochmütigen Damen auf seinem Schoß in vorwurfsvollem Scherz mit dem Finger: »Kinder unter achtzehn Jahren ist das Betreten des Geländes…«

Ira winkte verächtlich ab: »Wir sind schon achtzehn. Nicht wahr, Sergej Sergejowitsch, ich bin schon achtzehn?«

»Du bist, mein Täubchen, du bist!« Ein baumlanger Mensch mit dichtem Schnurrbart und Diamantring am kleinen Finger entführte Ira und überließ Helga inmitten der angetrunkenen Gesellschaft ihrem Schicksal. Außer einem Typ, der Zahnarzt war, als der größte Angeber Berlins galt, sich zwei riesige schwarz-weiße Doggen hielt, einen schneeweißen Buick fuhr und nie ohne die Eskorte einer platinblonden und einer tiefschwarzen Freundin ausging – beide wöchentlich auswechselbar –, kannte sie hier niemanden. Sie fühlte sich sehr verloren.

»Nein!« schrie eine vollbusige Frau mit strenggeschnittenem Pagenkopf über fast männlichen Gesichtszügen und entwand sich den Griffen eines einfältig blinzelnden Kavaliers mit verrutschter Krawatte und rotem Gesicht, »nicht so. Du verstehst mich nicht. Ihr alle versteht nicht…«

Sie richtete sich steil auf, und irre Blicke um sich werfend, deklamierte sie mit hohler Stimme:

»Plötzlich bin ich wie verstoßen, und zu einem
Übergroßen
Wird mir diese Einsamkeit, wenn, auf meiner Brüste
Hügeln
Stehend, mein Gefühl nach Flügeln oder einem Ende
schreit –«

Ihr baltischer Akzent verwandelte Rilke in Strindberg. Immer noch mit starrem Blick ergriff sie eine offene Sektflasche vom Seitentischchen und goß sich feierlich den Inhalt in ihr ausladendes Dekolleté. Am Saum ihres Spitzenkleides kam er wieder raus, tropfte langsam ab.

»Geh, das is a Sünd', was du da tust mit dem guten Schampus!«

Graf Bobby in Person, Monokel ins Auge geklemmt – Helga hatte begreiflicherweise Angst vor Monokelträgern –, entwand der Poetin die Flasche, um sie sich selbst an die Lippen zu setzen und den Rest auszuleeren. Dann knallte er die Flasche hinter sich gegen die Wand, wo sie zerbrach.

»Geh, Helen, reich mir a Mundtuch hinüber, bittschön.«

»Ich finde«, sagte ein Herr mit dem degenerierten Gesicht eines Cockerspaniels in strammer Offiziershaltung zu seinem leise hin und her schwankenden Gegenüber, »daß wir ihm unrecht tun. Zweifellos hat dieser Herr Hitler doch seine Meriten. Die neue Disziplin beispielsweise ...«

»Ich möchte aber zu bedenken geben, daß ...«

»Huch, das kitzelt!« Neckisch schlug eine der vornehmen Damen ihrem senil kichernden Kavalier auf die zudringlichen Finger, »Sie ganz Schlimmer, Sie – nein, wirklich, Baron, Sie sollten sich – hach, nicht doch – hu –« Der Rest ging in Gelächter unter.

»... ich bitte Sie! Völlig deplaciert ...«

»... soll die Mätresse von dem Schöninger sein ...«

»Was Sie nicht sagen – dabei ist seine dritte Frau doch reizend?«

»Männer, meine Liebe, Männer!«

»O Wunder, im Paradiesgarten der reifen Früchte eine Knospe, eine frische junge Knospe!« spürte Helga mokantes Geflüster an ihrem Ohr, während ein drahtiger Arm sich um sie schlang und eine langfingrige Hand ihre rechte Brust umfaßte, »bist du noch ganz geschlossen, Knöspchen, ganz und gar?«

Angewidert machte sie sich los, suchte mit den Augen die Tür. ›Wie ekelhaft doch die Alten sich aufführen!‹ dachte sie und schüttelte sich innerlich, ›und dann wollen sie uns Jungen noch Moralvorschriften machen!‹

Fort von hier, je schneller, desto besser. Sie stolperte über einen umgekippten Stuhl und riß die erste Tür auf, die sie erwischen konnte. Es war die falsche. Hinter ihr lag einer der Herren in eindeutiger Position mit einer der vornehmen Damen auf einer Rokokoliege, und vor ihm führte nach den Klängen eines Grammophons eines der Mannequins, nackt bis auf ein Badetuch um die Lenden, einen Bauchtanz ohne Bauch auf.

»Tanz! Los, tanz!« stieß er keuchend zwischen den Zähnen hervor und ließ bei all seinem Tun keinen Blick von den kleinen Brüsten des Mädchens. Als dieses sich mit wellenförmigen Armbewegungen der Tür näherte, sah er Helga, die erstarrt vor Entsetzen im Türrahmen stand.

»Raus hier! Raus! Verschwinde!« schrie er wütend.

Sie machte kehrt und jagte wie gehetzt auf den nächtlichen Kurfürstendamm hinaus. ›Mir ist schlecht‹, dachte sie dabei immer nur, ›o Gott, ist mir schlecht!‹ Zu Hause angekommen, erbrach sie sich.

So gerne sie es vermieden hätte: Weihnachten und Neujahr erwartete man sie zu Hause. Sie mußte hin. Die Mutter lebte beim Anblick ihrer geliebten Tochter sichtlich auf, stellte Fragen über Fragen mit einer fast kindlichen Neugier. Helga log in bezug auf ihr Studium das Blaue vom Himmel herunter, nur um ihre Erwartungen zu erfüllen und ihr Freude zu machen, erfand immer neue Geschichten von Professoren und Kommilitonen. Und wie sei denn in Berlin die Gründung der Achse Rom–Berlin gefeiert worden? Na, wie schon? Mit einem Paradeaufmarsch vor dem Berliner Schloß. Und das Bündnis mit Japan im November? Davon wußte sie überhaupt nichts. Sollte sich Hitler verbünden, mit wem er wollte, was ging sie das an? Das war Männersache. – Der Vater machte einen lebhaften Eindruck. Helga fiel auf, daß Klara Wolters jeden Augenblick unter irgendeinem Vorwand im Haus erschien. Wo war denn ihr Mann? Wolters sei ganz plötzlich im Herbst verstorben. Herzschlag. Ja, so sei das Leben. –

›Ja, so ist das Leben!‹ dachte Helga bitter, als sie eines Nachmittags, nach einem Radiergummi kramend, in der hintersten Ecke der Schreibtischschublade des Vaters ein zartblaues Briefchen in Klaras krakeliger Handschrift entdeckte, das anfing mit ›Geliebtes Richardmännchen‹, irgendwas mit Dank für das herrliche Geschenk zu tun hatte und mit ›Dein Dich herzlich liebendes Schnuckelchen‹ unterschrieben war. Das Datum war vom vergangenen Monat. Ihrer armen Mutter schien auch nichts erspart zu bleiben! Helga wollte sich den Triumph nicht entgehen lassen, die Epistel dem Vater selbst auszuhändigen. Haßerfüllt hielt sie es ihm, als sie allein im Zimmer waren, mit spitzen Fingern entgegen: »Da! Von Schnuckelchen!«

Zwei schallende Ohrfeigen unter Zornesgebrüll des Alten waren die Quittung. –

›Halte durch, Mutti, bitte halte durch! Vergiß nicht, ich brauche dich!‹

Es konnte keinen Zweifel darüber geben, daß die kleine Frau von dem Verhältnis wußte. – Als der Zug abfuhr und die pathetische Gestalt mit den resignierten Augen immer kleiner und kleiner wurde, lehnte sie sich in ihrem Sitz zurück und weinte wie ein Kind.

Endlich war es soweit. Im Mai des Jahres kam Moni eines Tages zu ihr herüber: »Du, wir drehen einen Mordskriminalfilm mit jeder Menge Komparserie. Wenn du mitmachen willst, komm morgen mit raus, ich stell dich vor!«

Am nächsten Morgen betrat Helga zum ersten Mal das Ufa-Gelände in Neu-Babelsberg. Sie war sehr aufgeregt. Da war eine Reihe gleichförmiger Bauten mit Türlöchern ohne

Türen, gleich hinter der Sperre mit dem Pförtnerhäuschen. ›Halle 8‹ stand dran, oder ›Halle 6‹. ›Rauchen verboten‹. Darüber eine Lampe. An einigen Hallen glühte sie durch den Sonnenschein in mattem Rot, an anderen klebte sie als schwarzer Fleck über dem Rauchverbot. Mächtige Leinwandkulissen lehnten mit den Holzverstrebungen nach außen an den Kalkwänden.

Moni führte Helga durch Halle fünf. Ein Lärm wie in einer überdimensionalen Schreinerwerkstatt. Sägegekreisch, Bretterpoltern, Hämmern, Bohren. Dazwischen laute Rufe und Flüche aus dem Halbdunkel. Es roch intensiv nach feuchter Farbe, frisch geschlagenem Holz und süßlicher Schminke. Sie stolperte über ein Kabel.

»Ruhe! Aufnahme!« zischte jemand wütend.

Auf Zehenspitzen schlichen sie weiter und standen plötzlich in einem Schlafzimmer, das keine Zimmerdecke hatte. Ein junger Mann saß im eleganten braunen Anzug auf dem Bett und kramte aufgeregt in einer Aktentasche. Oberhalb seines Kopfes ragte auf langem Metallarm ein Mikrophon in die Kulisse. Auf dem Nachttischchen bimmelte das Telefon.

»Halt!« brüllte es aus dem Dunkel, »wieder zu früh! Hellmann, du klingelst erst, wenn Rolf das Dokument rausnimmt – Rolf, noch ein bißchen gehetzter, wenn ich bitten darf – die Gangster sind hinter dir her – du mußt das Papier loswerden, ehe sie es bei dir finden und pipapo, kapito?«

Der junge Schauspieler, ein Schwede, nickte müde. Auf seiner geschminkten Stirn standen die Schweißtropfen. Die Jupiterlampen brannten heiß.

»Schieb den Otto mehr nach links, Karle – so – haalt!«

»Wo is denn mein Otto? Jrade lag er noch hier.«

»Welchen Otto meinste?«

»Na, den Kabelotto aus der Kiste.«

Die Stimmen kamen von oben, hinter den großen Scheinwerfern auf der Beleuchtungsrampe. Jemand hämmerte wieder Nägel ein. Die Schläge echoten bis zur Hallenkuppel hinauf. Alles redete durcheinander. Eine weißbekittelte Frau mit einer großen Puderquaste trat auf den Schauspieler zu und bestäubte sein Gesicht. Moni nahm Helga an der Hand und trat mit ihr auf einen hemdsärmeligen Mann mit Lichtschirm über den Augen zu, der auf einem Gartenstühlchen hockte und Anweisungen erteilte. »Das ist meine Freundin Helga Altenberg, Herr Kerstin. Kann sie noch in der Komparserie mitmachen?«

Der mit Kerstin Angeredete musterte stumm den Neuzugang, von oben nach unten und wieder von unten nach oben. Kritisch, abwägend. »Szene sieben. Modesalon«, sagte er kurz, »eine der vier Kundinnen. Nachmittagskleidung. Elegant, versteht sich. Wir sind in Nizza. Übermorgen früh acht Uhr pünktlich hier in Halle fünf. Rolf, bist du soweit? Können wir weitermachen?«

Leise schlichen sie sich wieder hinaus ans Tageslicht. Helga konnte ihr Glück noch gar nicht fassen. An dieser aufregenden Geheimwelt, am Leben hinter den Kulissen durfte sie von nun an teilnehmen! Allerdings – Moni erriet ihre Gedanken: »Von deiner Abstammung sagen wir ihm erst gar nichts. In dem Schinken ist soviel Statisterie, da kräht kein Hahn danach. Und wenn dich jemand fragt, ob du in der Fachschaft bist, sagste einfach ›Natürlich!‹. Das genügt!«

Ihr erster Drehtag war mehr anstrengend als aufregend. Sie hatte ihr elegantestes Nachmittagskleid, ein schwarzes, kokett geschnittenes Etwas mit dicken weißen Tupfen ausgewählt, dazu einen frechen kleinen Randhut aus weißem Stroh, schief ins Gesicht zu setzen. Lange schwarze Handschuhe – Perlohrringe – so, es konnte losgehen, sie war gerüstet.

Um sechs Uhr früh stand sie auf, badete, frühstückte und

machte sich auf den Weg, denn die Fahrt nach Babelsberg hinaus dauerte fast eine Stunde. Pünktlich um acht Uhr fand sie sich in Halle fünf ein, wurde in eine Garderobe gewiesen, an einen langen Schminktisch vor einen Spiegel gesetzt und von den kundigen Händen eines Ufa-Maskenbildners für ihre ›Rolle‹ hergerichtet. Der Puderstaub brannte in den müden Augen, die unausgeschlafene Haut wehrte sich vergeblich gegen die dicke Fettschicht der Leichnerschminke. Nur die Nase atmete gierig die aufregenden Düfte der Bühnenmaquillage ein, von der sie ab und zu in den ersten Reihen des Theaters einen Hauch verspürt hatte. Hier war sie nun in ihrer vollen Intensität, nichts Geheimnisvolles haftete ihr mehr an. Der ganze Raum war erfüllt von ihrer süßlichen Schwere. – Als sie nach Beendigung ihrer ›Herrichtung‹ in den Spiegel sah, erkannte sie sich nicht wieder. Wer war denn das da? Dieses völlig fremde braunbemalte Gesicht über ihrem Kleid? Sie konnte keinerlei Ähnlichkeit mit sich selbst entdecken und begab sich etwas geniert zur Aufnahmehalle.

Der gleiche Krach wie vorgestern empfing sie. Aber statt des Schlafzimmers war nun ein weitläufiger Modesalon da. Vier schmiedeeiserne Stühlchen mit gestreiften Kissen waren vor einen Laufsteg plaziert, auf dem später Mannequins die neuesten französischen Modelle vorführen würden. Helga war eine von vier verwöhnten steinreichen Kundinnen, für die die Modenschau speziell arrangiert wurde. Eine als Direktrice getarnte Edelkomparsin – sie war schon in die beglückende Kategorie derer hinaufgerückt, die ab und zu mal einen Satz sagen durften – hatte hinter den Stühlchen zu stehen und das Ganze zu überwachen. ›Lieber stumm und sitzen‹, dachte Helga praktisch, ›als: Bitte sehr, gnädige Frau, zu sagen und sich dabei die Beine in den Leib zu stehen –.‹ Sie brauchte nichts zu sagen, lediglich ab und zu leicht und gnädig Beifall zu nicken oder in vornehmer Teilnahmslosigkeit zu verharren. Mit einem schnellen Seitenblick taxierte sie ihre Gefährtinnen ab. Na, was die so unter Riviera-Eleganz verstanden! Zwei von ihnen mit verschminkten Hausfrauen-Gesichtern hatten ihr Sonntags-Nachmittags-Ausgehkleid angezogen. Puffärmel und viereckiger Halsausschnitt. Brave deutsche Handschühchen, kaum bis über das Handgelenk reichend. Spangenschuhe. Die dritte, glitzernd von Kopf bis Fuß, schien ein gesellschaftliches Nachmittagstreffen beim Kleidereinkauf mit nächtlichem Animierbetrieb zu verwechseln. Zufrieden stellte sie fest, daß sie am korrektesten gekleidet war.

Sie ließ sich auf ihrem Stuhl nieder – gar nicht unbequem, das Ding – und harrte der Dinge, die da kommen sollten. Es kam nichts. Kein Mensch kümmerte sich um sie. Inmitten all des Gewühls, Geschiebes, Gebrülls, aller Konfusion war sie isolierter als auf einer einsamen Insel. Die anderen drei, erfahrene Komparsinnen, waren das anscheinend gewöhnt und hatten es sich auf ihren Stühlen bequem gemacht, lasen Zeitungen oder Groschenromane, schrieben Briefe oder lösten Kreuzworträtsel. Helga irritierten die Scheinwerfer. Die Lampen gingen an – strahlende Helle, Hitze, daß die braune Schminke sich auflöste, in nassen Fettaugen auf Stirn und Oberlippe stand und auf den Kragen zu tropfen begann. Die Lampen gingen aus – und im trüben Licht fröstelte sie, als zöge eine dicke Regenwolke über die Sonne. Ab und zu tauchte die Frau im weißen Kittel auf und fuhr ihr mit pudergeladener Quaste durch das Gesicht, daß sie zu ersticken glaubte. Sonst geschah nichts.

Auf dem Laufsteg vor ihr wurden die Mannequins in modischem Schreiten unterwiesen. Da es sich auch bei ihnen um Komparsinnen der Filmfachschaft handelte und man das elegante Gleiten einer Pariser Vorführdame nicht an einem Tag erlernen kann, schien dies ein fast unmögliches Unternehmen. Aber im Film ist nichts unmöglich. Was heut nicht klappt, kann morgen werden. Jeder einzelnen von ihnen mußte erst einmal majestätische Haltung beigebracht werden, dann ein natürlicher Gang, das Wenden, das Sich-Drehen, die richtige Lichtausnutzung, das unbeteiligte Vorführlächeln. – Gegen Mittag ging der Regieassistent, der ›Brötchenholer‹, herum und nahm Kantinenbestellungen entgegen. Helga ließ sich zwei belegte Brote und Kaffee kommen. Am Abend, als es ›Schluß für heute!‹ hieß, watschelten die ›Mannequins‹ noch immer unsicher wie eine Herde Gänse über den roten Teppich. Dafür empfing Helga ihre erste Lohntüte mit fünfundsiebzig Reichsmark. Ein Vermögen für einen Tag! – Auch am Ende des folgenden Tages war man mit den Vorführdamen nicht viel weiter gekommen. Machte es eine richtig, machten es vier andere falsch. Eine tanzte bestimmt immer aus der Reihe.

Helga begann sich anzupassen und machte es wie ihre Kolleginnen. Nach drei Tagen brachte sie sich einen umfangreichen Kriminalschmöker mit ins Atelier und ließ sich in kürzeren Zeitabständen ausreichend von der Kantine versorgen. Den eleganten Strohhut weit aus der Stirn geschoben, die langen Seidenhandschuhe auf dem Boden unter dem Stuhl, las sie ungestört und achtete nicht mehr der ewig gleichen Vorgänge um sie herum. Selbst an die Saunabehandlung der Lampen hatte sie sich gewöhnt. Abend für Abend kassierte sie stolz ihre 75-RM-Tüte ein und begab sich todmüde, aber zufrieden auf den Heimweg.

Etwa zehn Tage später, es war an einem Freitag, wurde sie, kaum hatte sie das Atelier betreten, zum Regisseur geholt. Kerstin warf ihr einen zornigen Blick zu, packte sie rauh am Ellenbogen: »Kommen Sie mal mit!« und dirigierte sie zum Vorführraum nebenan.

»Setzen Sie sich!«

Es war gut, daß sie saß. Vor ihrem entsetzten Blick lief ein Stück Film ab. Er spielte in einem exklusiven Modesalon an der Riviera. Kostbare Einrichtung. Eine perfekte Direktrice bemühte sich um ihre verwöhnten Kundinnen. Ein Vorhang surrte auf; auf dem Laufsteg erschienen, eine nach der anderen, unpersönlich lächelnde Mannequins, gaben sich alle Mühe, mit ihren ausgewählten Kreationen die vornehmen Besucherinnen zu beeindrucken. Drei der Kundinnen verwandten ihre ganze Aufmerksamkeit auf die Vorführung, während die vierte zwischen ihnen, die Beine weit von sich gestreckt, Strohhut im Nacken, unbeeindruckt von den Anstrengungen der Mädchen vor ihr gespannt in einem Buch las und zwischendurch mit sichtbarem Behagen in eine Leberwurststulle biß.

Es war sehr peinlich.

»Sie sind entlassen!« fauchte Kerstin.

Das sah sie nicht ein.

»Nun ja, ich habe nicht aufgepaßt«, gab sie zu, »das tut mir leid. Aber Sie haben auch nicht aufgepaßt, sonst hätte das nicht passieren können. Alle haben immer nur auf die Mannequins geachtet.«

Kerstin betrachtete sie kopfschüttelnd: »Mädchen, wo hattest du denn deine Ohren? Na ja, ich weiß schon, du bist neu in der Branche. Aber das nächste Mal, wenn es ›Achtung, Aufnahme‹ heißt, legste gefälligst deine Stulle weg und tust, wofür du bezahlt wirst, verstanden?«

»O ja. Danke schön!« Erleichtert sprang sie auf, »es wird mir nicht wieder passieren, bestimmt nicht. Das verspreche ich Ihnen!«

Sie hielt Wort. Bei der nächsten Aufnahme war sie eine derart distinguierte Kundin, daß der Modesalon ›Janine‹ es sich zur Ehre anrechnen konnte, über eine so exklusive Klientel zu verfügen. –

Von nun an ging sie im Ufa-Gelände ein und aus, auch noch, als ihre Szene längst abgedreht war. Der Portier am Eingang kannte sie schon und ließ sie ungehindert passieren. Sie hatte es sich zur Gewohnheit gemacht, ihr Mittagessen in der Ufa-Kantine unter den Bäumen im Freien einzunehmen. Dort saß alles buntgemischt durcheinander; Schauspieler, Regisseure, Aufnahmestab, Komparserie, soweit diese sich das nicht gerade billige Essen leisten konnte. Manchmal verirrte sich auch ein Star unter sie, der ein wenig Gesellschaft suchte. Man redete sich allgemein mit ›du‹ an. Von den Tischen aus konnte man die Einfahrt beobachten; das fand sie besonders spannend. Wenn beispielsweise die große Leander, Sonnenbrille unter brandrotem Haar in schwarzlackierter Staatskarosse vom adrett gekleideten Ufa-Chauffeur gefahren, durch das Tor glitt; wenn ›Biggi‹, wie man die allgemein beliebte Brigitte Horney zärtlich nannte, in ihrem Wägelchen angezockelt kam; oder wenn man raten mußte, wer wohl der elegante Herr oder die tolle Frau sein mochten, die, devot vom Pförtner gegrüßt, lässig in den Hallen verschwanden ohne einen Blick in Richtung der Kantinen. Helga war restlos glücklich. Die ›Filmschaffenden‹, wie ihr oberster Dienstherr Reichsminister Goebbels das Filmvölkchen titulierte, bildeten eine feste Gruppe, in der es keine Diskriminierungen, kein von außen her aufoktroyiertes Nationalgefühl gab. Man gehörte einem internationalen Beruf an, dachte unabhängig von vorgeschriebenen Richtlinien, ließ sich künstlerisch nicht durch politische Bedenken beeinflussen. Als dann der Druck von außen stärker zu werden begann, als die Reichskulturkammer auch den kleinsten Hilfsbeleuchter in ihre Mitgliedschaft zwang, verwandelte sich allmählich, unterirdisch schwelend, die bisherige Neutralität in ein spürbares ›Gegen‹. Der deutsche Film weigerte sich zum größten Mißfallen Goebbels – ebenso wie das Staatstheater unter Gründgens –, sich gleichschalten zu lassen.

Obgleich sie vorläufig unbeschäftigt blieb, da sie nur in Filmen mit Massenstatisterie arbeiten durfte, in denen sie durch das enggespannte Netz der Fachschaft schlupfen konnte, gehörte sie bald mit zur Ufa, als sei sie schon jahrelang dabei. Schauspieler und Regisseure luden sie zu ihren Parties ein, und sie revanchierte sich mit kleinen fröhlichen Künstlerfesten auf ihrer gemütlichen Bude in der Fredericiastraße.

Zu ihrer großen Freude war nun auch Ilse Steppat aus Oldenburg zurück und hatte ein Engagement an der Berliner Volksbühne bei Eugen Klöpfer angenommen, bezog wieder ihre Wohnung im dritten Stock. Nebenher filmte auch sie in der Ufa. Natürlich in größeren Rollen. – Die meisten Schauspieler wußten über Helgas Handikap Bescheid, akzeptierten sie um so mehr als eine der ihren und versuchten, ihr immer von neuem Mut zu machen.

Beim Mittagessen in der Kantine betratschte man die neuesten Ereignisse: »Was sagt ihr zu der Baarova-Affäre? Der Gustel Fröhlich soll dem Schrumpfgermanen tatsächlich eine geklebt haben, als er ihn im trauten Tête-à-tête mit seiner Prager Freundin erwischte.«

»Ist die ja gar nicht wert. Babkova hieß sie ursprünglich. Schön, aber keinen Funken Talent. Wenigstens nicht mimisch. Sonst allerdings …«

»Na eben. Der Reichsdoktor soll rasend verliebt sein in sie. Will sich von seiner Magda scheiden lassen, um sie zu heiraten.«

»Wo hat er die eigentlich aufgegabelt? Zum Film kam die doch erst durch ihn?«

»Mensch, der Fröhlich hat doch seine Villa auf Schwanenwerder genau neben den Goebbels. Und als Magda die zwei Nachbarn mal eingeladen hat, da war's passiert.«

»Ist Schwanenwerder die Insel im Wannsee?«

»Du sagst es. Vermutlich wird der Fröhlich jetzt nach Dachau müssen.«

»Gibt schon zwei ganz neue große KZ's. Lange Namen. Warte mal – Sachsenwald und …«

»Sachsenhausen und Buchenwald. Schon bekannt. Aber Dachau bleibt Künstlerferienheim. Nur für uns reserviert.«

»Übrigens war ich bei der Ufa-Premiere vom ›Spieler‹ im Gloria-Palast mit dabei, wie sie die Baarova fertiggemacht haben. Ein Tumult und ein Pfeifkonzert, sag ich dir.«

»Geschieht ihr ganz recht. Das Publikum vom Kudamm ist anspruchsvoll.«

»Soll aber Mache gewesen sein, das Ganze. Arrangiert!«

»Na, das is se nu ooch wieder nich wert.«

»Für den Reichsheini schon. Der Himmler wartet doch nur auf eine Gelegenheit, dem Doktor eins auszuwischen. So 'ne schöne Gelegenheit, den Goebbels unmöglich zu machen, läßt der sich doch nicht entgehen!«

»Ich sag's ja immer: Talent entscheidet. Protektion zahlt sich auf die Dauer nicht aus!«

»Immer langsam, Hertaken. Wenn dich der Dokter mal so schön uff 'n janz privates Jlas Sekt in seine janz privaten Jemächer einladen würde – so mit Staatskarosse abjeholt werden und allem Drum un' Dran – du würdst ooch nich nein sagen, wie ick dir kenne.«

»Du kennst mich eben nicht, mein Lieber. Ich lieg zwar nachts nicht gern allein, aber mit 'nem Braunen – nee du, das ist bei mir nicht drin!« –

»Nun sei doch nicht töricht, Herzchen!« sagte Moni kopfschüttelnd, während sie mit Helga auf der Terrasse des Kranzlers Eiskaffee löffelte, »ist doch wirklich nichts dabei, ich versteh dich gar nicht. Bist doch sonst nicht so. Der Gardinger ist scharf auf dich, und er ist der Mann, der dir in seinem neuen Film die Rolle geben könnte.«

»Du meinst doch nicht die der Wanda? Die Hauptrolle?«

»Klar mein ich die. Dafür bist du genau der richtige Typ. Hat mir der Gardinger selbst gesagt. Und der kann es sich leisten, dich offiziell einzusetzen, hat schon manch einem zur Sondergenehmigung verholfen. Diesbezüglich ein anständiger Kerl. Daher solltest du weiß Gott nicht so albern und ein bißchen netter zu ihm sein. Was ist denn schon dabei? Mann mit großer Zukunft, blendend aussehend, unverheiratet ...«

»Scharf auf alles, was Röcke trägt. Wissen wir doch: Jede Karriere führt durch sein Schlafzimmer.«

Moni sah die Freundin verständnislos an: »Na und? Was soll's? Ist er dir denn so unsympathisch?«

»Nein, unsympathisch eigentlich nicht –.« Sie zögerte, fand keine plausible Erklärung.

»Dann versteh ich gar nichts mehr. Mensch, Frauenjäger hin, Frauenjäger her – die ganze Filmweiblichkeit würde sich die Beine ausreißen, um an deiner Stelle zu sein. Ist doch 'n toller Mann. Also nun zier dich nicht, das paßt nicht zu dir, und sag schon, um wieviel Uhr?«

»Um wieviel Uhr was?«

»Sag mal, schläfst du? Hab ich dir doch alles schon erklärt. Wieviel Uhr er dich morgen abend abholen soll? Zum Abendessen. Läßt er dich fragen.«

»Wirklich nur zum Abendessen?«

»O Gott, Klein-Doofie. Zum Abendessen und anschließend zu 'ner Partie Mensch-ärgere-dich-nicht in seinem feudalen Heim.«

»Aha!«

»Jawohl aha. Umsonst ist der Tod. Willst du die Rolle oder nicht?« »Woher weiß ich, daß er sie mir nachher auch gibt?«

»Die Sorge kannste dir sparen. Auch wenn er sonst 'n leichtsinniger Heini ist – sein Wort hält er. Hat er bisher immer getan. Daher wimmelt es jetzt draußen von unbegabtem Gemüse, und wir Geschulten gucken bei der Rollenverteilung in den Mond, wenn Gardinger die Regie hat«, ärgerlich spuckte Moni ein Stück Strohhalm aus, das sie vor Grimm abgebissen hatte.

Helga zögerte noch immer. Einmal mußte sie ja wohl, und das war die Gelegenheit. Schließlich war sie bereits neunzehn. Und unschuldig auch nicht mehr.

»Wenn du meinst…«

»Ich werd ihm ausrichten, morgen um zwanzig Uhr vor deiner Haustür. Abgemacht? Gratuliere, du Glückspilz. Und – sei nett zu ihm!« – Damit erhob sich Moni, um zum Treffpunkt ›Unter den Linden‹ zu fahren, wo Gardinger sie erwartete. –

Hartmut Gardinger war pünktlich. Helga hatte sich so hübsch wie möglich gemacht, aber es war ihr dabei nicht wohl zumute. Nachdem sie mit großer Sorgfalt die Lippen nachgezogen hatte, klappte sie den Mund zu und sah sich durch den Spiegel fest in die Augen. ›Ich muß es tun – ich muß. Sei keine blöde Gans, Helga – nicht abweisend werden heute abend. Denk an die Rolle!‹ Herzklopfend stieg sie zu ihm in sein elegantes Sport-Coupé.

Der Regisseur, dessen Stern im Aufgehen war, der den Ruf genoß, einen besonders guten Riecher in bezug auf die Auswahl seiner Stoffe zu haben, war eine auffallende Erscheinung. Groß, elegant, mit sehr hellen Augen und graumelierten Schläfen, deren weißlichem Glanz er heimlich nachhalf, war er Gegenstand der schwärmerischen Verehrung aller jungen Starlets wie des gesamten weiblichen Ufa-Personals. Zum drittenmal geschieden, flüsterte man sich von ihm zu, er habe die Absicht, möglicherweise zu seiner zweiten Frau, mit der er einen Sohn hatte, zurückzukehren, falls ihn das kleine Biest Doris, in das er nach wie vor verliebt war, aus ihren Fängen ließe. Man wußte nichts Genaues, man munkelte, vermutete, rätselte. Und genau das beabsichtigte er. Gardinger genoß den Klatsch um ihn, der ab und zu seinen Widerhall in der Presse fand. Es schmeichelte seiner großen Eitelkeit, Mittelpunkt des öffentlichen Interesses zu sein. –

Sie fuhren zum Adlon ›Unter den Linden‹. Unter anderen Umständen hätte ihr die gepflegte, schon etwas angegraute Atmosphäre des berühmten Hotels Freude gemacht. Der vornehme Speisesaal mit den schweren Portieren vor den Fenstern; die diskrete Musik des Salonorchesters vom Nebenraum her; die sanfte Tischbeleuchtung – aber ihr war miserabel zumute. Appetitlos würgte sie die auserlesenen Bissen hinunter, die er für sie zusammengestellt hatte, nippte lustlos an ihrem Sekt. Gardinger spürte ihre Zerstreutheit, schrieb sie aber der Verwirrung zu, die die Nähe seiner begehrten Persönlichkeit im allgemeinen bei der Weiblichkeit hervorrief. Mit entwaffnendem Charme versuchte er ihr über ihre Hemmungen hinwegzuhelfen, war ein galanter aufmerksamer Tischherr und ein unterhaltender Partner, der über ein erstaunlich reiches Repertoire an pikanten Geschichtchen und Anekdoten aus der Welt des Films verfügte. Sie bemühte sich, zuzuhören, nickte, lachte höflich zu den nicht unbedingt originellen Pointen und dachte verzweifelt: ›Weshalb kann ich ihn gerade heute nicht leiden? Wie mir sein Gerede auf die Nerven geht! Gleich fang ich an zu heulen.‹

Das Dessert kam. Der Zeiger ihrer Armbanduhr rückte unerbittlich vorwärts. Schon viertel nach zehn.

Gardinger sah ihr bedeutungsvoll in die Augen, fletschte sein berühmtes Gebiß – ›alles Jacketkronen von seinem Freund Willi Robert Reichel, dem Kudamm-Snob, der sie angeblich erfunden haben soll‹ – und meinte nonchalant, den Ober herbeiwinkend: »So, mein Kind. Hat es Ihnen geschmeckt? Dann würde ich vorschlagen, wir fahren noch auf einen kleinen Drink zu mir. Muß Ihnen auch unbedingt noch meine Maskensammlung zeigen. Einverstanden?«

Er schob dem servil dienernden Ober einen größeren Schein unter die Serviette und winkte ab. Also jetzt kam's. Wozu überhaupt der Satz von der Maskensammlung? Weshalb nicht gleich: ›Und jetzt gehen wir ins Bett‹? Ob er auch einen blauen Schlafrock hatte? Die Tischlampe erhellte nur seine linke Gesichtsseite. Das linke Auge glänzte wie ein Monokel…

»Nein!« sagte sie entschlossen, »ich kann nicht mitkommen. Tut mir leid!«

Adieu, schöne Filmrolle!

Er hatte sich wohl verhört? »Was meinen Sie?« Sein charmantes Lächeln gefror in einer Grimasse. Pannen war er bei solchen Unternehmen nicht gewohnt.

»Ich bin sehr müde. Und außerdem habe ich Kopfschmerzen. Bitte bringen Sie mich nach Hause!«

Eine Zeitlang sagte er nichts. Mit blasiertem Gesichtsausdruck, die Augenbrauen arrogant hochgezogen, betrachtete er seine Fingernägel. Langsam wandte er sich ihr zu: »Haben Sie sich das auch gut überlegt?« Es ließ an Deutlichkeit nichts zu wünschen übrig.

Tapfer nickte sie, hielt seinem Blick stand: »Ja, das habe ich. Vielen Dank für das schöne Essen. Fahren Sie mich jetzt heim?«

Das war ihm noch nicht passiert. Ein junges Ding, eine kleine Komparsin, dazu noch rassisch belastet, erteilte ihm, Gardinger, einen Korb! Wäre seine Eitelkeit nicht so tief getroffen gewesen, hätte er am liebsten laut gelacht. So aber: »Wie Sie wünschen!« sagte er steif und geleitete sie zu seinem Wagen, öffnete ihr schweigend den Schlag. In rasantem Tempo fuhr er sie auf geradestem Weg zu ihrer Tür.

»Gute Nacht, Herr Gardinger. Und nochmals vielen Dank.«

Uninteressiertes Schulterzucken: »Ich hätte Sie für klüger gehalten!«

»Ich habe…« wollte sie erwidern. Aber da war er schon fort.

Im Lift nach oben überkam sie ganz plötzlich eine ungeheure Erleichterung. Sie war frei – frei – frei! Nur sich selbst gehörte sie – die Erpressung war mißglückt! Strahlend riß sie die Tür zu Monis Zimmer auf, die auf der Couch lag und las: »Moni, ich bin ja so glücklich! Ich hab die Rolle nicht bekommen – Gott sei Dank!«

Mit Vorliebe streifte sie in den Ateliers herum, schlich sich während der Aufnahmen zwischen die Kulissen und beobachtete aufmerksam die Schauspieler, merkte sich ihre Bewegungen, ihre besondere Art zu sprechen, ihre individuellen Eigenarten. Da war zum Beispiel die Halle, in der eine temperamentgeladene Marika Rökk unter der Regie ihres Gatten Georg Jacoby in roten Stiefelchen herumwirbelte und zwischen Drehbuchszenen ein paar echte hinlegte, daß vor ihrem ungarischen Zorn die Kameraleute erbleichten. Gleich nebenan drehte ein russischer Regisseur mit Namen Victor Tourjanski altes Wien, herzig und schnulzig mit Madl und Adel und allem Drum und Dran. Kitsch, vermischt mit Bodenständigkeit, galt im Dritten Reich als Kunst. Kitsch ohne Bodenständigkeit durfte nur aus Österreich kommen. Österreich galt als artverwandt. Alles ausgewanderte Germanen – bißl degeneriert und vertrottelt, aber im Grunde doch tiefverwurzelte Sehnsucht nach ›Heim ins Reich‹. Den Führer hatten sie vorgeschickt – bald würde die Herde folgen. Aber noch war es nicht soweit.

Victor Tourjanski war ein ausgezeichneter Regisseur, einer der alten Garde, der es verstand, sogar noch aus einem hoffnungslosen Drehbuch einen guten Film herauszuholen.

Während einer kleinen Aufnahmepause trat Helga schüchtern an ihn heran: »Herr Tourjanski, hätten Sie nicht vielleicht irgendeine kleine Rolle für mich in Ihrem Film?«

Der dicke Regisseur schaute sie nachdenklich an. Er kannte sie, mochte sie, wußte von ihrem Handikap: »Ja, weißt du, Mädchen, beschäftigen könnte ich dich schon irgendwie. Tät es liebend gerne. Ich fürchte nur, wir werden um die Sondergenehmigung nicht drumrumkommen. Neuerdings passen die Fachschaften auf wie die Schießhunde!«

Betrübt ließ sie den Kopf hängen. Der Russe fühlte Mitleid: »Versuchen wir's halt. Warum nicht? Paß auf: meine Sekretärin gibt dir eine Bestätigung, daß wir dich in der Statisterie beschäftigen wollen. Damit gehst du zum Hinkel ins Propagandaministerium oder wo der sitzt und holst dir seine Unterschrift. Damit kommste dann wieder her zu mir, und die Sache ist gemacht. Ganz einfach.

Ich sag gleich im Büro Bescheid, daß sie dir den Brief ausschreiben sollen. Toi-toi-toi!« Abergläubisch wie alle Künstler spuckte er ihr über die Schulter.

»Ganz einfach«, hatte Tourjanski gesagt. – Ganz einfach? Wie er sich das vorstellte? Sie, Helga Altenberg, die zumindest zur Hälfte Unerwünschte, sollte sich, einfach so, in die Höhle des Löwen, zum Vertreter des allermächtigsten Schirmherrn der Zelluloidkunst begeben, in einen jener kalten Riesenbauten mit dem zornigen Reichsadler über dem Portal? Einem Vieh, das nur darauf zu warten schien, das schwere steinerne Hakenkreuz aus seinen Krallen auf das Haupt des Unbefugten niedersausen zu lassen, der es wagte, die heiligen Hallen zu betreten. Mit großem Unbehagen war sie ein paarmal mißtrauisch um die großen kahlen Ministerien herumgeschlichen. Von dort also nahmen die Gesetze, die so viel Elend anrichteten, ihren Ausgang! Und nun sollte sie selbst dort hinein, zu Herrn Hans Hinkel, Staatskommissar und Kultursenator, Sonderbeauftragter des Reichspropagandaministers Dr. Josef Goebbels!

Sie nahm sich vor, zu schauspielern. Jetzt würde sich zeigen, ob sie das Zeug zur Schauspielerin hatte. Ihre erste große Rolle! Sie würde auf ›arisch bis zu Karl dem Großen‹ machen, das Musterbild der ›deutschen Frau‹ sein. Verkörperung des Nazi-Ideals. Vermutlich erwarteten die Bonzen die nicht rassereinen Bittsteller demütig kriechend und um eine Chance bettelnd – sie, Helga, würde ihnen das Gegenteil beweisen. Nie zuvor hatte sie sich so voller Stolz jüdisch gefühlt. Sie würde ihre gedemütigten Leidensgenossen rehabilitieren, die da oben mit ihren eigenen Waffen schlagen.

Zunächst ging sie zum Friseur, ließ ihr hellbraunes Haar mit dem rötlichen Schimmer so lange farbspülen, bis es goldblond glänzte. Die Friseuse mußte ihr das Haar glatt und kurz hinter die nicht gerade kleinen Ohren kämmen, zur einzigen Zierde die große Naturwelle über der Stirn lassen. Als nächstes ging sie ein passendes Kleid kaufen. Im Ka-De-We. In der Abteilung Berufskleidung fand sie es, anscheinend für Fürsorgerinnen oder Frauenschaftsmitglieder gedacht: streng, schlicht hellgrau, durchgeknöpft, mit bravem weißgestärktem Bubikragen und ebensolchen Manschettenaufschlägen an den kurzen Ärmeln. Genau das Richtige. Flache Schuhe hatte sie noch von früher her. Dick verstaubt holte sie sie unter der Couch hervor. Prima. Das waren genau die Klumpen, ihr einen zackig-deutschen Gang zu ermöglichen. Weitausholende, tönende Schritte bei Kopf zurück, Brust raus. Reichsfrauenschaftsführerin Scholz-Klink hätte ihre helle Freude an der Gestalt gehabt, die ungeschminkt und sommersprossig an diesem Morgen auf das Kultusministerium zumarschierte.

Unbeweglich standen die uniformierten Wachen rechts und links des Eingangs. Sie mußte viele breite Marmorstufen erklimmen, bevor sie atemlos zum Sekretariat für kulturelle Sonderbearbeitungen, Vorzimmer Staatskommissar Kultursenator Hinkel gelangte.

Tiefer Atemzug – dann riß sie die Tür auf: »Heitler!« brüllte sie die sorgfältig geschminkte Sekretärin an, aus deren Aschenbecher die soeben beendete Zigarette einen dünnen Rauchfaden zur Decke sandte, und bedachte sie mit einem vernichtenden Blick, der ausdrückte: ›Pfui! Deutsche Frau raucht nicht, pflegt sich nicht. Lippenstift? Du Entartete!‹

Da die Sekretärin nicht wußte, um wen es sich bei diesem unvermuteten Besuch handelte, verbarg sie schnell und schuldbewußt den Aschenbecher mit den Indizien ihrer Sünde in der Schreibtischschublade und sprang eilfertig auf: »Bitte – wen darf ich melden?«

»Helga Altenberg!« Ruck, zuck. Der Name saß. Besonders das ›Helga‹ machte sich gut. So nordisch…

»Würden Sie sich bitte einen kleinen Moment gedulden?«

Die Sekretärin verschwand hinter der umnagelten ledernen Doppeltür. Schnell rekapitulierte ihre Besucherin, was sie über den Mann hinter der Tür wußte: ›Einer der allerersten Nationalsozialisten – heute als Verwalter der Kulturbelange des Dritten Reichs einer der Großen – übler Frauenjäger, unzählige Verhältnisse mit jungen Schauspielerinnen – gemein mit den männlichen Darstellern – drangsaliert hilflose jüdische Schauspieler – Feigling, nur dort mutig, wo er keinen Widerstand zu erwarten hat –.‹ Da würde er sich bei ihr aber wundern, der saubere Herr.

Die Sekretärin kam zurück, hielt die Tür auf: »Der Herr Staatskommissar läßt bitten!«

Helga marschierte an ihr vorbei in einen weiten Raum, ganz ausgelegt mit kostbaren Orientteppichen. Im Hintergrund ein riesiger Schreibtisch. Hinter dem Schreibtisch stand ein Mann. Über ihm hing der Führer in Öl, grimmig im Profil mit Schirmmütze und Daumen im Gürtel. Der Mann unter ihm rührte sich, kam ihren weit ausladenden Schritten entgegen. Während sie mit zackigem »Heil Hitler!« knapp vor ihm haltmachte, streckte er ihr lächelnd die Hand entgegen: »Fräulein Altenberg – was kann ich für Sie tun?«

Helga war überrascht. Das also war der gefürchtete Hinkel! Sie hatte sich ihn ganz anders vorgestellt. Dies hier war ein vortrefflich aussehender jugendlicher Mann in hellgrauem Zivilanzug mit kultivierten Bewegungen und ausgesprochenem Charme. Einen Augenblick lang schämte sich das Weib in ihr der abscheulichen Kluft, in der sie seinetwegen steckte. Dann fiel ihr ein, was man in der Ufa allgemein von ihm sagte: ›Ein Schwein. Quält nichtarische Männer mit Hinhalten und Drohungen, und den Frauen stellt er in jedem Fall gewisse Bedingungen, bevor …‹

Nun, das würde ihr nicht passieren. Wie ein hypnotisiertes Huhn starrte sie ihm in aufrechter Haltung mit unbeweglichen Pupillen in die Augen – blau in blau, kein ›jüdisches Ausweichen‹ – und begann: »Herr Staatskommissar –«

Es klang, als mache ein Oberscharführer Meldung.

Hinkel unterbrach sie. Immer noch lächelnd, deutete er auf ein Ledersofa: »Bitte, nehmen Sie doch Platz, Fräulein Altenberg!« und ließ sich, nachdem sie steif seiner Aufforderung gefolgt war, im Sessel an ihrer Seite nieder. Das brachte sie etwas aus dem Konzept. Die Rolle war doch schwerer, als sie es sich vorgestellt hatte: »Herr Staatskommissar!« begann sie von neuem, schon eine Nuance gemäßigter, »die Ufa möchte mich für einen Film haben. Statisterie, versteht sich. Wien, neunzehntes Jahrhundert. Vater Vollarier, Akademiker. Mutter christlich getauft!«

Pause.

Das Lächeln ihres Gegenübers hatte sich vertieft: »So, also zum Film wollen Sie? Das ist – verzeihen Sie – aber das ist wirklich – zu komisch!«

Nun lachte er wirklich, jungenhaft und herzlich.

»Was ist daran komisch?«

Sie fühlte sich gekränkt, vergaß für den Augenblick ihre Aufmachung.

Er fing sich wieder. Aber um seinen Mund zuckte es noch: »Nun ja, wissen Sie – man hat da doch so gewisse feste Vorstellungen vom Wien des vorigen Jahrhunderts. Offen gesagt, ich kann Sie mir da nicht so ganz – haben Sie es schon mal bei der Riefenstahl versucht? Die braucht für ihren Olympiafilm sehr viel Statisterie!«

»Ich will nicht zur Riefenstahl. Ich will zu Tourjanski!« stieß sie trotzig hervor.

»Nach Wien, nicht wahr?« Er begann den ›Einmarsch der Gladiatoren‹ zu summen. »Na schön, Tourjanski wird wissen, was er will. Rauchen Sie?«

»Selbstverständlich nicht!«

Mit stocksteifem Rückgrat wies sie das Angebot empört zurück. »Darf ich Ihnen ein Gläschen Sherry anbieten?«

Das war schon verlockender.

Aber, wer weiß, vielleicht tat er da was rein? Außerdem: die deutsche Frau – usw.

»Nein, danke!« sagte sie streng und holte tief Atem, »Herr Staatskommissar, könnte ich wohl die Sondergenehmigung für den Film bekommen?«

Sie amüsierte ihn. Die feine Nase des routinierten Frauenkenners witterte ihre Maskerade, ließ ihn den Grund unschwer erraten. Er konnte großzügig sein, wenn er wollte. Ihr krampfhaftes Bemühen, zugleich deutsch und abschreckend zu wirken, rührte ihn.

»Also Ihre Mutter ist Jüdin, Fräulein Altenberg?«

Er erhob sich, ging zum Schreibtisch zurück.

»Jawohl, Herr Staatskommissar!«

Immer zackig bleiben! Unter dem Sofa schlug sie die schiefgetretenen Hacken zusammen.

»Getauft. Evangelisch!« meldete sie ergänzend.

Er nickte, begann sachlich, ihre Personalien aufzunehmen, sich Notizen zu machen.

»Haben Sie einen Antrag Ihrer Filmgesellschaft?«

»Jawohl, Herr Staatskommissar!«

Mit zwei Riesenschritten war sie am Schreibtisch und legte den Ufa-Brief vor.

Mißbilligend blickte der Führer unter tief in die Stirn gezogener Mütze von der Wand auf sie herab. Sondergenehmigungen waren nicht in seinem Sinne. Hinkel las das Schreiben flüchtig durch – er kannte den immer gleichlautenden Wortlaut längst auswendig –, warf in knappen Zügen seine Unterschrift darunter und reichte ihr den Brief zurück.

Damit erhob er sich, kam um den Schreibtisch herum auf sie zu, reichte ihr die gepflegte Hand: »Also dann viel Glück und Erfolg im alten Wien, Fräulein Altenberg!«

Stolz hob sie den Kopf. Nochmals ›deutscher Blick‹, starres Blau in blau, dann packte sie zu und quetschte seine Hand mit aller Kraft zusammen. Der Führer hatte irgendwo mal gesagt, aufrechter Mensch – aufrechter Händedruck.

Hinkels Lächeln erstarb, eine Mundecke zuckte schmerzlich. Helga trat einen Schritt zurück.

»Heitler!« brüllte sie und hob die Hand zum Gruß, wobei sie der Verlockung nicht widerstehen konnte, den Daumen in die Handfläche zu biegen – das Geheimzeichen der Widerständler –, machte zackig kehrt und marschierte zum Ausgang. Leider spielte ihr die schwere Tür im letzten Moment einen Streich und versaute ihr den schönen effektvollen Abgang, indem sie sich durch Drehen des Griffs in verkehrter Richtung nicht öffnen ließ. Wütend zerrte Helga an der Messingklinke, da war Hinkel auch schon neben ihr, öffnete spielend das dumme Lederbiest und entließ sie mit breitem Lächeln. –

Auf der Straße hätte sie jubeln mögen. Geschafft! Sie hatte ihre Sondergenehmigung. Und weshalb? Nur weil sie diesen Hinkel überzeugt hatte, daß auch Mischlinge aufrechte Deutsche mit Gefühl für Haltung und Würde sein konnten! Im Grunde war es ganz einfach gewesen – Tourjanski hatte doch recht gehabt.

Nicht einen Augenblick lang kam ihr der Gedanke, der Kommissar könnte ihre Verkleidung durchschaut haben.

Strahlend kam sie mit ihrer Genehmigung ins Atelier zurück.

»Na bravo, Mädchen. Freut mich für dich. Zugeständnisse machen müssen?«

»Nicht eines!« sagte sie stolz, »hat sie mir einfach so gegeben. War sehr nett!«

»Ist ja prächtig. Also paß auf: Du bist ’ne Kellnerin. Der Fritsch sitzt mit ’nem kleinen Mädchen am Tisch und schmust rum mit ihr. Geht dich nichts an. Du kommst nur an seinen Tisch, um zu fragen, was er haben will. Er sagt: ›Rosentorte‹. Darauf du: ›Die Rosentorte ist leider ausverkauft. Aber wir haben noch Sacher.‹ – Kannste dir das merken? Fritsch antwortet: ›Dann bringen Sie uns zweimal Sachertorte!‹ Das wirft er nur so hin, denn er hat im Moment ganz andere Interessen, du verstehst. Du gehst also zum Büfett, holst das Zeug und bringst es ihnen an den Tisch, stellst es vor sie hin. Das ist alles. Kannst du wienern? Ja? Na, prächtig. Sag mal: ›Rosentorte leider ausverkauft und so weiter!‹«

»Die Rosentorten ist leider ausverkauft, aber mir ham noch a Sacher…«

»Großartig. Du hast’s. Nächste Woche Mittwoch ist die Konditorei dran. Wenn ich Pech habe und du Glück, kommen mindestens sechs Drehtage dabei raus. Also Mittwoch pünktlich um acht, du weißt ja!«

»O ja. Fein. Vielen Dank!«

Glücklich fuhr sie nach Hause, um gleich Moni zu berichten. Sie hatte eine Sprechrolle – einen ganz langen Satz – einen Wechseldialog mit dem Hauptdarsteller! Nicht auszudenken! Es ging also doch auch ohne das, was Moni als unerläßlich für eine Schauspielkarriere bezeichnete.

Gewiß, eine ›tragende‹ Rolle mit einem nicht allzu schicksalsvollen Satz war noch keine Karriere. Unter normalen Umständen war es sogar lächerlich wenig. Aber es waren eben keine normalen Umstände, und wenn sich eine völlig unbekannte Nichtarierin offiziell bis zur Sprechrolle im deutschen Film durchboxen konnte zu einer Zeit, da bereits der Judenboykott seit zwei Jahren gesetzlich war und das Aussieben immer strenger wurde, so war das immerhin eine Leistung. Ihr Trotz zwang sie zum Durchhalten. Sie war Deutsche; das hier war ihr Land, ihr Boden. Der Österreicher mit all seinen Bonzen gehörte hier nicht her, er hatte zu weichen. Es war ein ganz privater Kampf zwischen Helga und Hitler. Wer den kürzeren ziehen würde, war allerdings leicht vorauszusehen.

»Das kommt davon, daß du im Stier geboren bist«, sagte Ilse mit ihrer Brummstimme, »Stiermenschen sind schrecklich hartnäckig. Was willst du eigentlich damit erreichen?«

»Ich denke mir, wenn sie mit mir eine Ausnahme machen, dann haben sie doch keinen Grund mehr, den anderen in meiner Lage das gleiche Recht zu verweigern. Und so könnte man allmählich ...«

»Die brauchen keine Gründe, Herzchen, um etwas zu erlauben oder zu verweigern. Du machst dir Illusionen!«

»Und du glaubst nicht, daß wir es allmählich schaffen könnten, uns von den Rassegesetzen zu befreien? Wir bräuchten nur noch ein paar mehr Regisseure mit Mumm wie Gründgens oder Engels, die sich nichts aufzwingen lassen und ungeachtet der ›rassischen‹ Vorschriften engagieren, wen sie für begabt halten.«

Ilse warf die Zigarette angeraucht in die Schale: »Du weißt doch, daß wir alle gleich denken. Bis auf einige wenige Ausnahmen vielleicht, die sich persönliche Vorteile davon erhoffen, dem Doktor in den Hintern zu kriechen. Viele von uns haben schon auf die eine oder andere Weise versucht, gegen den Stachel zu löcken. Aber sie sind fast alle gescheitert. Glaub mir, die da oben sind stärker. Sie haben alle Trümpfe in der Hand und gedenken sie auch auszuspielen! Meinst du, es ist leicht für mich, unter Eugen Klöpfer zu spielen? Er war mal ein großartiger Schauspieler. Aber als Regisseur – launisch, fast immer betrunken …«

»Ist er denn ein Nazi?«

»Das wär zuviel gesagt. Aber er ist zumindest kompromißbereit. Einerseits beugt er sich der neuen Richtung, spielt Tendenzstücke, andererseits engagiert er Schauspieler wie meinen Kollegen Joachim Gottschalk, von dem jeder weiß, daß seine Frau Meta Jüdin ist. Unerhört begabter Junge übrigens, der Gottschalk.«

»Ach Ilse, der ganze Antisemitismus existiert doch nur als Befehl von oben. Das Volk macht doch sowieso nicht mit!«

»In Berlin, Liebchen, nur in Berlin. Im übrigen Deutschland sieht das ganz anders aus. Erinnere dich nur an die Volksabstimmung vom März vorigen Jahres. Da waren – nach einem Jahr gesetzlicher Judenverfolgung – neunundneunzig Prozent aller Stimmen für Hitler und sein antisemitisches Programm!«

Helga schwieg. Die Versammlung im Sportpalast fiel ihr ein. Da war der Jubel auch spontan gewesen. Ilse hatte recht. Ratlos sah sie zu Boden.

»Nun mach erst mal deinen Film«, tröstete Ilse, die ihr momentan auch keinen Rat geben konnte, »und dann werden wir weiter sehen. Vielleicht fällt uns was ein.«

Die Konditorei war klein, aber stilvoll. Es verkehrte in ihr vor allem das österreichische Militär. Fesche Leutnants trafen sich in ihren gestreiften Seidenwänden mit noch fescheren Bienen, ›Madls‹ genannt, zur Melange. Einbeinige runde Marmortische wackelten leicht zwischen zierlichen Biedermeierstühlen. Für die ganz Verliebten gab es in halb versteckten Nischen rote Plüschsofas. Im Hintergrund standen die Kuchenetageren, verlockende Aufbauten aus mehreren Etagen Torten und Gebäck auf langstieliger Unterlage.

Leider duftete es in der Konditorei nicht, wie es in einer

guten Konditorei duften sollte: nach frischem, ofenwarmem Gebäck und aromatischem Kaffee. Statt dessen stank es penetrant nach Leim und angeschmortem Isolierkabel. Noch ein weiteres Attribut fehlte dem kleinen Kaffeehaus zur Gemütlichkeit: Es hatte kein Dach. An seiner Stelle turnten Männer in blauen Overalls, die sich sehr unwienerisch benahmen und in unverfälschter Ottosprache über die Köpfe der herzigen Madls und schneidigen Leutnants hinwegbrüllten: »Hau den Otto schräg, du Rindvieh, die is ja schon janz lila in de Visage.«

»Det siehste doch nich uff 'm Streifen.«

»Nee, det Lila nich. Da is se bloß schwarz wie aus 'm tiefsten Afrika. Un was den Fritschens ihr Willi is, der sitzt am Otto un treibt Rassenschande, vastehste?«

Eine weitere Störung der Traulichkeit war, daß vor den schäkernden Liebespärchen der ganze Aufnahmestab hockte und ungeniert zusah. Kritisch oder auch mit unverhohlener Mißbilligung, wie vor allem der Dicke mit der Mütze auf dem Klappstühlchen. Dem waren sie nicht zärtlich genug, die Leutnants zu preußisch, die jungen Damen zu reserviert. Letztere waren in ihren ungewohnten Kostümen derart korsettbehindert, daß sie mehr der streng erzogenen höheren Töchterklasse eines Schweizer Pensionats als flirtfreudigen Waschermadln auf Ausgang glichen. Da man die Jahre um die Jahrhundertwende schrieb, war die Unbequemlichkeit der weiblichen Kleidung groß. Eingeschnürt in Korsagen, die ihnen die Taille eindrückten und ihnen den Magen ans Rückgrat preßten, waren sie außerdem von Kopf bis Fuß in Stoff eingewickelt. Kleine Stehkragen mit Spitzenborte, mächtige Keulenärmel, aus denen in Ellbogenhöhe der schlanke Ärmelrest bis zum Handgelenk und darüber hinaus wuchs, knöchellange materialreiche Röcke mit ebensolchen Unterröcken. Und zum Überfluß noch einen besonderen Stoffaufbau, das ›Fichu‹, auf dem verlängerten Kreuz.

»Leichter bitte – graziler bewegen, meine Dame!« tönte es aus dem Klappstuhl, »ihr seid zur Kaffeestund' in Wien, nicht in Potsdam beim Offiziersempfang. Beschwingt – beschwingt – Walzerstimmung – Bewegung – leichtes, verliebtes Kichern.«

Er blätterte im Drehbuch: »Szene fünf bitte noch einmal!«

»Nu kichern Sie mal leicht aus die Verpackung raus!« sagte eine Edelkomparsin böse und versuchte die braunroten Schweißtropfen abzuwischen, die ihr von der Stirn zur Nase liefen, »noch zwei Proben, und ick bin 'ne kichernde Wiener Leiche!«

Auch Helga steckte in einem solchen Kostüm. Nur war ihr Kleid nicht farbig, sondern schlicht schwarz mit weißer Schürze und weißem Servierhäubchen auf dem Ansteckhaar. Es war viehisch, fand sie, diese chronische Atembeklemmung, nur um einen Busen vorzutäuschen, der gar nicht da war. Und gerade deshalb scheuerten die unausgefüllten oberen Ränder des Stahlkorsetts bei jeder Bewegung ihre empfindliche Haut unterhalb der Arme. Vorn hingegen, wo nach den Schönheitsmaßstäben der Jahrhundertwende alles abgerundet sein sollte, sank der schwarze Stoff unterhalb des hohen Kragens konkav in den vorstehenden Drahtbehälter wie in einen Trichter. Außerdem blieb sie mit dem künstlichen Hinterteil auf Schritt und Tritt hängen, da sie bei ihren sportlichen Bewegungen den Hinteraufbau nicht mit einkalkulierte.

Vorläufig war sie noch nicht dran. Müde und um Atem ringend saß sie abseits der Schußlinie und schielte mit knurrendem eingezwängten Magen auf die Büfettgenüsse: Sachertorte, Pischinger, Krapfen und Strudel – ganze Sortimente der Verlockung! Ein Glück, daß das ganze Zeug nur aus Seifenschaum und Gips bestand – es wäre sonst möglicherweise um ihre Beherrschung geschehen gewesen.

Die Glut beim Angehen der Jupiterlampen war unerträglich. Ihr schwarzes Gewand zog die Hitze geradezu magisch an, die durch die dicken Stoffe auf ihre wundgescheuerte Haut brannte. Das dichte Ansteckhaar auf ihrem Kopf wärmte wie ein Pelzmütze und war mit so vielen Nadeln befestigt, daß sich die Kopfhaut wie angenagelt anfühlte und das Gesicht unbeweglich machte.

Gegen Mittag brachte der ›Brötchenholer vom Dienst‹ für sie zwei große Buletten mit Brot aus der Kantine. Als sie heißhungrig die erste hinunterschlang, krachte es verdächtig in den Nähten um ihre Taille.

›Mir Wurscht!‹ dachte sie sorglos, verschlang die zweite und ließ sich noch eine Portion nachbringen, während eine Garderobiere neben ihr kniete und mit Nadel und Faden die geplatzte, sich ständig weiter öffnende Naht zusammenzuziehen versuchte.

Den Nachmittag verbrachte Helga hauptsächlich mit Schwitzen und Zuschauen. Um neunzehn Uhr war endlich Feierabend. Zu ihrer großen Freude enthielt ihre Lohntüte ganze einhundertfünfzig Reichsmark. Das allein war schon die Tortur wert.

Es vergingen fünf subtropische Caféhaustage. Dann kam der große Moment – ihre Szene!

»Fräulein Altenberg«, rief Tourjanski aus dem Dunkel, »bitte zur Probe bereit machen. Alles fertig? Gut. Anfangen!«

Die Lichter flammten auf. Da saß der von der gesamten Damenwelt vergötterte Star direkt vor den Kameraleuten und lächelte mit seinem berühmten Charme. Das Mädchen, Gegenstand seiner Bemühungen, saß ihm zur Seite am Tischchen und hielt die Augen kokett gesenkt.

»Fräulein!« rief Fritsch und drehte sich lächelnd um.

›O Gott – das gilt mir! Auf in den Kampf!‹ Mit drei großen Schritten war sie am Tisch.

»Halt!« schrie Tourjanski. »Mädchen, die Olympiade ist vorbei. Bei mir wird nicht marschiert. Du brauchst auch nicht an den Tisch zu rasen, wenn ein Gast dich ruft. Langsam, langsam, immer mit der Ruhe. Das Lokal, wo die Kellner auf einen Wink hin angestürzt kommen, such ich schon lange!«

Der ganze Aufnahmestab lachte. Helga wurde noch röter, als sie schon war.

»Also, Mädchen, noch einmal. Schön gemächlich. Bißchen in den Hüften wiegen. Nicht die Augen so aufreißen – es frißt dich niemand. Liebliches Lächeln. Kapiert?«

Wieder schäkerte der Star mit seinem Mädchen. Wieder rief er mit charmantem Lächeln – hatte er nicht eben mit dem Auge gezwinkert? – nach rückwärts: »Fräulein!« Warten, warten! Nur nicht eilig. So, nun langsam los. Lieblich lächeln. In den Hüften wiegen.

Schallendes Gelächter brach hinter den Kameras los. Das Skriptgirl quietschte vor Vergnügen.

»Halt!« brüllte Tourjanski wieder. Auch er schmunzelte: »Noch einen Moment, und die gesamte männliche Cafébevölkerung hängt dir japsend um den Hals. Mädchen – du bist kein blauer Engel in 'ner Bar in Shanghai, sondern 'ne bürgerlich solide Bedienung in einem Wiener Café.«

»In dem Kleid – halt mich fest – wie 'n Rivel-Clown!« Das blöde Scriptweib konnte sich nicht beruhigen.

Helga wäre am liebsten vor Scham unter das Plüschsofa gekrochen. Mit aufeinandergepreßten Lippen ging sie auf ihren Startplatz zurück, erwartete das dritte: »Fräulein!«

Jetzt hatte er ihr wirklich zugezwinkert, er lächelte nicht nur, er grinste breit. Langsam, unter Verzicht auf das Hüftewiegen, kam sie an seinen Tisch: »Sie wünschen bitte?«

»Ich möcht a Rosentorten.«

»Die Rosentorten ist leider ausverkauft. Aber mir ham a Sacher.«

Auch an der Dialogführung hatte der Regisseur allerhand auszusetzen. Einmal war ihr Einsatz zu früh gekommen, ein andermal hatte Fritsch nicht genügend gewienert, beim dritten Mal versprach sie sich und bot ihm anstatt des Ersatzes seine eigene Bestellung an – immer war irgendwo der Wurm drin.

So ging auch dieser Studiotag zu Ende. Erschöpft schminkte sie die müde Haut mit fetter Vaseline ab, rieb sie mit Papiertüchern trocken und fuhr in der U-Bahn nach Hause, um sich sofort schlafen zu legen.

Der nächste Tag begann mit der Fortsetzung des vorherigen. Besondere Mühe machte ihr das Balancieren der Sachertorte mit der großen Schlagobershaube – vorläufig noch ersetzt durch Seifenschaum – von der Etagere auf die bereitgestellten Teller und das elegante mühelose Tragen derselben zum Darstellertisch.

Üben, üben, üben – im schwarzen hochgeschlossenen Gewand unter gleißendem Lampenlicht. Die Stangenkorsage klebte sich saugend an den schweißfeuchten Rippen fest, die langen Röcke schlingerten behindernd um die Beine, Schminke löste sich fettig braun von der Stirn und kollerte in Rinnsalen über Nase und Mund – aber die Sachertorten landeten immer sicherer an ihrem Bestimmungsort.

Erst am vierten Tag nach Beginn ihres ›Auftritts‹ schien es zu klappen. Alles saß, Bewegungen – Text – Betonung –. Es konnte losgehn.

»Achtung – Aufnahme!« Die Klappe fiel.

Fritsch wandte sich um: »Fräulein!«, es klang anders als sonst, irgendwie fremd.

Weshalb war sie denn plötzlich wieder so aufgeregt? Die ganze mühsam erworbene Sicherheit war zum Teufel. Herzklopfend näherte sie sich dem Tisch. Niemand sagte was, nur die Kamera surrte, starrte aus dunklem Riesenauge dem

Fritsch aus nächster Nähe aufdringlich ins Gesicht. Daß er dabei noch Lust auf Rosentorte verspürte –.

Sie sagte ihren Spruch her.

Auch das klang fremd, ganz von fern und abgehackt. Das lauernde Schweigen war erdrückend.

Zurück jetzt – Kuchen holen! Immer noch diese atmende Stille! Sie hatte das Gefühl, als hingen tausend lauernde Augen an ihren zitternden Händen, die den diesmal echten Kuchen auf die Teller schoben. Die frischgeschlagene Sahne zitterte mit. Gott sei Dank – gelungen! Nun zurück. Schön langsam. Vorwärts schieben, nicht gehen, sonst ging's zu schnell.

Schon war sie beim Tisch, da geschah es. Ihr langes Kleid verfing sich in einem Kabel, das hinter einem Pfeiler um die Ecke lag. Ein heftiger Ruck, und da lag sie auch schon lang und schwarz auf dem Bauch, das Gesicht tief in der Sahne. Das Gelächter um sie herum war so furchtbar, daß sie den Kopf nicht aus der Sachertorte zu heben wagte. Wie ein gefällter Baum lag sie unbeweglich Willi Fritsch zu Füßen. Es war wie eine Szene aus den Anfängen der Flimmerkiste. Irgend jemand hob sie auf, geleitete sie aus den Kulissen, wusch ihr das Gesicht mit Eau de Cologne. Später hockte sie, bitterlich schluchzend, in einer dunklen Ecke der Kantinen-Innenräume. ›Aus – alles aus!‹ Sie hatte alles verdorben, sich lächerlich gemacht und den Star dazu, der immer noch auf seine Torte wartete – die ganze Sondergenehmigung umsonst – sie wollte auf der Stelle sterben.

Jemand setzte sich neben sie. Es war Fritsch selbst: »Nimm's nicht so tragisch, Kind!« sagte er tröstend und bestellte ihr einen Kognak, »das ist Anfängerpech. Das haben wir alle mal mitgemacht. Paß auf, später lachst du drüber! Komm, trink das – so…«

Gehorsam, mit schamhaft gesenkten Augen, noch rot vom Weinen, schluckte sie das brennende Zeug hinunter.

»Und dann gehst rauf in die Garderobe und läßt dich frisch schminken. Und anschließend kommst zurück, damit wir weitermachen können, ja?«

Der Star hatte seine Beliebtheit bei seinen Kollegen nicht zuletzt seiner Kameradschaft zu verdanken, die er allen Mitarbeitern, ob groß oder klein, bewies.

»Aber ich kann mich doch jetzt vor niemandem mehr sehen lassen – hab mich unmöglich gemacht – es ist entsetzlich!«

»Unsinn. Glaubst du wirklich, nur dir passieren solche Dinge? Da könnten wir Älteren dir aber Geschichten erzählen! Jetzt vergiß es, die andern haben's auch schon längst wieder vergessen, und laß dich schnell herrichten. Wir wollen doch mit der Szene auch einmal fertig werden, nicht wahr? Sei ein braves Kind und geh schnell rüber!«

Gehorsam stand sie auf, schluckte die letzten Tränen mit Weinbrandfüllung hinunter und sagte beschämt: »Ich geh schon. Und vielen Dank, Herr Fritsch. Für – den Kognak!«

Als sie scheu und frisch zurechtgemacht ins Atelier zurückkam, schienen alle den Vorfall vergessen zu haben. Neuer Kuchen stand schon auf dem Büfett bereit.

»Ah, da bist du ja!« sagte Tourjanski, »gleich nochmal die Tischszene. Seid ihr fertig? Gut. Dann los!«

Diesmal klappte alles perfekt. Die aufmunternde Art des Stars, sein Verständnis machten ihr neuen Mut, und als die Aufnahme ›im Kasten‹ war, die Lichter abblendeten und die Kulissenarbeiter mit dem Umbau zur nächsten Szene begannen, war sie ruhiger geworden.

»Gut gemacht, Mädchen!« klopfte ihr Tourjanski kameradschaftlich auf die Schulter, bevor sie ihre zehnte und letzte Lohntüte abholte.

›Filmen‹, dachte sie, als sie am Abend erschöpft in ihr Bett fiel, ›ist doch verdammt harte Arbeit! Sieht alles viel leichter aus, als es ist.‹

Sie dachte an ihren Betriebsunfall zurück, stellte sich vor, wie sie ausgesehen haben mußte – mit dem aufgebauschten Hintern in der Luft und dem Gesicht in der Sahne – und mußte schließlich selbst lachen. Der Schock war überwunden. –

Die letzten zehn Tage hatten ihre Gedanken derart in Anspruch genommen, daß sie darüber die Lage ›draußen‹ völlig vergessen hatte. Doch diese verschlechterte sich für die Juden weiterhin. Wie eine schwarze Wolke hing die Gefahr einer sich langsam anbahnenden Katastrophe am politischen Horizont. –

Liebes Helgachen,
vielen vielen Dank für die beiden langen ausführlichen Briefe und den wunderschönen Seidenschal. Viel zu schade für mich. Und mit selbstverdientem Geld gekauft! Ich habe ihn gleich in das Fach gelegt, in dem ich auch Dein kostbares Geschenk vom vorigen Weihnachten aufbewahre. Jeden Abend schaue ich hinein und sage mir: Das hat meine Helga mit ihrem eigenen Geld gekauft! Ich bin wirklich stolz auf dich.

Dein Filmleben liest sich ja spannend wie ein Roman. Aber sag mal, kommt denn dabei auch Dein Studium nicht zu kurz? Von der Hochschule schreibst Du so wenig. Ich hätte gern ein bißchen mehr darüber erfahren, zum Beispiel, was Professor Wolff von Deinen Zukunftsaussichten hält und wie Du mit dem Theorieunterricht zurechtkommst. Schreib mir das nächste Mal doch ein wenig ausführlicher darüber, ja? Du weißt ja, wie sehr mir Deine Karriere am Herzen liegt, und Du bist nun einmal pianistisch hochbegabt. Das verpflichtet Dich dazu, das Beste aus Deinem Talent zu machen. Übst Du noch fleißig?

Wo hast Du nur den Mut hergenommen, direkt ins Propagandaministerium zu gehen und Dir eine Sondererlaubnis zu holen? Mir zittern die Knie, wenn ich nur an solche Möglichkeit denke. Ein Glück, daß Du so arisch aussiehst!

Was sind denn das für Leute, die Schauspieler, mit denen Du neuerdings verkehrst? Man hört ja immer soviel von Unmoral und Leichtlebigkeit in solchen Kreisen – aber Du wirst Dir gewiß die nettesten heraussuchen, so daß ich mir diesbezüglich keine zusätzlichen Sorgen zu machen brauche, nicht wahr? Ich bin ja so gespannt, wie Deine erste kleine Sprechrolle werden wird. Sobald der Film hier anläuft, werde ich ihn mir ansehen, mindestens dreimal. Deine Briefe mit den lebhaften Berichten sind jetzt meine einzige Freude. Ich will Dir den Kopf nicht schwer machen mit Schilderungen von hier. Du kennst sie ja selbst zur Genüge, die Stimmung hier zu Hause. Sie ist leider in diesem Jahr nicht besser geworden. Es liegt nicht an Deinem Vater – ich sehe ihn ja auch kaum noch, weil er, wenn er nicht in der Praxis ist, fast immer die Nächte durch auf Krankenbesuch ist. Es liegt an den Zeitgeschehnissen, an der bedrohlichen Entwicklung, die sie nehmen. Das bedrückt natürlich. Und deshalb bitte ich Dich um etwas, Kind, auch wenn mir diese Bitte sehr schwer fällt: Komm diesmal nicht zu Weihnachten nach Hause, es würde die Spannungen nur verschärfen. Dein Vater ist zur Zeit von der vielen Arbeit sehr nervös; selbst sein Golfspiel gibt ihm nicht mehr die Erholung wie früher. Daher könnte ihn Deine Anwesenheit wieder zu Ausbrüchen reizen, unter denen wir alle zu leiden hätten. Du verstehst, Kind, daß es unter diesen Umständen besser ist, wenn Du in Berlin bleibst. Wie weh es mir tut, Dich diesmal nicht sehen zu können, kann ich Dir gar nicht sagen. Aber es ist besser so. Du hättest nichts von Deinen Weihnachtsferien, die Du Dir redlich verdient hast. Sicher kannst Du das Fest harmonischer im Kreis Deiner Freunde verbringen, und ich werde in Gedanken bei Dir sein. Vielleicht können wir uns einmal zwischendurch irgendwo treffen, wenn ich zu Tante Gritta nach Darmstadt fahre.

Übrigens sind Tante Lisa und Onkel Felix mit den Kindern nach England emigriert, und Max ist nun doch nach Amerika ausgewandert – es wird leer um mich. Am besten geht es meinem Vetter Otto, der als emeritierter Marburger Hochschulprofessor und Privatgelehrter eine hervorragende Position in Bern bekommen hat. Treibt kunsthistorische Forschungen über frühes Mittelalter für die Berner Bibliothek. Er war schon immer ein Glückspilz.

Die Radionachrichten aus dem Ausland werden immer beunruhigender. Gestern besprachen wir beim Bridge die Lage. Frau Weißweiler meinte, diese Antikominternpakte, erst mit Japan und nun neuerdings auch mit Italien, deuteten doch stark auf Kriegsabsichten hin. Wozu braucht Deutschland außenpolitische Bündnisse gegen den Weltkommunismus, wenn nicht, um ihn zu bekämpfen? Frau Marks hat ihre beiden Töchter ins Ausland geschickt. –

Helga, ich beginne mir Gedanken zu machen, ob es nicht auch für Dich jetzt Zeit wird? Gewiß, Thea und Hanna Marks sind Jüdinnen, und Du bist nur Mischling. Aber ich fürchte, es könnten, wenn es mit den Verschärfungen wie bisher weitergeht, möglicherweise auch für Dich große Schwierigkeiten auftauchen. Am liebsten sähe ich Dich ja bei Tante Nellie in England. England ist ein solides Land ohne Antisemitismus mit kultivierten Menschen, unter denen Du Dich wohl fühlen würdest. Nur sehe ich dort keine großen Aussichten für Dich als Künstlerin. Die Engländer haben leider sehr wenig Sinn für gute Musik.

Und was käme sonst in Frage? Nach Frankreich möchte ich Dich auf keinen Fall schicken, da könntest Du mir unter die Räder kommen. Paris bietet zu viele Verlockungen für einen ahnungslosen jungen Menschen wie Dich. Italien hat selbst einen Überschuß an Musikern – bliebe nur die Schweiz. Aber die ist bereits von Emigranten überlaufen, und es soll sehr schwer sein, sich dort ohne Namen durchzusetzen. Auch ist die Aufenthaltserlaubnis dort kurzfristig beschränkt und muß unter ziemlich hohen Kosten immer wieder mit stichhaltiger Begründung der Notwendigkeit zu weiterem Aufenthalt erneuert werden.

Wo würdest Du selbst denn am liebsten hingehen? Hast Du Dir darüber schon mal Gedanken gemacht? Mit Sprachen wird es ja bei Dir keine Schwierigkeiten geben. Was macht denn Klaus? Du erwähnst ihn gar nicht in Deinen letzten Briefen. Hatte er Dir nicht vorgeschlagen, mit ihm nach Amerika zu gehen, wo sein Vater Dir eventuell weiterhelfen würde? Das wäre natürlich eine ideale Lösung. Nichts könnte mich glücklicher machen, als Dich sicher unter der Obhut Professor Weinbergers in Amerika zu wissen. Was meinst Du? Es ist wirklich jammerschade, daß wir das alles nicht persönlich miteinander besprechen können. Brieflich lassen sich solch wichtige Dinge doch nicht klären. Überlege Dir das Ganze auf jeden Fall mal in Ruhe und schreib mir dann, wie Du darüber denkst. Und schick den Wäschekoffer. Für heute alles Liebe!

Herzlichst
Deine Mutti

Was sollte sie auf diesen Brief antworten? Daß es schon nicht so schlimm kommen würde? Das konnte man einem Halbarier wie Klaus gegenüber äußern, der nicht den Mut hatte, irgend etwas dagegen zu unternehmen, und sich von Anfang an als Opfer betrachtete. Aber ihrer Mutter konnte sie das nicht sagen. Für sie war es schlimm, sehr schlimm. Selbst die Bänke in den Anlagen trugen schon große Aufschriften: ›Für Juden verboten‹. Viele Läden weigerten sich, Juden zu bedienen, das Straßen- und Ausgehverbot stand unmittelbar bevor. Auch den Film, in dem ihre Tochter mitspielte, würde sich die kleine Frau kaum mehr ansehen dürfen. Sogar im Dunkel der Lichtspieltheater waren ›Juden unerwünscht‹.

Einerseits war Helga erleichtert, über die Festtage nicht in die bedrückende häusliche Atmosphäre zurückzumüssen. Andererseits sehnte sie sich danach, ihre Mutter wiederzusehen, ihr Mut zuzusprechen, sie mit bunten Berlinberichten für kurze Zeit ihren Depressionen zu entreißen.

Am Nachmittag des vierundzwanzigsten Dezember stapfte sie ohne besonderes Ziel durch die Straßen in Richtung Zoo. Sie wußte nicht recht wohin, hatte plötzlich eine Menge überflüssiger Zeit. Alle ihre Freunde und Bekannten waren über die Feiertage bei ihren Familien daheim. Sie allein war übriggeblieben, sie und Babs, die niemanden mehr hatte und am Abend zu einem kleinen Festumtrunk zu ihr heraufkommen wollte. Der dicke Schnee fiel pausenlos in weichen Flocken. Auf den Bürgersteigen der verkehrsreicheren Straßen war er zu Matsch zertreten. Die ruhigeren Nebenstraßen dagegen blieben weiß, mit gelegentlichen Löchern von eiligen Fußstapfen, wenn ein Verspäteter paketbeladen nach Hause strebte. Die glasklare Kälte stach ihr in die Haut, rötete Gesicht und besonders Nase, formte dichte weiße Wolken aus ihrem Atem.

An einer Wegkreuzung blieb sie stehen, sah zum Nachthimmel auf. Unmöglich, eines der vielen Sternchen dort oben länger zu fixieren. Durch die Schneeluft vibrierte ihr Licht so stark, daß die Augen dabei weh taten und der Stern wie eine Amöbe nach allen Richtungen auseinanderfloß. – An der Joachimsthaler hasteten Menschen noch zu letzten Einkäufen; mit stolzen Gesichtern schleppten sie weihnachtlich verpackte Geschenke für die Lieben daheim – den Schlafrock für Papa, für Mama die warmen Hauspantoffel und das neue elektrische Bügeleisen, Bleisoldaten, Puppen und Teddys für die lieben Kleinen. – Helga war elend zumute.

An der Gedächtniskirche stand eine dick vermummte Gestalt und rieb sich die Hände über dem wärmenden Kessel:

»Frische Maronen – jeröstete heiße Maronen – Tüte nur fuffzig Pfennje!«

Sie ließ sich ein paar aus der Glut holen und in die Tüte füllen, drückte der Frau fünf Mark in die Hand, murmelte: »Fröhliche Weihnachten« und verschwand, bevor die überraschte Alte sich bedanken konnte.

Maronenkauend bog sie um die Ecke. Die großen Warenhäuser und Geschäfte der Tauentzien strahlten in elektrischer Weihnachtspracht. Bäumchen an Bäumchen aus flakkernden Glühlampen schmückten die lange Fassade des Ka-De-We. Der rhythmisch aufflammende Umriß einer riesigen Weihnachtskerze machte abwechselnd in Weiß und Rot auf ein Lampengeschäft aufmerksam. Über einem bekannten Uhrenladen drehte sich ein funkensprühendes Rad, anscheinend leicht defekt, um ein überdimensionales Leuchtzifferblatt mit grünen Zeigern und Ziffern. An einigen Straßenecken standen oder lagen gebündelt noch Restbestände von Tannenbäumen und verströmten in den autoleeren Seitenstraßen ihren strengen Harzgeruch. Die Verkäufer, von einem Fuß auf den anderen tretend und sich selbst umarmend, um sich warm zu halten, gaben sie zu Schleuderpreisen ab; auch sie wollten nach Hause. Der aufkommende Wind wirbelte die Flocken durcheinander.

Da begannen die schweren Glocken der Gedächtniskirche zu läuten; langsam, mühsam, wie alte Herren, die nur noch selten ausgehen, setzten sie sich in Bewegung. Dumpf, hohl, eher drohend als feierlich klangen ihre Schläge aus dem türmchenreichen Innern. Viel zu laut – viel zu nah. Helga flüchtete mit Riesenschritten, tauchte im U-Bahn-Tunnel Uhlandstraße unter, sprang in den einfahrenden leeren Zug und stieg am Kaiserdamm kurz vor der Fredericia wieder aus. Hier war alles ruhig. Schneeflocken umtanzten das matte Licht der Straßenlaternen wie Mottenschwärme. Auf der Brücke der Zugunterführung blieb sie stehen, lehnte sich an das Geländer und starrte leer auf die verschneiten Geleise. Der Bahnverkehr war bereits so gut wie stillgelegt. – Etwas tat fürchterlich weh. Niemand war heute abend allein – Babs vielleicht ausgenommen, deren ganze Familie bei einem Autounfall ums Leben gekommen war. Aber das war ein Sonderfall. Alle hatten sie irgend jemanden, mit dem sie Weihnachten feierten, Eltern, Geschwister, Verwandte, Freunde. Und das Irrsinnige war: Auch sie hatte eine Familie. Hier, in Deutschland, wenige Bahnstunden entfernt. Sie hatte noch eine Mutter – und hatte doch auch keine mehr. Eine Mutter, die ihre Tochter zum größten Familienfest des Jahres nicht bei sich haben wollte, weil sie nicht durfte. Weil, wie Helga wohl wußte, der Herr des Hauses dagegen war. Weil ihr längst jedes freie Verfügungsrecht abgenommen worden war wie ein alter, abgelaufener Paß.

›Wie kann ich denn fort von hier, solange sie noch hier ist?‹ dachte Helga verzweifelt, ›ich kann sie doch nicht so einfach ihrem Schicksal überlassen?‹ Wie sie allerdings helfen sollte, das wußte sie auch nicht.

Der wirbelnde Schnee klatschte ihr ins Gesicht, hing sich in ihre Wimpern, rann halbgeschmolzen vom Mantelsaum eistropfend in den oberen Rand der Lederstiefel – sie merkte es nicht. Die Gedanken drehten sich im Kreis, fanden keinen Ausweg. Angst hatte sie gepackt, Angst vor dem Verlassenwerden. Alles in ihrem Leben konnte sie entbehren, durfte aufhören zu existieren – alles – nur die Mutter nicht! – Unter der Brücke raste polternd ein verspäteter S-Bahn-Zug durch. Die hellerleuchteten Fenster bildeten eine lange Schlange aus Licht – dann wieder Ruhe, Dunkel. Fernes anhaltendes Glockenläuten. Bald würden alle Kirchen Berlins einfallen in einem mächtigen nächtlichen Glockenkonzert zu Ehren der Geburt des Erlösers. Vom Eckhaus neben der Brücke, hinter dicken Gardinen, klang es etwas verfrüht und mehrstimmig: ›Stille Nacht, heilige Nacht‹. Im trüben Licht der Straßenbeleuchtung blickte sie zu dem Fenster hoch, aus dem der Gesang kam. Über die vom Kerzenlicht des Baums durchleuchteten Vorhänge huschten flackernd helle und dunkle Schatten.

Brüsk wandte sich Helga um und ging zum Haus auf der Fredericia. Als sie ihre Zimmertür aufklinkte, fand sie Babs zusammengeringelt auf der Couch mit einem großen Glas Pernod vor sich: »Da bist du ja! Wo warst du noch? Weihnachtsspaziergang gemacht?«

»Ach, Sch…, das ganze Brimborium!« Sie riß sich die nassen Stiefel von den Füßen und schlüpfte in ihre Hauspantoffeln, »alles übertriebene Sentimentalität! Reine Kalenderfrage!«

»Recht hast du!« Babs füllte ein zweites hohes Glas mit Pernod und Eiswasser, »trotzdem – prost Weihnachten!«

»Prost!« Sie nahm einen großen Schluck, stellte das Glas hart ab. »Geburten sollte man überhaupt nicht feiern. Mit der Geburt fängt alles Pech an.«

»He, was ist dir für 'ne Laus über die Leber gekrochen? Nu sag mal ›Cheese‹. Ich hab uns auch was Gutes mitgebracht. Schau mal in die Küche!«

Helga tat, wie ihr geheißen: »Mensch, Babs, ich werd verrückt – 'ne Gans! 'ne richtige knusprige Weihnachtsgans! Wo haste denn die überfahren?«

»Deswegen bin ich ja schon so lang hier oben. Hab sie bei dir gebraten. Mein Herd qualmt wie besessen, sobald ich auch nur 'ne Semmel zum Aufwärmen reinschiebe. Teller hab ich auch schon bereitgestellt. Hab das liebe Tier eben erst rausgeholt, muß noch heiß sein!«

»Na, denn nix wie ran. Babs, du bist ein Engel.«

»Wie passend! Haste vielleicht außer Pernod noch was Leichteres, womit wir das Tierchen runterspülen können? Aber frag nicht extra die Petzold. Die hat jetzt was gemerkt und macht auf kühle Blonde.«

»Klar. Ich hab noch zwei Flaschen Beaujolais vom Gemischtwarenladen in der Motzstraße. Der hat prima Weine, nur aussprechen kann er sie nicht. Die hier übergab er mir mit der Bezeichnung: Be-au-jo-lais.«

»Der Mann hat nur seine Pflicht getan. Fremdwörter sind verpönt. Wenn man sie nicht übersetzen kann, sollte man sie wenigstens deutsch aussprechen!«

Sie lachten und füllten die Weingläser. Babs tranchierte mit Geschick die mächtige Gans und verteilte sie auf Suppenteller, die sie in weiser Voraussicht aus Helgas Küchenecke geholt hatte: »Heut sind wir ja unter uns, da können wir ruhig fressen. Schmeckt noch mal so gut, wenn man's aus der Hand ißt. Das alberne Herumgeschnibbel mit stumpfen Messern zerfetzt nur das schöne Fleisch! Eins – zwei – drei – los! Mahlzeit!«

Sie ließen es sich schmecken, spülten die fetten Brocken mit Rotwein hinunter, aßen dazu die Mischung aus Kartoffeln und Maronen, mit denen Babs die Gans gefüllt hatte. – Nach dem frugalen Mahl trugen sie die Reste in die Küche zurück und machten es sich im gut geheizten Zimmer bequem.

Draußen vor den Fenstern läuteten sämtliche Glocken der Hauptstadt durch die Nacht zu ihrem Dachgeschoß empor.

»Kannste das Gebimmel nich leiser stellen?« knurrte Babs, die sich wieder auf Pernod umgestellt hatte.

»Warte, ich dreh 's Radio an!« Helga schaltete ein.

»Es ist ein Ros entsprungen!« brüllte ein Chor in äußerster Lautstärke. Schnell drehte sie leiser: »Pardon. Woll'n mal weiter sehn –«

»... gnadenbringende Weih – huiii – und sie folgten dem Stern, der sie zum Stall – huii – ... zeit. Christ ist erschie-ienen, uns zu versieh – Krr – Volksgenossen, vergeßt es nie: Sie waren es, die ihn ans Kreuz genagelt haben – die Juden sind schuld – aber wir werden seine Peiniger – huiii, krrr – ... Aus einer Jungfrau zart – du grünst nicht nur zur Sommerszeit, nein auch im Winter, wenn es…«

»Stell ab, um Himmels willen, stell ab! Das ist ja nicht auszuhalten!« Babs hielt sich die Ohren zu.

»Kann's nicht helfen. Im Ausland ist auch nichts anderes.«

»Dann leg 'ne ordentliche Platte auf. Zeig mal her!«

Sie schwankte zum Bücherregal und begann, Helgas Platten zu durchwühlen: »Also zum Totlachen ist da auch nichts dabei: Jean Sablon: Je suis seul ce soir; Duke Ellington: Solitude; Dajos Bela: Sombre dimanche; und was is das hier? Zarah Leander: Ich hab eine tiefe Sehnsucht in mir…«

»Laß sie in ihr!«

»Quand l'amour meurt – Wie ist denn die: ›Johnnie, wenn du Geburtstag hast‹ mit der Dietrich?«

»Traurig!«

»Und die hier: ›Fräulein Frieda‹?«

»Mist.«

»Verdammt. Haste denn gar nichts Gescheites? Halt, hier! Paßt fein auf Weihnachten: Sophie Tucker mit der ›Yiddischen Momme‹.«

Heftig fuhr Helga herum: »Alle, nur die nicht!« schrie sie wild, »laß die Finger davon!«

»Schon gut, schon gut. Hab mir nichts dabei gedacht. Nehmen wir die hier, die is harmlos!«

Während sie mit traurigen Gesichtern, stumpf vor sich hin schauend, ihren Pernod austranken, behauptete Peter Igelhoff, in seiner Badewanne Kapitän zu sein und mit dem Seifennäpfchen Dampfer spielen zu können.

»Militärkomplex!« schüttelte Babs vorwurfsvoll die zerzauste Mähne, »sogar ohne Uniform. In der Badewanne. Nackt. Spiel mal 'n paar anständige Rumbas. Vielleicht hilft's!«

Auch den Lecuona-Cuban-Boys gelang es nicht, das Glockengeläut vollständig zu übertönen, das durch die festgeschlossenen Fenster immer noch ins Zimmer drang.

›Merkwürdig‹, dachte Helga, ›Babs ist blau, ich bin blau – aber trotzdem ist es gar nicht lustig.‹ Ob es daran lag, daß Juden zur Sentimentalität neigten? Aber sie war doch nur zur Hälfte – da fiel ihr etwas Erfreuliches ein: »Muß dir was Wichtiges mitteilen, Babs. Paß auf: Heute is nämlich gar nicht Weihnachten!«

Babs stierte sie nachdenklich an, legte zum Zeichen gehirnlicher Anstrengung den Finger an die Nase und nickte schließlich traurig, aber nachdrücklich ein paarmal mit dem Haupt: »Doch. Heute is…«

»Heut is nich. Meine eine Hälfte, verstehst du, die hat nämlich heute nich Weihnachten. Die hat überhaupt kein Weihnachten.«

»Die Arme. Verboten is sie auch noch. Wir wollen auf sie trinken!«

»Prost. Die is gar nich arm. Für die is es nämlich jetzt nich neunzehnhundertsoundsoviel, sondern fünftausend und etwas…«

»Aha. Ja. Aber für deine andre Hälfte is es doch Weihnachten?«

»Die is jetzt unwichtig. Chinesen haben auch kein Weihnachten.«

»Und Japaner auch nich, obwohl sie unsere Verbündeten sind. Listige Brüder das – lassen ihre Verbündeten ganz allein Weihnachten feiern – wieviel Uhr is es auf deiner verbotenen Hälfte?«

»Weiß ich nich. Bloß daß es das Jahr fünftausend und noch irgendwas is. Mensch, Babs, verstehste nich? Wir leben im sechzigsten Jahrhundert.«

»Vor oder nach?«

»Nach wem? Ach so, ja. Weiß ich nich. Tot is er auf jeden Fall. Prost!«

»Dein Glas is ja leer. Warte.«

Babs taumelte zum Tisch und holte die Pernodflasche:

»Auf unseren Individualismus! Tod aller Konf – Konformität! Wir lassen uns nich zwingen, Weihnachten zu feiern!«

»Nieder mit der Gleichschaltung!« brüllten sie und umarmten sich, »wir lassen uns nicht zum Feiern zwingen!«

Aber ganz wohl war ihnen nicht dabei.

Helga wurde wieder nachdenklich: »Wir ha'm aber doch Weihnachtsgans gegessen?«

»Quatsch nich krause. Nur weil se Flügel hat, is se noch nich Weihnachten. War 'n günstiger Einkauf. Warum soll'n wir uns nich was Gutes zu Gemüte führen, wenn wir schon hier sind?«

»Aber alle essen heute abend Gans. Wegen Weihnachten.«

»Alle! Alle!« schrie Babs böse, »wenn die uns unbedingt nachmachen wollen, soll'n se! Was hat die Gans mit Christus zu tun, he? Soviel wie der Osterhase mit Eierlegen. Gänse sind eben erst im Winter reif!«

Das war eine plausible Erklärung.

Babs suchte nach weiteren Argumenten, ihren Widerwillen gegen das Weihnachtsfest zu demonstrieren: »Glaubste vielleicht, die sind jetzt glücklich, die anderen, im Schoße ihrer Familie?« Sie lachte spöttisch. »Hast du 'ne Ahnung! Die sitzen jetzt mit verdorbenen Mägen rum und ärgern sich die Krätze an den Hals, weil se das Falsche geschenkt gekriegt haben, oder weil die anderen mehr beschenkt worden sind als sie selbst, oder weil die von ihnen Beschenkten sich nich genug gefreut haben …«

»Und weil se sich nun schon überlegen müssen, wie sie umtauschen können, ohne den edlen Spender zu verletzen …« assistierte Helga willig.

»Eben. Und der Baum brennt an, und die Gans is nich knusprig geworden, und die Trüffelpastete liegt ihnen wie 'n Stein im Bauch, daß se nich mehr japsen können – und denn kommt auch noch mieser Besuch – ach, Mensch, hör mir auf mit dem ganzen Weihnachtstheater!«

»Und dann muß man sich auch noch für allen möglichen Tinnef bedanken, den man gar nich mag, und dann kommen die endlosen Familienfeiertage mit allen Verwandten, und du kommst nich mal dazu, 'nen Blick ins neue Buch zu werfen vor lauter blödem Gerede.« »Genau so ist es. Ein Glück, daß wir diesmal den Rummel nich mitmachen brauchen!« So trösteten sie sich gegenseitig, bis draußen die Glocken verstummt waren, und schieden lange nach Mitternacht unter großartigen Versicherungen ewiger Wahrung ihrer individuellen Unabhängigkeit. –

Der Silvesterabend fand die Fredericiaclique fast vollständig wieder im Haus versammelt.

»Wo wollen wir feiern? Bei euch, Tico?«

»Zu eng!«

»Wer schlägt was Bessres vor?«

»Ich. Bei Oskar!«

»Wie bitte? Sollte dir entgangen sein, lieber Dieter, daß unser lieber Oskar schon vor Monaten in sein Heimatland zurückgekehrt ist?«

»Na und? Ist die Wohnung weitervermietet, oder ist sie es nicht?«

»Sie ist nicht. Weshalb?«

»Weil ich noch den Schlüssel zu ihr habe!«

Es wurde ein rauschendes Fest. Jeder brachte Sekt mit – auf Kredit, versteht sich –, die Küche war zum Bleigießen hergerichtet, und Kissen wurden zum Sitzen herbeigeschleift. Denn der Boden ohne Linoleum war hart. Schon nach einer Stunde waren sie alle mächtig in Fahrt. Sogar die Teschnikowa war erschienen, wie immer ganz in Schwarz und mit ihrer geliebten überlangen Zigarettenspitze.

Als die Glocken zwölf schlugen, fielen sie sich alle durcheinander gerührt in die Arme. Der anbrechende Morgen des ersten Januar 1938 fand sie immer noch beieinander – friedlich schlafend.

Im Winter war es draußen in den Babelsberger Studios ungemütlich. Die Kälte zog durch die Glaswände der Hallen, und in der großen Filmkantine war die Luft zum Schneiden. Suppendämpfe, Zigarettenqualm und Schminke hingen wie eine Nebelwand im überheizten, dicht bevölkerten Raum. Dazu kam ein solcher Lärm, daß man sein eigenes Wort nicht verstehen konnte.

Helga fuhr jetzt nur noch selten hinaus. Durch Siegfried Breuer, einen österreichischen Darsteller, der im Wiener Rosenhügelgelände filmte und nur ab und zu der Berliner Ufa einen kurzen Besuch abstattete, hatte sie mehrere ›Große‹ des Films kennengelernt und entdeckt, daß in diesen Kreisen das Thema ›Politik‹ weitaus mehr debattiert wurde als unter den kleineren Kollegen. War ja auch nur natürlich; Hauptdarsteller und Regisseure standen mehr im Blickpunkt der Öffentlichkeit und waren daher schonungsloser dem wachsamen Auge des Propagandaministers und seiner Clique ausgesetzt. Ab und zu saß sie mit am Tisch bei ihnen und verfolgte aufmerksam ihre Gespräche. Da man von ihrer Abstammung wußte, nahm man kein Blatt vor den Mund.

Einer der reaktionärsten war der beliebte Schauspieler Karl Ludwig Diehl. Er sah nicht nur aus wie der perfekte Gentleman, er spielte ihn nicht nur in allen seinen Rollen, er war auch einer. Verkehrte hauptsächlich in Adelskreisen, aus denen später die Widerständler des 20. Juli hervorgehen sollten.

»Hören Sie zu, Helga«, sagte er mit seiner weichen Stimme und sah sie ernst an, »Sie fragen mich, ob noch Schlimmeres passieren könnte. Schlimmeres? Glauben Sie mir: es hat noch gar nicht angefangen!«

»Was kann denn noch kommen? Es ist doch gerade schlimm genug?«

Er lächelte mit den traurigen Augen eines Setters: »Warten Sie es lieber nicht ab. Ich gebe Ihnen den guten Rat, weil

Sie ein begabtes Mädchen sind, das sich auch draußen durchsetzen kann: Packen Sie Ihre Koffer und reisen Sie ab – je eher, desto besser!«

»Aber so einfach Deutschland verlassen?«

»Liebe Helga, wir leben in der Okkupation. In einem von Feinden besetzten Deutschland.«

»Aber Sie sind doch Arier?«

Er sah sehr müde aus, als er fragte: »Glauben Sie denn wirklich, die Juden seien die einzigen Feinde der Nazis?« –

Ein Reaktionär ganz anderer Art war der Schauspieler Hans Albers, der ›blonde Hans‹, Schwarm aller deutschen Mädchen und Hausfrauen.

»Scheißbande, verfluchte!« brüllte er los, sobald die Rede auf den Nationalsozialismus kam, und riß wütend die blauesten Augen auf, die Helga je gesehen hatte, »die Knochen brech ich jedem einzelnen im Leib, der mir hier mit Parteiknopf reinkommt! Wir sind Künstler. Die sollen gefälligst ihre Nase in ihren eigenen Mist stecken, der schon zum Himmel stinkt, und uns in Ruhe lassen!«

Es war allgemein bekannt, daß Albers schon seit vielen Jahren mit Hansi, der Tochter des Schauspielers Eugen Burg, zusammenlebte, die auch nicht ›rasserein‹ war und von der er sich unter keinen noch so zwingenden Umständen zu trennen gedachte. Selbst von seinem eigenen Bruder hatte er sich konsequent losgesagt, als dieser der Partei beigetreten war.

Als Helga ihn um seinen Rat bat, sah er sie lange schweigend an. Schließlich sagte er nachdenklich und kaute an seiner Pfeife: »Tja, das is man schwer zu sagen. Versteh, daß du noch an Deutschland hängst. Aber wie's war, so is es ja nich mehr, und so wird's denn wohl auch nich mehr werd'n. Das is ja man vorbei. Und du bist ja noch 'n Anfänger, Mädchen, fängst erst an, die Nase in 'n Wind zu stecken. Da lohnt es sich wohl nich mehr, abzuwarten.«

Wieder eine andere Ansicht vertrat Helmut Käutner, der gerade anfing, sich als Regisseur unabhängiger Filme einen großen Namen zu machen. Er weigerte sich hartnäckig und erstaunlicherweise bisher erfolgreich, Tendenzfilme, die ihm von oben dringend nahegelegt wurden, in sein Programm mit aufzunehmen. Helga kannte ihn schon lange; er gehörte zu ihrem weiteren Freundeskreis. Wie sie war er gebürtiger Düsseldorfer, hatte einst, noch vor seiner Theater- und Filmlaufbahn, ein mutiges Vier-Mann-Kabarett, die ›vier Nachrichter‹ geleitet, das prompt von den Nazis nach ihrem Regierungsantritt verboten worden war. Noch immer galt Helgas besondere Bewunderung dem Kabarett, denn zu ihm gehörten geistreiche Individualisten, die öffentlich mit Witz und Ironie geheiligte nationale Belange anzugreifen wagten. Das Amüsante daran war, daß der Gegner, auf den die Waffe gerichtet war, sie gar nicht bemerkte, während die wachsameren unter den Zuhörern voller Schadenfreude losjubelten. Für subtile Zwischentöne hatten die Nazis kein Ohr. Daher entging ihnen manches, und die Kabaretts verloren ihre mutigsten Interpreten immer nur für kurze Zwischenzeiten an Dachau. Dann waren diese eines Tages wieder da und machten zur Freude ihrer zahlreichen Anhänger weiter bis zur nächsten Denunziation.

»Helmut, soll ich wirklich ins Ausland gehen?«

»Ich kann dir da nicht raten, Helga. Deine Lage ist eine sehr spezielle. Kann dir nur sagen, was ich selber tun würde.«

»Und was würdest du tun?«

»Hierbleiben. Auf jeden Fall!«

»Auch, wenn sie dich weiter schikanieren würden? Deine Filme boykottierten und dir sonst was für Klötze in den Weg legten?«

»Auch dann. Grade dann!«

Er beugte sich vor, sagte eindringlich: »Hast du dir schon einmal überlegt, wie es bei uns aussehen würde, wenn wir wenigen Oppositionellen auch noch das Feld räumen würden? Wir sind heute das letzte Bollwerk gegen die Flut der Nazipropaganda, die sich immer mehr des Films bemächtigt. Wenn wir verhindern wollen, daß in Deutschland Kunst endgültig durch Politik ersetzt wird, dann haben wir die Pflicht, auszuhalten.«

»Du meinst, ich auch?«

»Bei dir ist es natürlich etwas anderes. Du stehst ja nicht wie wir mitten drin. Gott sei Dank nicht, sei froh drum. Vielleicht wäre es wirklich besser für dich, es im Ausland zu versuchen. Bei deinen Begabungen habe ich für dich keine Sorge. Auf jeden Fall hättest du größere Chancen.«

Niemand konnte ihr helfen. Sie hätte so gern am stummen Widerstand ihrer Freunde gegen die braunen Machthaber teilgenommen. Aber sie war und blieb eine Außenstehende, ein gern gesehener Gast – aber nicht eine der ihren.

Durch Theaterfreunde lernte sie eines Tages auch Willi Schäffers, den liebenswürdigen Leiter des Kabaretts der Komiker auf dem Kudamm kennen, des ›Ka-de-Ko's‹, wie es in der Berliner Sprache hieß. Schäffers, ein älterer untersetzter Herr mit grauweißem Haar, stammte noch aus der Glanzzeit des deutschen Kabaretts, als es noch einen Paul Morgan, einen Fritz Grünberg, eine Claire Waldorff und eine Margo Lion gab. Ein Mann mit einem großen gütigen Herzen und einer natürlichen Abneigung gegen alles, was nach Zwang und Diktatur roch.

Er ließ sich von Helga einige ihrer selbst geschriebenen und komponierten Chansons vorspielen.

»Sie sind eine wirkliche Begabung, mein Kind«, sagte er zu ihr, »aus Ihnen ließe sich eine gute Kabarettistin machen. Aber Sie wissen ja, wie wir von oben, was Neueinstellungen anbelangt, überwacht werden. Gerade mein Hobby, begabten Nachwuchs zu fördern, erregt ihren Argwohn. Erst die Abstammung, dann 's Talent. Was mache ich nur mit Ihnen?«

Auf jeden Fall gab er ihr eine Dauerkarte zu freiem Eintritt ins Kabarett und die Erlaubnis, jeden dritten Freitag vormittag im Theaterraum mit dabei zu sein, wenn der Nachwuchs ausgesucht wurde. – Von nun an saß sie fast pausenlos Abend für Abend in der ersten Reihe und verfolgte gespannt die Darbietungen. Es war zwar auch vieles dabei, das mehr in ein Varieté als auf eine Kleinkunstbühne gehörte – Akrobaten, Equilibristen, Zauberkünstler –, aber dazwischen gab es immer wieder ein Bonbon. Am meisten freute sie sich, wenn Werner Finck konferierte und in gespielter Unbeholfenheit seine vielsagenden Pausen entstehen ließ, auf die das gewiefte Berliner Publikum nur wartete, um loszujubeln. Aber auch andere Vortragende bewiesen Mut. Da waren die Drei Rolands, eine Gesangsgruppe mit einer Nummer über Rennpferde mit klassischen Namen und einem Buchmacher, den sie um einen Tip bitten:

»Wir war'n platt, absolut,
woher kennt der Mann die Klassiker so gut?
Ja, das kommt davon, wenn man Tag und Nacht
nur behördlich zugelass'ne Bücher macht!«

Und dann der unverwüstliche Wilhelm Bendow, von den Berlinern »das Lieschen« genannt, ein Komiker, der seine eigengeschlechtliche Veranlagung gern auf der Bühne glossierte. Der brachte einen sehr gewagten kleinen Sketch, in dem er einen Freund namens Hansen auf der Straße traf:

BENDOW Tagchen, Hansen. Du, stell dir vor, was mir gestern passiert ist! Also – geh ich über den Kudamm, kommt 'ne Gruppe SS-Männer hinter mir her. 'ne ganze Rotte, sag ich dir. Ruft immer: »Jude! Jude!« – Dreh ich mich um und sage: »Nein nein, Sie irren sich, ich bin keiner.«

Geh weiter. Am Wittenbergplatz sind die doch immer noch hinter mir her mit ihrem dummen Gerufe. Dreh ich mich wieder um und sage – ganz auf die Freundliche –: »Nein, wirklich nicht! Nicht doch – ich bin keiner!«

Geh wieder weiter. Bin schon am Nollendorfplatz. Dreh mich um – was seh ich? Sie sind immer noch hinter mir her. Ist's mir aber zu dumm geworden! Hab ich gesagt: »Also bitte sehr, meine Herren – wenn Sie mir denn absolut nicht glauben wollen, dann bin ich bereit, mit Ihnen zu gehen« – jawohl, das hab ich gesagt!

HANSEN Um dich verhaften zu lassen?

BENDOW Wo denkst du hin? Um ihnen zu beweisen, daß ich keiner bin! Was soll ich dir weiter erzählen? – Ist noch ein ganz reizender Abend geworden –!

Es war nicht so sehr das Wagnis der Freimütigkeit in bezug auf die Sonderheit des Kabarettisten, als vielmehr das seines deutlichen Hinweises auf die schon sprichwörtlichen homosexuellen Praktiken im Kreise der Ehrengarde des Führers, das den Sketch äußerst riskant machte. Aber die selteneen schwarz uniformierten Besucher des Ka-de-Ko kamen gar nicht auf die Idee, es auf sich zu beziehen. Und während das übrige Publikum um die Sicherheit des beliebten Kabarettisten bangte, lachten die Betroffenen nur schallend über den Komiker mit der gezierten Sprache und den weiblichen Gesten. –

Die Vorbereitungen zu den speziell von Schäffers eingerichteten Nachwuchs-Matineen waren meist erheiternde Angelegenheiten. Jeden dritten Freitag morgen durfte alles, was sich für begabt hielt, ins Theater kommen und sich auf der Bühne produzieren. Ein Gremium im Zuschauerraum, zu dem jetzt auch Helga zählte, hatte die Besten auszusuchen und sie mit anderen Besten aus den Vorwahlen zu einer öffentlichen Matinee zusammenzustellen. Hier war dann das Publikum der Richter. Der Sieger oder die Siegerin erhielt einen Vertrag ans Ka-de-Ko. So gern sie bei der Auswahl mitwirkte, so schmerzlich war es ihr, da oben nicht mitmachen zu dürfen. Phantastisch, was sich so alles für begabt hielt!

Fußballer, die mit verlegen hängenden Armen ›Dein ist mein ganzes Herz‹ laut und falsch in die Gegend schmetterten, Schulmädchen, die mit einstudierten BDM-Bewegungen Raumgymnastik betrieben und sich als Tänzerinnen bezeichneten, Minna, die von der Gnädigen frei bekommen hatte und mit bebender Stimme die Ballade von Ritter Kuno, dem Schrecklichen, vortrug – ja sogar einer, der nicht vor dem Horst-Wessel-Lied zurückschreckte, um seine stimmlichen Qualitäten unter Beweis zu stellen – und sie, Helga, durfte nicht auf die Bühne –. Meistens lächelte und applaudierte sie höflich, aber in Wahrheit war ihr oft genug zum Heulen zumute.

Es war während einer dieser Freitagvormittage, daß sie plötzlich das Gefühl hatte, beobachtet zu werden. Vorsichtig wandte sie den Kopf. Im Halbdunkel des fast leeren Zuschauerraums begegnete ihr Blick ein paar forschenden großen Augen. Sie gehörten Hans Theo Hauser, dem im Volk so beliebten Humoristen. Seine große Popularität verdankte er hauptsächlich seinen gekonnten Imitationen verschiedener Stimmen, die er in seinen Vorträgen miteinander sprechen ließ. Es gab eine Menge Radiosendungen mit ihm, und seine Schallplatten verkauften sich ausgezeichnet. Helga, die sich nichts aus volkstümlicher Kunst machte, hatte zwar schon viel von ihm gehört, unter anderem auch, daß er Direktor zweier Berliner Theater sei, aber gesehen hatte sie ihn bisher nur auf Bildern und auch da nur in verschiedenen Verkleidungen. Sie war überrascht, wie gut dieser Fünfzigjährige in Wirklichkeit aussah. Was machte er hier? Und weshalb starrte er sie so an?

Als sie nach Beendigung der Proben auf den Gang hinaustrat, kam er auf sie zu, blieb vor ihr stehen, sah sie aus dunklen Augen nachdenklich an: »Verzeihen Sie – wer sind Sie?«

»Ich? Nun, ich ...«

»Ihr Name?«

»Helga Altenberg!«

»Sind Sie Schauspielerin?« Er fragte ganz sachlich.

»Ja – nein – ein bißchen ...«

Geistesabwesend, sie nicht ohne Anerkennung betrachtend, meinte er: »Es könnte gehen – Bewegungen – Gesichtsschnitt – käme auf einen Versuch an.«

Helga spürte ihr Herz klopfen: »Bitte – was meinen Sie?«

Jetzt lächelte er, ein flüchtiges schüchternes Lächeln. Nur um die Mundwinkel. Die großen, fast schwarzen Augen blieben ernst: »Theater Friedrichstraße. Meine Hauptdarstellerin ist erkrankt. Ernstlich. Liegt im Krankenhaus. Die neue Rolle – ich brauche einen Ersatz. Würden Sie sich zutrauen, eine Hauptrolle zu übernehmen?«

Sie stand wie erstarrt. Hatte sie recht gehört? Sie, Helga Altenberg, ein Theaterstar? Vor Aufregung vergaß sie alle schwerwiegenden Gegengründe, brachte nur heiser hervor: »Ich weiß nicht – habe noch nie auf einer Bühne gestanden.«

In diesem Augenblick trat Schäffers hinzu. Schmunzelnd legte er den Arm um ihre Schulter und sagte: »Begabtes Mädchen, Hauser. Wünschte, ich könnte mehr für sie tun. Laß dich mal wieder am Stammtisch sehen. Bin jetzt leider verabredet. Wiedersehn!«

»Ich habe noch nie Theater gespielt – ich meine, auf der Bühne!« wiederholte sie.

»Das macht nichts«, seine leise Stimme klang immer noch wie geistesabwesend, »wir werden arbeiten. Hart arbeiten, täglich mindestens drei bis vier Stunden. Wollen Sie?«

Und ob sie wollte!

»Gut denn. Proben wir bei mir oder bei Ihnen? Mir ist es egal.«

Von Besuchen bei alleinstehenden Männern hatte sie genug: »Bei mir, bitte!«

»In Ordnung. Wo wohnen Sie? Können wir morgen nachmittag um drei anfangen? In sechs Wochen ist Uraufführung!«

Es kam alles so schnell, so überraschend, daß sie sich erst fassen mußte. Endlich bekam sie wieder Boden unter die Füße; die Erstarrung wich: »Es tut mir leid, Herr Hauser – aber es geht nicht!« Das volle bräunliche Gesicht, das nur aus Augen zu bestehen schien, blieb unbeweglich: »Und weshalb nicht? Lampenfieber?«

»Nein, nicht deshalb. Abstammungsschwierigkeiten.«

»Ganz? Halb? Dreiviertel?«

»Mischling ersten Grades.«

Jetzt lächelten auch die Augen: »Darüber machen Sie sich keine Sorgen. Die Sondergenehmigung werde ich schon für Sie bekommen. Wäre nicht das erste Mal. Und jetzt entschuldigen Sie mich bitte, ich muß fort. Bis morgen bei Ihnen, Fräulein Altenberg!«

Völlig verwirrt blieb sie zurück. Ob er es wirklich ernst gemeint hatte? Eine große Theaterrolle? Eine Hauptrolle? War nun die Chance ihres Lebens gekommen? Oder hatte er auch nur Absichten wie alle Knilche? Aber eigentlich – den Eindruck hatte er nicht gemacht. War alles ganz sachlich gewesen, der Tonfall, die Art, mit der er ihr klargemacht hatte, daß viel Arbeit dahinterstecke. Natürlich würde sie morgen nachmittag auf der Hut sein. Vorsichtig, sehr vorsichtig. Sie wußte jetzt Bescheid mit Männern. Aber nebenan waren ja die Unzertrennlichen, die ihr gewiß im Ernstfall zu Hilfe eilen würden, und Moni. In der Fredericia fühlte sie sich sicher.

Bevor sie sich an diesem Abend schlafen legte, überdachte sie noch einmal diese seltsame Begegnung. Aber sie konnte nichts an ihr finden, was ihr Mißtrauen verdient hätte. Außerdem sah Hauser nicht aus wie ein Casanova. Gewiß, er war eine attraktive Erscheinung mit dem dunklen glatt zurückgekämmten Haar ohne einen Schimmer von Grau, jugendlich und sehr gepflegt. Aber er entsprach nicht ihrem Typ, den sie sich langschädlig, sanft, mit schmalem Gesicht und einem kleinen Stich ins Degenerierte, verträumt, romantisch, zärtlich vorstellte – das möglichst krasse Gegenteil zu ihrem Vater. Was sie an Hauser besonders überraschte, waren seine traurigen Augen. Sie hatte zwar gehört, daß beispielsweise Clowns zu den melancholischsten Menschen zählen sollten. Aber es war ihr immer irgendwie paradox erschienen. Es mußte also doch etwas Wahres daran sein.

Sie dachte an das Theater in der Friedrichstraße. Eine kleine, aber ausgezeichnete Bühne mit gutem Ruf. Und dort sollte sie eventuell – nicht auszudenken! –

Hauser hielt Wort. Er kam kurz nach drei Uhr, brachte eine Mappe mit Manuskripten und einige Formulare zum Unterschreiben mit, Anträge zur Sondergenehmigung für die Arbeit als Schauspielerin an einer deutschen Bühne. Wo »Theaterdirektion« stand, hatte er schon unterzeichnet.

Zunächst einmal ließ er sie das Treatment des Stückes lesen. Ihre Rolle war die einer exzentrischen jungen Dame, Tochter eines steinreichen Vaters, die mit ihren verrückten Launen und Einfällen einschließlich ihres hartnäckigen Verehrers alle durcheinanderbrachte. Natürlich zog sie zum Schluß doch den kürzeren und wurde von dem Hartnäckigen geheiratet.

»Nicht gerade sehr originell!« fand Helga.

»Aber mit Happy-End. Das wollen die Leute!«

»Wieso Happy-End? Sie heiratet doch?«

Überrascht sah er sie an: »Wollen Sie denn nicht auch später einmal heiraten?«

»Ich? Nie!« verkündete sie stolz, »ich will mir meine Freiheit bewahren. Und eine große Künstlerin werden!«

Er lächelte etwas melancholisch, schob es ihrer großen Jugend zu: »In ein paar Jahren sprechen wir uns wieder!« sagte er, »auch große Künstlerinnen können eine gute Ehe führen.«

»Nee, das sind Ammenmärchen!« erklärte sie weise, »'ne Ehe vermiest einem die Lust zum Arbeiten, weil währenddessen der Mann mit 'ner anderen in der Gegend herumzieht!«

»Sie haben nicht viel Vertrauen in Männer.«

»Überhaupt keins«, gestand sie freimütig, »Männer sind ganz gemeine Egoisten, die die Frauen nur ausnützen!«

»Aha. Sie müssen es ja wissen bei Ihrer großen Erfahrung!« nickte er ernsthaft, »und nun los an die Arbeit!«

Die erste Woche bestand nur aus Leseproben. Er war unerbittlich. Jeder Satz, jedes Wort mußte so lange wiederholt werden, bis es saß. Dazwischen idiotische Sprechübungen für Vokale wie ›Barbara saß nah am Abhang‹ für A; ›Es streben der Seele Gebete den helfenden Engeln entgegen‹ für E oder das alberne stockschnupfenklingende: ›Ist dies Idyll hier nicht des Friedens Bild? Erblick ich's – wie? – in diesem Lichte wieder?‹ Die Übung für AU klang aus ihrem Mund wie eine Parodie auf die tiefe Stimme der Leander: ›Es schaut aus blauem Auge so traurig auf die Frau!‹ Sie sagte es nicht nur, sie tat es auch mit der flehenden Bitte, wieder auf das Rollenstudium überzugehen. Aber Hauser ließ nicht locker. Als er ihr die Wechselübung für die Vokale A und O vorsprach, lachte sie so, daß ihr die Tränen in den Augen standen. Es sah aber auch zu komisch aus. Bei dem idiotensicheren Satz: ›Trostarm kommt am Sonntag Dora; klopft dann froh, da Wolfgang fort war‹ ging der Mund wie ein Gummiband abwechselnd in die Breite bis fast zu den Ohren und zog sich wieder zu einem Kringel unter der Nase zusammen. Erst langsam, dann immer schneller. Hauser ließ sich nicht irritieren. Jetzt war er nicht mehr der Humorist, Liebling des Volkes, sondern der strenge Theaterdirektor, der es sich nicht leisten konnte, eine mittelmäßige Kraft mit einer wichtigen Rolle zu betrauen. Oft war sie schon nach einer Stunde todmüde, ihr Gehirn von dem ewigen Wiederholen alberner Worte wie ausgelaugt. Dann bat sie um eine Pause. Er aber erinnerte sie daran, daß es Sondergenehmigungen nur für ebenso besondere Leistungen gäbe – also weiter!

Tag für Tag, Woche für Woche arbeiteten sie die Nachmittage durch. Nicht ein einziges Mal zeigte er auch nur das leiseste Anzeichen privaten Interesses an ihr. Sie wußte, er war verheiratet, lebte von seiner Frau getrennt und hatte drei Kinder, die bereits über Zwanzig waren. Allmählich gewöhnte sie sich daran, in ihm eine Art Vaterersatz zu sehen, einen Vater, der es gut mit ihr meinte, der sie mit viel Geduld zu dem Beruf erzog, den sie selbst sich auserwählt hatte, der sie anspornte und an ihr Talent glaubte. Es waren glückliche Wochen für sie, Wochen, in denen sie artikuliertes Sprechen und schauspielerische Bewegung lernte. – Zufälligerweise begegnete keiner der Hausbewohner dem Gast, wenn er ein- und ausging. Das, fand sie, war schade.

Eines Tages bat er sie, die Probe in sein Haus in Dahlem zu verlegen, da er einen wichtigen Anruf erwarte. Willi, sein Chauffeur, würde sie mit dem Wagen abholen. Im eleganten Mercedes fuhr sie hinaus zur kleinen Villa zwischen Blautannen. Der Luxus des im Bungalowstil gebauten modernen Hauses überraschte sie. Schmiedeeisernes Gitter – Kieseinfahrt um gepflegten Rasen – helle Mauern, breite Fenster, tiefgezogenes Dach. Ganz Kopie eines englischen Cottage. Innen war es noch behaglicher. Sie sah sich um. Weiche Teppiche, Wandlampen, bequeme Sofas und Sessel mit bunten Kissen. Statt der Verbindungstüren zwischen den Zimmern bogenförmige Durchgänge. Geschmackvolle Antikmöbel aus Mahagoni, eingebaute Wandnischen mit kostbaren Vasen, ein paar wertvolle Gemälde in schlichtem Goldrahmen, darunter ein Corot. Im großen Eingangsraum, mit den Rückfenstern auf einen Garten hinaus, ein Bechsteinflügel neben der Tür zur Loggia.

War es möglich, daß dieser ›Volkstümler‹, wie ihn ihre Freunde etwas geringschätzig nannten, einen derart exklusiven Geschmack besaß? Gewiß, es war natürlich vor allem eine Geldfrage. Hauser, so erzählte man sich, sollte steinreich sein. Dennoch …

»Haben Sie das alles hier selber ausgesucht?«

»Jedes einzelne Stück!« Liebevoll streichelte er eine Wedgewood-Vase, »ich habe eine Leidenschaft für schöne alte Dinge. Sehen Sie diese Glasarbeit. Wie gefällt sie Ihnen?«

Helga bewunderte ein wunderschönes gotisches Kirchenfenster, das von innen angestrahlt wurde. Weniger entzückt war sie allerdings, als sie entdeckte, daß es sich aufklappen ließ und als Tarnung für die reichhaltige Hausbar diente. Über Geschmack ließ sich bekanntlich streiten.

»Mein Haus hab ich mir übrigens auch allein entworfen. Ohne Architekten.«

»Wundervoll!« sagte sie ehrlich und dachte: ›Mein Traumhaus.‹ So stellte sie sich ihre Behausung vor, wenn sie erst einmal ein Star sein würde. Was man hier für Parties geben könnte! Die Möbel ließen sich leicht zur Seite schieben und die Teppiche aufrollen – wo war denn ein Grammophon? Ein anständiger Musikschrank schien noch zu fehlen.

»Jetzt trinken wir erst mal Kaffee«, unterbrach der Hausherr ihre Träumerei, »kommen Sie, setzen Sie sich!«

Aus einer Silberkanne goß er duftenden Mokka in hauchdünne Kaffeeschalen und stellte einen Teller mit Gebäck vor sie hin. Sie ließ es sich schmecken, fühlte sich wohl wie selten zuvor. Nach der zweiten Tasse Kaffee stand Hauser auf: »Und nun, mein Kind, los, an die Arbeit!«

In solcher Umgebung machte das Arbeiten doppelten Spaß. Hier fühlte sie sich wirklich als die verwöhnte Tochter des reichen Vaters. Sie wurde geradezu übermütig und warf die einstudierten Sätze hin, als seien sie ihr eingeboren.

Von nun an arbeiteten sie jeden Nachmittag in der Hauserschen Villa. Pünktlich um zwanzig Minuten vor drei erschien Willi, der Chauffeur, mit gezogener Mütze vor ihrer Tür in der Fredericiastraße. Natürlich konnte das den andern auf die Dauer nicht verborgen bleiben.

»Mensch, Helga, hast du dir etwa 'nen Bonzen angelacht?«

»Sag mal, haste 's jroße Los jezogen?«

»Jetzt wirste wohl zu fein für uns, was?«

Ärgerlich sah sie sich um: »Quatscht doch nicht dämlich! Wenn ihr's denn absolut wissen wollt: der Hauser läßt mich abholen.«

»Was? Halt mich fest – der Hans Theo? Wie biste denn an den geraten? Hätt ich dem gar nicht zugetraut – der alte Casanova!«

»Ist ja gar nicht so! Ich hab nicht das geringste mit ihm, damit ihr's wißt. Nehm' Schauspielstunden bei dem!«

Die Bande guckte skeptisch: »Willste denn Komikerin werden? Tierimitatorin?«

»Erstens ist Hauser auch Theaterdirektor, falls euch das entgangen sein sollte. Und zweitens imitiert er gar keine Tiere – ach, hat ja keinen Zweck, ihr glaubt mir ja doch nicht.«

»Reg dich doch nicht auf, Herzchen«, brummte Ilse beschwichtigend, »das sind doch alles Ignoranten. Ich glaube dir. Tschüß, mach's gut!«

Als sie an diesem Nachmittag bei der Villa ankam und er sie an der Tür empfing, spürte sie sofort, daß irgend etwas vorgefallen war. Seine dunklen Augen schienen ihr noch trauriger als sonst. Er war sehr ernst. Wortkarg schenkte er den Kaffee ein. Sie wurde immer unruhiger. Schließlich hielt sie es nicht mehr aus: »Ist irgend etwas nicht in Ordnung?«

Er setzte die Tasse ab, blickte sie lange schweigend an.

»Ich habe heute Antwort vom Fachschaftsverband bekommen...«

»Wegen der Sondergenehmigung?«

»Ja.«

»Und?«

»Abgelehnt. Nichts mehr zu machen.«

»Abgelehnt? Ja aber – wieso denn? Sie sagten doch, sonst hätten sie auch in solchen Fällen die Erlaubnis erteilt – ich verstehe nicht...«

»Die Gesetze sind in den letzten Wochen verschärft worden!«

»Aber da muß doch noch was zu machen sein, Herr Hauser!« schrie sie völlig aus der Fassung gebracht: »Da muß doch noch irgendwas zu machen sein – irgendwie – eine Eingabe, hören Sie, ein Gesuch an irgendeine höhere Instanz – die können doch nicht so einfach ablehnen – das gibt es doch nicht...«

Sie geriet gänzlich außer sich, rang nach Luft, während sie wie eine Wahnsinnige unentwegt wiederholte: »Das kann ja nicht wahr sein – da muß doch noch was zu machen sein.«

Sie hörte nicht, daß er sie zu beruhigen versuchte. Aus, alles aus! All die Arbeit der letzten Wochen, ihre ganzen Hoffnungen, ihre Zukunftsträume – einfach aus, zerschlagen, zerronnen in nichts – eine höhnische Stimme sagte in ihrem Innern: ›So, da hast du's! Du mit deinem Kinderglauben! Wer bist du denn, daß du dir einbilden konntest, die ganze Gesetzgebung auf den Kopf zu stellen, he? Hast wohl gedacht, du bräuchtest nur mit dem kleinen Finger zu winken, und Hitler würde deinetwegen den Mischlingsparagraphen streichen lassen? Aus mit Sondergenehmigungen! Aus mit Karriere! Hast du's jetzt endlich kapiert?‹

Der furchtbare Rückschlag versetzte sie in einen Schockzustand. Sie dachte nichts mehr, sah nichts mehr, begriff nichts mehr außer dem einen Wort, das wie ein zu großer Bissen im Hals saß und ihren Atem flach gehen ließ: Aus!

Sie merkte auch nicht, daß sie sich erhoben hatte, automatisch nach ihrer Handtasche gegriffen und gesagt hatte: »Ich verstehe. Dann gehe ich jetzt. Leben Sie wohl!«

Sie sah auch nicht mehr, daß mit Hausers Gesicht eine Verwandlung geschehen war. Wie eine schon zu lange getragene Maske war die väterlich-wohlwollende Miene von ihm abgefallen. Als sie bereits die Tür erreicht hatte, war er mit einem Satz neben ihr, riß sie am Arm ins Zimmer zurück, schrie sie an: »Du darfst jetzt nicht gehen, du darfst nicht! Ich liebe dich doch – hast du das denn nie gefühlt? Aber ich wollte dich nicht erschrecken. Ich kann nicht mehr ohne dich sein – mach, was du willst, aber geh nicht fort, ich fleh dich an!« Er schlang seine Arme um ihren völlig gefühllosen Körper, zog sie neben sich auf das Sofa, bedeckte Hals, Arme, Mund mit rasenden Küssen. Sie ließ es willenlos geschehen – es geschah ja gar nicht ihr, sondern jemand anderem an ihrer Stelle. Sie war weit weit weg.

Seine Küsse wurden immer wilder, immer begehrlicher. Und als sie sich noch immer nicht wehrte, als sie keinen Versuch unternahm, sich seinen Umarmungen zu entziehen, verlor er schließlich alle Beherrschung und nahm sie ganz, er, der Fünfzigjährige, noch sehr vitale, das neunzehnjährige Mädchen, das seine Tochter sein konnte. Helga blieb vollkommen unbeteiligt. Wieder einmal geschah es, daß vor ihren Augen ein Mann, rasend vor Gier und Verlangen, einen Mädchenkörper nahm, daß zitternde Hände mit runzelnplissierter Haut tasteten, zugriffen, streichelten und kneteten. Daß der helle halbzerdrückte Leib, dessen Kleider in wirrem Durcheinander halbzerrissen auf dem Teppich verstreut lagen, der ihre war, kam ihr vorläufig kaum zu Bewußtsein. Sie selbst war in weiter Ferne, getrennt von ihrem Körper und sah zu – gefühllos und gleichgültig. Alles war gleichgültig – die Dinge geschahen irgendwo im Weltraum – auf einem fremden Planeten. Erst jetzt begann sich der schwere Schock auszuwirken. – Nachdem der erste Rausch verklungen war, begann Hauser wieder zu sich zu kommen, erkannte an den unbeweglichen Pupillen ihrer starren Augen, was er angerichtet hatte. Da er glauben mußte, eine noch Unschuldige verführt zu haben, geriet er außer sich vor Reue und Scham über seinen Mangel an Beherrschung: »Verzeih mir – bitte bitte, verzeih mir …« er barg das Gesicht an ihrer gleichgültigen Schulter, »ich wußte nicht, was ich tat – der Gedanke, dich zu verlieren – ich liebe dich – hörst du mich? Ich liebe dich! – Sag, daß du mich verstehst, daß du mir verzeihst – sag doch nur ein Wort, ein einziges …« Sie rührte sich nicht, saß wie eine lebensgroße Puppe in der Sofaecke und starrte mit leeren Augen an ihm vorbei. Endlich begriff er, daß sie immer noch unter Schockeinwirkung stand, daß sie ihn gar nicht hörte und vermutlich auch nicht voll erfaßt hatte, was in den letzten Minuten vorgefallen war.

Sehr vorsichtig nahm er sie auf seine Arme, trug sie ins Schlafzimmer, legte sie in das breite Schleiflackbett und breitete behutsam die Decke über sie. Danach dunkelte er den Raum ab und schlich sich auf Zehenspitzen hinaus. Instinktiv hatte er das einzig Richtige getan. Unter der gleichmäßigen Wärme der Daunen löste sich die Starre allmählich und ließ sie in traumlosen Schlaf sinken.

Als sie am nächsten Morgen erwachte, sah sie verblüfft um sich. Seit wann hatte sie eine goldseidene Steppdecke und ihr Bett ein geflochtenes Fußende? Und wieso war es so still und friedlich um sie? Wo waren die lärmenden Knaben vor ihrer Tür, das Liftgebrumm, das gewohnte Türenknallen? Sie setzte sich auf.

Wie ein Schlag aus dem Dunkel traf sie das Erinnern: ›Keine Rolle – keine Genehmigung – Gesetze verschärft – keine Hoffnung mehr – aus!‹ Zum ersten Mal war sie in voller Wucht mit der gläsernen Wand zusammengeprallt, die sie von nun ab unbarmherzig von jeder weiteren Teilnahme am ›deutschen Kulturschaffen‹ ausschließen würde. Der Anfang vom Ende. – Und was nun? Außerdem war da noch was gewesen – richtig, Hauser. Wieder das gleiche. Hatte man ja vor zwei Jahren schon einmal erlebt. Immer die gleiche Schweinerei – oder vielleicht doch nicht ganz. Hauser schien wirklich sein Herz an sie gehängt zu haben – war wohl doch nicht ausschließlich sexuelle Begierde gewesen, sondern auch – aber was zum Teufel hatten seine Beweggründe mit ihren Empfindungen zu tun? Danach fragte keiner. Sie hatte das alles so satt, das ganze Theater mit dem Lobgesang auf ihr Talent und den Versprechungen. Und zum Schluß kam immer wieder das dabei heraus!

»Scheiße, verdammte!« sagte sie laut, gerade, als die Tür aufging und ihr Gastgeber im perfekt geschnittenen hellgrauen Anzug hereinschaute: »Guten Morgen, mein Liebes!« sagte er zärtlich, »hast du gut geschlafen?«

›Mein Liebes‹! Und das am frühen Morgen auf nüchternen Magen!

»Hunger!« sagte sie.

»Ja natürlich. Ich habe das Frühstück schon vorbereitet – möchtest du erst baden und dann frühstücken, oder …«

»Erst frühstücken!« befahl sie ärgerlich. Wenn sie ›Hunger‹ sagte, meinte sie das auch. Aber dazu kannte er sie wohl noch zu wenig.

»Warte, Häschen, ich bringe es dir!«

›Häschen?‹ Wo kam denn diese unpassende Bezeichnung her? Ach so, von ›Betthäschen‹ vermutlich. Voll Ärger knallte ›Häschen‹ das Kopfkissen an die Tür. Nein, das war falsch, das arme Kissen konnte nichts dafür. Sie turnte über den Bettrand und trug es auf seinen Platz zurück. Gerade zog sie die letzte Zehe ein, als Hauser mit dem eigenhändig von ihm für sie zubereiteten Frühstückstablett erschien.

Stolz stellte er es vor sie auf die Steppdecke, richtete ihr die Kissen in ihrem Rücken zum Sitzen. Es sah verlockend aus: großer dampfender Kaffeetopf mit Frühstückstasse, frische Semmeln, Butter, Schinken, Marmelade, ein gekochtes Ei mit Filzhut zum Warmhalten – er hatte an alles gedacht. Hungrig fiel sie drüber her. Im Nu waren die Teller leer.

›Das sollte man mit den Männern machen!‹ dachte sie und köpfte ihr Ei mit Schwung.

Hauser beobachtete sie voll Wärme mit einer Mischung aus Zärtlichkeit und Besitzerstolz: »Schmeckt es?«

»Hm.« Mit vollen Backen konnte man nicht sprechen.

Plötzlich, zwischen zwei Bissen, fiel ihr etwas ein. Die Hand mit der Schinkensemmel blieb auf halbem Weg zum Mund stecken. Was hatte ihre Mutter gesagt?: »Eines, Helga, mußt du mir versprechen. Wenn es mal so weit kommt mit einem Mann – also, ich meine, zu weit, dann mußt du auch bei ihm bleiben. Das gehört sich so. Mädchen, die das nicht tun und später mit anderen Männern gehen, werden Huren!« Die kleine Frau hatte ihre Lebenserfahrung teils ihrer Kindererziehung vor der Jahrhundertwende, teils der nicht weniger puritanischen Jungmädchenlektüre für höhere Töchter aus gebildetem Hause zu verdanken. Dies vergaß ihre Tochter zu bedenken, als sie nun, nach dem letzten Bissen Ei, lustlos verkündete:

»Ich werde bei dir bleiben!«

Seine Augen leuchteten auf. Mit einem Satz war er bei ihr, ergriff ihre Hand, küßte sie stürmisch: »Ich wußte es ja, mein Liebes, ich spürte doch, daß auch du – nicht wahr, du warst nur zu stolz, es zu zeigen? Ich bin ja so glücklich – sag doch, bist du es auch? Ein ganz klein bißchen?«

»Vorsicht, mein Kaffee!« Ärgerlich brachte sie den Rest ihrer Tasse in Sicherheit. Er merkte nichts: »Ja, wir werden zusammenbleiben. Immer. Nie mehr lasse ich dich fort, nie mehr!«

»Und Ihre – ich meine, deine Frau?«

»Sie hat mich nie verstanden, weißt du. Wir haben nur eine Formalehe geführt.«

»Mit drei Kindern?«

»Die sind ja schon erwachsen. Ich werde die Scheidung einreichen, Häschen, und dann werden wir heiraten. Vielleicht bist du schon in wenigen Monaten meine süße kleine Frau – ich will dich verwöhnen, dich auf Händen tragen – ach, mein Liebes, wenn ich dir nur sagen könnte, wie glücklich du mich machst. Ich fühle mich ja so jung! Wie ein Achtzehnjähriger – fühlst du das auch?«

Helga warf einen verständnislosen Blick auf die unzähligen eingekerbten Runzeln, die sich durch das breite Lachen noch verschärfend zusammenschoben.

»Ja«, sagte sie gelangweilt zu seinen Worten und dachte: ›Courths-Mahler‹.

»Möchtest du jetzt ein Bad, ja? Ich lasse es dir einlaufen. Warte, ich bringe dir einen Bademantel!«

Eilfertig verschwand er. Kurz darauf hörte sie das hohle Trommeln des einlaufenden Wassers in die leere Wanne.

Bis zum Kinn in wohltemperiertes Wasser eingetaucht – gerade richtig zwischen warm und heiß – begann sie sich besser zu fühlen. Was hatte er ins Wasser getan? Roch ja wie 'n ganzer Blumenladen. Bißchen süßlich, aber nicht unangenehm. Durch das Milchglas des hohen Fensterchens fiel Sonnenlicht in unregelmäßigen Streifen auf die hellblauen Kachelwände und malte weißlich glänzende Muster hinein. Genüßlich plätscherte sie vor sich hin, zu faul, zur Seife zu greifen.

So war das also. Hier war man nun, am hellen Vormittag, in der Badewanne eines fremden Mannes. Genaugenommen, in der Badewanne von Hans Theo Hauser, dem berühmten Humoristen. Seltsame Sache. Von jetzt an hatte sie ein ›Verhältnis‹. Klang schick und modern, solange es andern widerfuhr. Die Mädchen, die sie früher gekannt hatte, waren alle sehr stolz darauf gewesen, ›Verhältnisse‹ zu haben. In Schauspielkreisen dagegen galt es als Selbstverständlichkeit und kaum erwähnenswert. Aber wie dem auch sei – wichtig oder unwichtig –, solch eine Partnerschaft hatte auf jeden Fall neben verschiedenen kleineren Annehmlichkeiten eine recht unangenehme Seite: Wie in einer Ehe würde das unerfreuliche Gebalge zur Pflichtübung gehören. Ob man sich daran gewöhnen könnte? Abstoßend wirkte Hauser nicht auf sie; seine körperliche Nähe während ihrer gemeinsamen Arbeit hatte sie nie als unangenehm empfunden. Außerdem schmeichelte seine Berühmtheit ihrer Eitelkeit. Wenn sie ihm nun noch beibringen könnte, seine Leidenschaft etwas zu bezähmen, sanfter, geduldiger mit ihr zu verfahren, dann wäre das Ganze vielleicht gar kein solches Drama. Schließlich war sie ja schon neunzehn – höchste Zeit, endlich erwachsen zu werden.

Etwas gurgelte. Über den Füßen begann sich das Wasser zu drehen. Vor lauter Überlegung war ihr großer Zeh in das Kettchen geraten und hatte den Stöpsel herausgezogen. Rasch beugte sie sich vor und reparierte den Schaden, bevor der schnell absinkende Wasserspiegel sie völlig freilegte. Nachlaufen lassen – au, glühend heiß – kaltes dazu – so, besser. Das frisch einströmende Wasser belebte, vertrieb die Faulheit aus den Gliedern. Sie ergriff die Badebürste am Holzstiel und begann sich abzuschrubben. Das tat gut.

Rot und gestärkt entstieg sie mit dampfender Haut dem Bad und wickelte sich in bereitgelegte frottierte Rosenranken auf gelbem Grunde. Merkwürdiges Muster für einen Mann! Die Vorstellung seines runden Gesichts mit den traurigen Dackelaugen über rosendrapiertem Körper amüsierte sie. Schadenfroh gluckste das abfließende Wasser mit. Sie zog sich an, machte sich mit den wenigen Kosmetikutensilien aus ihrer Handtasche so gut wie möglich zurecht und ging ins Wohnzimmer zurück, wo ein ungeduldiger Hauser sie schon erwartete.

»Du siehst bezaubernd aus, Häschen!« sagte er zärtlich und küßte ihr die Hand. –

»Kann ich mal telefonieren? Ich möchte einer Freundin zu Hause Bescheid sagen, daß ich heute erst gegen Abend...«

»Hör zu, Häschen. Darüber wollte ich gerade mit dir sprechen. Ich schlage vor, wir fahren jetzt zu dir, und dann packst du deine Sachen zusammen – alles, was du so brauchst –, und das bringen wir dann hierher. Denn du wohnst doch von jetzt an bei mir, nicht wahr?«

Sie mußte sich erst einmal setzen. So also begann ein ›Verhältnis‹ – mit Wohnungswechsel? Alles bislang Liebgewordene, Vertraute aufgeben und in die Welt des Mannes überwechseln? Das war gar nicht schön, ein ziemlich beängstigender Gedanke sogar, ging man ihm gründlicher nach. Man durfte ihm eben nicht gründlicher nachgehen – möglichst wenig denken jetzt. Dafür handeln. Nach Hause, Koffer packen, in die Villa ziehen – und dann würde sich schon alles Weitere ergeben. Was geschehen war, war geschehen und nicht mehr rückgängig zu machen. Wenn sie von Hauser jetzt fortging, ohne zu ihm zurückzukehren, war sie eine Hure. Schon zwei Männer, Bettabenteuer und danach aus, das war zu viel, das war unmöglich. Sie hatte es ihrer Mutter versprochen, das anschließende ›Verhältnis‹. Es war die einzig mögliche moralische Konsequenz. –

Auf der Fahrt zur Fredericiastraße war sie sehr schweigsam. Angekommen, schlich sie in ihr Zimmer und begann, wahllos Kleider und Waschzeug in den Koffer zu werfen.

»Deine Platten und Bücher können wir ein andermal holen!« hatte Hauser ihr vorgeschlagen, als sie ihm mit Nachdruck erklärt hatte, aufgeben würde sie ihr Zimmer auf keinen Fall. Und er war klug genug gewesen, nicht darauf zu bestehen. – ›Es ist doch nur wie eine kleine Ferienreise!‹ versuchte sie ihr schlechtes Gewissen zu beschwichtigen.

›Bist du sicher?‹ fragte die verdammte innere Stimme zurück, die sich immer gerade dann meldete, wenn man sie am wenigsten gebrauchen konnte. ›Denn was du jetzt tust, ist Verrat. Verrat an deinen Freunden, an deiner Welt, in die du gehörst, Verrat an dir selbst –‹

Wenn die Stimme doch nur die Klappe halten wollte!

›Ich geh ja gar nicht für immer hier weg!‹

›Nein? Und wenn du heiratest?‹

›Wer denkt denn an Heiraten?‹

›Er!‹

›Ach, bis dahin ist noch lange Zeit...‹

›Lange oder kurze. Auf jeden Fall Zeit, die du in der Villa verbringen wirst!‹ Daß die Stimme aber auch immer das letzte Wort haben mußte!

In bedrückter Stimmung schlich sie sich mit dem Koffer in der Hand an der Pförtnerloge vorbei. Gott sei Dank, der alte Bönicke las seine Zeitung und blickte nicht hoch. Während Hauser mit strahlender Siegermiene ihr Gepäck im Kofferraum verstaute, stieg sie in den schwarzen Mercedes ein und ließ sich anschließend in rasantem Tempo zur Villa zurückfahren.

»Willkommen in deinem neuen Zuhause, mein Liebes!« rief er und half ihr galant beim Aussteigen.

›Fehlt bloß noch, daß er mich über die Schwelle trägt!‹ dachte sie grimmig und lächelte gequält, während ihr die Tränen in die Augen stiegen. ›Einzug der – der was? Gladiatoren? Von Kämpfermut konnte vorläufig keine Rede sein – Einzug der Kinder Israels in Ägypten? Schon eher. Hieß ja eigentlich Auszug. Auszug aus der Sklaverei in die Freiheit. Hier aber, meldete sich schon wieder die Stimme, handle es sich ums genaue Gegenteil. Es war wirklich elend schwer, moralisch zu leben! –

Luxusleben hatte für sie von jeher eine Verlockung bedeutet. Daher ging die Eingewöhnung in die neue Umgebung leichter vor sich, als sie selbst es geglaubt hätte. Es war schon sehr behaglich, morgens das reichhaltige Frühstück am Bett serviert zu bekommen, beim Aufstehen die nackten Füße in weichen Teppich zu versenken oder auch liegenbleiben zu dürfen, wenn man keine Lust zum Herumlaufen verspürte, kurz: sich mal richtig verwöhnen zu lassen, wie es Hans Theo Hauser mit ihr tat.

Dieser hatte völlig den Kopf verloren. Er vernachlässigte seine zahlreichen Engagementsverpflichtungen, kümmerte sich weder um seine Familie noch um seine Freunde. Das junge Mädchen wurde zum Mittelpunkt seines gesamten Denkens und Fühlens. Er war ihr hörig, wartete nur darauf, daß sie einen Wunsch äußern möge, um ihn eiligst zu erfüllen. Zuerst machte ihr das neue Spiel Spaß. Sie sagte: »Musikschrank!«, und sie hatte einen. Sie befahl: »Pelzmantel!«, und ein toller Nerz hing neben ihren Kleidern aus der Fredericiastraße. Sie wünschte: »Mond!«, und er machte es möglich. Es war wie ein Märchen, eines von jenen, in denen schönen launenhaften Prinzessinnen kein Wunsch unerfüllt bleiben durfte.

Sie wurde immer bequemer, um nicht zu sagen faul. Zur Hochschule ging sie so gut wie gar nicht mehr, höchstens noch zu den Filmvorführungen Dr. Schottländers, die mit dem wachsenden Zwang von außen immer mutiger wurden. Wozu noch studieren? Sie bekam ja doch keine Genehmigung zur Ausübung ihres späteren Berufs. Außerdem wollte sie gar nicht mehr Pianistin werden. Pianistinnen waren Dirigenten-Untergeordnete und wirkten meist unfreiwillig komisch, wenn sie in weiblichster Aufmachung mit muskelstarken Armen in grimmiger Verbissenheit auf die wehrlose Tastatur einhauten. Ihr Minderwertigkeitskomplex war ausgeprägt genug, ihr jeden Gedanken an mögliches Lächerlichmachen in der Öffentlichkeit unerträglich scheinen zu lassen.

Da war es viel lustiger, vom tadellos uniformierten Chauffeur Willi im glänzenden Mercedes durch die Straßen gefahren zu werden und große Dame zu spielen. Was Klaus wohl sagen würde, wenn er sie so sehen könnte? Da der Wagen weder Standarte noch spezielle Kennummer trug, war leicht zu erkennen, daß es sich hier nicht um einen Bonzenwagen handelte. Sie konnte mit gutem Gewissen angeben.

Die erotische Seite ihrer Freundschaft mit Hauser begann ebenfalls an Problematik zu verlieren. Wenn ihm denn so viel daran gelegen war – na schön, dann machte man eben mit. Er verfügte über einen noch jugendlichen, sportlich trainierten Körper, an dessen Berührung sie sich zu gewöhnen begann. Außerdem empfand sie Mitleid, fühlte seine krampfhaften Anstrengungen, in ihren Augen jung zu erscheinen, seine Selbsttäuschung. Es war etwas Rührendes in seinem rücksichtsvollen Bemühen, ihr einen Genuß zu vermitteln, den sie nicht einmal ahnte. ›Im Grunde‹, dachte sie, ›dumm und ein wenig lächerlich, das Ganze.‹ Zwei Vergewaltigungen hatten die sexuelle Frage für sie bereits entschieden, noch bevor der erotische Trieb in ihr geweckt war. ›Alle tun es‹, sagte sie sich, ›also muß ich auch. Sogar meine Mutter hat es getan. Sonst wäre ich nicht auf der Welt. Meine Hemmungen sind albern!‹

Nur eines blieb ihr ein Rätsel. Einem ›on dit‹ zufolge sollte es eine ganze Reihe Menschen geben, die es gerne taten – nicht nur Männer, sondern sogar auch Frauen! Sie grübelte eine Zeitlang darüber nach, dann gab sie es auf. Es mußte wohl daran liegen, daß die Frauen anders veranlagt waren als sie. Ob sie abnormal war? Am besten, man gab den Gedanken erst gar keine Gelegenheit, sich mit der ›tierischen Seite‹ menschlicher Beziehungen zu befassen. Tun und sofort vergessen – das eine vom andern trennen –, dann brauchte man sich wenigstens nicht immer hinterher solch primitiven Tuns zu schämen! Erfolgreich verdrängte sie von da an jeden Gedanken dieser Art aus ihrem Bewußtsein.

Fünf Wochen nach ihrem Einzug in die Villa mußte Hauser ins Engagement nach Leipzig. Da ihm der Vertrag von oben her mehr oder minder aufgezwungen worden war, konnte er sich nicht aus ihm lösen. Als er ihr zaghaft vorschlug, ihn nach Sachsen zu begleiten, lehnte sie entschieden ab. Erstens dachte sie gar nicht daran, ihr Berlin auch nur für einen Tag zu verlassen – dazu war es trotz aller Schwierigkeiten für sie viel zu interessant –, und zweitens begann sie der ewig gleichen Unterhaltungen mit ihm schon müde zu werden. Seine Welt, die vielfach von Erinnerungen lebte, war nicht die ihre. Sein bürgerliches, immer väterlich um sie besorgtes Denken langweilte sie. Eine Geisteskoryphäe war er gerade nicht, und ihr wacher Geist verlangte nach unmittelbarer Anregung. Bücher halfen da kaum. Vielleicht ließen sich jetzt, wo er nach Leipzig mußte, neue Möglichkeiten finden? Der Gedanke war erfreulich, aber verfrüht. Denn Hauser war in bezug auf sie geradezu krankhaft eifersüchtig, eifersüchtig auf alles, was jung war. Speziell auf junge Männer, die zu ihr paßten und die sie, müßte er sie hier allein zurücklassen, in seiner Abwesenheit treffen könnte. Daher fand er schließlich eine für ihn äußerst strapaziöse, für sie auch nicht gerade willkommene Kompromißlösung: Tagsüber blieb sie in der Villa allein, konnte schlafen, klavierspielen oder die Haufen von Zeitungsausschnitten über ihn in Alben ordnen. Sie durfte auch ausfahren und sich auf Blankoschecks alles kaufen, wonach ihr der Sinn stand. Doch Willi hatte sie zu bewachen und streng darauf zu achten, daß sie keine jungen Leute traf und sich möglicherweise mit ihnen verabredete. Das Verlassen des Hauses ohne Willi war ihr untersagt, ebenso wie Telefonate mit ihren früheren Freunden.

Selbst zum Essen mußte sie daheim bleiben. Ein berühmtes Restaurant der Innenstadt erkundigte sich telefonisch jeden Abend nach ihren speziellen Wünschen für den nächsten Tag und lieferte jeden Mittag und Abend ins Haus. Die erst so reizvolle Wohnung begann zum goldenen Käfig zu werden. Sie langweilte sich. Vielleicht machte Geld andere Menschen auf die Dauer glücklich – sie jedenfalls nicht. Vor allem begann sie sich nach der Gesellschaft ihrer Altersgenossen zu sehnen, nach ihrer frischen unsentimentalen Art, ihrer unverbrauchten Lebenskraft, nach der Welt der Jugend, zu der sie gehörte. Voller Sehnsucht dachte sie an ihre Freunde auf der Fredericia, die sich gewiß schon wunderten, wohin sie so plötzlich entschwunden war, und an ihre kleine Bude, die ihr auf einmal in all ihrer Einfachheit wie ein Königreich erschien. Dort war sie ihr eigener Herr, frei und unabhängig vom Willen eines anderen gewesen – ein paradiesischer Zustand, verglichen mit dem, wofür sie es eingetauscht hatte –: zur Hölle mit dem ganzen Plunder! Wütend ergriff sie einige Teller des kostbaren Sèvres-Services, das er ihr erst vor einer Woche geschenkt hatte, und pfefferte sie gegen die Wand. Sie zersprangen mit melodischem Splittern, hell und hoch, in viele winzige Stückchen, die sich über den ganzen Raum verstreuten. Sie ließ noch eine Vase – Hausers Lieblingsvase – folgen, dann verrauchte ihr Zorn. Gleichgültig schellte sie Willi und hieß ihn die Trümmer zusammenkehren. – Während des Spätnachmittags und Abends rief Hauser verschiedene Male aus Leipzig an. Erstens, um sich zu vergewissern, daß sie auch noch da sei, zweitens, um ihre Stimme zu hören, der er in seiner Verliebtheit nicht anmerkte, wie sehr sie sich verändert hatte, drittens, um sich immer von neuem nach ihrem Befinden zu erkundigen.

Sofort nach Ende der Vorstellung gegen 23 Uhr setzte er sich in seinen BMW-Sportsitzer und raste Nacht für Nacht im Rekordtempo nach Berlin zurück, um ihr zur rechten

Zeit das Frühstück ans Bett bringen zu können und ihr seine Männlichkeit unter Beweis zu stellen, bevor er nach Leipzig zurückfuhr. Seine Anwälte hatten inzwischen für ihn die Scheidung eingereicht.

»Bald können wir heiraten, mein Häschen!« strahlte er, »freust du dich?«

Sie hielt es für das klügste, gar nicht darauf zu antworten. Das war doch wohl deutlich genug? Nicht für ihn. Er lebte eingesponnen in rosaroten Zuckerguß und sah die Welt aus der Edelkitsch-Perspektive. So sehr, daß schon ein gehöriger Schock nötig wäre, ihn zu ernüchtern und zur Vernunft zurückzuführen. ›Wäre er nicht ein so gütiger, grundanständiger Mensch‹, dachte sie, ›würde ich ihm einmal richtig schonungslos meine Meinung sagen. Ihm sagen, daß ich es satt habe, daß ich jung bin und unter meinen eigenen Leuten leben will, daß ich überhaupt nur bei ihm geblieben bin, weil meine Mutter das moralisch richtig findet. Was er wohl für ein Gesicht machen würde, wenn er erführe, daß er gar nicht der erste war?‹ Aber er war gut zu ihr – sie brachte es nicht übers Herz, ihn so zu treffen. Eines Tages hielt sie es nicht länger aus und rief Babs an: »Babs, bist du's? Hör zu. Hier ist Helga.«

Freudenschrei: »Ja, sag mal! Wo bist du? Wo steckst du? Aus welcher Kalamität kann ich dich rausholen? Bist du überfahren worden und liegst im Krankenhaus? Hat dich ein Ölscheich in einen Harem verschleppt? Sitzt du in Dachau? Sprich doch endlich!«

»Du läßt mich ja nicht zu Wort kommen...«

Der erste Kontakt nach Wochen mit der vertrauten Welt benahm ihr vor Erregung den Atem: »Babs, o Gott, ich bin ja so froh, dich zu hören!«

Sofort wurde die Stimme am andern Ende besorgt: »Also doch – es ist was nicht in Ordnung – hab's mir schon gedacht! Du bist doch kein Mensch, der einfach so von heut auf morgen verschwindet, ohne was zu hinterlassen! Los, nimm ein Taxi, von wo immer du bist, und komm her zum ausführlichen Ausquatschen. Mach schnell!«

»Ich kann nicht!« Es kam kläglich. »Hör zu, ich erzähl dir alles!«

»Warte 'nen Moment, ich hol mir nur 'ne Zigarette – so – schieß los. Ich bin ganz Ohr!«

Es wurde eine lange bittere Beichte. Während ihres Berichtes wurde es Helga immer klarer, wie beschämend und unwürdig ihre Lage war. Sie schloß mit der schwachen Verteidigung, daß ihre Mutter ihr das Versprechen abgenommen habe, daß ...

»Liebling, du bist ein Oberkamel!« sagte Babs, »das hat deine Mutter bestimmt nicht gemeint! Mensch, sitzt du da draußen und läßt dich von dem alten Uhu aushalten! Schäm dich!«

»Er liebt mich aber! Wirklich, Babs, er liebt mich ganz doll. Hat sogar meinetwegen die Scheidung eingereicht!«

»O du Unschuldsengel! Ich werde dich deinen holden Illusionen entreißen müssen, damit du wieder normal wirst. Der Olle liebt nämlich nicht dich, sondern seine ihm entschwundene Jugend, die er in dir wiedergefunden zu haben glaubt. Das passiert den meisten Männern um die Fuffzig rum. Torschlußpanik nennt man das. Noch nie was davon gehört?«

»Dazu braucht er sich doch nicht scheiden lassen?«

»Aber klar doch. Wie sollte er denn sonst seine ›Jugend‹ festhalten können? So schlau ist er auch, daß er weiß: mit jungen Männern kann er nicht mehr konkurrieren. Bist du aber erst mal mit ihm verheiratet, dann, so glaubt er, ›gehörst du ihm‹. Typisch für Männer, die nicht alt werden wollen!«

»Du meinst, er liebt mich gar nicht um meinetwillen?«

»Kaum. Außerdem ist das ein Rauschzustand, dem wachsende Verkalkung und Oberanstrengung bei gewissen ihm abgeforderten körperlichen Leistungen ein baldiges Ende bereiten werden.«

»Ich fordere aber gar keine körperlichen Leistungen von ihm.«

»Völlig Wurscht. Er glaubt, du forderst. Seine männliche Eitelkeit gebietet ihm, das Äußerste herzugeben. Und das hält auf die Dauer kein Ochse durch.«

»Dein Vergleich hinkt. Ochsen können doch gar nicht –«

»Na eben. Deiner bald auch nicht mehr.«

»Du haßt Männer, nicht wahr, Babs?«

»Wundert dich das? Nach meinen Erfahrungen?«

»Erzähl mal jetzt, was es Neues gibt.«

»Wo da anfangen? Also verschwunden bist du bei uns Mitte März, als wir den Anschluß an Oskar inszeniert haben. Nachdem er nicht zu uns zurückkehrte, um uns wieder mit Raffi zu versorgen, nahmen wir das ganze deutsche Reich und marschierten damit zu ihm. Nun ist er ein großdeutscher Oskar geworden.«

»Aber ›heimgekehrt ins Reich‹ ist er trotzdem nicht.«

»Du wirst lachen: Er ist! Oskar ist wieder da, in seiner alten Bude. Und die Raffi-Kantine neueröffnet!«

»Ist ja sagenhaft! Was macht Ilse?«

»Ist sehr böse auf dich, brummt wie 'n angeschossener Bär. Ein aus Dachau zurückgekehrter Kollege hat ihr berichtet, da wärst du nicht. Und ein unfreiwilliger Aufenthalt hinter Stacheldraht ist der einzige Grund, den sie für dein Verschwinden gelten läßt. Dieter macht zum ersten Mal Regie – Uraufführung zu Beginn der Herbstsaison. Ja, und ein tragisches Geschehen: Die Unzertrennlichen haben sich überworfen. Helmut ist ausgezogen, und Tico läuft wie die Duse mit Trauermiene im drapierten Badetuch herum und ist nicht ansprechbar. Ach ja, und die Petzold fährt jetzt im eigenen Wagen – Geschenk von irgend so 'nem Oberbonzen aus der ›Reichsgeltungsbedürfnisanstalt‹.«

»Aus dem Propagandaministerium? Die wird sich doch nicht den Hinkel angelacht haben? Vielleicht hat der ihretwegen den Beruf gewechselt, und es gibt deshalb keine Sondergenehmigungen mehr?«

»Ein Grund mehr, ihr den diamantgeschmückten Hals umzudrehen!«

»Warst du mal wieder oben in meinem Zimmer?«

»Klar. Hab auch 'n bißchen staubgewischt. War nötig. Hab all deine Post auf den Tisch gelegt. Aber ich glaub nicht, daß was von deiner Mutter dabei ist.«

»Nein, ihr habe ich von hier aus geschrieben und ihr gebeichtet. Fürchte fast, das war ein Fehler. Sie hat sich riesig über die Freundschaft mit Hauser gefreut, vor allem, daß der mich heiraten will. Er selbst hat ihr auch schon diesbezüglich geschrieben.«

»Weshalb soll's dann ein Fehler gewesen sein?«

»Weiß nicht, Babs. Aber sie betont so sehr, wie erleichtert sie ist, mich für die Zukunft versorgt zu wissen. Hauser hat ihr geschrieben, daß er mit mir später im Ausland leben wird, da er außer der deutschen auch noch die holländische Staatsbürgerschaft besitzt. Und in Holland ist er fast so beliebt wie hier. Sie könnte das Gefühl bekommen, daß ich sie nicht mehr brauche.«

»Verstehe. Das ist schwierig. Sagst du ihr, alles ist prima, ich werde den alten Herrn heiraten, sieht sie dich untergebracht und von ihr losgelöst, sagst du ihr aber die Wahrheit, bricht sie endgültig zusammen. Verdammter Mist!«

»Genau. Babs, ich glaube, ich hör den Willi kommen. Wir müssen Schluß machen. Ich ruf dich morgen um die gleiche Zeit an, ja?«

»Unbedingt. Ich warte drauf. Heb mir eins von deinen Goldarmbändern auf. Tschüß!« –

Kaum hatte sie eingehängt, schellte das Telefon von neuem: »Sie werden aus Leipzig verlangt – einen Moment bitte – ich verbinde!«

Dann seine Stimme: »Ich versuche dich schon seit einer halben Stunde zu erreichen. Immer besetzt. Mit wem hast du so lange telefoniert?«

Kein: ›guten Tag‹, kein: ›wie geht's?‹. Nur: ›Mit wem hast du telefoniert?‹ – Seine Eifersucht begann ihr langsam auf die Nerven zu gehen: »Mit einer Freundin, wenn du's unbedingt wissen willst!«

»Doch nicht mit einer aus deiner früheren Wohnung?«

»Und warum nicht?«

»Aber ich habe dich doch ausdrücklich gebeten – woher wußte sie überhaupt deine Telefonnummer?«

»Wußte sie nicht. Ich habe sie angerufen!«

»Du? Aber wieso denn? Weshalb denn?« Er war sehr erregt, die Stimme flackerte.

»Weil ich Lust dazu hatte. Darum.«

»Hör mal zu, mein Liebes. Das ist doch sinnlos – ein Leben, das hinter dir liegt –, die Leute haben doch gar nichts mehr mit dir gemeinsam.«

»Mehr, als du denkst!«

»Ich bitte dich, Häschen, sei vernünftig und mach mir keine unnötigen Sorgen! Ich versteh ja, daß du dich im Haus ein wenig einsam fühlst. Aber das wird bald anders werden. Meine Scheidung ist so gut wie perfekt, ich habe nur noch zweieinhalb Wochen Leipzig, und danach werden wir sofort heiraten, das verspreche ich dir. Die zukünftige Frau Hauser wird sich doch nicht mit solch kleinen Bohemes mehr abgeben, nicht wahr?«

»Solch ›Nicht-Arrivierten‹, das meinst du doch?« höhnte sie. Wie konnte ein Mensch, der sein ganzes Geld im Künstlerberuf erworben hatte, ein solch bürgerlicher Parvenu sein? Manchmal haßte sie ihn.

Wieder merkte er nichts: »Eben das meine ich. Deine zukünftigen Kreise werden aus Menschen bestehen, die im Leben etwas darstellen, aus Erwachsenen.«

»Verstehe. Aus lauter alten Leuten. Reizend!« – ›Aus abgetakelten Imitatoren wie du‹, hätte ihr Zorn am liebsten hinzugefügt.

»Häschen, ich muß Schluß machen. Sei ein braves Mädchen, bleib schön zu Hause und wart auf mich. Ich bringe dir auch etwas Schönes mit. Später ruf ich dich noch mal an. Ach, mein Liebes ...« Rasch drückte sie die Hörmuschel gegen ihre Schulter. Sie wußte, was nun kam. Die Schlußphrasen seiner Telefonate trieften vor Kitsch, verursachten ihr jedes Mal ein flaues Gefühl im Magen. Erst als das leise Sprechgezisch an ihrem Hals verstummte, sagte sie in den Hörer: »Okay. Tschüß!« und legte schnell auf. –

Den ganzen Tag über blieb sie nachdenklich. Das Gespräch mit Babs hatte ihr erst zum Bewußtsein gebracht, daß ihre Lage auch vom Moralischen her keineswegs so einwandfrei war, wie sie bisher geglaubt hatte. Babs hatte was von ›ausgehalten werden‹ und ›Goldarmband‹ gesagt. Obwohl sie wußte, daß Hauser sich mit Heiratsabsichten trug. – ›Ausgehalten werden‹ war ein widerliches Wort. Die eklige Passivität des ›werden‹, der Zwang im Wort ›gehalten‹, die Verächtlichkeit des ›Ausgehalten‹-Werdens. Nicht nur mußte man aushalten, ohne daß der Aushälter – jawohl, Hauser war ein Aushälter – einzuhalten brauchte, was er versprach; man ›wurde‹ ausgehalten – letzte Auflehnungschancen damit zunichte gemacht. Wie eine Weihnachtsgans mit materiellen Genüssen gestopft, daß einem der Kaviar schon aus den Ohren herausquoll. Gemästet, in Seiden und Pelze gewickelt, nur um dem kleinbürgerlichen Snob mit den breiten Bauernhänden zu gefallen – und das ihr, einer Helga Altenberg! Wie hatte sie nur so blind sein können? Schamröte stieg ihr in die Stirn.

Sie drehte das Radio an. Der Zeiger stand auf Leipzig. Da war seine Stimme und auch wieder nicht die seine. Ein paar Sätze – ›peinlich albern‹, fand sie, und Jubel brauste los. Anschwellendes Händeklatschen, gelächterdurchsetzt, toste durch die Blaupunktröhren. Man ließ ihn kaum zu Wort kommen, den Liebling der Masse. Nach jedem neuen verstellt gesprochenen Satz brüllte es los, ertränkte die Helga sattsam bekannten Pointen in schrillem Frauengekreisch. Das Volk amüsierte sich großartig. Es war das gleiche Volk, das mit der gleichen uneingeschränkten Begeisterung, nur ohne Lachen, seinem Führer Adolf Hitler zujubelte. Jetzt schämte sie sich noch mehr. Diesmal auch geistig. Nie würde sie sich vor ihren Freunden rechtfertigen können. Sie konnte nicht mehr zur Fredericia zurück. Sie alle würden sie mit Recht verachten, von ihr annehmen, daß es rein materielle Erwägungen gewesen seien, die sie zu dieser ungleichen Liaison bewogen hätten!

Auf einmal haßte sie ihre luxuriöse Umgebung. Die dicken Teppiche, weichen Polster, die schweren Portieren und seidenen Daunendecken erstickten sie. Wozu der Bechstein? Zu Hause stand das Kleinklavier, ihr so mühsam gezähmtes lustiges Tastenpferdchen aus Nußbaum. Wozu das goldgerandete mächtige Prunkbett? Auf der Fredericia wartete die quietschende Couchliege mit dem leisen, vertrauten Staubgeruch. Wozu zum Teufel acht Räume? In mehr als einem konnte man doch nicht gleichzeitig sein. Zu Hause in den buntbeklebten vier Wänden – ja, zu Hause – die Fredericia! – Ob die terrakottafarbenen Laternchenblumen in der Zwischenzeit sehr staubig geworden waren? Sie ließen sich so schwer saubermachen. Hoffentlich hatten sich von dem tollen, heimlich aus einer Bar entführten Fats-Waller-Band-Plakat nicht wieder die oberen Reißnägel gelöst, und das Ding war, wie schon einmal, ins Waschbecken gefallen? Wo doch der Hahn immer ein bißchen tropfte, wenn man ihn auch noch so fest zudrehte? Dann war's hin. Und Whoopie, die arme Negerpuppe mit dem Sicherheitsnadel-befestigten Stoffarm, saß sicher immer noch verlassen in der Sofaecke und hatte vor Einsamkeit und Mangel an Betreuung schon ganz graue Augen. –

Das Hotelrestaurant lieferte das Abendessen, köstliche Hors d'œuvres, Entrecôte mit Sauce béarnaise und Spargelspitzen, Pfirsich Melba –. Aber sie hatte keinen Hunger. Lustlos würgte sie die Bissen hinunter, starrte dabei gedankenschwer vor sich hin. Nach dem Souper zog sie sich zur Nacht um, trank drei Anisettes aus der Hausbar – das tat gut! – und beantwortete mehrere Telefonate von Hauser sowie wieder einmal eines von Erika, seiner festen Freundin, bevor er Helga begegnet war. Die temperamentvolle Frau, rasend vor Eifersucht und gekränkter Eitelkeit, tobte wie gewöhnlich, stieß die wildesten Flüche und Verwünschungen gegen die jugendliche Verführerin aus.

Helga nahm es ihr nicht übel. Im Gegenteil. Heute besonders war sie ganz von Mitgefühl für die Schauspielerin erfüllt. Erika, obgleich blendend aussehend, war nicht mehr jung. Sie hatte Hauser schon geliebt, als sie noch in Helgas Alter gewesen war. Aber damals hatte er ihr eine andere vorgezogen, und diese andere war seine Frau geworden und hatte ihm im Lauf der langen Ehe drei Kinder geboren. Dennoch war Erika an seiner Seite geblieben, hatte mit ihrer Begabung für Satire Karriere gemacht und war heute eine vielbeschäftigte Schauspielerin, auf der Bühne sowohl als im Film. Es mußte für sie ein scheußlicher Schlag sein, im Augenblick der Trennung von seiner Frau ein Mädchen, zwei Jahre unter dem Alter seiner jüngsten Tochter, als Nachfolgerin an seiner Seite auftauchen zu sehen. –

Nachdem sie eingehängt hatte, wandte sich Helga um und begann, tief in Gedanken, im wehenden lila Chiffon-Negligé, Hände auf dem Rücken verschränkt, im Wohnzimmer auf und ab zu marschieren. Irgendwie müßte sie aus dem Schlamassel raus – aber wie? …

Als sie am nächsten Morgen aus unruhigem Schlaf erwachte, fand sie auf ihrem Nachttisch schon das Tablett mit dem Frühstück, und zwischen Ei und Butterdose ein geheimnisvolles, goldverschnürtes Päckchen. Sie streifte es nur mit flüchtigem Blick; sie war bereits so geschenkübersättigt, daß ihrem Interesse die richtige Temperatur ihres Frühstückseis vorläufig näherstand als nicht eßbare Überraschungen. – Gott sei Dank, das Ei war noch heiß. Der Kaffee ebenso. Schien gerade erst gebracht worden zu sein. Während von ihrem hungrigen Zubiß die Brötchenkrümel rechts und links ins Bett rieselten, trat Hauser im zitronengelben Schlafrock ein. Sofort sah sie an seiner gespannten Miene, daß er etwas Besonderes im Sinn hatte, und nahm sich vor, es nicht zur Kenntnis zu nehmen.

»Wie hat mein Häschen geschlafen?«

Gemächliches Zu-Ende-Kauen, Runterschlucken, dann kurzes Kopfnicken: »Mhm.«

»Und es hat ja noch gar nicht das Päckchen geöffnet, das sein Hansi für es mitgebracht hat?«

›Häschen‹, das eher einer gereizten Bulldogge ähnlich sah, wand sich innerlich. Solche Töne waren Gift für die unausgeschlafenen Nerven.

Hauser ergriff ihre Hand mit dem Buttermesser, mit dem sie sich gerade eine Semmel bestreichen wollte: »Nein, nein, mein Liebes, nun mußt du aber erst mal nachsehen – weiteressen kannst du später!«

Nichts zu machen. Ärgerlich zerrte sie an der Goldschnur, zerfetzte roh das zarte Seidenpapier. Ein rundliches Etui kam zum Vorschein. Sie klappte es auf – heiliger Strohsack, blendete das! In lila Samt gebettet, auf kunstvoll geschmiedeten Goldreif montiert, strahlte ihr blaufunkelnd ein herrlicher Brillant entgegen. Das Biest mußte einen Riesenwert haben.

Hauser blickte sie mit den erwartungsvollen Augen eines bettelnden Dackels an: »Gefällt er dir, mein Liebes?«

Sie mußte sich erst wieder fangen. Nonchalant nickte sie: »Doch. Hübsch. Bißchen protzig…«

»Komm, ich steck ihn dir an!«

Reichlich ungeschickt manipulierte er ihn auf ihren linken Ringfinger. Auf ihrer Kinderpfote, die sich weigerte, mit dem übrigen Körper zu wachsen, machte sich das Ding merkwürdig. Nur noch der Zeigefinger neben dem Daumen war zu sehen, die anderen drei überstrahlte es glitzernd. Das war nicht mehr Hand mit Ring, das war Ring mit Hand.

»Gratuliere, mein Häschen!« sagte Hauser glücklich und drückte ihr einen Kuß auf die Stirn, »nun bist du richtig verlobt!«

Jetzt war der Stein nicht mehr am Finger; er schien in den Magen geplumpst zu sein und wog dort zentnerschwer. Auf dem Menschenmarkt im Orient, hatte sie gelesen, legte der Käufer dem neuerworbenen Sklaven einen Eisenring mit dem Zeichen des nunmehrigen Besitzers um das Handgelenk und sagte als Verkaufsabschluß: »Von jetzt an bist du mein Eigentum!«

Sie wollte sich wehren, die Fessel abstreifen – da fiel ihr die Mutter ein. Wie selig würde sie sein, sähe sie diesen Ring! Bürgte er doch nicht nur durch die Höhe seines Wertes für die Hochschätzung des ›Käufers‹ gegenüber seiner erhandelten Ware, sondern auch für die so wichtige moralische Ordnung. Jetzt war ihre Helga keine ›Ausgehaltene‹ mehr, sondern eine ›Braut‹. –

›Gräßlich‹, dachte sie und schüttelte sich innerlich wie ein nasser Hund, ›Braut‹, das klingt nicht nur scheußlich, das klingt auch noch albern. Wehende Myrthe und Schleierkranz oder umgekehrt. ›Willst du den lächerlichen Zylinderhut neben dir für immer und ewig, bis daß der Tod euch scheide?‹ – ›In was bin ich da geraten?‹ Vor Ratlosigkeit fing sie an zu weinen.

Hauser hielt es für Tränen des Glücks und machte es nicht besser, indem er auf sie einredete: »Siehst du, jetzt gehörst du ganz zu mir – dies ist von nun an dein Heim für die Zukunft – ja, mein Häschen, wein dich nur aus – es hat dich überwältigt, nicht wahr? Sag doch, ist es nicht schön, wie glücklich wir sind? Ich fühle mich wie achtzehn – was heißt fühlen? Ich bin achtzehn, und ich werde es dir beweisen!« Damit setzte er das Frühstückstablett mit Schwung auf den Boden, knallte den gelben Morgenrock in eine Ecke und warf sich ungestüm über sie in der vergeblichen Hoffnung, das große Glück des Augenblicks möge sich entsprechend auf ihre Sinne übertragen und sie endlich einmal voll empfinden lassen, was ihr bisher, allen seinen Anstrengungen zum Trotz, anscheinend noch entgangen war. Sein Gefühlsüberschwang war so stark, daß er ihre völlige Gleichgültigkeit, in die sich schon leise Abwehr mischte, nicht wahrnahm. Erst nach über einer Stunde ließ er erschöpft von ihr ab. –

Sie hörte ihn baden und gurgeln und dachte völlig apathisch: ›Ich bin verlobt – der Ring – jetzt wird er bestimmt meiner Mutter schreiben, ihr berichten – ich kann nicht mehr zurück –.‹ Irgendwo im Kopf war ein dumpfer Schmerz. Sie stand auf, ging zur Hausbar, goß sich ein Whiskyglas voll Kognak ein, leerte es auf einen Zug. Nach dem Brennen begann es zu beleben. Ihre Energie kehrte zurück.

Kaum wußte sie ihn auf dem Weg nach Leipzig, als sie zum Telefon lief und Babs' Nummer drehte:

»O Babs, ich bin verloren!«

»Langsam, langsam. Wo brennt's?«

»Hauser hat sich verlobt!«

»Mensch, so 'n alter Casanova. Mit wem?«

»Mit mir natürlich.«

»Ach so. Gratuliere!«

»Sei doch nicht so zynisch. Was soll ich jetzt machen?«

»Willst du ihn denn nicht heiraten?«

»Dumme Frage. Als wenn du das nicht wüßtest.«

»Aber aufgeben willst du ihn auch nicht, hm? Na ja, ›jnädige Frau‹ hinten und vorne, Mercedes mit Chauffeur, eigne Villa und so...«

»Du bist gemein. Den ganzen Krempel schenk ich dir – steck ihn dir an den Hut – das hängt mir doch alles längst zum Hals raus!«

»Und der Meister selbst?«

»Auch. Aber heute morgen, noch ehe ich richtig wach war, da hat er mir 'n pfundiges Glitzerbonbon auf 'n Finger geknallt und dazu gesagt: ›Nun bist du verlobt!‹ – Babs, gib mir doch mal 'nen Rat. Der setzt sich bestimmt in den nächsten Tagen in einer Pause hin und meldet das ›glückliche Ereignis‹ meiner Mutter.«

»Meinste, heute schon?«

»Nee, glaub ich nicht. Morgen abend sind doch die Theater geschlossen, da bleibt er in Berlin und will mit mir Verlobung feiern gehn. Danach wird er schreiben.«

»Menschenskind, da gibt's doch bloß eins: Köfferchen packen und nix wie her. Jetzt sofort. Worauf wartest du noch?«

»Babs, ich kann nicht zu euch zurück, versteh das. Ich trau mich nicht mehr nach allem. Niemand wird mehr mit mir zu tun haben wollen.«

»Sag mal, du hast wohl 'ne Meise?« Babs ließ ihr rauhes Lachen ertönen. »Nu halt aber mal die Luft an! Glaubste, die andern wüßten nicht, daß du absichtslos in die Sache reingeschlittert bist? Wir kennen dich doch nicht erst seit gestern. Was denkste, wie die sich freuen werden, wenn du zurück bist. Also was soll's?«

»O Babs, meinst du wirklich, ich könnte zurück? Verdammt, ich schäm mich so.«

»Haben wir doch schon einmal mit dir erlebt, das Theater«, sagte Babs ungerührt, »hast eben besonderes Pech. Nu komm erst mal rüber. Laß aber den Reibach zurück inklusive Verlobungsdiamanten!«

»Aber der Hauser wird doch sofort zur Fredericiastraße kommen, wenn er mich hier nicht mehr vorfindet?«

»Das laß unsere Sorge sein. Das Telefon können Tico oder Moni abnehmen, und durch die Flurtür lassen wir ihn gar nicht erst rein. Warte mal, hier ist noch jemand, der dir was sagen möchte!«

»Mensch Helga, du Oberrindvieh, du dämliches, komm endlich heim!« knurrte Ilses Baßstimme, »so ein Kamel wie dich gibt's auch nur einmal – traut sich nicht zurück! Mensch, freu ich mich, daß du endlich wiederkommst! Nu mach schon, überleg nicht lange – beeil dich!«

Jetzt gab's kein Halten mehr: »In 'ner halben Stunde bin ich bei euch!« jubelte sie, knallte den Hörer auf die Gabel und begann in fieberhafter Eile, ihre Sachen zusammenzupacken. Alle Geschenke von ihm blieben draußen. Dadurch wurden die Schränke kaum leerer; sie holte nur ihre zwar exzentrischen, jedoch stofflich bescheidenen Kleidchen zwischen den kostbaren Roben hervor, die sich mittlerweile angesammelt hatten.

So – alles drin? Dann Deckel zu! Ein Schloß schnappte immer wieder auf – sollte es. Es ging auch so. Jacke über die Schulter geworfen, stürmte sie zum Schreibtisch im Wohnzimmer, riß ein Blatt vom Schreibblock und kritzelte hastig darauf: »Tut mir wirklich leid, aber ich kann Dich nicht heiraten. Vielen Dank für alles! Helga.«

Den Zettel beschwerte sie mit dem Diamantring, blickte sich nicht einmal mehr um, als sie sich mit ihrem Koffer vorsichtig zur Tür schlich.

Willi schien in der Küche zu sein – sie hörte Tellerklappern. Jetzt leise die Eingangstür öffnen – verflixt, die knarrte! – und nichts wie raus. Nun kam das schwerste Stück, der Gartenweg vom Hauseingang zum Außenportal. Unter ihren behutsamen Schritten knirschte der Kies. Wenn Willi jetzt zum Fenster hinaussehen würde?

Aber Willi sah nicht. Sicher erreichte sie das Gittertor, klinkte es auf und stand auf der Straße. Tiefer Atemzug – frei! Halb laufend, halb stolpernd erreichte sie den Taxenstand an der Ecke, schob erst den Koffer in den Wagen, dann sich selbst hinterher und sagte atemlos: »Fredericiastraße am Kaiserdamm – bitte so schnell wie möglich.« Mit geschlossenen Augen ließ sie sich in die Polster sinken, während der Chauffeur Gas gab. Sie fühlte sich unbeschreiblich erleichtert, wie gerettet im Augenblick höchster Gefahr.

Das Taxi hielt. Der Fahrer nahm das Geld entgegen und half ihr mit dem Koffer bis zum Eingang. Einen Augenblick lang stand sie lächelnd vor dem einfachen Mietsbau. Nie war er ihr schöner erschienen. Jeder Stein schien vertraut. Sie war wieder zu Hause.

Aus der Pförtnerloge nickte der alte Bönicke freundlich: »Na Frolleinchen, zurück von Urlaub? Ach Jotte nein, aber Farbe ham Se keene nich bekommen – hat wohl ville jerejnet, wa?«

»War sehr trübe!« nickte sie lachend und fuhr erst mal zu Babs hinauf.

»Na, da biste ja!« sagten Ilse und Babs gleichzeitig bei ihrem Eintritt und taten, als sei Helga mal eben Brötchen holen gewesen, »haste schon Kaffee getrunken? Ist noch fast heiß!«

»Und Kuchen haben wir dir auch noch zwei Stück übriggelassen!« ergänzte Ilse. Sie schaute Helga direkt in die Augen. Ihr Blick besagte: ›Jetzt bloß keine unnötigen Sentimentalitäten!‹

»Wißt ihr«, meinte Helga und spülte die Rührung mit dem Kaffee hinunter, »ich schlage vor, wir nehmen den Kuchen mit zu mir hinauf. Möchte gern mal nachsehen, ob man da oben außer Staub noch was erkennen kann!«

»Na hör mal!« Babs hob gekränkt die Augenbrauen, »wie 'ne Wahnsinnige hab ich gelüftet, Fenster und Türen jeden Tag weit aufgerissen und täglich deine Papierblumen begossen.«

»Die sind nicht Papier, die sind echt. Nur vertrocknet.«

»Na schön, dann hab ich Mumien begossen. Kommt, Kinder, gehn wir rauf!« –

Ja, da war es wieder, ihr Dachgelaß, gelüftet und frei von Staub. Alles am gewohnten Platz wie vor zweieinhalb Monaten, als sie es so schnöde verlassen hatte. Nur riechen tat es anders als früher – unbewohnter, holziger. Durch die Juniwärme hatten sich die verschiedenen Parfumdüfte von Seifen und Toilettewassern verflüchtigt. Dafür duftete das Nußbaum von Schrank und Piano um so intensiver. Es war heiß im Raum.

»Hilfe – Backofen! Zieh die Vorhänge zu – die Sonne knallt ja nur so rein! Guck mal, Helga, deine Hausbar ist nur um eine einzige Flasche Pernod ärmer geworden – hab sie gut gehütet!«

»Den Pernod haben wir uns mit Moni unter die Weste gejubelt!« sagte Ilse und flegelte sich mit angezogenen Beinen in ihre Stammecke, während Helga heimlich voller Zärtlichkeit über Whoopies schwarze Stoffwangen strich, »weil wir unseren Kummer über deinen Verlust ersäufen wollten.«

»Mit meinem Pernod, das hab ich gerne!«

»Na, hör mal, Herzchen, das ist ja wohl das mindeste, was du für deine trauernden Hinterbliebenen tun konntest! Übrigens: wir haben 'nen Neuen bei uns. Junger, sehr begabter Schauspieler. Hehn, Albert. Sieht auch prima aus. Der

Junge ist schwer in Ordnung. Dreht mittelgroße Helden bei der Ufa!« –

Sie hatten sich ungeheuer viel zu erzählen, die drei. Helga hatte befürchtet, es würde ihr sehr schwer fallen, von ihrem Abenteuer zu berichten, das in einem von der Fredericia so verschiedenen Milieu stattgefunden hatte. Statt dessen ging es ganz leicht. In der bruchstückweisen Schilderung klang die Sache gar nicht mehr so abwegig. Eher wie etwas, das schließlich jedem Mädchen einmal passieren kann, wenn es nicht genug auf der Hut ist. Es war halt ein Intermezzo in einer anderen Sphäre gewesen, und nun war man – selbstverständlich – wieder in die eigene zurückgekehrt. – Ilse berichtete von der Arbeit bei Eugen Klöpfer mit seinen schwierigen Launen und von ihrem Kollegen Gottschalk mit seiner jüdischen Frau, der allgemein als ganz große Begabung galt, es aber sehr schwer hatte, sich gegen Goebbels zu behaupten. – Babs wartete dafür mit plastischen Schilderungen des Rückzugs Oskars auf, der vom ganzen Haus gefeiert worden war.

»Siehste, auch 'n Heimkehrer. Ein ›Heim-ins-Reich‹-Kehrer. Auch wenn er gekehrt wurde!«

Sie lachten und tranken eine ganze Flasche Kognak aus, wurden immer animierter.

»Mensch, Kinder, wenn mich der Hauser jetzt hier sähe…«

»Da mach dir mal keine Sorgen, Liebchen!« Babs legte ihr einen schweren Arm um die Taille, »der wird auch gekehrt – rausgekehrt – den lassen wir gar nicht erst rein. Is für uns Volksfeind Nummer eins, verstehste? Wir sind zwar eine Minder – Minderheit, aber wir haben unsre Gesetze, jawohl!«

»Wieviel Sternchen sind da auf dem Schild?« fragte währenddessen Ilse sich selbst und versuchte mit dem Zeigefinger auf dem Flaschenetikett abzuzählen: »Die flimmern so. Gehört sich ja auch für 'n anständigen Stern, daß er flimmert – is schließlich sein Beruf…«

Draußen auf dem Flur ging das Telefon. Anschließend kam Moni freudestrahlend zu ihnen herein: »Na, Helga, da biste ja wieder zurück aus dem Urlaub. Fein. Oskar läßt zur Abendraffi bitten!«

»Nanu? Gibt's jetzt auch abends Raffi?«

»Nur heute. Dir zu Ehren!« –

»Ja Servus, Ausreißkollegin!« schrie Oskar und umarmte sie mit quarkigen Fingern, »auch wieder im Lande? Sixst, der Fredericia entgeht man net, und wann die Welt z'ammstürzt. I bin aa jetzt was B'sondres. Ihr alle seid's ja nur schäbige Deitsche, aber i bin a Großdeitscher worn!«

Er deutete auf das handgemalte Schild an der Wohnungs-Innentür: »Oskars großdeutsche Raffikantine!«

»Gratuliere zur Beförderung«, lachte sie und schüttelte seinen Ellbogen, »hast du denn den siegreichen Einzug des Führers in sein und dein ehemaliges Heimatland auch gebührend vertont?«

»Und ob!« stöhnte Dieter Hagen aus der Ecke, »Oskar hat eine Trauersonate mit sechs Sätzen geschrieben, für verstimmtes Klavier und Bratsche. Von Andantissimo bis Andante senza brio.«

»Sähr schöne Musik!« bemerkte die Teschnikowa, wie immer ganz in Schwarz, und löffelte schwermütig ihre Raffi, »es ist zum Weinen!«

»Sag das nicht so laut«, grinste Horst Heinemann, »sonst hört es Oskar und tut uns Wanzen statt Rosinen in die Suppe!«

Tico, der zu Helgas Freude Achim, den Juristen von der Wannseeclique, neben sich hatte, schüttelte vorwurfsvoll das Haupt: »Was heißt hier Suppe? Nur ein Proletarier – oder natürlich ein ›verruchter Jude‹ – könnte es wagen, unsere Raffi als Suppe zu bezeichnen.«

»Du Arier – weißte übrigens, was ’n Arier is? Das Rätsel der Jelehrten is jelöst.«

»Und was is ’n Arier?«

»Klarer Fall. Das Hinterteil von ’nem Proletarier!«

»Jetzt weiß ich, weshalb mir das Wort nie unsympathisch war!« grinste Tico in freimütiger Anspielung auf sich selbst. Alle lachten.

Helga saß zwischen Dieters Freundin Ilka, dem Chansonmädchen aus München, und Achim, fühlte sich urgemütlich. Es war ihr, als sei sie nie von hier fortgewesen. Auch der neue Schauspieler Albert Hehn paßte gut in den Kreis. Er hatte ein markantes Gesicht mit schwermütigen blauen Augen und war der Typ des Kameraden, auf den man sich verlassen konnte. Lebhaft wie immer redete alles durcheinander.

»Kommt die Petzold gar nicht mehr herunter?« wollte Helga wissen.

Horst schaute rüber: »Die ham wer auf die Stille fertigjemacht. Einfach ignoriert. Zum Schluß is es ihr so mulmig jeworden, daß se janz in ihre vier Wände jeblieben is. Uns soll’s nur recht sein. Nachdem das mit den Flaschen passiert is…«

»Ja, stell dir vor«, schaltete sich Moni ein, »Dieter und Ilka brauchten mal noch ’n bißchen Brennstoff, und alle Läden waren schon zu. Ruft Dieter wie üblich die Petzold an, und die ist auch gleich bei der Sache. Klarer Fall, sie schickt ihm gleich zwei Flaschen Schampus hoch. Na ja, und dann klopft’s bei Dieter, und wie der die Tür aufmacht, da steht doch ’n riesiger SS-Mann vor ihm in voller Montur, Totenkopfhut und so weiter, hat die Flaschen untern linken Arm geklemmt und brüllt Dieter mit ausgestrecktem rechten an: »Heil Hitler!«

»Tag«, sagt Dieter, »ham Se die Flaschen?«

Schreit der Kerl: »Kennen Sie den deutschen Gruß nicht?«

»Doch. Schon seit Goethe. Steht im Goetz von Berlichingen.«

Läuft der SS-Heini knallrot an und tobt: »Ihnen wird man noch beibringen, was Deutschsein heißt. Dafür werde ich sorgen!«

»Und hat man 's dir beigebracht, Dieter?«

»Einen endlos langen Monat haben sie daran verschwendet, es mir beizubringen. In Dachau.«

»Du warst in Dachau? Daher siehst du so schmal aus. Ist mir schon vorhin aufgefallen. Erzähl mal, wen hast du da alles getroffen?«

»Ach laß. Sprechen wir lieber von Erfreulicherem. Wer von euch hat schon das tolle neue Orchester im Delphi gehört?« lenkte er ab.

»Teddy Stauffer? Mensch, ganz große Klasse. Und der Gitarrist, der Bill Toffel – den muß man gehört haben.«

»Daß die hier noch Engländer gastieren lassen?«

»Stauffer ist Schweizer. Und Schweizer gelten als ›artverwandt‹. Spielt aber Gott sei Dank nur Artfremdes!«

Oskar brachte zwei Flaschen Weißwein herbei, verteilte den Inhalt in zwölf Gläser: »Die hab ich noch aus Wien, bevor es großdeitsch wurde – prost allerseits!«

Während die anderen sich über Tanzorchester im allgemeinen und im besonderen unterhielten, wandte sich Helga dem stillen Achim zu, der sie sanft anlächelte: »Du, Achim, ich bin jetzt eine Zeitlang – weggewesen. Was gibt's denn Neues in der Politik? Ist irgendwas Wichtiges vorgefallen?«

Er blickte sie nachdenklich an, aus seinem Gesicht war das Lächeln wie weggewischt: »Wenn du dabei an deine Mutter denkst – an die jüdische Seite – allerdings!«

Es gab ihr einen Stich: »Was denn nun schon wieder?«

»Nun, beispielsweise kam im April die Verordnung heraus, daß alle Juden ihr Vermögen anmelden müssen. Zur sogenannten Finanzkontrolle.«

»Was bedeutet, daß man es ihnen abnehmen wird, nicht wahr?«

»Ich fürchte ja. Falls jedoch deine Mutter, wie ich annehme, mit deinem Vater in Gütergemeinschaft lebt, wird es sie nicht betreffen. Mach dir keine Sorgen.«

Sie dachte voll Schreck an ihre alleinstehende Tante Gritta und fragte: »Und was sonst noch?«

»Sonst? Da waren doch erst vor wenigen Tagen, gleich nach der Zwangskennzeichnung aller jüdischen Gewerbebetriebe, diese ganzen Verhaftungen. Hast du denn auch nichts von der Asozialen-Aktion gehört?«

Beschämt mußte sie zugeben, daß sie völlig ahnungslos war: »Was war denn da los?«

»Eine scheußliche Sache, von Himmler inszeniert. Da haben sie aus den Polizeiregistern alle vorbestraften Nichtarier herausgesucht und verhaftet. Auch die mit lächerlichen Verkehrsdelikten. Du weißt ja, daß ein Mensch heutzutage nur eine krumme Nase zu haben braucht, um dafür bestraft werden zu können!«

»Du großer Gott – was haben sie denn mit all den Verhafteten gemacht? Die Gefängnisse sind doch voll genug mit ›Staatsfeinden‹?«

»Man hat sie verschickt. Niemand weiß genau, wohin. Und ich befürchte, daß es sich hierbei erst um den Auftakt zu einer Massenaktion gegen die Juden in Deutschland und Österreich handelt – wir haben so unsere Informationen. Du solltest dich wirklich mehr um die Politik kümmern, Helga.«

»Hab ich euch doch angeboten. Aber ihr wollt mich ja nicht.«

»Aus Aktivitäten halt dich raus, überlaß das uns Männern. Sieh jetzt vor allem zu, wie du deine jüdischen Verwandten noch hinauskriegst, bevor es zu spät ist. Ich meine es ernst!«

Das war ihr klar. Was konnte sie nur tun, um ihre Mutter doch noch zum Verlassen Deutschlands zu bewegen? ›Ich muß an Onkel Fritz in New York schreiben!‹ fiel ihr plötzlich ein, ›gleich morgen will ich es tun.‹ Fritz war der Lieblingsvetter ihrer Mutter und 1934 in die Staaten ausgewandert. – Während des restlichen Abends ließ sie sich noch weitere Einzelheiten von Achim berichten und blieb den anderen gegenüber etwas geistesabwesend. In dem weinseligen Trubel jedoch fiel das nicht weiter auf.

Erst gegen Mitternacht trennten sie sich lärmend, um sich wieder in ihre eigenen Gemächer zu verziehen. Tico fuhr Achim noch in seinem knallroten Sportwägelchen, Marke Eigenbau, nach Hause.

Als Helga, Moni und die Teschnikowa im Dachgeschoß anlangten, bimmelte wie rasend das Flurtelefon.

»O Schreck – Hauser!« entfuhr es Helga.

Die Teschnikowa, wie alle auf dem laufenden und durch den Wiener Heurigen in Schwung, nickte grimmig: »Laßt mich mal!«

Sie lauschte ein paar Sekunden, dann sagte sie in ihrem unnachahmlichen Tonfall: »Sie – weiß zwar nicht, wär Sie sind – aber gähen Sie zum Teufel! Und stören Sie uns gefälligst nicht in där Nacht, verstanden?«

Aufgeregtes Gerede am anderen Ende.

»Wie? Chelga? Natürlich ist sie hier. Sie wollen Sie sprechen? Aber Chelga Sie nicht und wir Sie auch nicht. Ende!« Sie hing energisch ein.

Das Telefon klingelte von neuem. Teschnikowa riß es von der Gabel, brüllte so fürchterlich: »Ruhä!« hinein, daß die Membrane klirrte, und warf den Hörer auf. Das wirkte. Das Telefon blieb still. Die drei lachten.

»Herzlichen Dank, du bist ein Goldstück. Toll haste das gemacht, wie Adele Sandrock in ihrer Glanzzeit. Dafür spendier ich dir noch 'nen Schnaps!«

»Brauch ich jetzt auch«, sagte die Russin, »äkelhafte Stimme, der Kärl. Aufdringlich!«

Helga hielt ihre Flaschen gegen das Licht: »Dabei macht

er mit eben dieser Stimme jede Menge Geld. Willst du Wodka? Ist grade noch ein Rest drin.«

»Zeig her – genügt. Gott segne dich!«

»Was mich anbelangt«, sagte Moni, »ich geh jetzt schlafen. Bin müde zum Umfallen.«

»Ich auch. Gib Schnaps her, mein Ängelchen, nähme ihn mit auf mein Zimmer. Gute Nacht allerseits!«

Sie trennten sich. Aber Helga fand noch keinen Schlaf. Nach einigen vergeblichen Versuchen, die Gedanken abzuschalten, machte sie wieder Licht, holte Papier und Füllfeder und begann zu schreiben:

Berlin, den 22. Juni 1938

Lieber Onkel Fritz,
Du wirst Dich gewiß wundern, diesen Brief zu erhalten, wirst wohl auch erst überlegen müssen, wer diese Helga ist, die sich so überraschend an Dich wendet. Nun, Du hast mich zum letzten Mal gesehen, als ich noch ein Kind war. Da haben wir, Du, Elsbeth, Deine Lieblingskusine, und ich, ihre Tochter, uns in den Münchner Carlton-Teestuben getroffen. Ich weiß nur noch, daß es geregnet hatte und daß Du mir mit Deinem enggegürteten Trenchcoat unerhört elegant vorkamst. Ich tat alles, um Deine Aufmerksamkeit auf mich zu lenken, aber Du warst zu sehr mit meiner Mutter beschäftigt. Zu der Zeit warst Du noch der jüngste Direktor der Münchener BMW-Werke. Später erzählte mir dann meine Mutter, Du seist mit Deiner Familie in die USA emigriert und lebtest in New York, machtest jetzt Versicherungen oder so was.

Der Grund, weshalb ich mich an Dich wende, ist die Sorge um meine Mutter. Gewiß hast Du in den Zeitungen gelesen, wie radikal die Nazis das Judenprogramm weiterführen, so daß es nicht nur von Jahr zu Jahr, sondern nun auch schon von Monat zu Monat schlimmer wird. Es heißt, daß alle Juden ab 1. Januar 1939 spezielle Kennkarten bei sich tragen müssen, daß sie nicht mehr bei Ariern einkaufen dürfen, daß sie sogar Straßenverbot bekommen sollen, und auch sonst noch allerhand Schikanen. Es ist zwar noch nicht amtlich, aber auf jeden Fall in Vorbereitung.

Ich weiß nicht, ob Mutti Dir gegenüber jemals eine Andeutung gemacht hat, daß ihre Ehe alles andere als gut ist. Sie würde sich nie beklagen, billigt alles, was mein Vater tut, uneingeschränkt, liebt ihn immer noch wie am ersten Tag. Er hingegen – nun, ich will darüber nicht schreiben. Auf jeden Fall aber läßt er sie zumindest geistig und seelisch im Stich. Sie verfällt zusehends, ist nur noch ein zitterndes Nervenbündel. Keine Spur mehr von ihrem einstigen Charme, ihrer fröhlichen Unbefangenheit. Ich glaube, wenn Du sie heute sähest, Du würdest sie gar nicht mehr wiedererkennen, so sehr hat sie sich verändert.

Den ganzen Tag über hockt sie an ihrem Kartentischchen, wie sie mir schreibt, und spielt Bridge mit sich selber, wenn sie nicht gerade mit ihren natürlich gleichfalls jüdischen Damen ihren Bridgetag hat. Oder aber sie sitzt vor ihrem Radio, während mein Vater beim Golf ist, und hört französische Nachrichten, die alles noch schlimmer machen. Ihr Haar ist fast weiß geworden, und als ich sie vor nunmehr eineinhalb Jahren zum letzten Mal sah, kam sie mir merkwürdig schwerfällig und reaktionsarm vor, wie ein Mensch nach einem Schlaganfall.

Vielleicht ist das auch mit ein Grund, weshalb sie darauf bestand, mich über Weihnachten von zu Hause fernzuhalten. Natürlich versuche ich ihr in allen meinen Briefen Mut zuzusprechen, aber ich bin eben ihrem Wunsch gemäß in Berlin, wo ich Musik studiere, und nicht neben ihr. Und die Entwicklung der Rassenpolitik hier widerlegt jedes meiner Worte.

Ich bin bestimmt nicht ängstlich, aber allmählich verliere auch ich den Glauben daran, daß es wieder besser kommen könnte. Als Mischling bin ich selbst ja nur teilweise betroffen. Uns sind alle möglichen Einschränkungen, sowohl auf beruflichem wie auf privatem Gebiet auferlegt. Aber ich nehme nicht an, daß sie die Mischlinge wie die Volljuden aus Deutschland vertreiben wollen. Dazu brauchen sie unsere Arbeitskräfte zu nötig.

Lieber Onkel Fritz, vielleicht merkst Du nun schon, auf was ich hinauswill: Mutti muß Deutschland verlassen, und zwar je schneller, desto besser. Hätte sie es schon 1935 getan, als die Nürnberger Scheidungsgesetze akut wurden, hätte sie noch ihr Vermögen mitnehmen können. So aber ist es jetzt bereits staatsregistriert und damit quasi beschlagnahmt. Außer ihrem Leben wird sie nicht viel mit hinüberretten können.

Bitte, Onkel Fritz, nimm Du Dich ihrer an! Holt sie zu Euch hinüber, schicke ihr so bald als möglich ein Affidavit. Ich weiß, Du mußt mit fünftausend Dollars für sie bürgen – das ist ein hoher Betrag für einen erst vor kurzem eingewanderten Bürger der Staaten – aber vielleicht könntest Du einige Freunde gewinnen, die sich daran beteiligen könnten? Mir fällt da vor allem Muttis anderer Vetter, Professor Groedel ein, der Herzspezialist mit dem großen Sanatorium drüben, der auch Roosevelt zu seinen Patienten zählt. Ich habe ihn nie persönlich kennengelernt, weiß nur, daß er meine Mutter sehr gerne mochte. Wie wär's, wenn Du Dich mit ihm in Verbindung setzen würdest? Für ihn kann es doch nicht allzu schwer sein, das Geld für die Garantie aufzutreiben.

Nur – es muß schnell etwas geschehen, glaub mir, es ist höchste Zeit. Bitte laß mich an obenstehende Adresse wissen, welcher Weg Dir der beste erscheint, sie von hier fortzubekommen.

Es grüßt Dich herzlich, in Erwartung baldiger Rückantwort,

Deine Nichte

Helga

New York City, 3rd of August 1938

Liebe Helga,
es war eine große Überraschung für mich, nach so langer Zeit von Euch zu hören, und ich habe mich sehr über das Lebenszeichen gefreut, wenn auch der Anlaß Deines Schreibens ein recht trauriger ist.

Gewiß erinnere ich mich noch sehr gut an Dich; Du sahst reizend aus mit Deinem runden Kindergesicht und dem blonden Lockenkopf, warst aber ein kleiner Satan an Aufsässigkeit. Ich weiß noch, wie schwer es Deine liebe Mutter hatte, mit Deiner Bockigkeit und Deinem ausgeprägten Eigenwillen fertig zu werden, der Dich die verrücktesten Dinge tun ließ, wie auch seinerzeit in den Carlton-Stuben. Hättest Du in Deiner Mutter nicht einen solchen Engel an Herzensgüte gehabt, der für alles, was Du tatest, Entschuldigungen fand, ich hätte schon Lust verspürt, Dir einen ordentlichen Klaps auf Deine verlängerte Rückseite zu geben, als Du damals in dem vornehmen Münchener Teeraum ganz plötzlich laut zu singen anfingst und nicht eher zum Schweigen zu bringen warst, bevor nicht ein paar Gäste, deren Gesichter der jungen Dame nicht behagten, fluchtartig das Lokal verlassen hatten.

Nun, das Leben wird vermutlich Deine Lust zum Opponieren weitgehend gezähmt haben. Und wenn Du heute so hübsch bist, wie Du als Kind zu werden versprachst, so zähle mich alten Herrn mit zu Deinen Verehrern, an denen es Dir bestimmt nicht mangeln wird. –

Du weißt, mein Kind, wie sehr ich Deine liebe Mutter schätze und verehre. Daher hat Dein Brief mich aufs äußerste beunruhigt. Deine Mutter, fürchte ich, hat ein zu labiles Nervensystem, um diese turbulenten Geschehnisse in Deutschland gesund zu überstehen. Deinen Vater habe ich nur flüchtig kennengelernt, gebe zu, daß ich seinerzeit trotz seiner offensichtlichen Bemühungen nicht den besten Eindruck von ihm gewonnen habe. Dennoch scheint Deine Mutter mit ihm glücklich zu sein, lebt ihren eigenen Empfindungen, was sie blind gegen die Wirklichkeit macht. Sie war schon als ganz junges Mädchen außergewöhnlich romantisch und verschwärmt. Um so mehr sollte sie jetzt die Augen weit offenhalten! Ich bin daher ganz Deiner Meinung, daß sie so schnell wie möglich Deutschland verlassen muß. Um es kurz zu machen:

Ich habe meine Bank angewiesen, das Affidavit zu stellen, wozu ich allerdings einen Kredit in Anspruch nehmen muß. Aber ich hoffe, das wird in Ordnung gehen. Gleichzeitig habe ich beim Immigration Office ihre Einreise in die USA beantragt, und zwar mit Hinweis auf die Dringlichkeit des Falles. In Kürze wirst Du über die amerikanische Botschaft in Berlin Nachricht erhalten. Weiter: Ich habe Vetter Groedel geschrieben, den ich zuletzt vor vier Jahren, kurz nach meiner Einreise in die Staaten, gelegentlich eines New Yorker Deutschentreffens hier sah. Er war auch Deiner Tante Gritta sehr verbunden, die Du zu erwähnen vergessen hast. Sie ist jetzt mindestens so bedroht wie ihre Schwester, vermutlich durch ihr Alleinsein hilflos allen Übergriffen von seiten der deutschen Machthaber ausgeliefert. Wir benötigen also auch für sie ein Affidavit.

Leider aber reichen dazu meine bescheidenen Mittel nicht aus. Vielleicht kann Groedel diese Garantie übernehmen. Sobald ich über den finanziellen Punkt Näheres weiß, arrangiere ich auch für sie die Einreisegenehmigung in die USA und werde ihr anschließend selber schreiben. Nur möchte ich es nicht tun, bevor ich hier nicht alles zufriedenstellend geklärt habe, um keine unnötigen Hoffnungen zu erwecken. Das wäre besonders grausam unter den jetzigen Umständen.

Hast Du Grittas genaue Anschrift? Lebt sie noch in Darmstadt? Laß mich bitte alles wissen, was Du von ihr zur Zeit weißt. Wie ist ihre Gemütsverfassung?

Sie war eigentlich immer sehr tapfer, ließ sich nicht leicht entmutigen. Manchmal nahm sie gewisse Dinge sogar etwas zu leicht – aber in der jetzigen Situation gibt es ja wohl nichts mehr, was man noch leicht nehmen könnte.

Daher sei beruhigt, Helga: ich tue, was in meinen Kräften steht, um die Schwestern aus diesem Rassenwahnsinn herauszuholen. Der Erfolg hängt nun weniger von mir, als von den Einwanderungsbehörden ab, die mit Nationenquoten arbeiten. Jede Nation hat eine Quota, d. h. eine bestimmte Anzahl zulässiger Einwanderungen. Natürlich ist, wie Du Dir denken kannst, die deutsche Quota durch die letzten Ereignisse schwer belastet, wenn auch noch nicht überzogen.

Wie dem auch sei – ich werde auch u. a. die hier lebenden Verwandten meiner Frau für die Ausstellung der benötigten Garantien zu gewinnen suchen und Dich benachrichtigen, sobald ich Näheres weiß. Mittlerweile bitte ich Dich, Dein möglichstes zu tun, um die zwei armen lieben Mädchen zu trösten und zu verhindern, daß sie an sich selbst und der Welt verzweifeln.

In Liebe
Dein Onkel Fritz

Der Sommer war kurz und heiß. Sonnenstäubchen tanzten durch die hitzeflimmernde Luft der verlassenen Straßen; schmelzender Asphalt klebte wie Gummimatratze an den Schuhsohlen.

An den Seen in Berlins unmittelbarer Umgebung hockte groß und klein, braungebrannt, käsig oder rotgequollen in sparsamster Bedeckung eng aneinandergedrängt, kochte Kaffee, machte Musik, plantschte im lauwarmen Wasser und nannte das Ganze: ›Ausflug zu Mutta Jrün‹, wobei zwar ausgiebig von ›Mutta‹, von ›Jrün‹ aber kaum die Rede sein konnte. Der märkische Sandboden schimmerte, wo er nicht von ausgebreiteten Badetüchern und roten Fleischmassen verdeckt war, gelblich trocken zwischen braunen Kiefernstämmen. Wolkenloser Himmel schien weißlich durch den heißen Sonnenglast, reflektierte auf dem Wasser in tausend blendenden Lichtfunken, in die man nicht hineinsehen konnte, ohne Kopfschmerzen zu bekommen.

Dem zufälligen Betrachter, den sein Weg an diesen Tagen an einem der Seen vorbeiführte, mußte solch ein Anblick ein Bild tiefsten Friedens scheinen. Und doch blitzte und krachte es bereits bedrohlich am politischen Horizont. Aber das Volk merkte es nicht. Schien unter diesem Hitler doch alles recht schön in Ordnung gekommen zu sein: Straßen sauber, keine Krawalle mehr. Die Jugend begeisterte sich wieder für gemeinschaftliche Ideale, und Mutter Krause hatte jeden Sonntag ihren ›deutschen Roßbief‹ im Topf. Papa Krause konnte es sich leisten, großzügig für die Winterhilfe zu spendieren – kurz, es ging einem wieder gut.

Vor allem brauchte man sich nicht mehr zu schämen, Deutscher zu sein und den Weltkrieg verloren zu haben. War sowieso alles Schuld der anderen – wären die nicht mit ihrer Übermacht gewesen, hätte man gewonnen. Und hinterher hatten die einen mit diesem ›Wersaljer Vertrag‹ auch noch übers Ohr gehauen! Hatte der Führer jetzt endlich alles aufgedeckt und war dabei, die ›Schmach‹ zu beseitigen! – Nein, man brauchte sich nicht mehr zu schämen, deutsch zu sein, dafür sorgten die da oben. ›Die da oben‹ war übrigens eine Berliner Bezeichnung und zeugte von der eingeborenen Selbständigkeit der deutschen Reichshauptstadt. Das übrige Deutschland hatte sich bereits gänzlich mit seinen Machthabern identifiziert, sprach nur von ›wir‹. War ja auch 'n schönes Gefühl, so einfach in ein Nachbarland einzumarschieren und es unter dem brausenden Jubel der dortigen Bevölkerung einzugemeinden. Schienen ja alle nur darauf zu warten, vom deutschen Führer annektiert zu werden! Schließlich –

das schöne neue Wort ›Großdeutschland‹ ließ noch alle Möglichkeiten offen –, wie groß, das stand nirgendwo geschrieben.

Gewiß, da waren diese Judenpogrome, die Diffamierungen und Verhaftungen. Als anständiger Bürger hatte man nicht gern mit so etwas zu tun. Besser gar nicht erst hinhören. Man selber war nicht so fanatisch eingestellt – Gott nein –, Wertheim hatte nun mal die größte Auswahl von allen Kaufhäusern und die vorteilhaftesten Preise, und Rosenbaums Hühner in der Markthalle waren unvergleichlich viel besser gewesen als die unkoscheren. Zugegeben, sie waren natürlich keine vollwertigen Menschen, diese Juden, das sah man ja schon am ganzen Typus. Wo war der blaue ehrliche Blick, die aufrecht-stramme Haltung, der feste Schritt, die akzentuierte Aussprache? Na also. Wer so mies aussah, der mußte auch mies sein, folgerte man messerscharf. Hatte etwa der Führer den Antisemitismus erfunden? Keine Spur. Der war so alt wie die Welt. Und daß man jetzt, im Verlauf der großen Säuberungsaktionen, die Asozialen entfernt hatte, das war doch nur erfreulich. Alle hatte man ja auch gar nicht, sondern nur die nichtarischen. Die anderen waren noch umerziehbar. Aber Jude und asozial – das war zuviel. Das mußte weg.

Einige der Weitsichtigeren sahen die Sturmzeichen, wußten sie aber nicht zu lesen, schenkten ihnen daher nicht die nötige Beachtung. Das Gros des Volkes jedoch sah nichts außer dem Schein, der bewußt darauf abzielte, es zu blenden und zu verblenden. –

Helga verbrachte die heißen Tage hauptsächlich draußen am Wannsee bei ihren Freunden. Man segelte auf den großen See hinaus, lag faul am Ufer und ließ sich von der Sonne bescheinen, tanzte im Mondschein auf Villenterrassen nach sentimentalen Blues und dem Telegrafenmasten-Song ungezählter Mückenschwärme, die in wirbelnden Trauben vor jedem Licht in der windstillen Nachtluft hingen.

Der Herbst brachte schnelle Abkühlung. Man konzentrierte sich wieder mehr auf das Stadtleben, besuchte gemeinsam Theater und Bars und zog von Party zu Party.

Zwischendurch erschien – fast unauffällig – ein Erlaß, daß jüdische Rechtsanwälte ab 30. November auszuscheiden hätten. Helga dachte flüchtig an Klaus. Würde er als Mischling weiterarbeiten dürfen? Oder war er vielleicht jetzt schon in Amerika? Kaum. Die Einwandererbehörden schienen sich viel Zeit zu lassen; bis heute hatte sie von ihnen noch keinen Bescheid erhalten. –

Es geschah an einem regnerischen Sonntag im Oktober. Sie saß mit Moni bei Tico in seinem Zimmer und hörte sich Rosita Serranos ›Onkel Jonathan‹ an, eine Platte, die sie wegen ihres rasanten Rhythmus begeisterte. Die Serrano, eine Sängerin aus Chile, war gerade von den Deutschen entdeckt worden und feierte überall, wo sie auftrat, Triumphe. Ganz plötzlich erfaßte sie Unruhe, und zwar mit einer derartigen Heftigkeit, daß sie die Plattenhülle, die sie noch in der Hand hielt, zu Boden fallen ließ. Es war eine seltsame Unruhe, anscheinend ohne Grund.

›Was ist mit mir? Mutti – irgend etwas ist nicht in Ordnung – ach Unsinn, Einbildung – was sollte denn auf einmal los sein? Hab die letzten Tage 'n bißchen zuviel gebummelt, bin übernächtigt …‹

»Gebt mal 'n ordentlichen Schluck Kognak her!«

Aber das vage drängende Angstgefühl wich nicht. Sie schimpfte sich selbst hysterisch. Als auch das nichts nutzte, ging sie schließlich kurzerhand zum Flurtelefon und meldete ein R-Gespräch nach Hause an. Während sie auf die Verbindung wartete, entdeckte sie, daß ihr das Herz im Halse klopfte, immer stärker und stärker. Als es schließlich schellte, griff sie mit zitternden Fingern zum Hörer: »Josefine«, sagte sie zu dem sich meldenden Hausmädchen, »ich bin's. Kann ich meine Mutter sprechen?«

Als Antwort kam durch den Hörer ein unzusammenhängendes Gestammel, von Schluchzen unterbrochen: »Ja – nein – ich weiß nicht – was soll ich nur tun?« Neuer Weinkrampf.

»Josefine – nehmen Sie sich doch zusammen – ich verstehe gar nichts – wo ist Maria? Was ist mit meiner Mutter?«

»Maria hat Ausgang, und Ihre Frau Mutter …«

Jetzt überkam sie plötzlich eine kalte Ruhe. Endlich hatte die Gefahr Gestalt angenommen, stand greifbar vor ihr, zwang zum Handeln: »Was ist mit meiner Mutter?« wiederholte sie streng, »lebt sie noch?«

Zwischen schnüffelnden Atemstößen ein undeutliches: »Ja.«

»Ich nehm ein Flugzeug – kümmern Sie sich um meine Mutter!«

Einhängen – Flughafen anrufen. Ja, eine Lufthansa-Maschine startete in etwa einer Stunde nach Düsseldorf. Gut, man reserviere. Bitte eine halbe Stunde vor Abflug am Schalter – danke sehr! Kofferpacken – Zahnbürste nicht vergessen – ein Kleid zum Wechseln – Mantel auf den Arm – erstaunlich, mit welcher Präzision das Gehirn im Fall der Katastrophe zu arbeiten vermochte. Gefühl war restlos abgeschaltet. Jetzt gab's nur eines: handeln. Nicht nachdenken.

»Muß sofort zum Flughafen – meine Mutter – irgendwas passiert!« sagte sie zu Moni und Tico, die ihr mit bedrückten Mienen beim Packen zuschauten.

»Mein Gott, Helga, du glaubst doch nicht …« Moni suchte nach Worten.

»Weiß nicht – werde sehen!«

Wenige Minuten später war sie bereits unterwegs zur Flugstation.

Alles Weitere geschah mechanisch: Ticket abholen – warten – einsteigen – setzen – abfliegen. Während des Fluges schaltete nun auch das Denken ab. Sinnlose Kraftverschwendung. Erst sehen, was los ist, dann denken. Das Gehirn eine große leere Null. Kompletter Leerlauf bei automatischer Fortbewegung. –

Spät am Abend traf sie im Elternhaus ein. Dunkel und Stille empfing sie. Nichts rührte sich. Das Erdgeschoß lag verlassen. Nacheinander knipste sie das Licht in den Praxisräumen des Vaters, im Eßzimmer, in der Küche an – leer. Langsam stieg sie die enge unwillig knarrende Treppe zu den oberen Räumen hinauf. Auch hier alles dunkel. Sie sah sich um. Da erblickte sie den dünnen Lichtstreifen unter der Türritze zum Schlafzimmer ihrer Mutter. Geräuschlos trat sie ein. Sofort witterte ihre empfindliche Nase – noch leicht und schwebend – den Metallgeruch, den sie seit früher Kindheit fürchtete, den unverkennbaren Geruch nahen Todes. Das große Zimmer war dunkel bis auf die Nachttischlampe, deren gedeckter Schein kaum das Antlitz der röchelnden Gestalt erreichte, die klein und fremd im viel zu mächtigen Bett lag. Fassungslos vor sich hin schluchzend hockte das Stubenmädchen am Bettrand. Der Hund hatte sich tief unter das Bett verkrochen und rührte sich nicht einmal beim Eintritt seiner geliebten Spielgefährtin aus unbeschwerteren Tagen.

Leise trat Helga an das Bett heran, sah auf das Wesen herab, das ihre Mutter war und mit dem Tod rang. Es war ein ganz fremdes Gesicht mit spitziger Nase und tiefen unbekannten Schatten auf den gequälten Zügen. Die schönen großen Augen waren geschlossen. Aus dem Mund drang immer von neuem dieses entsetzliche rasselnde Röcheln. Ab und zu blieb es plötzlich stecken wie abgeschnitten, und das gelbe Gesicht überlief ein bläulicher Schimmer. Dann kehrte es zurück wie überlautes Schnarchen.

»Josefine«, fragte Helga mit ferner Stimme, »was ist geschehen?«

»Vergiftet – sie hat sich vergiftet – mit Veronal.«

»Wann?«

»Schon vor vielen Stunden.«

»Vor wie vielen? Denken Sie genau nach!«

»Ich glaube – vor fünf.«

»Und mein Vater?«

»Der Herr Doktor ist bis vor ungefähr drei Stunden hiergewesen. Dann ist er weggegangen. Weiß nicht, wohin.«

»Hat er den Magen ausgepumpt?« Reine Routinefrage.

»Wie? Ach so – nein, das nicht!«

Es dauerte eine Zeit, bis ihr der ganze furchtbare Inhalt der Antwort aufging. Sie wurde plötzlich lebendig: »Bleiben Sie hier!« rief sie dem Mädchen zu, »bin sofort zurück!«

In fliegender Eile hastete sie durch die dunklen seit Kindheit vertrauten Straßen, schellte atemlos bei einem ihr bekannten jüngeren Kollegen ihres Vaters: »Bitte, Doktor, sofort mitkommen – Magen auspumpen – Veronalvergiftung!«

Sie flog am ganzen Körper vor Erregung.

Schweigend packte der Arzt die nötigen Instrumente zusammen, folgte ihr im Eilschritt zurück ins Haus. Dann stand er vor der Kranken, sah nachdenklich auf sie herab: »Wann?«

»Vor fünf Stunden, soviel ich weiß.«

»Hat Ihr Vater sie gesehen?«

»Ja.«

»Dann hat er ihr auch schon den Magen ausgepumpt?«

»Nein!«

Der Arzt schaute verständnislos: »Nein?« wiederholte er. Dann langsam: »Und weshalb nicht?«

Drohend hing die Frage im Raum.

Der Doktor begann mit der Untersuchung, fühlte lange den Puls, klappte die gefühllosen Augenlider hoch: »Sie gehen jetzt besser hinaus!« sagte er, »ich komme zu Ihnen, wenn ich fertig bin.«

»Doktor – werden Sie sie ...«

»Es ist sehr spät – sehr – ich tu, was ich kann!« sagte er knapp.

Helga ergriff Josefine am Arm, nahm sie mit sich in die Küche und kochte starken Kaffee: »Hier, trinken Sie, das hilft!«

Das Mädchen gehorchte unter Tränen: »Ach Gott, ach Gott! Sie war doch immer so gut, die gnä Frau – nur immer allein ...«

»Schon gut. Trinken Sie!«

Sie war jetzt eine Fremde, Zuschauerin bei einem Drama aus der ersten Reihe Parkett. Das Drama war gut gespielt, fast lebensecht. Oder vielleicht doch ein bißchen übertrieben. Nachher würde man aufstehen, höflich Beifall klatschen und nach Hause gehen. Aber jetzt noch nicht, man war erst beim Anfang des zweiten Aktes. Den ersten hatte man versäumt.

Die Treppe knarrte unter schweren Schritten. In der offenen Küchentür stand der Arzt: »Ich glaube, wir kriegen sie durch, dank ihrer zähen Konstitution. Scheint fast ein Wunder. Lassen Sie sie jetzt schlafen. Wenn kein Kollaps eintritt, müßte sie morgen früh zu sich kommen. Halten Sie mich auf dem laufenden. Gute Nacht und – ach so – dies lag auf ihrer Bettdecke – ist wohl für Sie!« Er reichte ihr ein hellblaues Kuvert, bevor er eilig das Haus verließ.

Auf einmal begann sich etwas tief innerlich zu rühren, sprengte den Eisenring, der ihre Rippen umklammert hielt, stieg höher, durch die Kehle in Nase und Augen, schüttelte konvulsiv den ganzen Körper und löste sich endlich in einem Strom wohltätiger Tränen auf. Sie weinte und weinte, merkte gar nicht, daß unterdessen auch das Zweitmädchen Maria heimgekommen war und sich im Verein mit Josefine um sie bemühte. Erst als allmählich die Tränen zu versiegen begannen, erkannte sie das Kuvert in ihrer Hand, mit ihrem Namen in der Handschrift der Mutter auf dem Umschlag. Sie atmete erst einmal tief durch, bevor sie öffnete:

Mein Helgachen,
dies ist nun das letzte Mal, daß ich Dir schreibe, und ich muß es kurz machen, denn die Zeit drängt. Warum ich Dich allein lassen muß, laß Dir von Deinem Vater erklären. Ich kann nicht warten, bis der Staat uns auseinanderreißt, darum gehe ich lieber vorher. Wenn man den Glauben an den Sinn des Daseins verloren hat, hat das Dasein keinen Sinn mehr.

Nun bitte ich Dich von Herzen, sei gut zu Deinem Vater, vergiß alles, was manchmal im Zorn gesagt wurde; es war alles in allem doch eine glückliche Ehe, Du kannst das nicht so verstehen. Hilf ihm und stehe ihm bei in den nächsten schweren Tagen und vertrau ihm Deine Nöte ruhig an. Er hat mehr Verständnis für Dich, als Du denkst. In puncto Geld wird es keine Schwierigkeiten geben, nimm ihn als Vermögensverwalter, denn davon hast Du ja keine Ahnung. Sei vernünftig mit dem Geldausgeben und mache vor allem keine Schulden. Ich wünsche Dir das Beste für Dein weiteres Leben, ich hätte so gern noch für Dich gesorgt!

Wende Dich mit allen Wünschen an Klara Wolters, sie wird auch Deine Garderobe mit Dir besorgen. Du brauchst nicht lange Schwarz zu tragen, höchstens ein Vierteljahr.

Wenn Du in den Osterferien hierherkommen solltest, kaufe Dir ein schwarzes Jackenkleid und trage es mit meinem Silberfuchs. Dazu weiße Blusen. Vielleicht kannst Du auch von meinen Sachen sonst etwas für Dich brauchen, sieh alles mal mit Klara W. durch. Eventuell kann sie selbst meine Schuhe verwenden. Auch Josefine hat meine Schuhnummer. Alles nicht zu Gebrauchende soll man verkaufen, damit es Platz gibt.

Es kommt alles so schnell, daß ich keine Zeit mehr habe, alle Schränke durchzusehen. Bitte tu Du es für mich.

Bei Helpers ist ein Pelz für mich in der Mache. Ebenso befindet sich dort mein schwarzer Fohlenmantel, den Du Dir auch passend machen lassen kannst. Wenn Dir der halbfertige Mantel nicht gefällt, machen sie Dir vielleicht in Anbetracht der Umstände einen anderen.

Wenn Du jetzt hier bist, sei sehr zurückhaltend mit dem Make-up, es macht sonst keinen guten Eindruck auf die Leute. Ich habe Deinem Vater vorgeschlagen, Weihnachten ein paar Tage mit Dir wegzufahren.

Nun leb wohl, mein geliebtes Helgachen, bleib ein anständiger Kerl, halte zu Deinem Vater, schreibe ihm so wie bisher mir, und lasse ihn nicht allein.

Alles, alles Gute!
Deine Mutti

Die ganze Nacht hindurch saß Helga unbeweglich am Lager der jetzt gleichmäßiger Atmenden, starrte gebannt in das vom Tod gestreifte Antlitz mit den lastenden Schattenflecken, die sich unmerklich aufzuhellen begannen. Noch nie hatte sie den Tod so sehr aus der Nähe gesehen. Diese wächserne Maske mit den völlig fremden Zügen – was hatte die mit ihrer Mutter zu tun? Sie beugte sich vor, forschte aufmerksam nach irgendeiner, wenn auch noch so entfernten Ähnlichkeit zwischen ihr und dem feinen ausdrucksvollen Antlitz, das sie seit frühester Jugend so sehr liebte. Doch das gelbe Gesicht in den Kissen blieb auf furchtbare Weise verändert, spiegelte hilflose Müdigkeit und völlige Gleichgültigkeit gegen alles, was ihm bislang Lebensinhalt bedeutet hatte. Wo war sie jetzt? Fühlte sie nicht die Nähe ihrer einzigen Tochter?

›Mein Gott, Mutter – weshalb hast du das getan? – Weshalb läßt du mich allein? – Ich kann nicht ohne dich leben –

so hör doch – ich kann nicht – ich kann nicht –.‹ Angst und Grauen drückten ihr die Kehle zu. Sie weinte stoßweise, atemlos, hysterisch, stammelte in Panik immer die gleichen Worte: »Wo bist du? – Bitte komm wieder – bitte – ich kann nicht ohne dich sein – ich kann nicht – ich kann doch nicht!«

Der Hund winselte leise, kroch unter dem Bett hervor in die hinterste Zimmerecke und begann mit gerecktem Hals in schauerlich langgezogenen Tönen wie ein Schakal zu heulen.

Die Maske im Bett vernahm nichts. Ihre Gleichgültigkeit gegen ihre Umgebung war absolut. Gewollt. Bewies der Abschiedsbrief nicht, daß sie alles lange im voraus sorgfältig geplant, in jeder Einzelheit durchdacht hatte? Keine Verzweiflungstat, keine Kurzschlußhandlung. Wohlüberlegter Mord an sich selbst. Und der Anstifter dieses Mordes? Wirklich nur die Politik? ›Laß Deinen armen Vater nicht allein!‹ bat sie ihre Tochter in ihren letzten Worten. Und was tat er währenddessen? Wo war er jetzt?

All das schoß ihr unzusammenhängend durch den Kopf, während sie am Bett Wache hielt. Aber sie war unfähig, darüber nachzudenken.

Der Hund jaulte immer noch, als schon das erste Morgenlicht ins Zimmer drang. Ausgebrannt, gefühllos starrte sie auf einen Punkt der heller werdenden Tapete, ließ halb unbewußt das Muster zerfließen und wieder erstehen. Eine kaum spürbare Bewegung lenkte ihren Blick auf das Kissen zurück. Was sie da sah, war furchtbarer als alles bisher. Die Maske hatte die Augen geöffnet.

Fremde, entsetzliche Augen. Riesengroß und schwarz starrten sie drohend ins Leere. Helga unterdrückte einen Schrei. Diese Rachefurie war nicht ihre Mutter. Übergroße Pupillen, kalt und ohne Lichtreflexe, klagten alle gegenwärtigen und zukünftigen Mörder an, sprachen von einem Entsetzen, das erst im Kommen war, sahen Dinge, die in nicht mehr ferner Zukunft ein Grauen ohnegleichen über Millionen Menschen bringen würden. Helga fühlte, wie ihr Blut gefror, wie sich unter dem schrecklichen Starren die Kopfhaut zusammenzog, als sträubte sich ihr Haar. Dennoch konnte sie den Blick nicht abwenden. Ebenso plötzlich, wie sie aufgesprungen waren, klappten die Lider wieder zu und nahmen die furchtbaren Augen weg. Zurück blieb die langsam sich aufhellende Maske. Der leiser gehende Atem verriet, daß die Kranke in tiefen Genesungsschlaf gesunken war.

Sehr leise schlich sich Helga aus dem Zimmer. Auch der Hund hatte sich nun beruhigt und war in seiner Ecke eingeschlafen. Mittlerweile war es neun Uhr geworden. Auf dem Hausflur begegnete sie dem Vater, der gerade die Haustür hinter sich schloß. Er schrak zusammen, als er sie überraschend vor sich sah: »Wo kommst du denn her?« herrschte er sie an.

Kalt blickte sie ihm entgegen: »Die Frage sollte ich stellen.«

Er besaß Instinkt genug, um zu merken, daß er sich in einer peinlichen Lage befand und eine Erklärung schuldig war. Sofort stellte er sich um – ein Schauspieler war er schon immer gewesen. Sein sattes Gesicht drückte Ratlosigkeit und tiefe Verwirrung aus, als er zu stammeln begann: »– völlig den Kopf verloren – war ja so furchtbar – ganze Nacht blind in den Straßen umhergeirrt.«

Zuviel Pathos ließ es noch unglaubwürdiger klingen.

Helga warf einen Blick auf sein frischrasiertes Kinn und den tadellos gebügelten Anzug mit dem sorgfältig eingelegten Taschentuch, der die Nacht auf keinen Fall am Körper eines verzweifelt Herumirrenden verbracht hatte, und ging schweigend an ihm vorbei, um sich Kaffee zu holen.

In der Küche hockten die übernächtigten Mädchen und blickten ihr ängstlich entgegen. Sie nickte nur leicht: »Schläft jetzt. Wir müssen abwarten.«

Maria hatte schon den Kaffee für sie bereitgestellt. In großen Zügen trank sie das belebende Gebräu. Mit der sich verbreitenden Tageshelle verlor das Haus etwas von seiner Gespenstigkeit. Beruhigende Tagesgegenstände wurden sichtbar, Alltagskleinigkeiten, die bewiesen, daß die Welt sich weiter drehte. Gemüsebündel lagen putzbereit auf dem Küchentisch. Im Topf auf dem Herd siedete Wasser. Für ein paar Augenblicke schloß sie die brennenden Augen, döste ein. Dann riß sie sich wieder hoch, trank noch einen Schluck Kaffee und ging wieder nach oben.

Der Vater war in seine Praxisräume verschwunden.

Als sie im Krankenzimmer die kleine Lampe ausknipste und die Fensterläden aufstieß, um Licht und Luft hereinzulassen, sah sie, daß ihre Mutter erwacht war. Die Augen, groß, schwer und traurig, aber endlich wieder zu ihr gehörend, versuchten schwerfällig, ein Bild zu erfassen, das noch gestaltlos war, zuckten nach rechts und links, bevor sie an Helgas Gesicht hängenblieben.

Ein Zittern lief über die blutleeren Lippen: »Helgachen –« kam ein Flüstern von weit her.

»Mutti!« Ein Schrei.

Verzweifelt warf sie sich über die Kranke, streichelte wie von Sinnen die kühlen glatten Arme, die Schultern, das Haar. Tränen liefen ihr über Nase und Mund, machten sie blind: »Mutti – bitte komm zu dir – nie wieder – hörst du, nie wieder – laß mich nicht allein – hörst du mich?«

Das kleine Gesicht, das nur aus Augen zu bestehen schien, war noch nicht zurück in der Wirklichkeit, vernahm, ohne zu erkennen. Noch träumte es den Traum von der großen Erlösung. Ein Hauch von friedlicher Verwunderung machte es fast kindlich. Allmählich jedoch glitt die Entspannung ab, die Züge erstarrten wieder. Stückweise kehrte mit dem Blut das Bewußtsein ins Gehirn zurück. Und mit ihm das Erinnern. Leid und tiefe Qual traten an Stelle des Erstaunens.

Mit jeder weiteren Minute alterte das Gesicht wieder. Der Blick irrte ab, um den Mund begann es zu zucken.

»Weshalb?« fragte eine ganz leise Kinderstimme, »weshalb habt ihr – mich – zurückgeholt?«

Nach einer Pause kam es, jetzt schon deutlicher: »Ich will nicht mehr.«

»Ich will nicht mehr!« wiederholte sie einen Augenblick später heftiger, »nein, das dürft – ihr mir doch – nicht antun – laßt mich ...«

»Mutti, so hör mich doch.«

»Laßt mich – um Gottes willen, laßt mich doch endlich in Ruhe!«

Der kleine Körper zuckte konvulsiv. Ruckartig richtete sich die Kranke hoch, schrie mit weit aufgerissenen Augen und heiserer fremder Stimme: »Nein, nein – auslassen – ich will nicht – nein!«

Dicke Tränen rollten über die abgezehrten Wangen, die zitternde Unterlippe war speichelbedeckt: »Loslassen! Laßt mich los! Habt doch Erbarmen!«

Das Schreien ging in schrilles Kreischen über.

In Panik stürzte Helga zum Telefon, wählte mit zitternden Fingern die Nummer des Arztes, während das Geschrei der Mutter durch das ganze Haus klang: »Schnell bitte – sie hat einen Anfall!«

Endlosigkeiten schienen zu vergehen, bevor der Arzt knappe zehn Minuten später das Krankenzimmer betrat. Er injizierte Morphium. Bald wurden die Schreie schwächer, gingen in ein Wimmern über und verstummten schließlich ganz.

»Sie schläft jetzt«, sagte er beruhigend, »es ist der Schock. Der Schock des Erwachens. Sie hatte wohl schon endgültig abgeschlossen. Furchtbare Zeiten!«

Der Doktor war ein aufrechter Mann.

»Aber wenn sie wieder aufwacht? Wird sie dann nicht wieder ...?«

»Versuchen Sie sie abzulenken. Erzählen Sie ihr irgend etwas Fröhliches. Und nehmen Sie sich vor allem zusammen. Ich weiß, es ist sehr schwer. Aber mit Ihrer eigenen Verzweiflung schaden Sie mehr, als Sie helfen. Ich bleibe für Sie jederzeit erreichbar. Guten Morgen!«

Die nun folgenden Tage und Nächte waren ein einziger Kampf. Zäh und unermüdlich rang Helga mit dem Gespenst der Geistesverwirrung, das sich ihrer Mutter bemächtigen wollte. Alle Anzeichen deuteten darauf hin, daß die unglückliche, noch nicht Vierzigjährige bei täglich zunehmender Erkenntnis ihrer Lage den Verstand zu verlieren im Begriff war. Schreikrämpfe wechselten mit Anfällen völliger Apathie, in denen sie überhaupt keine Reaktionen mehr zeigte und nichts erkannte.

Keine Minute wich Helga von ihrer Seite, sprach beruhigend auf sie ein, wenn sie wach wurde, döste im Sessel vor sich hin, solange die Kranke schlief.

Die Mädchen brachten zusammen mit der verordneten Spezialkost für die Mutter ihr Essen aus der Küche. Aber sie rührte kaum etwas davon an. – Was ihren Vater anbelangte, so blieb er auch weiterhin dem Krankenzimmer mit der Begründung fern, er könne den erschütternden Anblick seiner leidenden Gattin nicht ertragen. Daß es in Wahrheit der ihm jetzt besonders unwillkommene Anblick seiner Tochter war, der ihn von einem Krankenbesuch abhielt, hatte diese längst begriffen. Aber sie hatte jetzt andere Sorgen. –

Nach Tagen schien es, als sei die Gefahr gebannt. Die Kranke wurde ruhiger, begann, die Dinge um sich zu erkennen, sie bei ihrem Namen zu nennen. Unter der abgestorbenen Haut pulsierte wieder das Blut, der Appetit erwachte und damit die ersten Anzeichen neuen Interesses an ihrer Umgebung. Sie schlief jetzt viel und tief.

Auf einmal war auch der Vater wieder da, kümmerte sich

um das Befinden seiner Frau, verabreichte ihr, in Absprache mit dem behandelnden Arzt, Stärkungsmittel und sprach bei ihrem Erwachen tröstend auf sie ein. Helga nannte es zornig bei sich ›eine Schau abziehn‹.

Mit zitternder Stimme, der die Verstellung so wenig lag, daß sie mit quiekenden Falsettönen reagierte, rief er dramatisch aus: »Wie konntest du mir das nur antun? Mich zu verlassen? Weißt du nicht, wieviel du mir bedeutest?«

›Ja – in runden Zahlen!‹ dachte Helga und spürte tiefe Verachtung für ihn.

Auf die Kranke jedoch hatten seine Worte eine geradezu verblüffende Wirkung.

Der staunende Kinderausdruck kehrte zurück. Andächtig, mit geschlossenen Augen und verklärtem Lächeln trank sie sie in sich hinein wie die verdorrte Pflanze den späten Regen. Von nun an machte ihre Genesung rasche Fortschritte.

›Sie liebt ihn mindestens so wie mich, ihr einziges Kind!‹ Helga war empört, ›spürt sie denn nicht das Theater, die Verstellung?‹ Zu ihrer Abneigung gegen den Vater gesellte sich die Eifersucht. Eines Tages, als sie es verantworten zu können glaubte, mit ihrer Mutter eine längere Unterhaltung zu führen, fragte sie: »Mutti, sag einmal ehrlich – weshalb hast du es getan?«

»Das weißt du doch, Dicki«, seit langem schon hatte ihre Mutter sie nicht mehr mit dem Kosenamen aus ihrer Kinderzeit angeredet.

»Weiß ich nicht.«

»Wollen wir wirklich warten, bis der Staat uns auseinanderreißt?«

»Der Staat wird uns nicht auseinanderreißen. Du bist evangelisch, hast einen wohlangesehenen arischen Mann und viele Freunde unter deinen Mitbürgern. Weshalb sollte dir was passieren? Wenn mein Vater zu dir hält, dann kann er dich auch schützen.«

»Ach Helgachen, du bist einfach noch zu jung, um zu begreifen, wie ernst die Lage ist. Alles kann geschehen, Unvorstellbares – auch für mich.«

»Wer sagt das?«

»Dein Vater selbst. Und Klara Wolters. Und viele andere!«

»Mit den anderen meinst du wohl deine Bridgefreundinnen? Aber die sind auch nicht arisch verheiratet wie du. Es gibt vorläufig keinerlei Diskriminierung von nichtarischen Christinnen mit reinarischen Ehegatten. Das weißt du auch. Also sag mir den wahren Grund. Wir haben uns doch immer alles erzählt!«

Sie richtete die Kissen im Rücken der Mutter zurecht, damit diese ihren Tee trinken konnte. Noch waren die Glieder weitgehend gelähmt, jede Bewegung mühsam und zittrig. Vorsichtig setzte sie ihr die Tasse an die Lippen: »Also – weshalb tatest du es nun wirklich?«

Die Kranke nahm einen Schluck, lehnte sich zurück, richtete ihre traurigen Augen starr auf Helgas Schulter und sagte langsam: »Ich mußte doch – dein armer Vater ...«

»Was ist mit meinem ›armen‹ Vater?«

»Er hat so darunter gelitten«, flüsterte sie schamhaft.

Helga blieb unbarmherzig: »Worunter hat er gelitten?«

»Daß er nicht flaggen durfte!« erklärte sie ernsthaft, »an keinem der Feiertage. Alle Häuser der Stadt waren fahnengeschmückt, nur das seine nicht – ausgerechnet ein Eckhaus, wo es noch mehr auffällt. Nur, weil er eine Jüdin im Haus hat.«

In ihren Augen standen Tränen, Tränen des Mitleids für den armen Gatten, der durch ihre Schuld, die in ihrer Anwesenheit bestand, unnötig leiden mußte.

»Er hat sehr gelitten, glaub mir!«

»Woher willst du das wissen? Hat er dir das gesagt?«

»Nein, nein. Jedenfalls nicht direkt. Er hat sich nie beklagt. Aber als er sich so sehr für seinen Freund Friedrich freute, daß der nun keine Schwierigkeiten mehr habe, nachdem er von seiner jüdischen Frau geschieden sei und auch wieder flaggen dürfe, da habe ich erst richtig verstanden, wie schwer es für ihn ist. Du weißt, er mag Friedrich sehr gern!«

»Ach so – jetzt tut's ihm wohl leid, daß er sich seinerzeit nicht auch hat scheiden lassen?«

»Aber nein, so mußt du das nicht verstehen. Ich wollte es ihm nur leichter machen. Sieh mal, für seine Arbeit ist es doch auch sehr wichtig, daß über seiner Praxis die Fahne hängt, nicht wahr?«

»Sehr wichtig. Natürlich!« nickte Helga ironisch.

Ihre Mutter fuhr unschuldig fort: »Und dann will er ja auch die Klara heiraten!«

»Was? Die Wolters? Diese alte Nebelkrähe? Unmöglich. Wie kommst du darauf?«

»Sie hat es mir selbst gesagt. Dicki, glaub mir, sie ist kein schlechter Mensch. Als ich ihr sagte, es sei doch wohl das beste für mich und alle Beteiligten, wenn ich Schluß mache, da äußerte sie ganz spontan: ›Um Helga brauchen Sie sich gar keine Sorgen zu machen – ich werde mich um sie kümmern wie eine Mutter!‹ – Das hat mir den Entschluß natürlich sehr erleichtert!« Voll Grauen begann Helga zu ahnen, wie systematisch man ihre gutgläubige Mutter ›fertiggemacht‹, in den Tod getrieben hatte. Teuflisch geschickter Plan: Beging eine Jüdin Selbstmord, so war das heutzutage eine recht selbstverständliche Angelegenheit und Hitlers Politik zuzuschreiben. Nach privateren Ursachen fragte kein Mensch. Jüdin zu sein, war ein Politikum ohne menschlichen Wert für die Gemeinschaft. Damit rechnete der Vater ebenso wie Klara Wolters. Ein System begann sich abzuzeichnen, aufgebaut auf skrupelloser Ausnutzung gegebener Umstände.

Noch weigerte sich ihr Verstand, diese Möglichkeit als Tatsache zu akzeptieren: »Und was sagt Tante Gritta dazu? Sicher war sie doch zwischendurch ein paarmal hier? Zumindest an den Weihnachtsfeiertagen, an denen ich in Berlin bleiben sollte?«

Ausweichende Verlegenheit malte sich auf den Zügen der Kranken: »Ja weißt du – nein, Tante Gritta war in letzter Zeit nicht mehr hier.«

»Nanu, weshalb denn nicht? Du hast dich doch immer so auf ihren Besuch gefreut? Habt ihr euch etwa verkracht?«

»Wo denkst du hin? Meine Schwester und ich? Noch nie im ganzen Leben!«

»Dann wird sie deine Handlung um so weniger verstehen können.«

»Ich habe ihr geschrieben. Drüben auf dem Toilettentisch, in der linken Ecke muß der Brief liegen!«

Richtig, da lag ein zartblaues Kuvert, an Gritta in Darmstadt adressiert.

»Zerreiß ihn bitte – ist ja jetzt sinnlos!« sagte ihre Mutter müde. Die Unterhaltung hatte sie sehr angestrengt.

»Schlaf erstmal, Mutti!« sagte Helga und nahm den Brief an sich, »ein andermal sprechen wir weiter!«

»Eine Bitte noch, Kind«, die Stimme klang schläfrig, »nimm von jetzt an die Tischmahlzeiten mit deinem Vater zusammen im Eßzimmer ein. Versuch, ein bißchen ...« Da war sie eingeschlafen.

Nur sehr ungern kam die Tochter ihrem Wunsch nach. Brummig saß sie vor der Suppe, als der Vater eintrat: »Du hier?«

»Tut mir leid. Ausdrücklicher Wunsch meiner Mutter.«

»So? Hm.«

Die Mahlzeit verlief wortkarg.

»Scheußliche Sache, das Ganze.«

»Ja.«

»Willst du noch Fleisch?«

»Nein danke.«

»Geht ihr ja jetzt schon viel besser!«

»Gott sei Dank. Ich kam gerade zur rechten Zeit!«

»Ich schau nachher mal nach ihr.«

»Ich kann dich nicht hindern.«

Seine Nähe bedrückte sie so, daß sie kaum einen Bissen herunterbekam. Wunschgemäß jedoch fand sie sich die nächsten Tage pünktlich um ein Uhr am Mittagstisch ein, absolvierte die Zwangssitzung in einer knappen Viertelstunde, um gleich darauf wieder ins Zimmer der Mutter zurückzukehren. –

Unterdessen hatte sie auch den Abschiedsbrief an ihre Tante gelesen, der sie wieder sehr nachdenklich gestimmt hatte.

Liebe Gritta,
wenn Du diesen Brief erhältst, habe ich es überstanden. Ich werfe ein Leben weg, das keines mehr ist. Ich sehe keinen anderen Ausweg mehr. Weder Dir noch Richard noch Helga kann ich mehr etwas sein.

Wie es mir in den letzten Jahren oft das Herz zerriß, daß Du nicht mehr hierherkommen konntest, ahnst Du gar nicht. Darum ist auch der Verlust für Dich nicht so schwer. Die Dinge waren eben stärker als wir. Der einzige Dienst, den ich Dir erweisen konnte, war, daß ich Dir auch einen Helfer in Form von zehn Tabletten schickte, aber vielleicht brauchst Du sie gar nicht.

Hoffentlich kannst Du in Deiner kleinen Behausung bleiben, und wenn Du etwas willst, wende Dich nur an Richard. Ich danke Dir sehr für das Opfer, das Du gebracht hast, indem Du nicht mehr hierherkamst. Wenn Du irgend etwas von mir als Andenken willst, schreibe es Richard, er kann es Dir nicht verweigern.

Alles, alles Gute!
Deine Elsbeth

Also auch Gritta war mit Absicht vom Haus ferngehalten worden? Was wurde gespielt? Wieso hatte sie in den letzten Jahren, also zwischen 1936 und 1938, ihre Schwester nicht mehr besuchen dürfen? Fraglos hatte der Vater seiner ihm verhaßten Schwägerin, die ihn durchschaute, das Haus verboten, obwohl sie ihm, schon der Schwester zuliebe, nie etwas getan hatte. Warum aber hatte er sie systematisch fernzuhalten versucht? Daß nach all dem die Mutter ihrer Schwester auch noch vorschlug, sich nach ihrem Tod vertrauensvoll an ihren Peiniger zu wenden, fand Helga den Gipfelpunkt der Naivität.

Das Elternhaus wurde ihr immer unheimlicher. In seinem Schatten spielten sich seltsame Dinge ab – ungreifbar, noch ungenau, aber gegenwärtig.

Sie mußte die Mutter so schnell als möglich aus dieser giftigen Atmosphäre losbekommen, sie retten! –

»Mutti, hör mal zu«, sagte sie an einem der nächsten Tage, als die kleine Frau bereits ihre ersten unbeholfenen Gehübungen zu machen begann, »ich habe eine Überraschung für dich. Hatte sie mir eigentlich für Weihnachten aufgehoben. Aber nachdem du jetzt – also: Du und ich und vielleicht auch Tante Gritta, wir werden schon in den nächsten Monaten nach Amerika fahren und in New York wohnen! Ist das nicht schön?«

Ihre Mutter lächelte nachsichtig: »Was hast du denn jetzt wieder für ausgefallene Ideen?«

»Es ist mein voller Ernst. Alles ist in die Wege geleitet. Onkel Fritz, dem ich schrieb und der dich schön grüßen läßt, hat für dich und Gritta drüben die Einreisegenehmigung beantragt und ist dabei, die Affidavits für euch zu besorgen. Das heißt, deines ist schon klar. Nur das von Tante Gritta noch nicht ganz. Aber das müßte auch jeden Moment da sein. Freust du dich?«

Die Mutter schwieg lange. Sie überlegte: »Wenn das wirklich stimmt – es kommt so plötzlich …«

»Natürlich stimmt es. Du kennst doch deinen Vetter Fritz. Glaubst du, der würde euch im Stich lassen?«

»Wie kamst du nur auf die Idee, ihm zu schreiben? Hoffentlich hast du nicht zu sehr übertrieben – er ist sehr feinfühlig …«

»Nein«, sagte sie zornig, »ich hab ihm geschrieben, der Hitler ist ein netter Mensch mit originellen Einfällen. Baut schöne Autobahnen und veranstaltet Erntedankfeste. Dazwischen rottet er ein bißchen die Juden aus, weil sie seinem deutschen Malerauge nicht gefallen. – Kannst du mir vielleicht erklären, was du mit ›übertreiben‹ meinst?«

»Werd nicht gleich zornig, Helgachen, ich weiß, du hast es gut gemeint.«

»Soll das heißen, daß du nicht nach Amerika willst?«

Sie zuckte hilflos die Schultern: »Aber ich kann doch deinen Vater nicht allein lassen.«

»Und wie nennst du das, was du jetzt getan hättest, wenn es geglückt wäre?«

»Das ist etwas anderes. Ein ›Muß‹. Aber einfach fortreisen …« Helga begann die Nerven zu verlieren: »Verdammt noch mal«, schrie sie, »dann kann er doch seine Scheißfahne heraushängen! Täglich, stündlich, meinetwegen – mit ihr durch die Straßen marschieren! – ›Die Fahne hoch!‹« sang sie laut und höhnisch. »Helga, hör auf – ich bitte dich – wie kannst du so reden?« Sie schwiegen beide. Schließlich sagte die Kranke zögernd: »Na ja, du hast schon recht – das könnte er ja dann wirklich …«

»Eben, siehst du? Und wenn der ganze Kram vorbei ist und er mit seiner Flagge keinen Erfolg mehr hat, dann kommen wir wieder hierher zurück.«

»Mein Gott, Kind, Amerika ist so weit … Wie Fritz sich wohl akklimatisiert hat?«

»Davon wirst du dich bald persönlich überzeugen können.«

»Es wäre schon wunderschön, ihn und die Liesel, seine Frau, wiederzusehen. Es sind zauberhafte Menschen – und die Wolkenkratzer«, begann sie vor sich hin zu träumen, »die sollen ja so hoch sein, daß man den Himmel über ihnen gar nicht mehr erkennen kann! Meinst du, daß man in New York auch Culbertson-Bridge spielt? Das wäre natürlich wichtig zu wissen. Du könntest das schöne Seidenkleid tragen, das du auf deinem großen Berlin-Foto anhast. Das ist sehr elegant.«

Grenzenlos erleichtert bemerkte Helga, wie der Gedanke einer Reise nach Amerika in ihr Gestalt anzunehmen, wie sie sich mit ihm anzufreunden begann. Ganz hingegeben an Vorstellungen, an die sie sich bisher nie herangewagt hatte, lag sie in den Kissen und blickte nachdenklich zur Zimmerdecke hinauf.

»Aber du«, fiel ihr dazwischen plötzlich ein, »was wird denn dann mit deiner Heirat? Mit Hauser? Aus deinem Studium?«

»Mach dir darüber keine unnötigen Gedanken. Mein Studium kann ich auch drüben fortsetzen. Du weißt doch, Klaus' Vater, Professor Weinberger! – Und – ehrlich gesagt – zum Heiraten fühle ich mich noch ein bißchen zu jung.«

»Aber er liebt dich sehr, Kind, das merke ich aus seinen Briefen, würde dich gerne heiraten, wenn du nur einwilligtest. Und pekuniär ist er glänzend gestellt.«

»Ach, darauf kommt's doch nicht an.«

»Liebst du ihn denn nicht?«

Helga zögerte mit der Antwort: »Ich mag ihn gern, verstehst du, aber lieben ...«

»Weshalb hast du dann aber – ich meine, geht so was denn überhaupt ohne Liebe?«

In Sachen Erotik war ihre Mutter ein Kind.

Helga grinste: »Sag mal, Mutti, wer hat dich eigentlich vor deiner Ehe aufgeklärt?«

Sie dachte ernsthaft nach: »Niemand!«

»War deine Hochzeitsnacht etwa wie die von Tante Hanna mit ihrem Kusin, die sich in langen Nachtgewändern anhand von erotischen Nachschlagewerken über eheliches Verhalten zu informieren suchten?«

Zum ersten Mal sah sie ihre Mutter wieder richtig lächeln. Ein Schein ihres alten Humors erhellte die melancholischen Züge, wischte im Augenblick zwanzig Jahre fort: »Nein, dein Vater wußte schon Bescheid. Es hat nur noch ein bißchen gedauert, bis ich es auch kapiert habe. Ja, und dann kamst du ...«

Sie versank in glückliches Erinnern, die Lider senkten sich über müden Augen.

Helga erhob sich: »Schlaf jetzt ein bißchen!« befahl sie und zog die Vorhänge zu, »träum von Amerika und Onkel Fritz.«

Die Kranke lächelte immer noch: »Stell dir mal die winzige Gritta neben einem Wolkenkratzer vor«, murmelte sie im Halbschlaf, »muß sie – an der Hand halten – sonst geht sie – verloren ...«

Behutsam schloß Helga die Tür und ging auf ihr Zimmer, um sich ihrerseits hinzulegen. Sie hatte viel Schlaf nachzuholen. Nun, da sie ihre Mutter über den Berg wußte, spürte sie erst, wie erschöpft sie war.

Von nun an machte die Genesung schnelle Fortschritte. Täglich stand die Mutter für einige Minuten auf, ging zum Sessel hinüber, machte Atemübungen, die ihr der Arzt geraten hatte. Immer mehr interessierte sie das Leben ›drüben‹. Helga mußte ihr tausend Einzelheiten berichten, die sie selbst nicht wußte und einfach erfand, um die Phantasie der kleinen Frau beschäftigt zu halten. Die Anteilnahme ihrer Mutter bewies ihr, daß das Alltagsleben sie wieder in seinen Bann zu ziehen begann. Trüge man in Amerika wohl auch kurze Jacken?

Das Essen solle allerdings miserabel sein. Alles aus Dosen. Nun, bei Fritz sei das kein Problem. Liesel sei als waschechte Münchnerin auch eine ausgezeichnete Köchin und ließe sich gewiß nicht durch das Blechbüchsenzeug von ihrer Hausmannskost abbringen. Vielleicht bräuchte man für dort hellere Lippenstifte als in Europa, man müsse ja berücksichtigen, daß die Lichtverhältnisse anders seien. Mit Geld würde es wohl keine allzu großen Schwierigkeiten geben. Einmal drüben, könnte sie das ziemlich umfangreiche Aktienpaket aus der Erbschaft ihres Vaters, das in Frankreich deponiert sei, in die USA transferieren lassen. Hoffentlich regne es nicht zu viel. Ihr mache das ja nichts aus, aber Gritta neige zu Erkältungen. Natürlich läge das daran, daß sie immer viel zu leichtsinnig mit ihrer Garderobe sei und sich nicht genügend gegen schlechtes Wetter schütze. Na ja, der Dickkopf… Helga unterstützte eifrig ihre neue Gedankenrichtung, und der Arzt, der noch immer in regelmäßigen Abständen zu ihnen hereinschaute, war sehr zufrieden mit ihr. –

Eines Tages, als sie schon wieder fester auf den Beinen war, sagte sie: »Hör zu, Helga, es geht schon auf Ende Oktober. Ich möchte unbedingt, daß du jetzt nach Berlin zurückfährst und dein Studium wieder aufnimmst, bis wir Deutschland verlassen. Du sollst hier nicht untätig herumsitzen!«

»Nein, Mutti, ich laß dich hier auf keinen Fall allein.«

»Ich bestehe darauf. Bitte sei nicht ungehorsam.«

»Woher kann ich wissen, daß du es nicht wieder tust, wenn ich fort bin?«

»Ich gebe dir mein Wort darauf. Habe ich es dir gegenüber jemals gebrochen? Na also. Bis zu den Weihnachtsferien ist es nicht mehr lang, und dann können wir alles Weitere besprechen. Aber jetzt wünsche ich, daß du morgen früh den Zug zurück nach Berlin nimmst. Geh gleich und besorg dir eine Karte. Wir schreiben uns wie immer!« –

Noch zögerte Helga. Konnte sie es verantworten? Doch sie hatte das Wort ihrer Mutter, das genügte. Darauf konnte sie sich verlassen. Und gesundheitlich war sie nun wieder kräftig genug. Da konnte auch nichts mehr geschehen.

»Also schön«, sagte sie, »und du versprichst mir ganz fest, keine Dummheiten mehr zu machen, bis ich wiederkomme?«

»Dazu bin ich viel zu gespannt auf New York. Los, hol deine Fahrkarte. Maria kann unterdessen deinen Koffer packen. Morgen will ich dich hier nicht mehr sehen!« –

Der Abschied ging, wie es unter ihnen üblich war, ohne überflüssige Sentimentalitäten vor sich: »Also tschüß – schreib bald – mach's gut – du auch. Und Kopf hoch!« –

Im Zug ließ Helga sich gegen das graue Stoffpolster fallen und atmete tief durch. Je mehr Kilometer sie zwischen sich und das alte unheimliche Haus ihrer Kindheit legte, desto wohler wurde ihr.

Gleich nach ihrer Ankunft kam Ilse zu ihr auf's Zimmer, half ihr auspacken: »Was war?«

»Alte Dame hatte 'n bißchen die Nerven verloren. Schon wieder gut!« bagatellisierte sie das Geschehene, »gibt's hier was Neues?«

»Paar Kleinigkeiten. Dieter ist mit seiner Regie durchgefallen. Sie war denen da oben zu undeutsch. Pech. Nicht genug Tendenz – du weißt ja, was das heißt. Jetzt muß er vorläufig die Finger davon lassen und wieder deutsche brave Knaben mit Heimatkomplexen spielen wie gehabt. – Daß der Hauswirt unsere Miete erhöht hat, haste ja vor deiner Abreise noch mitgekriegt. Und sonst? Die Leander feiert Orgien in ihrer Grunewaldvilla.«

»Mensch, das Kolossalweib? Hätte sie für solider gehalten.«

»Sind auch ganz solide Orgien. Nur Freß- und Sauforgien, verstehste? Darin schlägt die alle. Vor allem in letzterem!«

»Deshalb die Figur! Möcht nur wissen, welche Kollegin da mithalten kann, ohne das nächste Vierteljahr wegen Verlust an Linie arbeitslos zu sein? Wer kann es sich heute schon leisten, zu futtern, was er mag?«

»Die Leander. Die tut's einfach, ohne Rücksicht auf Verluste. Aber weil sie unter ihren Geschlechtsgenossinnen einzig dasteht, lädt sie zu ihren Parties ausschließlich Männer ein.«

»Und sie als einzige Frau unter all den Männern?«

»Was heißt Männer? Baumlange Kerle! Unter zwei Metern tut sie's nicht. Und auch die trinkt sie am Ende noch alle unter den Tisch.«

»Tolles Weib. Irgendwie verdammt sympathisch. Schon, weil sie sich die Bonzen soweit wie möglich vom Leib hält.«

»Na ja, als Schwedin kann sie das. Apropos Schweden: ich hab 'ne Flasche Aquavit geschenkt gekriegt. Woll'n wir noch 'n Gläschen?«

»Da fragste?«

Ilse verschwand nach unten, kam mit einer grünen Flasche wieder, schenkte ein: »Kann mir denken, wie dir zumute ist nach deinem Besuch zu Hause. Verdammte Schweinerei, die die mit den Juden inszenieren. Erlebe es täglich aus nächster Nähe mit – ähnliche Sache wie bei deinen Eltern – prost, oder wie heißt das auf schwedisch: Skål!«

»Skål. Von wem sprichst du?«

»Von den Gottschalks. Joschi und seiner Frau. Mag ihn wirklich gern. Alle mögen ihn. Ist ein prima Kollege. Trotz seiner tollen Filmerfolge überhaupt keine Starallüren. Immer still, bescheiden und freundlich zu allen. Seit er bei uns in Berlin ist, hat er allerdings auch nicht mehr so viel Schwierigkeiten wie an den anderen Bühnen.«

»Weshalb hatte er da …?«

»Wegen seiner Frau. Heißt Meta Wolff, sieht aus wie die Bergner und ist auch Schauspielerin gewesen, hat seinetwegen eine vielversprechende Karriere an den Nagel gehängt. Wär aber sowieso nicht lange gut gegangen, weil sie doch Jüdin ist. Haben einen süßen Sohn, den Michael, fünf Jahre alt. Er hat ihn mal mit ins Theater gebracht – du, ich sag dir, zum Fressen!«

Ilse war sehr kinderlieb.

»Na, dann ist doch alles in Ordnung. Er Arier – sie die Frau eines deutschen Stars – das läuft unter ›privilegierte Mischehe‹. Da kann ihr doch nichts passieren?«

»Darum geht's auch gar nicht. Natürlich passiert ihr nichts, in Berlin schon gar nicht. Hier ist doch der ganze Antisemitismus Krampf. Glaubt doch kein Aas an den Quatsch von Untermenschen und so. Und unser Chef, der Klöpfer – also in der Hinsicht ist der in Ordnung. Dem ist das völlig schnuppe, ob Gottschalks Frau Jüdin ist oder nicht.«

»Worum geht's denn dann?«

»Um's Moralische. Als Künstlerin war die Meta ganz große Klasse gewesen. Nu mußte dir vorstellen, wie der Joschi von jedem neuen Film- und Bühnenerfolg strahlend nach Haus kommt, und da sitzt seine Frau und heult sich die Augen aus 'm Kopp – Skål!«

»Skål! Du meinst, sie ist neidisch auf ihn?«

»Unsinn. Was glaubste, wie sie sich über jeden seiner Erfolge mitfreut! Nee, wegen ihren Verwandten is se verzweifelt, denen unterdessen Geschäfte und Geld abgenommen werden und die nun auch noch, sofern sie nicht schon vorher abgehauen sind, nach Polen ausgewiesen werden. Natürlich hätte sie auch längst emigrieren sollen, aber – genau wie deine Mutter – sie konnte sich nicht entschließen, ihren Mann zu verlassen und ihm das Kind wegzunehmen, an dem er so hängt.«

»Moment – halt mal die Luft an – was haste da eben von

Polen gesagt? Das gibt's doch nicht – man kann doch niemanden so einfach ausweisen?«

»Mensch, im Theater spricht man schon seit vorgestern von nichts anderem mehr. Da haben sie siebzehntausend ›staatenlose‹ Juden – und Juden sind ja keine Reichsdeutschen mehr – über die Grenze nach Polen getrieben. Prima ausgedacht, findste nicht? Erst staatenlos machen und dann rausjagen! Skål!«

»Bist du ganz sicher?«

»Nicht mal mitnehmen durften sie was außer dem, was sie auf dem Leib hatten.«

»Also sei mir nicht böse, Goldkind, aber das stinkt mir nach Greuelmärchen. Das glaub ich einfach nicht – Mensch, das Zeug hat's in sich –, wird jetzt so vieles aufgebauscht.«

Ilse nickte. Ihre Stirn warf drei scharfe Sorgenfalten: »Hab ich auch zuerst gedacht. Komm trink, ist noch viel in der Flasche. Aber es stimmt wirklich. Unser ehemaliger Theaterpförtner, der alte Grünberg, war dabei.«

»Woher weiß man das?«

»Kam in der Nacht zum Walser, um sich zu verabschieden.«

»Mensch, kaum zu fassen. Wann war das?«

»Vor drei Tagen, am achtundzwanzigsten!«

Schweigend tranken sie ein drittes Glas. Sie saßen sich am großen Tisch gegenüber, hatten zur Wahrung ihres Gleichgewichts die verschränkten Arme vor sich gelegt und den Blick starr auf die immer hellgrüner schimmernde Flasche gerichtet.

»Kann mir einfach nicht vorstellen, daß – Deutsche – so was tun!« murmelte Helga kopfschüttelnd, »irgendwelche fanatischen Araber oder primitive Wilde – na schön. Aber Deutsche? Wir sind doch 'n sogenanntes zilli – zilivi – zi-vi-li-siertes Volk!«

»Sollte man meinen!« Ilse schenkte ihnen ein viertes Glas

ein, »Scheißzeiten, in denen man nicht mal mehr zu seinen nichtarischen Freunden sagen kann: ›Nehmt's nicht so tragisch!‹ – weil's in Wahrheit noch schlimmer is, als die's selber wahrhaben wollen – weglachen is nicht mehr!«

»Nix is mehr – rien ne va plus – ich geh mit meiner Mutter nach Amerika. Ham wir beschlossen.«

»Du willst weg?«, erschrocken blinzelte Ilse die Freundin an, »wann denn?«

»Bald. Warte nur noch auf die Papiere. Meine hab ich noch gar nicht beantragt – weil ich sie eigentlich allein rüberschicken wollte, verstehst du? Sie will aber nicht allein rüber. Also muß ich mit.«

»Ohne Papiere kannste nicht.«

»Morgen werd ich den Klaus anrufen und ihn bitten, das mit der Einreise für mich zu klären. Der kann das.«

»Mensch, Helga, daß du jetzt auch wegwillst? Langsam beginnt mir dieses neue Deutschland zum Hals heraus zu hängen. Ist ziemlich witzlos, hier allein zurückzubleiben. Willste 's dir nicht doch noch überlegen? Dir würde hier doch keiner 'n Haar krümmen, und in Amerika würdste dich bestimmt nicht wohl fühlen – unter lauter Ausländern.«

»Will ja auch gar nicht weg. Muß aber ganz schnell meine Mutter hier rauskriegen, verstehste? Du sagst ja selbst, es wird täglich schlimmer.«

»Und wenn das nun vielleicht doch übertrieben is? Keiner weiß ja was Genaues – sind alles nur so Gerüchte.«

Eine Viertelstunde später war die Schnapsflasche leer. Tiefe Traurigkeit hatte Ilse ergriffen, während Helga nur zornige Auflehnung gegen eine Macht verspürte, die stärker war als sie.

Laut schluchzend hing die Freundin an ihrem Hals: »Is so 'ne Gemeinheit, was sie euch antun – so 'ne hundsmiserable Gemeinheit!« Sie benetzte Helgas Schulter mit schwarzen Tuschetränen. Diese saß steif und aufrecht da und stieß zwischen den Zähnen drohend hervor: »Verfluchte Bande – zeigen werd ich's euch – jawohl – ich werd euch zeigen, wer hier Jude ist!« Was sie damit meinte, war ihr selbst nicht ganz klar. Aber es tat gut, den ohnmächtigen Zorn loszuwerden.

Ilse hob den verwuschelten Kopf: »Vielleicht regen wir uns ganz umsonst auf? Vielleicht is alles bloß – Prop – Prop – Propa …«

»… ganda? Wär schon möglich.« Sie dachte angestrengt nach, verkündete überraschend: »Jawoll, recht haste. Alles nur Gerede. Gar nicht anders möglich – bei uns tut man doch so was nicht –«

»Nee, bei uns nicht. Wir ham Kultur. Beethoven un Wagner un Goethe un Max Reinhardt.«

»Der is gestrichen.«

»Ach so ja – bin zu müde zum Nachdenken.«

»Gehn wir schlafen – ganz so schlimm wird's schon nicht kommen.«

»Recht haste, bleib hier un geh nicht nach Amerika. Nacht, mein Herz!« –

Im Zickzackschritt erreichte Ilse die Tür und polterte auf den Flur hinaus in Richtung Lift.

»Ruhä!« brüllte die Teschnikowa und schaute aus ihrem Zimmer. Da war Ilse schon in der Tiefe entschwunden.

Am nächsten Morgen trank Helga unzählige Tassen schwarzen Kaffees, um den ausgewachsenen Kater zu bekämpfen, der mit kralligen Pfoten immer auf den gleichen Punkt in ihrem Hinterkopf einschlug, daß die Funken vor ihren Augen in rote und gelbe Sternchen zerplatzten und ihr Übelkeitsgefühl verursachten. Trotzdem versuchte sie telefonisch Klaus zu erreichen, aber das Telefon schellte in eine leere Wohnung. Dann sah sie flüchtig ihre Post durch, die sich während ihrer Abwesenheit angesammelt hatte. Zwei Mahnungen: »Wenn Sie nicht binnen …«, mehrere Rekla-

men, ein Brief von Onkel Fritz, in dem er ihr mitteilte, daß er die zuständigen Behörden noch einmal gebeten habe, sich etwas mehr mit der Sache zu beeilen, und ein umfangreiches Kuvert vom amerikanischen Generalkonsulat mit einem endlosen Fragebogen zur Auswanderung einer Person aus Deutschland und Einwanderung in die Vereinigten Staaten von Amerika. Weshalb wollte sie Deutschland verlassen? Wurde die betreffende Person polizeilich gesucht? Hatte sie schon Morde begangen? Wenn ja, wieviel? Weshalb wollte sie ausgerechnet nach Amerika? Hatte sie schon die Masern gehabt? Wann? Bitte genaue Angabe: Jahr – Monat – Tag. Keuchhusten? Warum? War der Blinddarm entfernt worden und wie? A. ganz, B. teilweise, C. gar nicht. –
Helga seufzte, nahm zwei Migränetabletten, legte die Briefe auf den Nachttisch, sich selbst daneben und schlief den ganzen Tag und die folgende Nacht durch, ohne zu erwachen. –

Es war am Abend des 9. November. Helga saß unter der Lampe und schrieb einen aufmunternden Brief an ihre Mutter, als Tico atemlos zu ihr hineinstürzte: »Schnell – schau aus dem Fenster – Berlin brennt!«

Auch Moni und die Teschnikowa kamen aus ihren Zimmern zu ihr herüber.

Das ganze Haus wurde lebendig. Helga riß den Vorhang zurück. Der weite Himmel strahlte rot, der Horizont orangengelb. Hinter dunklen Dächern schossen Feuergarben hoch, erhellten gespenstig die Häuser.

»Scheint vom Zentrum, von der Stadtmitte aus zu kommen – da hinten liegen die Linden und das Brandenburger Tor.«

»Aber da drüben brennt's doch auch.«

»Und dort rechts! Das ist das Westend – Kudamm und so.« Immer neue Brände leuchteten auf.

»Los, Kinder – nichts wie hin. Wer kommt mit?«

»Ich!« – »Und ich!« – »Und ich!« –

»Gut. Wieviel Wagen haben wir? Drei? Schön. Einer zur Innenstadt, einer Richtung Schöneberg und einer zum Westen. Schnell!«

Helga und Moni fuhren mit Tico und seinem selbstgebastelten Sportsitzer in Richtung Kudamm. Sie jagten durch die nächtlichen Straßen, auf denen sich die Menschen zu sammeln begannen. Der Wind trug den Brandgeruch in die entferntesten Nebenstraßen. Den dreien, die sich in raschem Tempo der Zoogegend näherten, fiel auf, daß nirgendwo die Sirene der Überfallwagen noch das Gebimmel der Feuerwehr zu hören war. Das Rauschen in der Luft nahm ständig zu.

Am Steinplatz, gegenüber der Hochschule, mußten sie aussteigen. Eine schweigende Menschenmauer, die sich schwarz vom brennenden Flammenhintergrund abhob, versperrte den Weg. Dichter Qualm lagerte über den Köpfen, benahm den Atem, machte husten. Das grelle Feuerlicht blendete die Augen, so daß Helga zunächst keine Einzelheiten ausmachen konnte. Es splitterte, krachte, prasselte. Dazwischen plötzliche Schreie, die in ihrer Schrille nichts Menschliches mehr hatten.

Moni klammerte sich fest an Helgas Arm. Als sich die Augen langsam zu gewöhnen begannen, erkannten sie, daß der gewaltige Brand seinen Ausgang von der Fasanenstraße nahm. Mühsam drängten sie sich durch die stumme Menge nach vorn.

»Was ist geschehen?« fragte Helga einen Mann neben ihr.

»Die Synagoge brennt!« war die leise Antwort.

»Die in der Oranienburger Straße auch!« ergänzte eine Frau.

Beide flüsterten wie in der Kirche.

Wieder ein spitzer Schrei. Für einen Augenblick wurde ein

schwarzes Etwas mit menschlichen Umrissen zwischen brechenden Mauern sichtbar – dann war es verschwunden. Durch das Prasseln klang eine metallische höhnische Stimme: »Na los, ihr Kohns, rein mit euch in euern Tempel – Jehova erwartet euch schon!«

Gelähmt vor Entsetzen sah Helga schattenhaft eine kleine Gruppe Menschen aus dem Dunkel direkt ins Feuer hineingehen. Scheinbar willenlos ließen sie sich in den Tod treiben, in den letzten Ausweg aus der Katastrophe. Gierig griffen die Flammen nach ihnen, verwandelten sie im Nu in brennende Fackeln. Dann war wieder nur noch das Feuer da, aber der Qualm war noch beißender geworden, die Luft stank nach verbranntem Fleisch.

Da endlich wurde ihr klar, daß es Ernst war, furchtbarer Ernst. Zu spät für ihre Mutter, ihre Tante, für alle Juden, die jetzt noch auf deutschem Boden weilten. –

»Kommt weg hier!«

An den Armen zog Tico die Mädchen mit den branderhitzten Gesichtern fort und zum Kudamm hin.

Was sie hier sehen mußten, war nicht weniger erschütternd: Rasende Menschen hatten sich auf jüdische Häuser und Geschäfte gestürzt, zerschlugen die Fensterscheiben, warfen kostbare Waren achtlos auf die Straße. Dann drangen sie in die Häuser ein, zerrten johlend die zitternden Inhaber und ihre Familien vors Haus, schlugen auf sie ein und bespuckten sie, während andere das Mobiliar aus den Fenstern auf die Straße warfen, wo es krachend auf dem Pflaster zerschellte. Die Straßen waren mit Trümmern besät. Weinende Judenkinder wurden niedergetrampelt, Möbelstücke auf sie geschleudert unter Jubelrufen: »Judas verrecke!«

Vor den jüdischen Geschäftshäusern war das Pflaster rot zwischen den Trümmern dessen, was Wohnungseinrichtung und Ladeninhalt gewesen war. Je mehr es splitterte und krachte, desto mehr schien sich der Pöbel daran zu berauschen. Auffallend jedoch, daß er sich in zwei deutlich voneinander distanzierte Hälften zu teilen schien, in Handelnde und Zuschauende. Schweigend stand die Masse am Straßenrand und beobachtete, ohne sich einzumischen.

Im zweiten Stock wurde eine alte Frau ans Fenster gezerrt. Vom brennenden Gerümpel der Straße auflodernde Flammen beleuchteten geisterhaft das verzerrte Gesicht über dem weißen Nachthemd, bevor sie sprang und zerschmettert unten aufprallte. Niemand kümmerte sich um sie. Das Johlen und Plündern ging weiter. »Tu doch jemand etwas!« schrie plötzlich eine hysterische Frauenstimme aus der Menge, »greift denn niemand ein?«

In die stummen Zuschauer kam Bewegung. Während ein bekanntes Schmuckgeschäft in einen Trümmerhaufen verwandelt wurde, wagten sich einige Beherzte bis in unmittelbare Nähe des Schauplatzes in der Absicht, weiteres Unglück zu verhindern.

»Weg hier!« brüllten die Marodeure mit ihrer Zivilkluft hohnsprechenden Kommandostimmen, »wer dem Jud hilft, teilt sein Schicksal!«

Unwillig murrend, aber machtlos, wich die Menge zurück. Von der Hitze des gewaltigen Synagogenbrandes berstende Fensterscheiben der Nachbarhäuser schossen scharfe Splitter durch die Luft, der Brandgeruch wurde immer unerträglicher. Der obere Teil des Kurfürstendamms mit seinen vielen jüdischen Geschäften und Restaurants war splitterbesät. Alle Lokale hatten schon beim ersten Anzeichen der Überfälle ihre Lichter gelöscht, die Türen verriegelt. Aber wo waren Polizei und Feuerwehr? Weit und breit nichts von ihnen zu sehen. Standen sie mit dahinter? – Keine Reklame leuchtete mehr. Flackernder Feuerschein von brennenden Gotteshäusern ersetzte sie in größerer Beredsamkeit. –

Die drei waren unfähig, sich vom Platz zu rühren, standen

mit der Menge, starrten mit der Menge, verharrten mit der Menge. – Gegen Morgen sahen sie seltsame Formationen vorbeiziehen, lange Züge stumpf vor sich hin blickender Menschen mit semitischen Gesichtern, gut angezogen, Koffer in der Hand. Männer, Frauen, Kinder. – Höhnisch grinsende Männer, teils in Uniform, teils in Räuberzivil, trieben sie in Richtung Bahnhof.

In dieser Nacht wurden im gesamtdeutschen Reich dreißigtausend sogenannte vermögende Juden verhaftet, Waffenbesitzer unter ihnen zum Teil getötet, alle jüdischen Geschäfte geplündert und ausgeraubt. Das Pogrom, laut »Völkischem Beobachter« Ausdruck spontaner Volksempörung, in Wahrheit von organisierten SS-Verbänden planmäßig im ganzen Reich gleichzeitig durchgeführt, ging später unter seiner Berliner Bezeichnung als ›Reichskristallnacht‹ in die Geschichte ein. –

Schweigend fuhren Tico und die beiden Mädchen mit rauchgeschwärzten Gesichtern und brennenden Augen in die Fredericia zurück, wo sie auf die anderen trafen, die sich wortkarg bei Oskar um den Tisch versammelt hatten. Sie hatten in ›ihren‹ Bezirken Ähnliches erlebt.

Oskar kochte Kaffee.

»Volksaufruhr? Niemals! Das war organisiert.«

»Organisierter Mord«, sagte Tico leise.

Schweigen.

»Adieu Deutschland«, murmelte Horst Heinemann, »schreibe heute noch nach Prag, daß ich ihr Angebot annehme. Fotografieren kann man überall.«

»Nimm mich mit. Ich find mir drüben schon 'ne Stellung!« sagte Moni mit ganz fremder kleiner Stimme.

Nur die Teschnikowa trank ruhig ihren Kaffee, zuckte gleichmütig die Schultern: »Nichts Besonderes, das. Glaubt ihr, in Rußland sei das anders gewäsen? Judenpogrome sind gleiche Schweinerei auf der ganzen Wält.«

Niemand verspürte Lust, ihr den Unterschied zwischen einem ›Kulturland‹ und einem Großstaat wie Rußland klarzumachen. Hatte Deutschland denn noch Anspruch auf Kultur – nach dieser Nacht? –

»Klaus«, sagte Helga, als sie ihn endlich erreichte, »du sagtest doch mal, du könntest mir ohne große Schwierigkeiten ein Einreisevisum in die Staaten besorgen – gilt das noch?«

»Hast du jetzt endlich kapiert, wie aufrichtig meine Warnung war?«

»Ja. Du hattest recht. Aber trotzdem würde ich meine Freunde hier nicht verlassen wollen. Es ist nur wegen meiner Mutter. Sie würde niemals ohne mich von hier fortgehen.«

»Mein Gott, ist sie denn immer noch hier? Weshalb hast du denn nicht …?«

»Bitte, Klaus, wir wollen jetzt nicht über ›hätte‹ und ›wäre‹ sprechen. Ich brauche eine konkrete Antwort: Gilt dein Angebot noch?«

»Mein Angebot ist hinfällig geworden. Weil ich die Möglichkeiten dazu nicht mehr habe. Damals waren die Umstände ganz andere, die Einreise leicht. Das Affidavit hätte dir mein Vater gestellt.«

»Und jetzt nicht mehr?«

»Es geht nicht um die Finanzgarantie. Die ist das wenigste. Aber es hat im letzten Jahr ein solcher Emigrantenansturm aus Deutschland auf Amerika eingesetzt, daß sie nun dabei sind, ihre deutsche Einwanderungsquote zu sperren. Jedenfalls aufs äußerste einzuschränken. Sie nehmen nur noch ganz unmittelbar Bedrohte auf. Und zu denen gehörst du nicht. Verstehst du? So gern ich dir helfen möchte.«

»Und wann fährst du selbst?«

»Nächstes Jahr. Es wäre so schön gewesen, wenn du dich damals hättest entschließen können, mitzukommen, Helga.«

»Arbeitest du noch als Assessor beim Gericht?«

»Nein. Aufgegeben. Widme mich jetzt ganz meinem Kompositionstalent.«

»Hat man dich gezwungen, aufzugeben?«

»Das gerade nicht. Nahegelegt hat man es mir. Was im Endeffekt auf das gleiche hinausläuft –. Aber erzähl doch mal von dir. Hast du denn wenigstens einige Erfolge erzielt, um die du, allen Hindernissen zum Trotz, mit solcher Verbissenheit gekämpft hast?«

»Nun ja – ich habe in zwei deutschen Spielfilmen mitgewirkt – Sondererlaubnis bekommen.«

»Nun sag mal ehrlich, Helga – Hand aufs Herz: Hat sich der Kraftaufwand gelohnt?«

Sie zögerte, stieß trotzig hervor: »Für mich schon. Ich hab mir selbst damit bewiesen, daß ich…«

»Daß du mit dem Kopf durch die Wand kannst? Langsam beginne ich zu glauben, daß an der Astrologie doch was Wahres dran sein muß. Wenn du kein typischer Stier bist?«

»Und du 'ne typische Jungfrau?«

Sie lachten.

»Ach Helga«, sagte er, und in seiner Stimme lag verwundertes Bedauern, »ich glaube jetzt wirklich, aus uns wäre kein gutes Gespann geworden. So gern wir uns mögen. Aber es hat wohl alles so kommen müssen, unsere Temperamente sind zu gegensätzlich. Weißt du, auf mich wirktest du immer wie ein ausbrechender Vulkan. Wunderschön anzusehen in seiner feuerspeienden Kraft. Bewundernd stand ich in seinem Schatten, war aber nie ganz sicher, ob nicht der nächste Strahl mich treffen und versengen könnte. Ich hätte dich nie bändigen können.«

»Niemand wird mich bändigen können!«

»Eben. Du mußt allein zum Erlöschen kommen.«

»Aha. Wenn ich nur noch ein bißchen rauche, kommst du wieder?« »Selbst der Rauch wäre mir nicht geheuer. Solange es unter der Asche noch schwelt – ach, Kleines, du bist keine

Frau, du bist ein Naturereignis. Geb's Gott, daß du gesund durchkommst, daß die Politik dich nicht…«

»Werd um Himmels willen nicht sentimental, Klaus. Wann genau fliegst du ab?«

»Schon Anfang Januar. Also in etwa vier Wochen. Kann ich noch irgend etwas für dich tun? Du weißt, wie ungern ich dich hier allein lasse.«

»Nein, nichts. Und danke, Klaus, für alles. Ich mag dich wirklich sehr gern, das weißt du. Wünsche dir sehr viel Glück für drüben. Und schreib mal.«

»Das werde ich. Leb wohl, Kleines. Und alles, alles Gute!« –

Nachdenklich blieb sie noch einen Augenblick neben dem Hörer stehen, nachdem sie abgehängt hatte. Merkwürdig, ein Mensch ist noch da und ist doch schon Vergangenheit. Ahnende Vergangenheit – die Gegenwart brachte Gewißheit. Was wird die Zukunft bringen?

Vorläufig brachte sie nur Unerfreuliches. Am fünfzehnten November kam ein Erlaß heraus, demzufolge jüdische Kinder von nun an vom allgemeinen Schulbesuch ausgeschlossen waren. – Die Bänke in den Parkanlagen waren sämtlich mit dicker Aufschrift versehen: ›Nur für Arier‹, bis auf irgendeine besonders schäbige, abgelegene, die mit: ›Für Juden‹ beschriftet war. Es kam nicht selten vor, daß sich ehrliche Berliner Bürger auf die ›Strafbank‹ setzten, Menschen, die sich innerlich gegen derartige öffentliche Demütigung auflehnten und auf diese Weise ihre Empörung zur Schau trugen. Wurde ein ›Arier‹ bei solchem Tun erwischt, konnte es ihm passieren, daß er hinter Gittern landete.

Am 28. November wurden allen Juden Wohnbeschränkungen auferlegt. Keiner durfte über mehr als einen Raum verfügen. Wohnungen mußten abgegeben werden. Es entstanden sogenannte ›Judenpensionen‹, staatlich kontrollierte Unterkünfte für die Unglücklichen, die beim Umzug alles Mobiliar bis auf das Lebensnotwendigste zurücklassen mußten. Helga dachte erschrocken an Tante Gritta und den ahnungsvollen Satz aus dem Abschiedsbrief der Mutter an ihre Schwester: »Hoffentlich kannst Du in Deiner kleinen Behausung bleiben …« Bestimmt würde ihre Mutter sich jetzt wieder von neuem beunruhigen. Sie sandte einen Eilbrief an ihre Tante nach Darmstadt. Aber er kam als unzustellbar zurück. Was war mit ihr geschehen?

Die Wannseeclique hatte sich aufgelöst. Ab und zu traf sie noch Ira, sah Ralph in seinem offenen grünen MG über den Kudamm flitzen, sprach mit Nikita, dem sie manchmal im Roxy begegnete. Aber Axel, Achim und Wolfgang waren von der Bildfläche verschwunden. Einmal machte Nikita eine vage Andeutung, daß einige der Freunde, die Helga nicht persönlich kannte, ins Gefängnis Plötzensee gebracht worden seien und daß Anstrengungen gemacht würden, sie da herauszubekommen. Aber Genaues erfuhr sie nicht. Eines Mittags saß sie bei Mampe und trank gemütlich einen Aperitif, als sie Gaby eintreten sah, die sich suchend umschaute.

Beinahe hätte sie sie nicht wiedererkannt, so verändert, verschlampt, verbittert sah das einst ganz reizvolle Mädchen aus. Gaby hatte sie bald entdeckt: »Mensch Helga – du? Seit Ewigkeiten nich gesehn!«

»Setz dich und trink 'nen ›Halb und Halb‹ mit mir. Wie ist's dir in der Zwischenzeit ergangen?«

Die dicke Frau, die noch vor wenigen Jahren ein rundliches Mädchen gewesen war, ließ sich umständlich am Tisch nieder: »Beschissen. Dich brauch ich nich zu fragen, du bist ja toll in Schale.«

»Was macht deine Mutter?«

»Keine Ahnung. Nicht mehr gesehen.«

»Mach keine Witze. Wieso nicht?«

»So witzig is das gar nicht.«

»Erzähl mal der Reihe nach.«

Gaby nippte lustlos an ihrem Glas und zuckte die Schultern: »Da gibt's nicht viel zu erzählen. Kurz nachdem du weg warst, hab ich 'nen Mann kennengelernt. Auch oben im Eden. So 'nen richtigen, weißte, kein Kalbfleisch. Nannte sich Baron Korff und machte mächtig auf galant, mit Handkuß, ›jnäd'ges Fräulein‹ hin und her und so. Na ja, da bin ich dann umgezogen. Zu ihm in die Pension. Hat mir die Ehe versprochen, der Miesling. Na, kaum war ich da, da kam mir die Sache schon nicht mehr so ganz geheuer vor. Bei näherem Umgang war der plötzlich ganz ordinär, lief nur in Hosenträgern rum und krakeelte, daß das Essen noch nicht fertig war. Und eines Tages, da kam denn raus, daß er gar kein Baron war, sondern ganz gewöhnlich Müller hieß und als kleiner Angestellter in 'nem Geschäft für sanitäre Anlagen arbeitete. Schleppte die Klos zu den Kunden, verstehste? Aber da war's schon zu spät.« »Du meinst, du erwartetest …«

»Die Trudi. Jawoll. Is 'ne Zuckerpuppe, mußte dir mal ansehn!« »Und geheiratet habt ihr nicht?«

»Ich bin doch nicht bekloppt. Eines Tages hab ich Trudi schön eingewickelt und bin zu Gerd gezogen.«

»Wer ist denn das?«

»Gerd spielt Geige im Haus Vaterland auf 'm Potsdamer Platz. In der Abteilung Rheinland. Mit Gewitter und dem ganzen Klamauk. Verdient gar nicht schlecht.«

»Aber sag mal, deine Mutter?«

»Hat mich in ganz Berlin gesucht. Wie 'n Stecknadelkopp. Wie se mich dann gefunden hat, da hab ich ihr klargemacht, daß ich aus 'm Rockhängealter raus bin. Sie hat sich eben damit abfinden müssen. Kinder werden schließlich alle mal erwachsen.«

»Bist du denn jetzt wenigstens glücklich mit deinem Gerd?«

»Was heißt glücklich? Zu Trudi is er nett, das is schon

etwas. Aber mit der Erotik, da ist bei ihm nischt los. In der Hinsicht war der Peter ...«

Helga konnte sich die Bemerkung nicht verkneifen: »Na ja – Klos schleppen macht stark.«

Gaby nahm es nicht übel. Sie hatte Helga ja nie etwas wirklich übelgenommen: »Mensch, hat gutgetan, dich mal wiederzusehen!«

»Willst du denn schon fort?«

»Will nicht, muß. Sei mir nicht böse, Helga, aber ich hab noch 'ne Verabredung. Und Emil wartet nicht gern.«

»Wer ist denn das nun schon wieder?«

»Emil? Knorke. Ganz große Klasse. Hab ich in der Femina kennengelernt. Weißte, da, wo die Tischtelefone sind. Sentimentale Masche. Der Mensch braucht doch was fürs Herz, nicht wahr?«

»Und Gerd?«

»Tagsüber schläft er, und den ganzen Abend lang fiedelt er. Tschüß Helga – bist 'ne richtige Dame geworden. Toll. Mach's gut – auf bald mal!«

›Arme Lydia!‹ dachte Helga, während sie zahlte.

5. Dezember 38

Liebes Helgachen,
hab herzlichen Dank für Deinen ausführlichen Brief, aus dem ich entnehme, daß auch an Dir die jetzigen Geschehnisse nicht spurlos vorübergehen. Danke Gott, daß Du einen arischen Vater hast und Dir dadurch bestimmt viele Unannehmlichkeiten erspart geblieben sind, von denen Du Dir kaum eine Vorstellung machen kannst.

Nun, wir haben es ja hoffentlich bald überstanden, wenn wir erst drüben sind. Hast Du unterdessen schon etwas vom amerikanischen Generalkonsulat gehört? Es müßte eigentlich jetzt schon etwas da sein. Wie ich meinen Vetter Fritz kenne, ist er sehr rührig. Vor zehn Tagen bekam ich einen langen Luftpostbrief von ihm mit einem Extrabriefchen von seiner Frau. Beide versuchen in rührender Weise, mir Mut zu machen, und bitten mich, auszuhalten. Es könne sich nur noch um wenige Wochen handeln, bis die Papiere soweit seien.

Es ist ja wirklich nicht leicht, den Mut nicht zu verlieren. Am neunten November stand ich die ganze Nacht am Fenster und sah die Synagoge brennen, hörte das Geschrei der plündernden Banden. Erstaunlicherweise flog nicht ein einziger Stein in unsere Fenster. Da wir durch Zwischengärten von unseren Nebenhäusern getrennt sind, hätte man an unser Haus leicht Feuer legen können, aber nichts geschah. Es war wie ein Wunder und spricht dafür, wie beliebt und geachtet Dein Vater in unserer Stadt ist.

Größte Sorgen mache ich mir um Tante Gritta. Sie ist jetzt ganz allein und schutzlos in dem ganzen Inferno. In ihrer Wohnung ist sie nicht mehr. Mein Brief an sie kam als unzustellbar zurück mit einem Vermerk: »Nach Frankfurt verzogen«. Sollte das wirklich der Fall sein, so wäre das kein unvernünftiger Gedanke. In einer großen Stadt ist sie natürlich weniger exponiert als in Darmstadt, wo sie jeder kennt. Ich hoffe immer noch, daß ich bald ein Lebenszeichen von ihr erhalten werde. Was sind das nur für Zeiten! Wäre nicht die Hoffnung, mit Euch bald bei meinem Vetter drüben in Sicherheit zu sein, müßte ich bei dem Gedanken, daß ihr mich in dieses Leben zurückgeholt habt, verzweifeln. Täglich wird alles unerträglicher und auswegloser. Du weißt, daß ich mich nie als Jüdin gefühlt habe, ich weiß auch sehr wenig von diesen Menschen, schon dadurch, daß ich streng christlich in Schweizer Internaten erzogen wurde. Aber nun, da ich diese mir sonst fremden Menschen so leiden sehe, fühle ich mich ihnen innerlich aufs tiefste verbunden. – Wenn doch nur schon alles vorüber wäre! –

Übrigens hat mir unsere Schneiderin einen sehr hübschen

Wollstoff für Dich gezeigt, aus dem sie Dir bis Weihnachten ein Kleid machen könnte. Zartes Grün mit weißen feinen Karos. Es paßt gut zu Deinem kastanienbraunen Haar. Dazu denke ich mir einen runden weißen Piquékragen mit einer grünen Krawattenschleife aus breitem Rips oder Seidenband und angerüschten Ärmeln – was meinst Du? Frau Weißweiler lieh mir ein amerikanisches Modemagazin von ihrer Tochter, und da sah ich, daß man drüben vielfach diese Krawatten trägt. Sie schmeicheln ja auch sehr.

Den Brief von Fritz habe ich in meiner Handtasche versteckt und Deinem Vater nichts von ihm gesagt, wie wir vereinbart hatten. Besser, er erfährt erst von dem ganzen Plan, wenn alles soweit ist und wir unsere Ausreise in der Tasche haben. Du hast ja gewiß noch einen ordnungsgemäßen Paß? Meiner ist mit einem großen J gestempelt worden, und die nächsten Paßbilder müssen wie auf der Kennkarte ohrenfrei sein. Denn angeblich sei das Ohr ein untrügliches Merkmal jüdischer Abstammung. Es sieht scheußlich aus, so ein Foto. Wie für eine Verbrecherkartei.

Was macht das Studium? Kommst Du vorwärts? Gestern hörte ich im Radio das Chopin-Klavierkonzert, von Claudio Arrau gespielt – meisterhaft! Wenn Du erst mal so weit bist! Aber dazu wirst Du wohl noch viel und konzentriert arbeiten müssen. Noch einmal die gleiche Bitte, die ich Dir schon einmal schrieb: Wenn Du jetzt in den Weihnachtsferien hier bist, mal Dich so wenig wie möglich an. Keine Tuschwimpern, keine roten Nägel und den Lippenstift so dezent wie möglich. Du weißt ja, die Rheinländer sind ziemlich fanatisch in der Hinsicht. Ich meine, in bezug auf was eine deutsche Frau tut und nicht tut. Und Du würdest unnötig die Aufmerksamkeit auf mich lenken, was bedeuten würde, daß wiederum Dein Vater darunter zu leiden hätte.

Könntest Du wohl auch mal die Briefe von Fritz an Dich mitbringen? Ich würde sie, falls Du nichts dagegen hast, gerne mal lesen. Jedes seiner Worte macht mir wieder ein bißchen Mut. Und den brauche ich jetzt mehr denn je.

Bis in drei Wochen also – vielleicht hast Du bis dahin schon Konkreteres in Händen – schreib bald, arbeite fleißig,

herzlichst

Deine Mutti

Diesen Brief erhielt Helga am sechsten Dezember mit der zweiten Post. Am folgenden Morgen erreichte sie ein Telegramm des Vaters mit folgendem Wortlaut: »Deine Mutter soeben friedlich verschieden stop kommen unnötig stop übernehme alles nötige stop vater.«

›Dann brauch ich ja auch nicht mehr zurückhaltend mit dem Make-up zu sein‹, dachte sie, ›brauch überhaupt Weihnachten nicht mehr hin. Das ist angenehm. Wäre mir auch peinlich gewesen, ihr den Brief von Onkel Fritz zu zeigen, in dem er schreibt, daß Tante Gritta klüger ist als sie.‹

Seltsamerweise empfand sie vorläufig gar nichts, oder sogar etwas wie eine Erleichterung, daß nun endlich in dem panikartigen Hin und Her eine Entscheidung gefallen war. Nun brauchte sie nicht mehr zu lügen, sie käme mit nach Amerika, nicht mehr das entsetzte Gesicht ihrer Mutter erleben, wenn diese sich darüber klar würde, daß sie allein die Überfahrt antreten müsse. Auch der Vater konnte die Arme nun nicht mehr weiter quälen. Wer weiß, wann das verdammte Einreisepapier eingetroffen wäre. –

Mit dem Telegramm in der Hand saß sie da und blickte leer vor sich hin. Ihre Mutter war tot. Endgültig. Das war nicht verwunderlich. Sie hatte ihren Tod ja in allen Phasen mit Ausnahme der allerletzten miterlebt. Eigentlich war sie schon damals gestorben. Die Briefe danach hatte man wohl nur geträumt – Fata Morganen der Hoffnungslosigkeit. Und doch …

Hatte sich ihre Mutter ihr gegenüber nicht feierlich dafür

verbürgt, nichts Ähnliches mehr zu unternehmen? Hatte sie nicht der Tochter ihr Wort gegeben mit dem Hinweis darauf, daß sie einzuhalten pflegte, was sie versprach? Sie hatte also schnöde ihr Wort gebrochen, ihre Tochter hintergangen? – Helga wurde sehr ärgerlich. Verdammt einfach, friedlich zu entschlafen und sie hier allein sitzen zu lassen! Einfach ›friedlich weg‹ – so, nun sieh zu, wie du alleine fertig wirst! War das die vielbesungene Mutterliebe? Die Fahne ihres Mannes war ihr wohl wichtiger als die Gefühle ihres Kindes? Nicht ein Gedanke daran, daß sie ihr mit ihrer Tat die Mutter nahm!

In ohnmächtigem Zorn packte Helga eine schwere Bücherstütze und knallte sie gegen die Wand, daß die Tapete eine lange Schramme bekam.

Moni kam hereingestürzt: »Mensch, haben wir uns drüben erschreckt – was ist?«

»Meine Mutter!« schrie Helga wütend, »sie hat mich verlassen!«

»Wieso verlassen?«

»Gestorben – einfach abgehauen, verstehst du – ohne jede Rücksicht – bequem, nicht wahr?« Sie drohte, einen Tobsuchtsanfall zu bekommen.

»Ihr Wort hat sie mir gegeben – ihr Wort!« schrie sie immer wieder, während Moni zum Telefon lief und Babs und Ilse alarmierte.

Zu dritt versuchten sie, das wie rasend um sich schlagende Mädchen zu bändigen.

»Laßt mich aus – schöne Mutter, das – macht mir was vor mit Weihnachtsferien und so – alles Theater – läßt mich Einreisevisen besorgen – und jetzt? Jetzt sitz ich da...« Selbstmitleid übermannte sie. Schluchzend warf sie sich quer über die Couch und vergrub den Kopf in den Kissen. Hilflos saßen die Mädchen neben ihr. Als sie endlich, nach einer guten halben Stunde, ruhiger zu werden begann, reichte ihr

Babs ein Glas mit zwei aufgelösten starken Beruhigungspillen: »Komm, trink das jetzt – so – runter damit! Nun hör mal zu: Du hast doch schon die ganze Zeit geahnt, daß es so kommen würde – sei ehrlich –. Sieh mal, ist doch das Beste so – wer weiß, was noch gekommen wär.«

»Sie hatte doch schon innerlich mit allem abgeschlossen«, brummte Ilses tiefe Stimme, »das war mir schon klar, als du von deinem letzten Besuch zu Haus zurückkamst.«

Helga richtete sich auf, griff zum Nachttisch und sagte heftig: »Aber zwischendurch war sie wieder ganz in Ordnung. Hier, überzeugt euch selbst!« Damit reichte sie ihnen, zusammen mit dem gestrigen Schreiben der Mutter, deren damaligen Abschiedsbrief an sie und das Telegramm ihres Vaters.

Die Mädchen lasen und schwiegen erschüttert und nachdenklich. »Aber eines versteh ich nicht ganz«, sagte Babs langsam.

»Was verstehst du nicht?«

»Noch in ihrer Todesstunde machte sich deine Mutter Gedanken über deine Kleidung, schwarzes Kostüm mit weißen Blusen – nur ein Vierteljahr Schwarz.«

»Sie hat immer alles sorgfältig geplant. Besonders, wenn's um Kleidung ging.«

»Um so weniger versteh ich dann – verzeih …«

»Sprich nur weiter.«

»Daß sie, falls sie die Absicht hatte, aus dem Leben zu gehen, dir zu Weihnachten ein hellkariertes Kleid machen läßt.«

Helga starrte sie an: »Stimmt. Das paßt nicht.«

»Der Brief, den sie vorgestern schrieb, ist bestimmt nicht verstellt. Da hat sie an eine solche Möglichkeit noch nicht gedacht.«

»Babs«, sagte Moni vorwurfsvoll, »wir wollen Helga nicht noch mehr durcheinanderbringen, es kommt doch jetzt auf Kleinigkeiten nicht mehr an.«

»Wird einfach die Nerven verloren haben«, meinte Ilse, »Kunststück bei dem verdammten Theater! Spontane Reaktion. Ist das so seltsam?«

»Ja«, sagte Helga geistesabwesend, »das ist seltsam. Mutti handelte nie spontan. Nie!«

»Dann war's eben jetzt mal 'ne Ausnahme. Soll vorkommen.«

»Wenn meine Mutter mir ihr Wort gab, dann hielt sie es auch«, ihre Stimme klang schleppend, »sie freute sich doch so auf Amerika – und Onkel Fritz …«

»Und dein Vater? Was sagte er zu ihren Ausreiseabsichten?«

»Wußte nichts davon.«

»Auch nichts vom Inhalt ihrer Briefe an dich?«

»Kein Wort.«

Energisch erhob sich Moni: »Wie auch immer – das alles ist doch jetzt ohne Bedeutung. Wichtig ist nur, daß deine arme Mutter endlich ihre Ruhe gefunden hat. Vermutlich ist ihr dadurch manches erspart geblieben. Und so roh es klingen mag: darüber solltest du froh sein. Du bist ja schließlich keine zwölf mehr, sondern zwanzig. Sogenannter erwachsener Mensch.«

Babs zog die Vorhänge zu und sagte: »So, jetzt leg dich mal 'n bißchen hin, heul dich aus oder schlaf, das wird dir guttun.«

»Wir sind ja im Haus, wenn du uns brauchst«, sagte Ilse, »ruf nur runter, wenn du dich ausquatschen willst. Wirst sehen, nach dem Schlafen wirst du dich besser fühlen und deiner Mutter ihren Frieden gönnen, den sie weiß Gott verdient hat.«

»Ja – natürlich – ihr habt recht«, murmelte Helga schläfrig. Ihr Gesicht spiegelte völlige Verständnislosigkeit. ›Ich versteh nicht – Mutti – warum läßt du mich allein? – Wir wollten doch‹ – da fielen ihr die Augen zu.

Sie blieb in Berlin. Der Vater hatte ja ausdrücklich betont, daß ihre Anwesenheit zu Hause nicht notwendig – ›lies: unerwünscht‹, dachte sie bitter – sei, er erledige alles Notwendige. Notwendige – damit meinte er wohl die Beerdigung. Was sollte sie auch dabei? Zuschauen, wie man die ausgebrannte Hülle, die einst ihre Mutter enthalten hatte wie die Raupe den Schmetterling, feierlich zu einem nach verwesenden Blumen riechenden Platz trug, den der Mutter Fuß im Leben nie betreten hatte? Schauen, wie man sie zwischen morbiden altersschiefen Grabsteinen in die aufgerissene Erde versenkte? Mit ansehen, wie ihr innerlich unendlich erleichterter Gatte in dunklem Mantel mit theatralischer Leidensmiene hinter diesem gräßlichen Holzmöbel dahinschritt? Die Tradition, nach der er der ins Grab versenkten Verstorbenen drei Schaufeln Erde nachwerfen müßte, würde eine ganz neue, teuflisch-symbolische Bedeutung bekommen. Sie sah schon, wie seine schwere Hand ungeduldig zum Spaten griff, hörte den dumpfen Aufprall der nachgeschleuderten Erde, die verdecken sollte – nein, sie würde es nicht ertragen können. Sie wollte es sich auch gar nicht erst vorstellen. Ihre Mutter war jetzt irgendwo frei in der Luft – vielleicht ganz in ihrer Nähe – und hatte mit dem verlogenen Nachspiel gar nichts mehr zu tun.

›Muß ich hier in Berlin auch Schwarz tragen, Mutti?‹ fragte sie ganz ernsthaft die Luft, ›es macht mich so schrecklich alt.‹ Sie war sicher, ein sanftes ›Nein‹ vernommen zu haben. Das war gut. Ihre Mutter war also noch genau so vernünftig wie vorher. Schließlich war Trauer Privatangelegenheit und kein Anlaß zur Demonstration der Verlassenheit. Außerdem hatte sie seltsamerweise jetzt gar nicht mehr das Gefühl, verlassen worden zu sein. Ganz deutlich fühlte sie ihre Mutter neben sich. Nicht mehr, wie sie zuletzt war, sondern wieder jung und unbeschwert wie einst. Alles Gequälte und Bedrohende um sie war fort. Helga wurde sehr ruhig.

In der ersten Januarhälfte bekam sie Besuch von ihrem Vater. Er meldete sich telegrafisch an, danach erschien er in der Fredericia, etwas mißtrauisch bestaunt von den Fredericianern.

Sah ja toll aus, der Mann – schnittig, elegant, jugendliche Züge unter vollem weißen Haar, charmantes vertrauenerweckendes Lächeln –, wenn nur die Augen nicht gewesen wären! Es waren schöne grüne, sich nach den Seiten zu senkende Augen. Aber sie lächelten nicht mit. Das fiel nicht auf Anhieb auf. Man mußte schon genauer hinschauen, um zu entdecken, daß die Gesichtspartie von der Nasenwurzel bis zur Stirn hart und ausdruckslos blieb.

Um so lebhafter war sein Gehabe. Sein ganzes Wesen strahlte Lauterkeit und über jeden Zweifel erhabene Redlichkeit aus.

»Also, Helga«, verkündete er pathetisch, als er sich auf ihrem Ecksofa neben Whoopies weit aufgerissenen Negeraugen niederließ, »es war ja nun der letzte Wunsch deiner armen verstorbenen Mutter« – leichtes Tupfen der Nasenwurzel –, »daß wir uns etwas näherkommen sollten – es ist ja so schrecklich, ich kann es noch gar nicht fassen!«

Kalt nahm Helga seine Theatralik auf. Die Skala seiner mimischen Ausdrücke war ihr seit frühester Jugend geläufig: »Wann hast du sie beerdigt?«

»Wie? Ach so. Noch am gleichen Abend.«

»So schnell? Wieso die Hast?«

»Nun, du weißt ja, sie war schließlich Jüdin.«

»Verstehe. Je schneller aus dem Haus, desto besser!«

Er hob drohend die Hand: »Ich warne dich. Werd nicht unverschämt!«

»Ich habe nicht die geringste Absicht. Sie hat es also noch einmal getan. Mit was?«

»Vermutlich hatte sie noch einige Tabletten übrig – vom ersten Mal.«

»Mir unbegreiflich. Hattest du denn, nachdem das damals geschehen konnte, nicht alle ihre Sachen sorgfältig untersucht, um eine Wiederholung zu verhindern?«

»Sie ließ mich doch nicht an ihre Sachen!«

Helga lachte kurz auf. Die Vorstellung der kleinen gebrochenen Frau, die halb gelähmt und vor Angst halbtot, vom Bett aus den gewalttätigen Riesen hinderte, in ihre Schubladen zu schauen, war pervers.

Er drohte aufzubrausen: »Willst du mich hier ins Verhör nehmen?«

»Wenn du es als Verhör empfindest, daß ich dir einfache, naheliegende Fragen stelle?«

Sofort nahm er sich zusammen: »Sie war ja innerlich wie äußerlich ein völlig gebrochener Mensch. Die entsetzlichen Geschehnisse der letzten Jahre und Monate …«

»Und was tatest du, um ihr darüber hinwegzuhelfen?«

Weitausholende dramatische Geste: »Ach, wenn du wüßtest, wie ich immer wieder auf sie eingeredet habe.«

»In welchem Sinne?« Offener Hohn klang aus ihren Worten.

»Auf den Knien habe ich sie angefleht: Laß mich nicht allein! – Aber sie wollte mich nicht hören.«

Wieder tupfte er eine unsichtbare Träne aus trockenem kalten Auge: »Grauenvoll, die letzten Wochen – als sie den Mut verlor.«

»Die letzten Wochen? Von wann genau sprichst du?«

»Nun, von der Zeit zwischen ihrem – entsetzlich – ersten Versuch bis zu ihrem Tod.«

»Was war da?«

»Völlig gebrochen – sinnlos ins Leben zurückgeholt – kein Hoffnungsschimmer mehr, an den sie sich hätte klammern können.«

»Nein? Wirklich nicht?«

Ihre Stimme klang schneidend.

Überrascht wandte sich der Vater ihr zu: »Das weißt du doch ebensogut wie ich.«

»Keineswegs. War dir bekannt, daß wir zusammen nach Amerika wollten?«

»Hirngespinste.«

»Glaubst du! Fritz Kordler, Muttis Lieblingsvetter, hatte uns die Einreise in die Staaten vorbereitet und die nötigen Affidavits gestellt. Mutti freute sich sehr auf die Reise, wie sie mir noch in ihrem letzten Brief bestätigte, den ich einen halben Tag vor deinem Telegramm erhielt.«

Erregt sprang Dr. Altenberg auf. Sein Gesicht war weiß geworden: »Du lügst! Zeig mir den Brief!«

»Bitte sehr. Hier!«

Sehr ruhig hielt sie ihm das Schreiben entgegen. Während er hastig zu lesen begann, bemerkte sie: »Seltsam, nicht wahr, daß sie mir zur Trauer für ihren Tod ein hellgrün-kariertes Kleid machen lassen wollte?«

Schweigen. Vom Bücherregal tickte die Weckeruhr.

Er las noch immer. Das heißt, er hatte wohl längst zu Ende gelesen, dachte nun angestrengt nach.

Endlich hob er den Kopf: »Die Arme«, murmelte er, »zwischen Hoffnung und Verzweiflung hin und her gerissen – es muß sie ganz zum Schluß eine plötzliche Depression befallen haben, der sie nicht mehr Herr werden konnte.«

Wenn er in schwülstiges Deutsch verfiel, war er unsicher.

Sie kannte die Anzeichen. »Zweifellos. Aber warum? Was ist am Tag ihres Todes vorgefallen? Was hast du ihr gesagt? Du oder die Wolters?«

Er maß sie mit haßerfülltem Blick: »Willst du damit vielleicht sagen …?«

»Ich sage nicht, ich frage.«

In ihr war nichts außer Ruhe und Kälte.

Ihr Vater spürte ihre eisige Ausstrahlung, die ihn auf der Hut sein ließ: »Der Beschluß vom zwölften November, drei

Tage nach dem Pogrom, hat sie furchtbar getroffen. Wundert dich das?«

»Was für ein Beschluß?«

»Die Sühneleistung der deutschen Juden. Eine Milliarde Reichsmark! Weißt du, was das heißt? Man hätte ihr jeden Pfennig abgenommen – jeden einzelnen Pfennig«, er ereiferte sich, »nichts, gar nichts wäre ihr mehr geblieben!«

»Du meinst wohl dir? Soviel ich weiß, lebtet ihr in Gütergemeinschaft.«

Das hatte sie dem damaligen Gespräch mit Achim, dem Juristen, entnommen.

»Was bedeutet das schon? Sie hätte den Schlag auf keinen Fall überlebt.«

»Welchen Schlag? Dich um ihr Geld ärmer zu sehen? Zugegeben, das hätte ihr wirklich schwer zugesetzt. Leider. Um so wichtiger wäre es für sie gewesen, wenigstens sich selbst in Sicherheit zu bringen!«

Stumm erhob sich ihr Vater, ging zum Flaschenregal, holte sich den Kognak und griff zum Glas: »Willst du auch einen?«

»Nein danke.«

Er schenkte sich ein, setzte sich wieder: »Glaub mir, so, wie es gekommen ist, war es schon das Beste…«

»Das Beste wäre ihre schleunigste Auswanderung gewesen!«

»Nein, da irrst du.«

»Wie bitte? Willst du sagen, daß es für sie besser war, sich das Leben zu nehmen als…«

»Zweifellos!«

»Das mußt du mir näher erklären.«

Er nahm einen großen Schluck, setzte das fast leere Glas tief atmend ab. Erbarmungslos kalte Augen blickten sie an, als er antwortete: »Dann hätte sie ja Reichsfluchtsteuer zahlen müssen!« Der Satz verhallte an den Zimmerwänden.

Seine brutale Offenheit brachte sie einen Augenblick aus der Fassung. Aber auch nur einen Augenblick lang.

Dann hatte sie sich wieder in der Gewalt: »Stimmt. Das hätte dich Geld gekostet. Daran habe ich nicht gedacht. Hoffentlich hat dich das Begräbnis nicht finanziell zu sehr beansprucht.«

»Sei nicht unverschämt. Natürlich hat es eine Menge Geld gekostet. Und weißt du, wer den Kranz getragen hat? Du wirst es nicht glauben – Möllers und Dr. Hellermann, beide in voller SA-Montur. Fast die ganze Stadt war gekommen. Es hatte sich wie ein Lauffeuer herumgesprochen.«

»In einem halben Tag? Wie das?«

»Nun, ich mußte doch den Sarg bestellen. Und dann unsere Mädchen – die rannten natürlich gleich überall herum. Soviel Blumen – auch von allen meinen Patienten – wirklich rührend!«

Am liebsten hätte Helga gelacht. Die SA mit Kranz hinter dem Sarg einer Jüdin – Staatsbegräbnis des Opfers – es war so entsetzlich, daß es zum Lachen war.

»Hat die SA auch Erde auf den Sarg geschaufelt?« wollte sie wissen.

»Nein. Sie ist doch ins Krematorium gebracht worden.«

»Du hast sie einäschern lassen?«

»Ist doch sauberer, findest du nicht?« –

Das war ungewöhnlich, sehr ungewöhnlich sogar. Soweit sie sich erinnern konnte, war in ihrer Familie noch nie ein Mitglied feuerbestattet worden. In der jüdischen schon gar nicht, da war es gegen die Religion. Sie wußte noch nicht, daß nur wenige Jahre später das Krematorium Endstation der ganzen jüdischen Rasse werden sollte. In irgendeinem Kriminalschmöker hatte sie doch mal was gelesen – was war das nur? – richtig, jetzt fiel es ihr wieder ein: Nach internationalem Gesetz dürften Selbstmörder grundsätzlich nicht feuerbestattet werden. Wegen eventueller späterer Zweifel an der Todesart und damit verbundener möglicher Obduktion der Leiche.

»Sagtest du nicht, sie habe wieder Tabletten genommen?«

»Ja. Die Arme. Entsetzlich!«

»Also Selbstmord?«

»Natürlich. Was sonst? Dumme Frage.«

»Eine logische. Selbstmörder dürfen nach dem Gesetz nicht eingeäschert werden. Wußtest du das nicht?«

Er wurde wieder unsicher, wich ihrem Blick aus: »So? Das ist mir entfallen. Gott, was willst du? Wer nimmt es heute schon genau beim Tod einer Jüdin?«

Helga überlief es kalt. Was war das für ein Mensch, der sich ihr Vater nannte, der sich so bieder und charmant gab und von dem soviel Unheimliches, solch hintergründiges Grauen ausging? War er schizophren? Zwei verschiedene Menschen in einem Körper?

Schon war er wieder der liebenswürdige Poseur: »Also, ich schlage vor, wir gehen jetzt erst einmal Mittagessen. Weißt du ein gutes Restaurant? Wenn du dazu vielleicht die eine oder andere deiner reizenden Freundinnen mitnehmen möchtest?«

»Du sagtest ›erst einmal‹ – also willst du nachher noch was von mir –, hätte ich mir denken können, daß du nicht um meiner schönen blauen Augen willen herkommst.«

»Das hat Zeit bis nachher. Jetzt habe ich zunächst mal Appetit auf ein gutes Steak. Du nicht?«

Helga gab keine Antwort, ging auf den Flur hinaus, rief erst Ilse, dann Babs an. Ilse war ausgegangen. Dafür erklärte sich Babs bereit, mitzukommen: »Bei dem tollen Mann – sieht ja aus wie 'n Filmschauspieler!«

Im Restaurant Kempinski ließ Dr. Richard Altenberg all seinen Charme spielen, stellte mit Geschick Speisen und Getränke zusammen, gab sich ganz als Kavalier und zärtlich um eine etwas leichtsinnige, lebensunerfahrene Tochter besorgter Vater. Mit Erleichterung merkte Helga, daß Babs ihm das nicht abnahm, obwohl sie auf seine Komplimente mit echt weiblicher Koketterie reagierte. War ja auch nur natürlich. Ihr Vater verstand sich darauf, Frauen zu bezaubern. Selten spürten sie die kalte Berechnung hinter seinen Liebenswürdigkeiten. Er brachte das Kunststück zustande, Erotik auszustrahlen, ohne sie zu besitzen.

Babs wurde sehr animiert und trank den ausgezeichneten Tischwein mit sichtlichem Behagen. Helga hingegen war der Magen wie zugeschnürt. Immer noch versuchte sie sich über ihre Gefühle ihrem Vater gegenüber klar zu werden, starrte ihn an mit einer Mischung aus Bewunderung und Verachtung. Er war ihr Feind, in vielem war er ihr zuwider. Sie fürchtete sich vor ihm, am meisten dann, wenn er liebenswürdig zu ihr war. Aber sie haßte ihn nicht. Noch nicht. Ihre Mutter hatte ihn geliebt, bedingungslos an ihn geglaubt – bis über den Tod hinaus. Wie hatte er das zustande gebracht? Wie hatte er es geschafft, ihr über zwanzig Jahre lang ihre Illusionen zu erhalten? Oder aber hatte sie doch mehr gewußt, als sie zugeben wollte? –

Nach dem Mokka fuhren sie im Taxi zur Fredericia zurück. Babs verabschiedete sich dankend. Vater und Tochter gingen auf ihr Zimmer hinauf.

Dr. Altenberg sah auf seine Armbanduhr: »Mein Zug fährt um drei Uhr fünfzehn. Wir haben also nur noch eine halbe Stunde.«

»Schieß los!«

Er griff in die Brusttasche, zog ein Papier heraus: »Hier – ach nein, ist das falsche – von deiner Tante Gritta …«

Helga wurde lebhaft: »Was weißt du von ihr? Lebt sie überhaupt noch?«

Aus seiner höhnischen Antwort klang der Haß gegen die kleine Schwägerin: »Und ob! Nach der Bestattung kam sie mit schiefgeneigtem Kopf auf mich zu, völlig verheult – du kannst dir denken, was für ein schönes Bild sie abgab, deine Tante Miesnik« – das war sein Spitzname für Gritta –, »seufzte nur: ›Am liebsten würde ich mich neben Elsbeth legen und nie mehr aufstehn!‹ ›Dann tu 's doch‹, hab ich ihr gesagt, ›worauf wartest du noch?‹ Aber das dumme Frauenzimmer hat ja keinen Mumm dazu – alles leere Versprechungen« – er lachte wie nach einem guten Witz –, »ah, hier ist ja das Ding. Das mußt du mir mal eben unterschreiben!«

Er legte ein Formular vor sie hin. Helga las:

»Verzichterklärung. Ich, Unterzeichnete, wohnhaft… verzichte hiermit auf die gesamte Erbschaft, mir zugekommen durch den Tod meiner Mutter Elisabeth Altenberg, geb. Löwenthal, gest. am 7. 12. 1938, zugunsten meines Vaters Dr. Richard Altenberg, wohnhaft… Berlin, den 9. Januar 1939.

Ihre Unterschrift, noch gar nicht geleistet, war bereits notariell beglaubigt.

Von Geld verstand sie nichts, da hatte ihre Mutter recht gehabt.

»Aber weshalb soll ich denn verzichten?« fragte sie nur verblüfft.

»Ja, verstehst du«, er beugte sich vor, sprach im vertraulichen Ton, »du hast da jetzt ein sehr erhebliches Vermögen geerbt – sehr erheblich –, ist aber jüdisches Kapital, verstehst du, kann jeden Moment beschlagnahmt werden. Wenn es jetzt an dich als Mischling übergeht, bleibt es gefährdet. Wir müssen es daher zunächst einmal ›arianisieren‹, das heißt, du verzichtest auf dein Erbe zu meinen Gunsten – ich bin ja Arier, nicht wahr, und außerdem« – dramatische Betonung – »dein Vater – und ich laß dir dann nach und nach alles in Form von Schenkungen wieder zukommen! Reine Formalität.«

Helga überlegte. Es schien richtig und vernünftig. Ihr

konnten die Nazis das Vermögen abnehmen, dem Vater nicht. Hatte die Mutter in ihrem Abschiedsbrief nicht gebeten, sie solle in Geldsachen dem Vater vertrauen? Vielleicht hatte sie diese Regelung mit ihm schon vor ihrem Tod getroffen? Merkwürdig blieb nur die notarielle Vorausbeglaubigung des unterzeichnenden Anwalts. Nun ja – davon verstand sie nichts. Sie unterzeichnete.

Zufrieden nahm der Vater das Papier an sich: »Dies gilt nur als vorläufiger Kapitalschutz bis zu deinem 21. Geburtstag. Dann mußt du noch einmal unterzeichnen. Jetzt muß ich mich aber beeilen. Rufst du mir ein Taxi?«

Helga begleitete ihn höflich bis zum Zug. Der Abschied war kurz und kühl. –

Erstaunlich, daß nach allem Vorausgegangenen wieder ein Frühling kommen konnte, ein unschuldiger junger schöner Frühling, der von Haß, Zerstörung, Massendeportationen nichts zu wissen schien. Ein Frühling, der schon neugierig kühle Sonnenfinger über jubelnde Volksgenossen gleiten ließ, als am fünfzehnten März 1939 Adolf Hitler sein Land weiter vergroßdeutschte, in der überraschten Tschechoslowakei einmarschierte und sie zum ›Protektorat Böhmen und Mähren‹ erklärte. Ein Frühling, der sich überhaupt nicht von politischen Machenschaften beeinflussen ließ und im Monat Mai nicht nur über Schöneberg, sondern über ganz Berlin mit voller Gewalt hereinbrach.

Süditalienisches Himmelsblau spiegelte sich im Lack der blankgewischten Autodächer, Berliner Hausfrauen banden sich Kopftücher und Schürzen um und starteten den von Männern gefürchteten Frühlingsputz, Singvögel fielen in Scharen ein und vollführten in aller Frühe, noch bevor die Stadt erwachte, einen solchen Lärm, daß sich manch ein ruhebedürftiger Bürger gezwungen sah, bei geschlossenem Fenster zu schlafen. Die wärmende Sonne schien sich endgültig ihren Platz am Frühlingshimmel erobert zu haben – wochenlang kein Wölkchen weit und breit. Bei Mensch und Tier brach allgemeines Paarungsbedürfnis aus. Alleinsein wurde zur Qual in der lauen Blütenluft, die entspannend und lockend zugleich durch die Lungen strömte und das Atmen leicht machte. Alle Seen waren mal wieder übervölkert. In der Stadt bildeten die blütenschweren Kastanienbäume der Alleen bizarre fünffingrige Muster auf dem sonnendurchwärmten Pflaster.

Helga lag mit unter dem Kopf verschränkten Armen bei weitoffenen Fenstern auf ihrer Couch und dachte nach. Immer noch nagte der Kummer in ihr, beruflich eine Ausgestoßene zu sein. Aber mit Sondergenehmigung war nichts mehr zu machen, das hatte sie mittlerweile verstanden. Ja, vielleicht ohne Gewissen. Ohne Gewissen konnte man auch jetzt noch zu Herrn Hinkel hinaufgehen und ihn bitten, ein Spezialpapier auszustellen, das einem für beschränkte Zeit eine Teilnahme am deutschen Kulturschaffen ermöglichen würde. Natürlich hatte man, in Hinblick auf die gestrafftere Gesetzgebung, mit entsprechend größeren Konzessionen an den hohen Herrn zu rechnen. Wie gesagt, ohne Gewissen. Es gab eine ganze Reihe junger Künstlerinnen, die heutzutage solche Wege gingen. Nicht nur rassisch behinderte, sondern vor allem mittlere Talente, die Hauptrollen anstrebten, ohne sich dafür besonders anstrengen zu müssen. Die gingen dann gleich bis hinauf zum Schrumpfgermanen, der für sie immer ein offenes Ohr besaß. Offenes Ohr? Der Berliner ersetzte das Wort Ohr mit einem deutlicheren. Nein, sie, Helga, wollte nichts, absolut gar nichts mehr denen da oben zu verdanken haben, und wenn sie ihr ein Sondergenehmigungs-Abonnement auf goldenem Tablett überreichen würden. Sie war mit ihnen fertig. Nie mehr wollte sie etwas mit ihnen zu tun haben. Aber auch abgesehen von der Politik – was nutzte es schon, von irgendeinem Mächtigen für eine

Rolle in den Sattel gehoben zu werden? Protektion war nicht gleichbedeutend mit Talent. Von den Schauspielern verachtet, verschwand solch ein Protektionskind meist schon nach dem ersten Film. Ging schamvoll in der Versenkung unter. Geschah ihm ganz recht. –

Sehnsüchtig umkreisten ihre Gedanken Babelsberg. Jetzt saßen sie wohl wieder draußen an den Tischen unter blühenden Bäumen, erzählten sich den neuesten Klatsch, diskutierten ihre Rollen, lachten über die Mißgeschicke der Anfänger. Wieder unter ihnen sein zu können – alle guten Bekannten wiedertreffen – die Stars bewundern – sie seufzte. Man würde sie zwar mit offenen Armen aufnehmen, sie wie eine zu ihnen Gehörende behandeln – aber sie war es nun mal nicht, da half kein ›So-tun-als-ob‹. – Gewiß, niemand kümmerte sich da draußen um Politik.

Die Leander drehte zur Zeit einen Tschaikowsky-Film in Halle fünf: ›Es war eine rauschende Ballnacht‹. Moni hatte ihr davon berichtet. Blöder Filmtitel das. Viel zu lang. Und wieso ›rauschend‹? Was rauschte denn da die ganze Zeit? Wasser konnte eine ganze Nacht lang rauschen. Vielleicht regnete es in Strömen. Konnte aber wohl doch nicht die Ballmusik übertönen? Armer Tschaikowsky. Und Arthur Maria Rabenalt, Regisseur der Sensationen, inszenierte einen Zirkusfilm mit echten Löwen und Tigern. Da wäre sie gern dabei gewesen. Was war denn noch? Ach so, ja, Dieter hatte davon berichtet, daß in Halle acht ein französischer Stab in Gemeinschaftsproduktion mit den Deutschen einige Filme abdrehte. Das hatte irgendwas mit Devisenerleichterungen zu tun.

Plötzlich fuhr Helga hoch: Moment mal – Franzosen? Die hatten doch möglicherweise keine Rassebeschränkungen, selbst wenn sie in Deutschland arbeiteten? Das könnte doch eine Chance sein? Immerhin sprach sie akzentfreies Französisch, wenn ihr auch lange die Übung gefehlt hatte. Aber das ließe sich schnell wieder auffrischen. Mein Gott, daß sie nicht schon früher drauf gekommen war! Natürlich, das war die Lösung.

»Moni!« brüllte sie auf den Flur hinaus, »Moni, komm doch mal rüber. Mir ist da eben was eingefallen.«

»Halt den Einfall fest, bis ich das zweite Auge fertig habe. Komm gleich!«

Zehn Minuten später streckte sie den Kopf zur Tür hinein: »Also – was ist?«

»Hör zu, Moni. Da draußen bei euch, da arbeitet jetzt doch auch eine französische Produktion?«

»Ja. Die A.C.E. Bekannte französische Firma!«

»In Gemeinschaft mit der deutschen Ufa, nicht wahr?«

»Nee. Unabhängig. Die Ufa stellt nur ihr Gelände zur Verfügung.«

»Um so besser für mich. Mensch, Moni, verstehst du nicht – die haben doch bestimmt keine Rassegesetze. Da könnte ich doch Arbeit finden. Französisch sprech ich ganz gut, das wär kein Hinderungsgrund.«

Moni schaute nachdenklich: »Aber ob die auf Anhieb Arbeit für dich haben? Soviel ich weiß, bringen die all ihre Leute aus Frankreich mit.«

»Aber doch wohl nicht die Komparserie? Versteh doch, es ist mir egal, ob ich Statisterie mache oder Edelkomparsin – zu mehr langt's bei mir ja vorläufig sowieso nicht – aber nur erst mal wieder drin sein, nicht mehr abseits stehen müssen.«

»Na ja, versuchen kannst du 's ja mal. Wär vielleicht 'ne Möglichkeit. Ich gönn's dir von Herzen. Warte mal – wie hieß nur der Produktionsleiter? – Denn zu dem mußte hin. Immer gleich zum Höchsten, die andern sind witzlos. Wie hieß der nur?«

Gespannt sah Helga sie an: »Mensch, erinnere dich!«

»Was mit ›quin‹ wie Mannequin – Traquin – Taquin – halt, ich hab's: Paquin! Roger Paquin! Soll sehr reizend und nicht nur ein Geldgeber, sondern ein wirklicher Künstler sein, der was von Film versteht. Geh doch mal einfach zu ihm hin und versuch's!«

Mit einem Satz sprang Helga von der Couch: »Bin schon dabei!«

Aufgeregt wühlte sie unter ihren Kleidern im Schrank nach einem möglichst vorteilhaften. Franzosen legten viel Wert auf Chic. Am besten das rot-weiß gestreifte langärmlige Hemdblusenkleid aus Krawattenseide. Das schmeichelte, besonders in Kombination mit dem weißen Strohhütchen mit rotem Band. Nur – der passende Lippenstift dazu war aufgebraucht. Die Rottöne der anderen bissen sich alle mit den Kleiderstreifen. Was nun? Sie begann, verschiedene Rots durcheinanderzumischen. Endlich ging's, sah sogar ganz apart aus. Sorgfältig begann sie, das übrige Makeup drum herum aufzutragen, fuhr in die weißen Schuhe, klemmte die rote Handtasche unter den Arm und begab sich wieder einmal nach Babelsberg hinaus.

Wäre ja auch nicht unerfreulich, die Finanzen mal wieder ein bißchen aufzufrischen, die in letzter Zeit, seitdem der Vater den monatlichen Scheck ohne die Mietzahlung überwies, sehr mager geworden waren. Von den heimlichen Sonderzuwendungen der Mutter wußte er nichts. Es hätte aber auch keinen Zweck gehabt, ihn um weitere Erledigung der Miete zu bitten, das war ihr klar. Hätte nur einen neuen Tobsuchtsanfall ausgelöst, Gebrüll von ›unverantwortlichem Leichtsinn‹ und dergleichen.

Der Pförtner an der Geländegrenze erkannte sie wieder, winkte ihr schmunzelnd zu. An den Kantinentischen unter den Bäumen saßen nur Statisten, biertrinkende Reifrockdamen mit indianerbraunen Schminkegesichtern und schwitzende Zarenoffiziere mit Brauselimonaden. Kohlweißlinge tanzten ihnen sonnentrunken um die Nasen. Grell blitzend spiegelten die großen Glasfenster der Hallen das Sonnenlicht. Wo war Halle acht mit den Franzosen? Ah, dort drüben, wo der tolle blaue Wagen stand. Ein amerikanischer Hudson – Pfundsding. Was hieß denn eigentlich ›Rasseschwierigkeiten‹ auf französisch? Des difficultées de race? Avec la race? Nee, Quatsch. Klang wie Schwierigkeiten bei der Hundezucht. Mußte man wohl umschreiben, Konjunktiv und so. Das war mies. Würde ein schönes Gestotter werden. Grammatikalisch war sie höchst unsicher. Möglicherweise würden die Franzosen sie einfach auslachen. Oder – noch schlimmer – sie dahingehend mißverstehen, daß sie als ›rassebewußte Germanin‹ gewisse Vorurteile gegen Romanen … Aber nun war sie mal hier, und das Weitere würde sich finden.

Das Licht über Halle acht war aus. Der Übergang von hell zu dunkel war zu schnell gegangen. Grüne und gelbe Kreise tanzten noch eine Zeitlang vor ihren Augen, während sie sich an dunklen Wänden entlangtastete, um dorthin zu gelangen, wo Stimmen durcheinander klangen. Ihre Füße stießen an ein Holzbrett.

»Päng!« sagte jemand überflüssigerweise.

Langsam gewöhnten sich ihre Augen an das Dämmerlicht. Es war das typische Durcheinander einer inneren Atelierhalle, in der alles auf schnellen Umbau abgestimmt war. Der Kulissenwechsel durfte möglichst wenig Zeit in Anspruch nehmen, man hatte genug mit anderen Dingen zu tun.

Ein Mann ging vorbei, typischer Franzose, untersetzt, rotes Halstuch, Barett auf dem Ohr, Zigarette im Mundwinkel.

»Excusez«, sagte sie schüchtern. Der Mann hörte nicht.

»Excusez-moi, Monsieur!« Jetzt wurde er aufmerksam.

»Je voudrais bien parler avec Monsieur Paquin, si possible.«

Der Mann starrte sie aus dunklen Augen an.

»Pouviez-vous me dire, où je le trouve?«

»Vasteh immer Bahnhof«, sagte der Franzose, »nu halt mir nich uff, Mächen, ick bin beschäftijt!«

»Ich wollte zu Herrn Paquin.«

»Ach, zum Pakäng – warum sagen Se das nich jleich? Denn komm'n Se mal mit!«

Er ging ihr voran über Kisten und Kabel, schlängelte sich durch abgestellte Scheinwerfer, überkletterte Pappmauern und ein Biedermeiersofa, umging eine Häuserwand mit einer Tür, die keine war, und kroch geduckt unter Kamerastativen hindurch. Helga hatte große Mühe, ihm zu folgen, ohne den Hut vom Kopf zu verlieren oder hängenzubleiben. Endlich wurde es heller, das Stimmengewirr lauter. Sie richteten sich auf.

»Jehn Se doch weiter!« sagte Herr Mohr, der Aufnahmeleiter, und stubste sie unsanft vorwärts, »hier können Se nicht stehenbleiben!«

Von weiter rechts winkte der ›Franzose‹: »Kommen Se her, von hier jeht's. Sehn Se den da drüben?«

Er deutete auf den Rücken eines jungen Mannes in Flanellhosen und weißem Hemd, der eifrig auf einen schmalen Jüngling mit Blendschutz über den Augen einsprach. »Det is er, der Pakäng!«

»Schönen Dank!« sagte Helga und blieb verschüchtert in der Kulisse stehen.

Vor ihr war ein gesellschaftlicher Salon aufgebaut, in dem anscheinend ein exklusiver Empfang stattfinden sollte. Auf dem großen Teppich gingen einige sehr hochmütige festlich geschmückte Herren umher und unterhielten sich, solange nicht gedreht wurde, lebhaft in französisch miteinander.

›Also haben sie doch ihre Statisten aus Frankreich mitgebracht‹, dachte sie mutlos, ›eigentlich verständlich. Irgendwie wirken die viel aristokratischer als unsere von der Fachschaft!‹

Es gab überhaupt einige deutliche Unterschiede zu den deutschen Kollegen. Auffallend war vor allem das ›Teamwork‹ des gesamten Stabes. Paquin, den sie immer noch nur vom Rücken her sah, blieb nicht wie die Produktionsleiter der Ufa auf seinem Stühlchen im Hintergrund, sondern ging, ebenso wie sein lebhafter Regisseur Jaques Becker, mal hierhin, mal dorthin, sprach mit Darstellern, Technikern, Maskenbildnern. Niemand kommandierte hier; man sprach sich gegenseitig ab: »Was meint ihr – können wir anfangen?«

Jeder noch so unbedeutende Einwand von irgendeinem Mitglied des Stabes wurde gehört und geprüft. Und dennoch gab es nicht mehr Verzögerungen als in den deutschen Ateliers, stellte Helga erstaunt fest. Die ganze Atmosphäre schien gelockerter, lebendiger. – Man probte. In glitzernder Abendgala erschien der Star des Films, die nicht mehr ganz junge Elvira Popescu, eine gebürtige Rumänin, die ihre Glanzzeit bereits hinter sich hatte. Eine immer noch sehr attraktive Persönlichkeit mit viel Charme. Laut Drehbuch hatte sie sich suchend umzublicken, bis sie den sich diskret im Hintergrund aufhaltenden alten Routinier des französischen Films, Jules Berry, entdeckte, der daraufhin auf sie zuzutreten und ihr galant die Hand zu küssen hatte. Während Jaques Becker seine ganze Aufmerksamkeit auf die Szene verwandte, ließ sich Paquin von einem jungen Krauskopf namens Escoffier neue Kostümentwürfe vorlegen. Helga überlegte ohne Erfolg, wie sie an den Produktionsleiter herantreten könne, ohne ihn zu stören. Da kam ihr der Aufnahmeleiter zu Hilfe: »Sie sind ja immer noch da – warten Sie auf jemand?«

»Auf Monsieur Paquin!« sagte sie und deutete auf den weißen Rücken, »aber ich trau mich nicht, ihn zu stören.«

»Was Wichtiges?«

»Doch – schon ...«

Eigentlich eine Anmaßung von ihr. Wie konnte einem so vielbeschäftigten, konzentriert arbeitenden Mann die Unterbringung einer deutschen Komparsin in seinem Film wichtig sein?

»Na schön. Warten Sie hier. Ich werd's ihm sagen!« sagte der Mann, den sie Herrn Mohr riefen, und begab sich gradewegs in die Kulissen.

Helga sah ihn mit dem Hemdsärmeligen einige Worte wechseln. Paquin nickte kurz, wandte sich um, kam lächelnd auf sie zu: »Sie wollten mich sprechen? Ich bin Paquin, der Produktionsleiter. Was kann ich für Sie tun?«

Er sprach fließend deutsch mit kokettem französischen Akzent. Abwartend blieb er vor ihr stehen. Sie sah in braune Augen. Oder vielleicht waren sie auch grau. Oder blau oder grün. Das Gesicht – alt? Jung? Die Haarfarbe? Nase? Mund? Hätte man sie später danach gefragt, sie hätte nichts von alledem beschreiben können. Sie sah nur eines, und das in überwältigendem Maße: Charme.

Was war mit ihr? Was geschah? Ein leichtes Schwindelgefühl hatte sie ergriffen – ein federleichter Schwips. So, als lösten sich ihre Füße vom Boden, schwebten mit ihr durch die Luft. Stotternd, sicherheitshalber auf deutsch, brachte sie hervor: »Monsieur Paquin – ich bin – ich wollte – weil ich doch bei der Ufa gearbeitet habe, da dachte ich, daß Sie vielleicht ...«

»O Mademoiselle, das tut mir wirklich leid«, sagte der Charme und sprach ›wirklich‹ wie ›wirklisch‹ aus, »aber sehen Sie, wir 'aben unsere Akteure von drüben mitgebracht. Alle Rollen sind schon besetzt. Ich weiß nicht, wie ich Ihnen da behilflich sein kann.«

»Aber in der Statisterie?«

Weitersprechen, nur weitersprechen! Der Charme durfte ruhig nein sagen, das war jetzt gar nicht wichtig. Nur reden sollte er. Es klang wundervoll.

»Statisterie? Ah, gewiß, das wäre schon möglich. Aber – sind Sie nicht zu schade für solch eine – Kulissenarbeit?«

»Nein nein, wirklich nicht.«

Er zögerte, überlegte: »Warten Sie – Marchand!« rief er zu einer Gruppe hinüber, »j'ai besoin de la Marguérite – page 304!«

Es erschien ein schwitzender Dicker mit einem umfangreichen Heft, in dem er eifrig blätterte: »La voilà!«

Der sagenhafte Charme nahm ihm das Buch ab, wandte sich ihr zu: »Eh bien, Mademoiselle, dies 'ier ist die Rolle der Marguérite, für die wir 'eute morgen einen Besetzungsausfall 'atten – nur zwei Sätze. Aber wir brauchen sie. Nehmen Sie das Manuskript mit nach 'ause, lesen Sie es sich durch und kommen Sie, wenn Sie es gelernt 'aben, wieder zu mir ins Atelier. Dann werde ich sehen, ob es geht!«

Kurzer fester Händedruck, im Umwenden noch einmal ein Lächeln: »Aber ich werde sehr streng sein, Mademoiselle – ?«

»Altenberg!«

»Mademoiselle Altenberg. Bis dann also – au revoir!«

Wie sie anschließend nach Hause gekommen war, wußte sie nicht mehr. Jetzt jedenfalls stand sie in ihrem Zimmer, völlig durchgedreht, und hätte am liebsten Purzelbaum geschlagen. Nicht wegen der Sätze. Die waren ihr plötzlich gar nicht mehr so wichtig. ›Paquin‹, meldete ihr Kopf den einen einzigen Gedanken wie eine überdimensionale Leuchtreklame, die alle anderen verblassen macht, ›Paquin – Paquin – Paquin –.‹ Wichtig war nur noch, daß es ihn gab, daß er wirklich und wahrhaftig existierte und nicht geträumt war.

»Lieber Himmel, bin ich glücklich!« seufzte sie und schüttelte dazu verwundert den Kopf, »das darf ja nicht wahr sein.«

Mit einem Plumps ließ sie sich auf die Couch fallen: »Ich

werde ihn wiedersehen – bald – jetzt erst fängt das Leben an!«

Sie las sich die Rolle durch. Die war dämlich. Sehr dämlich sogar. Ein Mädchen, das ein Baby bekommen hatte – auch noch unehelich –, nun mit dem Säugling in Idiotensprache herumschäkerte und schließlich mit verklärtem Gesicht ihrer Schwester zurief: »O Janine, regarde – il te fait un sourire!«

›Kiek mal, der Balg grinst dich an!‹ übersetzte sie schamrot. Wo sie doch Säuglinge nicht ausstehen konnte, diese rötlichen Brüllzwerge mit ihren zahnlosen aufgerissenen Mäulern – oben goß man was rein, unten kam 's wieder raus. Zu kleinen Kindern hatte sie nicht die geringste Beziehung. Und nun sollte sie auch noch überglückliche Besitzerin von so was spielen?

Sie stellte sich vor, wie man sie in die Mitte des Teppichs aufbaute, da, wo die Popescu gestanden hatte. Wahrscheinlich würde man ihr zur Erleichterung ihrer Mimik ein Kissen oder sonst was Weiches in den Arm drücken. Paquin aber würde lächelnd mit verschränkten Armen vor ihr sitzen und sagen: »Bitte, fangen Sie an, Mademoiselle Altenberg!«

Und dann müßte sie die neckischen Worte faseln – auf französisch, versteht sich – und mit dem Kunstbalg herumschäkern, während er nur spöttisch grinsen würde. Bestimmt würde sie vor Verzweiflung auch noch deutschen Akzent sprechen. Und die Franzosen würden sich die Seiten halten vor Lachen.

Nein, unmöglich, das konnte sie nicht riskieren. Für ihre immer wache Angst, sich möglicherweise irgendwo lächerlich zu machen, war diese Situation unüberwindlich. Was tun? Sie stützte das Gesicht nachdenklich in die Hände, Ellbogen auf den Tisch. Hol der Teufel die Marguérite. Warum konnte sie nicht ein Mädchen mit etwas mehr Haltung sein? Wiedersehen mußte sie ihn, soviel stand fest.

Wie wär's, wenn sie einfach zu ihm hinginge, ihn erst einmal beiseite bäte und ihm ihre ganze Kalamität bezüglich ihrer Arbeitsschwierigkeiten auseinandersetzte, damit er sich ein Bild machen konnte, weshalb sie grade zu ihm gekommen war? Schön ausführlich würde sie alles schildern. Jede Ausschmückung konnte zusätzliche kostbare Minuten des Zusammenseins mit ihm bedeuten. Sollte die blödsinnige Säuglingsschäkerei dabei ruhig unter den Tisch fallen. Dafür aber würde sie sich mit ihm unterhalten dürfen. Das war viel aufregender als jede Rolle. Sie wurde sehr vergnügt. Montag nächste Woche – in sechs Tagen also – würde sie wieder zu ihm hinausfahren. Babelsberg hieß jetzt Paquin. Und dann würde man weitersehen. Vorläufig hatte sie erst mal das Gefühl, acht Tage lang feiern zu müssen, daß ihr endlich der Mann begegnet war, dem es mit nichts anderem als der schlichten Tatsache seiner Existenz gelungen war, sie aus ihrem Dornröschenschlaf wachzurütteln. –

Am Montag, den 22. Mai, genau eine Woche vor Pfingsten, war sie, ganz entgegen ihren sonstigen Gepflogenheiten, schon um acht Uhr wach und memorierte zum hundertsoundsovielten Mal, was sie ihm sagen würde: ›Monsieur Paquin‹, würde sie sagen, ›es ist kein Zufall, sondern gottgewollte Fügung – nanu, wo kam denn das mit der gottgewollten Fügung her? Das war doch aus dem Flüsterwitz über Hitlers riesengroßdeutsche Pläne: Es ist kein Zufall, sondern gottgewollte Fügung, daß ich auf dem Throne Englands sitze – nein, das ging nicht. Sie würde sagen: Ich mußte zu Ihnen kommen, Monsieur Paquin – weil Sie keine Rassevorurteile haben.‹

Aber woher wollte sie das wissen? Und wenn er nun doch welche hätte? Keine anbefohlenen, sondern ganz private. Antisemitismus sollte es ja auch in andern Ländern geben – ach Unsinn, warum gerade er? Das würde sie riskieren.

Wichtiger war: Was zog man zu einer solch ernsthaften Unterredung an? Der Anlaß, zumindest der offizielle, war immerhin kein fröhlicher. Also etwas Solides, Würdiges. Am besten das schwarze Kostüm mit weißer Satinbluse. Französinnen bevorzugten Schwarzweiß, hatte sie irgendwo gehört. Dazu das schwarze Hütchen mit dem feinen Schleier bis zur Nasenspitze. Verhedderte sich zwar gern in den langen Wimpern, wirkte aber sehr damenhaft und geheimnisvoll um die Augen rum. Und machte – äußerst wichtig – älter. Diskretes Make-up. Schließlich mußte sie ja, wenn sie ausführlich schildern wollte, auch den Tod ihrer Mutter vor einem halben Jahr erwähnen. – Den Mangel an erotischer Note in der äußeren Erscheinung glich sie mit verschwenderischem Gebrauch von Tabu-Parfum wieder aus. Nun noch die kleinen weißen Handschuhe – es konnte losgehn. Albernerweise hatte sie entsetzliches Lampenfieber.

›Ich brauch doch gar nicht vorzusprechen!‹ versuchte sie sich zu beruhigen. Aber die Aufregung blieb. –

»Ah, voilà, Mademoiselle Altenberg«, rief Paquin, löste sich von einer diskutierenden Gruppe und kam auf sie zu, »nun, 'aben Sie Ihre Rolle gelernt?«

Er lächelte sie ermunternd an.

»Nein, Monsieur Paquin – es ist nämlich – ich hätte Sie gern erst einmal gesprochen, wenn das möglich wäre.«

Kaum gesagt, schämte sie sich auch schon. Klang ja unmöglich. Direkt aufdringlich. Was würde er jetzt von ihr denken?

»Aha, bon«, nickte er nur und rief in die Kulisse, man möge ihn für einige Augenblicke entschuldigen und schon die nächste Szene vorbereiten.

»Bitte, kommen Sie mit, Mademoiselle!«

Er ging ihr voran durch eine Seitentür, stieg eine enge Treppe hinauf, die auf einen langen Gang mündete, und bat sie in ein winziges Büro ohne Fenster, das fast gänzlich von einem papierbedeckten Schreibtisch und ein paar Stühlen ausgefüllt war. Hier, wie auch auf dem Korridor, brannte elektrisches Licht.

Mit wenigen Griffen schichtete er ein paar lose Schreibmaschinenblätter übereinander, bat sie, Platz zu nehmen, murmelte eine Entschuldigung für die Unordnung im Zimmer und bot ihr eine Zigarette an, bevor er ihr gegenüber am Schreibtisch Platz nahm. Aus reiner Verlegenheit nahm sie an, obgleich sie sich nach wie vor aus Rauchen nichts machte. Als er ihr sein Feuerzeug hinhielt, beugte sie sich so eifrig vor, daß um ein Haar der Schleier über ihrer Nase Feuer gefangen hätte. Heftig pustete sie den lästigen Rauch von sich, saß steif und verkrampft auf ihrem Stuhl. Ihr gegenüber faltete Paquin seine langen Finger ineinander und lehnte sich abwartend auf seinem Sitz zurück, sah sie unter schweren Lidern interessiert an. Ein feines Lächeln lag um seine Augen: »Also, Mademoiselle – Sie wollten mir etwas sagen?« Seine Haltung schien auszudrücken, daß er Zeit habe, viel Zeit, wenn es nötig sei. Helga begann zu reden, zunächst wirr und unzusammenhängend. Dann erwischte sie einen Zipfel ihres so sorgfältig einstudierten Textes, und nun ging's automatisch weiter. Sie hörte sich selbst dabei gar nicht mehr zu. ›Hohe kluge Stirn‹, dachte sie, ›braune Augen. Schlafzimmeraugen wie Charles Boyer – oder doch nicht ganz. Die hier blickten intelligenter. Und humorvoller. So jung ist er gar nicht mehr. Schwer zu schätzen – Anfang Dreißig? Mitte? Vielleicht auch älter – sieht unwahrscheinlich gut aus. Es sollte für einen Mann verboten werden, so gut aussehen zu dürfen – ich darf ihn nicht so anstarren. Errät er etwa meine Gedanken? Weshalb lächelt er? Ist doch todtraurig, was ich ihm da erzähle.‹ Sie verhedderte sich mitten im Satz, wurde rot, wußte nicht weiter. Paquin lächelte immer noch. Auch seine Gedanken schienen nicht ganz bei der Sache zu sein, obgleich er sich Mühe gab, höflich zuzuhören, und sie nicht unterbrach. Endlich machte sie eine Pause, um Atem zu schöpfen. Er betrachtete sie mit einem Anflug von Humor: »Wie alt sind Sie, Mademoiselle Altenberg?« Die Frage brachte sie noch mehr durcheinander: »Ich bin zwanzig geworden!« Amüsiert schaute er sie unter verhangenen Lidern an, die Mundwinkel zuckten: »Ein kleines Baby...« Das war kränkend. Schließlich hatte sie den Schleierhut auf. Und schon beachtliche Erfahrung mit Männern. »Keineswegs!« sagte sie hoheitsvoll, »ich bin eine Frau!« Das Wort schien auch nicht sehr glücklich gewählt. Paquin schmunzelte mit vielen strahlenförmigen Lachfältchen um die Augenwinkel und sagte: »Was soll ich da sagen? Ich bin doppelt so alt wie Sie – sehen Sie, schon graues 'aar.« Geschickt kokettierte er mit seinem Alter, deutete auf den grauen Schimmer an den Schläfen.

›Steht ihm aber phantastisch!‹ dachte sie hingerissen und schwieg in Ermangelung passender Worte.

Einige Sekunden lang sagten sie beide nichts, sahen sich nur an. Dann gab er sich einen Ruck: »Also, Mademoiselle Altenberg, das ist natürlich eine sehr traurige Geschichte. Ich möchte Ihnen sehr gern 'elfen, überlege schon die ganze Zeit, was ich machen könnte. Auf jeden Fall könnte ich Sie in meinem Film in verschiedenen kleinen Szenen mit unterbringen – aber ich fürchte, es wird nicht viel mehr als Statistenarbeit sein.«

»Oh, das macht nichts«, rief sie, froh über die Chance, ihn von nun an häufiger zu sehen, »wenn ich nur überhaupt...«

»Alors bon!« schwang sich Paquin mit Eleganz aus seinem Sessel, »dann schreiben Sie bitte 'ier Namen und Adresse ein, und mein Aufnahmeleiter wird Sie benachrichtigen, wenn für Sie Drehtag ist!«

Damit schob er ihr ein offenes Adressenregister zu und reichte ihr einen Federhalter mit grüner Tinte zur Eintragung. Ab mit dem Handschuh – natürlich, der blieb wie angeleimt hängen. Sie zerrte ungeduldig. Zwischen Zeige- und Mittelfinger platzte krachend die Naht, als er endlich rutschte. Hastig ergriff sie den Halter, den er ihr immer noch wartend entgegenhielt. Leer kratzte die Feder über das Papier – verdammte Blamage. Sie schüttelte das Ding – ein dicker glänzendgrüner Klecks verdeckte teilweise die Anschriften ihrer Vorgängerinnen. Entsetzlich. Amüsiert beobachtete der Franzose, wie sie mit zitternden grünen Fingern und hochrotem Kopf endlich ihre Eintragung zustande brachte. Danach wagte sie ihn nicht mehr anzusehen. Bloß raus hier, bevor sie sich noch weitere Blößen gab!

»Sie werden von uns hören!« sagte Paquin, während er sie zur Tür geleitete.

Als sie den langen Korridor in Richtung auf die Treppe hinabging, wandte sie sich noch einmal um. Da stand er im Türrahmen und sah ihr mit ganz seltsamem Gesichtsausdruck nach. Sofort hatte sie das Gefühl, unzählige Laufmaschen an den Strümpfen zu haben, dazu schiefgetretene Absätze und einen hervorschauenden Unterrock.

Als sich ihre Blicke trafen, winkte er noch einmal leicht mit der Hand, bevor er ins Zimmer zurückging. –

Schon wenige Tage darauf erreichte sie ein Anruf des Aufnahmeleiters, sie möge morgen früh punkt acht Uhr im Atelier erscheinen. Zu: ›C'est un mystère‹ in Halle acht. Sommerliche Nachmittagsgarderobe, bitte.

Das Atelier war immer noch Empfangssalon mit Teppich. Helga erfuhr, daß er Teil eines französischen Schlosses sei, in dem sie mit anderen jungen Schicksalsbegünstigten zu Gast gewesen sei. Gewesen, wohlgemerkt. Denn ihre ›Rolle‹ begann erst bei der Verabschiedung von der Schloßherrin. Die jungen Gäste, ein buntes Gemisch aus mimischen Gelegenheitsarbeitern aus Frankreich und – bis zur Urgroßmutter garantiert rein arischen – Mitgliedern der deutschen Reichsfilmfachschaft, bedauerten laut Drehbuch herzlich, schon gehen zu müssen. Anscheinend hatte ihre Gastgeberin für den Abend noch was anderes vor.

Die Rolle war nicht gerade anstrengend: nur die Edelkomparsen unter den Gästen durften sich persönlich von der Dame des Hauses verabschieden. Die übrigen blieben anonym und verdrückten sich nach Schnorrerart, aus dem Hintergrund fröhlich winkend. Zu ihnen gehörte Helga. Hintergrund war bei solchen Gelegenheiten immer sympathisch. Echt französisch lärmend zog man in Gruppen zum wappengeschmückten Ausgangsportal aus schmiedeeiserner Pappe.

Damit aber war die Rolle noch keineswegs zu Ende. Denn erst dann erfolgte das Wichtigste, im Drehbuch auf Seite zweihundertfünfzehn vermerkt unter: ›Abfahrt der Gäste vom Schloß‹. – Vorläufig aber waren die Drehtage noch restlos mit fröhlichem Winken aus Salonecken ausgefüllt.

Die Kollegen, überwiegend Franzosen, waren alle sympathisch bis auf ein aufgetakeltes Mädchen namens Bacher aus Zwickau, das sich selbst für die rechtmäßige Schloßherrin hielt und sich dementsprechend aufführte. Helga fand sie vom ersten Tag an unerträglich. Diese Angabe, dieses künstliche Gehabe! Ausgesprochen widerlich.

Im übrigen verliefen die Drehtage, wie Drehtage eben zu verlaufen pflegen. Viel Hitze, Geschrei, unnötige Aufregung, ewiges in den Kulissen Herumstehen. Dazwischen belegte Brötchen und Kaffee. Mürrisch müde Gesichter unter dicker Schminke, die beim Zauberwort: ›Achtung, Aufnahme!‹ plötzlich strahlend aufleuchteten, um anschließend mit den Jupiterlampen wieder zu verlöschen. – Abends die Lohntüte. Fünfzig Reichsmark. Ziemlich schäbig, aber der Bedeutung der Rolle angemessen.

Von Paquin bekam sie während der Arbeit kaum etwas zu sehen, da er nie auf seinem Platz blieb, sondern sehr beweglich mal vom Aufnahmezentrum zu den Beleuchtern, mal von dort zu den Kameras, dann wieder von den Kameras zu den Darstellern hinüberwechselte. Es war gar nicht leicht, ihn unter den vielen Menschen zu entdecken, die in der Kulisse herumliefen.

Das hätte sie weiter nicht gestört. Hauptsache, er war in der Nähe, respektive sie in der seinen. Aber da war diese Bacher, die sich nach ihm den geschminkten Hals ausreckte, jedes Mal, wenn er zufällig in ihre Richtung blickte, wie ein lachendes Pferd über langem Kinn die Zähne bleckte. Helga sah es voller Empörung. Was bildete die sich denn ein? Konnte ja nicht mal ein Wort französisch! Diese Tatsache allein, fand sie, disqualifizierte die Sächsin von jedem Wettbewerb um die Gunst ihres gemeinsamen französischen Chefs. Außerdem mußte er ja sehen, um was für eine billige Type es sich bei der handelte! Für so was haben Franzosen einen Blick. Allerdings, Paquin schien für ›so was‹ einen Blick zu haben, und zwar einen keineswegs abwertenden. Das war's ja grade. Sie entdeckte, daß er mehr als einmal in Richtung Bacher schaute – nicht zu interessiert, aber auch nicht abweisend.

Helgas Abschiednehmen im Schloßsalon wurde von Tag zu Tag saurer – kurzes grimmiges Nicken in Richtung der Schloßherrin, Augen dabei fest auf die Rivalin geheftet, die sich vor heiterem Abschiedswinken nicht lassen konnte.

›Zimtziege‹, dachte sie wütend, ›man sollte dich …‹ Das weitere dachte sie auf französisch. Das war bei aller Obszönität eleganter.

Am fünften Drehtag der Schloßgäste kam die Abfahrt an die Reihe. Vier französische Prunkwagen fuhren am Schloßportal vor, gruppenweise verteilten sich die Gäste in sie, und unter heftigem Winken fuhren die Wagen mit ihrer Fracht langsam einer nach dem anderen ab. Neben ihnen surrende Kameras auf Rädern. Wenige Meter weiter durchquerten sie ein französisches Kulissendorf mit Boulangerie und Bürgermeisteramt. Sogar Bocciaspieler gab es. Allerdings hatte man den im Kegeln unerfahrenen Statisten sicherheitshalber große Pappkugeln zugeteilt, um ernstere Betriebsunfälle zu vermeiden. Mit diesen mimten sie nun französische Freizeitgestaltung ohne die Gefahr, unter dem Gewicht echten Holzes nach der zwölften Probe erschöpft zusammenzubrechen.

Aufregung unter den ›Schloßgästen‹: Wer kommt in den ersten Wagen? Der erste war gleichzeitig der schönste und repräsentativste. Hinter seinem Steuer saß ein märchenhaft livrierter Chauffeur, unter seinen deutschen Kollegen als ›der flotte Gustav‹ bekannt. Jaques Becker, der Regisseur, ging mit einer Liste herum und nahm die Aufteilungen vor. Helga glaubte ihren Augen nicht zu trauen. Ausgerechnet die Bacher kam in Wagen eins – und zwar allein! Wie konnte das geschehen? Sie sah rot. Hinter der Windschutzscheibe von Wagen zwei, eingekeilt zwischen schwitzenden Statisten, folgte sie ihrer Feindin auf langsamen Gummirädern und mußte mit ansehen, wie die Bacher ›Königin auf Staatsbesuch‹ mimte, huldvoll pferdelächelnd den uninteressierten ›Dorfbewohnern‹ aus dem Stand zuwinkte und nach rechts und links kleine Verneigungen machte. Dabei sollten sie zwar alle stehen, jedoch zurückwinken, nicht zur Seite. Gott sei Dank löste die sächsische Vormachtstellung bei ihren Berliner sowie Pariser Kollegen gleicherweise Unmut aus. Keiner konnte das Protektionskind der Reichsfilmkammer leiden, das sich keinen Film entgehen ließ.

Helga war beunruhigt. Wer hatte ihr diesen Sonderplatz zugewiesen? Außer Paquin kam niemand dafür in Frage. Sie fühlte die schmerzliche Enttäuschung über die Geschmacksverirrung ihres Angebeteten wie einen persönlichen Schlag.

Während einer Kaffeepause in der Kantine fragte Michel, einer der französischen Bocciaspieler, seine heimlich von ihm verehrte Kollegin: »Nischt wahr, Elga, Sie sind traurisch von wegen die blonde Frau im ersten Wagen?«

»Traurig ist gar kein Ausdruck.«

»Wo 'at Paquin nur seine Augen? Er müßte sehen, daß Sie viel 'übscher sind.«

»Glauben Sie denn, Michel, daß Paquin das mit den Wagen selbst veranlaßt hat?«

»Vermutlisch.«

»Aber weshalb hat er gerade diese – diese ...«

»Vielleischt ist sie seine Ver'ältnis?«

»Nein, niemals!« schrie sie wild, »das ist unmöglich. Paquin ist ein Mann von Geschmack!«

Michel betrachtete sie, während er sich eine Zigarette anzündete, nachdenklich von der Seite, lächelte plötzlich, als fiele ihm etwas sehr Amüsantes ein. Aber er nickte nur gleichmütig und meinte: »Möglisch. Aber von Geschmack muß sisch ein Mann manschmal er'olen.«

Michel war eben Franzose. –

In der Nacht schlief Helga unruhig. In sadistischer Ausführlichkeit malte ihr die Eifersucht immer neue Bilder intimer Zärtlichkeit zwischen Paquin und der Rivalin aus, brachte sie bald zur Raserei. Sie machte Licht, versuchte zu lesen – vergeblich. Zum ersten Male spürte sie wilde und krankhafte Eifersucht.

Mit rotgeränderten übermüdeten Augen erschien sie am nächsten Morgen im Atelier. Ihr eigener Zustand war ihr fremd und ängstigte sie.

Wieder verging der Tag mit Proben. Hoheitsvoll winkte, trotz Verwarnung, ›Miß Sachsen‹ aus ihrer Staatskarosse dem gelangweilten Volk zu, das, solange nicht gedreht wurde, überhaupt keine Notiz von ihr nahm. – Wo steckte Paquin? Schaute er auf Wagen eins? Eingezwängt zwischen mürrischen Kollegen schielte Helga in die Richtung, in der sie ihn vermutete. Er schaute tatsächlich, und zwar auf ihren Wagen. Genau genommen direkt auf sie. Ein leichtes spöttisches Lächeln umspielte seine Mundwinkel. Machte er sich etwa auch noch lustig über sie? Nach allem, was er sich heute nacht in ihren Träumen mit ihrer Todfeindin erlaubt hatte?

Die Sonne stand schon tief, als es: ›Achtung, Aufnahme‹ hieß.

Wagen eins fuhr langsam an. Huldvoll nickte das Pferdegesicht unter blonden Dauerwellen in die Dorfgemeinschaft. Hinter ihr, so eng aneinandergepreßt, daß sich die Gerippe durch das Fleisch berührten, ihr Gefolge in den weiteren Wagen. Helga, ungeachtet regielicher Anweisung zur Fröhlichkeit, hielt den Blick voll Grimm auf den geblümten Rücken ihrer Nebenbuhlerin geheftet.

Und da – im Bruchteil von Sekunden – geschah es. Eben noch hatte die Bacher hochaufgerichtet neben ihrem Chauffeur gestanden. Dann kam eine gezielte Bocciakugel geflogen und die Bacher war weg. Der Chauffeur fuhr allein weiter. An einer Häuserecke lehnte Michel und betrachtete erstaunt seine Hände, aus denen das Geschoß seinen Höhenflug angetreten hatte. In Wagen eins lag die Bacher zu Füßen des flotten Gustav und schrie, man habe sie zu ermorden versucht. Eine solch ideale Gelegenheit, sich in Szene zu setzen, kam so schnell nicht wieder. Es war zwar nicht die Bocciakugel, sondern der Schreck des plötzlichen Aufpralls gewesen, der sie umgeworfen hatte. Aber was tat's? Eine Kugel hatte sie während der Dreharbeiten getroffen – das klang reklametechnisch gut und bedenklich für die verantwortliche Firma. Sie hatte Anspruch auf angemessenen Schadenersatz! Neidische Rivalen hatten versucht, sie aus dem Weg zu räumen.

›Gar nicht so abwegig‹, dachte Helga und ertappte sich bei einem unkollegial leisen Bedauern, daß beim Bocciaspiel Attrappen verwendet wurden.

Freudig bewegt verfolgte sie den Abtransport der schreienden Bacher. Plötzlich spürte sie, daß sie beobachtet wurde. Sie wandte den Kopf und traf auf den amüsierten Blick Paquins, der sie schmunzelnd aus einiger Entfernung beobachtete. Obgleich sie sich an dem Vorfall unschuldig wußte, wurde sie tiefrot. Weshalb grinste er? Hatte etwa sie das Weib abgeschossen? Oder konnte er Gedanken lesen? Schnell wandte sie sich ab.

»Mensch, Gott sei Dank, die Bacher ist erledigt.«

»Ist sie verletzt?«

»Und ob! Mitten in die Eitelkeit getroffen. Wer war der Meisterschütze?«

»Daß wir das widerliche Getue nicht mehr zu sehen brauchen! Nur weil se mal mit dem Kuncke, dem von der Fachschaft, 'ne erotische Bastelstunde, Abteilung ›Handwerkliches Können‹, jehabt hat.«

Paquin trat auf die Wagen zu: »Vorwärts, mes enfants, es geht weiter!« Er klatschte in die Hände und schien in sich hinein zu lachen. »Mademoiselle Altenberg, würden Sie bitte in Wagen eins umsteigen? Merci. Bitte alles auf die Plätze. Jaques, können wir?«

Als diesmal sie neben dem grinsenden Gustav als unbestrittene Siegerin stehend durch das Dorf fuhr und protokollgemäß zurückwinkte, winkten die ›Einwohner‹ in ungekünstelter Heiterkeit wieder. Das Dorf schien den Regierungswechsel zu begrüßen. Noch war sie ganz verwirrt von der plötzlichen Wendung des Geschicks. Er hatte sie, Helga, vor allen anderen auserwählt! –

Überglücklich langte sie am Abend in ihrem Zimmer an. Bachers Nervenzusammenbruch schien ihn nicht beeindruckt zu haben. Gleichgültig hatte er zugeschaut, wie man sie fortgebracht hatte, und sofort einen Ersatz bestimmt, und zwar sie!

Michel, ihr Kavalier, der ihr so ritterlich geholfen hatte,

die Nebenbuhlerin zu beseitigen, hatte unrecht, wenn er annahm, daß zwischen Paquin und der Bacher – nie im Leben!

Erleichtert stellte sie fest, daß ihr Held nun wieder im Glanz all der Tugenden strahlte, die sie ihm angedichtet hatte. – In dieser Nacht schlief sie tief und fest. Und wenn sich die Träume der gestrigen Nacht teilweise wiederholten, so waren sie diesmal alles andere als quälend. Denn das Mädchen, das so glücklich in seinen Armen lag, sah ihr selbst verdammt ähnlich. –

29. Mai 1939. Pfingstsonntag.

Eigentlich konnte sich das schöne Wetter gar nicht mehr überbieten. Den ganzen Mai über hatte es nicht einen einzigen Tag geregnet, tagsüber stieg die Lufttemperatur durch die gleichmäßige Sonne rasch an, um in der Nacht auf erfrischende Kühle abzusinken.

Es war erst acht Uhr, als das Telefon auf dem Flur anhaltend zu klingeln begann. Auf nackten Füßen tappte Tico mit schlafverklebten Augen zu ihm hin, horchte, packte den Apparat an langer Schnur und reichte ihn ihr laut gähnend durch die Tür: »Da – für dich. Mensch, mitten in der Nacht!«

Die Schnur reichte gerade noch bis zum Nachttisch. Zum Aufwachen brauchte sie Zeit:

»Hua – ja?« gähnte sie in den Hörer.

»Mademoiselle Altenberg? Bonjour, 'ier ist Paquin. Ich wollte Sie fragen, ob Sie Lust 'aben, mit mir zu Mittag zu essen?«

Mit einem Ruck saß sie aufrecht: »Ja – wieso? – wo? – in der Kantine?«

Leises amüsiertes Lachen: »Aber Mademoiselle – am Pfingstsonntag – wieso in der Kantine?«

»Ach so, ja, natürlich. Pfingstsonntag.«

»Paßt es Ihnen um elf? Bon, ich bin Punkt elf Uhr mit

dem Wagen vor Ihrer Tür. Auf Wiedersehen, Mademoiselle Altenberg.« Es klickte. Eingehangen.

Mit wirrem Haar und offenem Mund saß sie in den Kissen, den Hörer noch immer in der Hand. Sie konnte es einfach nicht fassen, daß Er, großgeschrieben, sie, kleingeschrieben… Als sie endlich wieder zu sich kam, brach ein grenzenloser Jubel in ihr los: ›Ich träume nicht – es ist wahr – wahr – wahr!‹

Mit einem Satz war sie aus dem Bett, lief zum Fenster, schaute hinter den Vorhang. Geblendet fuhr sie zurück. Schöner ging's nicht mehr. So was von Pfingstwetter! – Was zieh ich an? Um Himmels willen, ich hab nichts anzuziehn! Und mein Haar sieht aus – unmöglich. Heute abend bin ich bei Schröders eingeladen. Margot Schröder vom Schillertheater wollte mich ihren Eltern vorstellen – na und? Paquin hatte ja ›Mittag-‹, nicht ›Abendessen‹ gesagt – Kaffee jetzt, vielen starken Kaffee. Oder Beruhigungsmittel. Oder beides zusammen…

Sie stürzte in die Küche, riß klappernde Tassen aus dem Spind auf der Suche nach der Kaffeebüchse.

»Ruhä!« brüllte die Teschnikowa aus ihrem Zimmer.

Wasser aufsetzen – wo sind denn die Streichhölzer? Da. Grad noch eins drin – Kaffee in den Filter – Bad einlaufen lassen! – Heiße und kalte Wasserströme donnerten vermischt in die leere Wanne. Diesmal erschien, zornig verwuschelt, die Teschnikowa selbst. Sogar ihre Nachthemden waren schwarz, stellte Helga erstaunt fest. »Sag mal, bist du ganz und gar von Gott verlassen? Was machst du hier Krach wie Maschinenfabrik?«

»Wird Zeit, daß du aufwachst. Wie kann man bei dem herrlichen Wetter so faul sein? Schau doch mal raus: Die Bäume jubilieren und die Vöglein schlagen aus.«

»Das kenn ich!« nickte die Russin und betrachtete Helga aus melancholischen Augen.

»Was kennst du?«

»Zustand. Dich hat's erwischt – du bist verliebt.«

»Hier, trink einen Kaffee mit mir. Also schön, ich bin verliebt. Na und?«

»Beneide dich. Ist ein sähr schöner Zustand. Aber alles ist nur in Phantasie.«

»Denkst du. Er holt mich ab, und wir fahren irgendwo raus – was sagste nu?«

»Das sind nur Tatsachen. Banale Tatsachen!« Teschnikowa schlürfte den Kaffee mit Behagen, »das Schöne, das Aufregende, verstehst du, das ist gar nicht da. Das denkst du nur.«

»Hör auf zu unken. Ist ja Unsinn. Die Welt ist schön, das Wetter ist herrlich, der Tag ist wundervoll!«

»Für dich, mein Kind. Sag ich ja, deine Gedanken machen es so. Nichts ist. Bitte sähr: für mich ist Wält gar nicht schön, Wetter ist mir egal, Tag ist traurig.«

»Ach, ihr Russen beginnt euch erst wohl zu fühlen, wenn alles hoffnungslos traurig wird – Mensch, schau doch mal aus dem Fenster! Wenn du bei dem Sonnengefunkel nicht vor Freude zergehst, mußt du zum Psychiater – ›An einem Tag im Frühling‹« – begann sie laut zu singen, streifte den schlafzerdrückten Pyjama ab und marschierte ins Bad. Kopfschüttelnd zog sich die Teschnikowa in ihre Gemächer zurück.

Eine Viertelstunde später stand Helga, nach exotischen Essenzen duftend, wieder mal ratlos vor ihrem prall gefüllten Kleiderschrank. Die Wahl fiel schwer. Welcher Typ Frau würde ihm am meisten zusagen? Die Seriöse? Die verführerisch Raffinierte? Die Geheimnisvolle? Instinktiv wählte sie das richtige: junges Mädchen im Frühling. Leichtes Kleidchen aus zarter türkisfarbener Seide mit weißen Tupfen – Tupfen wirkten jugendlich kokett – und schwingendem weiten Rock. Dazu kesses weißes Strohhütchen, weiße Schuhe, weiße Tasche.

Der Magen rumpelte. Kaffee allein machte ihn nervös. Nachher würde er was Gutes kriegen. Im Moment war nicht viel da, wegen Feiertag. Etwas Brot, Margarine, ein klebriger Rest Kirschenmarmelade. Sie machte sich ein paar Brote.

Ebenfalls auf der Suche nach Eßbarem kam Tico in die Küche, kratzte sich verschlafen die Schädelmitte und fragte: »Kommste heute mit raus nach Wannsee? Wir sind bei Nikita eingeladen.«

»Kann nicht. Mein französischer Filmboß fährt heute mit mir aus.«

»Au weia. Nu fang bloß nicht wieder an wie mit Hauser und vorher dem Filmkammerbonzen. Zwei Aufregungen haben mir genügt, ich hab 'n schwaches Herz.«

»Ach wo, ist ganz anders diesmal.«

»Kenn ich schon. Verspricht dir 'ne schöne Rolle – aber rollen tuste schließlich nur in sein Bett.«

»Sei nicht gemein, Tico. Erstens ist er Franzose. Das ist 'n Unterschied zu den Deutschen. Und zweitens filme ich ja schon bei ihm.«

»Aha. Das ist wohl der Unterschied: Franzosen kassieren erst nachträglich?«

Er grinste. Verärgert warf Helga den restlichen Brotlaib in die Blechbüchse zurück: »Ich unterhalte mich heut nicht mit dir – du bist eklig!«

Sie wollte sich die erwartungsvolle Stimmung nicht durch Miesmacherei verderben lassen. –

Kirchenglocken, die schon seit frühem Morgen läuteten, schlugen zehn Uhr. Noch eine Stunde – jetzt das Make-up. Verbissen malte sie an ihrem Gesicht herum, rieb, wischte, zog nach, betrachtete unzufrieden das Resultat im Spiegel. Natürlich, wenn man's eilig hatte: Die Wimpern waren zu schwarz geworden und klebten wie Dornen zusammen, das Rouge zirkelte sich in zwei roten Klecksen clownshaft auf den Wangen ab, der bogenförmig ausgemalte Mund sah aus wie ein schmollendes Karpfenmaul – also alles noch mal ab und von vorn begonnen. Endlich saß es einigermaßen. Nun das Kleid vorsichtig, ganz vorsichtig über den Kopf gezogen, damit die glatte weiche Seide keine Puderflecken bekam. So, auch das wär geschafft. Ob der Rock sehr durchsichtig war? Aber der olle Unterrock zipfelte. Außerdem war er spießig. Schließlich hatte sie lange grade Beine, die sie nicht künstlich zu verstecken brauchte.

Das Strohhütchen – übrigens das gleiche, das sie bereits als Modesalon-Kundin im allerersten Film getragen hatte – sah immer noch chic und keß aus, setzte man es schief über ein Auge.

Fünf Minuten vor elf – wo waren die Handschuhe, um Gottes willen? Sie begann in der oberen Wäscheschublade zu wühlen. Rechts und links von ihr flogen Schals, Seidentücher, Gürtel auf den Boden. Hier war ein Paar – schon angeschmutzt. Ging nicht. Weitersuchen. Verdammt, es mußte doch irgendwo noch welche geben? Halt – vielleicht in der Seitentasche vom blauen Kostüm? Richtig, da waren sie und sogar ganz sauber. Gutes Gedächtnis mußte man haben! Letzter Blick in den Spiegel, und jetzt nichts wie runter.

Die Kirchturmuhren schlugen elf.

Im Lift kämpfte sie mit einem plötzlichen unkontrollierbaren Verlangen, wieder umzukehren. Verärgert schalt sie sich einen idiotischen Feigling, gab sich innerlich einen Ruck und trat auf die sonnendurchflutete Straße hinaus.

Da stand der große blaue Hudson von Halle acht mit der französischen Nummer. Im hellen tadellos geschnittenen Anzug, Sonnenbrille über charmantem Begrüßungslächeln, kam ihr Paquin entgegen, küßte ihr die Hand, half ihr einsteigen. Er schien bester Laune, wandte sich ihr zu: »Wohin fahren wir?«

Vorerst brachte sie vor Aufregung kein Wort heraus.

»Ich schlage vor, wir fahren zum Ciro am See. Kennen Sie das?«

»Nein – ja. Bitte!« sagte sie schwach und blinzelte gegen die Sonne. Er ließ den Starter an: »Oh, Sie 'aben keine Sonnenbrille? Dort im Fach – nehmen Sie die, sonst werden Sie mir blind. Und mit blinde Schauspielerin kann ich sehr schlecht arbeiten.«

Taktvoll vermied er das Wort ›Statistin‹.

Sie fuhren los. Bald hatten sie die Stadt hinter sich gelassen. Es war herrlich, schnell und weich im offenen Wagen dahinzugleiten, vorbei an blühenden Bäumen und Villen mit sonntäglich herabgelassenen Jalousien. Dazu, schmeichelnd, seine Stimme mit der leicht mokanten Note und den verschluckten H's. So sollte es weitergehen, ein ganzes Leben lang – danach Vorhang, Schluß, aus! Sie empfand sich auf dem Höhepunkt des Lebens. Paquin neben ihr redete charmantes Nichts. Auch er war, schon in Anbetracht des herrlichen Wetters, in glücklicher Stimmung.

Sie langten beim Ciro an, fanden es geschlossen.

»Ah, schade«, bedauerte er, »sie 'aben einen so guten französischen Koch – aber ich weiß etwas anderes. Fahren wir zu Schloß Marquardt – auch ausgezeichnete Küche – was meinen Sie?«

»Ja. Gute Idee!« sagte sie und dachte dabei: ›Kennt sich hier verdammt gut aus für jemanden, der so konzentriert arbeitet.‹

Schon meldete sich die Eifersucht wieder. Allein fährt man doch wohl kaum zu solchen Schlemmerplätzen in romantischer Umgebung? – na, wenn schon, auf jeden Fall war er hier gewesen, bevor er sie kannte. Hilflose Unsicherheit wechselte ab mit Momenten schöner Selbstüberheblichkeit. Jedenfalls war sie es und keine andere, mit der er jetzt zusammen war. Nur das zählte. Befriedigt lehnte sie sich in die weichen hellen Lederpolster.

Er fuhr gut, vermittelte das angenehme Gefühl, daß man sich ihm anvertrauen konnte. Nicht zu langsam, aber auch keine überflüssige Raserei, bei der man Bäume nur noch als verwischte Bänder erkannte und Straßen wie Geschosse auf einen zugeflogen kamen. Unter tarnender Sonnenbrille schielte sie zu ihm hinüber, betrachtete ihn in Ruhe aus nächster Nähe. Wie braun er war! Das war ihr draußen im Studiogelände unter all den indianerfarben geschminkten Gesichtern gar nicht aufgefallen. Wenn er lachte, schnitten zwei scharfe Falten die Wangen von ihrer Mitte bis unter das Kinn in zwei Hälften. Die Lippen waren voll, aber gut geformt. Sehr schöne Zähne – vermutlich französische Jacketkronen. Merkwürdig eigentlich – der obere Teil des Gesichts mit der ausdrucksvollen Stirn, den fast schwarzen klugen Augen, ein auffallender Kontrast zur unteren, zum Mund mit den aufgeworfenen Lippen, der sich immer heimlich über etwas zu amüsieren schien, dem vollen Kinn, das Freude an sinnlichen Genüssen aller Art verriet – eben echt französische Mischung, stellte sie fest. Etwas beunruhigende Mischung.

Unter hohen alten Bäumen tauchte Schloß Marquardt auf. Auf der Terrasse war gedeckt. Hier war alles wundervoll schattig und ruhig. Nicht allzu viele Gäste, vor allem keine Familie mit umhertobenden kleinen Kindern. Helga konnte Kinder nicht ausstehen. Vielleicht hatte es damit zu tun, daß sie ihre eigene Kindheit nicht ausstehen konnte und nur höchst ungern an das finstere Haus im Rheinland zurückdachte.

Sie fanden einen hübschen Tisch für zwei am Rand der Terrasse, wo ein mächtiger Kastanienbaum ihnen mit weit überhängenden Zweigen Schatten spendete. Es duftete betäubend nach Sonne und Frühling.

»Nehmen wir erst einmal einen kleinen Aperitif, einverstanden?«

Natürlich war sie einverstanden. Sie wäre vermutlich auch einverstanden gewesen, hätte er ihr Zyankali angeboten. Sie saß nur da und träumte vor sich hin.

Es kamen zwei Dubonnets mit gelben Inselchen aus Zitronenschale.

»Was für schöne kleine 'ände Sie 'aben!« Spielerisch nahm er ihre Rechte an seine Lippen und küßte sie. Was zur Folge hatte, daß sie vor Verwirrung und alberner Verlegenheit ihr Glas umstieß. Sie erwischte es zwar noch, bevor es gänzlich auslief. Aber auf dem blütenweißen Tischtuch prangte ein häßlicher rotbrauner Fleck. ›Entsetzlich‹, dachte sie schamrot, ›sieht aus wie Blut. Wie Spuren einer Entjungferung – wie kam sie denn jetzt auf diesen Gedanken? Peinlich, furchtbar peinlich.‹ Paquin hatte bereits unauffällig den Ober herbeigewinkt und den Schaden beheben lassen. Als sie die Augen wieder zum Tisch zu erheben wagte, stand ein neues Glas Dubonnet vor ihr.

»Worauf wollen wir trinken?« überspielte er geschickt das kleine Mißgeschick, »auf einen zauber'aften Pfingstsonntag in Berlin, wie er vielleicht nicht so bald wiederkommen wird?«

Sie nickte und trank ihr Glas in zwei langen Schlucken aus. Nur damit, falls es noch einmal umfallen sollte – eigentlich idiotisch, wie sie sich benahm, sie, eine erfahrene Frau mit Vergangenheit!

»Elga, erzählen Sie mir etwas aus Ihrem Leben – was 'aben Sie bis jetzt gemacht?« Erstaunt sah sie ihn an. Was sollte sie erzählen? Was hatte sie denn bis jetzt gemacht? Nichts hatte sie bis jetzt getan. Ihr Leben hatte erst vor wenigen Tagen begonnen, genaugenommen an dem Tag, als sie erfuhr, daß es ihn gab. Was war schon alles andere dagegen? ›Heute lebe ich – gestern? Vorgestern?‹ – Sie begann, von zu Hause zu erzählen, von der Mutter, der kleinbürgerlichen Heimatstadt mit ihren engstirnigen Einwohnern, von ihrem angefangenen Musikstudium in Berlin. Paquin war ein guter Zuhörer. Er las ihr die Worte von den Lippen ab, verfolgte ihre wechselnde Mimik mit zärtlichen Augen. Sie wagte nicht, ihn anzusehen, aus Angst, sofort wieder gänzlich die Haltung zu verlieren. Die Anziehungskraft, die er auf sie ausübte, war so stark, daß sie an sich halten mußte, um sich nicht restlos zu verraten. Wozu war der dumme Tisch noch zwischen ihnen? Dieser verdammte Blütenduft – die warme Sonne auf ihren Armen – er, mit riesengroßen Leuchtbuchstaben in ihr Denken geschrieben – sie fühlte sich hilflos wie die Fliege im Netz der erfahrenen Spinne. Nur sehnte sich eine Fliege wohl kaum danach, von ihrem Eroberer gefressen zu werden, während sie – eben. Das war das Verrückteste daran: es war keineswegs unangenehm, sich als machtloses Opfer zu fühlen. Wie konnte das geschehen? Ausgerechnet ihr mit ihrem ausgeprägten Eigenwillen, ihrer Freiheitsliebe, ihrer Männerverachtung?

»Wünschen die Herrschaften zu speisen?« Ein Ober mit Block zückte einen Bleistift. Kurzer Verständigungswechsel mit ihr. Dann wählte Paquin mit der ganzen Konzentration, die ein echter Franzose der Zusammenstellung seines Menüs widmet. – Das Essen kam. Delikate Vorspeisen, eisgekühlte Consommé, Geflügel, Fleisch. Dazu ausgezeichneter Tischwein, genau temperiert. Anschließend Halbgefrorenes und Mokka. Helga genoß, goß Dubonnet und Wein auf die innerlich angehäufte Sprengladung aus Frühling, Frankreich, Flirt, wurde immer leichter. Ein seltsames warmes Schwebegefühl machte sich in ihr breit – eine sehnsüchtige Passivität. Sie wollte sein Gesicht berühren, seine Augen, seinen Mund. Aber der Mund sollte zu ihr kommen – das Gesicht, er, alles sollte auf sie zukommen, ohne daß sie sich zu rühren brauchte. Bis jetzt war auch alles von außen auf sie zugekommen – nur immer so weiter – noch schöner, noch intensiver, noch näher.

Erstaunt über sich selbst und das ihr unbekannte heftige Verlangen ihres Körpers lachte sie auf ihre Hände hinunter. ›Gefühl wie Achterbahnfahren‹, dachte sie beschwipst, ›jedes Mal, wenn ich auf seine Augen treffe, geht's runter mit Schwung – aber schön ist das – irrsinnig aufregend!‹

»Was für ein Kind Sie noch sind!« sagte er leise, »ein kleines, selbständiges, ernsthaftes Kind.«

Die Sonne stand schon tiefer. Sie konnte sein Gesicht, das jetzt ganz im Schatten lag, wieder ohne Blinzeln erkennen. Die ersten nachmittäglichen Kaffeegäste kamen. »Elga – wissen Sie, daß dies mein schönster Tag in Deutschland ist? Und ich bin schon über zwei Jahre in Berlin.«

Sehr zart strich er mit den Fingerspitzen über den Flaum ihres sonnenwarmen Arms. Das gab ihr die Empfindung, mit Helium gefüllt zu sein. Weg mit den Leuten hier – weg mit dem Tisch zwischen ihnen – sie fühlte, wie ihre Nasenflügel zu zittern begannen. ›Nein!‹ dachte sie mit letzter Kraft, ›nein – nein – nein – ich verlier mich – was ist los mit mir?‹ Plötzliche Feigheit kämpfte mit Verlangen, siegte nach kurzem, heftigen Hin und Her: »Ich muß zurück – noch umziehen – heute abend eingeladen.« Ferne fremde Stimme. Hatte sie das eben gesagt? Sie begann, zu sich zu kommen. Der Sprung ins eiskalte Wasser der Vernunft löste sie aus dem erotischen Bann, der ihre Sinne umfangen hatte. Hoffentlich hatte sie sich nicht zu weit gehenlassen. Franzosen sollen ja große Frauenkenner sein.

Paquin, gleicherweise ernüchtert, blickte sie verständnislos an: »Eingeladen? Aber – wir wollen doch noch zusammenbleiben, Elga? Bitte! Rufen Sie an, sagen Sie ab.«

Gerade sein Bitten trieb sie in die Opposition: »Geht nicht – es sind ältere Leute, die mich kennenlernen wollen – hab schon seit Wochen zugesagt.« Was glatt gelogen war. Weshalb nur erschien ihr diese idiotische Einladung plötzlich so wichtig?

Paquin sah sie schweigend an. Jetzt lächelte er nicht mehr: »Also gut. Ich werde Sie nach 'ause fahren!«

Sie erhoben sich, gingen stumm zum Wagen zurück. Er öffnete ihr den Schlag, ließ sie einsteigen, schaltete den Gang ein. Einige Minuten sprachen sie nicht miteinander. Bei einer Wegbiegung sagte er, starr gradeaus sehend: »Schade, Elga – warum wollen Sie unbedingt zerstören?«

Sie schwieg. ›Ich will doch gar nicht zerstören‹, dachte sie völlig durcheinander, ›im Gegenteil – ich will ja – was will ich eigentlich? Das gleiche wie er. Aber ich habe Angst. Es ist alles zu viel, zu schön; an der Grenze des Unerträglichen.‹ Lieber der Phantasie den Rest überlassen, das war sicherer und ging nicht vorüber wie die Wirklichkeit. War schon was Wahres an dem, was die Teschnikowa heute morgen geäußert hatte. Wieviel Glück konnte der Mensch in sich aufnehmen, ohne überzuschnappen?

Paquin fuhr langsamer, wandte sich zu ihr um: »Geben Sie uns wenigstens noch eine kleine Chance, Elga. Rufen Sie bei Ihren Bekannten an und sagen Sie, daß Sie später kommen werden.«

Sie begann, wieder schwankend zu werden. Der Vorschlag war annehmbar. Noch ein bißchen Glück genießen, aber Hintertürchen dabei offenlassen, falls es zuviel würde – sie hatte Angst, Angst vor sich selbst.

»Hier gibt's doch gar kein Telefon!« sagte sie zaghaft.

Er lachte auf. Es klang befreit: »Ah, das ist kein Problem. Ich wohne nicht weit von 'ier, am kleinen Wannsee. Fassen Sie es bitte nicht falsch auf, aber von dort aus können Sie am einfachsten telefonieren.«

Sie nickte nur. An ihrer Seite wurde der Franzose wieder fröhlich, erklärte ihr die Wegzeichen; erzählte ihr, wie sehr er dieses Land liebgewonnen habe trotz seiner Politik, mit der er aber dank seines Künstlerberufes nichts zu tun habe; war wieder ganz Charme.

Sie durchfuhren einige Villenstraßen, bogen in eine Seitenallee ein und hielten schließlich vor einem von Kiefern halbversteckten eleganten Bungalow aus unbehauenen Steinen und Holz mit einem Steingarten vor dem Eingang.

»Le voilà!« sagte Paquin nicht ohne Stolz und half ihr aus dem Wagen.

Innen, fand sie, war es ein Traum. Die weite Wohnhalle, sehr geschmackvoll eingerichtet, ging auf eine breite Veranda über einen von Kiefern umgebenen Rasen heraus. Das ganze Haus atmete, im Gegensatz zu seinen älteren Nachbarn in der Umgebung, viel Luft und Licht. Alle Türen und Fenster standen weit offen.

›Verflixt leichtsinnig‹, wunderte sie sich, ›hier kann ja jeder reinklettern, wenn niemand da ist.‹

Paquin führte sie zum Schreibtisch: »Voilà, das Telefon. Wenn Sie jetzt anrufen wollen?«

Langsam und umständlich begann sie die Nummer zu wählen. Sofort verstand er und verließ auf leisen Sohlen das Zimmer. Als sich der Anschluß meldete, sagte sie schnell: »Hör zu, Margot, ich wollte dir nur sagen, daß es heute abend eventuell etwas später werden kann – weiß noch nicht genau, wieviel – nein, das kann ich dir jetzt nicht erklären – ja, natürlich. Bestimmt. Du kannst dich drauf verlassen – Tschüß!« Beim Einhängen gab es einen hellen Klang.

Paquin kam mit einer großen Schachtel in Würfelform ins Zimmer zurück: »Nun, 'at es geklappt?«

»Ja. Ich habe gesagt, daß ich später käme.«

»Danke!« sagte er leise und sah sie an.

Sie trat zur Verandatür, sah auf den Garten hinaus. Neben ihr fragte er: »Wollen wir 'ier draußen bleiben? Es ist so schönes Wetter.« Helga nickte.

Die hohen Bäume streiften den Rasen schon mit langen Schatten. Knapp über ihren Wipfeln schien die gelbrote Sonne. Der Himmel war zu fadem Blaugrau verblaßt.

»Schön!« sagte sie glücklich und meinte nicht nur die Landschaft.

Er lachte besitzerstolz, nahm sie bei der Hand: »Kommen Sie, ich muß Ihnen meinen Garten zeigen!«

Übermütig wie Kinder liefen sie die Steinstufen hinunter, quer über den Rasen auf die Baumstämme im Hintergrund zu, bis sie zu einem Drahtgitter gelangten. Tief atmend blieben sie stehen.

»Mein Tennisplatz!« erklärte er.

Das war ja ideal! Ein sorgfältig gepflegter Platz, rötliche Erde mit sauber gezeichneten weißen Linien, sozusagen mitten im Wald, von allen vier Seiten von Bäumen umgeben und durch hohes Drahtgitter vor Ballverlusten geschützt.

»Jeden Morgen kommt mein französischer Nachbar zu einer Partie 'erüber«, erzählte Paquin, »es ist eine wunderbare Luft, wenn die Sonne noch nicht 'ochsteht.«

›Daher die Bräune!‹ dachte sie neidvoll und sah sich an Stelle des Nachbarn. ›Wär das schön!‹

»Kommen Sie, ich will Ihnen meine Beete zeigen!«

Wieder nahm er sie bei der Hand und zog sie zu den den Rasen umgebenden Gartenrabatten: »Sehen Sie die da? Und diese kleine grüne? 'abe ich alle selbst gepflanzt!«

Paquin schien verwandelt. Kein mächtiger hart arbeitender Mann mehr, nur noch ein fröhlicher Hausherr mit knabenhaftem Charme.

Pflichtschuldig bewunderte Helga die diversen Paquinschen Züchtungen. Von Pflanzen verstand sie nichts, sie konnte kein Blatt vom andern unterscheiden. Das grüne Lieblingsgewächs, auf das er so stolz war, sah ihr ganz nach Kartoffel aus. Mußte ja aber wohl was Beßres sein.

»So, und jetzt machen wir es uns gemütlich!«

Die Stufen hinauf gingen sie zum Verandatisch. Helga erkannte die viereckige Schachtel, die er vorhin unter dem Arm gehabt hatte. Während sie auf einem der Korbstühle Platz nahm, schaute sie hinein. Sie war bis zum Rand mit *petit fours* gefüllt – sehr verführerisch. Süßigkeiten waren nach wie vor ihre Leidenschaft.

»Warten Sie einen Moment, ich komme sofort zurück!«

Als er wiederkam, trug er eine Flasche Cointreau und zwei Gläser. Er nahm ihr gegenüber Platz, schenkte ein: »Ich freue mich, daß Sie 'ier sind, Elga – auf 'eute!«

»Auf heute!« sagte sie mit Nachdruck und hob ihr Glas. Es erschien ihr der schönste und sinnreichste Trinkspruch, den sie sich denken konnte. Der Likör, in kleinen Zügen genossen, floß heiß und schwer durch Arme und Beine und machte alles ›einmalig‹. Einmalig wundervoll, einmalig zauberhaft, einmalig glücklich – lauter Superlative.

Und dann blieb die Zeit stehen. Nichts außer seiner Nähe existierte mehr. Die Sonne sank bereits, schien in schwachem Abglanz rötlich durch die Stämme. Sie merkten es nicht, saßen sich schweigend gegenüber, sahen sich an. Er hielt ihre Hand in der seinen.

»Elga«, sagte er nur ab und zu. Sie wurde sich auch nicht klar darüber, daß ihre freie Hand pausenlos in den Kasten fuhr und ein *petit four* nach dem anderen in ihren Mund beförderte. Reine Verlegenheitsgeste. Symbolisches Abreagieren der fast unerträglichen Spannung zwischen ihnen. Zum ersten Mal erlebte sie die verführerische Gewalt körperlichen Einsseins, die er ihr durch nichts anderes als durch Blick und Berührung der Hände vermittelte.

»Ma petite Elga.«

Er warb – sie gab nach, weil sie nachgeben wollte – alles geschah, obgleich sie sich nicht von den Plätzen rührten.

Hinter den Beeten waren die Bäume zu Silhouetten geworden. Die ersten Nachtvögel schossen durch den abendlichen Himmel. Vom Rasen her stieg kühler Grasduft auf. Und sechs Lagen *petit fours* – jede mit zwölf Stück – waren in Helgas Magen verschwunden, ohne die geschmackliche

Beachtung gefunden zu haben, die ihre Qualität verdient hätte. Sie hatte es nicht einmal gemerkt, wurde sich ihres Fauxpas erst bewußt, als ihre Hand beim dreiundsiebzigsten Mal vergeblich in leeren Papieren herumwühlte.

Das Telefon schrillte. Sie zuckte zusammen. Er ließ es ein paarmal schellen, erhob sich zögernd, ging zur Wohnzimmertür. Als er an ihr vorbeikam, beugte er sich stunun zu ihr hinunter und küßte sie sehr zart auf die Augen. Erst auf das eine, dann auf das andere. Sie wagte sich nicht zu rühren, bis er im Haus verschwunden war. Ein kurzes wildes Schluchzen schüttelte sie wie ein Krampf. Sie sprang auf, lehnte sich gegen die Verandabrüstung. Die Tränen taten gut, brachten Erleichterung.

Leise war er hinter sie getreten, sagte in ihrem Nacken: »Entschuldige, ma petite.«

Sie riß sich zusammen. Ihr Lachen klang etwas gekünstelt: »Wollen wir noch irgendwo zu Abend essen?«

Sie sah nicht den amüsierten Blick, mit dem er den leeren Kasten streifte: »'aben Sie Appetit?«

Nein, sie hatte weiß Gott keinen Hunger mehr. Aber sie nickte. »Gut, dann werden wir jetzt in die Stadt fahren!«

Sie gingen ins Haus zurück, schlossen Türen und Fenster.

»Aber so können Sie nicht fahren – Sie werden sich erkälten.«

Er zog sich das Jackett aus, hängte es ihr über die Schultern. Schon im Wagen, fiel ihm noch etwas ein: »Einen kleinen Moment, ich komme sofort!«

Als er zurückkam, sah sie, daß er die Fliederbüsche geplündert hatte. Lachend legte er ihr die lila Blütenpracht in den Arm und startete den Wagen. Hätte sie jetzt ihre übliche Berliner Schnoddrigkeit wiedergewonnen gehabt, hätte sie sich vermutlich über sich selbst lustig gemacht: ›– jroßer Chef mit kleene Anjestellte, janz uff Jefühl, Monat Mai, Sonnenunterjang, lila Flieder – müßte der Böhndke drehen. Musikuntermalung Frühlingsrauschen von Sinding: Laa la la la – la la laaa la –.‹ So aber empfand sie seine Geste als das Tüpfelchen auf dem i ihres Glücks. War die Welt bis jetzt blau in blau gewesen, so war sie jetzt lila – höchste Intensivität.

Sie schloß die Augen, lehnte sich in das Leder zurück. Der Fahrtwind streifte ihr erhitztes Gesicht, schlug ihr den Fliederduft in die Nase, daß sie fast erstickte. Rasch kurbelte sie das Seitenfenster hoch. Sie fuhren schnell.

Paquin ergriff ihre Hand, führte sie an die Lippen, küßte die Innenfläche: »Alle fünf Kilometer darf ich das, ja?«

Sie antwortete nicht.

›Gleich explodiere ich mit Knall wie ein Luftballon‹, dachte sie, ›das halt ich nicht aus – das mit der Hand – es macht mich rasend.‹

Er hielt Wort, und zwar alle fünf Kilometer über eine Strecke von – die Avus war nur ein Stück des Wegs. Helga wußte nichts mehr, spürte nur hilfloses Verlangen, versank in einem Strudel wirrer Gefühle.

Sie fuhren in die Stadt.

»Wohin wollen wir essen gehen, Elga? Zu Horcher?« Es gelang ihm sogar, das H auszusprechen. Das klang wie ein leichter Husten.

Jetzt gab es keine fünf Kilometer mehr. Sie nahm sich zusammen: »Fein. Aber könnten wir kurz bei mir vorbeifahren? Ich möcht erst die Blumen nach oben bringen.«

Der Wagen hielt auf der Fredericiastraße. Sie kletterte heraus, reichte ihm sein Jackett zurück: »Wollen Sie mit heraufkommen?«

Er gab ihr einen seltsamen Blick: »Nein – ich möchte lieber – 'ier unten warten –. Machen Sie schnell.«

Mit großen Schritten rannte sie die Treppe hinauf – bis der Lift unten war, konnte man lange warten –, stürzte atemlos ins Zimmer. Nur schnell. Jede Minute ohne ihn war vertan. Blumenvase. Zu klein. Flieder ins Waschbecken, Wasser drüber. Blick in den Spiegel. Wie sehe ich aus? Irgendwie anders – und da, mitten hinein in die freudige Stimmung, meldete sich wieder die Angst. Angst vor dem Augenblick, an dem es zuviel und damit unerträglich würde. Werden könnte. Wie würde der Abend enden? Es gab nur eins – sie mußte noch zu ihrer Einladung, und zwar bald, bevor es zu spät war. In wenigen Tagen, wenn ihre zweite Szene in seinem Film begänne, würde sie ihn ja wiedersehen. Der heutige Tag hatte ihr schon mehr Glück beschert, als sie aufzunehmen imstande war.

Jetzt noch einen kleinen Imbiß mit ihm bei Horcher oder wohin er sonst wollte, und dann auf zu Schröders. Und von dort aus sobald wie möglich nach Hause zurück, um zu träumen, alles in Gedanken nachzuerleben, ungehemmt zu genießen – das Erlebte konnte ihr niemand mehr nehmen.

Hellen Mantel übergeworfen, schnell noch mal das strahlende Gesicht bestäubt und nichts wie runter neben ihn in seinen blauen Hudson. Wer hätte gedacht, daß das Leben so schön sein könnte! –

Bei Horcher schien ihr französischer Begleiter recht gut bekannt zu sein: »Ah, Monsieur Paquin – bitte sehr, Monsieur Paquin – Ihr Tisch, Monsieur Paquin!« Befrackte Ober umtänzelten ihn liebedienerisch. Helga beobachtete ihr Getue mit Mißfallen. Der diskrete Tisch im Hintergrund des renommierten Schlemmerlokals war also ›sein‹ Tisch? Das Ding da? Typisch für zwei Personen, die nicht auffallen wollen? Mit wem ging er hierher? ›Vielleicht bin ich kindisch und mies und doof‹, dachte sie gekränkt, ›aber eine von vielen will ich nicht sein – das hab ich nicht nötig!‹

Unter Hinweis darauf, daß sie heute abend ausnahmsweise keinen großen Appetit hätte, überließ sie ihm die Bestellung. Schon begann der Bann, den er kraft seiner Persönlichkeit auf sie ausübte, an Wirkung zu verlieren. Doch dann kam der Champagner. Er perlte zu den *petit fours* und dem Seezungenfilet in den Magen hinunter und löste dessen Gewicht, das sich behindernd auf ihr erotisches Empfinden gelegt hatte. Das Schwebe-Achterbahngefühl bekam wieder die Oberhand.

Durch das spiegelnde Sektglas hindurch sah sie seine Züge in interessanter Verzerrung – ganz kurze Stirn und kleine Augen, aber ein riesiger naher Mund mit unendlich langem Kinn. Sie hielt das Glas nah an ihr rechtes Auge, schloß das linke und lachte. Jetzt war nur noch Mund da – ein sehr begehrlicher, auf sie konzentrierter Mund. Schnell stellte sie das Glas ab.

Wieder sahen sie sich an – lange – schweigend. Nicht einmal die Konfektkiste war jetzt da, um ihr zu helfen.

»Elga«, unterbrach er das Schweigen, »'aben Sie schon einmal mit einem Mann geschlafen?«

»Mit einem.« Sie unterschlug zaghaft das allererste Mißgeschick. Nachdenklich spielte er mit ihren Fingern, sagte leise wie zu sich selbst: »Das muß sehr schön sein.«

Sie hatte heute bereits so viel in dieser Richtung gedacht, daß sie nicht einmal mehr rot wurde. Nur ein Franzose konnte so ruhig darüber sprechen. Die deutschen Männer, die sie kennengelernt hatte, hatten meist so ein albernes Lachen dabei, als müßten sie sich für ihre Triebregungen entschuldigen oder als fänden sie die Liebe etwas im Grunde Unanständiges. Und dadurch wurde sie dann auch unanständig. Und peinlich. Bei Roger blieb alles schön, verträumt, zärtlich sehnsüchtig.

»Elga, ich muß Ihnen etwas sagen. Es ist sehr wichtig. Sehen Sie, ich bin ver'eiratet – schon sehr lange – achtzehn Jahre. Das ist viel Zeit, in der sich die Liebe gegeben 'at. Aber trotzdem verbindet mich mit meiner Frau eine gute Kameradschaft.«

Sie drehte am Stil ihres Glases: »Weshalb sagen Sie mir das?«

»Ich mußte es sagen, weil – weil Sie mir mehr bedeuten – viel mehr – Sie sind zu schade für…« Er brach ab.

Sie spürte Tränen in ihre Augen steigen. ›Nicht weiterfragen‹, dachte sie völlig verwirrt, ›nicht fragen, wozu – aussprechen würde zerstören. Vielleicht ist es jetzt schon zerstört.‹

»Elga«, kam die weiche Stimme wieder, »werden Sie mir sehr böse sein, wenn ich Ihnen etwas sage, was ich jetzt sagen muß?«

Sie schüttelte stumm den Kopf.

»Ich 'abe sehr große Sehnsucht nach Ihnen.«

Die Achterbahn wurde zur Schiffsschaukel. Wieso sprach er aus, was sie – ihr wurde schwindlig. In all dem Tumult ihrer Gefühle begegnete sie seinen Augen. Und um sie herum geschah Weltuntergang. Das ganze Lokal, Tische, Stühle, alle Menschen bis auf einen einzigen versanken.

Als sie aus ihrer Verzauberung emportauchte und ihre Umgebung wiederzuerkennen begann, war es fast eine Stunde später geworden. Ein Ober räumte die leeren Dessertteller ab. Unbeweglich, mit leisem Lächeln, saß Paquin vor ihr und betrachtete sie unter schweren Augenlidern. Sie gab sich einen Ruck: »Großer Gott, meine Einladung – ich muß ja zu meiner Einladung…«

Er griff nach ihrer Hand: »Bitte, Elga, nicht 'eute abend – sagen Sie ab.«

Jetzt kamen ihre Gedanken zurück. Fluchtgedanken, verspätet, aber nicht zu spät: »Unmöglich – ich muß hin – versprochen.«

»Rufen Sie noch einmal an!«

»Jetzt, kurz vor zehn?«

»Dann ist es auch zu spät, 'inzugehen.«

»Ich muß. Bitte, Roger.«

Sie sah, daß sie ihn kränkte. Aber das Fluchtbedürfnis war stärker. Sie wollte die wenigen Augenblicke der Klarsicht dazu benutzen, sich aus einer Verstrickung loszureißen, der sie sich nicht gewachsen fühlte. Hatte er nicht selbst gesagt, er sei verheiratet und liebe, respektive achte seine Frau? Wohin also konnte das führen? Sein Zuhause war Frankreich, nicht hier.

Paquin rief den Ober, zahlte, wandte sich ihr zu: »Wollen wir gehen?«

In schnellem Tempo fuhr er sie zum Haus der Schröders. Während der Fahrt sprach er kein Wort. Sein Gesicht blieb verschlossen. Erst als sie vor dem Schröderschen Haus hielten, sagte er zögernd: »Vielleicht 'aben Sie recht, Elga. Es ist wohl besser so. Für uns beide…«

»Es ist ja nur heute, daß ich noch eingeladen bin. Das nächste Mal…«

»Das nächste Mal?« Er wandte sich zu ihr um, sah ihr in die Augen: »Morgen mittag kommt meine Frau aus Paris, um 'ier mit mir zu wohnen.«

Sie erschrak. Das war schlecht.

»Aber wir sehen uns doch bei der Arbeit im Atelier?«

»Ah, im Atelier – das ist etwas anderes!« sagte er kurz und stieg aus, um ihr aus dem Wagen zu helfen. Einen Augenblick betrachtete er sie mit resigniertem Lächeln, wie sie da so verwirrt vor ihm stand. Dann beugte er sich über ihre Hand: »Leben Sie wohl, kleine Elga.« Bevor ihr etwas einfiel, das sie sagen könnte, um ihn noch aufzuhalten, war er fort.

Sehr erschrocken blieb sie unter der Haustür stehen, blickte ihm nach. Das hatte nach endgültigem Abschied geklungen – was hatte sie falsch gemacht? Endgültige Abschiede, die nicht von ihr ausgingen, versetzten sie in panikartige Angst. Weshalb verließ er sie ohne ein Wort der Verabredung? Ihr neuer Lebensinhalt konnte doch nicht einfach so davongehen wie irgendeine gleichgültige Zufallsbekanntschaft – sie brauchte ihn doch! Auf keinen Fall würde sie heute noch andere Leute um sich ertragen können. In tiefen Gedanken machte sie sich auf den Weg zur nahen Fredericiastraße.

Aber als sie auf ihrem Zimmer angekommen war, in dem es intensiv nach Flieder und Frühlingstag roch, siegte das Glücksgefühl über alle trüben Gedanken. Unsinn, nichts war aus. Sie würde ihn ja wiedersehen – noch wochenlang! Das Leben war wieder wundervoll.

Weniger wundervoll, um nicht zu sagen enttäuschend, wurden die mit soviel Hoffnung herbeigesehnten Drehtage im französischen Atelier. Obgleich sie sogar zwei Sätze sprechen und in einem Traum Fernandels, des Hauptdarstellers, Frau darstellen durfte. Im wunderschönen seidenen Empiregewand mit Schleppe und Diadem im angesteckten Empirehaar. Aber was nutzte das alles, wenn er, Paquin, sie behandelte, als sei sie ihm gänzlich fremd? Er übersah sie einfach. Und stand sie ihm direkt gegenüber, blickte er durch sie hindurch, als sei sie Luft. Bei unerwarteten Begegnungen auf den Korridoren sagte er höflich: »Bonjour, Mademoiselle« oder »Au revoir, Mademoiselle« und ging an ihr vorbei. Sie litt sehr. Wie konnte er – nach allem, was zwischen ihnen geschehen war? Aber was war eigentlich zwischen ihnen geschehen? Ein Mädchen wie Gaby würde sagen: »Null Komma nix!« Auch ihre Freunde würden es als unbedeutend oder unzulänglich bezeichnen. Und doch war es so unendlich viel mehr gewesen. Aber wie konnte man das erklären? –

Die Abende nach den Drehtagen wurden jedes Mal zur neuen Demütigung für sie. Vom Lohnbüro, in dem sie ihre Tüte abzuholen hatte, führte der Weg die Fahrbahn entlang zum Geländeausgang. Und Abend für Abend glitt in der langen Schlange der Prominentenautos der blaue Hudson gemächlich an ihr vorüber und ließ sie im Staub der Straße zurück. Das langsame Tempo bei der Ausfahrt gab Paquin Gelegenheit, sich durch den Autospiegel hindurch an ihrem zornigen Gesicht zu ergötzen, bevor er Gas gab und davonbrauste.

Noch schlimmer wurde es, als die französische Filmschauspielerin Gabrielle André aus Paris zu Verhandlungen über einen neuen Film mit der A.C.E. eintraf.

»Mensch, is det 'ne Wucht! Wenn die der ›Edle Bock von Babelsberg‹ zu Visage kriegt, na denn jute Nacht, deutsche Filmsternchen!« sagte Beleuchter Willi zu Kollege Max. Womit er natürlich den Reichspropagandaminister meinte, dem die Filmindustrie in Anbetracht seines Filmsternchenverschleißes diesen Titel angehängt hatte.

Die André war ein Märchenwesen an Schönheit und französischem Charme. Die gesamte Männlichkeit des Studios wie auch die der benachbarten Ateliers umschwärmten sie pausenlos. ›Mademoiselle André hier – Mademoiselle André da‹ – man hörte fast nichts anderes mehr. Wenn das grazile Persönchen mit den ausdrucksvollen braunen Augen und dem schulterlangen roten Haar auftauchte, kam sofort Leben in alle Umstehenden. Helga kam sich gegen die Französin wie ein schwerfälliger Bär mit vier linken Pfoten vor. Zitternd vor Eifersucht beobachtete sie: die André kam mit Paquin, die André ging mit Paquin. Eben erst hatte sie sich mit einiger Mühe an den Gedanken der Gegenwart von Madame Paquin gewöhnt – nun ja, achtzehn Jahre zusammen, das war nicht mehr so gefährlich –, da kam dieses Wesen, die jedes Konkurrieren sinnlos machte! Jetzt fuhren sie auch noch zu zweit abends an ihr vorbei! Deutlich erkannte Helga, wie er in den Autospiegel schaute – Unverschämtheit! Was wohl seine Frau dazu sagte, der ›gute Kamerad‹? Wie weit reichte französische Kameraderie? – Eine Woche nach ihrer Ankunft fuhr die André nach Paris zurück.

Die Dreharbeiten gingen weiter. Voll gekränkten Stolzes flirtete Helga mit Darstellern und Kameraleuten. Sie wollte ihm beweisen, daß auch sie für Männer begehrenswert war, und wie! Dabei machte sie eine seltsame Entdeckung, daß nämlich immer derjenige, mit dem sie sich gerade auf ein längeres Gespräch einlassen wollte, dringend von Paquin für irgendwas benötigt wurde.

Eines Abends, als sie, während sie müde zum Ausgang wanderte, den blauen Wagen herannahen fühlte, riß sie spontan die Tür eines gerade neben ihr fahrenden DKWs auf, setzte sich neben einen jungen Mann und sagte: »Fahren Sie bitte – ich erkläre es Ihnen gleich!«

Sie kannte ihn flüchtig von ihrer Arbeit bei Tourjansky, wo er Regieassistent gewesen war. Auch er erkannte sie wieder und erklärte sich freudig bereit, sie nach Hause zu bringen. Angeregt unterhielten sie sich, während sie verblüfft im Autospiegel beobachtete, daß der schwere Hudson ihnen folgte, obgleich er sie längst hätte überholen können. Es mußte ausgesprochen schwierig für ihn sein, sich dem gemütlichen Gezockel des Kleinwagens anzupassen. Erst am Kaiserdamm, kurz vor ihrem Haus, wendete er plötzlich, gab Vollgas und verschwand.

Im Atelier schien Paquin sie weiterhin zu übergehen. Einmal sah sie ihn in angeregter Diskussion mit dem Standfotografen Köhler, der daraufhin einige Male zu ihr herüberblickte. In einer Drehpause trat Köhler auf sie zu und begann, sie von allen Seiten zu fotografieren.

»Was soll's?« fragte sie verblüfft.

»Bist 'n hübsches Mädchen – warum soll ich nich mal 'n paar Bilder für meine Privatsammlung von dir machen?«

Seltsam – sonst war Köhler doch immer so knauserig mit Standaufnahmen?

Ein anderes Mal saß sie abgespannt auf einer Wattewolke in der Himmelskulisse und blätterte in einem herumliegenden Drehbuch. Da war auf einmal Paquin vor ihr, mit spöttischem Gesicht, Hände in die Seiten gestemmt: »Ah, Mademoiselle Altenberg, Sie lernen Ihre Rolle? Das ist gut. Sie kommen als nächste dran!«

Was denn nur für eine Rolle, um Himmels willen? Vor Schreck wurde sie ganz blaß: »Aber ich habe doch gar keinen Satz mehr?«

»Mademoiselle Altenberg«, erstaunt hob Paquin die Brauen, »wollen Sie damit sagen, daß Sie Ihren Text nicht gelernt 'aben?« Er wandte sich dem Kameramann zu: »Monsieur Kyrath, ich fürchte, wir können nicht weitermachen – Ihre Freundin 'at ihre Rolle nicht gelernt.«

Das war pure Gemeinheit. Was hieß hier ›Freundin‹? Nur weil Kyrath, Düsseldorfer wie sie, sich mit ihr in den Drehpausen unterhalten hatte?

»Glaub's nicht, er lügt!« Zornig war sie aufgesprungen.

»Mademoiselle, was erlauben Sie sich? Wie sprechen Sie mit Ihrem Produktionsleiter?«

Wie zwei Feinde standen sie sich kampflustig gegenüber. Voll Vergnügen versammelte sich der ganze Stab um sie. Helga grinste spöttisch: »Ach, Sie sind der Produktionsleiter? Angenehm. Wissen Sie, hier stehn immer so viele herum, da weiß ich nie, wer was ist.«

Er mußte lachen: »Sie sind das Frechste, was mir je begegnet ist!« sagte er kopfschüttelnd, »also, was ist mit Ihrem Text?«

»Weiß nicht, was Sie meinen. Ich hab überhaupt nichts mehr zu sagen – schon seit Wochen nicht mehr.«

Als sie sich des traurigen Doppelsinns ihrer Worte bewußt wurde, schoß ihr das Blut in den Kopf. Amüsiert lachte Paquin auf: »Sind Sie ganz sicher?« Dann wandte er sich anderen Dingen zu.

Sie haßte ihn. Weshalb konnte er sie nicht wenigstens in Ruhe lassen?

Der letzte Drehtag war für sie gekommen. Nach der Arbeit zog sie sich um und suchte Paquin in den Kulissen, um sich von ihm zu verabschieden. Ihr war sehr elend zumute. Es war gar nicht leicht, ihn zwischen den Kulissenumbauten zu finden. Endlich sah sie ihn in einer Ecke, von der aus er den Szenenabbau überwachte. In Leinenbluse mit bulgarischer Stickerei, rotem Rock und rotem Kopftuch trat sie auf ihn zu: »Monsieur Paquin – ich möchte mich verabschieden.«

Er maß sie mit spöttischem Lächeln, hob zynisch eine Augenbraue: »Wie aufmerksam von Ihnen! Auf Wiedersehen, Mademoiselle Altenberg!«

Das war doch nicht möglich – so ließ er sie gehen? Abrupt wandte sie sich zur Tür.

»Bis morgen!« rief er ihr nach.

»Heut war mein letzter Drehtag!« Sie wollte gehen.

Da war er auch schon neben ihr. Keine Überheblichkeit mehr, kein Spott: »Ach so, ja, richtig. Sie sind ja fertig – kommen Sie bitte in mein Büro.«

Verwirrt folgte sie ihm die Stufen hinauf in das kleine Schreibzimmer. Er bat sie, Platz zu nehmen, setzte sich ihr gegenüber: »– 'at Ihnen Ihre Arbeit Freude gemacht?«

»Ja. Gewiß.« – Was sollte das?

»Ihre Sätze 'abe ich zusätzlich für Sie 'ineinschreiben lassen.«

»Ja. Vielen Dank.«

Pause. Nachdenklich drehte er einen Bleistift zwischen den Händen, schien ganz vertieft in seine Betrachtung: »Schade, daß ich Ihnen nicht mehr 'elfen konnte. Aber alle größeren Rollen …«

»Waren schon besetzt. Ich weiß. Kann ich jetzt gehen?«

Weshalb quälte er sie unnötig? Sie erhob sich. Auch er stand auf, geleitete sie zur Tür. Dort drehte er den Schlüssel um, wandte sich ihr zu, zog sie schweigend in die Arme und küßte sie lange und sehnsüchtig. ›Endlich‹, dachte sie noch in unbeschreiblicher Erleichterung, dann fiel sie in einen weichgepolsterten Abgrund nach dem anderen, bis alle Schwerkraft aufgehoben war.

Als sie sich nach scheinbaren Endlosigkeiten sanft aus seinen Armen löste, hörte sie ihn sagen: »Elga, ma petite adorée – weißt du, daß ich nächste Woche nach Frankreich zurückfahre?« Zärtlich malte er mit dem Finger die Linien ihres Gesichts nach, Augenbrauen, Nasenflügel, Lippen.

Sie erschrak: »Für – für immer?«

Er nickte resigniert: »Es wird Krieg geben.«

»Nein!«

»Doch, Elga. Leider. Es ist so gut wie sicher.«

»Krieg zwischen uns? Ich meine, zwischen Frankreich und Deutschland?«

Wieder nickte er, sah an ihr vorbei zur Wand hin.

»Ich glaub es nicht. Könnten wir schon wegen Rußland nicht wagen. Die würden uns doch sofort angreifen und Kleinholz aus uns machen – unsere Todfeinde. Aber selbst wenn – ich meine, angenommen, es gäbe wirklich Krieg –, dann würden wir uns auf jeden Fall nach dem Krieg wiedersehen, nicht wahr? Sie würden wieder herkommen, oder ich käme nach Paris ...«

Sie sprach, nur um irgend etwas zu sagen, um die Unerträglichkeit des Gedankens an militärische Auseinandersetzung zwischen Nazis und der übrigen Welt zu mildern. Krieg, das hieß Ende – Ende zwischen ihm und ihr, Ende der persönlichen Freiheit, weitere Bedrohung ihrer Sicherheit –, es durfte nicht so weit kommen!

»Nach'er, chérie? Ich fürchte, für mich wird es kein Nach'er geben.« »Was meinen Sie, Roger? Ich versteh nicht.«

»Sie kennen nicht die Mentalität meiner nationalbewußten Landsleute. Für sie bin ich 'eute ein Deutschenfreund, im Fall eines Krieges aber ein Collaborateur mit dem Feind.«

»Weshalb bleiben Sie dann nicht hier?«

»Man wird mich als Ausländer zwingen, abzureisen.«

Er streckte die Arme nach ihr aus: »Komm zu mir.«

Heftig warf sie sich in seine Arme. Er küßte sie lange und voll Zärtlichkeit. Es war ein Abschiednehmen für immer, als sie endlich den Kopf hob.

Heftig wandte er sich zur Tür, schloß auf, drängte sie fast brutal auf den Flur hinaus: »Geh jetzt! So geh doch schon.«

Blind vor Tränen stolperte sie die Treppe hinunter dem Ausgang zu. –

Paquin sollte recht behalten. Zur Überraschung des ganzen deutschen Volkes unterzeichnete Molotow für Stalin am 23. August 1939 einen Nichtangriffspakt mit Rußlands Todfeind Deutschland. Nun hatte Hitler freie Hand.

In der Nacht vom 31. August auf den 1. September schwirrte das Radio von aufgeregten Sondermeldungen, denen man entnahm, die Polen hätten sich des Senders Gleiwitz bemächtigt, alle Deutschen dort niedergemacht und riefen über die eroberte Rundfunkstation alle Landsleute zum Kampf gegen Deutschland auf. Dann, nach einigen Minuten Marschmusik, brüllte eine Stimme: »Deutsche! Verteidigt euch! Das Vaterland ist in Gefahr!«

In einer großen Clique saßen alle Fredericianer um Helgas Radio versammelt.

»Da ham wir den Salat – das heißt Krieg.«

»Ich versteh nicht, warum die Polen ...«

»Is doch Quatsch, das mit den Polen. Das gleiche wie mit der ›spontanen Volkserregung‹ in der Reichskristallnacht!«

»Du meinst – von Goebbels arrangiert?«

»Nicht grade vom Schrumpfgermanen. Aber vom Himmler. Dem trau ich das zu!«

»Verdammte Scheiße. Was nu? Da werden wir wohl jetzt alle eingezogen?«

»Frei rumlaufen lassen, damit wir Kritik üben können, werden die uns bestimmt nich – na, wir werden's noch früh genug erfahren.«

Sie schwiegen bedrückt. Was konnten sie auch sagen? Die Ereignisse waren stärker als sie. –

Am nächsten Morgen, den 2. September 1939, marschierte die deutsche Wehrmacht in Polen ein. Kriegserklärung überflüssig. »Selbstverständliche Antwort auf eine unverschämte Provokation!« nannte Hitler selbst seinen Überfall auf ein völlig ahnungsloses, unvorbereitetes Volk. Daß eben diese ›unverschämte Provokation der Polen‹ von langer deutscher Hand sorgfältig vorbereitet und in Szene gesetzt worden war, verschwieg er wohlweislich. In der nunmehr offiziell gewordenen Nazisprache hieß die völkerrechtswidrige Überrumpelung ›Gegenmaßnahme‹, der ungehinderte Einmarsch in fremdes Territorium ›Sieghafte Eroberung unserer stolzen Truppen‹. – Das Ausland sah nicht lange untätig zu. Zwei Tage später, am 3. September, erklärten Großbritannien und Frankreich Hitler den Krieg. Der Ball kam ins Rollen.

Über Berlin, die lebenslustige Stadt, senkte sich ein eisengrauer Vorhang, trübte seine Herbstsonne, verödete die Seen, veränderte sein Gesamtbild. In den Augen der freien Welt galt Berlin nun als Ausgangspunkt eines Krieges, den es unter allen Städten Deutschlands wohl am wenigsten gewollt hatte. Hinter den Fenstern der Jugendstilhäuser ersetzte lichtundurchlässiges blaues Papier Mutters ›Selbstjehäkelte‹, schauerliche Sirenen heulten wie gigantische Steppenwölfe Probealarme über die Stadt. Auf den leerer werdenden Straßen übertrugen öffentliche Lautsprecher die Wehrmachtsberichte, überboten sich in immer neuen Siegesmeldungen. Jeden Augenblick erklang, eingeleitet von donnernder Lisztmusik, eine Sondermeldung. Sie machte eine gesamte Generation für den Rest ihres Lebens unfähig, sei's im Rundfunk, von Platten oder im Konzertsaal, Franz Liszts ›Les préludes‹ zu hören, ohne bei einer bestimmten Stelle plötzlich erschauernd zusammenzuzucken und über den wohlbekannten Takten die schneidende Triumphstimme wieder zu hören: »Achtung, Achtung – wir bringen eine Sondermeldung!«

Die meisten jungen Leute wurden eingezogen, die Männer als Soldaten, die Mädchen zum Reichsarbeitsdienst auf die Felder, in die Fabriken oder zum Kriegshilfsdienst an die Front. ›Front‹ war nur ein symbolisches Wort und galt für eine kostenlose Reise durch erobertes Ausland mit allen Bequemlichkeiten, die Eroberern zustehen. Kämpfe gab es kaum welche, und wenn doch, so waren sie kurz und einseitig. Wo der arische Stiefel hintrat, gehörte das Land ihm. Das deutsche Volk jubelte Beifall. Es war schon eine berauschende Art der Politik, die von ihrem Adolf, fanden die begeisterten Volksgenossen und begannen, sich als ›Herrenrasse‹ zu fühlen. Am 27. September, einen knappen Monat nach dem Einmarsch der deutschen Truppen, kapitulierte Polen, und Himmler hielt mit seinen SS-Sonderkommandos Einzug im besetzten Gebiet, um eine Großaktion gegen das Judentum in Polen zu starten und eine Umsiedlung der deutschen, österreichischen und tschechischen Juden in polnische und noch zu errichtende Ghettos vorzubereiten. Kurz darauf drangen erschreckende Gerüchte über schwere Judenpogrome in Polen nach Deutschland, wo sie zumeist auf taube, aber eher willige als unwillige Ohren stießen.

Das gesellschaftliche Leben im Berlin des Krieges spaltete sich in zwei Teile: einen laut demonstrierenden und einen ganz privaten, exklusiven. Letzterer, aus Resten der alten Berliner Gesellschaft bestehend, bisher über die ganze Großstadt verstreut sein Eigenleben führend, fand sich nun, da sich die neue braune Gesellschaftsschicht in der Öffentlichkeit breitzumachen begann, in stummem Protest zusammen. Die ›Sieger‹ hingegen, respektive jene, die sich jetzt als solche fühlten, feierten ausgelassen. In Halensee und Dahlem floß der deutsche Sekt in Strömen, und Rußland lieferte den Kaviar dazu. Diners arteten in Gelage, Parties in Orgien aus. Siegesrausch machte haltlos: Man war Deutscher – Herrscher – man hatte wieder Macht – zitterte das Ausland schon um seine Sicherheit? Gut, man würde es ihm zeigen, was Deutschsein hieß! Zum Teufel mit dem Judengesindel – allen minderwertigen Rassen!

»Und ick sage dir, Karlotteken – unser Führer, der Adolf, der wird se alle kleinkriejen – und wenn die janze Welt jejen uns wär – denn wer'n wir eben die janze Welt erobern – det schaffen wir spielend!«

Unterirdisch, in abgelegenen Kellerwohnungen und unauffälligen Treffpunkten, organisierte sich der deutsche Widerstand, stellte Geheimverbindungen zu Gleichgesinnten anderer Städte her. Viele junge Männer verschwanden plötzlich aus dem Stadtbild, tauchten unter. Die Wannseeclique betrauerte den Verlust ihres Anführers Axel. Axel war gleich bei Ausbruch des Krieges an die Front geschickt worden und dort gefallen. Es klang verdächtig nach Selbstmord. Hatte er sich freiwillig zu den Soldaten gemeldet? Aber warum? Die Clique konnte kein glaubwürdiges Motiv für solches Tun entdecken. Es stand politisch zu sehr im Widerspruch zu seinen Aktivitäten auf diesem Gebiet. Man übersah dabei, daß Axel auch ein Mensch gewesen war, und zwar ein sensibler, neurotischer Mensch, der unter der Entwicklung, die die deutsche Politik genommen hatte, schwerer litt als seine kampfbereiten Freunde. Vielleicht war in dieser Tatsache das Motiv zu suchen? – es blieb ungeklärt.

Am 8. November explodierte im Münchener Bürgerbräukeller an der Stelle, wo wenige Minuten zuvor Adolf Hitler eine ›Vergeltungsrede‹ geschrien hatte, eine in einen Pfeiler eingebaute Bombe und ließ das Gebäude mit dem schweren

Kronleuchter genau über dem leeren Podium zusammenstürzen. Natürlich war es wieder mal die ›göttliche Vorsehung‹ gewesen, die ihre führerschützende Hand über das deutsche Oberhaupt gehalten hatte. In solchen Fällen pflegte die Nazipropaganda sich auf Gott zu berufen, der selbstverständlich in ihrem Dienst stand und dessen ganzes Walten nur darauf gerichtet war, das kostbare Leben des Führers zu erhalten. In Wahrheit hatte Hitler sich während seiner Rede derart ereifert, daß er seine Sätze noch kürzer zerhackte als sonst und fast zehn Minuten früher als vorgesehen geendet hatte und fortgegangen war. Berliner Witz flüsterte sich zu, am nächsten Tag habe an der Unfallstelle ein Kranz gelegen mit der Aufschrift: ›Dem leider zu früh Heimgegangenen‹.

Die Fredericiaclique hatte sich weitgehend aufgelöst. Horst Heinemann hatte seinerzeit sein Wort wahrgemacht und war nach Prag gegangen, wohin ihm, genau wie seinem Hausgenossen Oskar, die deutschen Truppen gefolgt waren. – Dieter und Oskar waren beide eingezogen worden. Nur Ticos Arbeit im Deutschlandsender galt als ›kriegswichtig‹, daher verschonte man ihn. Die Petzold war als Nachrichtenhelferin nach Polen und Babs für unbestimmte Zeit zu einer Freundin nach Ostpreußen gezogen. Ilse war schauspielerisch bedeutend genug, um im Klöpfer-Ensemble bleiben zu können. Aber Moni, die keine geregelte Arbeit nachweisen konnte, mußte jetzt ihren Arbeitsdienst nachholen. Jedoch noch ehe Helga Zeit fand, ihre Hausgemeinschaft zu vermissen, wurde sie selbst eingezogen, und zwar als Telefonistin in ein großes Berliner Lazarett.

Das war gar nicht so schlimm. Im Gegenteil, es gab ihr das Gefühl, hier sicherer zu sein als allein zu Haus. Der Dienst war leicht. Vor einer löchrigen Telefonwand saß sie bequem im warmen Zimmer und stöpselte: »Jawohl – verbinde – Heitler –«

Immer dasselbe. Neben ihr auf dem Tisch lag ein Bild Paquins im Tennisdreß, das sie aus dem Filmarchiv entwendet hatte. Wenn sie nicht stöpselte, träumte sie. Sie spürte kaum, wie die Monate vergingen. Freundliche Militärärzte versorgten sie ausreichend mit Kaffee und Schokolade. –

Auf einmal war es wieder Frühling, wurde es wieder Mai – aber was für ein Mai war das, der nach Eisen statt nach Flieder roch, in dem junge Männer statt der Mädchen scharfgeladene Gewehre in den Armen hielten, der die Gemüter nur mit neuen Sondermeldungen erregen konnte? Nein, der 1940er Mai hatte mit dem 39er keine Verwandtschaft – für sie schon gar nicht. – Von Nikita hatte sie erfahren, daß Ralph wegen Spionageverdacht für England verhaftet worden war; vermutlich würde man ihm den Prozeß machen. Jeden Tag ereignete sich irgend etwas neues Beunruhigendes. Zu schmetternden Fanfarenklängen aus pausenlos arbeitenden Lautsprechern knallten siegreiche deutsche Stiefel in zackigem Marschtritt über fremde Erde: ›Denn heute gehört uns Deutschland und morgen die ganze We-ee-e-elt!‹ –

Am Morgen des 9. April 1940 überfiel Hitler die nordischen Staaten, marschierte in Norwegen und Dänemark ein. Am 10. Mai besetzte er unter ›örtlichen Kämpfen‹ Holland, Belgien und Luxemburg. Fünf Tage später, am 15. Mai, kapitulierte Holland. Die Königin floh mit ihrer Familie nach England. Am 18. Mai ergab sich Belgien unter König Leopold. Am 10. Juni trat Italien an Deutschlands Seite in den Krieg ein, am 22. kapitulierte Frankreich – die Siegesnachrichten überstürzten sich nur so. Das Volk geriet in einen Begeisterungstaumel. Überall lachende Gesichter, törichter Stolz: ›Na, was sagt ihr nun?‹ – Donnerndes Heilgebrüll. Die, die anderer Meinung waren, schwiegen wohlweislich. – Kurz nach Abschluß des Dreimächteplans Deutschland-Italien-Japan am 27. September 1940 wurde Helga zum leitenden Lazarettarzt gerufen, der sie besonders gern mochte: »Fräulein Altenberg, es tut mir sehr leid, aber ich muß Ihnen die bedauerliche Mitteilung machen, daß wir in Zukunft auf Ihre Dienste verzichten müssen. Nach einer neuen Verordnung sollen Mischlinge ersten Grades ab sofort aus allen kriegswichtigen Betrieben ausscheiden.«

»Ach, das macht nichts!« sagte sie unbekümmert, denn die Stöpselei hing ihr langsam zum Hals heraus. Nachdenklich sah er sie an: »Ich wünsche Ihnen von Herzen, daß diese Maßnahme nur eine vorsorgliche ist und keine Weiterungen zur Folge haben wird.«

»So unrecht hat der Mann gar nicht!« sagte Ilse durch den Rauch ihrer Zigarette, als sie abends bei gemütlichem Kerzenschein in der abgedunkelten Bude saßen und Kreuderplatten spielten, »weißte, ich möcht dir ja keine Angst machen, aber es könnte da schon noch was nachkommen. Weiß man bei denen da oben nie. Jetzt ziehn se euch erst mal aus 'm Betrieb.«

»Nur aus kriegswichtigen, bitte. Vermutlich wegen Sabotagegefahr. Aber sonst brauchen sie uns verdammt nötig als Arbeitskräfte. Jetzt, wo die Männer an der Front sind.«

»Die kriegen doch jetzt jede Menge Fremdarbeiter aus den besetzten Ländern.«

»Auf die können sie sich doch noch viel weniger verlassen.«

»Na ja, schon. Aber das ist es eben: Arbeit. Du mußt jetzt irgendwie nachweisen können, daß du 'ne geregelte Tätigkeit hast, damit se dich nich schnappen können. Rumsitzen hier is verdammt gefährlich!«

Das sah sie ein. Am nächsten Tag machte sie sich auf Arbeitssuche. Zwei Tage später hatte sie etwas gefunden, wobei ihr ausgeprägtes Zeichentalent ihr zugute kam: kunstgewerbliche Intarsienarbeit. Ein Atelier in der Motzstraße stellte gerade in Mode kommende Mosaiktische her. Von nun an legte Helga in weißem Kittel nach vorgeschriebenem Muster Steinchen an Steinchen in weichen Zement. Von morgens acht bis abends um sechs mit einstündiger Mittagspause. Da ihr die Arbeit Freude machte, gab sie sich Mühe. Und die Meisterin, die in ihrer Freizeit bildhauerte, war mit ihr zufrieden. –

Auch im Kulturschaffen der Reichshauptstadt, besonders was Film und Theater anbelangte, war eine deutliche Veränderung eingetreten. Lediglich Gründgens mit seinem Staatstheater wagte noch, offen zu opponieren. Die kleineren Bühnen beugten sich dem Zwang und spielten heimatstolze Tendenzstücke. – Weniger leicht hatte sich der Film in sein Schicksal ergeben. Wenn den Nazis die Eroberung der meisten kleinen Länder auch kampflos in den Schoß gefallen war – das kleinste unter ihnen, das Filmterritorium Neubabelsberg, erwies sich als das widerspenstigste, wehrte sich mit zäher Verbissenheit. Es wollte sich nicht zur Gleichschaltung zwingen lassen. Da versuchte ihm sein Schirmherr die Daumenschrauben anzusetzen. Wozu war er Propagandaminister, wenn ihm seine Instrumente nicht bedingungslos gehorchten? Er befahl einen judenhetzerischen Film. Regisseur Erich Engel, einer seiner hartnäckigsten Widersacher, sollte ihn drehen.

Engel war ein schlauer Kopf. Er wehrte sich nicht. Wenige Monate nach dem Erlaß lief zur Zufriedenheit des Reichspropagandaministeriums am Kurfürstendamm der Film ›Die Rothschilds‹ an. Goebbels hatte das Drehbuch gelesen und für gut befunden: Fünf ausgemachte Ghettoschurken aus Frankfurt am Main verteilen sich in fünf Himmelsrichtungen über ganz Europa, spielen sich nach typisch jüdisch betrügerischer Art politische Nachrichten zu, bankrottieren hilflose arische Banken, greifen mit knoblauchduftenden Fingern gierig nach finanzieller Weltmacht, setzen sogar den großen Vorgänger des Führers, Napoleon, Held und zweitgrößten Feldherrn aller Zeiten, schachmatt – nichts gegen das Buch einzuwenden.

Die hellen Berliner hatten auch gegen den Film nichts einzuwenden. Im Gegenteil, nach anfänglich zögerndem Besuch strömten sie nur so zu den Kinokassen, um bewundernd zu erleben, wie fünf keineswegs unansehnliche Söhne eines bescheidenen kleinen Juden mit viel Fleiß, Geschick und praktischem Sinn ein kluges System aufbauten, das vielen internationalen Banken heute noch zum Vorbild dient. Da es aber in jedem echt deutschen Film Bösewichter geben muß, Deutsche oder artverwandte Typen diesbezüglich als tabu galten, waren es hier die Engländer, die vor allem dem armen Lionel in unfairer Weise seine Arbeit erschwerten, wobei sie an nichts als an ihren Profit dachten. –

›Waren schon tolle Kerle, diese fünf Brüder. Verdammt helle Köpfe!‹ fand der Kinobesucher beim Verlassen des Theaters schmunzelnd und begann zu verstehen, weshalb die Nazis solch einen Zorn auf die Juden hatten.

Genau das hatte Erich Engel mit seiner Regie beabsichtigt.

Erst Monate später erfuhr Goebbels von dem ›mißglückten‹ Experiment. Er tobte. Sofort erging Befehl zur Herstellung eines weiteren antisemitischen Films. Diesmal würde er den Stoff selbst auswählen. Er wollte sicher gehen. Seine Wahl fiel auf Feuchtwangers ›Jud Süß‹, ein Buch aus den zwanziger Jahren, das Feuchtwanger einst als Protest gegen den sich bildenden deutschen Antisemitismus geschrieben hatte. Vom Inhalt her eine Anklage gegen eine Menschheit, die immer wieder den Juden für alle Mißgeschicke verantwortlich machen möchte. Aber das störte Goebbels wenig. Es ließ sich leicht in die Tendenz verwandeln: Nicht nur ›macht man‹ die Juden für alles verantwortlich – sie sind es auch! ›Volksgenossen, die Juden sind euer Unglück!‹ –

Nach einigem Kampf erklärte sich der Regisseur Veit Harlan bereit, den Film zu inszenieren. Aber vergebens hielt er nach einem geeigneten Darsteller für die Rolle des Jud Süß, Höfling und Bankier am Hofe Herzog Karls von Württemberg, Ausschau. Wem immer er die Rolle antrug – geeignet oder nicht geeignet –, lehnte mit allen Zeichen des Entsetzens ab. In Babelsberg wollte niemand, weder von Ufa noch Terra, etwas mit einem so unwürdigen Unternehmen zu tun haben. Worauf Harlan seine Nöte dem obersten Propagandaherrn klagte. Diesem riß endgültig die Geduld. Je mehr Widerstand die Schauspieler leisteten, desto hartnäckiger wurde er. Es begann ein Prestigekampf zwischen ihm und den Babelsbergern. Schließlich bestimmte Goebbels den Hauptdarsteller: »Ferdinand Marian wird die Rolle spielen und damit basta! Ich habe Mittel, ihn zu zwingen.«

Als Marian, ein hochbegabter österreichischer Schauspieler und Publikumsliebling, davon erfuhr, bekam er fast einen Nervenzusammenbruch. Seine Freunde hatten Mühe, ihn zu beruhigen. Am Abend der Nachricht betrank er sich sinnlos und tobte in seiner Wohnung. Es half ihm nichts, er kam nicht drum herum.

Außer der Hauptrolle gab es noch sechs weitere jüdische Rollen im Film, eine größere – den Rabbi Loew – und fünf unbedeutende. Wer würde sie spielen? Goebbels trug Werner Krauss, einem alten Film- und Bühnenroutinier von jüdischem Typus den Rabbi an. Die Antwort des Schauspielers war seltsam: Da ihm die Rolle des Rabbi Loew zu klein sei, könne er nur akzeptieren, wenn man ihn auch die fünf Nebenrollen der übrigen Juden spielen ließe! Natürlich erhielt er prompt die Zusage und war von dem Tag an unter seinen Kollegen ein Geächteter.

Als der Film ins Atelier ging, war die Stimmung in Babelsberg unter dem Nullpunkt. Es gab keine Zuschauer und neugierig Vorbeischauende aus Nachbarateliers. Keiner, der nicht unmittelbar an den Dreharbeiten beteiligt war, wollte etwas damit zu tun haben. Das Unerträglichste aber waren die ›echten‹ Statisten, Juden, die Goebbels extra für den Film aus Prager Gefängniszellen hatte holen lassen. Vor ihren anklagenden Blicken mußten die Schauspieler sie karikieren. Sogar Werner Krauss wagte ihnen dabei nicht in die Augen zu schauen. Am 8. September 1940 war die Uraufführung. Der Propagandaminister selbst schnitt den Film, damit nicht noch einmal so etwas wie mit den ›Rothschilds‹ passierte. –

Im Februar 1941 konnte Helga keine Steinchen mehr sehen. Sie kehrte der Werkstätte den schmerzenden Rücken und fuhr wieder zu ihrer geliebten Filmwelt nach Babelsberg hinaus.

Aber dort war alles so anders als sonst. Zwar standen die Hallen an ihrem gewohnten Platz, der Pförtner grüßte freundlich, der schiefgewachsene Baum, jetzt winterlich kahl, versperrte immer noch die Sicht auf den Kantineneingang, doch die Atmosphäre hatte sich verändert. Sie spürte es sofort. Etwas Mutloses lag über dem regennassen Gelände. Da drüben war Halle acht. Kein blauer Hudson glänzte vor ihr in der Frühlingssonne – keine wunderschöne Französin mit Sonnenbrille und Sommerkleidchen trat, vom Schwarm aufgeregter Bewunderer umgeben, aus dem Ateliereingang. Wo mochte Paquin jetzt sein? Ein entsetzlicher Gedanke durchfuhr sie: Und wenn er möglicherweise selbst Jude war? Möglich wäre es. Im Deutschland des Friedens hätte man sich darum nicht gekümmert. Er war ja schließlich Franzose. Aber nun? Dann wäre er jetzt von deutscher wie von französischer Seite her gleicherweise gefährdet – war er deshalb so resigniert gewesen?

Sie öffnete die Tür zur Kantine. Der übliche Dunst aus Zigarettenrauch und Kaffeedampf schlug ihr entgegen. Es schien ihr, als habe selbst das Stimmgewirr einen neuen Unterton. Allgemeine Tendenz ›lustlos‹. Man rief sie zu einem Tisch: »Na sag mal, du bist immer noch da? Ich dachte dich längst über alle Berge.«

»Sie ist doch nur halb…«

»Wenn schon. Denen kommt's auf ein paar mehr oder weniger auch nicht mehr an.« »Verbrecherbande.« »Sprecht doch endlich mal von was anderem!« sagte der kleine Eric Ode mit dem freundlichen Knabengesicht gequält, »von früh bis abends nur – mach dir nichts draus, Helga. Komm, setz dich her. Magst du 'nen Kaffee?«

Auch der Kaffee schmeckte nicht wie früher, obgleich er nicht schlechter war als sonst. Man war ja noch mitten im Siegen. Schließlich schob sie die Tasse von sich: »Ich weiß, ich hätte längst weg sollen. Aber wo soll ich denn hin? – Verdammt, ich bin doch Deutsche – Deutsche wie ihr!« Sie schrie fast.

Biggy Horney hob den Kopf: »Nichts zu beschreien. Kein Grund momentan, besonders stolz drauf zu sein. Darauf kommt's sowieso nicht an. Joschi hätte auch längst von hier fortgehen sollen.«

Alle blickten zur Ecke hinüber. Da saß, ruhig und bescheiden wie immer, Joachim Gottschalk, der gefeierte Publikumsliebling, und schaute vor sich hin: »Dazu ist es zu spät. Klöpfer hat mich nicht einmal für Gründgens freigegeben.«

»Das ist 'ne Mordsschweinerei. Bei Gründgens wäre dir trotz Mischehe nichts passiert. Aber so kann Goebbels dich möglicherweise von der Kulturkammer ausschließen, und dann…«

»Der wird sich hüten. Dazu ist Joschi doch viel zu prominent!«

Gottschalk schüttelte den Kopf: »Da irrst du. Er wird es tun. Und dann wird es finanziell sehr schwierig für uns werden bei all den Verpflichtungen. Wißt ihr übrigens, daß man mich auf Tournee nach Norwegen schicken will? Mit einer ›Kraft-durch-Freude‹-Gruppe?«

»Für KdF spielen – das ist doch nicht schlecht?«

»Aber für mich ganz ausgeschlossen. Ich kann jetzt nicht Meta mit dem Kind hier allein zurücklassen. Dann sind sie ganz schutzlos.«

»Was willst du denn nun tun?«

»Ich hab mich an die Front gemeldet. Als Soldat.«

»Damit würdest du deine Familie doch auch allein zurücklassen?«

»Das ist etwas anderes. Die Familie eines deutschen Soldaten würden sie gewiß in Ruhe lassen – aber es ist sowieso zwecklos – sie haben mein Gesuch abgelehnt!«

Die Runde schwieg ratlos.

»Entschuldigt mich!« Helga erhob sich.

Entsetzliche Angst hatte sie gepackt. Plötzlich verstand sie, daß sie all die Jahre über in einer riesigen Falle gesessen hatte, deren Klappe sich nun langsam, aber unaufhaltsam über ihr und allen gleichermaßen rassisch Belasteten schloß. Sie waren gefangen – kein Ausweg mehr –, es war nur noch eine Frage der Zeit, wann man sich entschließen würde, sie endgültig zu vernichten.

›Irgend etwas arbeiten‹, dachte sie verzweifelt, ›Zeit gewinnen – nicht auffallen.‹ Drüben am Büfett, hinter einer Zeitung, sah sie ihren alten Freund Helmut Käutner sitzen, den Mann mit der individuellen Regiebegabung und der tiefen eingeborenen Abneigung gegen alles, was nach Zwang und Vermassung roch.

Sie lief auf ihn zu: »Helmut, bitte, du mußt mir helfen!« Aufgeregt stieß sie ihre Befürchtungen hervor.

Käutner sah sie nachdenklich an: »Hatte dich ja früh genug gewarnt. Aber damals lachtest du mich aus. Tja, jetzt ist die Sache schwierig. Du weißt ja, daß ein Regisseur, der illegal rassisch nicht Einwandfreie beschäftigt, mit KZ rechnen muß?«

»Ich weiß. Aber bitte, Helmut – schreib mir irgendein Papier, daß ich bei dir arbeite – nur pro forma natürlich – ich hab doch noch die Sondergenehmigung vom Hinkel – da steht nicht drauf, für wieviel Filme die gilt – auf die können wir uns doch berufen? –«

Und Käutner wäre nicht Käutner gewesen, wenn er nicht getan hätte, was sein Gewissen als Künstler und Mensch ihm vorschrieb. Sie würde es ihm ihr Leben lang nicht vergessen. Als er von seinem Büro kam und ihr den Ausweis reichte, sagte er: »Komm in einigen Monaten mal wieder raus zu mir. Will sehn, ob ich dich irgendwie mit hineinschmuggeln kann, damit das Papier bestätigt wird. Aber versprechen kann ich nichts.«

Die kommenden Monate wurden zum Alptraum. Berlin veränderte sich weiter, sah aus wie eine besetzte Stadt. Die meisten ausländischen Lokale, vor allem die vom Kudamm, waren geschlossen, ihre Besitzer nach Hause zurückgekehrt. Aus toten vernagelten Fensteraugen blickte der einst so lebhafte Kurfürstendamm auf die wenigen Zivilpassanten mit den unfrohen Gesichtern. Keine Blumenfrauen mehr an den Ecken, keine Brezelverkäufer. Uniformen beherrschten das Bild. Militärvehikel ersetzten die eleganten Fahrzeuge der Friedenszeit. Die Tanzlokale waren behördlich geschlossen, private Fröhlichkeit ohne Bezug auf den irgendwann bevorstehenden Endsieg untersagt. Pausenlos sandte der nimmermüde Liszt seine Sondermeldungskomposition durch den Äther. Die Front dehnte sich nun, nachdem am 1. März auch Bulgarien in den Krieg eingetreten war, immer weiter aus. Am 2. griff Rommels Armee die Engländer in Afrika an. Am 6. April marschierten die siegreichen deutschen Truppen in Jugoslawien und Griechenland ein. Zehn Tage wehrten sich die Jugoslawen verbissen. Am 17. April kapitulierten sie. Griechenland folgte ihrem Beispiel und ergab sich am 20.

Und am 22. Juni begann Hitler das Abenteuer, das ihm endlich, Jahre später, zum Verhängnis werden würde: Er brach den Nichtangriffspakt und fiel in die Sowjetunion ein. Der Krieg mit Rußland begann.

Soweit die offiziellen Meldungen. Die inoffiziellen, die in den Kreisen mit offenem Ohr die Runde machten, waren, speziell für Helga, nicht weniger alarmierend: Aus Holland wurden jüdische Geiseln ins KZ Mauthausen überführt. Deutsche Juden wurden zur Zwangsarbeit eingesetzt. Bis zum April des Jahres waren zweiundsiebzigtausend Juden ins Warschauer Ghetto verschleppt und eingesperrt worden. Und am 14. Mai verhaftete die SS dreitausendsechshundert französische Juden in Paris.

›Roger –?‹ dachte Helga, halb wahnsinnig vor Angst.

Es folgten nacheinander eine Anzahl schwerer Judenpogrome, die im Massaker von Bialystok ihren Höhepunkt fanden. Auch Mischlinge sollten darunter gewesen sein. Schon begann es in Berlin bedrohlich zu rumpeln. Feindliche Luftverbände flogen es Abend für Abend an. Die Stille der Nacht wurde immer regelmäßiger vom Geheul der Luftschutzsirenen zerrissen. Alarm – runter in die Keller und Bunker – warten – dösen – bis der neue Tag anbrach. Eine trübe aufgehende Sonne schien graugelb durch eine Dunstwolke aus Staub von zusammengestürzten alten Häusern; die Luft stank nach Eisen und schwelenden Bränden. Sämtliche Radios der Bürgerschaft waren permanent auf den Deutschlandsender eingestellt, über den Tico in kurzen Intervallen lustlos, aber laut weitere Siegesmeldungen verkündete. Jedes Ausgleiten der Nadel auf einen ausländischen, sprich ›Feind‹-Sender, konnte KZ-Aufenthalt zur Folge haben. In immer neuen Aufrufen wurden die Volksgenossen zum Denunzieren ihrer Mitmenschen aufgefordert. Hörte er etwa England, der Nachbar? Glaubte er auch wirklich an den Endsieg? Hatte er irgendeine verdächtige Bemerkung gemacht, die darauf schließen ließ, daß er mit Juden sympathisiere? – Wo einst Amüsierbetriebe buntfröhlich auf den Litfaßsäulen warben, klebten nun finstere Riesenplakate: ›Achtung, Feind hört mit!‹

Helga ging kaum mehr aus. Stundenlang saß sie an ihrem Tisch im Dachzimmer und grübelte. Gab es denn nirgendwo einen Ausweg? Da war der Zettel, den Achim ihr gegeben hatte, bevor sie ihn einzogen. Eine Telefonnummer. Nur anzurufen, wenn sie in äußerster Bedrängnis sei. War sie das jetzt? Oder was hatte er darunter verstanden? Und wenn die Nummer kontrolliert wäre? Vielleicht längst aufgeflogen? Dann hätte man sie sofort. Müde legte sie den Kopf auf die Arme, erschöpft von zu vielem Denken und zu wenig Schlaf.

Und Nacht für Nacht, oft mehrmals hintereinander, heulten die Sirenen auf, mußte sie, Schlafrock über dem Pyjama, in den muffigen Luftschutzkeller hinunter, wo sie auf die mürrische Teschnikowa, die verschlafene Ilse, den gähnenden Tico und die nicht minder brummige Moni traf. Albert Hehn war vor kurzem ausgezogen, und die übrigen Mieter waren Unbekannte, Volksgenossen mit verschlossenen mißtrauischen Gesichtern, von denen sie sich fernhielten. Aus der Ferne klang das Gerumpel der fallenden Bomben. Ab und zu hörten sie auch das Pfeifen des Sprengkörpers, bevor er aufschlug und explodierte. Dann schütterten die Wände des Kellers, und der Kalk rieselte aus brüchigen Stellen.

Müde dösten sie vor sich hin. Es war ihnen egal. Alles war so unwichtig geworden. Man lebte nur von einer Stunde auf die andere. Oder ›rückwärts‹. Das hieß, man träumte von einer Zeit, in der das Leben noch einen Sinn gehabt hatte, in der man unbeschwert gelacht und geflirtet und geplant hatte. Geplant für ein Morgen, das es nicht gab. – Der klagende Entwarnungston ließ sie übermüdet ihre Betten aufsuchen, während draußen schon der Himmel hell wurde.

Eines Morgens im Sommer rief Käutner sie an, sie möge ins Atelier hinauskommen. Abendkleid bitte. In einer Barszene seines Films ›Auf Wiedersehen, Franziska‹ gäbe es eine Möglichkeit, sie unter die Statisterie einzuschmuggeln. Aber äußerste Vorsicht sei geboten. Gerade bei der Komparserie vermute man Spitzel, von Goebbels nur zu dem Zweck ausgestreute Parteileute, Regisseure mit mangelnder Führerbegeisterung bei der Arbeit zu überwachen. – Glücklich über diese kleine Chance fuhr sie nach Babelsberg. –

Hier wurde die Veränderung immer augenfälliger. War bei ihrem letzten Besuch die Atmosphäre bedrückt gewesen, so fehlte sie jetzt überhaupt. Das Gelände hatte sich in einen lauttönenden Rummelplatz verwandelt: Die Sieger waren eingezogen. An der Stelle exzentrisch individueller Fahrzeuge standen nun protzige Angabewagen. In den Hallen wurde hemmungslos Tendenz am laufenden Band fabriziert: Soldatenliebe und Heimatweh und Blut-und-Boden-Stolz. Dazwischen Reißer; Zirkusdramen, Kriminalfilme. Bei ersteren waren es selbstverständlich Juden oder Kommunisten, die die Drähte der Seiltänzer ansägten, ahnungslose Trapezkünstler hinterlistig zu Fall brachten und den Tigern heimlich ihr gewohntes Pferdesteak unterschlugen, so daß die Tierchen sich bei der nächsten Vorstellung in verständlichem Appetit auf ihre wehrlosen arischen Dresseure stürzten. Angegriffene Arier hatten immer ›wehrlos‹ zu sein. Wehrlose Juden gab es nicht. Kriminalfilme waren ihrer einseitigen Perspektive wegen oft todlangweilig. Einerseits billigte der Reichspropagandaminister den nicht nur rassisch, sondern auch ›sittlich‹ entarteten Bösewichtern kein Quentchen Intelligenz zu. Andererseits erlaubten die Gesetze bürgerlichen Nazianstands keinerlei Zurschaustellung von Triebgelüsten. Das war moralzersetzend, und dafür waren die Stürmerkästen mit ihren pornographischen Zeichnungen da. Das Zelluloid hatte tugendhaft zu bleiben. Wurde eine blonde Schönheit ›geschändet‹, hatte sie daraufhin ihrem Leben ein Ende zu bereiten. Veit Harlan, der Jud-Süß-Regisseur, ließ seine Frau und Hauptdarstellerin meist ins Wasser gehen. Dabei sah man ihr blondes Haar länger. Das Publikum wußte meist schon nach den ersten zehn Minuten, wie der Film ausgehen würde. Es entschädigte sich durch einen blühenden Starrummel. An der Spitze immer noch die Leander mit ihrer Baßstimme. Ihr auf den Fersen eine Schar neuer Namen, Eintagsfliegen, die in offenem Bekenntnis zur Propagandalinie nach vorne drängten. Zwischen ihnen einige altbewährte Schauspieler aus besserer Zeit, denen es nicht gelang, sich gänzlich herauszuhalten, wollten sie ihre Theaterarbeit nicht gefährden. Aus einem bunten Völkchen individuell schaffender Künstler war eine auf Hochtouren arbeitende Propagandafabrik geworden.

Neben Halle sechs, in der Richard Wagners Ebenbild, Regisseur Karl Ritter, mit seinen beiden Söhnen residierte – um diese drei war immer Hochbetrieb –, arbeitete Käutner im Gegensatz zu den meisten seiner tendenzbeflissenen Kollegen still und unauffällig.

Helga atmete auf, als sie das Atelier betrat. Hier war wieder die vertraute Atmosphäre von künstlerischer Zusammenarbeit; ruhige Regieanweisungen, Verständigung zwischen Aufnahmestab und Darstellern. Kein Gebrüll, kein dröhnendes Gelächter störte die Konzentration. Sie begab sich zum Schminken in die Garderobe. Als sie, sorgfältig auf ›raffiniert‹ bemalt und frisiert, in hellblau spiegelnder Satinrobe in der Kulisse erschien, nickte Käutner zufrieden.

»Komm«, sagte er und führte sie zu einem Tisch, an dem Hans Söhnker mit Whisky und Heimweh saß und trotz verführerischer Bardamen ausschließlich an Marianne Hoppe, seine Film-Ehefrau, dachte, die er aus beruflichen – selbstverständlich nur aus beruflichen, denn er war ja ein deutscher Arier – Gründen immer wieder hinter sich lassen mußte. Wie das bei Kriegsreportern nun mal so ist. Und daher bemühten sich die Bardamen, Abteilung Edelstatisterie, vergeblich. Denn ein deutscher Mann liebt seine Frau und ist ihr treu. Diese im Volksbewußtsein mittlerweile fest verankerten Begriffe durfte selbst ein Mann wie Helmut Käutner nicht anrühren.

Auch Helgas Reizen hatte Söhnker laut Drehbuch zu widerstehen. Daher bemühte sie sich gar nicht erst und ließ die anderen locken.

»Helga, Mensch – du wirkst wie 'ne Anstandsdame auf Ausgang!« sagte Käutner, »animieren sollste, Mädchen, nicht auf die andern aufpassen!«

Das war eine Zumutung. Sie sollte um einen Mann werben, der nichts von ihr wissen wollte – und dann noch ohne Erfolg? Schließlich kam der Film in die Öffentlichkeit... Bei der nächsten Probe gab sie Hans Söhnker einen Blick, der besagte: »Na, wenn de nich willst, denn laß man. Hab ich das nötig?«

»Hör mal, Helga«, nahm Käutner sie beiseite, »privater Ehrgeiz ist ganz unangebracht. Hier geht's jetzt nicht darum, ob dir die Rolle liegt oder nicht – mitspielen sollst du. Oder willst du unbedingt auffallen? Na also. Nu leg mal 'ne richt'ge Animierdame hin, daß der Söhnker sein Deutschtum zum Himmel verflucht!« Leichter gesagt als getan. Helga hatte noch nie eine echte Animierdame gesehen, jedenfalls nicht mit Bewußtsein. Was taten die? Sie fühlte sich hilflos. Gehenlassen lag ihr nicht.

Da verkehrte ein hilfreicher Kollege, der einen Bargast spielte, die Situation: Er brachte ihr heimlich eine Taschenflasche Kognak mit und animierte die gehemmte Bardame zu einem kräftigen Umtrunk.

Als es zur Aufnahme kam, ließ Helga Söhnker Söhnker sein und schwankte fröhlich im Hintergrund des Bildes. Waren ja genug Weiber um den Hauptdarsteller bemüht.

Käutner hatte nichts einzuwenden – so fiel sie wenigstens nicht auf. Es wurden vier animierte Drehtage. Der nette Kollege sorgte für alkoholischen Nachschub.

Dann war auch diese ›künstlerische Tätigkeit‹ beendet. Und was sollte nun werden? Ihre Angst wuchs mit jedem weiteren Tag. Denn jeder weitere Tag brachte neue Schreckensnachrichten. Am 31. Juli erging der Befehl an oberste SS-Stellen, mit der Evakuierung aller europäischen Juden in Ghettos und Konzentrationslager zu beginnen – der Anfang der ›Endlösung‹. Danach erschien die Verordnung, alle deutschen Juden vom sechsten Lebensjahr an hätten auf der Kleidung einen weithin sichtbaren gelben Stern mit einem hebräisch gezeichneten J zu tragen. Damit wurden sie zu Freiwild. Das Gerücht wollte wissen, daß auch Mischlinge demnächst gezeichnet werden sollten.

›Hoffnungslos!‹ dachte sie, ›Gott sei Dank, daß Mutti wenigstens das erspart geblieben ist.‹

Bomben fielen pausenlos, Berlin begann zu brennen, junge Deutsche fielen in verbitterten Kämpfen mit einem immer stärker werdenden Feind, Juden wurden systematisch ausgerottet, der deutsche Widerstandsgeist, wo immer man seiner habhaft werden konnte, an Galgen gebrochen, an Gefängnismauern niedergeschossen – Tod überall. Hetzreden und Heilgebrüll. Vaterlandsliebe und Volksverräter. Gott und Gegenmaßnahmen.

Helga begann die Nerven zu verlieren. Nach einem Besuch bei einem befreundeten Arzt bat sie ihn um ein Veronalrezept, da sie schlecht schlafen könne. Ahnungslos stellte er es aus. Noch am gleichen Tag besorgte sie sich das Röhrchen. Weiterleben hatte keinen Sinn mehr. Wie war das mit dem Veronal? Man schliefe sanft ein? Das schien gut. Was ihre zarte Mutter fertiggebracht hatte, würde sie auch noch schaffen.

Am Abend des 4. September saßen Moni und Ilse bei ihr

im Zimmer. Die Fenster waren sorgfältig verdunkelt. Sie hatten die Kerzen angezündet und rauchten. Selbst Helga zog gedankenverloren an einer Zigarette: »Und ich sag euch: Es hat keinen Sinn mehr – ich geb das Rennen auf.«

»Mensch, red keinen Unsinn!«

»Ich kann's schon verstehn. Aber hör mal, Helga, es ist doch 'n gewaltiger Unterschied, ob du Volljude bist oder nur halb. Bis jetzt ist dir doch nicht das geringste passiert.«

»Das kann sich täglich ändern.«

»Warum willst du aufgeben, bevor...«

»Bevor sie mich holen kommen – das meinst du doch, Moni? Du wirst lachen – ich fahr so ungern Viehwagen.«

Ilse stieß heftig den Rauch durch die Nase: »Das Verdammte is ja, daß sie nun sogar die eigenen Volksgenossen einsperrn. Reisen is nix mehr. Alle Grenzen hermetisch abgeriegelt. Falls ihnen die vielbesungene Heimatliebe draußen abhanden kommen sollte...«

»Wem? Unseren nazistischen Volksgenossen? Unsinn.«

»Möglich ist alles, mein Schatz. Aus 'ner gewissen Distanz sieht alles ganz anders aus. Drum: reise sicher, reise mit KdF. Da bleibste hübsch auf 'm ›Robert-Ley‹ bis Madeira und zurück. Immer mit 'm Fuß auf deutschem Boden.«

»Und ich Idiot hätte nach Amerika gekonnt!«

»Du mußt sehen, daß du 'ne geregelte Arbeit findest!«

»Wie stellst du dir das vor? Kriegswichtig is nicht; und andere schützt sowieso nicht vor Verfolgung.«

»Spiel mal 'ne Platte. Sonst bring ich mich gleich mit um – Mensch, ist das Leben beschissen. Irgendeine Lösung muß uns doch einfallen!«

Moni erhob sich. Gleich darauf jubelte der Plattenspieler los: ›Ich bin ja heut so glücklich, so glücklich, so glücklich...‹

»Mensch, Moni, biste irre? Was anderes konnt'ste wohl nicht finden? Was is denn auf der Rückseite?«

Moni stellte ab, sah nach: »Sag beim Abschied leise Servus...«

»Das is ja zum junge Hunde Kriegen. Laß den deutschen Kram. Spiel was Entartetes!«

»Wartet!« Helga suchte unter ihren Platten die neueste Teddy-Stauffer-Platte heraus, legte sie auf: »Kennt ihr schon ›Goody-Goody‹? Prima. Will jemand was trinken?«

Sie schüttelten den Kopf. Ihnen war nicht nach trinken zumute. In spätestens einer halben Stunde würde man doch wieder in den Keller müssen.

»Die Platte is knorke«, sagte Moni, »könnte einen direkt wieder optimistisch stimmen, wenn nicht – apropos: Wißt ihr, was der Unterschied zwischen einem pessimistischen und einem optimistischen Juden ist? Nein? Der erste sitzt im Exil und der andere im KZ.«

»Geschmackloser geht's wohl nicht mehr?« brummte Ilse gereizt. »Recht hat sie«, sagte Helga ohne Lächeln, »damals, als ich optimistisch war, hätte ich pessimistisch sein sollen. Jetzt nutzt auch der Pessimismus nichts mehr.«

»Ach komm, Helga, so hab ich's doch nicht gemeint – bezieh nicht gleich alles auf dich, du bist doch gar keine Jüdin.«

»Ich kenn 'nen netten!« lenkte Ilse ab: »Der Moische trifft den Isi vor dem Kranzler und flüstert ihm zu: ›Isi, muß ich dir erzähl'n a neien Witz. Hör zu. Hitler is gestorben –‹ Fängt der Isi an zu lachen und kann sich gar nicht beruhigen. Der Moische sieht ihn verwundert an und fragt: ›Isi, was haste? Is der Witz doch noch gar nich zu Ende –‹ Prustet Isi: ›Aber schon so gut!‹ – Nett, nich wahr?«

Sie nickten und lächelten traurig.

Da heulten die Sirenen auf, schauerlich nahe, ohrenbetäubend. »Geht ihr allein, ich geh nicht runter!« sagte Helga.

»Gute Idee. Wir bleiben hier. Wen's trifft, den trifft's eben. Im Keller kannste auch verschütt gehn!«

»Einverstanden. Spiel mal die große Platte vom Stauffer: ›In Spain they say si si‹ –«

Der fröhliche Rhythmus übertönte das stärker werdende Gebrumm der anfliegenden Verbände. Erst als die Nadel stehenblieb, hörten sie die Flugzeuge über sich kreisen. Noch war keine Bombe gefallen.

»Die suchen was Bestimmtes.«

»Uns!«

»Da suchen sie die Falschen.«

Etwas nervös machte das intensive Brummen über ihren Köpfen schon. Auch die FLAK wartete noch. Sie würde erst losbollern, wenn sie ihr Ziel genau im Kreuzpunkt der Suchscheinwerfer erkannte.

»Klingt, als wären's ziemlich viele«, sagte Moni mit kleiner Stimme

Sie lauschten. Selbst die Nachtluft vor den Fenstern schien den Atem anzuhalten. Eine Zeitlang blieb das kreisende Gesumm über ihren Köpfen konstant. Dann klang es ab, um kurz darauf neu anzuschwellen.

»Mehrere Verbände«, sagte Helga uninteressiert. Ihr war alles so unbeschreiblich gleichgültig, das Leben in ihr war gestorben. Jetzt wußte sie, was sie sich bisher nie hatte vorstellen können: wie man tödliche Tabletten schlucken konnte, ohne dabei vor Angst irrsinnig zu werden. Es würde ganz leicht sein. Schlafen – sie sehnte sich nach Schlaf. Der Schlaf würde für sie Krieg, Völkermorden, Rassenvernichtung beenden, sie würde dorthin gehen, wo viele gute Menschen vor ihr hingegangen waren, sie erwarteten, ihre Mutter, vielleicht auch schon Roger? Ohne seine irdische Weiterexistenz hatte ihr Leben sowieso keine Daseinsberechtigung mehr... In ihre Gedanken hinein krachten die Bomben. Gleichzeitig begann die Abwehr loszubollern. Wüster Lärm brach aus, brachte mit neuem Tod Erlösung aus unerträglicher Nervenspannung.

»Na also!« lehnte sich Ilse aufatmend in die Kissen zurück, »weitermachen! Wo waren wir stehengeblieben?«

Moni zündete sich eine neue Zigarette an: »Bei faulen Witzen und der rosigen Allgemeinlage. Übrigens, das muß ich euch erzählen: An meinem Arbeitsplatz …«

»Wo arbeitest du denn überhaupt?«

»Elektromotoren. Im Büro. Bin gleich nach dem Arbeitsdienst dahin überstellt worden. Könnte schlimmer sein. Aber laßt mich doch aussprechen. Also an meinem Arbeitsplatz sind in diesem Jahr schon zwei Angestellte verhaftet und ins KZ geschickt worden. Junge Mädels wie wir. Einfach morgens aus den Betten geholt, und ab durch die Mitte.«

»Spione?«

»Denkste. Halt dich fest, du wirst's nicht glauben: wegen unentschuldigten Fehlens. Weil sie krank waren und kein Telefon in der Nähe hatten.«

»Das is mir zu hoch.«

»Du bist eben nicht auf dem laufenden. Das war ›asoziale Haltung‹. Kriegswichtige Arbeit gehört dem Staat. Und die Arbeiter auch. Kranksein gibt's nicht.«

»Oder nur mit Sondererlaubnis«, warf Helga ein.

»So ähnlich. Auf jeden Fall war das 'ne Art von Sabotage. Und wenn du als ›asoziales Element‹ giltst, dann biste schlachtreif – ›meine Treue heißt der Führer‹.«

»Bravo! Was die nicht draußen schaffen, schaffen sie drinnen: Totaleliminierung. Bis sich der Schimpanse am Ohr kratzen wird und zu seiner Frau sagt: ›Siehste, nu können wir wieder ganz von vorne anfangen.‹ Ein fröhliches ›Heil Hitler‹ allerseits!«

»He, wo willste hin? Bleib mal schön hier.«

»Hände waschen, wenn's erlaubt ist. Bin gleich wieder da!«

»Dachte schon, du wolltest Koffer packen gehn. Würdest nicht weit kommen. Verstehste jetzt, weshalb ich vorhin sagte, Volksgenossen, die jetzt noch die Ausreise bekämen, würden sich danach die Heimkehr ins Reich noch gründlich überlegen?«

Draußen heulte die bombendurchschnittene Luft mit den wütend bellenden Abwehrkanonen um die Wette. Bei jedem neuen Aufprall klirrten die Fenstergläser.

Nachdenklich starrte Helga in die Kerze: »Aber Reichsdeutsche dürfen doch noch in die besetzten Gebiete reisen – oder?«

»Erstens gelten die nicht als Ausland. Ist alles noch Großdeutschland. Und zweitens – als Ferienaufenthalt ebenfalls gesperrt. Nur wenn du dahin in ›kriegswichtiger Mission‹ abkommandiert wirst.«

»Warum in die Ferne schweifen? Sieh, die Bombe fällt so nah.«

Moni grinste aus dem Schatten ihrer Ecke. Eine Zeitlang schwiegen sie. Dann sagte Ilse müde: »Mit Flucht ist nix mehr. Kein Volksgenosse kommt mehr über seine eigenen Grenzen hinaus.«

»Wem sagst du das?«

»Meine es ausnahmsweise wörtlich. Ausfahrt für Zivilisten gesperrt. Abgesehen von ein paar hohen Filmherrschaften.«

Helga hob den Kopf: »Sagtest du Film? Wieso denn das?«

»Na, du müßtest es doch wissen – warst ja bis vor kurzem noch im Atelier. Ich meine die Biennale in Venedig – jährliche Monsterschau der internationalen Flimmerkunst. Natürlich muß da Deutschland auch vertreten sein, damit das Ausland sieht, wie glücklich und rasserein das deutsche Volk unter seinem geliebten Adolf lebt. Goebbels' Fernpropaganda. Logisch, daß unsere lieben Italienverbündeten blondbeweibten Filmepen den Vorzug geben.«

»Unsere ›Busenfreunde‹ im wahrsten Sinne des Wortes!« ergänzte Moni.

»Mensch«, plötzlich kam Leben in Helga, steil setzte sie sich auf, »wann ist die Biennale?«

»Müßte jetzt bald sein. Am zehnten oder so. Ja, natürlich September. Soviel ich weiß, sind die Filmleute schon abgereist – nur die allerobersten, versteht sich. Regisseur mit zwei, höchstens drei Hauptdarstellern.«

Sie begann zu begreifen. Deshalb hatten die im Atelier während der Dreharbeiten zu ›Auf Wiedersehen, Franziska‹ dauernd von Venedig gesprochen – der Film war für die Biennale bestimmt! –

»Die ›Franziska‹ ist in Venedig!« schrie sie aufgeregt.

»Na und?«

»Mensch, Kinder, versteht ihr nicht? Mein Film! Ich hab doch da mitgemimt! Und wenn die Schauspieler ihren Film begleiten dürfen...«

Verständnislose Blicke trafen sie.

Moni lachte: »Sag mal, du bist wohl vom wilden Affen gebissen? Ohne dich können se wohl nicht anfangen mit der Preisverteilung, wie?«

»Wartet doch mal 'n Moment!«

Erregt war sie aufgesprungen, begann mit großen Schritten das Zimmer zu durchmessen – drei hin, drei zurück. Hin und her, hin und her. Die Kerzen flackerten: »Weshalb nicht versuchen? Schön, es ist Irrsinn. Wahrscheinlich völlig aussichtslos – aber was hab ich denn noch zu verlieren? Was riskier ich denn? Es ist eine winzige, eine grotesk winzige Chance – versteht ihr?«

Die Freundinnen schwiegen. Keine wagte, ihr zu widersprechen.

Schließlich fragte Ilse: »Aber woher willst du die Erlaubnis zur Ausreise bekommen?«

»Bluffen. Meinen Arbeitsausweis von der ›Franziska‹ vorzeigen. Wer kommt da schon auf die Idee, nach meiner Abstammung zu fragen?«

»Aber vielleicht nach deiner Rolle? Als Hauptdarsteller ist dein Name nicht verzeichnet, und als Nebendarsteller auch nicht.«

»Darauf laß ich's ankommen.«

»Aber die Filmleute sind doch schon fort?« wandte Moni ein. Zum Schein gingen sie Helga zuliebe auf eine Möglichkeit ein, die in Wahrheit Unmöglichkeit war.

»Und wenn schon. Dann sag ich eben, ich hätte erst noch einen anderen Vertrag erfüllen müssen und mich daher verspätet.«

»Und du glaubst, das würden die dir so abnehmen, ohne nachzuprüfen?«

»Was versteht die Polizei schon von Filmarbeit?«

»Die nicht. Aber die Reichsfilmkammer, bei der sie sich zweifellos erkundigen wird.«

»Dann hab ich eben Pech gehabt.« Aus ihr sprach der Mut der Verzweiflung.

Ilse schüttelte den Kopf. Jedes weitere Wort darüber erschien ihr unfair: »Wir werden uns 'ne andere Lösung einfallen lassen müssen. Den Ausreisestempel kriegste nie, selbst, wenn du 'ne Hauptdarstellerin und bis ins zwölfte Jahrhundert vor Christus arisch wärst. Die Sache wird nämlich jährlich kollektiv von oben geregelt – Ausreise zur Biennale und so.«

»Mag sein. Mag alles sein. Aber versteht doch, ich hab keine Wahl – ich werde es versuchen müssen.«

»Und wenn es schiefgeht?«

»Dann habe ich es wenigstens probiert.«

Sie war keinen Vernunfteinwänden zugänglich. Die Freundinnen gaben es auf, mit ihr zu argumentieren. Es war sinnlos. Beide wußten nur zu gut, daß es – selbst in dringlichen Fällen – keine Einzelausreisen gab. Im Gegenteil, man hatte schon damit begonnen, die Reisepässe einzuziehen. Neue wurden prinzipiell nicht mehr ausgestellt, wenn die alten abgelaufen waren. Helga würde sich mit solch ausweglosem Versuch nur in die Hände der Gestapo spielen. Und sie konnten ihr nicht helfen. Hier wie dort war das Ende –.

Als die Entwarnung kam, weinte Ilse. Und Moni ging stumm auf ihr Zimmer zurück. –

Am nächsten Morgen packte Helga Filmausweis, Kennkarte und drei Paßfotos in ihre lederne Umhängetasche, gürtete sich den Trenchcoat über das schlichte Wollkleid und begab sich zum Bahnhof Börse, wo sich das Polizeiamt mit der Paßstelle befand. Dunstige Septembersonne beschien das verödete Pflaster der Innenstadt – die Volksgenossen arbeiteten hinter den Fenstern für den Endsieg. Im Innern des streng sachlichen Gebäudes liefen emsige grün und blau uniformierte Beamte treppauf, treppab, ernste Gesichter, Aktendeckel unter dem Arm, begegneten einander: ›Heitler, unterhielten sich kurz unter heftigem Kopfnicken, trennten sich: ›Heitler‹.

Am Fuß der Marmortreppe ein Wegweiser: ›Kennkarten – Einwohnermeldeamt – Kriminalpolizei‹. Da war's: ›Paßstelle II. Stock‹. Stumm glitt ein primitiver Paternoster die Seitenwand entlang. Rechts erschienen Köpfe, links Stiefel. Und dann wurden die Köpfe zu Stiefeln, die Stiefel zu Köpfen – unaufhaltsam in gleichmäßiger Langsamkeit – Helga haßte Paternoster. Immer noch war der vom Vater einst heraufbeschworene Kindertraum in ihr lebendig. Der Holzboden knarrte böse beim Betreten, die Wände ruckelten.

Zweiter Stock. Sie sprang ab. Dort – die Tür: Paßstelle 4a. Neuanträge für Sondergenehmigungsinhaber. Was meinten die damit?

Im muffig riechenden Büro spielten zwei uniformierte Beamte Karten neben einer Thermosflasche und Stullenpaketen. Erst als Helga ganz nah bei ihnen war, sah der eine, verwundert über den ungewohnten Besuch, von seinem Blatt auf: »Na, Frollein, was führt Sie in unsere jute Stube? Suchen Se wen Bestimmten?«

»Ich benötige einen neuen Paß!«

Nun hob auch der andere den Kopf, maß sie mißtrauisch aus verengten Augen: »Ach nee – seh'n Se mal an – einen neuen Paß brauchen Sie? Wie originell. Haben Sie sonst noch Wünsche?«

»Ich brauch wirklich einen – dringend! Muß zu meinen Kollegen auf die Biennale in Venedig.«

»So, vom Film sind Se?« fragte der Ruhigere, »na, denn sind Se sowieso zu spät dran. Ihre Kollegen sind längst drüben.«

»Und wieso kommen Sie erst jetzt?« Argwöhnisch schob der andere die Karten zur Seite, »das fällt Ihnen ja reichlich spät ein.«

»Ich konnte nicht eher – vertragliche Verpflichtungen – bitte, glauben Sie mir – ich kann meinen Filmvertrag nachweisen.«

Sie begann mit fliegenden Fingern in ihrer Tasche zu kramen.

»Lassen Se nur!« Der Nettere winkte uninteressiert ab, »ist völlig zwecklos. Einzelausreisen gibt's nicht mehr. Alljemeine Sperre. Es sei denn, Sie hätten 'nen Sonderausweis.«

»Nein«, sagte sie mutlos, »den hab ich nicht. Wie bekomme ich den?«

»Jetzt sowieso nicht mehr. Den hätten Se gleich damals beantragen müssen, wie Ihr Film zur Biennale bestimmt wurde. Mit den anderen zusammen. Nu is es zu spät.«

Gleichgültig wandte er sich seiner Stulle zu und biß herzhaft hinein.

Sein Kollege musterte sie immer noch: »Sagen Sie mal – ist Ihr Paß überhaupt noch gültig? Sonst können Sie den auch gleich hierlassen. Könnte Ihnen wohl so passen – hübsche kleine Gondelfahrt, während wir hier fürs Vaterland schuften, wie? Haben Sie nichts Besseres zu tun? Also stören Sie uns nicht weiter – Heil Hitler!«

Ehe sie sich's versah, stand sie wieder auf der Straße.

›Hätte ich mir denken können – das sind alles keine Menschen mehr, das sind fleischgewordene Vorschriften, Paragraphen!‹ dachte sie apathisch, ›unbedingter Gehorsam dem Gesetz gegenüber. Die Zeit der Ausnahmen ist vorüber. Keinen Sinn, sich was vorzumachen. Hab den Zug verpaßt – aus!‹

Ihr Entschluß stand fest. Sie resignierte. Und da geschah etwas Merkwürdiges. Keine fünf Meter von ihr entfernt lehnte ein Jüngling an der Häuserwand, der sie beobachtete. Sein hellgrauer Anzug hing ihm lose um den mageren Körper. Den Pickeln nach zu schätzen, mit denen sein Gesicht besät war, mochte er zwischen siebzehn und neunzehn sein. Fremdländischer Typ. – Hände in die Taschen vergraben, Zigarette im Mundwinkel, blickte er zu ihr hinüber.

Als sich ihre Blicke trafen, löste er sich von der Mauer, schlenderte auf sie zu, blieb vor ihr stehen: »Paß?« fragte er.

Woher konnte er wissen? Verblüfft nickte sie.

»Ausreisen?«

Hatte er das s der letzten Silbe nicht scharf ausgesprochen?

»Ja – weshalb?«

Gleichgültig sah er an ihr vorbei: »Kommen Sie mit!« murmelte er zwischen geschlossenen Lippen. Er ging ihr voran zu einem Seiteneingang des Polizeigebäudes, stieß eine Tür auf und begann, eine lange Kellertreppe hinabzusteigen, wobei er ihr Zeichen machte, ihm zu folgen. – Was war das? Eine Falle? War er ein Gestapospitzel? Sie hatte zwar mit dem Leben abgeschlossen, doch auf ihre Weise. Es war ihr sehr unheimlich zumute, während sie ihm in den Keller folgte. Unten, im spärlich erleuchteten Gang, deutete er auf einen Raum, aus dem gedämpftes Stimmgemurmel erscholl: »Da rein!« Und verschwand.

Völlig verdutzt sah sie sich in einem geräumigen Keller, der wie ein Bahnhofswartesaal zur Hauptreisezeit mit Menschen aller Altersgruppen angefüllt war. Man stand herum oder hockte auf Koffern. Mütter wiegten Säuglinge im Arm, Kinder drückten sich verängstigt an die Eltern. Die Luft war zum Schneiden.

Als sie sich von ihrer ersten Überraschung erholte hatte, begann sie sich die Umstehenden näher anzuschauen. Alle machten sie einen abgespannten, fast resignierten Eindruck. Außerdem fiel ihr auf, daß die meisten von ihnen gar nicht wie Deutsche aussahen, obwohl sie reines Deutsch sprachen. Juden? Möglich. Die Blässe, die Magerkeit, die großen dunklen Augen –. Wenn es Juden waren, mußten es die Ärmsten der Armen sein. Wo war sie? Im Gefängnis? Wartete man hier auf die Deportation? Hatte der Pickelige das mit ›Ausreise‹ gemeint? Also doch Gestapo? –

Hilflos stand sie zwischen stumpf vor sich hin brütenden Menschen. Der Mann neben ihr hatte freundliche Augen unter der sorgengefurchten Stirn: »Bitte, verzeihen Sie – auf was warten wir hier?«

Er wandte sich ihr lächelnd zu: »Haben Sie sich denn schon angemeldet?«

»Angemeldet? Nein. Wieso? Wo?«

»Kommen Sie, ich bringe Sie hin!«

Ihm konnte sie vertrauen, das spürte sie. Mühsam wanden sie sich durch die apathische Menge. Auf einmal standen sie vor einer langen Reihe einfacher zusammengeschobener Schreibtische mit grünen Schreibplatten. Stöße von Akten bedeckten sie. An jedem der Tische saß ein Beamter in Zivil und schrieb. Hängelampen aus grünem Metall malten gelbe Lichtkreise über ihre Köpfe und Hände.

Ihr Begleiter sprach einen der Schreiber an: »Hier ist noch eine Neueintragung!«

Ohne aufzusehen, ergriff der Beamte das oberste von einem Stoß mit Formularen, griff zum Federhalter, fragte, während er ihre Angaben eintrug: »Name? Geboren wann? Wo? Staatsangehörigkeit?«

Mit fester Stimme gab sie Auskunft. Nun würde die Frage nach der Abstammung kommen. Und sie würde lügen. ›Arisch‹, würde sie sagen. Für alle Fälle. Aber seltsam – die entscheidende Frage blieb aus.

»Reiseziel?«

»Venedig. Biennale!«

»Haben Sie Paßfotos?« Sie reichte die mitgebrachten hinüber.

»Gut. Danke. Sie werden aufgerufen.«

»Verzeihung – wann wird das schätzungsweise sein?«

»Voraussichtlich morgen vormittag.«

»Ja, danke. Ich komme morgen vormittag wieder.«

Zum ersten Mal hob der Beamte den Kopf, kalte Augen starrten sie an: »Sie bleiben natürlich hier!«

»Natürlich bleibt sie – ist schon gut!« sagte ihr Begleiter schnell und zog sie am Arm mit sich zu einer Ecke, wo zwischen Heizungsrohren eine Art Mauervorsprung Gelegenheit zum Sitzen bot: »Hier haben Sie einen guten Platz. Behalten Sie den. Daß man Sie morgen schon aufrufen will, ist ein besonderer Glücksfall. Die meisten hier warten schon seit zwei bis drei Tagen.«

Sie begann zu verstehen, weshalb die Menschen um sie so abgespannt aussahen.

»Ich muß zurück zu meiner Frau. Machen Sie sich's bequem und achten Sie darauf, wann man Sie aufrufen wird. Viel Glück!«

Lächelnd reichte er ihr die Hand. Seltsam. Niemand schien hier ›Heil Hitler‹ zu sagen. Das fiel ihr auf. Die Leute sprachen wenig miteinander und in gedämpftem Ton, als wären sie in Sorge, die schreibenden Beamten bei ihrer Arbeit zu stören.

Helga hatte es sich so gut wie möglich auf ihrem Platz bequem gemacht und starrte müde vor sich hin. Ihr gequältes Hirn hatte all diese letzten Wochen so viel gedacht. Nun war es ausgelaugt und schaltete einfach ab. Dafür meldete sich gegen Mittag der Magen.

– Ihr zu Füßen hockte eine dunkelhäutige Familie auf bindfadenumschnürten Koffern, aß geräucherten Fisch aus fettglänzendem Papier und schnitt mit einem Taschenmesser dicke Scheiben von schwarzem Brotlaib. Helga schielte verlangend hinüber. Die Frau bemerkte es, nickte ihr freundlich zu und fragte etwas in fremder Sprache. Bedauernd zuckte Helga die Achseln.

»Hunger? Wollen Sie?«

»Danke – ja.«

Beschämt, daß man ihr die Gier angesehen hatte, ergriff sie Brot und Messer, säbelte sich ungeschickt eine stufenförmige Scheibe ab und reichte die Sachen zurück. Schmeckte gar nicht schlecht. Verwundert stellte sie fest, daß Brot ohne Butter mehr sättigte als mit Aufstrich. Schon, weil man mehr kauen mußte.

Wenn nur die Luft erträglicher gewesen wäre! Fisch, Kellermoder, Knoblauch, Schweiß und Weichkäse vermischten sich zu einem warmen Brodem, der ihr den Atem benahm. Kein Fenster, kein noch so kleines Luftventil verschaffte Erleichterung. – Der Tag verging; der Abend brach an. Nichts Besonderes geschah. Monotone Stimmen aus dem Hintergrund riefen von Zeit zu Zeit Namen auf, deutsche und ausländische, bunt durcheinander. Wo kamen nur all die Ausländer her? Vermutlich aus deutschbesetzten Gebieten. Sie sahen so erobert aus.

Die Aufgerufenen traten zu den Tischen und verschwanden anschließend hinter einer Tür auf der anderen Seite des Kellers. Langsam wurde das Gemurmel schwächer; die Müdesten schliefen ein. Gelblich trübes Deckenlicht machte den Raum noch nackter, als er schon war. – Ein freundliches Mädchen mit schönen dunklen Zöpfen um den Kopf versorgte Helga mit einem Leberwurstbrot und etwas klebrig Süßem aus einer Tüte. Ein alter Mann bot ihr einen Groschenroman an, auf dessen knallig leuchtender Titelseite ein dunkelhaariger Kerl mit lüsternem Faunsgesicht einer anscheinend ohnmächtigen hellblonden Maid in BdM-Kluft die Bluse aufzureißen begann. Aber Helga stand nicht der Sinn nach Lesen. Schläfrig vom eintönigen Stimmgeräusch kauerte sie sich in ihrer Ecke zusammen und fiel in traumlosen Erschöpfungsschlaf. Als sie wieder erwachte, zeigte ihre Armbanduhr an, daß es schon nach acht war. Um sie herum hatte sich nichts verändert. Die gleichen Menschen hockten an den gleichen Plätzen. Die Familie mit den Fischen aß schon wieder, der Alte las seinen Schmöker anscheinend zum zweiten Mal; das Zopfmädchen hatte sein Haar gelöst und es neu zu flechten begonnen. Und die gleichen unpersönlichen Stimmen riefen immer noch in gleichmäßigen Abständen Namen auf. Ihre Gleichförmigkeit bewirkte, daß sie um ein Haar wieder eingedöst wäre. Ein starkes Verlangen nach Morgenkaffee überkam sie. Und wär's auch der trübeste Muckefuck – sie mußte zu sich kommen! Aber weit und breit kein Kaffee in Sicht. Dösig starrte sie vor sich hin. – »Altenberg, Helga!« rief die ausdruckslose Stimme schon zum dritten Mal, bevor ihr klar wurde, daß sie gemeint war. Sie sprang hoch: »Hier!« brüllte sie so laut, daß die Menschen um sie schmerzlich zusammenzuckten. Aufgeregt bahnte sie sich einen Weg durch die Menge.

»Altenberg?« fragte der Beamte, »Ihr Paß, hier, bitte. Fünf Mark.« Eilig kramte sie das Geld hervor, erhielt als Gegenwert – es war nicht zu fassen – einen brandneuen Reisepaß. Frisch gepreßt glänzte der Reichsadler mit dem Hakenkreuz auf dem Umschlag. Sie schaute hinein. Alles stimmte. Kein Rassevermerk. Aufenthaltserlaubnis – zeitlich unbegrenzt – für das befreundete Königreich Italien. Gezeichnet, gestempelt.

»Hier hinaus bitte!« deutete der Schreiber auf die Tür, hinter der ihre Vorgänger verschwunden waren. – Da waren wieder die Treppen. Sie taumelte die Stufen hoch und stand tiefatmend im Freien. –

Minuten später, am Schalter des Bahnhofs Börse, erkundigte sie sich: »Bitte, fährt heute noch ein Zug nach Italien?«

Nur nicht nachdenken jetzt – handeln! – Überlegen konnte man später ...

Der Mann ließ sich Zeit beim Nachschlagen: »Da is eener«, brummelte er schließlich, »achtzehn Uhr fuffzehn, durchjehend bis Bozen, wat ooch Bolzano heest. Üba München – Kufstein – Brenner.« Bis Bozen? Das genügte. Genügte völlig. Bozen war Italien. Italienisches Südtirol. Kein deutscher Boden mehr. Von da aus würde man dann schon weitersehen. – Halt – eine neue Schwierigkeit tauchte auf: Mit der Reiseerlaubnis hatte sie noch keine Fahrkarte. Die war teuer, und sie war so gut wie pleite – der gekürzte Scheck von zu Hause – keine Arbeit – die hohe, gerade erst wieder eingezahlte Miete – also doch nachdenken. Zunächst mal Kaffee! –

Mit der U-Bahn fuhr sie zum Kurfürstendamm. Der Morgendunst klärte sich; es wurde angenehm warm. Beim Roxy würde man im Mantel noch draußen sitzen können. – Die Terrasse war leer; die wenigen Kaffeegäste schienen die Innenräume zu bevorzugen. Sie wählte sich ein Tischchen in einer sonnigen Ecke, bestellte Kaffee und ein großes Stück Kuchen auf Marken. Mit Lebensmittelmarken hatte Babs sie hinreichend versorgt, ehe sie zu ihrer Freundin aufs Land gefahren war.

Mit dem Frühstück kehrten ihre Lebensgeister zurück. Was war das nur heute nacht für ein seltsames Erlebnis gewesen? Wo hatte sie geschlafen? Was für ein Geheimkeller hatte ihren Paß ausgestellt? Wieso sagte man oben im Hauptgebäude befehlsgemäß strikt ›nein‹ zu jeder noch so begründeten Bitte um Paßverlängerung oder Ausreisevisum, während im Keller des Seitenflügels – zur offiziellen Gebühr von lächerlichen fünf Mark – fröhlich jede Menge Pässe ausgegeben wurden, und zwar – das war das Unglaublichste – ohne Rassevermerk! Wäre sie Jüdin gewesen, hätte sie jetzt vermutlich einen arischen Paß.

Sie öffnete ihre Handtasche und betrachtete voll verwunderten Stolzes zärtlich das kostbare Dokument. Sah völlig echt aus. Aber wenn es nun doch gefälscht war? Dann würde man sie an der Grenze verhaften. Auf Flucht mit falschen Papieren stand die Todesstrafe. Der Strick. Sehr unangenehm. Na ja, mußte man eben riskieren. Jetzt war sie schon so weit, sie konnte nicht mehr zurück. Schon heute abend würde sie im Zug sitzen und morgen vormittag vielleicht auf ausländischem Boden sein. In letzter Minute durch die Maschen des Netzes geschlüpft, das sich über ihr zusammenzuziehen begann. Und drüben? Was würde sie dort tun? Keine Ahnung. Das würde sich schon irgendwie finden. Erst einmal raus hier, fort von Deutschland, von Berlin! Im gleichen Augenblick durchzuckte sie heftiger Schmerz: fort von Berlin?

Ihr Blick glitt über das vertraute Bild des sich mittäglich belebenden Kurfürstendamms. Unbewußt nimmt man ein gleiches Bild jahrelang in sich auf – und plötzlich ist es ein Teil von einem selbst. Es bildet den realen Hintergrund zu den Vorstellungen der Phantasie. Jedes Steinchen, die seltsamsten Nebensächlichkeiten graben sich für immer ins Gedächtnis ein: der matte Fleck auf dem U-Bahn-Schild links oben in der Ecke – die grauschwarzen Jugendstilverzierungen am Haus gegenüber, Kranzgirlanden mit hängenden Flechten – die verfärbte Sommermarkise über dem ungarischen Restaurant an der Gedächtniskirche. Das alles war vertraut, selbstverständlich. Man würde es erst bemerken, wenn es nicht mehr da wäre. Und es vermissen.

Auch wenn Berlin jetzt etwas öde aussah – eines Tages mußte doch der ganze Spuk einmal zu Ende sein. Dann würden das Blaupapier von den Fenstern gerissen werden, die Lichter wieder angehn, Bars und Restaurants miteinander wetteifern, die Theater wieder glanzvolle Premieren feiern – sie träumte. So wie jetzt konnte es doch nicht immer weitergehen? Berlin, davon war sie überzeugt, war nicht totzukriegen. Aber wo würde sie dann sein? Im Ausland. Was sollte sie da? Sie gehörte hierher. Sie wollte nicht fort.

Nur wenige Meter weiter stand das Haus, in dem die Bedrohung für sie ihren symbolischen Anfang genommen hatte. Ob Schwerdtbeck immer noch da wohnte? Steinreich war der Widerling gewesen. Na ja, mit Geld – ›Geld!‹ fiel ihr plötzlich ein, ›ich brauche ja Geld! Geld für die Fahrkarte, Geld für den Aufenthalt, zum Leben – woher nehmen?‹ Fieberhaft begann sie, all ihre Freunde und Bekannten im Geist durchzugehen. Wen könnte man anpumpen? Wieviel würde sie brauchen? Rund fünfhundert Mark. Für eine solche Summe aber kamen ihre Bekannten nicht in Frage. Klaus hätte es ihr gegeben. Aber Klaus war fort, in Amerika.

Sie wurde unruhig. Das war doch zu lächerlich: etwas so unendlich Kostbares wie einen Paß mit Reiseerlaubnis hatte sie nun und nur, weil ihr eine solche Banalität wie das nötige Kleingeld fehlte, schwebte sie weiter in Lebensgefahr! Aber wie sehr sie ihr Gehirn auch anstrengte, es wollte ihr keine Lösung einfallen.

Nervosität machte sie zappelig. Unruhig sah sie immer wieder in ihrer Handtasche nach: War der Paß auch noch da? Ja. Neben ihm lag das alte Arbeitsbuch aus der Zeit ihrer Lazarett-Tätigkeit. Und hier die Kennkarte. Alles adlergeschmückte Dokumente. Wie ein lauernder Aasgeier hockte das krummschnabelige Vieh auf dem Hakenkreuz.

Ein Zettelchen rutschte aus der Tasche, flatterte zur Erde. Richtig, Achims ›Geheimnummer‹. Brauchte man ja nun Gott sei Dank nicht mehr, oder? Aber das Geld für die Fahrkarte? Mit Schlafwagen kostete die fast zweihundert Mark. Und selbst ohne ... versuchen könnte sie's ja mal. Sollte die Nummer inzwischen aufgeflogen und von Gestapo überwacht sein – sie bat ja nur um Geld, nicht um Fluchthilfe.

Rasch erhob sie sich, ging zum Telefon, wählte.

»Hallo?« meldete sich eine Männerstimme, »wer ist dort?«

»Mein Name ist Helga Altenberg. Ich sollte Sie anrufen, wenn – ich meine – Achim gab mir Ihre Nummer.«

»Von Ahlers? Warten Sie!«

Der Mann schien sich vom Hörer zu entfernen. Gleich darauf kam er zurück: »Wo sind Sie jetzt?«

»Im Roxy am Kudamm. Draußen vor dem Café!«

»Gut. Ich bin in einer halben Stunde dort. Erkennungszeichen: schwarze Aktentasche unter dem Arm. Und Sie?«

»Trenchcoat. Roter Schal«, sagte sie schüchtern.

»In Ordnung!« Der Mann hängte ein.

Aber war es das auch? Ihr Mut sank. Auf was hatte sie sich da eingelassen? Weglaufen, bevor es zu spät war? Es war bereits zu spät. Brav wie ein Schulmädchen hatte sie ihren Namen genannt. Sie schalt sich einen Vollidioten.

»Fräulein – einen doppelten Kognak bitte – ich meine ›Weinbrand‹.«

Aber der beruhigte nicht und schmeckte wie aufgelöste Kernseife. ›Meine Nerven ...‹ Die halbe Stunde war um. Da! Von der gegenüberliegenden Straßenseite kam ein Mann auf das Roxy zu, schwarze Aktenmappe unter dem Arm. Er konnte nur sie meinen. Sonst war die Terrasse leer. Die wenigen Morgengäste saßen im Innern des Cafés.

›Typische Gestapo! Die leere Visage, der gegürtete Mantel…‹ Der Mann verschwand im Nebenhaus. ›Irrtum‹, dachte sie, schwindelig vor Erleichterung, ›ich seh schon Gespenster! Da kommt einer – der vielleicht? Aber nein, seine Aktentasche ist braun.‹ Starr hielt sie die Augen auf die Straße gerichtet. Ruhig bleiben! Trotz der Sonne und des warmen Pullis unter dem Mantel fröstelte sie.

»Fräulein Altenberg?« Auf einmal stand ein gepflegter älterer Herr mit schwarzer Mappe neben ihrem Tisch, »gestatten Sie? – von Gersdorff. Sehr gut, hier sind wir allein!«

Er nahm neben ihr Platz, sah sich prüfend um, winkte die Kellnerin durch das Glasfenster zu ihnen heraus, bestellte sich einen Schoppen, wandte sich ihr zu: »Was kann ich für Sie tun?«

»Sie müssen mir helfen…«

Instinktiv hatte sie vom ersten Moment der Begegnung an Vertrauen zu ihm. Seine ernste, bestimmte Art, seine Gelassenheit gaben ihr die Ruhe zurück.

»Ich will hier raus!« vertraute sie ihm kindlich.

»Schon ein Datum?«

»Heute abend. Papiere hab ich.«

Sie wagte nicht, ihm die Sache mit dem Paß zu erzählen. Ein Rest Vorsicht hielt sie davon ab. Außerdem könnte er Bedenken äußern und ihr damit die Hoffnung auf Befreiung zerstören.

»Was haben Sie noch nicht?«

Auch sie konnte sich knapp ausdrücken: »Geld.«

Er schien nichts Merkwürdiges daran zu finden: »Wieviel?«

»Weiß nicht. Für die Fahrkarte. Und dann so für die erste Zeit.« »Reiseziel?«

»Italien. Dahin hab ich Ausreise bekommen. Wegen der Biennale.«

Sollte er es ruhig glauben! Kleine Rücksicherung, falls er doch nicht ganz astrein wäre.

Er zog die Augenbrauen hoch, nahm einen Schluck Wein: »Glauben Sie, daß Sie dort sicherer sind? Wir sind mit Italien vertraglich liiert.«

»Wo sollte ich sonst hin?«

Wieder der ›deutsche Blick‹. Nach rechts, nach links, rückwärts, schnell, prüfend: »Ganz fort aus Bereichen, die für Sie gefährlich sind – weiter weg!«

Bitter sagte sie vor sich hin: »Ich weiß, ich weiß. Je weiter weg, desto besser. Hör ich nun schon seit Jahren.«

»Und weshalb sind Sie dann immer noch hier?«

»Weil ich, verdammt noch mal, den Grund nicht einsehen kann, weshalb ich…«

»Ich fürchte, das Wasser ist schon zu kalt zum Baden.«

Ein Mann hatte die Terrasse betreten, sah sich suchend um, ging an ihnen vorbei ins Innere des Cafés. Sie waren wieder allein.

»Bedauerlich für Sie!«

»Was?«

»Überlegen Sie mal.« Mit leiser Stimme fuhr er fort: »Sie wissen, was um Sie herum geschieht. Sie gehörten zu Axel von Dettlers Freundeskreis. Sie kannten Ralph und Wolfgang.«

»Axel ist tot. Er hat Selbstmord begangen.«

»Er hat nicht Selbstmord begangen. Auch Achim ist tot. Nein, nicht als Soldat gefallen. Alles junge Menschen wie Sie. Und Sie können den Grund nicht einsehen, weshalb Sie nicht mehr hier sein sollten?«

»Sie meinen meine Abstammung?«

»Ich habe nicht gefragt.«

»Aber das meinen Sie doch. Daß ich keinen Stolz, keine Haltung habe, nicht wahr?«

»Haben Sie in Ihrer Familie keine Verluste zu beklagen gehabt?«

Beschämt senkte sie den Kopf: »Doch. Meine Mutter – und zwei meiner Tanten!« fügte sie leise hinzu.

Er schwieg. Nach einer Weile sagte er: »Der Begriff ›Heimat‹ hat seine Grenzen. Darüber hinaus wird er zur Sentimentalität.«

Stumm schaute sie auf ihre Kaffeetasse hinunter. ›Er hat recht‹, dachte sie, ›es ist gar nicht so entscheidend, ob einem als Mischling was passiert oder nicht. Wichtiger ist, daß man sich vom Unrecht distanziert. Innerlich wie äußerlich. Alles übrige ist sentimentale Gefühlsduselei oder Feigheit. Vielleicht genügt nicht einmal das Distanzieren allein.«

Auf einmal sah sie klar. Nicht einen einzigen Tag länger durfte sie hierbleiben. Wo immer ihr Platz sein mochte, hier war er jedenfalls nicht mehr.

Er schien zu ahnen, was in ihr vorging: »Machen Sie es sich nicht zu schwer«, sagte er begütigend, »Sie sind noch sehr jung. Streichen Sie bis zum Ende der politischen Wirren das Wort ›Deutschland‹ aus Ihrem Bewußtsein und ersetzen Sie es durch den Begriff RSHA, Reichssicherheitshauptamt. Das wird Sie vor unangebrachtem Heimweh schützen.«

»Ich weiß, Sie haben recht. Habe einfach zu spät begriffen. Aber es ist doch auch sehr schwer zu begreifen, nicht wahr?«

Flehend schaute sie zu ihm auf.

»Allerdings. Sehr. – Aber nun zum Wesentlichen. Bezüglich des Geldes, das Sie benötigen: Geben Sie mir eine Stunde Zeit – ich kann nicht allein darüber entscheiden. Wollen Sie hier auf mich warten? Sie können ja inzwischen essen.«

»Ich geh lieber zu Aschinger!« erklärte sie in Anbetracht der Kudamm-Preise, »wir könnten uns ja dort…«

»Nein, warten Sie hier auf mich. Vielleicht bin ich auch schon früher zurück. Die Rechnung übernehme ich!«

Er rief die Kellnerin, zahlte, nickte Helga zu: »Essen Sie was. Das beruhigt. Bis später!«

»Heute ist Eintopf!« sagte die Bedienung mürrisch, »woll'n Se lieber Wurst oder Kraut?«

»Kraut bitte. Und danach einen Kaffee.«

Ob dieser Herr von Gersdorff ihr wirklich das Geld beschaffen würde? Dann würde sie sich sofort die Fahrkarte holen, anschließend nach Hause gehn und packen. Und danach gleich zum Bahnhof, auf den Zug warten, auch wenn es noch zu früh wäre. Alles so bald wie möglich hinter sich bringen – keine Zeit zum Nachdenken lassen! Und wenn er nun kein Geld brächte? Aber er könnte sie doch nicht einfach hier sitzen lassen? Könnte er nicht? Warum eigentlich nicht? Im Grunde war sie eine gänzlich Fremde für ihn. Was aber dann? –

Ihre Stimmungen wechselten jede Minute; von nervöser Erregung zu Niedergeschlagenheit, von Spannung zu Apathie, von Vertrauen zu Angst.

Das Kraut schmeckte wie gekochtes Löschpapier. Der Mann da draußen auf der Straße, weshalb sah er dauernd zu ihr herüber? Las er ihr die Fluchtgedanken von der Stirn? Hatte möglicherweise jemand sie beobachtet, wie sie gestern hinter dem Jüngling in den geheimnisvollen Keller hinabgestiegen war? Nun lächelte er. Der wollte nur flirten. War harmlos. Schnell schaute sie von ihm weg.

Mit großer Erleichterung sah sie von Gersdorff zurückkommen: »Haben Sie was gegessen? Schön!« Unter dem Tisch schob er ihr ein Kuvert zu: »Tun Sie's unauffällig in Ihre Handtasche. Und holen Sie sich gleich die Fahrkarte. Können Sie gut memorieren?«

Helga gedachte der belobigenden Äußerungen ihrer einstmaligen Deutschlehrerin und sagte: »Ich denke schon.«

Er beugte sich vor, sprach sehr leise, eindringlich: »Merken Sie sich bitte: Hannes Petersen, Rom, viale Parioli 108. Haben Sie's?«

»Petersen, Hannes, viale Parioli cent'otto in Rom«, wiederholte sie ebenso leise, »Zählen kann ich noch auf italienisch. Vergeß ich nicht. Weshalb?«

»Sollten Sie nach Rom kommen, wenden Sie sich an diese Adresse. Dort wird man Ihnen weiterhelfen. Aber nicht aufschreiben! Und nun viel Glück und alles Gute, Fräulein Altenberg!«

Sein kräftiger Händedruck sprach ihr Mut zu. Gleich darauf war er verschwunden. Ein Wagen mußte in nächster Nähe auf ihn gewartet haben.

Unter dem Tisch öffnete sie das Kuvert, traute ihren Augen nicht – Scheine und nochmal Scheine! Sie zählte: zweitausend Mark – ein Vermögen! Verwirrt stopfte sie das Geld in die Tasche. Was war das heute für ein schicksalhafter Tag? Erst der Paß und nun das ganze Geld? Sie brauchte einige Zeit, um sich wieder zu fassen; dann aber gab es kein Halten mehr. Nichts wie los!

Bahnhof Zoo, Schalter zwei: »Bitte einmal Venedig über Brenner für den Zug um achtzehn fünfzehn heute abend. Einfach, mit Schlafwagen.«

»Zwoter Klasse?«

»Erster!« Filmstars fuhren immer erster. Konnte sie sich ja jetzt leisten.

Der Beamte lugte durch sein Schalterfenster: »Hamse Ausreisejenehmijung? Zeijen Se mal her.«

Erste Zerreißprobe. Sie schob ihm den Paß zu. Er schlug ihn auf, blätterte, nickte: »Einmal erster Venedich. Abfahrt von Hauptbahnhof Jleis sieben. Na, denn man jute Reise!«

Dankend nahm sie Paß und Fahrkarten an sich, verstaute alles sorgfältig in ihrer Handtasche, stürzte durch die Bahnhofshalle zum Taxistand. Nun zur Frederica, Koffer packen!

Zu Hause war niemand. Moni arbeitete in ihrem Betrieb, Tico war im Rundfunk und Ilse auf Probe. Selbst die Teschnikowa schien ausgeflogen zu sein. Helga zerrte den großen Reisekoffer unter der Couch hervor und begann zu packen.

Bücher und Schallplatten würde sie zurücklassen müssen, ebenso die Masken an den Wänden und den Kleinkram wie Sofakissen und Vasen. Whoopies weitaufgerissener angstvoller Negerblick traf sie: »Nein, du kommst mit!«

Sie stopfte die Puppe zwischen die Unterwäsche. Eine halbe Stunde später war alles verstaut. Das Foto von Paquin kam, sorgfältig eingewickelt, mitsamt seinem roten Lederrahmen zum Paß und dem prall gefüllten Portemonnaie in die große Umhängetasche. Es sollte immer zur Hand sein, wenn sie an ihn dachte. Italien war auch nicht so sehr viel weiter weg von Frankreich als Deutschland.

Sie sah sich um. Nichts vergessen? Tat verdammt weh, der Abschied von den vertrauten vier Wänden, die all ihre schönen und schweren Stunden sechs Jahre lang miterlebt hatten. Ach was, sie würde bald zurück sein – sobald dieser blödsinnige Krieg zu Ende wäre und statt der Nazis wieder normale Deutsche regierten …

Vom Telefonblock im Flur riß sie ein Blatt ab, schrieb: »Ich muß hinter meiner Franziska her, seid nicht böse. Hoffentlich klappt es. Haltet mir die Daumen und teilt Euch in den Kleinkram, der noch in meinem Zimmer ist. Hebt mir die Bücher und Platten auf. Ich komme bestimmt zurück, sobald alles vorbei und die Luft wieder rein ist. Miete ist noch bis nächsten Ersten bezahlt. Macht's gut, Eure Helga.« –

Den Zettel schob sie Moni unter die Tür. Dann rief sie die Taxizentrale an, bestellte einen Wagen mit starkem Fahrer für einen schweren Koffer. Ein letzter Blick auf vertraute Türen – und nichts wie fort!

Der Taximann wälzte den umfangreichen Koffer in den vom Gewicht schwankenden Lift, rollte ihn unten durch den Eingang hinaus auf die Straße. Bönicke, der Portier, schaute verwundert auf: »Nanu, Frolleinchen, wolln Se verreisen? Denn passen Se bloß uff, det Ihnen nich so 'ne Bombe uff'n

Hut fliejt! Um Berlin rum hagelt's von die. Da sind Se hier sicherer. Jestern erst ha'ck zu die Aujuste jesagt, was meine Frau is…«

»Schon gut, Herr Bönicke. Mir passiert schon nichts. Hier – grüßen Sie die andern von mir. Wiedersehn!«

Damit legte sie ihm einen Zehnmarkschein hin und sprang, ohne zurückzublicken, ins Taxi. Adieu Fredericiastraße.

In schnellem Tempo fuhren sie zum Bahnhof. Sechzehn Uhr fünfunddreißig – noch jede Menge Zeit. Bei Gleis sieben hockte sie sich auf ihren Koffer.

Es herrschte verwirrter Hochbetrieb. Die heilige deutsche Ordnung war durch das Bombardieren von Eisenbahnstrecken durcheinandergeraten. Züge trafen mit großen Verspätungen oder auch gar nicht ein; nichts klappte mehr programmgemäß. Aufgeregt brüllten Lautsprecher durcheinander, hohlstimmig, als kämen sie aus Brunnenschächten: »D 411 aus Magdeburg läuft auf Gleis fünf ein – bitte zurücktreten!« – »Zug nach Bielefeld über Hannover voraussichtlich eine Stunde Verspätung.« – »Achtung, Achtung: Die Strecke – gestört – Umleitung –« Man verstand so gut wie nichts. Aus den Kästen kam mehr Echo als Stimme. ›Ein Glück‹, dachte sie, ›daß mein Zug hier erst eingesetzt wird!‹ Nahe ihrem geräuschempfindlichen Ohr zischte eine altmodische Lokomotive plötzlich Dampf aus, pfiff einige Male markerschütternd unter schwarzverrußtem Glasdach. Um sie entstand Gedränge.

»Wiedersehn – und schreib bald!«

»– und grüß Mutter!«

»Heinrich – huhu – hier!«

»Mensch, quatsch nich krause. Is sowieso nich mehr lang bis zum Endsieg.«

Ein wüster Lärm. Ankommendes, abschiednehmendes Militär, lachende und weinende Zivilisten. Verständnislose

Kinder und Bahnpolizei. Unter ihnen die berüchtigten Ledermäntel der Gestapo. Bloß raus hier.

Viertel vor sechs. Das stand er ja schon, ihr Zug. Sah wesentlich repräsentativer aus als seine schweratmenden Kollegen auf den anderen Gleisen. Mußte er ja auch, wenn er ins Ausland fuhr. Das Glück blieb heute an ihrer Seite. Sie fand sogar einen Gepäckträger, der ihren Koffer im Gepäcknetz eines eleganten Coupés aus rotem Samt verstaute. Es roch nach ungestörtem Staub. Anscheinend fuhren nicht allzu viele erster nach Italien. Es fuhren überhaupt nicht viele nach Italien. Der Zug blieb dreiviertel leer. Erst einige Minuten vor der Abfahrt kamen noch zwei Offiziere zu ihr ins Abteil. Der eine hatte ein arrogantes schmissedurchzogenes Gesicht. Sein Begleiter musterte sie interessiert.

Sie trat ans Korridorfenster, kaufte sich belegte Brötchen auf Marken und eine Abendzeitung. Ein Ruck – es ging los! Der Zug bewegte sich langsam aus der Halle. Sie spürte, wie ihre Knie weich wurden. Schnell setzte sie sich wieder auf ihren Platz, verbarg die Erregung hinter der Zeitung.

Der Paß. Zum ersten Mal kamen ihr Bedenken, die ihr schon längst hätten kommen sollen: Wer hatte ihn ausgestellt? Wenn es sich um eine Untergrundorganisation handelte, die es sich zur Aufgabe gemacht hatte, einigen Unglücklichen zur Flucht zu verhelfen – wieso übte sie dann ihre karikative Tätigkeit ausgerechnet im Keller des Polizeigebäudes aus? Mit dessen Stempeln und Siegeln? Das war mehr als unwahrscheinlich. Folglich war es doch Polizei gewesen. Und weshalb übersahen sie ostentativ den Rasseparagraphen bei der Eintragung, an dessen genauer Erfüllung ihnen doch sonst soviel gelegen war? Warum stellten sie fremd aussehenden Menschen neue Reisepässe aus, die sie ihren eigenen arischen Volksgenossen verweigerten? Langsam kroch lähmende Kälte in ihr hoch. Sie war in eine Falle geraten. Nun bereute sie, daß sie Gersdorff nichts von der

Sache erzählt hatte. Zu spät! Aber was hatten die vor? Wozu die Komödie? Auch ohne sie hätte man diese Unglücklichen zusammentreiben und deportieren können – halt, da war ein Unterschied – deportieren schon, aber nicht umbringen. Wenigstens nicht nach dem Gesetz. Das erlaubte die Ermordung nur in Fällen, wo sich ein Jude der Verhaftung widersetzte und einen Fluchtversuch unternahm. Und genau das tat sie jetzt, brav nach behördlicher Regie. Der Jüngling war ein Beamter des RSHA gewesen! Nun wurde ihr alles klar. Aber zum Abspringen war es zu spät. Schon ging der Kontrolleur mit dem Parteiabzeichen am Uniformrock durch die Abteile und notierte Namen und Paßnummern. An der Grenze würde er dann seine Liste mit der der Polizei vergleichen. Stumm reichte Helga ihm Ausweis und Fahrkarte. Es schien ihr, als widme er ihrem Paß besondere Aufmerksamkeit. Lange und umständlich blätterte er in ihm – vor – zurück. Immer noch einmal. Sorgfältig notierte er Daten und Ausstellungsnummer.

»Danke!« sagte er kurz und gab ihn ihr wieder, »Heil Hitler!«

»Hitler!« bellte der Schmissemann zackig. »Heitler«, sagte müde sein Begleiter.

Helga erhob sich und suchte ihr Schlafwagenabteil auf, schloß ab, streckte sich in ihren Kleidern auf der engen Pritsche aus. Ihr Kopf schmerzte heftig.

›Vielleicht hab ich Hunger?‹ dachte sie und verschlang die zähen Bahnhofsbrötchen. Aber der Kopfschmerz blieb. Tadam – ta-dam – ewig gleicher Räderrhythmus – Räder müssen rollen für den Sieg – wer hatte ›Köpfe‹ gesagt? – ta-dam – ta-dam – man müßte schlafen können –. Ob die in der Fredericiastraße jetzt schon ihren Zettel gefunden hatten? Bestimmt. »Mensch, das kann doch nicht gutgehen!« würde Ilse mit ihrer Brummstimme sagen, und Moni würde mit den Schultern zucken: »Sie war ja sehr nett, aber entsetzlich gutgläubig. Das war ihr Verhängnis.« Der reinste Nekrolog. An was anderes denken, was Fröhliches – wo gab's denn was Fröhliches? Der von Gersdorff, der war ein guter Mensch gewesen. Jetzt stand er vor ihr, streckte ihr die Hand entgegen und sagte: »Kommen Sie nur, mein Kind, hier sind Sie sicher, hier kann Ihnen keiner was tun!«

Es war bestimmt Gersdorff, auch wenn er so ein komisches Nachthemd anhatte und große weiße Flügel … Das Lächeln auf ihrem schlafenden Gesicht war weit entrückt von der Wirklichkeit. Sie hörte nicht das ferne Sirenengeheul, spürte nicht, daß der Zug anhielt und seine Fahrt erst eine halbe Stunde später fortsetzte, wußte nicht, daß sie München passiert hatten. Erst als es draußen auf dem Gang lebendig wurde, wachte sie auf. Blitzschnell setzte sie sich hoch: großer Gott, die Grenze – sie blickte auf ihre Uhr: zehn vor acht! Vorsichtig öffnete sie die schmale Tür, schaute hinaus. Kalte, sehr frische Morgenluft prallte ihr entgegen. Zischend stand der Zug vor einem Bahnhofshäuschen, betitelt ›Brennero‹. Also tatsächlich schon die Grenze! Schnell schloß sie die Tür. Gleich darauf klopfte es. Zwei Grenzpolizisten in grüner Feldgendarmerie-Uniform, gefolgt von einem Kerl im Ledermantel, traten ein: »Ihren Paß bitte!«

Schweigend reichte sie ihn hinüber. Die Soldaten schauten hinein, verglichen mit einer Liste, reichten ihn nach rückwärts an den Ledermantel. Der warf einen kurzen Blick darauf, nickte und nahm ihn an sich. Verschwand damit. Die Soldaten verließen zwar das Abteil mit ihm, blieben aber in der Nähe. Sie hätte nicht fortlaufen können, auch wenn sie es versucht hätte. Aber wozu sollte sie – es war sowieso aus. Sie ging auf den Flur hinaus, verfolgte die weiteren Kontrollen mit Aufmerksamkeit. Alle Pässe wurden sorgfältig geprüft, aber niemandem außer ihr wurde er abgenommen. Oder? »Aber so glauben Sie mir doch!« Eine flehende Männerstimme.

»Los – mitkommen!«

Flankiert von zwei gestiefelten Ledermänteln schritt ein verzweifelter Zivilist zum Bahnhofshaus. Zwischen den bulligen Typen wirkte er ganz klein und verloren.

Was waren denn das da für seltsame Gestalten, die mit den Federhüten und Wickelgamaschen? Das war die italienische Polizei? Italiener hatte sie sich ganz anders vorgestellt – schwarz und elegant und glutäugig. Die da sahen aus wie eine Kreuzung von ...

Der Gestapomann kam zurück. Ihm auf dem Fuße zwei andere Feldgendarme: »Fräulein Altenberg?«

»Ja bitte?«

»Sie fahren also zur Biennale nach Venedig?«

»Ja.«

»So spät noch?«

»Kam nicht eher los.«

Der Beamte musterte sie scharf aus ausdruckslosen Augen: »Welcher Film?«

»›Auf Wiedersehen, Franziska‹.«

»So? Na denn – auf Wiedersehen, Franziska!« Damit gab er ihr den Paß zurück. Alle drei lachten laut, bevor sie das Abteil verließen.

Hinter ihnen kam ein Bersaglieri, schaute unter seinem Federhut auf Helga und sagte begeistert: »Che bella!«

Als der Zug wieder anfuhr, lag quer über dem Bett eines Schlafwagenabteils ein hemmungslos weinendes Mädchen.

## Anja Lundholm

### *Geordnete Verhältnisse*

*Roman. 304 Seiten. Serie Piper*

Neugierig, eigenwillig und manchmal auch ein bißchen vorlaut ist die neunjährige Ruth, die am Vorabend des Dritten Reiches in »geordneten Verhältnissen« aufwächst. Sie sehnt sich nach Zärtlichkeit und Anerkennung, die sie weder von ihrem außerordentlich strengen Vater noch von der Mutter bekommt. Die Konflikte in der Familie spitzen sich zu, als die SA auf den Straßen aufzumarschieren beginnt, denn Ruths Mutter ist Jüdin, was dem deutschnational gesinnten Vater höchst unangenehm ist … Einfühlsam, eigenwillig und mit Humor erinnert sich Anja Lundholm in diesem Roman an ihre Kindheit.

»Ein bemerkenswertes Buch: aufrichtig, klar, unbarmherzig, wo es sein muß, eine berührende Mischung von Wahrheitssuche und unerfüllten Geborgenheitswünschen.«
Neue Zürcher Zeitung

05/1433/01/L

## Wulf Kirsten

### *Die Prinzessinnen im Krautgarten*

*Eine Dorfkindheit. 239 Seiten. Serie Piper*

Poetisch und phantasievoll erzählt Wulf Kirsten aus seiner Kindheit im sächsischen Klipphausen – von den beiden alten Damen im Rittergut des Dorfes und ihrem geheimnisvollen Krautgarten, von seinen demütigenden Erfahrungen in der Hitlerjugend, von den Hungerjahren der Nachkriegszeit. Mit seinen nachdenklichen und atmosphärisch dichten Geschichten wird er zum Chronisten einer längst vergangenen Zeit, die er wieder lebendig macht.

»Das Buch ist eine Erinnerungshilfe für die Generation der Altersgenossen Wulf Kirstens, und für die Jüngeren ist es eine Entdeckungsreise ins Land der Väter und Mütter. Es ist ein grundehrliches Buch, und es ist dies vielleicht seine Hauptqualität, die noch vor seiner sensiblen Sprache und seiner meisterhaften Darstellung von erinnerter Realität anzusetzen ist.«
Frankfurter Allgemeine Zeitung

05/1541/01/R

## Leonie Ossowski

### *Der Löwe im Zinnparadies*

*Eine Wiederbegegnung.*
*103 Seiten. Serie Piper*

Maria besucht nach vierzig Jahren zum ersten Mal das Schloß ihrer Kindheit in dem kleinen, ehemals deutschen Dorf in Polen. Der kleine Janusz schenkt Maria den kostbarsten Schatz aus ihrer eigenen Kindheit: den Löwen aus dem Zinnparadies, einer Zinnfigurensammlung, die sie, als die Familie fliehen mußte, im Dachboden versteckte. Als sie fünfzehn Jahre später noch einmal zu dem Schloß reist, begegnet sie nicht nur den vertrauten Menschen von damals, sondern auch Janusz' kleiner Tochter, die die restlichen Figuren des Zinnparadieses wie einen Schatz hütet. Eine liebenswürdige Geschichte über die Versöhnung mit der eigenen Vergangenheit.

05/1512/01/L

## Annette Pehnt

### *Ich muß los*

*Roman. 125 Seiten. Serie Piper*

»Dorst schob seinen Einkaufswagen von hinten sachte in Elners Hüfte. Elner drehte sich um, in der Hand eine frostige Spinatpackung. Ach nein, sagte sie und ließ den Spinat sinken. Der spanische Sekt ist im Sonderangebot, sagte Dorst, legte den Kopf schräg und wartete.« Unergründlich und scheu ist er, der Held in Annette Pehnts kraftvollem erstem Roman. Er läuft in den schwarzen Anzügen seines toten Vaters herum, erzählt als selbsternannter Reiseführer von Limonadebrunnen und Honigfrauen. Seine Phantasie ist grenzenlos, die Nähe zu anderen nicht. Vor allem nicht die zu seiner Mutter und ihrem neuen Freund. Erst als Dorst die junge Elner trifft, scheinen seine Zurückhaltung und seine Rastlosigkeit ein Ende zu finden. Lakonie und leiser Humor vereinen sich in Annette Pehnts Roman zu einer traurig-schönen Geschichte über einen jungen Mann und seine Verbindung zur Welt.

05/1511/01/R